省城网事

快然 著

团结出版社

© 团结出版社，2024 年

图书在版编目（CIP）数据

省城网事 / 快然著. — 北京：团结出版社，2024.
9. — ISBN 978 - 7 - 5234 - 1051 - 6

Ⅰ. I247.5

中国国家版本馆 CIP 数据核字第 2024RF0485 号

责任编辑：方　莉
封面设计：墨·缘

出　　版：团结出版社
　　　　　（北京市东城区东皇城根南街 84 号 邮编：100006）
电　　话：(010) 65228880 65244790
网　　址：http://www.tjpress.com
E-mail：zb65244790@vip.163.com
经　　销：全国新华书店
印　　装：北京荣泰印刷有限公司

开　　本：170mm×240mm　16 开
印　　张：24　　　　　　　　　　字　　数：403 千字
版　　次：2024 年 9 月 第 1 版　　印　　次：2024 年 9 月 第 1 次印刷

书　　号：978 - 7 - 5234 - 1051 - 6
定　　价：88.00 元

序

什么是真实的媒体环境？

什么是真正的记者状态？

新媒体的兴盛让原来大众媒体的中心地位减弱，一定程度上增加了每一个人平等发声的机会。与此同时，追求"尖叫效应"而让部分自媒体以博眼球为终极诉求，于是不讲事实、只喊评论充斥网络，于是失控的主观质疑、极端的人身攻击甚嚣尘上。在当下的媒体环境中，传统的大众媒体面临挑战，少数负责人无所适从，现场采访、新闻监督退居二线，不出事、没舆情成为工作目标。

在这样的媒体生态中，有人质疑，记者们是不是已经沦为机械执行上传下达任务的传声筒和工具人？

走进真实的记者生存场域，才能形成准确的判断。

现实的媒体环境，由新闻报道原则、受众意愿呼声、机构运转规则、领导思路要求、记者职业诉求等等方面共同形成，任何一方都没法特立独行。

因位置、任务和视角不同，机构、领导、记者对于媒体业务运行思路、特别是具体的新闻报道方式，各方的观点差异明显。在新闻采访中直接面对芸芸众生、贩夫走卒，记者感受到的是每一位具体人的生老病死、喜怒哀乐，于是一般情况下视线会更聚焦底层个体的生存诉求；同时记者也怀揣着自我实现的职业理想，新闻报道作品广受传播和点赞当然是个人价值的体现，工作成绩得到上级和领导的肯定也是记者实现职业理想的重要方式，而且较之前者甚至是更重要的方式。

受众认可与领导许可并非始终一致，当两者产生冲突，记者将何去何从？不违反组织纪律、不对抗上级要求，这是从业者需要履行的基本职责。在遵守纪律要求与具体执行之间，有着或宽阔、或狭窄的时间和空间，这给记者的报道可能形成便利、也可能带来困难。

面对报道中出现的各种困难，绝大多数记者还是能够以"真相"为底线，无奈之下也许会放弃说话，但不做虚假的表达。在报道的过程中，记者们想方设法与负能量斗智斗勇，在揭示真相的同时也能保护自己，努力让自己的报道成为"三有"作品："有料"——采制的材料全面扎实、揭示的真相完整准确；"有味"——播出的节目细节丰富、传播的文字清新可读；"有种"——报道内容展现勇气与担当、被批评者无法遁形和反驳。

实现真正的意义和价值，都需要付出代价，甚至是沉重的代价。面对需要付出的代价，大多数人都会掂量和权衡，记者也是如此。所以在"省城网事"报道组，没有义无反顾，多为纠结为难，也许这样的记者形象并不高大，却真实、可感，毕竟他们完全来自现实工作和生活当中。

实际上，能够坚持去繁杂的现场探寻真相、在混沌的阵地守护微光，这样的人已足以被称为勇士。

1

天气晴朗，阳光普照之下，窗外新落成的省城传媒集团大厦显得更加金碧辉煌，但没有人在窗前驻足欣赏。

电话铃响了，一听设定的手机铃声，就知道这是陈主任办公室打来的电话。

安少瞳一把拿起手机接听，果然是主任来电，通知安少瞳到他的办公室去一趟，说是有两位新同事将加盟"省城网事"报道组。安少瞳稍感意外，此前多位同事离职，导致报道组人手紧张，去年组长就打过报告申请要人，迟迟没有得到实质性反馈，三个多月前组长自己也跳槽走了，没想到今天这事有了回音。

安少瞳马上点击保存了正在编辑的视频节目，离开了制作区。主任和各级领导都在传媒集团大厦办公，他需要从报道组租用的办公楼下来，穿过一条街道才能到达，而进入大厦之前还需要经过闸机检验出入证并进行个人安检。少瞳尽快赶到位于大厦22层的陈主任办公室，门是敞开着的，但他仍然敲了敲门，等听到陈主任在里面说"请进"才走了进去。

陈主任办公桌前的两把椅子上都坐着人，从背后看，一位是半长头发、方肩蜂腰的女生，另一位是身材健壮的男生。陈主任看安少瞳进来了，向他一笑，少瞳一边向主任问好、一边上前两步走到办公桌侧面。

"介绍一下，这两位是方若涛、程鹏，新加盟的生力军。这位就是刚才告诉你们的'省城网事'报道组的负责人，安少瞳。"

两人站了起来，少瞳向两人说："欢迎、欢迎，欢迎加盟！"

旁边身材健壮的男生主动握住安少瞳的手："安少瞳组长好！我是程鹏，早就看过你的报道和出镜，很帅！很专业！今后多多指教。"

"不是组长，不敢当、不敢当，以后相互关照。"少瞳接着面向程鹏另一侧的女生，"方若涛同学好，欢迎。"

半长头发的女生装束简约，略施淡妆，向少瞳微笑回应："谢谢，安少瞳组长好！"

"你好，"安少瞳看着方若涛觉得有些面熟，稍一思索，"……好像在电视中见过你？"

陈主任示意大家坐下，告知安少瞳："你说的不错，方若涛此前就是在省城电视台，程鹏则是通过传媒中心的社会招聘过来的，之前都有过媒体工作的经验，请大家今后一起努力，做好报道工作。"

安少瞳表示两位新同事的加盟让"省城网事"力量壮大了很多，而且此前都有过媒体经验，实力方面一定不俗，对报道组会起到重要的补强作用。陈主任说："有一点需要提醒，咱们报道组起步不久，各方面的条件还有待完善，电视台不用坐班，但'省城网事'是新媒体节目，需要随时更新内容，必须轮流排班，不知道两位同事能否适应？"

程鹏说："我此前也是做新媒体工作，一定能很快适应。"

方若涛也表示没有问题。

陈主任对两位同事的态度给予肯定，又问方若涛："实际上电视台更受各级领导重视，各方面支持条件也更充分，你为什么主动要求调到新媒体中心？"

刚才得知方若涛是从电视台调过来，安少瞳心里就已经产生了这个疑问，省城各家媒体当中，无论是工作条件还是个人收入，电视台都是最好的，好多人削尖了脑袋想去电视台。而且安少瞳记得看到方若涛在电视中的出镜报道应该是在省城新闻联播节目当中，时政新闻占据着电视台节目的制高点，可以说是集万千宠爱在一身。

只听方若涛向陈主任说："在电视台报道虽然更便利，不过约束多，业务前景可以一眼望到底，新媒体报道发展空间更大，所以我想尝试一下。"

陈主任听了说："后生可畏！年轻人有这样的情怀，很难得！"接着向少瞳说，"有这样的新同事加盟，'省城网事'一定能做得更有质量、更有个性和感染力。"

安少瞳对方若涛的这一回答感到有些惊讶、也有些将信将疑，不过他还是附和着主任的说法，称赞两位新同事的闯劲，但同时含蓄地提醒两位新同事要多做应对困难的准备。

陈主任让安少瞳带两位同事去办理相关手续，下午要参加新媒体传播中心大会。三人与主任告辞后即离开办公室，刚出门，突然听到陈主任喊安少瞳回来一下，少瞳请两位新同事在门外稍等，自己快速返回办公室。

陈主任已经站起身，等到少瞳走近，放低声音说："方若涛从电视台调过来，是事业编制人员，程鹏是社招刚进来不久，属于劳务派遣人员，保卫处已有资料，我也给他们处长打过电话确认，现在就可以去给他办出入证，就是提醒你注意一下，避免产生误会或矛盾。"说着，递给他中心开给保卫处办理出入证的公函。

安少瞳马上明白了。整个省城传媒集团的员工一部分拥有事业编制，另外一部分属于劳务派遣人员，而后者占更大比例。由于两种用工制度下的人员在工作条件、收入待遇等方面都有差异，所以一直有一些问题和矛盾。少瞳自己就属于劳务派遣人员，对此自然有深切的感受。

安少瞳当即向主任表态："您放心，我一定注意！"稍做停顿，"上次您传达了集团会议精神，说各级领导正在积极推进人事制度改革，咱们劳务派遣人员的用工转型，有没有什么进展？"

"对于此事，上级领导目前应该处于调研阶段，还没有什么具体的信息反馈。"陈主任说着向少瞳走近一小步，"上次集团会议已经公开宣布要进行人事制度改革，自然不会停止，具体方案出台应该只是时间问题，"陈主任伸手轻轻拍了拍安少瞳的上臂，"你的工作能力、业绩大家有目共睹，只要有机会你肯定能把握，记得保持住状态就行。"

安少瞳向陈主任表示了感谢，即告辞出门。方若涛和程鹏在走廊不远处等他，远远就听到程鹏向方若涛说："哇，这工作照比艺术照也不差呀！"

安少瞳走近，笑着问："你们在聊什么？"

方若涛向少瞳笑了一下，没有说话。程鹏转向安少瞳，将手中的挂件展示给安少瞳看，说："您看，方若涛的证件照照得怎样？"

安少瞳一看就知道这是集团事业编制人员的出入证，也是在集团内的智能一卡通，个人的证件照、工号都印制在当中。安少瞳看了一眼方若涛的证件照片，当即赞赏道："确实拍得好看！"

程鹏马上说："岂止是拍得好看，艺术照不如证件照，证件照不如真人！"

安少瞳笑着说："你真会说话！"

"我哪是会说话，我只是实话实说。"程鹏保持着严肃的表情。

安少瞳努力控制住笑，向程鹏直竖大拇指。方若涛一把夺过出入证，说："行了，别贫了。"

"我虽然家贫，人可不贫，"程鹏的表情仍然是一本正经，方若涛绷不住笑了。

安少瞳请方若涛去一楼休息区稍等，领着程鹏来到保卫处办理出入证。因为此前信息已经录入，递交了中心的公函后，制证很快。程鹏拿着证件一直端详，少瞳问："是在欣赏自己俊朗的形象吗？"

"岂敢岂敢！我主要是疑惑我的出入证怎么和方若涛的长得不一样？这是蓝色底的，她的好像是白色的。"

刚才主任提醒之后，安少瞳就在考虑，怎样才能让两位新同事、特别是让程鹏淡化不同用工制度带来的感受上的差异。目前面临的第一个问题就是证件款式不同，少瞳本来想单独带程鹏办理出入证，尽量避免让他看到方若涛的证件，过一段时间知道了组里其他同事大多数都是劳务派遣人员，大家证件款式一样，也许就自然能够理解。可没想到还没开始，程鹏就已经直接看到了方若涛的出入证，还产生了故事，他自然对两种证件款式的差异印象深刻。面对程鹏的直接提问，少瞳没法迟疑，只能实话实说。

证件款式不同原因倒是很容易说清楚，不过安少瞳看到程鹏一直比较高涨的情绪似乎有些低落，之后没有再追问什么，于是赶紧进一步向他解释：虽然用工制度有差异，但业务条件、工作机会是完全一样的，个人发展最终只会看工作态度和业绩，并"现身说法"把自己的证件给程鹏看，款式是一样的。程鹏了解之后点了点头，没有再说话。

两人来到一楼休息区，方若涛看到他们过来了，问程鹏："出入证办好了？"

"办出来了，不过和你的证件不能比，没有你的白，一看就粗糙好多，尺寸还比你的宽不少，连卡套都装不下。"

安少瞳赶紧接着说："证件的款式和人的颜值成正比，你看看你和我，怎么和方若涛老师比肤白、比苗条、比精致？"

程鹏稍一愣，随即恍然大悟："对，有道理，有道理！你这一解释我心里就平衡了。"

方若涛禁不住笑了起来，说了一句："你们真贫！"三人一起出了传媒大厦，穿过街道，前往"省城网事"报道组。路上，少瞳感觉到程鹏有意无意地不时瞄一眼方若涛佩戴的出入证。

"省城网事"报道组办公区在九楼，说是办公区，实际上是办公室、编辑间、会议区都在一起的一个大开间。正是上午上班时间，各个工位几乎都有人，整个办公区人气充足，也显得有些局促。安少瞳让方若涛、程鹏在会议桌边坐下，自己到各个工位一一通知同事过来开会。

会议桌不大，四周的座椅有限，同事们或坐或站地围拢在桌边。安少瞳传达了中心的人事安排通知，先向全组人介绍了方若涛、程鹏，大家鼓掌欢迎。少瞳又向方若涛、程鹏介绍了各位同事和基本岗位要求，传统媒体一般不用坐班，但"省城网事"作为新媒体机构，内容既要注重集中发布，又要准备随时更新，为此办公区从早七点到晚上二十三点都要排班值守，而自主采制是主要的报道内容来源，所以报道组内有采访、编辑、美工、制片等多个工种，很多同事都是一专多能，就比如摄像岗位，虽然中心设置了摄像组统一应对各栏目和各项报道的拍摄需求，但本组内多位同事也熟悉拍摄业务。

组内会议都很高效。会后，安少瞳带两位新同事熟悉工作环境并逐项了解设备情况。编辑系统在省城传媒集团都是通用的，方若涛自然很熟悉，程鹏上机试了一下，与自己效力的上一家单位使用过的机型基本同款，操作没问题。组里常备一台摄像机，以应对可能的突发采访，方若涛说电视台那边一般女生不担任摄像，少瞳说这里也是如此，程鹏此前剪辑工作习惯用下载视频或者上传素材编辑，拍摄运用不多，不过当即表示从今天开始会加强摄像练习。

正在摆弄摄像机，安少瞳看到同事徐姐走了过来，即站起身来问好："徐姐，"又向方若涛、程鹏介绍，"这是徐姐，刚才介绍过的……"方若涛、程鹏站起身，徐姐没答话，直接走到方若涛的面前，露出笑容："小方，你是从台那边过来的吧？"方若涛茫然地点了一下头。徐姐热情地笑着："我说呢，好面熟，一看就好像周部长，难怪这么漂亮！"

一旁的安少瞳、程鹏看着徐姐和方若涛，都感到有些惊讶。方若涛看上去也有点懵，疑惑地问："徐姐，您是……"徐姐脸上堆着热情的笑容："我老公也在宣传部，和周部长特别熟，部长待人特别好，业务也很精通。你在电视台出镜我看过好几次，每次报道都特别棒，我刚才想了一下，总算是认出来了。没想到能在这里成为同事，真是特别有缘!"

方若涛好像有些明白了，马上说："谢谢徐姐，刚到这里，肯定得麻烦您关照。"

"好说好说，有事直说，千万不要客气，"说到这里，徐姐突然笑容消退，"不过我们这里的条件可比不上电视台，刚成立没两年，要条件没条件，要经费没经费，'姥姥不痛，舅舅不爱'，现在组长都跑了，对外连说话的人都没有，可能得委屈你了……"一边说一边连连摇头。

安少瞳站在一旁，觉得有些尴尬，徐姐当着大家的面说这些话肯定不合适，不过马上打断她会显得痕迹太重，自己只是个还没有正式任命的临时负责人，现在就批评同事有难免会引发矛盾，还可能让新同事对组内关系产生误解；可要是自己装作没听见，徐姐又一直在这么说，新同事同样可能对组内工作氛围有看法。

安少瞳正在纠结，这时方若涛接口说："谢谢徐姐提醒!传媒集团我待了两年多了，情况也大致了解一些，哪个部门都有难念的经，电视台那边也一样，气氛还特严肃，肯定不会有人像您这样给我提醒。所以您能说这些，我就感觉这里同事关系挺直接的，我喜欢。"

"对、对，我就是直性子，有什么说什么，今后有事，你随时说，不要客气。"徐姐的笑容又回来了，站起身，"那你先弄机器，要是有时间，中午一起吃饭。"

听了方若涛的回答又看了徐姐的反应，安少瞳稍稍松了一口气。程鹏在一旁憋了半天，等徐姐一离开，他一边帮着归整机器，一边赶紧问安少瞳："这徐姐谱摆得挺大呀，什么来头?是咱们这儿的领导吗?她怎么说组长跑了?您不就是咱组长吗?"

"徐姐是老同志了，她说的是咱们'省城网事'报道组组长不久前离职了，我不是组长，"少瞳又向方若涛："谢谢你!"

"谢我啥?"

安少瞳还没回答，程鹏接过了话头："安组长一定是在感谢你说的'喜欢这里的同事关系'!"又笑着问方若涛，"刚才徐姐提到的部长是谁呀?难道你是官二代?"

少瞳看到方若涛好像有一丝尴尬，忙岔开话题："下午两点有中心全体会议，你们一点半到传媒大厦门口，我请徐姐也在那个点和你们会面，带你们去大审看间参会，不能迟到。中午了，早点吃饭吧。"

"保证不迟到！"程鹏说着转向方若涛，"想巴结巴结大美女，中午一起吃饭，赏光吗？"

"不赏光，我闺蜜就在传媒大厦，中午约了，"若涛向程鹏一笑，"你还是好好巴结自己吧。"说完向安少瞳说了声再见，飘然离开了办公室。

安少瞳向程鹏笑着说："即时出手，勇气可嘉。"

程鹏坐到椅子当中："唉，没想到是高冷范。"

"要对自己俊朗的形象、过人的气质充满信心，还有机会。"

程鹏一下站了起来，说："对，同时加盟'省城网事'，这就是缘分。"

2

午饭之后，距离开会还有一会儿，安少瞳抓紧编辑上午没有完成的视频节目。

电话铃响了，听手机铃声应该是组里同事的电话，一看来电显示的是徐姐。徐姐声音急促，说是程鹏在大厦安检口和保安发生了冲突，让他赶紧来处理。

安少瞳赶紧起身，已经快一点四十了，他小跑着奔向传媒大厦。传媒大厦落成之后，安检管理很严，上级领导一再强调安全的重要性，并反复要求每位员工严格遵守安检和进楼证件查验流程。不像业务部门，集团安保部门用工来源复杂，出现问题沟通困难，一旦起了冲突就不好平息，难免会闹到大领导那里。去年有一位其他业务部门的劳务派遣员工，就因为和保安发生冲突，闹得比较厉害，最后被集团开除了。安少瞳没想到自己组里的新员工第一天上班就和保安发生冲突，而且马上中心大会就要开始，这么多事算是都赶到一起了。

从办公室跑到传媒大厦门口，虽然只有三四分钟，但安少瞳已经出汗，不知道是跑热了还是心情紧张造成的。远远地看到安检机器旁边围拢了几个人，看服装就知道有保安，也有着便装的员工，只听保安在嚷嚷："说不能带进去就不能带！""你还敢抢！""叫你的领导来！"又听见程鹏在辩解："你们什么态度

......"

安少瞳跑到跟前，看见程鹏被三位保安围在当中，一位保安举着一个出入证，双方正在争执，方若涛和徐姐在一边焦急地劝解，但保安显然没有听进去，两位女生也没法靠他们太近。安少瞳见状赶紧把挂在胸前的出入证扯下来装进衣袋，一把上前拦在程鹏的身前："保安大哥，不好意思、不好意思，可能是误会了，抱歉、抱歉！"

一位安保斜视着安少瞳："你是谁？你来干什么？"

另一位安保嚷嚷："谁说都不行，叫你们领导来！"

"我就是他的领导，我接了电话赶紧过来解决这件事。"

"你是领导？"保安上下打量着安少瞳，似乎有些不信。

"他就是我们的领导，"方若涛上前一步证明。

"这是我们新媒体中心的同事，上午才办理新的员工证件，还给你们保卫处邓处打过电话，"接近下午两点的上班时间，安少瞳看到过安检进楼的人越发增多，争吵起来一定会引起他们的关注，于是赶紧提议，"咱们到旁边说如何？别挡着别的同事进楼。"

几位保安看挂着事业编制员工出入证的方若涛证明安少瞳是领导，又听到安少瞳提到了他们上司邓处长，于是态度稍有缓和，挪到了一旁，但仍然围拢着程鹏。

安少瞳抓紧问了一旁的方若涛和徐姐，又客气地请教了几位保安，大致了解了冲突的来龙去脉。原来下午一点半，程鹏和若涛、徐姐三人在大厦门口会面，进入大厦有两条通道，一条是事业编制人员专属通道，人和所携带物品均不需要安检，只要刷出入证通过闸机就可以进楼；另一条通道提供给劳务派遣人员和外协人员，人需要通过安检门，所携带物品需要经过安检器，安检之后保安还要查验出入证，才能刷证通过闸机。徐姐告知程鹏走安检通道去进行系列安检，自己就和方若涛过了闸机，但回头一看程鹏被安保拦住了，等了几分钟还过不来。徐姐和方若涛赶紧又返回原地询问，原来程鹏的背包过安检时发现里面有一瓶矿泉水，安保要求必须放弃，不能带进台。程鹏看到很多没有走安检通道的员工都拿着饮料瓶、端着可乐杯，就问保安为什么他们可以带水进楼。保安说这你管不着，保卫处规定安检器查出了液体都不能带进去。程鹏说都已经喝了一小半了，证明是安全的，如果不放心，可以比照地铁里的要求再试喝一口，说着程鹏拧开瓶盖就准备喝，保安说不能在这里喝，就去夺水瓶。程鹏当然不肯将水瓶交给保安，双方一拉扯，弄得水都洒了出来……

保安向安少瞳嚷嚷："你的这位下属不配合安保工作，你看他把地都弄脏了。"

程鹏一听急了，说："怎么是我弄的？明明是你们抢我的水瓶……"

安少瞳扭头对程鹏小声严肃地叮嘱："在这里不要再说话了，一切咱回去再说，"回过头向保安面带笑容，"我们这位同事今天刚入职，时间仓促，对安保规定了解不够，主要责任还是在我这个做领导的。"

"就算对情况不熟，那你们对保安也不能是这个态度。"

"确实，无论领导还是员工都可以更好地沟通。"

方若涛、程鹏和徐姐在一旁看着保安情绪高亢，安少瞳耐心解释。徐姐轻声自言自语："对付保安都得这么唯唯诺诺，咱节目部门员工真是没地位，'兵熊熊一个，将熊熊一窝'，让他来负责咱们报道组，大领导也不知道是怎么想的。"程鹏看了徐姐一眼，脸瞬间涨红，不过好像记起了刚才少瞳的叮嘱，脸色慢慢又恢复了常态。

只听安少瞳向保安建议："今天这个事其实就是沟通问题，这样吧，您将证件还给咱的同事，通过安检先进楼，水瓶按规定就在这里放弃，我马上联系保洁清洁地面，我们回去后加强安保规定的学习。"安少瞳看到保安还有些犹豫，立即又说，"两点钟要开中心全体会议，因为集团领导出席，你们保卫处负责人也要到会，如果咱们沟通不畅导致问题传到上面，会给大领导添麻烦，你们保卫处脸上也不好看。"

三位保安本来不想轻易地放过程鹏，不过安少瞳刚才提到的集团领导和保卫处负责人的情况让他们有些犹豫了，不清楚如果事件弄大，他们会得到保卫处领导的表扬还是批评。好在安少瞳作为领导态度低调，一再道歉，自己这一方也算是占尽上风。他们相互对视了一下，慢慢地将出入证递给安少瞳："这次就算原谅你们了，没有下次。"

安少瞳说了声谢谢，转身将证交给程鹏，只听身后保安又来了一句："小伙子以后别冲动，等你混到事业编的白证再说！"这带有挑衅的话显然激怒了程鹏，安少瞳看到他正要反击，上去一把抱住他的双臂，把他推到闸机口低声又严肃地说："不必跟他一般见识，马上开会，赶紧！"回头招呼徐姐尽快带两位新同事去大审看间。

看到三位同事通过了闸机，安少瞳赶紧回来找到附件的一位保洁大姐，请她过来清洁地面，和保安确认之后，自己从衣袋里拿出出入证，过了安检门。保安验证无误，但看到证件款式惊讶地说："你不是白证！你真的是领导吗？"

已经没有时间，更没有必要再向保安去多说什么，安少瞳通过闸机进了楼，一路小跑来到大审看间，领导已经在主席台上陆续落座。

本次新媒体中心全体大会，集团的分管领导黄副总裁亲自出席，这无疑提升了会议的规格，所以会前中心要求没有即时性工作的员工必须全部参会。事前通知这次会议将传达集团党组最新精神，有传闻说可能涉及用工制度的改革，这与占比巨大的劳务派遣员工的切身利益直接相关，于是大家的参会意愿明显提升，偌大的大审看间座无虚席。"省城网事"报道组的同事坐在一起，其中有一个空座，是同事们给安少瞳预留的。安少瞳一落座，会议就开始了，程鹏就坐在他的左边，看上去表情不轻松，应该是还没有从与保安的冲突中完全缓过来，此时安少瞳也没法再说什么，只轻轻拍了一下他的上臂。

中心领导主持会议，先传达了集团对这一阶段新媒体中心节目和报道的认可，并用点击率、播放量、互动人次等多项数据强调了传播成绩，接着通报了集团党组对相关机构业务整合的决定，其中对于"省城网事"报道组，明确要求以民生报道为龙头，集中力量、发挥优势、补齐短板、提升能力，深入贯彻中央和省市各级领导的指示精神，打造省城民生报道的媒体高地。

决定传达之后，照例是大家的掌声，徐姐一边慢慢地拍着巴掌，一边侧向坐在左边的方若涛，说："以前咱们组什么都能报，现在强调以民生为龙头，估计是因为组里人走了好几个，大领导压缩咱的阵地了。"

方若涛小声回应："以前咱们哪几条线报道比较出色？"

"以前民生报道倒是一直很突出，但经济、法治几条线也有过叫得响的节目，可惜现在人走了，把业务线也带走了。"

程鹏坐在徐姐的右边，一直很安静，这时听了她的这个说法觉得有些奇怪，于是问："怎么说人走了，把线也带走了？"

"这还不简单吗？"徐姐冷笑了一声，"我们组原来的小张，他家里有人在省发改委，经济信息和省里政策总能率先了解，可惜人家去年底离职自己创业了。"

会议又推进了几项议程，最后是黄副总裁代表集团党讲话。他首先肯定了一个阶段以来新媒体中心的工作成绩，接着对中央和省领导关于新媒体发展的指示要求进行了强调，并从理论和实践层面进行了详细的阐述和讲解。可能是报告很长，也可能是内容与听众的实际工作相距较远，会场里有些员工已经开始昏昏欲睡。

黄副总裁继续做报告：

"第五，坚持'事业留人、情感留人、待遇留人、制度留人'，开拓和完善集团人事用工路径与体制。"

读完第五部分的标题，黄副总裁端起茶杯喝了口水，有意无意地停顿了片刻，会场内的员工好像同时服了清醒剂，注意力马上集中了起来，没有人再有睡意，有的凝神倾听，有的小声议论。

黄副总裁接着谈了集团目前用工双轨制的现状，通报了人员流动，主要是劳务派遣人员入职和离职情况，强调对于劳务派遣所带来的制度创新价值和机制激活效应应当予以肯定，随后又指出了对劳务派遣员工权益保护不完善的相关表现，并提出了解决问题的设想：

"媒体的竞争，实际上就是传媒人才的竞争。面对用工制度出现的问题，集团党组不回避、不退缩、积极应对，坚持以人为本，已进行分阶段调研，查找问题症结，杜绝出现违法用工、避免劳动关系空心化、取消任何形式的逆向派遣；开拓和完善人事用工路径与体制，控制劳务派遣员工数量和范围，最终以递进式编制管理方式实现'事业留人、情感留人、待遇留人、制度留人'，让省城传媒集团不仅成为传媒高地，而且同时成为传媒人才的聚集地。"

领导做完报告都有掌声，不过此时所获得的掌声比较整齐，持续时间也更长。黄副总裁面带微笑，挥手向会场致意。场内员工边鼓掌边议论，有的说四个"留人"提得好，也有的说"递进式编制管理方式"提法比较抽象，不知道会怎么落实。等掌声渐弱，中心陈主任又对黄总的发言进行了总结，要求大家认真学习黄总传达的集团党组的决定精神，扎实做好自己的工作，关于人事制度改革，就是要创造条件解决员工的后顾之忧，激发大家的创新创作热情，虽然制度还在调研设计过程中，但边完善边落实，尽快推进劳务派遣员工平等用工。最后陈主任宣布两项集团的人事安排决定，其中一项就是任命安少瞳为"省城网事"报道组的临时负责人，随即带头鼓掌。

会场里的员工跟随一起鼓掌，"省城网事"报道组同事掌声更加响亮。会场里热烈的反应可能感染了黄副总裁，他又即兴致辞，指出这次将两位劳务派遣员工任命为所在节目组的负责人，充分体现了集团对人事制度改革的决心，对所有员工平等地对待和关爱。接着，他又从理论方面开始详细阐述人事制度改革的意义、价值、可行性、必要性等等。

徐姐打了个哈欠，偏向左侧小声告诉方若涛："你知道吗？你要是早来一个月，咱们报道组组长就是你了。"

方若涛有些意外，转头问："怎么这样说？"

"之前咱们组有三个事业编人员，三个多月前组长跳槽走了，就得竞聘新的组长，但集团明文规定，一个竞聘岗位必须有三个事业编候选人才能组织和发起，大领导当时可能想再调一个事业编人员过来以便组织竞聘，同时组里面也确实缺人，没想到不仅没把人调过来，另外一个事业编的老于一个月前托人调到集团行政处了，这样组里就剩我一个事业编。你要是一个月前过来，在老于走之前组织竞聘，组长妥妥的。"

"那也不可能，凭您的资历阅历，肯定超过我们。"

"我是一个直来直去的人，不是当官的料，我和陈主任认识十几年了，他也问过我，我说不愿意操那份心。所以说你来晚了。"

"不会吧，你看黄总正在说要打破用工局限，刚陈主任也说，任命安少瞳负责报道组只是看中他的能力和态度。"

"大领导说话当然要把格局拔高，"徐姐又压低了声音，"其实选安少瞳也是无奈之举，矮子里面拔将军，他也就能编个节目，当领导？哼！没有那个气场，你看刚才他对保安那个唯唯诺诺的样儿……所以领导没有任命他为组长，只说是负责人，还是临时的。"

方若涛没有再接茬，主席台上黄副总裁还在讲话。

大会结束了，大家陆续走出传媒大厦，议论得最多的自然是劳务派遣人员的用工制度改革的话题。"省城网事"的同事都过来祝贺安少瞳，安少瞳一一表示感谢，请大家多关照。有同事起哄让请吃饭，安少瞳说请吃饭没问题，后面找机会组局，现在得先回去把报道编前会给开了。

徐姐笑着说："新领导上任，不吃饭、先开会安排工作，雷厉风行呀！"

安少瞳笑着回应："徐姐又取笑了，刚开了那么长时间的大会，哪想再开会？不过主任刚发微信，有几个民生报道选题让我们落实，只好请大家再一起合计合计。"

同事们往办公楼方向走，徐姐和方若涛走在后面。徐姐悄悄地说："安少瞳现在只是临时负责人，你干一段时间熟悉情况了，稍一发力，当上组长没问题。加油！"

方若涛向徐姐微微一笑："谢谢。"加快脚步走进办公楼。

3

同事们陆续来到办公室，程鹏走在后面，一路上没有和同事搭话，安少瞳放慢脚步，等程鹏上来轻轻碰了他一下："怎么，还在生安保的气吗？"

"谈不上有多生气，没想到第一天上班会出现这事。"

"是我没说清楚，大厦的安检程序复杂，第一次进大厦应该咱俩一起去，那就不会有事了。"

"主要是安保见人下菜碟，那边通道的人不用安检，端着可乐、拿着水杯也没事，而这边防我就像防贼一样。"

"安保规定确实不合理，如果只是对外来的一次性访客加强安检，那还好理解，但很多同事每天上班都要走安检通道，两边差异这么大，大家心里肯定不舒服。"

"规定不合理，保安还那么横。"

"集团里保安来源复杂，素质参差不齐。对这些安保规定，大家多次提过意见，领导也表态说会完善，估计会和今天说的人事用工改革一并考虑。你也不用再生气了。"

程鹏点了点头，说："好的，我没事，谢谢关心。"

集团将"省城网事"定位在民生报道领域，希望能发挥所长、整合资源、形成合力，以实现报道内容贴近实际、贴近群众、贴近生活，既保证接地气又能与央媒和省级媒体形成差异化竞争。中心领导对民生报道很重视，会议还没有结束，陈主任就给安少瞳发了信息，进一步解释了集团这样安排的考量，要求全组统一思想、鼓足干劲，另外下发了几个选题让讨论落实。

安少曈传达了集团强调民生报道的要求，徐姐首先提出疑问："集团这样安排，是不是压缩咱们的报道阵地？原来的经济、法治报道咱们都做得挺好的，现在不让干了？"

显然大家对此都多少有些疑虑，此前跑过经济领域的报道的海风说："去年我和小张一起做的省发改委油价调整选题，时效性、专业性都被集团点名认可，以后这些选题如果不能做，确实损失挺大的。"

徐姐问安少曈："你现在是负责人，是不是能和领导争取一下，不要给咱们报道设限？"

安少曈没有表态，请大家都谈谈看法。其他同事有的也认为报道领域缩小大家机会会减少，有的则表示现在组里人手有限，能集中力量做好民生报道已不容易。方若涛和程鹏没有发言，安少曈请他们两位也说说看。他俩都表示民生领域报道内容也很广泛，自己刚来报道组一切以学习为主。

安少曈综合了大家的意见，认为报道组以"省城"为定位，民生报道上接国家的宏观政策、下连百姓的柴米油盐，涉及经济生活、法律法规、升学就业等很多领域，报道范围其实很宽，上级也没有对报道领域具体设限，现在去找领导要求放宽限制其实也无从说起。

徐姐靠近方若涛，说："你看，一说向领导争取什么，他就往后退，以后咱们组的利益真没法保证。"

方若涛听了没有回应，只听安少曈对海风说："其实经济线咱们完全可以涉及，只是切入点和角度需要紧扣民生，像油价调整选题，着眼于对百姓开车出行等方面的影响，肯定是可以采访报道的，"接着他又转向徐姐，"如果咱们从民生角度提报的选题被领导否了，那时再找上级要求放宽限制，您看是否更合适？"

徐姐没再说话，海风点点头："您分析得有道理，明白了，以民生为主旨，选题的宽度可以拓展。"

安少曈看大家没再议论，就请大家讨论刚主任通报的民生新闻事件，其中一项是延长新村小区改造，为一批老居民楼安装电梯，通过政府补贴结合居民自筹的形式订购组装完成，明天上午将举行落成仪式，地方领导会出席。另一项是靠近省城大学的乔安社区最近多次出现丢失外卖盒饭现象，已有事主向省城电视台新闻部提供线索，应该也有失主报过警，但原因不明，需要采访了解。可能因为目前来看这件事牵涉面不大，电视台通过集团将线索转给了新媒体中心。

安少瞳刚介绍完两个选题意向，海风马上接道："第一个选题我可以去采访！"

徐姐靠近方若涛，小声说："海风就是这个德行，只要是锦上锦上添花、接近领导、能出镜扬名的事，她都抢着去。"

安少瞳同意了，提示今天要在内部局域网上提交任务申请，从摄像组调选摄像师明天去拍摄，海风答应尽快进行网上填报。因为目前没有事业编的组长，所以在内网当中没法由组内审批、直接将任务单推送到摄像组，只能在提交申请之后，由安少瞳告知中心秘书，并请他们将用人需求批转给摄像组。

关于小区丢失外卖盒饭一事，由于线索有限、情况不明朗，不能轻易下结论，需要深入采访了解。安少瞳请各位看一看谁方便去报道，大家正在考虑，这时方若涛主动表态表示愿意接这个选题。

参会同事有些惊讶，安少瞳也觉得意外。此前中心会议和组里讨论，方若涛几乎没有说话，甚至没参加议论，刚才点名让她提意见，她也只客气地表示刚来，要以学习为主，而这是一个存在操作难度的选题，即便是有经验的记者也需要充分考虑后才能决定，方若涛居然主动申领，大家都感到突然，有同事小声议论起来。

徐姐小声问方若涛："这个选题情况不明，没头没尾的，没准公安都查不出底细，你干吗接呀？有可能就是白跑，出不了活。"

方若涛向徐姐淡淡一笑，说："我想尝试一下。"

在大家考虑、议论的当口，安少瞳快速思考片刻，觉得这一选题如果让方若涛去报道有些不妥，一是目前对她的采访能力没有了解，不知道能否胜任这项任务；二是按照惯例，刚到组里的同事都要担任一段时间的后期编辑或者助理记者，现在就让她独立承担选题于情于理都不合适。安少瞳不知道方若涛出于什么动机申领这个选题，不过主动申请工作体现的总是积极的态度，工作热情还是应该得到保护。

"主动申领选题肯定应当支持，"安少瞳向方若涛说："不过集团对各个业务口有明确规定：新来业务机构的同事要先做后期，等熟悉环境了再出去采访。这样规定主要是让同事们尽快了解业务流程，你今天刚到，是不是先看看采编和播发程序？熟悉之后再安排外出采访。"

"上午已经试了编辑机，整个集团都是统一的系统，制作、上传肯定没问题。"

"后期工作不仅仅是编辑、上传，还有美工、包装，特别是提交审片、播发更为关键，还是先完整熟悉工作流程为好。"

"安组长，您是不是对我的采访能力有怀疑？"

这一疑问让选题会的气氛有些尴尬，安少瞳没想到方若涛说话这么直接，虽然他确实有这样的顾虑，毕竟方若涛和程鹏刚来，相互都不知深浅，但在大家面前肯定不能直言不讳地去怀疑他们的工作能力。

方若涛似乎并没有觉察到会场气氛的变化，接着说："此前我一直在电视台做新闻调查记者，应对这样的选题还是有些经验的。估计这一选题一次采访不可能弄清来龙去脉，我想可以去做先期的采访，如果效果不好，再调整记者也来得及。"

徐姐看到若涛意愿比较强，于是对大家说："若涛可是省城电视台知名的新闻记者呀，出镜报道都有两年多了。"

安少瞳还是有些迟疑，照说方若涛申领选题的积极性应该鼓励，以她此前电视新闻的经验做前期采访应该也能够胜任，但她毕竟刚来这里，马上就让她独立执行选题，组里其他老记者也许会有看法；而且她不知道编辑和播发流程，如果采访回来需要播发，就得至少安排一位组里的老员工配合她完成后期。让老员工配合新记者，无论安排谁都难免会产生情绪。

正在迟疑之间，安少瞳感觉到已调静音的手机振了起来，拿出来一看，是陈主任来电。安少瞳起身向大家说抱歉要出去接电话，请各位继续讨论选题，随即边走出办公室边接听，陈主任在电话里问："你们是在开选题会吧？安排好采访记者了吗？"

安少瞳一愣，没有想到主任对他们开会的动态和节奏跟踪得这么紧凑。

安少瞳出去打电话，办公室里的选题会变成了分头讨论，有的同事在议论这个丢失外卖盒饭的选题是不是靠谱，也有的在议论新同事主动申报选题是否能接得住，海风趁着这个时间去网上提报调请摄像的申请。

方若涛对徐姐刚才发言支持表示感谢。徐姐说支持是应该的，不过还是对方若涛申领这个选题有些不解："丢外卖盒饭这事说大大不了哪里去，说小却可能不值一提，就算采访清楚了估计也没啥价值，和你以前在电视台做的调查报道不能比呀。"

"您不知道，这两年省城电视台的新闻调查越来越不接地气了，有些我们觉得挺好的选题，申报了不会被批准，大多数是上面派的活，基本上采访对象、报道结构都预设好了，结论也没有任何悬念，播出看上去很工整，其实没什么意思。"

程鹏一直没怎么说话，主要是听同事们的议论，这时他问方若涛："刚才这个选题就说是从电视台转来的，观众给新闻部提供的线索，电视台在选题会上应该都进行讨论吧?"

"不管是观众提供的，还是记者上报的新闻线索，分管领导都会过目，有的下发讨论推进，有的就像这样转给其他部门，有的因为价值小就搁置了，这个完全看领导对新闻价值的判断了"。

这时徐姐突然对方若涛说："你要真想接这个选题，就坚持要，小安肯定不会不给你，你看着吧。"

办公室外安少瞳在电话里向主任汇报第一个选题推进顺利，已经安排到人在落实，第二个选题还在讨论，因为线索少，需要详细进行策划。陈主任对安少瞳谨慎细致的态度表示认可，接着问："具体执行的记者安排了吗?"

"还没有，不过各位记者对申领选题都很踊跃。"

"好的，正因为这个选题需要投入较多的时间，记者应该早点确定。今天大会正式任命你负责，就要大胆用人，年轻人、新同志要给机会积极培养，他们得到了锻炼，全组的业务水平才能得到整体提高，假如所有人都能独当一面，你今后的工作安排也会更加顺畅便捷。"陈主任叮嘱完，挂了电话。

安少瞳拿着手机停顿了几秒没有放下来，他明白主任刚才的叮嘱有所指，肯定是知道了选题会上方若涛申领选题暂时没有通过，含蓄地提示他可以支持这位新同事的工作。实际上对于方若涛主动申请选题，而且是申请这种看似价值不大却有采访难度的选题，安少瞳一定程度上是赞赏的，只是他还要考虑工作流程以及其他同事可能的反应。现在主任这么说了，方若涛又坚持申领，让她去采访也没什么，至于采访回来后期配合，可以自己来做，以减少对其他老同志不必要的影响。不过让少瞳有些不解的是，陈主任怎么这么快就知道了选题会上的争议?是方若涛给主任发信息告的状?如果是这样，那今后工作安排以及和与她相处可得小心了。

安少瞳回到办公室，说抱歉让大家久等了，然后请大家发表意见，谈谈对第二个选题如何设计采访方案。

因为刚才是方若涛最早提出的选题申请，此时其他同事可能觉得不便率先发表意见，安静了几秒钟，还是方若涛先发言："那我说一下个人意见，请各位老师指正。小区丢失外卖盒饭，通过小区物业可以找到失主，关键是查明丢失情况难度大，小区和高校是外卖业务高发区，物品一般放置在门口货架上，往往堆积很多，而且盒饭包装外观相似，谁拿的？是错拿还是偷窃？即便调监控也难以排查，不过刚才安组长通报情况时说应该有人报了警，所以我觉得应该先从失主、物业和片警开始采访，从三方采访中找到可以印证的内容提炼线索。即便是一时查不清原委，也可以从民生角度，提出规范快递收发方式、改善小区收件分隔管理的报道建议。"

听了方若涛的意见，大家一时没有出声，安少瞳请各位同事再发表意见，大家议论了一番，大多认为若涛的思路比较清晰，先期采访也只能这样下手，但对采访结果的预期都不太乐观。安少瞳总结了一下大家的意见，然后说："若涛老师考虑得比较充分，那就由你来接这个选题吧。"

此前方若涛要接这一选题，虽然在会上安少瞳一时没有支持，但也只是在表达不同意见，没有形成明显的冲突，所以当方若涛解读了自己比较成熟的采访设想之后，安少瞳同意由她来执行报道，大多数同事都觉得顺理成章，没有另外的反应。只有徐姐对方若涛说了一句："怎么样？我说小安会把这个活给你吧。"

选题讨论会结束，安少瞳抓紧向方若涛介绍外出采访的流程，需要联系好采访对象，确定时间后在台内网提交申请调选摄像。这时方若涛突然说现在就要去乔安社区进行采访。安少瞳有些意外，对她说："现在去？是不是太仓促了？还没有和物业或居委会联系，去了找谁？"

"现在快下班了，正是外卖盒饭快递的高峰期，这时候去采访容易发现线索，至于联系，我可以在去的路上给乔安社区居委会打电话。"

"现在是可以去，不过……没有时间调请摄像师，咱们组的那台摄像机中午被拿走外拍了，也没有机器。"

"临时安排人是有难度，我想先一个人去，需要就用手机拍。"

安少瞳有些惊讶，问："你一个人去？"

"是呀，这么晚了临时调人不方便，而且即便有摄像去也不见得能拍到有价值的东西，有可能白跑一趟。我一个人先过去，能拍到什么当然更好，就算拍不到，也能了解一些情况，算是做一次预采。"

方若涛这番解释让安少曈有些触动，于是说："好吧，那你辛苦了！"他停顿片刻，"外出采访原则上应该两人出行，现在大家都下班了，本来我可以和你一起过去，但今天值晚班要到十一点，走不开，你先过去了解情况，如有收获马上联系我协调增援或者是播发，如果没有你就直接下班回家。"

安少曈又拿出了一套俗称"小蜜蜂"的收音器，让方若涛把自己的手机和它进行连接调试，以备万一可以采访时能够更好地收声。调试无误后，方若涛将设备收好准备出发。安少曈问她是不是去楼下食堂吃点再走，方若涛一笑，说："不用了，咱去采访'盒饭'，没准那里就有盒饭吃。"

向安少曈说了声再见，方若涛离开了办公室。

4

雷雨不期而至，把暮色中的城市浇铸得更加幽暗，而这种幽暗又让雨中楼宇里的灯光、道路上行进的车灯显得别样明亮。

安少曈编完一段视频节目，起身站在办公室窗前，雨水的涂抹让窗玻璃变得模糊，遮盖了原本就不算清晰的街区和市容。也许是因为凝视窗外太久，安少曈的视线好像也沾上了雨水，似乎变得更加模糊。

现在算是一天中最难得的安静时刻，同事们已经回家了，办公室里只有他一人值班，完全可以看看书，或者刷刷手机，但他却总感到有些坐立不安。一天里纷至沓来的那么多事似乎完结了，又似乎没有完结，安少曈觉得直到现在还有一种目不暇接的眩晕感。

中心大会明确任命自己担任报道组负责人，应该说值得高兴，但是自己作为劳务派遣人员负责报道组，此前无先例，所有事都得从头摸索；上级把报道组业务范围定位在民生领域，无所谓利弊，可是统一组里各位同事的思想并不容易；组里来了有一定工作经验的新同事，肯定能缓解组里的用人慌，但人一来就和保卫部门发生了冲突；第一次作为负责人主持选题会还算顺利，该安排的工作也都派下去了，不过同事们的态度，特别是主任的即时性参与又让自己有了别样的感受。

安少瞳看了一下手机，已经快八点了，方若涛没有联系，估计是没拍到什么就直接回家了。安少瞳开始查看网上关于民生方面的信息，上网获得线索甚至是素材，这是新媒体报道时时都要做的功课。确实是信息时代，网上的内容浩如烟海，但更是真假难辨，从中梳理出真实且有价值的线索很不容易。

"安组长。"

突然的招呼声让安少瞳一惊，居然是方若涛出现在办公室。安少瞳赶紧起身迎了上去。方若涛显然刚刚经历了雨水的侵袭，湿漉漉的刘海不规则地卷曲在额前，可能是刚被风吹过，面部微微显示出一种别样的红润，脸色已经透露出奔波后的疲乏，不过看得出情绪还是很高涨。

安少瞳接过方若涛手中水淋淋的雨衣，让她赶紧坐下来休息，接了一杯热水递给若涛，问她吃了饭没有。方若涛喝了一大口水，停了片刻，说："就像走之前预计的，本来有机会蹭到盒饭，不过要赶着回来发稿，就没去占那个便宜。"

安少瞳让方若涛先去吃饭，方若涛说晚上不用多吃，用点零食就行。原来方若涛打车赶往乔安社区，路上就给居委会和新闻线索提供人打电话了解了情况，赶到居委会得知根据报警线索和前期侦查，现在片警和派出所增援警力已在快递集散区布控，争取抓获涉嫌盗窃者。方若涛赶紧跟随居委会负责人来到布控点，用手机在稍远位置拍摄现场，巧的是涉嫌盗窃者又出来作案，被警察逮了个正着。方若涛拍了抓捕过程后又跑向事发地，装上"小蜜蜂"及时采访了片警并询问了涉嫌盗窃者，整个过程录制得很完整，而且当时只有她一名记者在现场，所获得内容独家。

方若涛一边咯吱咯吱嚼着薯片，一边讲述了在乔安社区的采访经过："刚好今天警察行动，拍到了完整的现场，真是太走运了！"

"不能说是走运，"安少瞳看法与方若涛不同，"警方行动事先都是保密的，谁也不可能提前知道，只有赶到现场才能拍到，所以你坚持当时就过去最关键，果然勤奋出新闻。"

"呀，第一次受到大组长表扬，不容易。"方若涛笑着将最后一块薯片扔进口中，"拍摄的素材都在手机里，现在就可以转出来编辑。"

安少瞳拿出数据线接上编辑机，另一头交给方若涛连上自己的手机读取拍摄的视频内容，方若涛同步开始编辑。安少瞳将拍摄的素材看了一遍，应该说整个过程记录得很完整，虽然是手机拍摄，画面构图相对单一，但已能反映事件的全貌，特别是还拍了抓捕押送时旁边围观群众的反应的镜头，整个镜头拆分体现出拍摄者的专业素养。

安少瞳又听了拍摄的几段采访，除了居委会负责人谈了完善社区快递收发管理之外，一段是让警察谈了获得线索之后侦查办案的过程，并表示目前还不能确定嫌疑人所为是违反治安管理行为还是涉嫌刑事犯罪，另一段是被控制的盗窃嫌疑人解释说自己是生活困难大学生，并对行为表示了认错和后悔。安少瞳觉得方若涛的采访提问能体现专业性，也有感情倾向，特别是在嫌疑人流着眼泪解释自己生活困难，上大学同时还要负担家人生活和医疗开支之后，方若涛又提问引导他对自己的行为进行了反省和道歉。

也许是因为对自己拍摄和采访的素材熟悉，方若涛很快完成了编辑，让安少瞳看看是否可以马上播发。视频成片清晰地交代了案件的原委和警察侦办抓捕过程，现场感很强，充分使用了各方的采访同期，特别是把嫌疑人的解释和认错放在突出的位置，让整个片子体现出弱化指责、强化人文关怀的基调。

审看完视频成片，安少瞳凝视着屏幕上停留着的最后一帧画面，静静地出神。

"快看，网上有反应了！"方若涛刷着手机："有图片，也有视频，评论海量。"

安少瞳回过神来，打开方若涛说的网页，果然警方在乔安社区抓捕盗窃嫌疑人的消息已在网上传播，可以看到当时围观网友拍的照片和视频片段。有些网友可能是在现场听到了方若涛的采访，有两条留言已经透露了嫌疑人是贫困大学生的信息，因此网上很多评论在"怒其不争"之余，表达了"哀其不幸"的惋惜之情。还有网友进行了进一步的反思，认为大学生的保障和援助机制应当更加完善，以降低类似悲剧发生的可能性。

"咱们有警方和嫌疑人双方的完整采访，现在播出去，一定会被各家争相转发，没准能上热搜！"方若涛说得有点兴奋，"咱们能够引导流量，后续再推出完善快递收发管理、提升大学生援助保障的延展报道，不仅紧贴民生主题，新闻接近性强，而且能引领舆论！"

安少瞳安静地听着，一直没有说话，方若涛这时觉察到了一丝异样，赶紧问：“怎么了？您有什么修改意见吗？”

"你拍的素材和编的片子我都认真地看了，"少瞳向若涛微笑着站起身，"可以说拍摄手法专业，采访思路精准，编的成片既展示了专业素质，又体现了人文情怀，可以说业务水平已经超过……"

"不好意思，安组长，"方若涛打断了安少瞳，"表扬就不用了，有什么意见您直说，不用客气，您这样说，我明白肯定会有修改的要求。"

说话被直接打断，安少瞳感到有点尴尬，不过还是努力保持着表情和语气的平静："没有客气，这个片子的采编质量确实出色，不过我也有点个人意见，直说就是：建议片中不要用盗窃嫌疑人的采访。"

"您说什么？"方若涛双眉微微扬起，似乎怀疑自己听错了，"不用谁的采访？"

"我建议删除片中盗窃嫌疑人的采访。"

"为什么？"方若涛显然有些惊讶，"为什么要删除嫌疑人的采访？这可是好不容易向警方争取到的独家内容。"

"内容是独家，即时性采访也到位，但没有证实嫌疑人说的是真实的，不能轻易采用。"

"怎么不真实？本人亲口所说，这就是真实的展现。现在网上关于他是困难大学生的信息是网友自己讲述，或者是转述，没有援引的材料和证据，这种信息可以说不够真实，而我们播出的完整真实的采访，不是编造，也不是不知底细地转发，怎么反而我们不真实呢？"

"嫌疑人的说法没有其他采访佐证，警方也没有表态采信。"

"警方是没有定性，但新闻报道能够只听一方的观点吗？让当事人双方平等发声，这是最起码的职业标准。现在让警方说了，不让当事人说，不就成了典型的偏向报道了吗？此前央媒也犯过这样的错，双方当事人中只报道一方的采访，挨了多少人骂？"

"这不是对等的两方报道，案情方面还是要听警方的。"

"案情方面是要听警方的，但嫌疑人有发声的权利，媒体也有让人说话的义务。咱播发了嫌疑人对自己行为动因的解释，也有利于警方更全面了解情况、准确评估定性。咱们报道组定位为以民生为本，就应该更多地倾听被执法者的声音。"

两人正在争论，办公室外传来说话声，接着徐姐引着两位小伙走了进来。徐姐看到了方若涛，打着招呼径直走向她。少瞳认识两位小伙，他俩是隔壁摄像组的同事，手里搬着的摄像机和三脚架正是中午向他借用的，现在赶来归还，就与两位小伙清点和签收。

方若涛问徐姐怎么这么晚还来办公室，徐姐说晚上请人在附近吃饭刚结束，上来拿自己的包。徐姐看方若涛情绪不高，问她怎么回事，方若涛简单说了一下采访的过程以及和安少瞳关于采访素材使用上的争执。

"这是什么意思？"徐姐马上就火了，"明明没有道理还这么固执，当上了负责人就耍官威？"

徐姐声音很大，让正在收拾机器的安少瞳他们三人一惊，摄像组两位小伙不由地回身向徐姐、方若涛看去。方若涛赶紧提醒徐姐不要生气，徐姐降低了声音，但仍然很不高兴地数落安少瞳，让方若涛别听他的，不行就去找陈主任评理。

两位小伙见气氛不对，抓紧让安少瞳签收机器，快步离开了。没等他俩出办公室的门，徐姐又责问安少瞳："你怎么不让若涛用自己拍来的采访？欺负新人，是吗？"

"徐姐言重了，"少瞳赶紧解释："哪敢欺负人？我和若涛老师刚才一直是业务讨论。"

"业务讨论？哼，别以为我不懂业务，我做新闻的时候，你恐怕还在读小学。"

"是，徐姐经验丰富，多向您学习。"

"不要说得好听，那你说咱们自己采的内容为什么不让用？"徐姐言辞激烈，方若涛几次想打断，但徐姐一直在追问。

"没有说不让用，咱们一直在讨论，主要是用的时机要再考虑考虑。"安少瞳继续解释。

"什么时机不时机的，你就是……"

这时徐姐的手机响了，她看了一眼赶紧接听说："张局，您还没休息……"打着电话，快走几步出了办公室。

方若涛等徐姐出了办公室，向安少瞳说："安组长，徐姐可能说得比较重，我也并不认同她的语气和方式。不过即使是从业务角度，无论是出于报道平衡性的需要还是自采独家内容的作用发挥，播发嫌疑人的采访都是应该的。"

"独家采访很珍贵，我个人的意见是因为没有办法证明真实性，现在的播出时机不太合适。"

"怎么不合适？偷钱是个人出了问题，而偷饭则可能是社会存在问题，如果嫌疑人说的是真实的，那咱们就可以通过报道引导舆论反思民生保障政策，即使没说实话，那也是他本人的表达，警察自然会定性，咱们的报道对案情能有什么影响？"

安少瞳正要继续解释，徐姐从门外走了进来，脚步很快也很响。她没有注视安少瞳，一边走向自己的工位取包一边说："小安，你要好好考虑，如果自己拍的采访不让用，今后咱们组里的记者还怎么干活？"她拿了包后走到方若涛面前，"我有事先走了，不行就找主任理论，你放心，'省城网事'报道组没有欺负人的先例。"说完，径直离开了办公室。

徐姐这一进一出，给本来就不轻松的气氛又多添了一份紧张。安少瞳露出一丝自嘲的笑容，自言自语了一句："徐姐说话还是这么直，"回身向方若涛说："若涛老师，我还是觉得现在播嫌疑人的采访不合适，你看怎么处理？或者像徐姐刚才所说，咱们找主任汇报？"

"我一向不喜欢和领导打交道，特别是对于这段采访的使用，我尽量理解为只是在业务层面的争论，并不认为是有谁要刻意欺负人，所以更没有必要去找主任。不过我还是坚持现在的成片，结构完整、内容充分，导向方面也没有问题。那现在就向你交活了，你审片播发吧，如果要决定删除什么采访，你安排修改，这属于你的职权范围。我就下班了，再见。"

方若涛拿上雨衣和背包离开了，办公室恢复了安静，但少瞳的情绪并没有因此平静。

安少瞳需要考虑的不仅是方若涛的编辑内容，还有她坚持的态度。采访到了独家内容，谁都希望第一时间充分呈现，在传媒集团，事业编人员大多因为旱涝保收而工作热情消减，所以愿意深入一线采访的已经不多了，作为报道组负责人，他理应积极地去展现方若涛的采访成果，而且此案的热度已经升温，嫌疑人的采访如果现在播发，一定能引起各方的强烈关注和热议，报道组、记者个人都能提升影响力。虽然方若涛表面上说是不愿意和领导打交道，但下午的经历让安少瞳感觉到自己的一举一动好像领导都能随时掌握，如果再让主任亲自过问、建议他播发，今后他和领导、和同事相处可就被动了，这些更让少瞳感到纠结。

但是如果嫌疑人采访所说的有虚假成分，事后万一被挖出来，网友吐槽或者讽刺挖苦形成了舆情，外界会质疑他们的专业能力，集团也会追责，报道组、方若涛和他本人都会受到影响。

窗外的雨小了，夜已深，楼宇里的灯光、道路上行进的车灯更加稀少，省城夜景显得越发幽暗。

安少瞳坐到编辑机前，打开节目线，删除了嫌疑人的采访后合成送审，发信息联系主任办公室值班秘书，提请审看播发。

5

雨后的早晨本该空气清新，但水雾没有散尽，街景依然不够通透。

安少瞳昨天上的晚班，按理上午可以不用去单位，不过他还是按点起床，只比平时稍晚一点就乘坐地铁前往单位。一路上安少瞳用手机翻看信息，"盒饭案"已经霸屏，警方微博"平安省城"公告正在侦办此案，各家自媒体连续发布消息和观点，多家官方媒体也在跟进。凌晨"省城网事"播发的采访成片内容完整、元素全面，引发了最多的热议，被各媒体和网友转发、评论。

九楼办公室里同事们更为关注"盒饭案"的报道。

"咱们的报道被置顶在热搜排行榜了，哈哈！"程鹏兴奋地刷着手机，"若涛同学，这是你去拍的吧，厉害厉害！当时怎么联系采访的？怎么就能抓个正着？"

方若涛已经将播发的报道成片看了几遍，果然片中删除了嫌疑人的采访，虽然此前已有心理准备，但面对现实还是有些失落。程鹏问起采访过程，方若涛开始没有回应，经不住他一再追问，只好简单地说了几句。

"就这么简单？"程鹏显然觉得方若涛的表述不如事实精彩，"不会吧？哪能说全是运气？"

"还能有多复杂？就是运气好，赶上了。"

办公室里其他同事也在刷"盒饭案"的消息，听到程鹏和方若涛在说采访过程，都聊了起来。网上有一张照片，拍的是方若涛端着手机、举着"小蜜蜂"，显然是在采访被警方控制的嫌疑人，文字说明转述了现场采访内容，说是盗窃嫌疑人当时解释自己是生活有困难的大学生，并对行为表示了认错和后悔。

"你采访的嫌疑人是这么说的吗？是不是网上瞎编的？"程鹏有些不相信地问若涛，"不然咱们播发的片子当中你肯定会用。"

"当时采访嫌疑人是这么说的，后来安组长没让用。"方若涛淡淡地说。

"不让用？为啥呀？"程鹏很吃惊，"现在嫌疑人的采访内容文字版已经全网泛滥了，就是没有采访视频。你这可是独家采访？干吗不让用？"

方若涛凝视着电脑屏幕，没有再说话。同事们听到了程鹏和若涛的对话，都围拢了过来，有的询问昨天现场报道的具体情况，有的议论采访的使用标准。所有的同事都为现场能独家采访犯罪嫌疑人而点赞，对于采访没能使用，大多数同事感到可惜和不解，也有同事认为等警方官宣，或者后续采访印证之后再发表也不迟。

这时徐姐来到办公室，听到同事们在议论这件事，了解到播发的片子没有使用嫌疑人采访，顿时向大家嚷嚷："小安真是不像话，刚当上临时负责人就这么对待同事们的劳动成果，今后咱们还怎么干活？"接着又问方若涛，"你昨天没有向他说清楚？"

"该说的都说了，他不同意发，最后把片子交给他处理，我先回了。"

徐姐听了有些焦躁，把方若涛拉到一边："你也太客气了，要是坚持发，他还能咋的？"看了看办公室里的同事，压低了声音："后来你没找主任？"

"太晚了，再说这么具体的一件小事，找领导评理不值当吧。"

"唉，你对他客气，他以为福气，自己的劳动成果自己不心疼，你指望别人为你心疼？现在弄成夹生饭，你看后面咋办？"

方若涛思索片刻，对徐姐说："这样吧，我再去一趟乔安社区，做些后续采访再说。"

"再跑一趟那得多累呀，我觉得没有必要吧，"徐姐没想到方若涛这样回应，"另外，出去采访要经过申报手续，小安还没来，你直接向主任申报？"

"我觉得没什么，这只是昨天报道选题的后续采访，没必要再申报吧。我现在就过去，如果组长或领导问起，您帮我说一下。"

方若涛随即出了门，徐姐又参加到办公室同事们的议论当中。徐姐很快主导了这个话题，因为是昨天晚上安少瞳和方若涛业务争论的亲历者，她将当时办公室争执场景的描述得活灵活现，当然也少不了添油加醋，"你们不知道，小安就这么个业务水平，都不知道什么该用、什么不该用，连当时来还机器的摄像组两位小伙都看不过去了，你们看，是不是丢人？"

同事们互相看了看，没有人回应，看上去大家对徐姐的说法并不全信。徐姐正要接着说，这时看到安少瞳走进办公室，于是提高声音对他说："方若涛又去乔安社区了。"

"乔安社区？"安少瞳有些惊讶，"她又去采访吗？"

"你问我？我还要问你呢！"徐姐板着脸，"她说你不让用嫌疑人的采访，嫌那段采访不充分？"

"昨天也和您说了，那段采访没有证实，万一不是那么回事，网上肯定会有人喷咱们，就可能引发舆情。"安少瞳继续解释。

"你为了个人乌纱帽的安全，就这样牺牲同事的劳动成果，逼着同事再去采访？"

"我没有再让她去采访呀……"安少瞳还要解释，手机铃声响了，是陈主任打来的电话，这个时候来电话，他预感很可能与"盒饭案"的报道有关，他赶紧向徐姐说声抱歉，接通电话："陈主任，您好，对，我在组里……"边说边走到办公室外面。

徐姐听到了安少瞳在电话里和主任打招呼，于是转身向同事说："你们看，主任过问了，估计也是因为对片子这样处理不满意。"

"主任现在打电话给安组长就是说这个片子的事吗？"程鹏对徐姐语气这么肯定有点疑惑，"是有人向主任反映了不用采访的问题？"

徐姐愣了一下，停了几秒钟，像是自言自语地说："网上都传遍了，估计地球人都知道了。"

安少瞳打完电话进来，大家已回到各自工位，徐姐坐在办公桌前，隔着电脑看着他，应该是在等待安少瞳如何根据陈主任吩咐去纠正自己的错误，但安少瞳没有再提"盒饭案"报道的事，而是直接找到几位同事，讨论近期的报道选题。徐姐显然有些意外，但也不好再继续追问删除"盒饭案"嫌犯采访片段的事。

办公室渐渐安静了，忽然一阵笑声从外面传来，只听有人说："您太客气了，还把机器亲自送来，其实我能拿得动，我是女汉子一枚呀，嘻嘻！"随着说话的声音，海风出现在办公室，后面跟着摄像组的一位摄像老师，提着机器。

安少瞳见状迎了上去，接过机器，向摄像老师道了"辛苦"。

交接完机器，安少瞳问海风是不是先歇一会儿，海风说不用休息，直接向安少瞳介绍了上午的采访过程。延长新村外挂电梯建设是省城老旧社区改造的样板项目，市财政补贴百分之四十，其余费用由用户按所住楼层、由低到高按比例分摊。今天上午的活动就是建成电梯的启用仪式，区领导现场致辞，并与住户代表一起剪彩，整个现场气氛热烈、和谐，各方对报道的配合程度也很高，领导、建造方和住户代表都接受了采访。

因为本次报道的是省城重点民生项目，播出的成片要抄送电视台，安少瞳叮嘱海风尽快编辑，自己则继续和几位同事讨论报道选题。近期省里脱贫工程进入到攻坚阶段，多个项目受到领导和群众的关注，传媒集团将进行重点报道。

海风将片子编成，过来请安少瞳审看。安少瞳就近打开一台编辑机的共享视频轨和功放音箱，让正在讨论选题的同事一起看海风编的这个片子，边看边讨论。徐姐也站到他们身后，不过她更多的是在看同事们的状态。

片子放完之后，安少瞳让各位同事谈谈看法，大多数同事认为片子整体节奏明快、流畅，细节详尽，采访内容丰富，突出了民生改善、官民同乐的主线。

"总体挺好的，"安少瞳回放了片中的一个片段，"特别是这一段，试乘电梯，别人都在向外欢呼，这位老大爷一直用手抚摸六层的按钮，直到停在六层电梯门打开后他才恋恋不舍地出去，这个细节很生动，摄像拍到了，你也观察到了，后面接你对大爷的采访，让他解释刚才动作的含义，表达了自己的获得感和激动的心情，这比用解说词配音的效果更有表现力。"

"您的看法真是精准！"海风目光里含着兴奋，"当时一到现场我就观察了参加仪式的人员，判断谁应该成为重点的拍摄和采访对象。我还记得您以前说过：越是平凡的人，越是能承载更多感动。活动前我们就观察了几位住户代表，发现这位大爷一直在和街坊说这个电梯改造项目，情绪激动，而且表达能力不错，所以我和摄像老师协商，除了场面和官方活动流程，可以重点拍摄这位大爷，果然捕捉到了有价值的细节。"

"确实，先与摄像老师统一思路，事半功倍，效果也有保证。"另外一位同事有相同感受。

"对、对，安组长以前也强调过记者和摄像要事前多交流、统一思路，现场拍摄时反而应该少说话、少提醒，避免打断拍摄时的创作。"海风回顾起上午采访的很多场景，"当时拍了那位大爷走出电梯，我就直接上去对他采访，追问他刚才抚摸电梯按钮的原因。"

这时，方若涛回到办公室，看到大家围在编辑机前好像在开会，就轻轻地走上前碰了一下徐姐，徐姐回身看见她，正要打招呼，方若涛做了个"嘘"的手势，轻声问："在开会?"徐姐也小声回答："没有，在审看海风编的片子。"方若涛点点头，一起关注同事的讨论。

安少曈对片中有效的细节表达了自己的看法。海风接着就问："谢谢认可，那您看是不是就可以播发了?"

"整体确实挺出色的，不过对片子当中你用的几段自己出镜播报，我有一点个人意见。"

"您什么意思?"海风忙问，"片中的出镜播报要删除吗?"

"不是说要删除，"少曈马上解释，"你的第一段出镜播报，以即将剪彩的外挂电梯为背景，还能看到小区居民在和电梯合影，你播报内容是讲解现场和居民期待的状态，这样现场感很强，而且这一瞬间的现场是不可复制的，所以无论是出镜场景还是播报内容都是出色的。"

海风显然是轻轻松了一口气，马上接着说："是呀，当时看到剪彩前的现场，就决定马上在这里出镜播报，引出整个报道内容，一进入仪式环节，这个现场就不存在了。"回顾早上的采访，海风的情绪又高涨了起来。

徐姐悄悄地对方若涛说："我对你说过吧，只要碰上这种领导剪彩、群众欢呼的选题，海风积极性就不知道有多高。"

"第一段出镜报道出色，关键是场景的不可替代。"安少曈又回放了片中的最后一段，"最后你出镜报尾，是在仪式结束后对这项民生工程的评论，如果是电视新闻，这段内容交给演播室评论更好，不过咱们是新媒体独立的视频报道，所以由记者出镜评论作为结尾也是合适的。"

安少曈又回放了中间的片段："这个阶段在领导致辞之后，你又出镜播报，说这一项目领导重视、住户满意，然后接大爷试乘电梯的段落，我个人觉得这段出镜报道就没有太大必要了。即使删除了这一段播报，也不会对信息量和表达产生任何影响，你觉得呢?"

徐姐又悄悄地对方若涛说"你看，只想着出镜扬名，也不管出镜合适不合适。"

海风对安少瞳提出的修改意见表示同意，接着上机编辑修改。安少瞳此时看到了方若涛和徐姐站在后面，马上站起身迎上去："若涛老师，你回来了？听徐姐说你又去乔安小区了，奔波辛苦。怎么样，采访到新内容了吗？"

"有些收获，去了嫌疑人住处，采访了同屋的合租者。"

方若涛到乔安小区后通过居委会查到了嫌疑人的住处，这是其与校内一位学生合租的一套两居室，其租用的那一间刚被警察拉了警戒线。方若涛隔着警戒线拍了房间的照片和视频，看上去内部陈设比较简单，居委会对嫌疑人的经济状况不太了解，同屋的合租者在接受采访时反映嫌疑人对他说过需要挣钱养家。

方若涛介绍完采访过程，接着说："上午的采访对嫌疑人自己的说法能起到一定的印证作用，如果和昨天的采访综合编辑，我觉得是可以采信的。"

"这回总不能再说嫌疑人的采访没有证实了吧？"不等安少瞳回应，徐姐就追问，"拍摄的素材、追加的采访都能证实。"

"徐姐您不用着急，咱先仔细沟通清楚，"安少瞳又问方若涛，"关于嫌疑人具体的家庭负担，有采访吗？"

"对于这一具体问题，问了居委会，他们不够了解，采访时也追问了同屋的人，同屋的人转述嫌疑人的表达，说其家里父母有病，还要资助上中学的弟弟。"方若涛接着又补充，"刚才回来的路上，我给昨天负责抓捕的警官打了电话，询问嫌疑人家庭负担等案情，不过警官以还在侦办为由拒绝透露更多信息。"

"你采访得很周到、缜密。"

徐姐对安少瞳说："行了，你就不要玩虚的了，赶紧把采访发了，比口头表扬有意思多了。"

"不过，我还是觉得，"安少瞳迟疑了片刻，"现在发嫌疑人的采访还是不合适。"

一听这话，徐姐则顿时火了："安少瞳，你是什么意思？成心的，是吗？"

安少瞳急忙解释："不要误会、不要误会，刚才听若涛老师介绍今天的采访内容，确实是在可能的范围内，已对这项报道进行了最大限度的充实，不过比较关键的嫌疑人家庭负担的具体情况，没有其他证据证明，同屋合租者采访时所说的也只是转述。"

"我们是媒体，又不是警察！"徐姐明显提高了声量，"你想干什么？"

"安组长，"方若涛没有太激动，不过表情已经很严肃，"我已经做到了该做的，发不发是你的权力，不过我只希望不是故意刁难。"

安少瞳回答："刁难是不存在的，我只是根据业务判断给出的建议。如果有不同意见，你可以再去找主任。"

"再去？你这话是什么意思？"方若涛显然情绪有些激动，"我什么时候找过主任？"

安少瞳想说什么，但忍住了。三人争执的声音越来越大，同事们都围拢过来劝解，有的同事岔开话题，说中午了，一起去吃饭吧。海风这时请安少瞳去审看她修改完的成片，于是几位同事拥着方若涛和徐姐离开了办公室。

6

大家出了办公室，有人提议去集团餐厅，同事们就一起往楼下走。方若涛没有说话，徐姐直叹气，说人一当官脸就变，业务标准都让位给明哲保身了。徐姐一直数落安少瞳，同行的同事们都觉得既不便接茬也不便宽慰方若涛和徐姐。徐姐一个人说了几句，一直没人接话，于是叹了口气，也就不再说了。

程鹏上前两步靠近方若涛，说："集团餐厅我还没去过，你之前肯定经常去吧，好吃吗？"方若涛没有停步，回应说："还行吧。"程鹏接着问："一般有什么菜？是什么菜系风格？"方若涛没有回答，同事小刘用手机"掌上通"软件刷出了午餐的菜单，问程鹏有没有下载这款软件，程鹏看了小刘的手机界面："呀，这么时尚？菜单还能早知道？怎样才能下载？"小刘说新来的非事业编制员工，需要先填申请表，请主任签字后提交集团行政处申请开通。

"真是高大上！"程鹏了解后点赞，"不过好纠结，我是申请开通呢，还是不申请？"

"这有什么好纠结的，"小刘有点奇怪，"开通了可以随时看到更新的菜品，还有好多其他功能。"

"你不知道，我是个标准的吃货，"程鹏显露出痛苦的表情，"要是开通了天天看着美食，我还能拿什么去拯救我日渐隆起的小腹？"

"你胖吗？看你像健美运动员，"

"过奖过奖!"程鹏接连称谢,"我就是这种体质,一练就壮,一吃就胖。"

"一练就壮,一吃就胖?那只吃不练呢?"

"只吃不练,那就胖得乱晃!"

有几位同事听了程鹏的回答都笑了,大家一起来到了集团餐厅。

集团餐厅在传媒大厦负一楼,员工不用安检,在门口柜面上的付费感应器上支付了餐费,就可以进去自助用餐。程鹏看到前面有人刷出入证付费,有人则是刷手机,就问小刘应该怎么付费,小刘告诉他在这里事业编员工直接刷出入证,劳务派遣人员得充值后的刷手机"掌上通"软件。

"呀,完了!"程鹏突然想起来,"我手机'掌上通'还没有开通,那在这里吃不了饭了。"

"没事,刷我的就行。"小刘晃了一下手机。

这时,排在前面的方若涛回过身:"刷我的吧。"小刘说还是由他来刷,方若涛坚持,"刷我的,便宜点儿。"

"感谢若涛同学和刘哥仗义!"程鹏向两位同事称谢:"就是弄得我怪不好意思的,好像是有预谋来蹭饭的。"

方若涛刷了两次卡,程鹏和大家进了餐厅自助选用,相邻而坐。程鹏问小刘为什么刚才方若涛说刷她的卡便宜点?小刘介绍了集团每餐的费用规定:事业编员工第一次刷卡是三元,再刷每次二十元,劳务派遣员工第一次刷十五元,再刷每次三十元。

"差距这么大?"程鹏颇有感慨,"有劳若涛同学斥巨资请我吃饭,我得多吃点,一定要把二十块钱吃回来。"

"不用客气,不过你不是说要控制饮食吗?"方若涛问。

"是要控制,但是您请我吃饭,不多吃点,实在有负盛情,再说也要让您的付出物有所值,"程鹏接着说,"不过幸亏还是让您破费,而没有让刘哥刷卡,有利于我控制体重。"

"怎么这么说?"若涛有些不解。

"付出了就要争取吃回来,如果让刘哥刷,他得付三十元,我又要多吃十块钱的。"

小刘和同事们都笑了起来,方若涛表情一直平淡,这时脸上也不禁露出了一丝笑意。

午餐后，小刘有采访任务直接外出，其他同事回到办公室。方若涛将上午用手机拍摄的采访素材，上载到编辑机里。

"快看，警方有案情通报了！"程鹏在电脑上看到了警方官微消息，赶紧叫若涛，"这是你采访的那个案件吧？"

方若涛赶紧过来，看到程鹏在电脑上打开的网页，警情通报开头一段提到的是"乔安社区外卖餐食多次丢失""嫌疑人李某某"，当即确认："没错，应该就是我采访的这个案件。"

方若涛仔细阅读了通报的内容：

> 经查，李某某前年自外省大学毕业后来本市就业，现在省城某公司工作，有固定收入，租住于乔安小区，其父母及姐姐在老家县城工作，收入稳定，无特别困难或负担。

> 据调查并李某某供述，上个月其因购买的外卖餐食在小区门口丢失，遂产生报复和占便宜的心理，故多次在上述地点盗取他人外卖餐食。

连续将警情通报读了几遍，方若涛将视线从电脑屏幕移开，看向窗外。

程鹏看到方若涛盯着窗外出神，于是停了一会儿，对着电脑像是自言自语地说："警方开始的通报都是粗线条的，说是还在侦办，详情估计还要等一段时间。"

"不，基本案情已经说清楚了，"方若涛转头看着程鹏，"盗取外卖餐食成立，嫌疑人和家人有固定工作和收入已确定，这就证明采访时他说的'自己是大学生，还要养家'都是假话。"

方若涛语气比较坚决，程鹏沉吟了一会儿，接着说："是呀，犯错被抓，不思悔改，还编造假话为自己开脱，实在过分。"

从网上看到了警情通报，办公室其他同事都议论起来，有的说嫌疑人编造假话可恨，有的说还抖机灵企图把咱们当枪使更可恨，还有的说幸亏咱们没有上当，否则就被搁进去了。

方若涛很快将素材上载到编辑机，正要起身，徐姐过来坐到她旁边："警情通报上说的，和嫌疑人采访说的不一样，应该是嫌疑人骗了你。"

"是呀，确实有风险，如果这段采访播出去了，没准儿就会闹出舆情，至少网上会有声音嘲讽咱们调查采访不扎实、偏听偏信。"

徐姐摆摆手："没事，正好也没播出，小安主要是胆小，这次反而歪打正着。"

程鹏向方若涛建议："现在警方通报了真实案情，这个时候咱们把嫌疑人的采访播出去，能够体现你采访的预见性和专业性，又能体现咱们播发的把控能力。"

"对、对，小程这个提议好，这样若涛你的采访就能发挥最大价值，也能揭露这个嫌疑人李某某的真实嘴脸。"徐姐一脸蔑视之色，"这小子也不看看自己几斤几两，犯了罪还想拿咱们当枪使。"

安少瞳在参加中心报道例会的间歇，就在手机上看到了这条警情通报，庆幸自己当时坚持，没将那段采访发出去，他又看到了网上的评论，更多的声音都是在指责嫌疑人没有底线。有网友又上传了此前方若涛采访嫌疑人时的照片，对照警情通报里说的"无特别困难和负担"，怒斥嫌疑人利用媒体造谣，称自己为大学生，要养家，以求开脱罪责。

例会结束后，安少瞳回到九楼办公室，按惯例向大家传达了例会的精神，最后请大家看看还有什么事，方若涛说："我有事。"

安少瞳说："请讲。"

"估计大家都看到了网上的警情通报，确实证明嫌疑人采访时说的是假话，上午为发这段采访，我和安组长争执过，还打扰大家了，不好意思。"

安少瞳对方若涛主动提起这个话题感到有些意外，同事们都向方若涛表示不用客气、不存在打扰。安少瞳马上说："业务探讨有不同意见是正常的，谈不上争执。"

"对，小安说的这一点我赞成，谁的意见都不见得一定正确，现在来看，那段采访是不用急着播，"徐姐又向少瞳说，"不过采访有价值，又是独家，正好案情通报了，现在发出去应景。"

徐姐的提议引发了大家的议论，有大多数同事也表示现在播发合适，可以注明因为不偏听偏信才没有第一时间播发嫌疑人的采访，体现咱们对播发节奏的掌控能力。"还有，这小子面对若涛公然撒谎，想把咱们当枪使来开脱罪责，"徐姐说着声音渐大，"不揭露他的嘴脸难解咱心头之恨。"

对此同事们看法一致，对嫌疑人的做法既鄙视又气愤，有同事认为现在播发这段采访新闻接近性强，只要注明采访时间和播发时间，即便是再苛刻的网民也找不出茬来。

安少瞳认真地听着同事们的意见，又注意到方若涛一直没有参加讨论，于是就请她谈谈看法。方若涛说："现在来看，这段采访如果早发确实不合适，警情通报后，我也看到网上想看这段采访的呼声很高，现在播发可以回应受众的需求。我也考虑了如果发了是否会加重警方对嫌疑人的处罚？不过采访事实如此，公开之后反而有助于警方对其行为性质和主观态度形成全面客观的评价，所以我认为应该现在播发。"

"对呀，咱跟这小子无冤无仇，"徐姐声音仍然不小，"不用断章取义，就是全面彻底还原他的真实面貌。"

徐姐一说就不停，突然注意到安少瞳好像有点走神，马上就叫他："小安，你说话呀！"

安少瞳好像回过神来："抱歉！一直在听同事们的意见，不过我可能又要和大家唱反调了，"少瞳停顿了一下，"我觉得现在播发采访也不合适。"

各位同事都没有说话，有几个相互交换了一下眼神，有的一直看着安少瞳，程鹏看了一眼方若涛，觉得她的表情似乎有些激动，但瞬间又恢复平静。安静了几秒，倒是徐姐嚷嚷起来："你什么意思？大家意见一致，怎么到你这儿就不行了？"

"徐姐，不要误会，咱们还在讨论，"安少瞳赶紧解释，"我是这样想的：偷外卖盒饭，即便判有罪也不会太重，嫌疑人不久就要重回社会，如果咱播了这段采访，肯定会被网友广为转载，估计他家人也能看到，情感多少会受到伤害，等嫌疑人出来，肯定人人认识、千夫所指，那他就很难再做人了。"

"你是帮哪头？"徐姐声音又提高了一成，"每次你都护着嫌疑人，咱自己人呢？劳动成果就不值钱？"

"徐姐言重了，不是护着嫌疑人，更不是浪费咱自己的劳动成果，主要还是不想产生不必要的副作用。"安少瞳接着解释，"我是这样想的：以咱们报道组的名义发一个后续报道，转发警情通报之后，指出我们采访过嫌疑人，因为其所述不是事实，所以一直未予播发，再强调无论是嫌疑人、媒体，还是警方，都要尊重事实，这样是不是对各方都不会造成伤害？"

"对嫌疑人你左一个不伤害、右一个副作用，那咱们呢？你这样对待同事有没有伤害？有没有副作用？"

徐姐声音越来越大，同事们赶紧劝解。方若涛把徐姐拉到自己的工位，劝她不要生气,徐姐大声说就是看不惯有些人一阔脸就变,一当官腔调都改了。

安少瞳一时之间感到难以和徐姐说清,好在这时方若涛难得没有激烈的表达,看来暂时不用去应付具体播发的事,场面上已有些尴尬,索性就不提了,于是找程鹏一起讨论其他的选题。

徐姐仍然有些愤愤不平,喘了几口气,又问方若涛:"你的采访,你也说应该现在发,怎么后来没再说了?有话不说,这不是你的风格呀。"

"我倒不是有话不说,只是觉得没有必要和嫌疑人较那个真,也没必要在组里较真。"

"你要是这么大度,别人可就要得寸进尺了。"徐姐说完站起身,自言自语了一句"家里有事,先走了",拿起包快步向办公室外走去,皮鞋跟与地板接触时发出的咯噔咯噔的声音显得很响亮。徐姐走到办公室门口差点和一位正要进门的人碰到一起,一看,是海风回来了。海风赶紧后撤一步让开,徐姐径直离开了办公室。海风感觉到徐姐情绪不高,不由回望了一下她离去的背影。

办公室里,海风看到安少瞳正在和程鹏正在观看视频,于是走了过去,说抱歉打断一下,想汇报选题安排的情况。安少瞳表示没关系,正好可以一起来讨论,于是请手里没有急活的同事都坐了过来。海风刚才是去总编室策划组取了集团下发的重点报道部署文件,同时向策划组了解了近期民生活动的动态信息。

"根据集团文件部署,近期民生报道重点主要有这几项,"海风将取的文件分发给同事,"北山县最后一条山村公路打通,是脱贫攻坚工作的重要组成部分,这个选题我愿意去采访。"

安少瞳没有马上回应,他看着文件问海风:"文件当中提到了,全国文学奖获得者严老师将回省城探亲、出席活动,他是民生小说的知名作家,对他的报道,策划组有没有提供什么具体信息?"

"策划组的老师说了,集团通过省文联联系过严老师,严老师已经答应出席省文联的活动,且由集团制作电视信号进行现场直播。"

"现场直播生产的都是公共信息,有没有联系单独采访?"

"这事我问了策划组,他们也向严老师的秘书提出了采访申请,但对方说时间太过紧张,没有办法再安排采访了。"

"时间紧张可能是婉拒的托词,严老师是省城走出去的当前最著名的文学家,虽然长期在北京工作生活,但在省城影响很大,他回到故乡,咱们'省城网事'肯定要争取独家报道。大家看看，谁可以认领这个选题，争取实现采访？"

大家对这位省城作家多多少少都有些了解：才情了得，但为人低调，几乎不公开露面，极少接受采访。同事们进行了讨论，商议之下都觉得争取采访有难度。安少瞳问海风是否可以推进，海风面露难色，表示与文联方面不熟，自己还是想全力推进上一个脱贫攻坚选题报道。安少瞳又看了看其他同事，程鹏和方若涛一直在议论，能感觉到大家有一定的热情，但好像谁也没有成熟的思路。

同事们的讨论渐渐停了下来，仍然没有人发言，安少瞳看到这样的状态，打算宣布散会，自己来想办法联系采访。这时，程鹏主动说："我试试。"

大家的目光都集中到程鹏身上。在有些冷场的状态下，程鹏主动接活，安少瞳自然感到高兴，但他在表情上没有体现，主要是因为他对程鹏的操作能力并不知底，如果现在马上答应，万一推进不下去就被动了，于是保持平静的语气对程鹏说："好呀，请谈谈具体想法。"

"我读过严老师的小说，对他很感兴趣，但我知道想做好这个选题，关键在联系采访，这方面我其实没有资源，不过刚和同事们聊了一下，大家出谋划策，给了我很多启发和帮助，特别是若涛同学说她认识省文联的一位作家，是严老师当年下乡插队时同一个生产队的文友，可以通过这条线推进，所以是同事们的人脉给了我底气。"

安少瞳了解了缘由后对程鹏接手这个选题多了几分信心，于是同意程鹏申领这一选题并叮嘱抓紧推进。同时安少瞳对方若涛的做法产生了一丝不解，她有这样的采访资源，为什么不主动接这个选题？是她愿意对程鹏更多关照，还是因为没播发"偷盒饭"的采访打击了她的工作热情？安少瞳看向方若涛，只见她一直在刷着手机，面无表情。

7

中心秘书通知今天下午集团领导和中心主任将到"省城网事"调研，让安少瞳和全组同事梳理并汇报近期的工作情况，有任何问题和困难，届时都可以当面提出、充分讨论。安少瞳将通知要求一一传达给同事，让大家做好准备，开会时积极参加、踊跃发言。

程鹏告知安少瞳下午可能难以参会，因为通过沟通和争取，作家严老师已同意下午给出半小时时间接受采访。安少瞳没想到采访推进得这么顺利，问程鹏是怎么实现的。程鹏说通过昨天开会时提到的省文联的那位作家，先和严老师打了招呼，这样在昨天晚上程鹏得以和严老师直接电话联系，经沟通，严老师松口说看看第二天的时间安排再说，今天早上严老师的助手发短信告知下午可以安排半小时。

"真不容易！"安少瞳舒了一口气，"严老师是出了名的低调，几乎没有接受过电视和视频采访，昨天晚上是怎么说动他的？"

"省文联的那位作家是方若涛一位同学的亲戚，确实和严老师有多年的交情。我和方若涛协商，通过他只要能和严老师直接通上话，就算推进了第一步，结果还不错，通上话了。"

"和严老师通话，他的态度怎么样？"

"严老师态度非常和蔼，通话时很客气，只是一再婉拒采访，好在此前做过功课，"程鹏兴奋地说，"若涛同学请教省文联的那位作家时，了解到严老师对于乡情和民生比较看重，若涛和我就协商先准备了一套说辞：打电话时，强调我们是省城唯一一档立足民生的新闻节目，听说您回乡，观众留言提出了很多问题，期待能够在采访中得到解答，整个传媒集团也是力推我们栏目对您采访，就是根据您的创作风格，立足民生、安放乡愁，强化符号感——最终把严老师说动了。"

"准备很充分，不简单！"安少瞳点头称赞，"不把功课做得这么细致，估计很难说动严老师。"

"是呀，若涛同学向省文联的那位作家了解到了内情，这是最为关键的，否则不可能和严老师形成有针对性的有效沟通。"

下午就要采访，安少瞳马上联系了摄像组，又和程鹏梳理完善了采访提纲，之后程鹏兴致勃勃地去找摄像老师准备设备。程鹏兴奋的情绪显然感染了安少瞳，此前周密的准备和细致的沟通赢得了采访机会，已经让安少瞳感到对新同事要刮目相看。安少瞳想到了方若涛，显然她对采访的促成作用最大，但毫不张扬，在背后全力支持程鹏，一改她之前主动请战的风格，安少瞳想了很久，仍然难以理解其中缘由。

下午两点，黄副总裁、陈主任和集团及中心秘书一行四人来到报道组，安少瞳先介绍了全组的在岗人员。陈主任主动向徐姐打招呼，显然他们此前就很熟悉，领导和各位同事一一握手问好。安少瞳又介绍了组里设施设备、工作运行情况，然后请领导指示。陈主任说谈不上指示，根据黄总的安排，这次来的任务是调研，就是通过座谈相互交流、了解情况、发现问题、解决问题。陈主任又说黄总之所以把调研第一站放在"省城网事"，体现了对大家的厚爱，也是出于对大家工作的肯定，接着请黄总讲话。

黄总首先强调了"省城网事"民生定位的必要性与合理性，集团领导把这一重要方向的报道任务交给大家，是出于对各位的信任，同时集团也为报道组创造条件，在人员补充等方面给予了大力支持。黄总也对近期的报道工作整体上予以认可，认为报道内容充实，分寸把握得当。

"提一下老旧小区电梯改造的报道，受到了宣传部的表扬。一方面跟进及时，展示了省城民生事业的具体成就，另一方面报道生动，将居民对电梯改造的积极反应体现在细节上，而不是口号上，所以电视台也同步播出，实现了良好的传播效果。"黄总看向大家，"这个选题是谁报道的？谈谈创作感受。"

安少瞳回答黄总："是海风记者采访报道的，"接着转向海风，"你向领导和同事们汇报一下吧。"

海风站起身，满面笑容地说："谢谢领导的认可和鼓励！我向各位领导汇报报道经历。"

陈主任做了一个向下按的手势："咱们是研讨，不用拘谨，坐下来说吧。"

海风又说了声谢谢，坐下来详细汇报了报道与播发经过，重点讲述了对老年居民首次试乘电梯时细节的捕捉，以及自己现场播报的设计，介绍完过程后向陈主任补充说："具体采访制作其实没什么，主要是这个选题本身有价值，听说是主任亲自下发给咱们组进行报道的，必须谢谢领导的关照和指引。"

会场座中的徐姐冷笑了一下，悄悄对旁边的方若涛说："你看，海风又在拍领导马屁，而且总是拣在座官大的拍。"方若涛不禁被徐姐的说法逗笑了。

安少瞳也简单介绍了与电视台沟通同步播发这一报道的过程，陈主任表示对于重点报道，新媒体与传统媒体要形成合力，黄总对此进行过多次叮嘱，"省城网事"对此执行是有力的。黄总同意陈主任的观点，同时强调在加强报道操作的基础上，报道导向更为重要。

"导向有时候显得有些宽泛，但实实在在地存在于每一次报道当中，大家必须时刻强化政治意识、导向意识、舆情意识，特别是在移动互联媒体环境下，每个网民都是评论员，必须杜绝因为我们的报道产生负面舆情。"

陈主任接着说："黄总强调的舆情意识，每个人都要认真领会，做好落实，正如黄总刚才所讲的，导向并不空泛，新闻传播中的'时效度'概念，实际上就是导向的具体体现。今天来调研之前，黄总特意和我谈了你们的近期报道，其中'盒饭案'的报道，在时机和分寸的把握上比较周到。"

"对，'盒饭案'报道虽然不像电梯改造项目那么受各界重视，但突发性强，对报道能力要求更高。"黄总也给予肯定。

安少瞳对黄总和陈主任说："这个报道是方若涛全程负责的，要不请她谈谈？"

"好呀，能在第一现场拍摄和采访到警方抓捕嫌犯的过程，非常难得，"陈主任问方若涛，"当时是怎么实现的，可以向黄总汇报一下，也与大家分享。"

领导直接点名，方若涛简要地介绍了当时与居委会、警方联系之后获得现场采访的机会，没有详谈过程和细节。方若涛的介绍与刚才海风的相比，无论是讲述的时长还是内容的丰富程度都相差很多。安少瞳觉得不太合适，也觉察到在座的领导有些意犹未尽，于是在方若涛讲完后，紧接着说："方若涛没有谈太多，实际上联系采访的过程远比刚才说的复杂和艰难，我适当补充一些，不准确的地方可以再指出。"

安少瞳重点介绍了方若涛两次及时、主动去乔安小区采访，从而把握了现场抓拍的时机，而第二次主动出击采访充实、丰富了证据。通过这一介绍，方若涛的采访过程就详细、生动了很多，黄总和陈主任听得也更为专注。

听完之后，黄总称赞说："年轻人能有这样的工作热情和认真的态度，值得表扬。听你们陈主任介绍，后期节目的播发节奏也把握得不错。"

"是呀，采访扎实、播发谨慎，既保证播发的信息的准确性，不为他人牵制，又避免了对当事人造成次生伤害，体现了节目的人文温度。"陈主任向黄总说，"这一报道看似选题不大，但大家的态度都很积极，新同志主动认领选题，组里打破常规鼓励年轻同志勇挑重担；一些未经证实的采访内容是否适合播发，组里也进行了多次慎重的讨论，甚至是争论，讨论过程中都有同事打电话和我探讨采访人选、播发建议，我也给出了个人意见以供报道组参考，群策群力之后，最终组里做出的安排是恰当的。"

安少瞳补充介绍采访过程时，方若涛并没有太在意，这时突然听主任说到有同事给他打电话提出采访人选、播发建议，不由得一惊，突然想起那天中午和安少瞳的争执：安少瞳提到可以再去找主任，让自己很惊讶，因为自己从来没有找过主任，难以理解安少瞳为什么这样说，而此时听陈主任说起，才知道事出有因，但到底是怎么回事呢？她看向安少瞳，他的表情倒是一如往常。

黄总向大家强调："报道选题没有大小，都必须认真对待、谨慎决策。同样是这个'盒饭案'的报道，一家网络媒体发稿转述了嫌疑人自我辩解的采访，结果在警情通报出来后引发一片指责，网友说这家网站在刻意为嫌疑人开脱，也有网友说他们为博流量不辨是非，这家网站最后不得不删稿、道歉，非常被动。"黄总接着向方若涛说，"小方同志的采访积极、扎实，而在播发时能这样慎重，能有这样的判断力和定力，更值得表扬！"接着又向大家说，"当然全组同事研讨论证、群策群力，也很重要。"

方若涛有些坐不住了，现在看来，坚持没有播发那段嫌疑人采访是正确的，对两次报道的播发安排也是合理的，但黄总归功于自己显然不合适，这是黄总在不了解情况之下的自行判断？还是安少瞳向领导汇报工作时归功于她？若涛一时想不明白，但她觉得不管怎样现在都不能再沉默，要说明播发安排的真实情况，否则就成了默认领导对自己的表扬。

方若涛正准备要求发言，办公室外传来了脚步声和说话的声音，大家不禁向门口看去，只见程鹏和摄像人员回来了。

安少瞳向领导说了声"抱歉"，就起身迎了过去，摄像老师与程鹏交接了拍摄卡就带着机器离开了。安少瞳低声问程鹏采访情况如何，程鹏情绪很高，回应一切顺利。安少瞳将程鹏带到会议桌前，对黄总和陈主任说："不好意思刚才打断了会议。程鹏刚去专访了昨天回省城的全国著名作家严老师，这也是他和方若涛一起想了很多办法、找了人，才实现的。"

程鹏介绍说在采访过程中严老师态度热情，对所有的问题都做了回答，总结了自己的文学生涯，谈了全国性大赛中获奖民生小说的创作经历，最后还感谢了传媒集团，并向家乡的观众致意。

黄总听了很高兴，提出把严老师的采访重点段落放出来看一下。程鹏将拍摄卡连上监视器，挑选播放了采访段落，从严老师谈重点小说的创作过程、外地奔波求学的成长历程、感谢传媒集团等几个片段，可以看出严老师态度真诚、谈吐风雅。

一边看着严老师的采访，黄总一边点评了其民生小说的创作风格。陈主任告诉大家，黄总也是文学青年出身，上大学时就发表过诗歌。

"是呀，我们那时候条件简陋，也没有电子游戏可玩，业余时间就是钻研文学，"黄总向大家说，"可能你年轻人难以想象，那个年代就是征婚都不会提物质条件，反而爱好文学是标配，自己不'爱好文学'都不好意思找对象。"

在场的同事有的笑了起来，安少瞳说没想到黄总这么爱好文学，这么了解严老师的作品。

方若涛一直在想着找机会发言，以说明播发的真实情况，但赶上程鹏回来，大家都在关注对于严老师的采访，她也不便打断，只能先听领导的讲话。方若涛在几次大会上听过黄总的发言，总体感觉是冗长、官腔足，所以对他并无好感，刚才也没有太注意听他的讲话，但此时听他说起文学，倒显得十分接地气，不由地集中了注意力。

安少瞳让程鹏谈了对严老师采访素材的编辑思路，然后又请领导给予指导。黄总说："采访严老师是近期重点选题，为了突出民生特点，特地让'省城网事'来推进，现在完成了专访，是一个好的开端，编辑完成后电视台也要同步播发，所以编辑一定要用心，而且要尽快，"黄总接着向大家强调，"我多次指出，报道选题没有大小，都必须认真对待、谨慎决策，必须时刻强化政治意识、导向意识、舆情意识，把握好报道的内容、节奏和分寸……"

没想到黄总刚刚正常说话没几分钟，又回到惯有的腔调当中。方若涛不禁暗暗摇了摇头，同时感到现在的情况和气氛之下，没有必要在他面前说明此前"盒饭案"播发的实际情况。

黄总强调完一系列的纪律和要求，对陈主任和大家说自己还要去集团开会，说完起身和秘书准备离开，让陈主任继续在这里的调研，不必中断，但陈主任还是起身送出了办公室，安少瞳也跟随陈主任送了出去。

领导离开的片刻，办公室气氛明显松弛下来，同事们比较随意地议论着刚才会上涉及的一些话题。程鹏告知方若涛，采访中严老师聊起了下乡插队时的往事，和省文联的那位老师属于患难之交，感情很深。"实际上我对省文联的老师没什么了解，但严老师谈得那么深情，我为了拉近和他的距离，只能装着很熟悉的样子谈了省文联老师的一些趣事，感谢若涛同学昨天给我恶补的功课！"程鹏向若涛连连拱手。

方若涛还没回话，徐姐直接对程鹏说："在大领导面前露脸了，你确实应该感谢若涛。"

程鹏赶紧说："徐姐说得对，应该谢，就今晚，一顿小餐聊表谢意吧。"

方若涛淡淡一笑："这点小事，说谢见外了。"

"说谢不见外，不接受谢才见外，若涛同学上一次就没给面子，这次不能再推辞了。"程鹏微笑着看向方若涛。

"对，应该谢，"徐姐向若涛说，"不必心疼程鹏，该宰就宰。"

"好的，徐姐，我已经准备做好一只等宰的羔羊。"程鹏一脸大义凛然。

"那你可得大放血了，"方若涛绷住笑，"这次采访，徐姐给你支持，安组长给你派的活，你都得请吧？"

"我晚上有事，参加不了，小安也不用请，上次压着采访不发，没让他请客就算对他客气了。"徐姐愤愤地说。

"谢谢您给我省钱！"程鹏笑着向徐姐拱手，"不过没有播发偷盒饭那位的采访，大领导好像认可了。"

"事后认可是另一回事，"徐姐对程鹏说，"主要是小安当时行事方式不合适，听不进意见，先是不让若涛去采访，后来采回来的东西又压着不发，还把大家弄得都不开心，这就不对了。我当时就给主任打电话说了，估计主任批评他了。"

程鹏没有再接话，另起话头说："你们聊，我得赶紧去编了，晚上电视新闻还等着要。"说完离开了会议桌。

等程鹏走开，方若涛小声地问："徐姐，当时是你给主任打电话说安少瞳的？"

"是呀，那两次咱们和小安争执，没想到他这个人当了小官就听不进意见了，不过对领导还是唯唯诺诺，"徐姐一脸不屑，"我知道你脸皮薄，所以我就向主任说了。"

方若涛突然产生了一种难以名状的窘迫感，现在才明白，她申请选题、与安少瞳争论播发采访，是徐姐向主任打电话告了安少瞳的状，徐姐这样做当然是因为对安少瞳不满，但也是对她的一片好意，而且徐姐现在从容地说出来，显然并不认为这样做有何不妥，所以方若涛觉得虽然无法接受徐姐这种做法，但又不便指责。

徐姐看方若涛没有说话，就问她怎么了，若涛回过神来："哦，谢谢徐姐关照，不过像这种业务上的争论，我觉得不必向主任说，您看呢？"

"我也不喜欢和领导打交道，当时就是看不惯小安老是听不进意见。"徐姐停了一下，"你是不是担心让领导产生误会？不会的，放心吧，我可以解释。"

8

送黄总下楼后，陈主任和安少瞳回到办公室继续开会。陈主任强调调研会一方面是提要求，另一方面就是为了发现和解决问题，请大家畅所欲言，报道组和个人有任何困难，或者有任何需要协调和沟通的问题，都尽管提。

同事们还在思考酝酿，徐姐率先发言："刚才陈主任提到那次同事申请选题和播发采访的争论，都是我主动给主任打电话沟通的，和其他同事没有关系，特意说明一下，以免大家误会。"

也许是同事们对徐姐所言都觉得有些意外，会场突然出现了片刻的安静。此时安少瞳也马上想起主任曾两次主动打电话给他，一是开选题会时主任询问是否安排好了采访记者，二是主任过问"盒饭案"嫌疑人采访的使用情况。第一次通话，主任强调要鼓励使用新人，显然是倾向于让方若涛认领这个选题。第二次通话，主任在了解情况后，虽然支持安少瞳暂时不发的决定，这一过程显然表明与方若涛有关的工作情况主任都很清楚，而且特别关注。安少瞳一直以为是方若涛自己向主任报告的这一切，这一度让他产生了压力，甚至因此差点与她发生正面冲突，现在才知道实际上与方若涛无关，都是徐姐向主任打的电话。

陈主任可能感觉到会场的气氛有些异样，立即笑着向大家说："徐姐还是直性子，有什么说什么。"接着又看着徐姐，"不过你不用担心，这么多年了大家都互相了解，不会误会，而且我本来就是'省城网事'的一分子，大家有什么需要讨论的能想起我，大家一起想办法，说明没把我当外人。"

"对、对，主任说得对，我这个人就是有啥说啥。"徐姐接着说，"正好有困难要请主任想办法解决：因为我管组里同事的出差报销，现在外地出差出租车费用标准是每天八十元，这个标准应该是财政部门按公务员出差需求制定的，但我们同事出去都是跑新闻，有时要追踪采访，这个标准肯定不够用，得请领导关心。"

徐姐说完，几位经常出差的同事纷纷响应，因为一线跑新闻只有打车才有可能保证抵达事发现场的效率，有时经常一天要往返多个事发地采访，目前车费标准对于往返采访确实是个明显的限制。安少瞳等大家议论得差不多了，向陈主任解释："车费限制是一线记者的共同感受，实际上出差的伙食补助也不高，但大家从来没提过提高伙食标准的要求，希望提高车费标准，确实是从新闻采制工作方面提出的合理建议。"

陈主任表示理解大家在这方面提的意见，短时间从财务制度上改变出租车费用标准不太可能，但还是要积极地去想办法，比如今后如有预判车费将明显超标的采访事项，可以提前打报告申请追加，或者申请专项租车经费来解决。

同事们又和陈主任谈了其他一些问题。安少瞳提出常态性播发报道视频节目，按规定组内审片后即可点击播发，其他部门的组长都是事业编人员，他们自己的工号就是审片界面的账号，而他本人无此权限，每次审片后要提请主任，或者主任授权的秘书点击播发，人为拉长了审发周期。

陈主任问一旁的秘书，集团在这方面的具体政策有无变通的可能，秘书解释说根据目前的规定没法给劳务派遣人员开通相似工作账号，但是只要中心领导授权，任何一位事业编制人员的工号都可以捆绑审片播发的权限，至于谁来操控这个有权限的号码，是可以变通的。

陈主任当即表态，从保证效率的工作实际出发，支持组内实现对于常态视频节目的直接终审播发，组里事业编人员如果愿意，可以将工号提交出来，中心授权后组里统一使用，请各位同事考虑一下。

会场安静了，同事们好像都在考虑主任的建议。实际上大家都知道组里只有徐姐和方若涛是事业编制，陈主任的提议等于就是让她俩考虑谁把工号贡献出来交给安少瞳来使用。安少瞳当然更明白这一点，以徐姐的性格，估计她不会出让，至于方若涛，虽然了解不多，但已经能够感受到她背景不浅、个性很强，特别是向主任打电话的事，自己又误解过，她当时已经有反应……

"我的工号可以提交组里使用。"

大家的目光都被这句话所吸引，表态的正是方若涛。

"好的好的，小方同志顾全大局！"陈主任显然很高兴，当即要求安少瞳与方若涛交接好工号和密码的使用，以保证审片的安全与顺畅。

徐姐小声问方若涛："你把工号贡献出去，个人使用起来就不那么方便了，借设备、领材料都没法在内网下单。"方若涛小声回应："谢谢姐关心，不过应该没什么大碍，真要领什么东西，那就让组里下单。"

接近下班时间，陈主任又和同事们交流了几句，就结束了调研会，离开前叮嘱将严老师专访内容尽快编辑成片，及时传给电视台同步播发，以确保时效性和传播效果。安少瞳答应了，起身准备相送，陈主任说不用送，并让秘书留一下，与安少瞳、方若涛处理好工号交接和审片权限设定。

陈主任离开后，没有其他工作的同事陆续下班，程鹏抓紧编辑严老师的采访。方若涛将自己工号和此前使用的密码告知秘书，秘书以中心的名义在内网添加了审片和播发权限，然后将工号与密码告知安少瞳，并告知他可以按自己的意思重新修改密码。

"就使用现有的工号和密码也可以吧？"安少瞳问秘书。

"从操作角度来说，就用现有的密码不影响工作，"秘书看了一眼方若涛，"只要你们同事之间协调好就行。"

"还是修改一下密码，你自己掌握比较合适，"方若涛看着安少瞳，"这是公对公的事，不涉及同事之间的信任问题，而且这样做责任也更加明确。"

当时在会上方若涛表态可以提供自己的工号给组里使用，安少瞳暗暗松了一口气，因为当时他担心如果没人响应这一提议，自己提出的组内审片播发的诉求又得搁置，审发工作不太方便倒是其次，主要是可能会让陈主任感觉有些下不来台。现在交接了账号，安少瞳一时对方若涛的行事风格感到有点难以捉摸，是大度还是小气？是直率还是含蓄？不管怎么说，在这件事上，还是应该感谢她的。

此时方若涛直接提出应公事公办，由安少瞳再行设定密码，少瞳没有再推辞，道了一声谢之后就将密码重新设置了。秘书让安少瞳进行了确认，看到没有问题，又叮嘱保存好密码和相关信息，然后告辞离开。

这时程鹏完成了编辑，过来请安少瞳审看。安少瞳起身对方若涛说："严老师采访也是你联系的，一起去看看吧。"若涛答应了。

程鹏编辑了两版，加导语两分钟版本提交电视台新闻播出，精编的是严老师采访中的核心内容；另一版是供"省城网事"播发的长版，分了几个段落，将严老师所谈的主要内容都予以了充分呈现。

看完后方若涛说编得挺好的，安少瞳也认为不错，短版的比较精细和紧凑，可以直接传给电视台新闻组，长版的在网络端播发，发了之后按段落切分成几条短视频再分别发一次，这样便于网友选择点播。

方若涛说自己和电视台那边熟悉，可以联系对方，把新闻短片通过内网系统传给他们。安少瞳说好，并当即给电视台新闻组打电话，告知严老师采访片已完成，正在传送，可以准备排播了。新闻组的人表示感谢，并确认程鹏传的文稿邮件已收到，已排在十八点半档"省城新闻"的头条，就等收到成片后推送播出线。

程鹏将长版视频和多条短视频进行了合成送审，安少瞳又审看了一遍，向程鹏表示可以提交了，但要等电视新闻播出的同时，一并上线播发。

此时方若涛已将成片传送完成，正打电话和电视台新闻组确认："看到成片了啊，对，片子标题就是'严老师专访'。好的，你再看一直声画是否对位……嗯，对，片长一分四十五秒，加导语两分钟，文稿也传邮箱了，好的，那电话挂了啊，等你们播出。"

方若涛挂了电话，对安少瞳和程鹏说电视台新闻组已将片子推上线了，就等晚上六点半直播。程鹏连声称谢。安少瞳拿起遥控器打开挂在墙上的电视机，调到省城台综合频道。这时还没有到新闻直播的节目时间段，程鹏问安少鹏在他回办公室之前领导在会上都说了些什么，安少瞳简单介绍了会上的内容，说领导对近期几个新闻事件报道给予了肯定。

"调研会能成为表扬会不容易，难得领导这么慷慨地点赞！"程鹏又向方若涛说，"'盒饭案'能抓拍到现场，真不是盖的！"

方若涛没有回应，直接问安少瞳："会上黄总说这个报道播发分寸得当啥的，我当时就想发言澄清播发安排不是我的意思，正好程鹏采访回来把这个话头给打断了，所以我也没有机会问——黄总为什么认为播发取舍是我安排的？"

"这个我真不知道，"安少瞳笑了一笑，"黄总位高权重，我也够不着找他说话。"

"你可能是够不着黄总，但你够得着陈主任，你是怎么对主任说的？"若涛追问。

安少瞳没有马上回答，方若涛又追问了一句，安少瞳正在考虑措辞，这时电视机里传来的省城新闻的片头曲，安少瞳看向电视屏幕："节目开始了，咱们看严老师的新闻吧。"

这档省城新闻将严老师的采访内容列为头条，程鹏编辑的成片得以完整播出，编后语又进行了短评，并预告明天上午将电视直播严老师参加的省文联会议活动，还用字幕提示严老师专访完整版可以点击观看"省城网事"账号，整个内容编排很充分。

一直盯着电视屏幕的方若涛突然说："字幕上编辑的名字，我的怎么排在前面？"她转向程鹏，"你让新闻组的人这样列的？"

程鹏笑着拱手："感谢若涛同学的大力支持！"

"这样不合适，主要采访和编辑还是你干的。"

在两人说话的当口，安少瞳将程鹏合成送审的长版视频和多条短视频一一终审播发，然后对两人说："算是告一段落了，内容独家，效果不错，弄到这么晚了，两位辛苦！咱们一起去吃饭吧。"

"好呀，不过我来请，因为此前说好了，要感谢若涛同学在采访上的提携之恩，"程鹏接着说，"当然更要感谢组长的支持。"

"我的支持完全可以忽略不计，主要还是感谢若涛老师的提携。"

"你俩不用这么巧立名目、互相吹捧，吃饭就吃饭，我付账。"

传媒大厦周边有多个餐馆，因靠近商业区，这里总是人来人往。时值春季，似乎是为了更多地吸收时令的气息，或者也是为了更好地舒发自己的活力，人们好像都愿意在户外活动，即便是用餐，露天餐位更受欢迎。安少瞳他们三人来到一家餐馆外，选择了遮阳伞下的一处餐位。

"快看，咱们发的严老师采访点击量不错呀，已经突破两万了。"程鹏不停地刷着手机。

"评论也不少，"方若涛也翻看着节目账号，"很多是点赞严老师的，严老师坦诚、博学、省城骄傲，也有点赞'省城网事'的，这个说采访做得独家、独到……"

"主任留言了，"安少瞳看着手机上的信息，"电视台节目中心领导向他表示感谢了，说严老师采访播出后效果不错，特意向全组和方若涛、程鹏转达。"

这时服务生开始将他们点的菜品送了上来。程鹏放下手机说："出来吃饭，机会难得，我提议，咱都别看手机了，还是多吃、多聊，如何？"

安少瞳说："好呀，确实，现在的人看手机时间越来越多了，尤其是干咱们这行的。"

"好提议，"若涛放下了手机，向程鹏一笑，"刚你给电视台新闻组发的文稿邮件，带上我的名字，我也觉得应该，不过把我的名字写在你前面，就不合适了。"

"我确实认为应该把你的名字放在前面，没有你联系找人，不可能找到对接严老师的渠道，而且后来采访提纲的形成，也是我们请教了你介绍的省文联那位作家老师之后，一起商定的，否则也不可能实现现在的采访效果。"

"我的联系只是前期工作，实际的采访、编辑都是你做的，没有必要客气。"

"真不是客气，"程鹏向若涛笑着说，"你是运筹帷幄，我只是冲锋陷阵。"

"光说不练假把式，若涛老师为你运筹帷幄，现在还不赶紧敬个满杯？"安少瞳在一旁对着程鹏笑。

"你不要煽风点火，我不能喝酒，"若涛向少瞳说，"而且真要喝，你得自罚三杯。"

"为什么我得自罚？"

"今天会上，领导表扬了此前的两项报道，现在又表扬了严老师的采访，连续表扬三次，让你这个大组长应接不暇，难道不应该自罚以谢组员？"

"这个……"安少瞳作沉吟状，"你这么说我得怎么接呢？"

"没法接就不接，"程鹏叫来啤酒，"你刚才说，光说不练假把式，那就来点真的，先满饮一杯吧。"

"我这是搬起石头砸自己脚吗？"少瞳笑了笑。

安少瞳和程鹏请方若涛也喝一点，若涛拒绝了，说以水代酒同样助兴。三人聊起了组里的、中心的、集团的很多掌故和新闻，程鹏大多觉得新鲜，不断向少瞳和若涛提问。

方若涛又问安少瞳："刚才那个问题你还没有回答，'盒饭案'的采访选用和播发安排，你是怎么向主任说的？"

"我没特意向主任汇报过这个报道，只是上次主任问起，我简单地说了一下报道过程。"

"就别遮遮掩掩了，"若涛追问，"如果你没有特意汇报，黄总怎么在会上一再说，是我的采访选用和播发安排得当？"

安少瞳一时之间找不到合适的回答方式，正在迟疑，程鹏说："可能是安组长没说清楚，也可能是黄总自己的判断，大领导嘛，一切尽在掌握中，总是能够高瞻远瞩、高屋建瓴、高山仰止……"

方若涛、安少瞳都笑了起来。

月光洒落下来，虽然被点点灯光所稀释，但仍然给整个城市增添了柔和的色彩，三人的笑容也浸润在这样柔和的色彩里。偶尔一阵微风飘过，没有打断三人的笑语，却好像将周围嘈杂的声音吹散开来，带着白日里城市的喧嚣渐渐远去。

9

突然，安少瞳手机响了。

一听电话铃声，少瞳向方若涛、程鹏说了声"是主任的电话"，马上拿起接听。

"主任，您好…对，我还在组里，没有回家。您有什么吩咐……发生负面舆情？不会吧？您还在办公室？好的，那我马上过来。"

方若涛、程鹏在一旁听了个大概，虽然还不明白具体情况，但已经感觉到是遇到麻烦了。安少瞳接完电话站起身，边收拾东西边说："主任说咱们发的严老师采访产生了负面舆情，让我去他那里确认处理。"

程鹏有些吃惊："不会吧？反响不都是挺积极的吗？"

"具体还不清楚，我马上过去。你们吃完了回家休息吧，今天辛苦了。"安少瞳拿起包，"服务生，买单。"

方若涛站了起来，对安少瞳说："说好我付账，主任催，你先过去。"

安少瞳看店里生意正忙，服务生一时也过不来，于是说了声"让你们破费了"，向两位同事挥了一下手，就快步向传媒大厦走去。

二十二楼陈主任办公室大门敞开，安少瞳仍然敲了敲门才走了进去。主任正在刷手机，看到安少瞳进来，招手让他到办公桌前坐下，发给了他两张网上留言截屏。陈主任说刚刚黄总给他打电话，说集团舆情监看组发现"省城网事"栏目账号里发的严老师专访，在评论区有网友提出质疑和抨击，经评估属于负面舆情，所以下发中心予以处置。

这两张留言截屏，都是针对严老师同一段采访视频进行的评论。严老师表达是自己从小就从省城去往外地，经历下乡插队、求学、创作的过程促进了阅历的增加和自己的成长，成为文学作品的主要素材和灵感来源。两张截屏当中，一条留言抨击严老师的表达是赞美外地而轻视家乡，质问："难道省城这样的发展热土就不能成为创作思想和素材的源泉？"另一条留言抨击"省城网事"将严老师这样的表达播发出来，有故意抹黑省城的嫌疑，要求编辑删除视频并道歉。

安少瞳反复看了这两张截屏，又比对了账号专区中这条视频下的其他留言，有些诧异地问陈主任："这两条留言态度很极端，明显就是断章取义、上纲上线，严老师说了外出的经历对他创作的作用，但并没有否定家乡的价值，而且绝大多数网友留言对这段采访都是给出了积极的评价。"

"我的态度和你基本相同，所以黄总刚才电话沟通时，他要求考虑删除这段视频以平息舆情，我也给出了自己的意见，询问他是否可以与分管舆情的集团领导协商一下，采用相对稳健的处理方式，黄总倒是答应进行沟通，但考虑到集团对舆情一向慎重的态度，我们还是应该提前做出处理预案。"

"谢谢主任理解！确实如此，严老师这段采访不仅独家，而且说得声情并茂，记者的两次追问也恰到好处，体现了咱们的专业能力，不能因为有个别极端的网上意见，就一删了之吧？这样对咱们栏目品牌伤害很大。"

"你的心情我能够理解，所以找你来咱们一起协商对策。"

"实际上今天下午的调研会上，我们已经把严老师的几段采访放给黄总现场看过，当时他是认可这些内容的，能不能再向黄总争取一下？不删除最好。"

"我也认为删除过于简单粗暴，而且即便删除也是有播发痕迹的，有些极端人士肯定会拿咱们'发了又删'来说事，甚至会讽刺挖苦，"陈主任沉吟片刻，"咱们考虑一下有没有变通的办法……"

这时办公桌上电话机的铃声响了，陈主任拿起话筒接听："是黄总呀，您还没有休息？嗯知道，哦，已经协商过了，是这样的处理要求？我正在和报道组沟通，考虑到简单删除痕迹太重，网上难免有人嘲讽，从而引发新的舆情，对，是有这个可能……"

陈主任拿着听筒没有说话，电话那一头好像一时也没有声音。也许刚才提到的"新的舆情"给了电话那边的黄总一些触动，他不得不再行考虑。

"我们是这样想的，"陈主任对着话筒继续说，"如果能有严老师新的采访，起到解释的作用，引导一下那些偏激的言论，应该就不必删除现在这一段采访内容对，好的，感谢，我们协商具体办法去落实好的，我们对舆情一直是重视的……好的，谢谢关照，让您费心了，早点休息，黄总，再见。"

陈主任一放下电话，安少瞳忙问："是说这个事吧？黄总有什么指示？"

"黄总开始的要求还是要删除，刚才电话你也听到了，我提出简单删除可能引发新的舆情，建议如果能有严老师新的采访进行解释和引导，是不是就可以不必删除。黄总考虑了半天，算是勉强答应了，要求明天十点之前，也就是集团总裁办公会议开始之前，完成相关采访并上线，否则必须删除。"

安少瞳考虑了一会儿，说："感谢您关照，并为咱们想办法。既然黄总坚持这个态度，您的设想已经是保全那段采访的唯一方式了，非常感谢！我们全力去实现。"

"确实，现在也很难找到更好的办法了，但时间紧张，今天又比较晚了，实现起来难度大吗？"

"难度肯定有，但正像您说的，也没有更好的办法了，我们尽力推进。"

安少瞳辞别主任出了办公室。现状给他出了个难题，如果删除采访视频，就是删除同事们的工作成果，对大家工件热情的打击可想而知；如果想保住这一段线上的采访视频，唯一的办法就是获取严老师新的采访，但时间紧迫，严老师个性低调且日程已经排满，再向他约采访谈何容易？

安少瞳考虑到当务之急是以最快的速度与严老师取得联系，但今天已经这么晚了，只能明天一早想办法，是去严老师下榻的酒店蹲守吗？这样做肯定是失礼的，而且以严老师的风格，也不可能在没有预约的情况下临时接受采访。

"安组长。"

正处于深思中的安少瞳被招呼声叫停了脚步，下意识地往回看，只见方若涛和程鹏从大厅的休息区方向快步向他走过来。

"怎么？你们还没有回家？"安少瞳有些惊讶。

"因为你说是严老师的采访内容出现舆情，我就想等一下，如果有需要我可以去改，"程鹏说，"让若涛回去休息，她也坚持在这里等。"

方若涛问："怎么回事？要怎么处理？"

安少瞳将舆情产生过程、黄总的态度，以及与陈主任协商并最后确认的应对方法说了一遍，最后又强调了一句："黄总的态度是删除采访视频，经过争取才答应延迟到明天上午十点，所以咱们得想办法。"

"黄总这个态度不太对吧？"程鹏有些不理解，"今天下午把采访放给他看过，就包括说去外地求学工作这一段，当时黄总没有任何反对意见，怎么现在就说要删？"

安少瞳说："之前的事咱就不谈了，总算还有余地，关键是想办法处理妥当。"

"虽然黄总是领导，但是咱们该据理力争的还是要争，"方若涛看着安少瞳，"刚才我一直在刷这个采访视频下的留言，绝大部分都是为严老师、为咱们的采访点赞的，不能因为有极少数网友不同意见，就删咱的视频吧？"

"是这么个道理，其实我的想法和你相同，也向主任反映了，不过也许是因为我工作不到位吧，总之领导方面最终决定是要想不删节目，就要补充采访。"安少瞳停顿了一下，"我建议咱们还是向前看，时间已经很紧迫，要想保住视播发的视频，目前补充采访是唯一的选择，所以前提是尽快联系到严老师。"

三个人同时沉默了，显然大家都知道操作的难度。考虑了一会儿，方若涛说："我可以再联系省文联的作家，但现在确实太晚了，只能先留言，明天一早再打电话。"

程鹏又想了想，说："严老师下榻的酒店离这儿倒是不远，是不是明天一早就去那里守着？开着摄像机，等严老师一出来就冲上去采访。"

安少瞳表示他也想过这种方式，但一来太失礼，二来即便冲了上去，严老师基本上也不会接受采访，反而会弄得很不愉快，甚至会影响他参加省文联的活动。

这时安少瞳的手机电话铃声响了，他看了一眼来电号码，向若涛、程鹏做了个手势后走到一旁接听。程鹏一直盯着玻璃幕墙，没有出声。方若涛对他说："领导的胆量与官职成反比，越大的领导越是谨小慎微，不愿意担风险，之前我在电视台那边碰到过的，比这里多得多了。"

程鹏扭头向若涛说："关键是下午已经让大领导看过了，如果当时就不让发，那我肯定会执行，也不会影响情绪，现在等发了之后又让删，还是因为这种不着调的原因。要是真的删了，那简直太丢人了。"

这时安少瞳走了过来，解释说刚才接的是电视台信号技术制作科负责人的回电。明天上午九点半省文联举行的活动，严老师作为嘉宾参加，如果能争取进入现场，可能有机会采访到严老师，但因为媒体报名早已截止，组委会已经没法给"省城网事"的记者追加现场采访证。经过进一步打听，得知明天这场活动全程直播，信号制作则由技制科完成，于是少瞳联系他们，希望安排记者以技术人员的身份进场，技制科负责人内部沟通之后刚回电，答应可协调两个人随同技术团队进场。

"能接近严老师，就有采访的机会，"若涛认同这种方式，"那明天早上我去现场？"

"我建议还是程鹏去现场采访，因为今天下午是他作为记者采访的，电视端、网络端已播发，总体来说反响是积极的，严老师应该不会不满意，所以程鹏如果能和他再见面，因为都认识，亲近感会强一些，你们看呢？"安少瞳问。

程鹏马上说："同意，补充采访应该由我去。"

"那行，现在很晚了，没法下单征调摄像，明天早上就咱俩过去，有机会就你采访、我拍摄。技术部门人员明天早上七点进场调试线路和机器，这个时间点保安比较松，咱俩要在这个时间和他们一起混进去，技术部门也没有多余的现场证件，要等线路调试完毕，他们将高点固定机位的两位技术人员的证件让其他同事悄悄带下来给咱俩，以便咱们在现场走动、采访。"少瞳又对若涛说，"技术部门目前是一岗一证，所以增加人数不能多，让咱们去两人已经是很大的关照了，他们把证件换出来给咱们也是担着风险的。你看呢？"

方若涛看到已有安排，于是说："那你们辛苦了。但是和严老师采访联系怎么落实？"

"联系采访还是个问题。"安少瞳挠了挠头，"我和程鹏拿到技术人员的证件到现场，只能够保证近距离见到严老师，最多可以和他说上话，也许能当面提出采访要求，但他是否接受采访谁也保证不了。"

程鹏说："今天采访的前前后后，我都是和严老师秘书沟通的，联系方式已保留，明天一早我就和秘书联系，提出现场采访要求。"

方若涛说："我已经给省文联的那位作家老师发了信息，他没有回，估计休息了。明天一早我会和他直接电话联系，请他向严老师争取一下。"

"是，两方面都要争取，当然就算都尽力联系了，严老师也不见得就肯定会接受咱们采访。"安少瞳又想了想，"但不管怎么样，一边联系争取，一边接近严老师，目前看也只能这样了。再想想，还有什么能做的？"

三个人都深思一会儿，方若涛问："你们想好了什么时间，或者什么时机采访吗？"

"明天活动和直播的流程，我已经向技制科要到了，可以一起看一下，"安少瞳将活动流程的文档通过手机发给了方若涛和程鹏，"你们看，明天活动是九点半开始，到点就直播，按要求所有嘉宾会在九点到九点半之间来现场就位，早到的嘉宾会去贵宾室休息。不知道严老师几点到现场，最理想的是此前咱们已经和他联系好，严老师在现场一出现就采访，这样九点半前就能全部完成。"

"严老师明天抵达现场的具体时间，明天一早我一并问他的秘书，这个估计他会告诉我。"程鹏看着手机界面上的活动流程，"如果严老师到得早，在贵宾室休息时，是不是更好的采访时间和地点？"

"不行呀，我们持的是技术证件，只能在活动现场工作，无法去贵宾室。"

方若涛问："你有没有考虑，万一严老师不接受采访，或者他卡着点到现场，没有时间接受采访怎么办？"

"如果是这样的话，我和程鹏就在现场等，等活动和直播结束后直接上去找他采访。"

"但你不要忘了时间，刚才你说黄总要求十点之前新采访必须上线，否则就要删除原视频。我看了活动流程，九点半开始，有主持人串接、领导讲话、给文学新锐授奖、严老师致辞、文学经典诵读……好多环节，怎么也得一个多小时，流程排的也是十一点结束。所以如果在活动开始之前采访不到，到了十点没有新视频上线，大领导肯定会'追杀'。"

"这我想过……"少瞳思索了片刻，抬起头看着若涛，"除此之外，没有更好的办法。如果领导'追杀'就尽量拖，如果实在拖不了那只能认了，毕竟咱们只有这么大的能耐。"他又看着程鹏，"不过，那样就有点对不起程鹏了。"

程鹏马上说："没什么对不起的，而且我相信运气没那么坏。"

梳理完工作安排，安少瞳和程鹏要回办公室取一套摄像机和一部非线性编辑笔记本电脑，明天就直接从住处带到现场。

方若涛问明天除了和省文联负责人联系之外，还能做哪些针对性的支持。安少瞳说："明天采访到严老师不会早于九点，所以如果方便的话，你九点来办公室，对接可能的采访回传，如果采访到了，我们马上用移动编辑笔记本电脑回传，第一时间通知你处理、上线。"

三人走出传媒大厦，安少瞳和程鹏叮嘱方若涛赶紧打车回去休息，之后他们快步走向办公楼。方若涛并没有马上离开，她静静地站在原地，看着他俩远去，看着他俩的背影渐渐消失在省城的夜色里。

10

天亮得越来越早，想多睡一会儿也很难踏实。

虽然凌晨才休息，但方若涛不自觉地很早就醒了，辗转了一会儿觉得已无睡意，索性起床，关闭了休息之前设定的闹钟，打开手机刷新信息。省文联的作家老师还没有回信，方若涛又给他留了一次言，希望对方看到之后能够尽快联系。

等待的时间总是显得漫长，方若涛又刷起了朋友圈，希望从中能看到有关严老师，或者今天上午这次活动的最新动态。也许是时间还早，一直没看到有人发这方面的消息，方若涛正要放下手机，突然看到程鹏发的一条朋友圈动态弹了出来，配了一张今天省文联活动外景照片，写了四个字——"掘地三尺！"

看来程鹏早早到活动现场了，而且在给自己打气，方若涛的脸上不禁浮现了一丝笑意，她给这条朋友圈动态点了个赞，想了一下，又写了一条评论——"早起的鸟一定有食吃！"

清晨的省城已经到处车水马龙，早高峰时间地面交通显得很拥挤。方若涛本来可以不用这么早出门，但在家里待着总觉得有些心神不宁，于是网约了一辆出租车去了单位。路上省文联的作家老师回信息了，说是严老师今天会和在省城的两位亲戚一起吃早餐，所以不可能很早到活动现场，估计会在活动开始前十分钟左右抵达。

方若涛赶紧把这一信息转发给安少瞳和程鹏，提醒他们做好准备，并问现场的情况怎样。安少瞳回信息说，跟随技术部门人员入场还比较顺利，目前正在和参加直播的节目人员沟通，梳理环节和具体时间点。程鹏发了一张现场主席台的照片，说自己就在台下候着，一有机会就能冲上去，又说严老师秘书回信也确认可能不会提早到会场，所以只能相机行事了，请方若涛看看能否从省文联想想办法，先向严老师提一下在现场的采访需求。

到了办公室，因为时间尚早，同事们都没来，方若涛放下提包就给省文联的作家老师打了电话，想请他联系，再简略地采访严老师一两个问题，作家老师表示愿意帮忙，但现在严老师和亲戚在一起，不便打扰，好在自己也参加上午的省文联这次活动，采访一事当面向严老师提更为合适。

方若涛拿着手机一直没有放下，一会儿翻看省文联的客户端，一会刷新朋友圈，一会儿又发信息询问，希望了解前方现场的动态，特别是有关严老师的消息。虽然持续联系，但有价值的信息反馈很少，只知道目前严老师还没有来到会场，也没有人准确地知道他什么时间才能抵达。

方若涛盯着墙上的时钟，盯着飞快转动的秒针，不一会儿，秒针、分针以及整个时钟在视线里变得模糊了，似乎出现了严老师采访的画面，这画面还没有消失，安少瞳和程鹏昨晚离去的背影又浮现了出来，接着网友抨击严老师的留言截图、现场活动流程文件，甚至程鹏朋友圈发的会场外景图片等，纷至沓来。

方若涛定了定神，时钟在视线里又重新清晰。时间已经不早了，她想了一想，拨通了程鹏的电话。

"程鹏，我是方若涛。听得见吧？听你那边，现场还比较安静，什么情况？"

"现在转播信号调试已完成，直播岗位的人，包括主持人都到了，在等嘉宾和参会人员入场，不过应该是还有一会儿，我们一直在现场等。"

"严老师有什么消息没？"

"你发信息说他早上有安排，我问他秘书，也是这个说法，而且是和亲戚在一起，秘书也没有参加，秘书说是昨天和严老师商定今天早上在活动现场会合。"

"那时间太没谱了……你们在现场还能做什么？"

"我们都拿了技术证件，在现场可以走动，但不能去其他区域，现在我拿着机器在嘉宾席坐等，安组长一直在和各方面联系，刚去找了活动组委会的一位在现场人员，现在……我看一下……他正在和直播节目的负责人说话，肯定是在沟通、想办法。"

"你们问了吧，全体嘉宾会在什么时候到达座席？"

"和几方又确定了一遍，昨天咱们看到的流程文件明确是九点至九点半全体嘉宾和参会人员到场、落座，九点半正式开始会议和直播。刚安组长说，又和组委会的人确认了，要求参会人员九点到场，嘉宾不晚于九点二十分入座，估计严老师应该是这个点到。"

"那有没有和组委会的人说好要采访？"

"安组长提要求了，开始组委会的人说流程上没有采访安排，而且严老师不会早到，如果再现场安排临时采访，其他媒体也会拥上去，不仅现场秩序混乱，而且会影响直播。这方面技制科的负责人给我们证件的时候也叮嘱，直播前十分钟要求每个人的电子设备必须关断或者静音，现场采访更是不行了，否则影响了直播安全，那是谁也负不了的责任。"

"那咋办？后来有新的沟通吗？"

"好说歹说，组委会的人还算支持，最后协调到了严老师座位后一排的一个位置，我现在就拿着机器在这个座位上，如果严老师来得稍早，他落座之后我们可以开着摄像机，争取请他转过身来回答一两个采访问题，这样不会引起其他媒体的扎堆。不过各方都警告，如果严老师来得晚就不能再采访了，保证活动和直播安全是底线。"

根据现有的条件，前方已经做了最大的争取、最充分的准备，但结果仍然难料，因为不知道严老师什么时间抵达会场，更不知道他会不会接受采访。

挂了电话，方若涛还在想严老师采访的事，徐姐、小刘走了进来，一边向若涛打招呼，一边问她怎么这么早就上班。方若涛简单讲述了昨天严老师采访视频引发的舆情，今天必须补充采访才能避免删除。

"这不合适吧？昨天采访都给大领导看了，当时他们频频点头、连连称赞，都说采访内容好，怎么上线了发生舆情，就让咱们删？"徐姐显然很不高兴。

"昨天采访视频上线后，我也一直在看，大多数网友留言都是点赞的，说内容好、咱们采访独家，有几个不同意见也是正常的，怎么就要删除？"小刘感到很不解，"这心理承受能力也太脆弱了吧。"

徐姐又问："小安呢？他怎么不向领导解释、争取？"

"他和程鹏去会议现场了，想重新采访一下严老师，平衡一下内容，避免之前的采访被删除。"

"小安就是不敢和领导说，这种事你不争取，领导当然提要求就完了，哪管你好不好实现！"徐姐无奈地摇摇头，"你们昨天和程鹏忙到那么晚，今天一早又得去采访，关键还不见得能采访得到，真是受罪。"

"安组长昨天晚上倒是去主任那里解释了，本来是要求直接删除，后来经过争取，黄总让了一步，要求改为增加补充采访。"

小刘问若涛："刚才你说，领导要求十点之前新采访就要上线？"

"是呀，因为上午十点是集团总裁办公会议，估计黄总是想在开会之前解决这个问题，这样的话，即便集团分管舆情的领导提起来，也好回应。"

小刘看了一眼墙上的时钟："这就很紧张了，又要采又要编，还要回传上线，来得及吗？"

"时间肯定很紧张，"若涛说，"但最大的难关还是联系严老师进行采访，严老师愿不愿配合现在没办法确定。"

这时方若涛感到手机振动了一下，一看是安少曈发的信息：向方若涛道了辛苦，说现场有些嘉宾已到，但严老师还没有来，他和程鹏正与各方面沟通，希望能按照昨天的设想实现采访，有进一步消息随时联系。

显然，安少曈这条信息形式大于内容，因为昨晚说了请若涛上午九点到办公室，所以这个时候信息联系，算是打个招呼，又算是提醒一下昨天协商好的工作时间安排，但他们在现场对严老师采访的推进，至少从信息上看没有任何实质性进展。

小刘问若涛："怎么样？现场有什么消息吗？"

方若涛摇摇头，对小刘说："严老师还没有到，他们还是在等。"

"这样等着哪是个事？要是严老师不来，或者来了不接受采访，不就白干了？连昨天的采访都白干了。"徐姐叹了口气。

"这也是没有办法的办法，领导这样的要求已经算是让步了，"若涛说，"领导就是害怕舆情。"

停了一会儿，小刘降低了声音："这么担心舆情，其实可以主动出击，借力打力。"

"小刘，你是什么意思？能让别人为咱们做舆情引导？"徐姐有些不解。

"这其实没有什么玄乎的，已经很多先例，就是'水军'，"小刘接着解释，"前两年很活跃，做起来明目张胆，现在收敛多了，多转为地下，但要是想联系还是有渠道的。"

方若涛说："'水军'我知道，此前很多大的传播案例都有披露，虽然臭名昭著，不过能量还是很大，经常是为一些企业营销，或者是明星炒作带节奏，但是咱们是大众媒体，肯定不能和'水军'沆瀣一气。"

徐姐紧接着说："照说咱们媒体应该独立自主，可是领导那么怕舆情，那就发动'水军'试试呗，省得老是担心乌纱帽。"

"不过，即便使用'水军'，也得花钱，而且时间太紧张，肯定很难吧？"若涛问小刘。

"不管是应对突发的危机公关还是想制造一个舆论话题，得先做个策划案，然后执行、造势，都需要一定时间，"小刘回答，"今天这件事肯定来不及，半个多小时内就要实现，就是发通缉令也没有那么快。"

大家不由得沉默了。这时方若涛又收到程鹏发来的信息：现场开始要求全体人员将手机全部判断或者静音，还有十来分钟开始直播，但严老师还没有出现，还在沟通争取当中。

方若涛向小刘和徐姐说前方采访没有进展，还有十来分钟就要直播了，但严老师还没有到现场。小刘拿起遥控器打开电视机调到文艺频道，到了九点半，省文联的活动就在这个频道直播。

这时，办公室座机电话响了。报道组办公室只有一部座机，兼有传真的功能，现在是移动互联时代，大家用座机打电话次数比较少，也很少有电话接进来。大家等了一会儿，电话铃响个不停，徐姐拿起了话筒："你好，这里是'省城网事'，呀，是陈主任呀，您有什么吩咐？安少瞳没接电话？他应该是在省文联会议现场，说是要采访严老师，是，程鹏也过去了，好像还没有采访到……到了十点钟昨天的采访视频要删除？听说了，不过还是请领导关照一下，能不删最好……我们也知道您一直关照……黄总又强调了？删除操作我不熟，您稍等……"

徐姐捂着话筒叫方若涛过来。若涛快步上前接过听筒，在电话里向陈主任简练地汇报了现场采访的计划和目前进展。陈主任说刚才连续给安少瞳打电话，他没有接听，让若涛继续联系和推进，还是按照此前的要求，如果没有严老师新的、平衡性的采访上线，那么昨天的那一段采访必须删除，截止时间还是十点。

方若涛一放下电话，徐姐就问："主任是不是坚持要删昨天那段采访？"

"和昨天的要求一样，截止时间是十点。"

徐姐向方若涛说："刚才我也向主任提出能不能通融一下，但他没松口，他说黄总刚又过问这事，估计是没法改变了。"

这时小刘指着电视机："快看，严老师在现场。"

方若涛和徐姐看向电视机，活动直播已经开始，正是领导致辞环节，在切换到嘉宾席的画面上确实能看到在座的严老师，也隐约能看到严老师身后一排座位上好像就是程鹏，严老师的目光明显是向前，他正专注于会议，并不是接受采访的状态。

在办公室的其他同事也围拢到电视机前，讨论安少瞳和程鹏是不是已经完成了采访。方若涛实际上很明白，直播前在现场应该没有实现对严老师的采访，否则安少瞳和程鹏一定会在第一时间和她联系，让她对接编辑和上线。即使如此，若涛仍然抱有一线希望，还是给他俩发了信息，问他们是否实现了采访，告知陈主任在敦促此事，请尽快和主任及她本人联系。

方若涛看向电视，直播中的活动不紧不慢地进行。若涛又低头看向手机，没有信息也没有电话。她又看向电视，想在直播画面中捕捉到和采访严老师有关的信息或者是迹象，但从给到的画面看，严老师一直端坐在嘉宾席中，时而微笑，时而鼓掌，总之与接受采访无关。方若涛又看向时钟，时间正一秒一秒地迫近十点……

这时小刘说："严老师上主席台了。"

直播中的活动已经进入到新锐作家代表颁奖环节，严老师作为颁奖嘉宾上台。方若涛知道，按照流程，颁奖之后主持人还会请严老师在台上给获奖者说一些评价和激励的话，完成这些环节再等严老师回到原来的座位，肯定是在十点钟之后了。

方若涛正看着电视，心里测算着时间，突然感到手机振了一下，赶紧低头翻看，居然是陈主任发来的信息，他说还是没有联系上安少瞳，要求若涛如果没有新的采访回传，就及时删除那条线上的采访视频，否则如果集团领导动用技术人员在后台删除，报道部门就被动了。

方若涛攥着手机，感觉到自己的心跳明显加快，她还没想好该用什么样的措辞去回应主任的信息，更没想好应该怎样去处理那条采访视频，是听主任的马上删除，还是像之前安少瞳说的尽量去拖延？如果拖延，拖到什么时候？

这时直播的活动已经完成了颁奖环节，主持人按流程请严老师留步，给文学新锐们致辞。时间已经到了十点，方若涛明确了思路，打定主意决定至少拖到严老师离开主席台再考虑处理那条采访视频，因为严老师下场回到原座位的过程中，也许安少瞳、程鹏有机会堵住他进行采访。于是，方若涛将注意力集中到电视直播上，盯着严老师的一举一动。

主席台上，严老师通过讲述自己的成长经历，给了年轻人很多鼓励和中肯的建议，引发了全场热烈的掌声。等掌声稍稍平息，主持人继续提问：

"谢谢严老师对年轻人的鼓励和建议，此前您提到过一路奔波的人生经历给了您很多的创作灵感和资源，那么还想请教您，家乡在您的创作事业中具有什么作用和地位？"

听到主持人问出这样的问题，方若涛很感意外，这是在此前预设流程中没有的内容，按理说，在直播过程中主持人不能轻易增加环节，否则会产生时长的出入，从而增加直播的风险，另外，这一问题似乎与会议主题关系不大。

方若涛还在考虑，直播中，严老师回答说：

"我生在家乡，在家乡长到十三岁离开，在山水灵秀、人文荟萃的家乡只待了十三年，虽然远远不够、深深不舍，但已经铸就了我的世界观和人文底蕴，这是后来从事创作工作最重要的基础，超过灵感、素材等一切具体层面的元素……"

严老师的回答情深意切，会场爆发出更为热烈的掌声。方若涛突然明白过来，这就是"省城网事"所需要的采访！一看时钟，已经十点零四分了，她赶紧给陈主任回了信息：严老师补充采访已完成并播发。

11

方若涛收到了安少瞳发来的信息，说刚才会场让关机，又比较忙，没有看到她发来的信息，表示抱歉。方若涛给安少瞳和程鹏回信息，告知他俩已看到严老师的现场表达并向主任汇报了，组里的同事也都知道了，大家都松了口气。很快安少瞳又回了信息，说谢谢她和组里的同事，已与直播组沟通把这段采访单独剪辑出来，先在他们的账号上线，请方若涛将这一视频同步拉到"省城网事"的账号里。

办公室里的同事们一直在议论，大家问昨天那段采访是否已经保住了。方若涛说领导没有再次要求删，就应该算是保住了。同事们说难得严老师给面子，有的同事说安少瞳在现场的协调灵活有效，有的同事说领导已网开一面了，也有同事觉得大领导对网上的个别不同意见太过敏感、过于小题大做。

"其实所有部门对舆情都很敏感，"小刘说，"上个月就在电视台文体频道直播了一场艺术体操比赛，比赛精彩，直播也流畅，就因为网上有人吐槽说评论员解说有问题，结果临时决定取消原定的重播，我一哥们就是做那场重播录像编辑的，费灯耗油地熬夜编完了，结果全白干。"

"这不对呀，"若涛听了很不解，"比赛本身精彩，即使解说确实有问题，在录像上重新解说一遍不就行了吗？何必取消重播呢？"

"谁说不是呢！"小刘一脸无奈之色，"我那哥们，还有制片人，都向他们的领导反映了，但最终还是决定取消。"

"领导的考虑，和咱们做报道的不是一个角度，"徐姐摇摇头，"好在咱们的采访保住了，否则不仅是白干，还遭人笑话。"

正说话间，安少瞳和程鹏回来了，同事们都向他们道辛苦。徐姐问他们是不是和领导联系上了，一早主任把办公室电话打爆了，还给方若涛发信息催逼。

"不好意思，徐姐，让您费心！"安少瞳赶紧道歉，"九点多钟会场负责人员就要求关机，当时又在和各环节相关人员联系，主任打电话也没接到，后来向主任解释了。"

安少瞳又向方若涛道歉："若涛老师，很抱歉，在会场没有及时联系，实在是忙得有些跳脚。特别是主持人向严老师提了那个问题，本来在确认之后，应该提前向你打招呼的，但当时实在是太紧张，没有一点间歇时间，而且也不便擅自开手机，不过幸好你反应快，后来我和陈主任汇报时，主任说你已经向他确认严老师补充采访已发。感谢！"

"若涛同学，确实机智！"程鹏由衷地向同事们点赞，"严老师和主持人完成互动后，我们赶紧躲进一犄角旮旯，安组长打开手机先给陈主任回电话，说已经实现了新的采访，没想到主任说若涛同学已经通过信息向他确认播发了补充采访，还表扬我们按时完成了任务。"

同事们都赞叹方若涛反应快，若涛则向程鹏说："行了行了，还是说说你们现场采访吧。"

原来安少瞳和程鹏一早到了活动现场，开始时与各方联系沟通不太顺畅。本来准备在严老师进会场时拦住他进行采访，但凭所使用的技术证件无法离开预定的位置，没法到达严老师的进场通道，所以不可能在他进场时接触到他。后来协调了位置，准备在他落座之后让其扭头接受采访，但严老师卡着直播点才到会场，此时采访在时间上已不可能。安少瞳最后找到节目负责人，沟通能否在严老师上主席台的互动环节，由主持人多提一个问题。确认可行后，安少瞳赶紧找主持人助理多做了一张手卡，把那个提问手写在手卡上，趁着嘉宾颁奖环节主持人不出镜的瞬间，把手卡交给主持人并说清楚了要求，最终实现了对严老师的补充采访。

"直播结束后，严老师就直接去机场了，他中午回北京，"程鹏向大家说，"严老师走得急，离开会场时好多人送行，咱扛着机器根本近不了身，幸亏直播中主持人让他把该说的都说了。"

同事们都说前方随机应变，最终实现采访不容易。方若涛感到有些后怕："真是挺悬的！万一采不到，或者直播中严老师对主持人的提问回答不理想，昨天的采访就要删除，那真是前功尽弃了。"

安少瞳说："是呀，这次主要还是直播节目组和主持人支持，严老师配合而且情商高，否则真的很难说。今后遇到这种情况，要再完善采访提纲，保证内容平衡和全面，不然事后补救太被动了。"

徐姐说："还是先做好大领导的工作吧，做领导的要有准谱，上面一摇摆，下面都累死。"

"徐姐说的是，要吸取教训，陈主任让我下午去向他汇报今天的采访工作，正好向他沟通这方面问题。"

因为连续奔波，午餐过后程鹏有些困乏，正准备找个角落歇一会儿，突然听到手机响了一声，拿起一看，原来是工资信息。此前属于见习期，工资不足额，本月收到的应该是第一次足额的工资，虽然此前对这里的工资水平已有了一定的了解，但程鹏对这个月工资数额还是有所期待，不过现在面对真正拿到手的数额，还是感觉与预期有差距。

正在此时，徐姐走了进来，叫程鹏和小刘，说是上面给组里发了一些饮料，请他俩去楼下帮忙搬一下。程鹏和小刘答应了，跟着徐姐拖着平板车出了办公室，来到电梯间。

电梯一时间还没有来，徐姐问程鹏有没有收到工资信息，程鹏说收到了，徐姐又问具体数额，程鹏本来不想说，但徐姐直接询问，自己也不好推辞，犹豫了一会儿，如实告知了工资数额。

"呀，这样的工资是不高，以现在这个物价水平，压力肯定不小，"徐姐连连摇头，又问小刘，"你的工资要高一些吧？"

"根据工作业绩和工作量，会有些差异，不过劳务派遣人员整体工资水平就那样，"小刘对徐姐说，"跟你们事业编的没法比。"

说话间，电梯来了，三人拖着平板车进了电梯。电梯里没有其他人，程鹏问小刘刚才所说的工作业绩和工作量在工资中如何体现。小刘介绍说，员工工资分为基本工资、绩效工资和增收节支奖三部分，其中基本工资根据本人的学历、工龄等元素设定，每个月都不变；绩效工资每月人均数额也是衡定的，但是根据每个人的工作业绩和工作量大小，或高或低地浮动；增收节支奖则是根据各个中心每个月或每个季度的收益情况动态设定，具体发放也要参考个人当月的工作情况。

"刘哥，那业绩和工作量怎么统计？如何反映到账务部门？"程鹏问。

"一般都由各组组长每个月制作工资表提交给主任，主任审定了，交账务部门发放。集团要求绩效和奖金数额，必须以每个人的工作量和业绩为评估标准。"

"那工作量和业绩怎么评估？有客观标准吗？"

"集团没有统一标准，有些节目组岗位类似，比较容易统一和量化标准，但像我们组，采访、编辑、拍摄，还有值班推送，工种多、差异大，很难以一种标准评估，以前的组长应该是凭感觉来判断。现在安组长刚上任，得看看他有什么想法了。"

"您刚才说劳务派遣人员与事业编的没法比，每个月是不是两类人员分别评估、分别制作工资表？"

"对呀，相同用工制度的员工在一起评估，各走一套系统，而且工资发放单位也不一样，咱们的工资由劳务派遣公司账务发放，而事业编人员工资走集团账务处。"

"那两类员工人均工资差异是不是很大？"

"当然大了，事业编人员的工资，平时至少是咱们的两倍吧，而且咱们劳务派遣人员还没有年终奖。"小刘向徐姐笑着说，"徐姐就是事业编老员工，最有发言权了。"

"是有一些差距，"徐姐笑了笑，不过笑容中有难以掩饰的一丝尴尬，"好在集团在搞人事改革，应该就会有改变。"

三人从楼下将集团分发的饮料拖到九楼办公室，方若涛和同事们都过来帮着搬，程鹏说女生就不用出劳力了，徐姐一边说有劳男生们了，一边从开了封的箱子里取出一瓶饮料。方若涛还是上前要帮忙，程鹏取出一瓶饮料塞给她，说："真的不用了，给我们一个机会，实在不好意思，在旁边给我们呐喊助威就行。"

方若涛看了看，觉得确实也插不上手，就退到旁边："好的，辛苦了，加油！"

"嗯，味道还行。"一旁的徐姐喝了口饮料，又让方若涛也尝尝，又问工资收到没有，数额是否有变化。方若涛说了刚收到关于工资的短信，数额好像比上个月在电视台时略有提高，应该是增加了一项值班津贴："都是集团内部调动，总的来看，工资额度稳定吧，不过和您肯定有差距。"

"咱俩差不多，我可能也就是工龄工资多一点。"徐姐说了自己的以及程鹏工资的数额，"不过小刘、程鹏他们工资确实比较低，压力大。"

此前在电视台工作时，同事中也有劳务派遣员工，方若涛对于他们的工资水平有所了解，不过没想到在这里，两类员工的收入差距拉得更大。徐姐判断，估计是因为新媒体中心运营时间不长，整体广告收入不如电视台，而事业编人员的工资水平在整个集团都是基本一致的，所以只能更多地影响到劳务派遣人员的奖金组成，从而降低了他们的工资数额。

办公室里，小刘、程鹏他们几个将饮料箱靠墙码放整齐，又从中拿出几瓶，一一送到各位同事的手里。

同事们正喝着饮料，安少瞳回到了办公室，程鹏拿了一瓶饮料递给他，说这是徐姐安排拿给大家的。安少瞳向徐姐道了谢，说刚才向陈主任汇报时沟通了如何让大领导意见和指示前置的问题，陈主任答应找机会和黄总再讨论。徐姐表示大领导不见得重视底层的呼声，还是得咱们自己遇事争取。

海风走过来说北山县最后一条山村公路开通的选题已经完成，请安少瞳审片。今天上午海风和摄像老师在现场对这一仪式进行了采访，电视台也安排摄制组进行了拍摄，回去自行制作新闻。而此前按照选题策划，海风提前跟踪采访了这条公路最危险段落的打通过程，今天依托于开通仪式这一新闻背景进行综合编辑，计划推出深度新闻专题节目。

看完编辑的视频之后，大家总体的反应是整个专题节目编辑内容比较充实，也有故事和细节。海风面带微笑，感谢大家的认可，又请各位多提修改意见。大家一时间没有发言，安少瞳强调讨论的目的是提高节目质量，请同事们都说说看法。

小刘说："素材积累比较充分，其中细节部分可以更集中、更突出，目前来看，环节和段落还是细碎了一些。"

方若涛说："我也同意刘哥关于细节的看法，我对片中印象最深的，就是筑路时石子滚落、工人大叫小心的场景，实际上这段画面可以留白，突出现场声，也许能更好地体现山地的惊险、修路的艰辛。"

小刘和方若涛提出了关于节目细节的具体看法，激发了同事们的讨论热情。有同事提出解说词与画面基本等长，虽然保证了信息量，但有可能削弱了现场感，比如片中出现过筑路工人攀登的画面，但只使用了几秒钟，有些可惜，如果拍摄的素材充分，可以用一组攀登画面，甚至可以留出工人高强度作业时的喘息声，以增强表现力。

海风说接受并感谢大家的建议。安少瞳看徐姐一直没说话，就请她也说说看法。

徐姐说："片子挺不错的。不过上一次审电梯改造的片子时，大家也提出过，有些记者出镜报道其实没有必要，反而可能喧宾夺主，建议可以再考虑一下。"

海风马上说："徐姐，您能具体说一下吗？哪段出镜报道没有必要？您指导清楚了，我可以删除。"

"具体哪段我就不细说了，你是记者，也是编导，轻重缓急，自己肯定最清楚。"

海风说："您还是说得具体点，哪些没有必要，您只给原则性观点，没法操作呀。"

"我只提自己的看法，以供参考，有没必要，你和大家应该都有判断。"

安少瞳感到海风和徐姐对话的气氛有点紧张，赶紧接过话茬："海风老师，你的片子大家总体评价都很高，其中几段出镜报道有的也是必要的。就我个人看法，你中间那一段在修路现场的出镜，说的是这条山路的长度以及与县城和村镇的位置关系，虽然说清楚了，但不是特别形象，如果用地图，或者地形施工图来说明，肯定会更加清晰。"

海风说："好的，如果大家没有其他意见，我就去修改了。"说完，海风转过身坐到编辑机前，同事们见状各自散去，只剩安少瞳与海风一起在屏幕前。

看周边已没有其他同事，海风向安少瞳抱怨说："徐姐是不是对我有意见？总是针对我，而且也不说具体意见，你让我怎么揣测'圣意'？"

安少瞳赶紧安慰说："徐姐一直就是这种处事风格，对同事说话很直接，不会针对你，她可能是没有太仔细看片子，所以按照感觉提了些意见，没有那么具体也是正常的。"

安少瞳和海风梳理了一遍节目，修改了内容、调整了节奏，也精简了出镜报道段落。处理完后，海风也表示效果有改善，接着合成送审，安少瞳审看确认无误即点击播发。

节目上线后引发了网友的积极反响，不长时间就有很多留言和点赞，同事们有的也在点击观看和讨论。徐姐在手机上看了一遍，对方若涛说："你看，海风还是保留她的两段出镜，没有必要的地方，也为出镜而出镜。"

"这个片子还是比较扎实的，出镜倒也能体现记者在现场，就是内容并不是不可或缺。"

"是呀，海风就是这个毛病，不过也是组里惯的。你看你来了之后就有两次了，明明是没有必要的出镜，小安还是放纵她给播了。"徐姐神秘地一笑，"你知道吧，传闻海风对小安好像有意思。"

"有这传闻？真的吗？"

"此前好像有传闻，我也不信，不过小安成为临时负责人后，你看海风的态度，肯定是跟得更紧了。"

"安少瞳、海风都是未婚吧，就算真有意思，也属正常。"

"有意思是正常，不过要是冲着其他东西去，有别的意思，那就不正常了。"徐姐呵呵一笑。

方若涛向四周看了一眼，安少瞳、海风都不在办公室。

12

"哇，歌星萧辰要来省城开演唱会了！"小刘看到了头条新闻。

"怎么？思想深邃的刘哥居然是萧辰的粉丝？"方若涛笑着说，"看不出来呀！"

"我对萧辰无感，不过我女友是他的铁粉，"小刘突然露出痛苦的表情，"这一回女友肯定要逼着我给她买演唱会门票，估计得破费一笔了。"

"刘哥，这个你可得把握住底线。你想，你的亲女友是萧辰的铁粉，然后你买门票，让你的女友去见萧辰，你这不是开门揖盗、引狼入室吗？"程鹏表情沉重地表达了自己的担忧，办公室里同事们都笑了起来。

"真是饱汉不知饿汉饥，"小刘把脸一捂，"你不知道我女友有多难伺候，好好珍惜单身时光吧。"

"真是赤裸裸地炫耀呀！还说我是饱汉不知饿汉饥，你才是脱单不知光棍苦！好好珍惜二人世界吧！"

因为近期民生新闻选题相对常态化，把握难度不大，今天的组里编前会用时较短。会议最后，安少瞳提出了一项跨组协调的工作：对于歌星萧辰省城演唱会，中心已经安排了报道方案，包括彩排和演出的延展直播，其中场外红地毯处设直播点，需要有一位记者现场主持报道，此事主要由直播组负责，但他们表示缺少现场主持记者人选，最好还能增加现场采访记者，中心考虑"省城网事"多位记者长期从事现场报道，所以协调咱们支持。

"中心征调咱们组的记者现场主持，是对咱们同事工作能力的认可，"安少瞳说，"请各位考虑一下，谁可以去现场主持？"

"我可以去主持。"海风抢先应答。

"你看海风，一有抛头露脸的事比谁都积极，"座中徐姐一脸鄙夷之色，对方若涛说，"你别客气，你去吧，比她现场主持肯定强多了。"

"现场直播主持我倒是做过，对萧辰也有点兴趣，如果是前一天的彩排直播，我去没问题，"方若涛小声回答，"不过演出那天还要直播，我肯定得躲了，上个星期同学就和我说好一起去看这场演唱会，票都订了。"

面对海风的应答，安少瞳没有马上表态，只是说："好的，其他同事还有意愿去吗？大家可以讨论协商一下。"

徐姐又对方若涛说："海风总是抢着出风头，估计小安也听到风言风语，所以平衡起见，提出让大家都报名。你要是不去看演唱会，真没有必要让着她。"

方若涛没有说话，可能因为海风抢先应承了，其他同事也没有再表态。安少瞳问小刘："开会前你好像提到过歌星萧辰，你是不是对娱乐圈比较熟悉？"

"我对娱乐圈没有兴趣，只是女友前段时间说起过，所以今天才关注了一下。"

安少瞳笑着问："那要不就趁机参加报道？有机会近距离采访歌星，没准能提升女友对你的崇拜，如何？"

"别！别！要是女友知道有机会见到真神，一定吵着要跟去，我又得花精力拒绝、安抚，那就太麻烦了。"小刘一脸无奈之色。

其他同事没有表达想去现场主持的意愿，安少瞳就让海风与直播组联系工作安排，同时叮嘱临时支援其他部门，要尊重他们的具体要求和工作流程，现场表达，特别是直播播报要注意分寸，尽量不给对方带来任何不便，海风一一答应了。

安少瞳又说直播组还提出增加现场采访记者的建议，中心的意思还是尽量由咱们支持，经协商，由咱们出采访组，可以自主选题，自行采制以短视频的方式播发，主要目的是丰富报道角度，为演唱会直播报道形成铺垫，所以现场采访可以在演唱会前一天的彩排完成后就结束。

方若涛考虑了一下，表示可以去现场采访。安少瞳向她道了辛苦，说咱们没有太多娱乐报道的经验，具体选题可以边采访边细化，采制的视频短片在"省城网事"播发，同步抄送直播组即可，演唱会采访证由直播组统一办理。

萧辰演唱会在省城掀起了一阵娱乐热潮，各家媒体和自媒体都争相报道。方若涛连续出击，采制了活动组织、门票售卖、歌迷反响等多条视频报道。程鹏这两天轮值坐班，和方若涛协商之后，重点收集网上相关的报道资料和信息。

下午要举行演出前的新闻发布会，网上聚集了更多的信息和评论，程鹏一直在查看和梳理。安少瞳问有什么最新动态，程鹏说除了这次演唱会本身的内容外，有网友提到并盛赞影星叶坤去年在省城举行的演唱会，隐隐地好像有对抗、互撕的架势。

"关于娱乐圈，我就是文盲，"安少瞳请教程鹏，"你说的对抗、互撕是什么东西?"

"说白了就是同行是冤家，特别是萧辰和叶坤是同一部电视剧出道的，两人的形象定位又接近，所以有意无意双方都会显露出竞争性，两边的粉丝更是势同水火，一有事就相互攻击，去年叶坤来开演唱会，萧辰的粉丝就在同人网发起抵制，现在又轮上叶坤的粉丝来抵制萧辰了。"

"这么敌对? 我真是孤陋寡闻了，"安少瞳说此前没有关注过这类消息，"目前粉丝有什么具体动作吗?"

"现在主要是萧辰的粉丝在宣扬这场演唱会，而另一边的网友在贬低和攻击，说萧辰五音不全、一贯假唱之类，不过暂时还看不出来要采取什么地面行动来反对萧辰演唱会。"

"那咱们报道可得注意了，这一不小心肯定会被极端网友抨击，领导看到了，没准又会说是负面舆情。"安少瞳叮嘱程鹏，"你关注信息动态吧，有什么动向咱们随时沟通，及时告诉前方记者。"

新闻发布会很快就要开始，安少瞳看到海风发了一条微博，配的是自己手持传媒集团标志的话筒在现场的照片，评论写的是半年多时间体育馆连续两次举办明星演唱会，市场繁荣，盛况空前，自己有幸主持见证，并预告了今天发布会和明天演唱会的直播时间。安少瞳看完后，想了一想留了私信，提醒海风这两次演唱会的主角及其粉丝比较对立，一定要注意自己的表达方式，而且要注意引导情绪。

新闻发布会先是活动组织方和场馆负责人出场，介绍演唱会筹备情况并回答记者提问，之后才是主角萧辰来到现场，与粉丝代表进行了互赠礼物的环节，再回答记者提问。现场主持人说萧辰马上要参加彩排，时间比较紧张，只能回答三个提问，座下的记者纷纷举手示意要提问。

"只回答三个问题，这个萧辰谱挺大呀，"正在手机上看直播的程鹏告诉安少瞳，"上次叶坤在发布会上还回答了五位记者的提问。"

"是吗? 你记得真清楚!"安少瞳向程鹏说，"有没有可能这是团队设计的?"

"有可能，两方粉丝对抗厉害，比对手现场回答问题少，也许就能显得比对手更大牌。"

省报的记者第一个提问，问题是关于明天演唱会曲目的设计。萧辰谈得比较多，程鹏显然很熟悉情况，几乎对每首歌曲都能说出来龙去脉。安少瞳不是太了解曲目，更多地关注发布会的环节："就三个提问机会，看看海风能不能抓住一个。"

座下各媒体记者积极举手提问，一家门户网站的记者获得了第二个提问的机会："半年多前和你一起出道的叶坤也在这里举办了演唱会，非常成功，现在有很多网友支持你，但也有网友更支持叶坤，那么这场演唱会你打算怎么击败叶坤？"

这个问题一提出，引发了现场一阵骚动，在看直播的安少瞳都能听到现场发出的杂音，安少瞳向程鹏说："这个记者真是看热闹不嫌事大，提这个问题不是故意挑事吗？"

"网络媒体要的是流量，能够搅动两方争执、对抗，就能带来关注和流量。"

萧辰简短地回答，说对于此前艺人好的做法和经验会借鉴与学习，他的回答过程情绪平静，显然是有所准备之下的照本宣科。

对于最后一个提问的机会，在座的记者都举手示意，直播画面中穿着红色职业装的海风一直高举右手。安少瞳和程鹏都有点紧张，不知道她能不能获得机会，幸运的是主持人最终示意工作人员将提问话筒交给了海风。海风问："我是传媒集团'省城网事'的记者，很高兴获得了最后一个提问机会。想请问萧辰，去年你在长沙的演唱会很成功，记得之后你接受采访时表示，你更看重的是超越自我而不是超越他人，那么针对本场演唱会，你如何去实现超越自我？是从观众数量方面还是从演出质量方面去评估和努力？谢谢！"

安少瞳和程鹏对视了一下，显然他们都感觉海风因为此前做过功课，所以提问有出色的引导性。

果然这一问题将萧辰的情绪带回来了上一次演唱会的成功之中，他很有感触地回顾了长沙的演出，并总结了经验，对于本场演唱会，他表示将立足于自己，努力提升演唱水平和演出效果，也相信观众会支持他的努力，最后他感谢海风记者对自己的长期关注，并提出了这样有质量的问题。

"提问和回答效果不错，比上一个问题更专业，"安少瞳问程鹏，"这样的问题虽然不'八卦'，但估计网友也会买账吧？"

"提问和回答确实不错！这一问一答肯定会被萧辰粉丝争相传颂，用来宣扬萧辰的成绩和品位，流量不会小。当然叶坤的粉丝肯定会当它不存在。"

安少瞳让程鹏把这一问一答从直播信号里单独剪辑出来，放到"省城网事"的账号里，快速审批播发了出去。很快，评论区开始聚集网友的意见，正如程鹏预料的，几乎都是支持者渲染和夸赞的声音。

"安组长，你看，果然干起来了，网上有人举报萧辰了。"程鹏一直在刷着信息，告诉安少瞳。原来萧辰在发布会之后又参加了一场商业活动，为一本自己的写真刊登在封面上的时尚杂志做签售，并在签售现场宣布将本期杂志销售利润的20%用于捐助"贫困母亲"救助计划。这一举措引发了一些粉丝的大力赞扬，但马上有人举报萧辰伙同时尚杂志通过这种方式冲减税项，目的是偷税漏税。

"举报？这么短的时间能够找到证据吗？"少瞳很疑惑。

"证据？举报的目的是攻击对手，什么时候要证据了？呵呵！"程鹏一笑，"不过一些大的'粉团'内部有分工，会安排专人盯着竞争对手的一举一动，包括收集不利于对手的证据，所以这一次在萧辰卖杂志时举报偷税漏税，我估计可能事先是有准备的。"

"都这个年代了，为了党同伐异居然这么没底线。"安少瞳对程鹏说，"不过你确实让我大开眼界，咱们也算是老媒体人了，第一次接触娱乐圈，碰到了这样一片光怪陆离的世界。"

"娱乐圈就是这样，没准萧辰的'粉团'也在收集证据，准备举报、反击叶坤。"

这时方若涛边看着手机边走进办公室。安少瞳起身打招呼："若涛老师，对什么事这么聚精会神？"

方若涛看到安少瞳和程鹏，微微一笑："在看咱们的账号，海风提问的短视频上线了，一问一答都不错，留言区好像都是积极的评论。"

"因为问答比较得体，支持方自然积极留言夸赞，反对方找不到碴，也就只能当它不存在了，所以这里只剩下积极的留言，"程鹏说，"不信你把第二个谈对手的问答视频上线试试，肯定是一拨人吹一拨人骂，会吵得不可开交。"

方若涛刚从现场回来，拍摄了在发布会大厅外面很多歌迷的聚集等候，在萧辰出来时他们呼喊、追随，状态比较热烈。这次演唱会主要在网上售票，今天下午在会前发布会召开同时安排了唯一一次现场售票，这是组织方为了丰富现场活动的一种设计，出售的前一百张门票上有萧辰的签名，所以现场排队购票的观众很踊跃，采访时歌迷的情绪激动热烈，由于提问引导有预案，所以没有偏激的表达。

方若涛将拍摄的素材上载梳理后，剪辑出现场片，然后请程鹏过来，让他帮助核对一下信息的准确性。方若涛和程鹏又校对了一遍，确保内容无误，再合成送审。

"片子编辑得很流畅，现场感强，气氛热烈。"安少瞳很快审看完了，"就是片中引用了几段歌迷采访，表达不算偏激，但好像把萧辰捧得很高，我对娱乐圈确实不熟悉，所以咱们讨论一下，主要是请教两位，目前咱们表达的分寸是否合适？"

方若涛说："在采访时，我是有引导和控制的，刚才编辑时也有所取舍，有些吹捧过分的内容没有编进去。"程鹏接着说："刚才我和若涛同学也对了一遍，萧辰虽说只是新锐歌星，但还是有些实力的，当然粉丝们的表达肯定有夸大的成分，不过我觉得肉麻程度还能忍。"

安少瞳提起刚才程鹏发现网上有人举报萧辰，让再看一下此事是否会有所发酵。程鹏刷了最新的信息，目前来看并无实质性的举动，看来虚张声势的可能性大，估计也只是反对派"黑"对手的一种方式。

讨论之后，大家意见统一，安少瞳即点击播发了这一视频。这时安少瞳的手机响了，是小刘的电话，他说想调换一下明天晚上自己的编辑班，因为女友拉着他一起去看萧辰的演唱会，本来他不想去，女友说"萧粉"和"叶粉"干起来了，居然有人无中生有地举报萧辰偷漏税，所以必须让他一起去为萧辰壮大声势。安少瞳马上表示可以调班，一定举全组之力支持小刘安抚女友。

一旁的方若涛和程鹏听到了电话的内容，等安少瞳挂了电话，程鹏立马打趣说："刘哥真是被逼无奈，还亲自去现场'引狼入室'，好可怜！"

安少瞳笑着对程鹏说："不能这样讲，估计小刘是明着卖惨、实则开心，和女友一起看演唱会嘛，总比上班有意思多了。"

方若涛对程鹏说："不要吃不到葡萄说葡萄酸，你说，你对刘哥是不是明着嘲笑、心里羡慕？"

程鹏把脸一捂，表情痛苦地坐在椅子上。

方若涛说她能找到演唱会门票，请安少瞳和程鹏一起去看。安少瞳表示感谢，不过已答应明天为小刘换班，走不开。程鹏问方若涛明天她会和谁去演唱会，打趣道："不会是和男友同往吧？那我去了就当灯泡了。"

"没有男友，只有闺蜜。"

"哇，两大美女相伴，好机会呀！"安少瞳赶紧敦促程鹏，"明天一定得好好表现！"

"得嘞！爆米花、饮料、夜宵，我全包了！"

13

中心的组长例会传达了上级对宣传报道的要求和重点选题，同时宣布了人事制度改革的相关进展。例会结束后，陈主任将安少瞳留了下来，对"省城网事"近期选题报道的操作和效果表示了认可。这两天对于萧辰的演唱会的报道内容充足，分寸把握适度，各方面的反应不错，陈主任提醒安少瞳此前做娱乐新闻较少，要注意把握导向，防止自己出现思路偏差，或是被人带乱节奏，今晚演唱会之后的延展直播是最后一项报道，也是重点活动，各界关注度高，要做到善始善终。

对陈主任的叮嘱，安少瞳一一做了记录。沟通完业务安排，陈主任问起这段时间报道组工作氛围如何，本人是否有困难。安少瞳回应说组里年轻人多，气氛活跃，对于报道工作大家都有热情，这从近期的选题执行效果上能够体现，目前没有难以解决的具体困难。

"对大家造成困扰更多的是体制方面的问题，比如不同用工制度下，员工薪酬和工作条件不一致，会给同事带来隐形的、长期性的影响，不过大家都明白这也不是报道组或者中心马上就能解决的，好在集团已经在着手进行人事制度改革，都希望进程能快一点。"

"集团方面也希望加快进程，而且已经在往实里走。把你留下来就是要沟通落实一项新举措：各组员工的绩效工资和奖金额度要与当月的工作量挂钩，由各组组长核定，你们组比较特殊，你虽是负责人，但还不是事业编，劳务派遣人员主持、核定事业编制人员工资奖金，此前没有先例。现在经集团领导讨论，决定冲破条条框框，所以从这个月开始，你们组劳务派遣人员和编制人员的绩效工资和奖金都由你核定、上报。"

"都由我核定?"安少瞳马上想到组里只有徐姐和方若涛两位事业编制员工,"那还是按照集团规定,根据工作量浮动、调整?"

"那当然,账务规定和奖惩原则不能变。"陈主任停顿了一下,"你们组事业编制人员较少,是否要让工资奖金数量与工作量完全一一对应,你可以斟酌,但工作量大、为全组贡献大的员工理应获得更高的收入,这是绩效和奖金制度设立的初衷,也是对劳动的尊重。"

自组长辞职后,近几个月安少瞳受命按月核定了劳务派遣员工的工资奖金。因为自己的职务一时没有明确,安少瞳觉得过渡期还是以稳定为主,加上同事们工作量相差不明显,所以每个月核定的每人奖金额度浮动比例很小。比较尴尬的是,自己也和组里的同事们在一起核定,每个月考评时都要纠结一番:自己工作量和操心程度当然是全组最大的,想给自己评高一些,又怕同事们有意见,说自己以权谋私,所以虽然心有不甘,但一般也只能给自己定一个平均数,好在工资发放后虽然也隐约听到一些议论,但总体平稳,没有出现明显的不良反馈。至于事业编制人员,当时组里只有徐姐一个人,集团账务处是怎么给她发工资的,也轮不上少瞳过问。

现在要同时核定事业编制人员的工资奖金,安少瞳感觉工作难度加大,因为每位事业编制人员可能都有一定的背景关系,这在集团内部也算是公开的秘密,而核定工资这种事,必然要影响到他们的切身利益,今后如何操作可得费一番脑筋了。

看到安少瞳一时没说话,陈主任笑着说:"你不用想太多,虽然此前无先例,但只要出于公心、就事论事,就没有那么复杂。与劳务派遣人员一样,事业编制人员工资奖金的核定,也是以工作量和效果为标准,只是他们的基数会高一些。另外,为了公平起见,从这个月起,你的工资奖金由中心核定,基数参照组长的待遇,这样你就可以相对超脱地、公允地去开展这项工作了。"

自己的工资收入将提高,而且不用和同事们在一起核定,这让安少瞳感到了一丝振奋和轻松,他当即对主任说:"感谢领导的关照!那我多向账务部门和其他栏目组请教,争取尽快上手。"

"好的,其实这是一项常态化的工作,并不困难,我会让中心秘书和你保持联系。"陈主任又说,"这一变化实际上就是集团人事制度改革的成果,咱们要珍惜并充分发挥出应有的效用。"

"明白，一定积极推进。"安少瞳稍稍停顿了一会儿，"关于劳务派遣人员用工制度的改变，集团方面是不是也在推进？"

"上次大会上你也听黄总说了，采用递进式编制管理方式，需要一个循序渐进的过程，但节奏已经在加快，越来越向操作层面推进。现在有一点已经明确，只要进入到用工编制转换阶段，像你这样的负责人，又能做出成绩的，将会被首先考虑，这一点可以完全放心。如果整个报道组成绩突出，组内成员的转换数量、转换机会都会优先。"

辞别了陈主任从传媒大厦出来，安少瞳穿过街道走回办公楼，他看到路边绿化带里的紫藤花在微风中轻轻摇曳。

还有很长时间萧辰的演唱会才开始，歌迷们已经向体育馆涌去。距离和方若涛约见的时间还早，程鹏来到体育馆侧面的嘉宾出入口，隔着护栏看到直播组的几位同事正在布置设备，又看见盛装的海风在出镜点补妆，程鹏向她打了声招呼，海风看到了他就走了过来，隔着护栏问："怎么，你是来采访的？"

"不是，过来看演唱会。"程鹏又看了一眼海风，"啧啧，海风同学，你今日之妆扮艳惊四座呀，一会儿你面对面采访萧辰直播出去，粉丝团一定会惊慌失措、醋海生波！"

"你这是取笑我呢，还是取笑'萧粉'没见过世面？"海风忍住笑。

"岂敢岂敢！惹了粉丝们那会被人肉追杀的，我一向敬而远之。你，我就更不敢惹了，主要是为你担心。"

"为我担心？担心什么？"海风不解。

"你想，海风同学本来就天生丽质，现在盛装之下又锦上添花，到时候你和萧辰站在一起，立马让歌星黯然无光，你说，他的粉丝能饶得了你？万一闹出了舆情，或者粉丝都过来围观你，形成群体性事件，那可不是玩的。"

海风忍不住笑出声来："行了行了，就你贫嘴！"

"真不是贫嘴，昨天发布会直播关注度就很高。特别是你抢到提问的机会，而且问题设计专业，引导性也强，当时我们在单位看了直播后就做了转发，之后评论区很快一片叫好声，转发无数，连中心领导都提出了表扬。"

"我收到了安组长的鼓励信息，不过大领导更多的还是强调导向，提醒防范舆情。"

"你的报道能力久经考验！除了颜值太高可能会引发舆情，采访根本错不了。"

"好了，又来了！"海风笑着说，"今天你也是难得能休息，是一个人来看演唱会，还是与佳人有约？"

"哪能约得上佳人？"程鹏流露出痛苦的表情，"昨天在单位做节目，方若涛说能找到票，请大家看，今天安少瞳替换小刘在值班，我是一个人来接受施舍的。"

"哇！方大美女，那还不是佳人？赶紧去赴约吧，我要准备直播了。"

演唱会开幕前二十分钟直播开始，虽然节目是直播组制作，不过海风借调过去担任出镜主持，安少瞳就不能不操心。如果海风主持到位，有助于直播组节目成功，也能体现"省城网事"报道组的业务能力，万一出现问题，那就会对两个组都造成影响。下午陈主任提到集团人事制度改革已经向具体层面深入，对于安少瞳、对于全组劳务派遣人员来说，现在都开始进入到了关键而敏感的时期。

办公室里，安少瞳一直盯着直播画面，歌星萧辰下车、从红毯区进入会场的过程被稳定而完整地呈现，旁边粉丝们的欢呼、挥手助威也得到了适度的展示。整个直播过程，海风在不间断地解说，人物介绍、细节描述、信息解读等各环节都做得很充分，在粉丝们热烈欢呼的瞬间，海风适当留白，保证了现场感的展现。显然直播前各工种进行过详细的沟通，并有过推演和彩排。

演唱会前的直播告一段落，安少瞳又看了看节目评论区，网友发言总体比较积极，虽然也有一些不和谐言论，不过那都是攻击萧辰本人的内容，与直播节目无关。安少瞳稍稍松了一口气，这时陈主任给本次直播工作群发来信息，对赛前直播段落，特别是海风的表达表示认可，鼓励大家加强沟通协作，做好演唱会后的延展直播环节。直播组组长、安少瞳和海风等都马上留言进行了回应。

安少瞳刷了刷手机，看到海风发了一条微博，说本场观众人数为近三年来在此举办的各项活动之最，预告萧辰演唱会马上开始，而结束后她还会在这里采访萧辰，请网友锁定直播，配图用的是她处于主持状态与进场时的萧辰同框的照片。微博评论区留言踊跃，大多是对演唱会后采访萧辰表示期待。安少瞳想了想，又给海风发了一条信息，先说了辛苦，又强调刚才的直播效果不错，领导也表扬了，叮嘱会后直播时采访和评论一定要保持专业、适度。

体育馆内座无虚席，现场的灯光效果和舞美设计绚烂多彩，在演唱会开始之前已经渲染出浓烈的时尚氛围。参与演唱会的嘉宾阵容强大，每一首歌都是嘉宾的成名作，观众不间断地共同欢唱。萧辰出场的环节将气氛推向高潮，当耳熟能详的旋律响起，歌迷们几乎全体起立，手里挥舞着荧光棒，口中喊着萧辰的名字，一首一首、一遍一遍，与萧辰共同唱响经典歌曲，鼎沸的声音几乎能掀开体育馆的顶棚。

程鹏、方若涛和她的闺蜜也和其他歌迷一样情绪高涨，在现场巨大的声浪中，虽然连自己唱出的声音都没法听见，但丝毫不影响伴唱的热情，整个演唱会他们几乎都没有坐下，也几乎没有停止过挥舞、呐喊和歌唱。

在体育馆漫天飘舞的银色纸屑里，演唱会落下了帷幕，虽然萧辰和嘉宾们已离开现场，但歌迷们久久不愿离去，三五成群地不时唱起刚才的演出歌曲。

程鹏试了试嗓音："哎呀，嗓子都哑了，看一场演唱会差不多等于长跑一万米。两大美女感觉怎么样啊？"

方若涛说自己还行，嗓子没有哑，她闺蜜也说刚才没有使劲嚷嚷。

"一看两位小姐姐就是经常出入高档音乐会，对敌斗争经验丰富。像我偶尔来一次，就如同刘姥姥进大观园，马上就晕了，歌迷干什么我就跟着干什么，真是好傻好天真！"程鹏一脸无奈。

"行了，就别自怨自艾了，咱们赶紧出去，不然等歌迷一起往外涌就难走了。"

三个人走出了体育馆，程鹏问："刚才看演唱会体力消耗巨大，想请大家一起去补充能量，两位小姐姐不会不赏光吧？"

方若涛看了一眼闺蜜，闺蜜说："感谢程老师！本来没问题，主要是明天要上班，还是得早点回去，实在抱歉，下次有机会再聚吧。"

方若涛对程鹏说："那就下次再找机会，一起坐我的车吧，我把你们都送回去。"

"今天蹭了若涛同学的票，现在又蹭车，想请宵夜又被无情拒绝，实在惭愧！"

"不用客气，你买的爆米花、饮料已经够多了。"

方若涛将闺蜜送回家，又送程鹏前往他住的小区。路上程鹏一边用手机观看后续直播，一边向开车的若涛转述直播内容。

演唱会结束后，萧辰离开体育馆经过红毯区时，按约定流程接受了海风的采访，他表示本场演唱会举办得很成功，感谢到场和没到场观众与粉丝们的支持。采访结束后，海风在结束语中透露萧辰马上去休息室，他将和本次演唱会组织工作的代表见面、简短交流并致谢，海风提醒网友继续关注相关报道。

"海风采访提问很平实呀，"程鹏看完了直播采访，"这不像她一贯追求华美的报道风格。"

方若涛操控着方向盘、注视着前方："估计是为了规避风险，谁都知道娱乐圈水深，派系之间撕得厉害。"

程鹏刷着手机信息："网上评论还不错，发言气氛热烈，都说演唱会成功，吹捧萧辰颜值与唱功齐飞、才华共人气一色"。

若涛绷不住笑了，问程鹏："真这么肉麻吗？还是你演绎的？"

"根本不用加工，说得比这更肉麻的多着呢。"程鹏又刷新了一下留言，"也有反对声音，说萧辰演唱不行，这估计是叶坤的粉丝发的。嗯，有的还挺细致，指出有一句歌词唱破了音，又说应该册封萧辰为'太平侯'。"

"'太平侯'？什么意思？"

"就是讽刺萧辰高音上不去、低音下不来，歌喉、嗓音太平了。正好他在上一部古装电视剧里和太平公主扮演者演过对手戏，所以对立的粉丝就嚷嚷册封萧辰为'太平侯'。"

"哈哈，网友真有才。"若涛又是一笑，"对了，他们对于咱们直播和报道有评论吗？"

"目前没有看到太多对报道的评论。"程鹏又刷了刷信息，"像这种很容易引发对立和冲突的娱乐事件，没有评论就说明报道做得客观、稳健，无过就是有功。"

"看不出来你对娱乐报道挺懂的！"

"我上一份工作就是做娱乐报道后期。有人说娱乐圈应该称为'娱乐圈'，猪圈的'圈'，我总在'圈'旁边待着，吃不了猪肉，也能看见猪跑。"

方若涛笑出了声。

省城的夜生活很丰富，已经很晚了，大街两旁的酒吧、夜店里依然灯火通明、人声鼎沸，不过道路上车辆已经渐少。一路畅通无阻，方若涛很快将车开到了程鹏住的小区大门口。

方若涛刹住车，说："到了，明天再见吧。"

程鹏没有回应，方若涛转头一看，他正在专注地刷手机。

"这么聚精会神，是有什么新消息吗？"

程鹏又看了几秒钟手机屏幕，抬头向方若涛说："网上很多人攻击海风和我们的报道。"

14

安少曈用手机看完萧辰演唱会，又盯着看了之后海风采访的现场直播，一直看到全部报道和转播结束。很快，在本次的直播工作群里陈主任留言，表示整个直播报道流畅、成功，对全体工作人员表示感谢。很多同事也纷纷在群里发言，直播组组长感谢了海风和各岗位同事，海风感谢了领导认可和各位同事的指导与帮助，安少曈向直播组组长和同事们表示感谢，希望今后能有更多的合作。

演唱会报道算是平稳结束了，安少曈放下手机，在编辑机上将海风对萧辰的演出后采访按提问编成几段，用短视频的形式播发在栏目的账号里。安少曈刚刚处理完视频，海风和直播组的摄像王老师回到了办公室，安少曈赶紧拿了两瓶饮料迎了上去，说："辛苦辛苦！快休息一会吧，你们回来挺快呀。"

海风说按照此前的安排，直播结束后她和摄像师又去贵宾休息间拍摄了萧辰与活动组织方人员见面和简短互动，然后跟拍了萧辰及其团队从贵宾区停车场登车离去，正好摄像师的车也停在这里，拍摄完毕之后他俩就直接开车回来了。

"得感谢王老师，"海风向安少曈说，"此前就踩了点，要了贵宾区附加采访证和停车证，不然不可能这么顺利。"

安少曈向王老师表示了感谢，王老师说都是应该的，他和海风交接完拍摄的素材和设备就告辞了。

送走王老师，安少曈问海风最后这一段跟拍是否有呈现价值的内容，海风说在贵宾休息室拍摄了两方见面握手环节，根据此前的要求，两方交流环节没有拍摄，最后萧辰登车离开之前，他还对着镜头说了"感谢省城，期待下次再见"。

"这些素材完全独家，可以剪辑出短视播发。"安少曈对海风说，"交流互动环节虽然没让拍，也可以用解说词转述，这个环节也应该有一些有用的信息吧。"

"萧辰在与活动组织方会见交流内容一般，说的只是一些感谢类的场面话，"海风回忆后说，"会见结束起身离开时，他和大家握手告别，大家都说这次演唱会效果很棒，希望他有机会再来。我也对他说近两年来这场演唱会的观众人数是最多的，萧辰很高兴，说超越了前人，这些内容有些价值，刚回来的路上我也发了微博描述了这一场景。"

"你发了微博?"安少瞳问。

"对呀，演唱会开始前我发了一条，你也给我私信留言了，"海风拿起手机，"结束时发的这一条是为了呼应一下，您可以看看。"

安少瞳赶紧用手机刷新海风微博，看到最新一条的配图是萧辰刚出会场、接受她直播采访时的照片，图下配了文字:

> 近两年来盛况空前的演唱会结束了，萧辰很满意也很高兴，临别时与我击掌相庆，他说:"超越了此前的歌手，我做到了!

安少瞳问:"这句'超越了此前的歌手，我做到了'，是萧辰说的吗?"

"是他说的，我祝贺他本场观众人数创了新高，他说做到了，超越了过往。"

安少瞳隐隐觉得海风微博表述有些不严谨，由于海风说这一环节现场没有让拍摄，所以也没法证明这一定有问题，不过他就是感到有些不踏实。海风在编辑机上将最后跟踪拍摄的部分剪辑成短视频，撰写了文稿，请少瞳审看。

刚刚完成推送和播发，他俩几乎同时接到了程鹏发来的信息:网上有人攻击咱们。

安少瞳赶紧拿起手机查看程鹏提供的链接，果然很多人在攻击海风和相关报道，仔细排查，发现攻击的起源就是海风最新发的这条微博，有人抨击海风是无中生有，一直低调谦逊的萧辰不可能说出超越了此前的歌手之类的话，有人讽刺海风想出名想疯了，编造自己与萧辰"击掌相庆"的场景，同时也有人搜索出海风是"省城网事"的记者，要求报道组向萧辰和歌迷道歉，也有人借此攻击萧辰贬低同行，要求萧辰和他的团队向曾在省城体育馆演出过的艺人们道歉。

显然，这条微博同时引发了萧辰的支持方和反对方的争论，尽管两方攻击或者争议的焦点不同，但已经让海风，甚至"省城网事"陷入其中。安少瞳一直看着信息，很久没说话，此前没有经历过此类事件，无从判断这一风波将如何发酵，但必须立即了解清楚事实真相、形成应对方案。他看了一眼海风，她也一直在刷着手机信息，表情专注，甚至有些凝重。

"粉丝就是冲动，见风就是雨，"安少瞳有意放缓语速，"海风，当时萧辰是这样对你说的吧？"

"我记得他说的确实是这个意思，"海风放下手机看着少瞳，"否则我不可能编造，至于是不是每个字都是准确的，我不可能记得那么清楚。"

安少瞳正要接着说话，手机铃声响了，是陈主任的电话，他赶紧接听。

"陈主任，您还没有休息呀。是、是，我们刚才已经注意到了……直播组向您汇报的？其实我们两个组直接沟通就行，还惊动您？哦，是萧辰的经纪人找来了？他们说萧辰没有说过这句话？陈主任，我们不可能编造内容……您也是这样回应……好的好的，感谢您的信任和支持。我先查清事实，和直播组沟通解决，一定消除负面影响将损失降到最低。好的，会随时向您汇报，您一直开机？好的，让您费心，谢谢！"

安少瞳一结束通话，海风忙问："主任也知道了吗？有什么处理要求？"

"是这样，萧辰的经纪人找到直播组，说你在微博中写的那句话——'超越了此前的歌手，我做到了'——不是萧辰说的，现在各方反响大，他们很被动，要求我们尽快处理。"少瞳接着说，"主任听到直播组的汇报之后，表态说要慎重对待，必须先查清事实，再做处理，所以让我们赶紧按此推进。"

"萧辰当时说的肯定是这个意思，但很难说一字一句都对应、确定。"

"现在萧辰否认说过这句话。麻烦的是那个环节不让拍摄，咱没有视频证据。"安少瞳想了想，"当时现场还有其他记者吗？能有人证也好。"

"会见交流环节本来是不公开的，当时没让记者进，我们因为有贵宾区域证件，加上又是持权转播商，是临时协商进去的，所以现场只有我和王老师两位记者。"

"这就比较麻烦了，你说他说了，他说他没说……"

"对了！"海风突然想起来，"当时好像王老师用手机在拍，我马上问问他有没有拍视频。"

海风马上打电话给王老师说了目前的遭遇。王老师查了一下，说当时确实拍过两条视频片段，但不知道是不是海风想要的。海风说不管是不是有用，请都尽快传过来。与此同时，安少瞳与直播组组长通了电话，先就海风微博引发的一些麻烦表示歉意，说明目前正在排查事实、收集证据，有进一步信息会及时沟通。

王老师很快将两小段视频给发了过来，其中一段拍到了萧辰与众人拍手辞别，并与海风简短地说了两句话，不过由于距离较远，萧辰说话声音收录得不太清晰。海风和安少瞳反复听了每一秒的声音，只能勉强听清"之前……做到……超越……"这几个词，很难将萧辰所说的话连贯起来。

"这样听声音太难了，"安少瞳建议，"咱们把这段视频转到编辑机，用大显示器播放，通过口形比对，看看能不能还原萧辰说的话。"

海风尽快将视频转到编辑机上，然后一帧一帧地慢放，观察萧辰的动作和口形。

"这是萧辰告辞时和前面几位组织方的工作人员一一拍手，现在是和我拍手。"海风指着其中一帧画面。

"拍手画面比较清楚，也能听到声音。"少瞳转头问海风，"这就是你在微博里写的'临别时与我击掌相庆'，是吗？"

海风"嗯"了一声，视线没有离开显示器。

"萧辰和在场人员一一拍手告别，这没错，不过写成'击掌相庆'有点言过其实了。"安少瞳看着屏幕说，海风没有吭声。

"这两三秒萧辰在看着你，没有说话，应该是你正在对他说本场观众人数创新高的情况。"安少瞳接着播放画面，"后面萧辰开始说话了，看他的口形，这句话说的是什么？"

通过反复回看口形和辨别声音，海风确认："这句说的是'谢谢观众支持，实现了之前的预期……'"

安少瞳和海风将视频的画面和声音进行仔细的比对和判断，最终还原了萧辰的所说内容：

"谢谢观众支持，实现了之前的预期，我做到了，现场人数超越了这两年其他歌手演唱会，很开心，但更重要的是超越自己，谢谢大家。"

安少瞳将萧辰所说内容逐字逐句记了下来，又让海风进行了校对。

"你在微博写的内容和萧辰所说是有差别的，"安少瞳问海风，"你怎么看？"

海风一直看着显示器，沉默了一会儿，说："确实不太一致。"

"那你看，咱们怎么处理？"

海风没有说话，低头刷着手机。

"咱回避不了，必须尽快拿出一个处理方案，主任、直播组和萧辰方面都在等我们的回话。"安少瞳看着海风，"问题已经发生了，关键是如何解决。"

海风慢慢转过头，对安少瞳说："是不是先删除这条微博？"

安少瞳想了一会儿，说："微博确实得删，但不能现在就删，必须先把事情的缘由加上我们的处理意见一并向各方反馈，基本达成一致之后，再进行删除，或者做其他处理。现在在没有沟通清楚的情况下，咱们即使主动删除了微博，也不可能平息事端，没准他们借此说我们心虚，从而引发进一步的攻击。"

海风同意少瞳的思路，但怎样进行具体操作比较合适呢？安少瞳与海风协商了几种方案，都觉得不太满意。这时陈主任又发来信息，说集团舆情监控已经发出预警，现有发酵的趋势，黄总刚才打电话敦促加快排查速度，尽快形成处理方案。安少瞳回信息说正在抓紧推进，一会儿向他汇报。

"方若涛这两天一直在采访组织方和粉丝团，程鹏对娱乐圈比较熟悉，"海风建议，"是不是请他们也出出主意？"

此前安少瞳也想过请方若涛和程鹏参与进来，但是考虑这是海风微博引发的风波，可以说完全是她个人行为导致的，时间又这么晚了，打扰他们俩多少有些不合适。不过现在网上抨击海风和报道组的言论越来越多，也越来越偏激，刚才已经看到有人在嚷嚷要"人肉"搜索海风，主任也在敦促加快处理，显然这一风波产生的影响已经不仅涉及海风个人和"省城网事"，处理不好可能涉及中心甚至是传媒集团，必须马上形成一个稳妥的应对方案。

安少瞳分别联系了方若涛和程鹏，他们也一直在关注此事，都没有休息，几番交流之后，安少瞳建议开个视频会议讨论应对方案，他俩也都同意。

视频会议上，安少瞳先共享了王老师拍的那段视频，以及还原的萧辰所说内容的记录。少瞳说比对这两方内容，可以证明海风微博并不是无中生有，经纪人否认萧辰说过这番话，这是不客观的，但微博内容确实没有全面和准确地反映萧辰原话。

"视频还原了一部分证据，但我们还是相对被动，"安少瞳对着手机屏幕看着方若涛和程鹏，"现在网上嚷嚷得厉害，需要尽快应对。"

海风说："是我发的微博内容不严谨，给组里造成麻烦，还在这么晚打扰同事，特别抱歉。"

"若涛老师和程鹏老师能参加会议，就是来想办法解决问题的，"安少瞳对海风说，"其他的都先不用说了，平息事态是当务之急，咱们得抓紧时间。"

"那我先说一点想法，"程鹏接着说，"现在来看，这一次网上风浪主要是萧辰的粉丝发起和推动的，所以要平息事态必须通过内部瓦解，由萧辰团队与他们的粉丝团，或者粉头沟通，让他们停止发言，他们不嚷嚷了，主要声浪就平息了。"

"但现在萧辰方面否认说过这番话，粉丝攻击我微博的原因也是认为萧辰没有说过这些话，他们两方态度一致，那现在萧辰方面怎么会劝说自己的粉丝呢？"海风很担心。

"咱们通过萧辰视频还原了一些证据，可以对抗他们的否认，"方若涛说，"我前天采访过萧辰的经纪人，感觉合作还比较愉快，现在可以再联系他，向他说明萧辰确实是说过这些话的，要求他们与我们相互支持。"

"不过就像安组长说的，我的微博内容确实没有全面和准确地反映萧辰原话，这样去找萧辰的经纪人，他们能不能买账？"海风还是很担心。

"据我了解，艺人团队普遍有些欺软怕硬，"程鹏说，"咱们毕竟有这个视频证据，萧辰并不是没有说话，他说的话也并不是都中规中矩，我支持若涛同学的建议，可以与他们据理力争一下。"

安少瞳又考虑了一会儿，说："我也觉得若涛老师的建议可行。刚才和直播组组长电话沟通，他说萧辰经纪人当时提出准备发表声明澄清指责海风微博是无中生有，我请他转告对方，萧辰是有所表达的，建议对方最好等我们排查清楚了再做处理决定。到目前为止，萧辰团队关于发表声明一事没有进一步推进的消息，估计团队与萧辰沟通之后，萧辰肯定是回忆了当时的表达，对自己说的内容是不是完全得当，他不见得完全有把握，当然也拿不准咱们是不是当时录了视频。所以，可以跟他们谈。"

"那咱们怎么和对方谈？我的微博要删除吗？"

"我建议由若涛老师和萧辰经纪人联系，告知对方萧辰当时有表达，而且我们记者用手机录下了视频，可以把萧辰当时所说的内容转述给对方，但不用一字一句如实写给他们，主要是明确萧辰所说也并不是特别合适，建议对方通知粉丝淡化此事。同时，我们也承认微博文字表述不够严谨，应该怎么处理可以听取他们的建议。如果他们提出要求删除微博，我们可以答应考虑，而不是我们主动去说删除微博。"

方若涛同意去沟通："如果对方要那段萧辰说话的视频，咱给不给？"

"暂时不给，如果他们坚持要，就说此事我们各级领导都很重视，在全程督办，按照集团规定，如果向外提供素材，需要通过领导实施相关申请和审批手续。"

15

安少瞳编发了一条信息，将排查情况和应对方案详细地汇报给了陈主任。陈主任很快回信认可了应对方案，表示会通知直播组共同推进，向安少瞳强调当务之急是想办法尽快平息此事，让他明天早上上班来办公室汇报进展情况，同时指出海风微博表达存在的问题是明显的，后续再讨论对其处理。

安少瞳把陈主任对方案的认可告知了海风，但没有提及对她发微博的批评，让她早点回去休息。海风迟疑了好一会儿，说："今天是我发微博不严谨，造成了麻烦，让您和同事忙到现在，我现在就回去，不太合适吧？"

"你的事就是组里的事，咱们一起协商处理是应该的，"安少瞳说，"目前方若涛正和经纪人联系，刚才我也把主任的意见发给了直播组，这样思路统一了，他们也在推进。这件事你也不便出面与萧辰方面沟通，在这里耗着没有必要，先回去休息，有需要咱随时电话联系吧。"

"那好吧，让您操心了。"海风慢慢站起身，停了一会儿再说，"安组长，对我发微博的事，刚才主任有没有说怎么处置？"

"没有，现在的重点是平息网上舆情，领导暂时不会考虑其他问题，"少瞳也站起身，"你不用太紧张，事情已经发生了，只要能尽快解决，应该问题不大。"

海风准备离开，安少瞳说时间很晚了，让她打车回去，车票明天交给徐姐报销就行。海风表示了感谢，网上约到车后离开了办公室。

安少瞳坐回办公椅中，快速梳理了一遍头绪。刚才海风的情绪越来越紧张，显然一方面是领导的追问给了她压力，不过这还只是属于业务管理的范畴，而另一方面网上偏激的言论和情绪带给她的就不仅是压力，甚至还有危险，其中叫嚣对她"人肉"搜索的留言估计她也看到了，所以刚才她的表情也是越来越凝重。安少瞳当然观察到了海风当时的状态，所以一再劝解，给她减压，最后让她网上约车回去，也是为了给她再增加一点安全感。

安少瞳知道对于海风的问题，领导肯定是要追究的，但目前还考虑不到这方面，关键是尽快解决眼前的问题，而且问题解决得越快、越稳妥，对单位影响越小，对海风也越有利。安少瞳正在纠结如何加快推进速度，手机铃声响了，是方若涛的电话。

方若涛与萧辰经纪人的沟通开始不太顺利，经纪人说团队方面还是要求海风删微博，并且要"省城网事"栏目致歉。方若涛表示，发微博是海风个人行为，栏目组公开致歉不合适，而且栏目组作为传媒集团的内部机构，对外的行为不是自己能决定的，要提交传媒集团领导层面定夺，如果这样操作无论是流程上还是时间上都需要大费周章，而且一定是难有结果。之后，方若涛又强调当时我方摄像师用手机拍摄了萧辰在现场的表达，他所说内容如果上纲上线也一定会产生争议。经纪人听了之后考虑了一下，说要先和团队沟通一下才能决定。方若涛只好又等了一会儿。刚才经纪人来电话说团队同意做工作引导粉丝降低议论热度，但也提出了要求，一是海风删除那条微博，二是要保证竞争对手团队的粉丝不能继续以此来攻击萧辰。方若涛表示应该问题不大，但还需要向领导汇报后确定。

"萧辰经纪人应该和直播组联系过了，所以第二次电话沟通时相对顺利，谈的解决方案有操作的可能性，"方若涛在电话里问，"如果萧辰团队出面劝说，粉丝的冲动肯定能快速平息，不过他们所谈的两项要求，咱们能答应吗？"

"删除海风微博没有问题，但做竞争对手团队的工作，应该从哪里下手？此前咱们没有经验，你是否有思路？"

"我查看了一下网上的言论，借微博的内容抨击萧辰的并不多，有几条留言指责萧辰贬低同行，看发言的口气和内容指向，估计是叶坤方面的粉丝的动作。刚才电话里我也向萧辰经纪人求证，可以感觉到他也认为是叶坤方面的动作，所以可以找他们沟通平息。"

安少瞳想了想，同意了方若涛的想法："那就这样，你答应对方这两项要求，让他们尽快平息粉丝言论。我马上通知海风删微博，至于叶坤方面，我和直播组沟通，去年叶坤演唱会也是他们制作信号直播的，估计和他们能联系上。"

"好的，我马上再联系萧辰经纪人，"方若涛在电话里又说，"安组长，你还在办公室？"

"对，暂时还没有回去。你和经纪人联系完赶紧休息吧，海风的事今天让你辛苦了。"

"辛苦谈不上。海风也在办公室?"

"海风已经回去了,我处理完就回。"

"好的,那你辛苦。我马上和经纪人联系推进,如有问题就给你打电话,要是顺利就不联系了。再见。"

结束通话后,安少瞳马上发信息通知海风删除那条微博,又打电话向程鹏了解叶坤方面的情况。程鹏说此前没有接触过叶坤,不过按规律粉丝每次成规模的动作,都会与艺人团队沟通,甚至是在艺人团队授意之下进行的,即使是小规模的个体行为,只要艺人团队做工作,粉丝都会买账。目前借海风微博抨击萧辰的粉丝数量不多,估计是个体行为,如果能找到叶坤团队传话,处理难度应该不大。

安少瞳又发信息给了直播组组长,介绍了事件处理进展,想请他们在可能的情况下尽快联系叶坤团队平息对萧辰的抨击言论。直播组组长很快回信息表示支持,会安排去年叶坤演唱会直播工作中的负责外联的同事去沟通推进。安少瞳再回信息说这事给他们添麻烦了,如果有问题请外联的同事随时通过手机电话联系,会保持一直开机。

能做的都做了,余下的只有等待。打车回到住处,一番收拾后躺下休息,安少瞳感觉到疲劳,却感觉不到睡意,一会儿想方若涛和萧辰经纪人会怎么沟通,一会儿想直播组的同事能不能说服叶坤团队配合,一会儿又想是不是可能会有电话进来,一会儿又拿起手机确认没有静音……

辗转反侧很久,安少瞳总算迷迷糊糊睡着了,居然一夜没接到电话。

传媒大厦昼夜有人值守和工作,不过还是在早晨显得更有人气,下夜班的、上早班的,不断有人进进出出。陈主任跟着上班的人群走进一楼大厅,突然看见安少瞳走了过来向他打招呼,陈主任有些惊讶地问:"昨天一定忙得很晚,今天怎么一早就来了?"安少瞳说:"回去还不算太晚,因为约了今天上午来汇报工作情况,所以索性早点来。"

到了二十二楼办公室,陈主任让安少瞳坐下,说昨天夜里自己没有再被黄总追问,说明安少瞳他们工作推进效果不错。安少瞳简要地介绍了昨晚各条线的操作方式,今天一早查看网上的信息,原来抨击海风微博和报道的吐槽基本上已经删除,虽然还能找到昨天相关吐槽的截屏,不过数量很少,已不再会引起什么反响。

"刚才收到两条信息，一条是方若涛发来的，说昨晚经沟通，萧辰团队已经联系粉丝撤下针对咱们的过激言论，另一条是直播组发来的，说他们和叶坤团队沟通比较顺利，劝阻了他们的拥趸对于其他艺人的抨击。因为两条线都比较得力，所以我们觉得昨天的海风微博引发的风波应该可以算是平息了。"安少瞳问陈主任，"不知道您怎么看？"

"既然网上对咱们的吐槽基本上已经删除，这一风波就算告一段落了，我会向集团领导说明。不过这件事并不能就这样过去，它不像直播或者报道中出现差错是有一定概率的，或者说是难以完全杜绝的。如果组织管理到位、个人纪律意识加强，类似问题完全可以避免发生。黄总昨天也指出，必须认真对待、严肃处理。"

"您批评得对，这事发生好像很轻易，但平息起来非常麻烦，耗费了大量的人力、时间和资源，也让各级领导操心协调、承受压力。"

"单位内部都好说，但出现了涉及单位之外的舆情，即便是解决了也会留下痕迹，所以集团领导对此三令五申，可以说是零容忍。对于海风微博这件事，组内必须开会检查批评，并拿出处罚意见。"

"昨天在排查和处理时，海风已经向同事道了歉，也积极执行了改正措施，您看，对她还要进一步处罚吗？"

"适当的处罚是必要的，不仅是海风，包括你，甚至是我本人，都要根据集团的相关规定，主动形成处罚决定。"陈主任看安少瞳没有积极的反应，放缓了语气，"处罚不是目的，相反，主动处罚是对员工的保护。你想想看，如果我们不主动处罚，等集团过问之后再有所行动就会很被动，到那个时候不仅处罚不能避免，而且上面会质疑我们的管理水平，下面会尽人皆知，对海风的影响更加不利。相反，如果上面过问时，我们已经掌握情况、检查过失且做出了相对合适的处罚，上级也就不会再过度追究，就能保证影响不再扩大。"

"您说得有道理，您也一直为员工着想，只是我担心可能会挫伤员工们的工作热情，而且劳务派遣人员收入较低，处罚重了会对员工生活造成一定的影响。"

"影响难免，但是处罚是为了提高员工警惕性、提高管理水平、杜绝错误的产生。特别是目前处于人事改革的关键时期，如果组内经常出错，管理水平受到上级质疑，那在用工形式转换时，全组员工包括你本人都可能面临不利的局面。"

陈主任提到人事制度改革，安少曈心中一凛，赶忙说："您说得对，我只是在想处罚方式上是不是可以协商：对海风组内通报批评，经济处罚如果一定不能免除，那就由我来承担，不知道这样行不行？"

"这样不符合集团的纪律规定，虽然这不是节目和报道差错，但仍然要比照'三审三校'制度执行，所以海风、你、我接受处罚是不可避免的。"

因为临时通知下午全组开会，同事们陆续来到办公室，快下班时开会，而且临到开会时间了还没有看到安少曈，气氛就和往常不一样。有几位同事相互打听，徐姐说安少曈和海风被陈主任叫去传媒大厦了，具体什么事不清楚，不过看海风刚才过去时的情绪，一定不是什么好事。

"又出什么事了？昨天转播萧辰演唱会，不是挺有反响的吗？"有同事感到疑惑。

小刘接着说："一看你就不关心娱乐圈，昨天萧辰演唱会转播之后那么多人攻击海风和我们的报道，还有人嚷嚷要'人肉'搜索咱们记者，你没有注意吗？"

"昨晚没有注意，早上我看到了些攻击性的留言，好像说是对海风的微博不满，不过数量很少，没有太大影响吧。"

"今天早上确实杂音基本没有了，不过昨晚我和女朋友听完演唱会回去看了咱们账号报道的评论区，攻击海风的微博一度气势汹汹，当时还真有些担心，今天早上再关注时基本上已经没什么波澜，难得这么快就平息了。"

"哪能这么快就自己平息，"程鹏说，"刘哥，这帮'粉丝'向来是咬到人就不松口，竞争对手的粉丝更是看热闹不嫌事大，要么外力强制，要么从内部做工作，否则别想他们能很快消停。"

听着同事们的谈话，徐姐拿起手机翻看了一阵，然后又过去问方若涛："昨天海风发微博又惹事了，你知道吗？"

"知道一些，应该是她发的微博，让萧辰的粉丝不满，就有人在网上嚷嚷了。"

"我刚才看了海风的微博，"徐姐又看了一下手机，"没找到关于萧辰的内容呀，是她后来删了？"

"应该是。"方若涛回答。

"你看看，我说吧，老是喜欢抛头露脸，怎么出名怎么干，迟早要出事，没准还得连累咱们。"

同事们正在议论，安少瞳陪同陈主任走进办公室，海风跟随在后面，有同事想向领导打招呼，看到主任表情有些严肃，不同于往日，于是都没再吭声。安少瞳招呼大家过来开会，同事们围坐了过来，海风表情落寞，远远地坐在后排。

等大家坐定，安少瞳说今天陈主任亲自来参加本组会议，是因为昨晚发生了舆情，接着他介绍了海风微博与萧辰方面发生的冲突，以及后续应对和处理过程。

"这一舆情事发突然，由于领导关心并一直指导和支持我们的解决方法，最终处理比较得当，当然咱们组也是群策群力，事发后海风积极应对，方若涛找对方经纪人多次沟通，有理有节，程鹏发挥对娱乐界熟悉的优势，给出了有价值的建议，保证了事态平息还算快速有效。"

听了事件过程，徐姐小声问方若涛："昨晚你给海风帮忙的？"

"是呀，昨晚安少瞳找我们，说要尽快平息舆情，我就帮忙沟通了经纪人。"

"其实你何必帮她呢，我说过，海风这么干，不仅自己要出事，还得殃及咱们。"

"也不是专门为了帮海风，当时网上攻击咱们的报道，主任又是步步紧逼，我看组里也是压力很大，能做的就做一点了。"

"海风这个爱出风头的毛病，要是以前就坚决打击，也不至于闹出舆情。"徐姐冷笑一声，"这其实都是小安惯的，没准也是海风对小安巴结的后果。"

安少瞳介绍完事件过程，又说这件事虽已翻篇，但还是造成了不利的影响，今天陈主任亲自到会，请领导向大家强调纪律和舆情意识。陈主任首先认可报道组在事发之后反应迅速、应对得当，接着指出这一事件本身是可以避免的，要求大家提高风险防范意识，最后提出根据集团"三审三校"的责任要求，给出了处罚决定，已报集团备案。

"海风负直接责任，中心内部通报批评，罚扣当月奖金一千元，停止出镜报道两个月；安少瞳负管理责任，本人负领导责任，均罚扣当月奖金两千元。"陈主任稍作停顿，又强调，"处罚不是目的，海风、安少瞳，包括咱们全组其他同事，工作是努力的，报道效果也是有目共睹，大家应该做的是吸取教训、放下包袱、轻装前进，特别是在集团人事改革的关键期，争取杜绝错误、多出成绩。"

陈主任又说自己还有事马上要回传媒大厦，安少瞳起身准备相送，陈主任让他不必相送，和同事再深入讨论一下，安排好后续的报道工作。

安少瞳等陈主任离开办公室后才坐下，问各位同事对此事还有什么意见，没有人说话。等了一会，安少瞳说从昨晚到现在，上到领导、下到多位员工，为了处理好这件事都付出了很多时间和精力，刚才主任提到现在处于集团人事改革的关键期，咱们组里劳务派遣人员占大多数，为了大家的共同利益，都要增强风险意识，确实再经不起折腾了。

16

校园里的运动场，任何时间都不缺少生龙活虎的身影，周末的下午更是如此。

绿树掩映之下，这几片篮球场避免了阳光的直射，似乎周边的空气也更为清新，同学和老师们都愿意来这里打球。为了容纳下更多的人，篮球场以半块为单位被切分，四对四的半场篮球赛成为流行的对阵方式，场上两拨人在鏖战，场下往往还有一拨、甚至两拨人在等候，急切地等待双方分出胜负，自己这一拨才好替换上场。

安少瞳、许松与两位学生组成的一拨，两次上场几乎获胜，但最终都是功亏一篑。间隔了好长时间再次上场，安少瞳对许松和学生说好好打，争取能获胜霸一庄，四人上场抖擞精神，积极跑动。对方四个人看上去是一个本科班的同学，速度快，弹跳力惊人，不过年轻气盛，经验欠缺，安少瞳做一个投篮假动作，对方防守的同学飞起封盖，安少瞳随机改投为突，上篮得分。

一会儿，许松、另外两位学生也有进球，领先对手两球，只差一分就能获胜。安少瞳持球突破篮下，对方两人夹防，安少瞳迅速将球传出三秒区，许松接球跳投，弧度、力道都不错，只是稍稍偏了一点，球在篮筐上弹了几下，在筐外落下，此时处于内线的安少瞳抢到了最好的位置，他将对手挤在身后，面向正在下落的篮球准备抓到球就直接补篮。就在安少瞳即将抢到球的一瞬间，对方一位高个同学一步冲上前，猛然跳起，硬生生地从安少瞳的头顶将这个篮板球抢到自己手里。

对手一阵欢呼，安少瞳无奈地笑了一下，向同伴摆手表示歉意，赶紧投入到防守当中。由于刚才在连续的进攻防守中体力消耗很大，自己这边，尤其是安少瞳和许松速度开始下降，对方四个人则一如既往地持续冲击，最终连进两球，再一次将安少瞳、许松这一拨"护送"下场。

"又是差一球！"安少瞳一面扇风一面摇头，"那个篮板球本来是手拿把攥，结果被那个大个子从头上把球给抢走了。"

"他们是在读学生，咱们大学毕业都快十年了，比他们老十几岁，"许松笑了笑，"一岁年纪一岁人。"

"跑、跳能力是下降了，不过对抗和比赛经验还占优吧，先缓一缓，下一拨咱们上去再拼一下，总得霸一台。"

停了一拨，安少瞳、许松和两位学生再次上场，几经努力终于胜了一场。不过他们的体力显然消耗得厉害，之后的对抗再也没能获胜。

天色渐晚，球场上的人渐渐少了，同拨的两位学生向他俩说了声再见，也离开了球场，安少瞳和许松在场边条凳上坐下休息。

许松看着学生离开，对安少瞳说："大学里还是顶着大太阳去食堂打晚饭，这和咱们那时候变化不大。"

"估计伙食好多了，现在学生身体条件明显比咱们那时候强。"

"今天打得满意吧？总算是赢了一局。"

"已经拼了老命了！"少瞳说，"不过战斗力咱还是有的，经验和配合比这帮学生强，不然的话可能一局也赢不了。"

"弹跳力确实和以前没法比了，我记得咱上大学那会，跳起来能抓到篮框，现在你没有发现吗？摸到篮板都不容易了，你身高、弹跳都比我强点，但和学生时期相比也明显下降了。"

"好在咱俩肚子都还没有凸起来，不然的话，学生们跳起来鹤立鸡群，咱们是站在地上横向就能鹤立鸡群。"

离开篮球场，许松提议一起去校外餐饮店吃饭，安少瞳说就咱两个人，去校食堂吃也挺有意思，许松还是坚持要去尽一下地主之谊，要是想找清静的地方就去撸串。

省城大学校址原来稍显偏远，不过经过十多年的房地产大发展，这里已经成为省城的新地标。校园外边和校内一样，人来人往，川流不息，只是多了一些机动车辆，也多了一些市井气和烟火气。龙居水煮鱼和名城烧烤，号称省城大学两大"名吃"，店面比十多年前扩大了两倍，一到星期天或者节假日这里仍然人满为患，赶上饭点顾客来晚了很难找到座位。

安少瞳和许松上学时，和班上同学都多次光顾过这两家餐馆，熟门熟路地来到名城烧烤，一问才知道包厢和大厅的餐位已经全部满员，要进去用餐得等座。安少瞳和许松正商议是否换一家，店员热情地招呼，说店外临时支起的小餐桌还有空的，建议他俩在那里用餐。两人看了一下，就同意了。

临时支起的餐桌很小，旁边配的是小矮凳，也就勉强容纳得下两人就座，不过即便是这样的简易餐桌也已经供不应求。

"十几年了，这里的生意还是这么好。"入座后安少瞳看了看周边，"和咱们上学的时候一样热闹。"

"日子过得快，咱毕业都十年了。同学们在群里说要举行十年聚会，你和原来的班委商议出具体时间了吗？"

"初步商议了两个时间，一是七月初，就是十年前咱们毕业离校的纪念日，另一个是九月初，就是开学的时间。"

"七月太热，九月初挺好的，既是毕业十周年，也是相识十四年。"

"好，时间再商量。最近整理了同学们的结婚现状，可能还有两三位没有主。"

"两三位当中，咱俩就占了两位。"许松笑了，"没有主的都是男生吧？"

"是呀，女生们当然早就被抢空，是咱俩拖了后腿。"少瞳也笑了，"原来和咱们同宿舍的老王，已经是两个孩子的老爸，体现了超强的个人能力。"

"厉害、厉害！惭愧、惭愧！"

"怎么又厉害又惭愧？"

"老王厉害，我惭愧！"许松说，"老王的情况我也知道一点，大学毕业就回老家工作，当年就结婚，到点就办事，什么都不耽误。不像咱们，后来又读研究生，又重新找工作，一折腾就得花时间。"

"我是工作两年后才考的研，然后工作单位又有变化。你是保送上研，之后又直接留校任教，照说时间也耽误不多呀，怎么到现在还是没有声音、没图像？"

"没有合适的对象。"

"咱们有点像，还是不够主动。"安少瞳看了看坐在其他餐桌边的顾客，"你看，在这里吃饭的肯定有不少是学生情侣，大学里美女如云，照说你这方面人脉资源相当丰富。"

许松笑了笑，这时店员将所点的烤串和凉菜端了上来，许松又要了两扎啤酒，安少瞳说没有想到许松现在能主动要酒了，许松表示好久没聚，喝一杯助助兴，另外现在工作压力大，偶尔也会和同事喝酒缓解缓解。

"在高校工作不是挺自在的吗？"安少瞳有些不解，"而且你博士都毕业了，学历、能力都占优势，压力还大吗？"

"现在学校的要求不比咱们上学时候，当时侧重于教学，咱们和老师关系很亲近，现在是以科研和项目为中心，所以老师自己的论文、科研项目压力大、耗时多，学生课余见到老师都很难，他们意见也很大。"

"拼科研你也没问题呀，我知道你在核心期刊发表文章挺多。"

"完成科研项目，或者拼发文章，我的数量确实不算少，不过现在学校卡脖子的规定层出不穷。研究生毕业留校任教时，档案关系只保留在人才市场，规定是评上副教授才能转到学校。"

"现在高校也搞劳务派遣制？我在传媒集团也是劳务派遣员工，咱俩真是同病相怜。"安少瞳苦笑了一下，"不过你评副教授应该快了吧？"

"前年我讲师职称就已满五年，申请评副教授，学历、年限、文章数量、科研项目，硬性条件每一项都符合要求，而且比同时参评老师占优，但连续两次都名落孙山。今年的评选马上又要开始了，但估计我还是很难。"

"主要是卡在哪里了？你硬件占优，为什么评选不占优？"

"申请的老师很多，但职称人数有限，必然要淘汰大部分，所以评选标准的设定就很关键。国内有的顶尖高校采用的方式是提升硬件条件难度，但只要达到条件就直接上职称，这种方式虽然难度大，但相对公平。现在咱们省城大学讲的是评聘结合，聘的权力在学院，硬性条件达标的老师都可以参评，虽然也强调科研成果，但学院领导排序倾向能起很大作用。"

"那就是说硬件占优，评选不见得占优，领导的倾向性更重要？"

"虽然表面上谁都不会明说，但实际上领导主观倾向性的作用肯定是明显的。"

"那你和你们学院领导关系怎么样？"

"你是了解我的，不善交际，一向不主动跟近领导。这方面没你强。"

"其实咱俩差不多，对交际兴趣不大，特别是碰上应酬、喝酒就更头痛。只是现在做新闻报道行业，得有些对外交往才能完成采访任务。"

"我们学院现任院长此前就做过媒体和宣传工作，对交际和外宣感兴趣，所以我就更不入领导法眼了。"

"你可以考虑考虑，如果你们学院有什么宣传诉求，又符合我这边的选题要求，可以设计做一些采访报道，既能丰富我们节目内容，又提升对你们学院的宣传，对你和你们院长的关系肯定有益"

"好的好的，我尽快考虑。"许松端起酒杯，"感谢老同学为我着想！咱们走一个。"

喝完一扎啤酒，安少瞳、许松意犹未尽，又叫了一扎。多喝了两杯，两位老同学都有些兴奋了。

许松问安少瞳是不是最近当领导了，要祝贺一下。安少瞳介绍了单位用工制度和自己目前的工作情况，表示在现有人事制度完善之前，很难有实质性的岗位改变。

"你的工作岗位毕竟有进步，质变需要等待，量变也值得祝贺！"许松端起酒杯和安少瞳碰了一下。

安少瞳喝了一口，放下酒杯："岗位进步谈不上，都是一样干活。不过这两年明显感到新闻报道不好干。"

"怎么了？是有时候要说假话吗？"

"目前还没有到得说假话的程度，主要是现在的舆论环境，自媒体越来越刻薄、越来越极端，而领导对所谓的舆情毫无承受力，弄得我们的报道操作就像在走钢丝。"安少瞳向许松说了几个报道选题情况。

"现在各个单位的领导都怕舆情，学校也一样，仅仅是表现方式不同。舆论环境的刻薄、极端，在学校里也一样感受得到。上个学期我们学校就出了一件事，一个女生在校园聊天群里说她在食堂被男生的'咸猪手'摸了，说得绘声绘色，还公开了男生的姓名和学号，声称要让这名男生'社死'，要求学校严惩，当时引发了很多学生的声讨。学校开始时追问涉事男生，那个男生不承认并表示要报警，学校当然不想让警察进校园，就赶紧协调，调出食堂监控一看，原来当时是男生双肩背上的挂件碰到了那个女生。"

"现在学生也这么极端？那事实清楚了，学校怎么处理?"

"男生要求女生公开道歉，女生不干，说要道歉就相互道歉。学校也是和稀泥，只是口头向各院系领导说明了事实，要求两边辅导员安抚，或者说是打压，两边都不再发声，这事就算过去了。"

"后来平息了吗？"

"当事人是不发声了，不过学生们议论不停，开始肆意漫骂那位男生，反转后又辱骂那个女生，不仅骂得难听，而且采用人身攻击，闹了很长时间才消停。"

"看来学校和社会上差不多，我们做的报道，几乎每一个都会被攻击，就像刚才我对你讲的，有的就是故意找碴、断章取义，然后上纲上线。"

"大学不是世外桃源，更不是以前咱们说的象牙塔了。在社会上，特别是一些公司，为了赚钱，还必须务实，不能整虚的。学校又没有经营压力，只要不出事就没事，所以学校的世俗气息、集体无意识可能比社会上还严重。"

"我们做网络报道体会更深，所谓志趣相同者会因为情绪和观点而逐渐聚集到一起，而'偏激'是招揽人气最好的策略，现在智能手机功能强大，能更容易地排斥异己、攻击他人……"

"安组长。"

正在聊天的安少瞳听到有人叫他，回头一看，居然是方若涛站在一旁。少瞳赶紧站起身问好，说自己和同学今天一起打球吃饭，并给方若涛和许松相互做了介绍。若涛说自己今天和同学聚餐，就在里面包间里，刚出来透透气，居然在外面看到了他俩。

"你们在讨论什么？平时很少能听到你慷慨激昂地说话，"方若涛对安少瞳说，"看来还是和同学在一起喝酒，才能显露真性情。"

"没有没有，只是聊了聊咱们的工作现状。"安少瞳笑了笑，从一旁边拖来一只凳子请方若涛坐。

"咱们的工作现状就是外表平顺、内心焦虑。"方若涛微微一笑，"不过许老师可能好一点，大学毕竟有活力。"

"方记者您说的'焦虑'一词真是太到位了，高校里也是这样，可能比其他单位更焦虑。"

"现在的人普遍焦虑，我也是。我有一位闺蜜信教，心态就很平和，缺乏信仰可能就容易焦虑。"

安少瞳说："有信仰也许会好一点，不过不能解决根本问题。"

许松接着说："不在于信仰的种类，关键是信仰本身，人是焦虑的，他选择信仰时也一定是功利的、焦虑的。"

安少瞳说："现在的人一琢磨就焦虑自己的收入，又焦虑自己的地位；平时既焦虑自己不能被关注，又焦虑自己缺乏独立性，既焦虑自己没有爱，又焦虑自己没有被爱；人多的时候，既焦虑自己被人评价低，又焦虑自己成为出头鸟；一个人的时候，既焦虑产生的空虚感，又焦虑没有价值感。"

"安组长概括得挺全呀，没想到你这么能说。"若涛向少瞳说，"能够知焦虑，应该就不焦虑了。"

"没有没有，我也一样焦虑，比如对自己的劳务派遣人员身份，就一直焦虑。哈哈！"安少瞳笑了笑，喝了一口，"估计你也能看得出来，确实做不到那么超脱，惭愧惭愧！"

方若涛看着少瞳："安组长还勇于自嘲，以前真没看出来。"

名城烧烤这里人声喧嚣，在这里说话，声音小了都听不清，不过这些好像已经干扰不到他们三人，对"焦虑"的讨论，似乎正在稍稍消解着每个人心中的焦虑。

"我们都在等你，你怎么在这里又开了一局？"从店里出来的一位女生左顾右盼，看到了正在聊天的方若涛，快步走过去，一把抓住了她。

方若涛被吓了一跳，一看是自己的同学，就知道是从包厢里出来找自己的，于是顺手轻轻地在同学的手上打了一下："就你，一惊一乍的，吓死我了。"

安少瞳、许松站起身来，看着这两位女生一闹，大体上也明白了是怎么回事。方若涛向同学介绍了安少瞳和许松，说自己出门凑巧碰上两位在这里吃串，就坐下来稍聊了一会儿。方若涛的同学向两位男生点头笑着打了招呼，然后向方若涛说："理解，有帅哥相陪，不怪你，重色轻友，人的共性嘛。"

"行了行了，别再贫嘴了，小心揍你！"方若涛轻轻推了同学一下，接着对两位男生说，"同学还在里面等我，我得回去了。今天碰到两位很高兴，聊得也很有收获，下次有机会再请教。"

"好了，别这么依依不舍了，赶紧的！"同学拉着方若涛往店里走。

安少瞳向前探了一步以示相送，隐约听同学对方若涛说："这两位男生都不错呀，那个个子高一些的挺帅，是你的追求者吧……"

17

传媒集团传达了全省推行"关爱老年人，你我在行动"工作方案，要求所有工作人员日常生活中要成为尊老楷模，同时通过媒体平台集中报道，积极引导舆论。作为民生领域的头部传播阵地，"省城网事"需要同时关注政府措施和市井动态，保证相关报道既全面丰富又生动可感。

为此报道组进行了专项学习和选题讨论，将报道内容切分成几个业务板块。方若涛采访文化部门为便捷老年人文艺活动推行的相关措施。程鹏报道省城社区公交系统减缓停靠速度和帮扶老人上车工作。小刘了解医疗部门改善挂号就医方式等便民方案。其他记者也各有分工，海风负责关注网上动态、收集相关案例。

"安组长，能过来一下吗？"海风问少瞳，"这一事件今天网上有热炒的趋势。"

安少瞳随海风来到她的工位，看到电脑上已经打开了多个网页。海风说网上正流传一个视频，说的是今天早上125路公交车上有一位年轻的女士不给老人让座，对旁边乘客的劝解也无动于衷。

"我搜索了多个网址，发现转载这个视频的很多，议论更多。比对确认了，现在共有两个版本的视频说这件事，拍摄角度不同，但显然是相同的场景，应该是公交车上两位站立的乘客拍摄的，可以证明这件事的本身是真实存在的。"

安少瞳仔细看了海风调出的两版视频，反映的是在清晨乘客拥挤的公交车内的场景。事主是一位三十岁左右、着装比较正式的女士，坐在与车身同向排列的三人座中间，两边各坐着一位老人，她的面前又站立着两位白发老人，看上去年纪很大，随着车辆的行驶和晃动有些站立不稳，虽然视频里声音混乱嘈杂，但能听到的是拥在一起的多位乘客劝这位女士为老人让座，中间还有车载广播"请给老、弱、病、残、孕及怀抱小孩者让座"的声音，但在时长二十秒左右的视频里，这位女士一直坐在椅子上，视频最后几秒好像有乘客开始指责她，但她仍然没有起身。

转载的视频引发了很多议论，网友都在抨击这位女士不讲道德。有留言表示，为老人让座是市民基本素质，这位女士的这一行为有辱省城形象。有人认为女士看上去年轻体面，可这样的举止与职业素养反差太大。有的讽刺这位女士面对颤巍巍的老年人居然能安之若素，心理素质真是过硬。很多人结合全省正在推进的"关爱老年人，你我在行动"活动，提议网友共同谴责这种行为。

"我觉得这位女士面对那样的老人不让座，确实有些过分。"海风向安少瞳谈了自己的看法，"不过这毕竟属于道德层面的问题，没有必要拿到节目中传播，或者批评。"

"你说的有道理，我看大部分留言要么措辞严厉，要么讽刺挖苦，都是上纲上线。"安少瞳同意海风的观点，"现在网络戾气很重，一不小心就会被带节奏。你能这么冷静和包容很不容易。"

"组长过奖了，我还在处罚期，不冷静还能怎样？"海风淡淡地说。

上次主任来组里宣布对海风实施罚款和停止出镜的处罚之后，海风一直情绪不高，可能是因为安少瞳也受到了处罚，海风没有在他面前提起过这件事。安少瞳也觉察到了这些，但没有想好怎么和海风谈一谈，也许都不提就算翻篇了。这时海风看似不经意地提起，很显然说明这件事对她的影响仍然在持续。

停了一会，安少瞳说："上次的事，我们也都没有更好办法……"

"这事就不用再多说了，"海风打断了安少瞳，"我知道你做了很多工作，而且让你也罚了钱，很抱歉。其实罚钱没问题，不过微博内容引发舆情与我的本职工作无关，所以停止我的出镜和采访工作，我确实难以接受。"

海风比较在意出镜工作，这在组里不是秘密，甚至她本人也公开承认这一点。当时安少瞳在主任面前曾试图劝说主任减轻对她的处罚，只是没有成功，但事后也不能对海风说这些，现在来看，停止出镜的处罚是她最在意的。

安少瞳正在考虑怎么劝解海风，这时方若涛、程鹏等几位同事回到办公室，安少瞳站起身向他们打招呼，问起采访的情况。几位同事相互聊了聊，安少瞳听着感觉各自选题推进还比较顺利，就让大家中午休息一会儿，下午再一起讨论。

"怎么网上又在闹'人肉'搜索？"程鹏看着电脑惊呼了一声，打破了办公室午餐之后短暂的安静。

大家问程鹏发现了什么事，接着几位同事在自己的电脑上打开了程鹏告知的网页。正是此前海风关注的早上发生的 125 路公交车上一名女士不给老人让座一事，已经进一步发酵，网上表达气愤的声浪增大，指责该女士的言语更为激烈，居然有人曝光了该女士的手机电话号码。

"现在有的人为了网上流量，真是越来越极端，实际上都是在传播焦虑。"方若涛看着网络留言直摇头。

"观点越极端，就越能吸引流量。"程鹏刷新了网页，"你们看，门户网站也开始跟风批评了。"

小刘接着说："门户网站也要吃饭，流量就是他们的衣食父母。"

"上午看到这件事了，当时觉得网上的言论都是站在道德的制高点上抨击那位女士，咱们不跟风就是降温。"海风说，"不过没想到还没有半天时间，居然闹成这个样子了。"

本来是准备下午两点开编前会的，安少瞳看到同事们都在议论这件事，于是请大家一起讨论。海风说上午就发现了网上在炒作这一事件，和安少瞳沟通后形成了冷处理的思路，不过现在网上发酵很快，超出了此前的判断。

"当时认为让不让座是道德层面的问题，而且网民都在上纲上线责骂，所以决定先不触碰。"安少瞳向大家解释，"现在同事们也看到了，网上发酵的已经不是这一具体事件，而是脱离事件在独立传播急躁的社会情绪。所以，我个人觉得我们应该有所反应，从报道角度进行事实和方向上的引导，大家怎么看？"

"我也认为咱们应该发声，"程鹏表示同意，"现在网上很多言论拿省里正在进行的'关爱老年人，你我在行动'说事，目的就是给对方扣大帽子，体现自己的政治正确。"其他同事也都认为应当适当发声、积极应对。

"现在多个门户网站在跟进，有一个采访了省城大学社会学教授，从社会伦理和道德层面抨击了女士不让座的行为，引发了很多好评。"方若涛说，"目前言论一边倒，显然是不客观的，所以，我觉得咱们发声就应该对抗这一边倒的观点，不说驳斥，至少应该平衡观点。"

大家同意方若涛的意见。徐姐提出，现在网上是一边倒的态势，咱们如果反其道而行之，有没有可能引发舆情？安少瞳说，徐姐的建议很有道理，一定要杜绝引发舆情，所以引入多元观点以平衡不同意见，相对客观和安全。

海风说："从两版视频看，这位女士不给老人让座的事实是真实存在的，适当批评也是可以的，只是现在舆情太偏激，所以我们应该在评论上做到多元、平衡。"

方若涛说："我也认为应该从评论着手，可以引其他专家的声音，比如法律专家，从法律角度进行分析，那么这位女士并无违法行为。"

"现在激烈的言论都是站在道德的制高点上，如果能从法律角度评论，是可以起到平衡舆情的作用，"安少瞳又问方若涛，"你能找到可以采访的法律专家吗？"

"可以，在电视台时，我和省城大学法学院方面一直有联系，马上就能问。"若涛拿起手机翻找通信录，之后向安少瞳示意了一下，离座打起了电话。

同事们接着讨论，程鹏说："为了做公交系统升级的选题，正好我今天刚采访了公交总公司，可以考虑再和他们联系，请他们安排负责人出来，发表更为理性的声音。"

"请公交公司的人出来说更生动，"小刘表示同意，"而且他们每天都会遇到大量让座与不让座的案例，和偏激的网民看问题的角度肯定不一样。"

海风说："公交车上应该有车载监视器，如果能调出来，可以更全面地反映事件过程。"

听着同事们的讨论，特别是海风提到可以调出监控还原事实原貌，安少瞳突然意识到，对于这一事件，自己考虑得根本不够细致和扎实，之前认为引进多元的声音就能平衡观点，实际上稍做深入思考，就会发现这种想法太过浮于表面，因为事件本身还没有还原，等于说新闻报道中的"采、写、编"还没有完成就急着去"评"，那所谓的评论显然不可能是准确和有力的。

同事们看到安少瞳一直在沉默，就问他有什么意见。安少瞳向大家一笑以示歉意，接着说："刚才听了各位讨论，特别是程鹏、海风还有小刘提到去公交公司采访，这对我启发很大。刚才没有考虑明白，因为到目前为止，网上言论对这一事件的事实部分都没有说清楚，咱们也是一样没有任何采访调查，在这种情况下，如果只考虑评论，评论根本无从谈起。"

一直在讨论中的同事都安静了，显然大家对安少瞳这番话感到意外，刚才热议的是观点以及如何平衡观点，虽然程鹏等同事提到了要去联系公交公司，但那也是从争取多元的声音角度考虑的，现在想一想，确实没有认真考虑这一事件的事实部分是否扎实。

程鹏起身说现在就打电话给公交公司，争取前往采访并找到更多的信息资料。

这时打完电话的方若涛走了进来，边走边说："联系好了，法学院同意安排民法教授接受咱们采访，时间可以直接约。"

一时没有回音，方若涛感到奇怪，走到会议桌前看到各位同事都显得有些安静，完全没有了刚才出去打电话时热议的气氛。方若涛看向安少瞳，安少瞳赶紧抬手指向椅子："若涛老师先请坐，咱们再讨论一下报道方案。"

方若涛慢慢坐下，看着安少瞳问："怎么？报道方案要变化？"

安少瞳将刚才大家讨论的意见和设想复述了一遍，提出凭着目前有限的了解，事实不清、信息不全，所以急于评论显然会跑偏。

方若涛有些不解地问："刚才大家讨论过了，不是都认为不让座是客观的事实吗？"

"已有的视频可以证明不让座是事实，但是为什么不让座？或者视频拍摄之前，该女士和站立的老人之间有没有发生什么事情？网上都在急于输出观点、展示正确，没有人去做深入的调查，咱们作为大众媒体，还是要把事实做扎实。"安少瞳进一步解释，"刚才有同事提到可以去公交公司采访，这确实是我们应该做的，如果能去找到新的信息和素材，肯定会比评论更能有效地引导舆论。"

"我也赞成强化现场采访，现在扎实的采访越来越稀缺，自媒体都是只坐在家里评论，没有前往现场调查，说得多、做得少。"方若涛又说："但是，目前各媒体评论一边倒很明显，我们适时引进法律界的评论，能够起到平衡的作用，而且此前是在讨论确定之后，我去联系的法学院的专家，人家也表示了支持，咱总不能又说不采了吧？"

"刚才确实是我没有考虑清楚。"安少瞳向方若涛抱歉地一笑，"我是这样想的：评论还是要的，等全部采访完成之后，再就清晰的事实进行评论，所以请你和教授保持联系，涉及法律问题要向他请教，只是采访时间稍晚两天，你看是否可以？"

方若涛没有再说什么。这时程鹏打完电话，过来介绍说公交公司反馈为配合省市的行动，每辆车通过张贴标语、增加广播次数的形式倡导让座帮扶，虽然偶尔也出现过让座冲突，但从实际效果来看确实这方面的纠纷减少了，至于125路公交车上的这件事，因为并不涉及司乘人员，所以公交公司内部没有排查。程鹏说目前咱们是唯一一家和公交公司联系的媒体，他们表示会尽力支持咱们的采访工作。

"沟通有效！"安少瞳又问程鹏，"你看，咱们能在公交公司挖到什么东西？"

程鹏又考虑了一会儿，说："一个是采访125路那趟车的司机，请他还原当时的事件过程；二是调取这趟车的车载监控，如果视频完整，对澄清事实价值很大。"

"好，刚才和公交公司联系，有没有问能不能拿到？"

"刚才已经问了，这趟车的司机最近几天都是值首班，五点五十分从站里始发，我也比对了网上那两段视频，说是拍摄时间约早上六点二十左右，时间对得上，明天就可以采访他。调车载监控录像，公交公司说也可以支持，但要走手续，要咱们集团盖章的介绍信。"

安少瞳表示会后上报主任，应该能尽快开具介绍信，又请大家谈谈操作建议。海风反映目前极端的网民已经"人肉"搜索并公开了涉事女士的姓名和手机号码，当然准确性还要进一步确认。方若涛认为应该尝试联系涉事女士，只要有可能应该采访她。

安少瞳也认为要想真正还原事实全貌，对当事人的采访非常必要，虽然目前舆论影响下涉事女士大概率不会接受采访，但还是应该尽量联系和争取。安少瞳请方若涛以海风搜集到的涉事女士联系方式为基础，争取尽快找到本人，提出采访申请。

大家又给了一些意见，安少瞳做了记录，之后建议："我觉得这趟公交车上当时的目击者，我们还要争取找到，哪怕采访到一两个人，也会让视角和信息更加全面。"

程鹏问："那就是说要跟着这趟车走一遍，争取找到再次乘车的目击者？"

"这趟是早班车，很有可能存在部分乘客每天都定时坐这趟车，比如老人去沿途的菜场买菜，或者有上班族赶早班，所以可能会有老乘客。我们在车上可以对着网上的那两段视频，看看能不能找到目击者。"

"那得很早就去始发站，早班车五点五十分就出发，"程鹏说，"如果找不到目击者，有可能就白跑一趟。"

"找不到目击者也是有可能的，不过去了就不会白跑，"安少瞳坚持，"一是在车上可以拍摄和记录客流变动过程和沿途的环境；二是涉事女士下车站点应该能确认，咱们可以拍摄了解周边情况，这能够成为报道的组成部分。"

程鹏点了点头，又问："是不是下单请摄像组安排摄像老师明天一起去拍摄？"

"可能不行，中午刚和摄像组负责人见面聊过，他说明天集团有大型活动，摄像人员已经都派出去了，"安少瞳说，"所以明早只能咱俩去了，你拿上机器，我带好介绍信，咱们一早过去。"

"好的，那几点到?"

"咱们凌晨五点半在125路公交车站见吧。"

"五点半?"程鹏一捂脸，"想着就困。"

18

五点半，天光还不是很亮。

程鹏打车来到125路公交车始发站，打着哈欠下了车，走到值班室，透过窗户就看到安少瞳已经在里面，赶紧进去和安少瞳打招呼。安少瞳站起来接过程鹏提着的机器，介绍了公交站的工作人员，之后告知程鹏公交公司行政人员八点半上班，等他们到了才能联系调阅监控视频。

看司机已经完成了出车前的准备工作，安少瞳和程鹏上前征得他同意后做了采访。司机说昨天这趟车上让座争执一事他没有完整地目睹整个过程，是在争执了几分钟之后听到了动静，因为是无人售票车，只有他一位司乘人员，不能离开驾驶席，当时是通过话筒喊话请乘客冷静，提倡相互关爱，后来嚷嚷声小了一些、但还在持续，直到涉事女士下车。因为那位女士下车时有些乘客发出了讥讽的声音，所以司机记得比较清楚，当时是全程中的第九站。关于乘客，司机印象中应该有经常乘坐这班车的，但由于驾驶席靠近的前门是用来下客的，平时难以正面观察或交流，所以他不能明确指认，具体需要上车去联系和辨认。

根据司机的提示，安少瞳和程鹏在网上搜索了沿途站点的情况，特别是第九站的周边环境，两人沟通了届时下车后的拍摄预案。这时已经到了首班车起程的时间，司机打开车门，乘客们从中门陆续上车，安少瞳和程鹏也跟随乘客进入车厢，按照昨天对视频的分析结果，来到当时让座纠纷的事发位置。程鹏将摄像机放置在车厢地板靠边的位置，看到还有空座，提示安少瞳可以坐一会儿。安少瞳摇摇头，轻声地提醒程鹏车内环境、各站点乘客上下的情况最好都拍摄记录，哪怕拍的素材编辑时用不上，也不能出现因为没有拍摄，最后导致素材不够的情况。程鹏听了赶紧提起摄像机，开机拍摄。

125 路早班车首站还有几个空位，到了第二站就基本上坐满了人，之后站立的乘客渐渐增多，车厢里也越来越拥挤。按照此前的约定，公交车行驶了五六站时，司机通过车载扩音器向全车乘客介绍省城传媒集团记者在车上，为报道昨天本趟班车的让座纠纷一事，如果当时的目击乘客现在在车上，请积极配合采访。安少瞳和程鹏也在车厢里询问，一位大妈表示自己是老乘客，昨天这个时候就在车上。安少瞳用手机点开网络视频请她辨认，大妈看了一会儿，指出画面中的一个背影就是自己。大妈在采访中回忆说，此事具体是什么时间发端的，自己没有注意，不过从涉事女士被旁边乘客指责到其本人下车，争执持续应超过公交车行驶一站地的时间。大妈说一路上旁边的人都在指责那位女士并敦促其让座，那位女士一直没有让，但也没有说话，或者反击指责，直到起身下车。大妈认为碰上身前站着年纪这么大的老人，作为年轻人，心安理得地不让座，不管怎么说都是不应该的。

在车厢里完成了采访和沿途拍摄，安少瞳和程鹏感谢了司机和大妈之后，在第九站下了车。这站附近是鳞次栉比的商场和办公楼，省城金融街离此不远。按照此前做的功课和讨论的方案，安少瞳和程鹏下车后拍摄了周边环境和地标性建筑，在镜头里寻找上班族人群。

"拍完了，"程鹏边收拾着机器边问安少瞳，"咱们现在就回公交公司吗？才七点钟，好像还早了点。"

"公交公司行政人员八点半才上班，咱们吃了早饭再过去。"

两人准备就近找个小吃摊解决早饭，但提着摄像机和脚架走了好一会儿，只看到一路上街道宽阔，绿化带中植物繁茂，周边高楼林立，楼下干净整洁，看来这里不是摆摊设点的场所。两人走得有点累了，放下机器用手机上网搜索美食店铺，总算找到了一家在附近售卖早餐的餐厅。两人按照导航线路，转过一条街，来到了目的地。

"这地方真不好找，腿都跑细了，"程鹏仔细地看着菜单，"价格这么高，还让不让人好好吃顿早饭？"

"省城 CBD、金融街，寸土寸金。"安少瞳小心地点着餐。

程鹏小声说："此前没在这里吃过饭，今天来一趟长了见识，真不是咱们的收入水平能扛得起的。"

"偶尔为之，就当尝个鲜。"安少瞳笑了笑，"不过咱说好了，今天我买单。"

"好！那就不客气了。"程鹏点完餐，"谢谢领导带我下馆子。"

"惭愧！简单吃个早饭，哪能叫下馆子？"

过了不久，服务生将两人点的餐送了上来。"味道不错，卖相也精致，就是分量太小，真不适合我这样的粗人，"程鹏吃了几口，"这涉事女士身穿职业装，又是在这一站下车，应该是在这里工作的白领。"

"估计是这附近的高收入人士，"安少瞳也持相看法，"穿着体面，除了不让座外，其他举止也还算得体。"

"是呀，司机和那位大妈都说她一直没有回骂。当然，也可能是因为指责的人多，她不敢回嘴，怕激起众怒。"

"咱们一会儿拿到监控录像，会更清楚一些。"

两人匆匆吃完早饭，打车返回公交始发站，找到公司负责人，出示介绍信、履行了手续后，拿出携带的硬盘，拷贝回了125路车昨天首班车上几条完整的车载监控视频。

安少瞳和程鹏赶回办公室，方若涛看到他俩进来，迎上去问情况是否顺利，安少瞳介绍了早上采访和调取监控的过程。程鹏将硬盘里的视频上载到编辑机，接通屏幕，先播放公交车中门的监控视频。

"看，上车的就是那位女士吧？"程鹏盯着屏幕，"这是第二站，她从中门上的车。"

"对，就是她，"方若涛也辨认了出来，"中门上车后往车头方向走了几步，你们看，她坐下了，座位和网传视频中的位置一致。"

"是她，坐的就是横排三连座外侧，靠扶手杆的位置。"安少瞳仔细辨别了位置和状态，"第三站开始，乘客渐渐多了，和我们早上考察和拍摄的情形一样。"

视频显示第二站之后，公交车上已无空座，第三站开始车厢出现站立的乘客。车在第四站停靠，下车人少，上车人多，只见一位妇女抱着小孩从中门上车，挤过站立的乘客挨挨擦擦地挪到女士座位附近，一手放下小孩、一手扶住了栏杆。

方若涛问程鹏："网上炒作的是她没给老人让座，那争执不应该是从这里开始的吧？"

"这里肯定不是开端，司机和大妈在接受采访时都说，争执是第九站之前的一两站，估计这时虽然没有给抱小孩的妇女让座，但还没引起争执。"

这时画面开始微微晃动，是公交车从第四站开出了。正在此时，只见座位上的女士站起身，把座位让给了抱小孩的妇女，妇女一侧身坐下，让孩子坐在自己的腿上，而女士让座之后，两手扶着护栏站在旁边。

这一幕让观看视频的三人都感到惊讶，程鹏和安少鹏对视了一眼，将视频倒回去又重看了一遍，确实是涉事女士给抱小孩妇女让了座。

"这位女士挺有素质的呀，主动让座，"方若涛看着屏幕，"极端网民却已经把人家说得十恶不赦。"

"真是，没有人去全面了解情况，只会断章取义、肆意谩骂，好像现在已经是常态。"程鹏摇摇头。

画面上行驶中的公交车越来越拥挤，那位女士一直用手扶着护栏站立在一旁。公交车行驶到第七站，座位上的妇女起身抱好孩子，向一旁的女士点点头，应该相互交流了一两句，妇女抱着孩子向车头方向挪去，而那位女士重新坐回到座位中。

"女士第三站让座，到了第七站被让座的妇女到站下车，她又回到原座，等于她站了四站地。"程鹏计算了一下。

"这位女士应该是站累了，"方若涛观察着画面中当事人的状态，"入座后，用手捂着脸，头有点下垂，是疲劳的表现。"

视频显示，这位女士入座的同时车又开动了，多名乘客上车涌向车厢的各个部位，该女士的面前也站了多人，其中有两位从体形和站姿上看是老者。不一会儿，画面中站立的乘客开始做出了用手指向该女士的动作，虽然监控视频没有声音，但能看得出他们的目标指向座中的女士，且气氛渐渐紧张。

分析画面内容，程鹏说："就是说这名女士在第七站刚坐下来，上车的老年人站到她的面前，她没有再让座，所以被周边的乘客指责。"

"旁边至少有两名乘客在指指点点，"若涛观察着画面，"而且手部的动作幅度在加大。"

"这一段就是冲突的过程，"安少瞳将坐着的椅子向屏幕方向又挪近了一点，"看看这位女士有什么回应。"

视频中站立的两名乘客一直在对座位上的女士指指点点，车在第八站停靠后，能够看到旁边有两名坐着的乘客手部也开始有指向女士的动作，显然他们加入了指责这名女士不让座的行列当中。涉事女士动作幅度很小，只是在开始的阶段抬了一会儿头，好像是对众人说了两句什么，之后就恢复了用手捂着脸、微微低头的姿势，一直坐在座位上，看不出有对骂，或者反击的回应，直到车在第九站停靠时她起身下了车。从她离开座位到挤着下车的过程来看，这位女士的动作明显比此前快速。

这时，海风来到办公室，看到大家在观看视频，就坐下来一起观看。程鹏又播放了前门，也就是下客门上方监控拍摄的视频，三人进行了仔细的观看和比对，确认不同角度的视频能相互衔接，反映的事件过程一致而且完整。安少瞳又复述了早上采访和拍摄的内容要点，与视频反映的情况可以相互印证。

观看分析完视频，一时之间大家都没有说话，安静了一会儿，安少瞳提出大家都谈谈看法。程鹏表示过程已经很清楚了，就是这位女士从第三站到第七站给小孩让座，在第七站没有给老人让座，旁边的乘客指责，成为整个事件的发端。方若涛认为完整的视频基本能够展示全部的事实，证明那些站在道德制高点上的极端指责是站不住脚的。海风也认为现有的采访和监控视频能够客观全面地展现事实，如果通过媒体完整地呈现可以正确地引导舆论。

大家又讨论了报道方式，程鹏将几条视频剪辑到一起，突出了涉事女士上车、第三站至第七站让座、第七站之后出现冲突、第九站下车等几个重要节点，在其中穿插了一部分网上流传的手机视频，又将重要时间节点和站点用字幕进行了标注。编完之后，大家又看了一遍，都认为能够多角度、真实地还原整个事件的过程。

"在咱们新媒体端，这一版节目已经很充分了。电视台也在关注这一事件，因为我们正进行调查，就确定由咱们推进，内容共享。根据现有采访和拍摄的素材，咱们还要编辑一版供电视台播出。"安少瞳对方若涛说，"若涛老师，你能不能联系处理一下？"

"监控视频加上咱们的采访，素材方面已经完整。只是电视新闻受制于篇幅，不像新媒体端多长的片子都能播发，我先和电视台沟通一下时长和编排要求，然后重新编辑一版。"

就在方若涛与电视台联系的同时，安少瞳让程鹏直接把编好的视频合成推到账号，保持待审状态，准备与电视端同步播发，另请海风继续收集事件相关信息。沟通完毕，安少瞳向陈主任发信息汇报了报道推进情况。陈主任很快回信，对工作进度和安排表示认可，并提醒要争取尽快采访到新闻事件主体，也就是涉事女士。

安少瞳走到海风的工位，问她关于涉事女士的信息收集和梳理情况，海风说网上"人肉"曝光了两个电话号码和工作单位，已经提供给方若涛尝试联系，反馈是一个电话号码是空号，另一个也不是其本人的，所谓的工作单位也是错的。根据现有情况，海风分析，要想真正联系到涉事女士，需要从正规渠道入手，比如通过咱们的节目和电视新闻向她喊话，让她来找咱们。

"好！咱们今天节目播发时，就可以通过台网两端，呼吁她接受我们的采访。"安少瞳向海风说，"你这个思路不错！"

"有思路也没用，"海风面对着电脑屏幕，"有思路也不能出去采访。"

这两天海风主要是在办公室查询和更新事件信息，工作状态可以说是中规中矩，但与此前外出报道相比，安少瞳还是能看得出她的情绪有些沉闷，只是海风自己不说，他也没有必要提及。现在海风提到了采访报道一事，虽然她表情平静、语调和缓，但显然是在向安少瞳表达某种情绪。

安少瞳想了想措辞，对海风说："这几天你主要在家查找信息，是不是有些闷？"

"闷也谈不上，信息总得有人去查。不能出镜我也能够接受，毕竟还处于领导规定的'禁赛'期。"海风努力保持语气平缓，"这项报道延续两三天了，一直没让我参与，收集到的信息也只是提供给其他同事，可能是我能力不济吧。"

这次公交让座争议事件最早是海风从网上发现的，伴随着事件的发酵，全组目前形成了有一定规模的报道态势。只是此前海风因微博事件受处理，现在正处于"禁止出镜报道"的期限内，安少瞳也是考虑再三，还是让程鹏、方若涛承担了主要的报道工作。

"这样说言重了，"安少瞳向海风解释，"无论是按过往工作安排的惯例，还是看个人工作能力，你都应该是这一事件报道的主力。不过就像你说的，确实是因为'禁赛'期的关系，所以这次没有安排你外出采访。"

"领导停的是出镜报道，并没有禁止我外出采访，怎么我就不能参加呢？"

海风问得很直接，安少瞳一时之间感到难以回答，想了一会儿还是说出了自己的真实想法:"你说的这个问题我考虑过,这个事件报道要去现场采访,可能会有记者出镜的需要,如果你外出采访,等出现需要出镜报道的环节时再找其他同事替代你,担心会给你带来更大的反差和刺激,而且临时顶替你的同事也会很尴尬。"停顿了一会儿,安少瞳继续说,"我可能是多虑了,也许并不会对你有什么影响,不过我确实是这样考虑的。"

海风看着电脑屏幕、点击着网页,这样持续了几秒钟,然后停了下来面对安少瞳:"安组长能这样考虑,我还是应该表示感谢。不过这是你主观的判断,怎么安排工作、会不会对我产生影响,是不是事先沟通一下更有效?"

"你说得没错。当时事件发酵比较快,我又觉得比较敏感,所以就没有征求你的意见,现在看,这是我考虑不周到。"

"把敏感考虑在内,应该说是考虑得很周到了。"海风又转向电脑屏幕,"我知道组里面有人对我出镜有些闲言碎语,但我的报道数量和质量,这两年都在全组前列。"

"工作量和效果,我想大家都是有目共睹的。咱们此前也是相互信任和支持,在做好工作的同时,希望实现个人的一些业务追求,或者是职业目标,这些都能理解,而且我本人也同样有自己的想法。所有的误会都是沟通问题,我的判断也多有不当之处,你随时可以提出。今后有什么设想,包括出镜在内,咱们都主动交流,甚至可以一起去策划和设计。"

海风没有回应,仍然面对着电脑屏幕。安少瞳看了一眼,觉得海风的表情稍稍和缓了一点。

安少瞳轻轻舒了一口气,一抬头看见方若涛站在编辑机前正看向他这个方向,于是站起身,方若涛见状向他走了过来:"不好意思,不打扰你们吧?"

安少瞳往外挪开一步:"没事,是不是给电视台新闻组的片子编完了?"

"编得差不多了,您若有空,可以审看。"若涛微微一笑,"不过不着急,您要是和海风老师还没聊完,我就再等一等。"

海风没有答话,继续看着屏幕、点击着网页。安少瞳则直接到编辑机前,方若涛跟了上来,在机器上播放了编辑的段落,让安少瞳审看。这段节目是将两条监控视频和自拍素材进行了穿插剪辑,结合了采访同期声,不仅把事实过程说得很清楚,而且成片节奏紧凑,保持了可看性。

"挺好的,适合电视新闻播发,尽快给电视台传过去吧,争取赶中午档新闻。"安少瞳停了一下，又说，"我看了你同步撰写的新闻稿，包括导语，都不错，不过你考虑一下，是不是要写一段编后语供新闻使用？"

"今天这档新闻就发编后语？"方若涛直觉有些不妥，"虽然这个片子很大程度上还原了真相，但还没有拿到全部事实。比如当事人开始主动让座，后来直到下车都不让座，其中的原因还不知道。如果现在就用编后语来评论，有可能产生偏差。"

"你说得对，现在还不是评论的时候。我考虑发编后语，主要是想在这条片子播出后进行延续和强化，可以说明现在虽然还没有得到全部事实，但我们在努力接近事实，然后呼吁当事人能接受我们的采访。"

"就是说编后语不是用来评论，而是用来延续报道，"方若涛考虑了片刻，"可以，我试一下。"

在将编辑的成片发送给电视台的过程中，若涛完成了编后语的撰写。这时安少瞳已和电视台综合频道电话沟通了播发的安排，他又和若涛协商修订了编后语，一并发给了电视新闻栏目。

安少瞳和方若涛正在和电视台沟通新闻播发，突然听到一阵轻微的鼾声，两人往四周一看，只见程鹏靠在编辑机前的椅子上睡着了。

方若涛见状赶紧轻轻地往外走开。安少瞳关上编辑机上的台灯，也轻轻地随着方若涛走了出来，对她说："早上起得太早，拍摄采访完了回来又编片，强壮如程鹏也扛不住了。"

方若涛微微一笑，说："你怎么样？困不困？要不你也歇会儿，我可以去餐厅把你们俩的午饭打包回来。"

"我不用，咱们一起去餐厅吧，就让程鹏在这儿休息。"

同事们也看到程鹏睡着了，大家都轻手轻脚地离开了办公室，一起前往传媒餐厅。

19

赶上午餐高峰时间，餐厅里人头攒动，很多人一边用餐一边观看着壁挂电视机播出的节目。安少瞳和几位同事取了餐，相对集中地坐在一起，这一侧电视机播出的是综合频道的节目。

徐姐看了一眼电视，问方若涛："中午的电视新闻就是在综合频道播出吧？"

"是呀，综合频道每天四档新闻，中午是'省城快讯'，十二点开播。"

说话间"省城快讯"直播开始了，头条就是报道"公交让座事件"。安少瞳看到方若涛编辑的新闻片开播后，马上通过手机"掌上通"将程鹏合成推送到账号的视频点击终审通过，与电视新闻同步播发。

"这个片子做得有点意思，"邻桌用餐的一位员工盯着电视屏幕，"新闻报道变成了新闻侦探。"这个员工胸前挂着蓝色出入证，一看就是传媒集团的工作人员。

"就是公交车让座的事，这两天网上炒作得很凶，"同桌的另一位员工也看着电视，"没想到咱们的新闻能挖得这么深、这么快，一改'官方发布厅'的风格呀。"

听到集团其他部门员工这样说，徐姐碰了一下方若涛，向她笑着一点头。安少瞳和一旁吃饭的同事都更专注地看着电视。这时新闻片已播完，回到演播室环节，新闻主播阐述了编后语：

近两天，这起"公交车让座事件"引发了省城民众的广泛热议，体现了全社会对关爱老人、对公民素质的关注，毫无疑问具有积极意义。但其中也有极少数网民以视频片段为依据，上纲上线地对当事人进行极端抨击，甚至进行人身攻击，这显然是有失偏颇的。从我们现有的报道材料就可以看出，片面的判断不符合事实，极端的评论更是站不住脚。我们追踪新闻调查，虽然至今未能还原全部事实，但是会继续努力争取全面地接近真相。为此我们欢迎观众朋友继续参与讨论，特别呼吁事件当事人能够联系我们、接受采访，毕竟尊重事实、尊重每一个人是大家共同的愿望和责任。

"这条评论说得不错，有理有节。"一旁看着电视新闻的员工继续和同事聊，"其实对那些极端的网民没有必要说得这么温和，你对他客气，他变本加厉。"

"电视新闻嘛，该端着还是得端着，语气要平衡、温和，咱集团从上到下都怕惹上舆情，"另一位员工说，"今天中午的新闻能把这件事放在头条，也算是一种态度了，难得。"

听着其他人赞赏电视新闻，徐姐问方若涛："这个新闻片和演播室串词都是你写的吧？"方若涛点了点头。徐姐接着说："唉，这么好的东西，给电视台播了，还是有点可惜。"

"我剪辑给电视新闻的是个短版，三分钟左右，咱们账号也同步发了程鹏完整版视频，有十分钟呢，咱应该没有什么损失。"

"我不是说你，"徐姐压低了声音，"咱费了那么多劲去调查采访，完全应该咱们先发，结果让电视台落了好，小安也不向领导争取一下。"

虽然徐姐声音不大，她的话还是能让旁边一些用餐的同事听见，不过没有人表现出异样，也有可能是都努力地保持平静。安少瞳坐得稍远，他或许能听到，也有可能没有听到徐姐所说的话，他一直是一边吃一边在和小刘讨论今天菜品的味道。

好像是手机响了一声，安少瞳拿起手机看了一会，然后朝着方若涛这边说："电视新闻部发信息对咱们表示感谢，节目刚播出就有反馈，有观众打热线电话说调查报道很扎实，愿意提供线索帮助记者进一步采访，还有观众说主持人编后语不亢不卑、有理有节，评论到位。"安少瞳停顿了一下，又说，"程鹏、方若涛还有海风，对这次报道付出很多，程鹏没来吃饭，咱得给他加个鸡腿。"

"不用加了，我直接犒劳自己。"程鹏端着餐盘出现在大家面前，引发了同事一片招呼。

安少瞳让程鹏赶紧坐，说："是睡醒了，还是被吵醒了？"

"是被饿醒了。"程鹏坐下来扒拉一口饭菜，"刚才在一睁眼，看到办公室没有人了，估计大家会来餐厅。来得早不如来得巧，刚听到了大组长和同事们的夸奖，让我胃口大开，感谢感谢！"

"先别急着感谢，"方若涛问程鹏，"知道安组长为什么夸奖你吗？"

"刚才听到了，'公交车让座'的采访电视播出了，多承谬赞！"程鹏咬了一口鸡腿，"不过其实是方若涛同学编得好，词也写得好，安组长采访得好，我没做什么，大家夸错对象了。"

安少瞳让程鹏赶紧吃饭，其他同事已经吃完了，不过因为程鹏还在吃，大家都没有离开。"仔细看了程鹏做的长视频，采访编辑确实细致。"小刘刷着手机，"要是轮上我这暴脾气，被人指指点点逼着让座，我肯定得骂回去。让座是情分，不让座是本分，那位女士听着谩骂不声不响，已经算是很有涵养了。"

同事们都认同小刘的看法，有人问涉事女士有消息没有。安少瞳说今天一早去公交车上追踪了涉事时的场景环境，但没法找到她本人，只能通过节目呼吁，看看有没有知情者能给我们线索。

"女主是关键，早上在公交车上问了几个人都不知道具体信息，我们也只能在现场寻找蛛丝马迹，"程鹏很快地吃完饭，"她下车地点是金融街附近，估计是在那里上班的白领。"

"我看到你在节目中强调了涉事女士下车位置的环境，说她可能赶着去上班，为生活早起奔忙的人都是辛苦的，呼吁加强包容。"小刘对程鹏说，"解说词写得不错，我觉得能引发网友共鸣。"

"谢谢刘哥夸奖！呼吁归呼吁，个别网民很难缠，没准会歪曲咱们的呼吁，甚至有可能说咱们是不道德行为的帮凶。"

海风看着手机说："极端网民完全有可能这么上纲上线，咱们做新媒体节目的，是首当其冲的受害者。"

安少瞳知道海风因上次舆情受处罚一直不太愉快，于是赶紧劝说："咱们干这一行确实容易被卷进舆情的旋涡，这段时间也多次被误伤。咱们也要加强防范意识，今后多报道、少评论，如果报道的事实全面、扎实，我想再极端的网民也难以挑出毛病。"

"我看网上评论对咱们报道有反应了，"方若涛快速刷着手机页面，"不少网友转发咱们的视频，有评论称赞采访全面的，也有评论说涉事女士此前让了座，挤公交上班辛苦也能理解，还有一些其他的评论，总的来看，与昨天的舆论一边倒相比，还是有明显改变。"

大家也都翻看着手机上的相关网页，看到这一报道引发了很多新的评论。"还有不依不饶的，这个评论说：既然是在金融街工作的成功人士，那就更应该承担社会责任，不让座更不可原谅。"海风笑了笑，"你们看，就有这样不讲道理的。"

程鹏赶紧说："海风老师，您消消气，咱不跟这种人一般见识。"

"这种情况也见得多了，我倒不至于生气，就是担心咱们辛苦采访的成果，被这些人给歪曲了。"

"刚才若涛老师说，原来舆论一边倒，而现在有了其他声音，"安少瞳向海风和程鹏说，"这么看，报道效果已经产生了，咱们也算没白忙活。"

午餐之后是片刻的空闲，在办公室的同事们大多在用电脑浏览网上信息。

方若涛起身走到安少瞳的工位，轻声说："好像当事人的单位有人和咱们联系了，请看一下组里的公共邮箱。"

安少瞳精神一振，一边招呼若涛坐一边打开了公邮，果然里面有一封新邮件。邮件首先向"省城网事"对这一事件细致扎实的采访和全面客观的报道致敬并表示感谢，因此根据报道节目中提供的邮箱给栏目组写了这封邮件，邮件指出报道中倾向认为涉事女士在金融街附近工作，这一判断不准确，事主姓王，是在本公司工作的同事，本公司从事贸易业务，位置距离金融街较远；邮件说昨天上午王女士在公司出现过，但从昨天下午到今天就没再见过她，听说是请假了，如想继续推进报道，建议可以联系采访公司的领导。邮件落款写明了信件发送者的姓名、所在公司的名称和地址，以及公司人力资源部门的办公电话号码。

安少瞳阅读完邮件，轻轻拍了一下桌子："能收到这个邮件，就证明了咱们持续报道的成果，"他转向方若涛，"你怎么看这封邮件？"

"这个邮件所说的内容应该不是假的，当然信息还要再确认，也很容易确认。我觉得应该抓紧推进，马上联系这个公司，先了解情况，再采访事主王女士和公司领导，这样事件来龙去脉很快就会完整、清楚。"

商议之后，方若涛立即联系该公司的人力部门。安少瞳请程鹏、海风过来，介绍了刚才收到的邮件内容和后续报道的初步设想，让程鹏和海风考虑并给出建议。海风认为如果涉事王女士能找到，所在公司也能发声，这件事的事实部分的采访就完整了，后续可以通过组织访谈节目最大化地展现报道、引领舆论。安少瞳表示可以，目前报道重点是要尽快直接接触到新闻当事人。

安少瞳看到程鹏在刷手机，问他有什么意见。程鹏应了一声，说请稍等，又刷了一会儿才放下手机，说："抱歉！刚才在网上查了一下邮件所写公司的位置，距离这位王女士的下车点，也就是公交第九站很远，好像并不顺路，也就是说125路公交车并不经停那家公司。这里面是不是有出入？或者邮件所说的，和涉事女士并不是一个人？"

安少瞳稍稍一愣，马上拿起手机用不同的地图软件分别搜索了一遍，确认了程鹏发现的情况属实。安少瞳想了一想，对程鹏说："根据邮件所写的内容和措辞来看，不像造假，不过就路线来看，确实有出入……"

这时方若涛走了过来，安少瞳问她与那家公司联系的情况。方若涛说有些波折，不过收获很大。刚才若涛打了该公司人力部门的电话，说明了缘由和采访需求，对方问是什么媒体，方若涛说是省城传媒集团，对方开始说与传媒集团没有什么联系，就要拒绝采访，方若涛进一步说明此前通过"省城网事"和省城新闻做了大量的报道并引发了积极的反响，希望能与该公司和王女士本人取得联系，为的就是还原事实和尊重事实。对方应该是看过此前的相关报道，听若涛这么一说，语气有所松动，言语中提到了"省城网事"报道比较扎实和客观，就根据若涛的要求透露了一部分信息。

"这位人力部门负责人对我说，涉事王女士确为他们公司员工，此前提交了假条，昨天早上请假两小时，理由是要去医院，上午十一时左右来人力部门销了假，当时看上去脸色很不好；今天一早又通过总经理室转交了请假条拟请假一周，理由是身体不适，具体原因在请假条上没有详述，但总经理已签字准假。"

"也就是说昨天清早，事主乘坐 125 路公交车是去医院，而不是去上班。"安少瞳问程鹏，"第九站附近有医院吗？我记得好像只是金融街和办公区。"

程鹏拿起手机查找，安少瞳将刚才对路线排查的疑问告诉了方若涛，若涛称赞程鹏考虑细致，于是也用手机在网上搜索。海风说："金融街附近应该没有医院，但往东北方向再走一段，是人民医院，那个地方我去过。"

程鹏这时说："查清了，第九站附近没有医院，但再往前行驶两站，也就是第十一站，有人民医院，还有省妇幼保健院，海风同学说得没错。"

"这就和该公司人力部门负责人的说法基本印证了，"安少瞳分析，"这位王女士应该是乘坐 125 路去医院，本来是第十一站下车，但提前在第九站下了车。"

"估计是不堪其扰，所以提前下车，"若涛说，"王女士在车上被那么多人攻击了两站地，差不多十分钟，搁谁也受不了。"

"应该是这个原因，不过还得继续确认。"安少瞳问，"那家公司的人力部门负责人愿意接受采访吗？"

"人力方面说他们只履行请销假的手续操作，请假原因，包括准假与否由总经理核准，所以建议咱们采访公司总经理，他们可以代为转达我们的采访要求。"

"好的，那咱们继续跟踪，争取能采访到总经理和王女士。"

安少瞳发信息给陈主任，汇报了这一新闻事件的报道进展。主任回信息说已经看了电视新闻和"省城网事"账号视频，对安少瞳和同事们的努力表示认可，鼓励大家再接再厉，做好后续采访，加强台网联动，要求尽快考虑设计相关节目以实现报道效果最大化、舆论引导最优化。

这时方若涛过来告知该公司人力部门有反馈，说经内部沟通，分管副总经理愿意接受"省城网事"的采访，时间暂定于明天上午，人力负责人说正是这位副总经理两次批准了王女士的请假，所以比较了解情况。安少瞳马上联系摄像组准备派摄像师，又将主任的意思告知了程鹏、方若涛和海风，让大家一起讨论后续报道的方案。方若涛认为要看明天对公司副总经理的采访，如果有收获，甚至能接触到王女士本人，那么这一新闻事件的事实部分就完整了，采访也就可以告一段落，后续可以组织电视访谈节目进行总结评论。程鹏和海风都同意在事实报道完结时，以电视访谈的形式为这一事件的报道画上句号，同时认为可以将采访的事实递进式、多平台投放，以加强独家内容的传播效果。

"以访谈节目作为报道终局，大家看法一致，我也赞同。"安少瞳说，"昨天这件事刚发生时，咱们就设想引入专家评论，现在对材料和事实做了进一步的挖掘，咱们考虑一下，如何设计访谈节目的方式和环节？"

大家考虑了片刻，方若涛说："访谈节目首要的是确定理想的访谈对象。昨天已经联系了省城大学法学院，民法教授算是一个人选，如果再有伦理学专家、省关爱老年人协会负责人，角色构成就比较齐全了。"

"有这三类访谈嘉宾可以让观点更平衡、更全面，"海风表示同意，"不过嘉宾更擅长输出理论观点，实际上这次报道，事实部分的探寻更为精彩，咱们也为此付出最多，这部分在访谈中怎样才能充分体现？"

程鹏说："可以将已有的素材，按采访的节点编辑为几个短片，节目中让主持人按顺序介绍和播放，这样采制的过程和重点内容能得到系统地展示。"

"海风、程鹏说得有理，事实本身和事实的获得过程都很重要，"安少瞳提出一点担心，"用主持人串短片是一种展示方法，不过可能片长短了说不清，用时太长又影响访谈的节奏。"

"我有一个想法，不过要让若涛同学辛苦了。"程鹏笑着说。

"好呀，你说说看。"安少瞳对程鹏说。

"若涛同学亲自参加了采访，对整个事件熟悉，又邀请了嘉宾，肯定对嘉宾也很了解，所以我建议，"程鹏稍作停顿，"若涛同学出任这期电视访谈节目的主持人！"

"开什么玩笑？"方若涛瞪了程鹏一眼。

"真不是开玩笑。若涛同学之前就是出镜记者，对这个事件内容的掌控显然超过电视台安排的任何一位主持人，要是论颜值和气质，那更具有碾压性优势。"

"程鹏这个想法倒是清新脱俗、别开生面。"海风笑着说，"若涛要不你就试试。"

"程鹏你真是想一出是一出。我当不了那个主持人，能力不行，流程也不对。"

"你就别谦虚了，你要是主持这期访谈，咱们自采内容的呈现肯定能言简意赅、重点突出，也不枉咱们奔波一场。"程鹏表情真诚而严肃，"为了全组的利益，你就作出点牺牲吧。"

"这种牺牲我作不了，这样吧，把机会让给你，你上台主持，牺牲牺牲如何？"

"你这不是把我往火坑里推嘛！"程鹏一捂脸，"我哪是那块料？"

"别关键时候掉链子，"若涛一笑，"你挺是那块料呀，要对自己有信心。"

"担任电视主持人，流程复杂，业务能力另说，还要经过台里出镜委员会评估，通过了才能有主持资格。"安少瞳说，"不过程鹏的提议也不是没有道理，如果主持人对这件事要从头了解，他的评论效果肯定要打折扣。"

程鹏挺身坐直，提高嗓音说："对呀，所以我说请若涛同学主持。"

"担任主持人不现实，我在考虑是否能出任嘉宾，"少瞳对程鹏说，"如果有可能，你和若涛老师都进演播室出任访谈嘉宾。"

"别算上我，若涛同学一个人足以艳惊四座，我上去就拉低平均值了。"

"上去谈内容，又不是走 T 台秀，"安少瞳对程鹏笑着说，"就是上去秀肌肉，你也有优势。"

"我也赞成咱们的记者参加节目，只是访谈如果已经安排了专家型嘉宾，再加上两位记者嘉宾，人数很多，"海风有一点担心，"电视节目的时间是有限制的，这么多人能不能聊得开？"

"人多、时间不够是一个问题，角色拆分是另一个问题，"若涛也有担心，"记者和专家同时出场担任嘉宾，分别承担讲述和评论的功能，主持人要平衡和调度各位的发言时间与内容，难度很大。"

"所以我说让你主持，"程鹏对若涛坚持自己的观点，"你直接面对三位专家，时间、角色问题都解决了。"

"程鹏的想法确实有道理，只是按电视台现在的机制实现不了，"安少瞳又说，"海风和若涛老师提出的问题也都存在。我在想，能不能分两个访谈单元，第一单元主持人和两名记者主要讲述事实，第二单元主持人和专家主要进行评论。"

"这样安排角色拆分倒是清晰了，"海风仍有担心，"但时间会更长，电视编排能同意吗？"

"海风说得对，分两个单元进行访谈时间肯定会更长，就需要电视台为节目推迟结束时间，那将影响后面节目的安排，"若涛又提出一个问题，"而且让记者上节目担任访谈嘉宾，并无先例，以我对电视台领导的了解，很难破例，特别是同时破这两个例。"

"难度确实很大，但是事实和事实采制过程有感染力，如果不能有效展示确实可惜，这是咱们的共识。"安少瞳接着说，"设计后续节目也是主任提议的，咱们都再想想，尽量设计得更合理，再向主任争取。"

这时安少瞳收到摄像组负责人发来的摄像师安排信息，他将信息转给方若涛，让尽快联系并做好采访准备，然后又让大家抓紧回去休息，明天还要忙节目。大家陆续离开了办公室，安少瞳回到工位，拨通过了陈主任办公室的电话。

20

程鹏一觉醒来已经是上午九点多，昨晚回来倒头就睡，昨天下班时，安少瞳说他凌晨就开始采访很辛苦，今天上午不用过来，程鹏本想再睡一会儿，不过还是打开手机，果然看到安少瞳发来的一条信息，让他中午到办公室，并要求带上正装，做好节目出镜的准备。

虽然没有让他马上去上班，但程鹏一时也没有了睡意，起来收拾完，带上西装前往单位。

办公室里人不多，安少瞳、方若涛都不在。海风看到程鹏进来了，向他一笑，说："拎着西装袋上班，是要改变自己原来的运动范人设？"

"我穿西装特别扭，是组长让带来备着，"程鹏摇摇头，"上次穿西装还是给一朋友当伴郎，半年多了，也不知道我胖得还能不能穿上。"

"安少瞳让你带西装备着？昨天说的记者参加访谈节目确定了吗？"

"没有说节目定了，只是让我带上衣服，"程鹏四下看了一眼，问海风，"安组长没来吗？"

"安组长早上就来了，好像是去传媒大厦找领导了。"海风接着说，"估计得上节目，你好好准备吧，机会难得。"

"出镜我真不擅长……"程鹏想到海风还处于禁止出镜期间，正好看到小刘走进办公室，于是赶紧岔开话题，"刘哥早呀！"

"哇，带西装来上班了？"小刘停下来打量程鹏，"本来就帅，一换着装那就更帅了。"

"您就别逗我了，说到着装，刘哥您有女友的调教，早已是行家，"程鹏又看着海风，"要说咱们全组，海风同学着装有品位那是公认的。"

"那是、那是，海风同学的着装水平名不虚传！"小刘马上赞同。

海风冲着小刘和程鹏说："别拿我开玩笑行不行？"

"哪是开玩笑，都是大实话！"小刘赶紧对海风说，"看您今天穿的这一套连衣裙，我觉得很好看。"

海风听了露出一丝笑意，不过还只是继续敲击着电脑键盘。

"你怎么能这样说海风同学？我就不爱听了！"程鹏表情严肃地面对小刘。

小刘一愣，说："怎么……我说错什么了？"海风也有些惊讶，停下来看着程鹏。

程鹏质问小刘："什么叫今天穿得好看？"停了几秒钟，再问，"你说，海风同学哪天穿得不好看？"

小刘一听，赶紧说："对、对，我说错了，应该说海风同学每天都穿得好看！"

海风没有说话，目光回到了电脑屏幕，却不禁笑了起来。

安少瞳走进办公室，直接来到程鹏工位。程鹏站起身问有什么安排，安少瞳说刚才向主任提出了访谈节目的建议，主任原则上肯定了访谈方案，但涉及电视时段编排，毕竟不是本中心的业务，需要向集团领导汇报，等待电视台方面的统一协调安排。安少瞳说还是先按照可以制作来准备，一起先做功课。

安少瞳和程鹏梳理了采访过程，标出适合访谈时强化的重点段落。这时方若涛赶回到办公室。安少瞳招呼她快坐，程鹏赶紧起身从旁边拖过一把椅子推给若涛，方若涛道了声谢，坐下来就介绍刚才去那家公司采访副总的过程。

"现场重点问了副总王女士两次请假的原因。前天早上是去省妇幼保健院进行定期孕检，因为此前有过流产经历，所以这次格外小心。因为出了所谓的'让座事件'，特别是当天下午网上舆情爆发，王女士受刺激很大，当天就感觉身体不适，下午又去了医院，检查发现情况不佳，医生让她最好在家保胎并开了假条，于是这两天王女士请假在家休息治疗。"

听方若涛说完王女士请假的原因，安少瞳、程鹏都沉默了。

"原来是这样的原因。"程鹏收起了脸上一直欢快的表情，"也就是说，前天早上去孕检她还让了一次座，后来因为没继续让座就被网暴，身心被折腾，现在落得这样的局面。"

"事实就是这样，医生认为在身体受影响、情绪受刺激的双重打击下，情况比较严重，是否能保胎成功已经难以保证。"

安少瞳又沉默了一会儿，问若涛："王女士的假条或者医生诊断书，公司里有吗？"

"这我也仔细询问了，前天上午请假两小时去孕检，按公司规定，是向副总口头请假，不需要文字手续。当晚医生开出诊断书和病假条后，因为情形严重，王女士就没有再回公司，而是写了电子版的请假条并将医生开具的材料作为附件，一并发给了副总经理，昨天上午打印出来交给人力部门作为请假的手续。"

"医生开具的诊断书和病假条咱都复制了吧？"

"当然，摄像老师拍摄了画面，我用手机也拍了照片。"

方若涛将医生开具的材料照片发给安少瞳和程鹏，正如此前介绍的，医生诊断认为王女士身体状态不好，必须疗养保胎。安少瞳称赞方若涛内容采制充分，就将最新的推进情况写了信息发给陈主任。没过多久，陈主任给安少瞳回信息说关于"公交让座事件"的电视访谈确定制作，就在今晚"省城夜话"栏目中直播，但时长不变。领导认为以社会学者、法学家和公交集团负责人出任嘉宾比较合适，认可方若涛联系的法学教授，请尽快落实今晚上直播节目。

"好像黄总还是不同意，或者是和电视台领导没有协商好，所以节目没有办法改变编排。"看完陈主任回的信息，安少瞳告知了方若涛和程鹏，"而且就像若涛老师之前说的，对于记者上电视访谈，大领导应该是没有统一想法。"

"那就是说，咱们不用出镜了吧，"程鹏舒了一口气，"正为这事紧张了一天，现在可以放松了。"

"这两天来回奔波，辛苦了。"安少瞳说。

"组长过奖，采访是分内工作，哪里谈得上辛苦！"

"采访奔波，程鹏不辛苦，"方若涛一笑，"今天捧着西装奔波估计辛苦了。"

"若涛同学见笑了，那也是西装辛苦，我不辛苦。"

"程鹏难得带一回西装来上班，怎么也得让你穿上，"安少瞳说，"否则对不起程鹏事小，对不起西装事大。"

程鹏一捂脸："行了，大组长别开玩笑了。"

"还真不是开玩笑，"安少瞳说，"咱们采访的内容如果不单独成篇、充分释放，首先是咱们的损失，然后还要去挤占电视访谈节目的时间，到时候有关事实的短片播不充分，嘉宾也聊不痛快。"

"你的意思是什么？"方若涛有点不明白，"还是要直播记者访谈的环节？刚才大领导不是都否定了吗？"

"我还想再争取一下，否则两方面都会有损失。"

"这事要是已经定了，没有必要和大领导争执吧，"程鹏向安少瞳一笑，"您要是为我考虑，那心意领了。"

"好了，咱不客气。"安少瞳说着站起身，"我马上去大厦找一下主任和电视栏目的负责人，再争取一下，或者想想能不能找到变通的办法。若涛老师先将新的采访内容编辑成片，提交电视台和咱们栏目同步播发，然后和程鹏梳理现有的全部信息和素材，形成一个访谈节目的方案，包括每个段落和分话题、元素配置、短片使用，总之详细一点，保证内容生动，主持人能执行。"

"就以一个主持人面对我们俩人访谈这样的状态设计吗？"方若涛问，"那准备录制多长时间的节目？"

"先这样设计。按咱们已采的素材，准备半个小时左右的节目体量应该没问题。"说完，安少瞳就离开了办公室。

看着安少瞳离去，程鹏问方若涛："安组长还真是不死心，你觉得有可能说服领导重新考虑吗？"

"我觉得悬。之前领导已经做出决定了，而且是几方领导沟通后定的，再想改，难度太大。"

"组长主要还是不想咱们采访的内容被淹没了，"程鹏摇摇头，"不过确实难有希望，他是死马当活马医。"

"咱也死马当活马医，看看怎么设计这段访谈吧。"

"好的，你先给电视台编片，我来设计看看。"程鹏在电脑前挺胸坐直，可是仅仅绷了几秒钟腰背就又是一松，靠到椅背上，"也不知道播不播，咋设计呀？完全进不了状态。"

虽然感觉有些困难，不过程鹏、方若涛还是详细讨论起访谈节目的方案，以寻找涉事的王女士探寻真相为线索，重要环节依次是网上流传视频、随车调查、监控的获取、发现王女士首次让座、电视和网络呼吁、公司联系并接受采访等环节，事件脉络已经厘清。程鹏和方若涛都认为，还原事件部分的访谈结合短片使用，主线是要揭示对王女士的认识逐渐清晰和全面真实的探寻过程。

讨论清楚后，程鹏和方若涛拟了一版节目流程单，通过信息发给了安少瞳。很快，安少瞳回信息认可这一节目流程，让两人按此准备，并编辑所需要的视频短片环节。

方若涛看着手机信息说："就按此准备？访谈节目做不做还没有明确。"

"估计还在和领导磕，"程鹏说，"就像你说的，让领导收回成命没那么容易。"

这时方若涛和程鹏又收到安少瞳的信息，让两人按照电视直播的要求准备和细化访谈的内容，同时检查着装等出境环节，他自己则要去电视台和"省城夜话"栏目组确认节目方案。方若涛和程鹏见状，虽然对领导能最终同意记者进行访谈还是有些将信将疑，但还是加快了视频编辑的速度。

省城电视台的演播室设在传媒大厦七楼，为了满足可能连续直播的需要，设置了两间演播室以备交替使用，这样上一档节目直播时，下一档节目可以在隔壁演播室进行准备。综合频道的"省城夜话"是在晚上九点半开播，为了避免和此前一档直播节目"晚间新闻"产生冲突，栏目组在另一间演播室进行舞美布置和彩排。

下午方若涛、程鹏和安少瞳一直没见面，都是在通过信息联系，其中问了节目的具体安排，安少瞳回应说他一直在电视台这边推演方案，能够明确的是访谈肯定要做，但如何播出还要等领导协调。按电视栏目责任编导的要求，方若涛和程鹏将完成的短片和图片推送到电视台的编辑系统，同时不断地沟通落实节目环节。

傍晚，方若涛和程鹏提前来到电视台演播室，对接的编导说领导已经明确了九点开始直播，让他俩先去化妆，之后要和主持人沟通内容、彩排一下流程。方若涛问九点直播会不会与同时开始的"晚间新闻"撞车，编导说"晚间新闻"在另一间演播室制作、具体情况不太了解，但这档九点的访谈确定要录制并直播，节目流程单都已经基本确定了。编导把电子版流程单发给了他俩，并说安少曈、栏目制片人与领导在楼上，好像正沟通播出线路和频道的事。

方若涛和程鹏一边看着手机里的流程单，一边来到演播室旁边的化妆间，化妆师正在为主持人化妆，请他俩等一会。两人就在门外对了一遍节目流程，确认制作的短片和图片都编排到环节当中，访谈中每一段落的要点也已进行了标注。

"他们捋得挺细，"程鹏看着单子，"我得准备准备每段具体该怎么说，压力好大。"

"结构和逻辑挺严谨，电视台导演也不是吃素的，他们很专业，咱是得好好准备。"

"你没问题！出镜身经百战，又有电视台经验，还有颜值压阵，我估计要拖你的后腿。"

"行了行了，咱都差不多。不过尽量准备充分，到时候谈得好坏另说，至少不会心虚。"

"好，尽量准备。"程鹏又说，"就是不知道安组长和领导交涉下来没有，到底怎么播？"

这时主持人走了出来，让他俩进去化妆，并约一会儿去演播室一起碰一下节目。方若涛向主持人道了声谢，就让程鹏先去，程鹏还要推辞，方若涛说男生化妆速度快，还是先来为好。程鹏进去后，方若涛拨通了涉事王女士所在公司人力部门的电话，告知对方今晚会直播访谈节目讨论"公交车让座"事件，具体播出频道一会儿确定，请公司方面随时就节目提出建议，或者在直播时进行互动，另外请设法转告王女士，在不影响其休息的情况下欢迎她观看直播，最好能联系栏目组，目前虽然直播的电视频道还没有最后定下来，但能够明确的是会在"省城网事"的新媒体账号中同步全程直播，互动时可以留言，也可以打热线电话。

程鹏走出化妆间，请方若涛进去，方若涛打量了一眼程鹏，称赞他的妆容很帅。程鹏连声说惭愧，然后告诉若涛自己先去找主持人核对节目环节，让方若涛化完妆就去找他们。

主持人已在演播室台下座席中做直播前的资料准备，程鹏和他对照节目流程单一起演练各个节目环节的内容，反复推敲问答的回合设计。

"程鹏，在做功课？"

程鹏抬头一看，安少瞳站在他的面前。程鹏站起身，安少瞳先向他介绍了一旁电视栏目制片人和导播，一起来测试演播室的灯光和布景环节。程鹏说正在和主持人沟通节目，请安少瞳也参加指导。旁边的制片人和导播见状就表示安少瞳可以在这里先忙，他们在演播室测试之后先回导播间准备。安少瞳于是说自己先讨论一下内容流程再去导播间。

安少瞳和程鹏、主持人对照流程单，逐项梳理，并讨论、完善。刚聊了一会儿，现场导演过来问采排的时间和安排，安少瞳征求了一下主持人和程鹏的意见，确定八点半，也就是播出前半小时就位彩排。又聊了一会儿，栏目制片人给安少瞳发信息，让他确认直播机位和构图，并发来了预设的机位的照片，少瞳看了之后回复信息马上回导播间沟通。

"安组长，是不是有事？"主持人看安少瞳不停地在手机屏幕上写字，"要不您先去忙，我和程鹏再细化一下，应该就可以了。"

"直播前杂事是有点多。"少瞳抱歉一笑，"不过流程单咱推演得差不多了，后面的量不大，咱们尽快走完吧。"

三人加快速度梳理后面的流程环节，这时中心秘书过来找到安少瞳，说陈主任去导播间了，请他过去一起确认播出事宜。安少瞳赶紧向主持人和程鹏说了声抱歉，起身与秘书前往导播间。秘书告知少瞳，领导一直在协调电视频道播出，应该是有决定了。少瞳听这么一说，加快了脚步。

秘书也快步向前走，突然发现旁边的安少瞳不见了，往回一看，只见他在后面几米处静静地站着。秘书有些奇怪，走回到安少瞳身边，正要问他有什么事，只见方若涛走到安少瞳面前。安少瞳看着方若涛新化的妆容似乎愣住了。方若涛正要说话，安少瞳好像回过了神，匆匆地说自己要去导播间，请她去演播室找主持人和程鹏，说完也没等方若涛回应，就转身和秘书快步向旁边的导播间走去。方若涛站在原地，为安少瞳这样行色匆匆感到有点诧异，隐约地听到秘书一边走一边在问安少瞳："她就是从电视台来咱们中心的方若涛吧，真是颜值不凡……"

21

方若涛来到演播室，远远地看见台下座椅中程鹏和主持人正在沟通，于是就走了过去。程鹏抬眼看见方若涛，站了起来，面露惊讶的表情："呀，若涛同学！你真的是若涛同学吗？"

"一惊一乍的，干嘛呢？"方若涛在一旁的椅子上坐了下来。

"你这一化妆，再加上正装出席，让我们还怎么在你旁边待呀？"程鹏慢慢坐下，表情由惊讶转为痛苦，"平时可以远离你，今天可还得同台亮相，你这样对我们进行碾压式颜值对比，不觉得太残忍了吗？"

"行了行了，说自己也就算了，还说'我们'，想扯上谁呀？"

一旁的主持人笑着说："程鹏虽然表情有些夸张，反映的现状却很真实，若涛同学你这么惊艳亮相，我也担心在台上接不住。"

"好了，别开玩笑了，"方若涛对主持人报以一笑，"一会儿上节目还要靠您引导、带动，多指点。"

主持人说不用客气，与程鹏、方若涛一起把刚才沟通的节目内容和环节要点又梳理了一遍。方若涛提出了自己的一些意见，大家协商后对流程进行了几处修改，并把意见发给了栏目制片人和安少瞳。

"流程终于定稿了。"程鹏将修改后的纸质流程单收拾整齐，"可是播出呢？咱们访谈到底在哪里播？"

"刚才看到安组长和中心秘书一起去导播间了，说是要确认直播，应该是有定论了吧。"

"这档节目播出安排到现在还没定，此前确实少见。"主持人说，"不过你们中心主任就在现场，我们电视台新闻中心领导也到了，播出肯定没问题。"

几乎同时，主持人、方若涛、程鹏的手机都响了一声，好像旁边其他工作人员的手机也都发出了提示音。大家拿起手机，果然是收到了群发的工作通知：本次访谈节目确定 21 时直播开始、22 时结束，嘉宾安排是前半小时为两位采访记者，后半小时为三位专家，全程直播平台是电视台都市生活频道和新媒体"省城网事"账号,后半小时节目按点,也就是九点半在电视台综合频道"省城夜话"节目并机直播。

"咱们三人的访谈在前半小时,"方若涛看着手机里的信息,"都市生活频道和新媒体同步播出。"

"等于说综合频道编排没有变,还是晚上九点半开播,"程鹏看完信息对主持人说,"'省城夜话'播出的只是专家访谈,保持一贯的'高大上'风格。"

"电视编排改动是牵一发动全身,能协调在都市生活频道全本播出已经很不容易,"主持人告诉程鹏,"本来都市频道这一个小时已编排是要播纪录片的,现在必须和总编室、广告部、技术中心都协调好了,特别是纪录片节目的贴片广告都排播了,现在改了节目就要撤下来,所以要和广告商解释清楚并洽谈好弥补方案,才有可能更改。综合频道就是上星的省城卫视,要调整节目就更难了。"

"这么复杂?没做过电视真是没有概念。"程鹏抱歉地笑了笑。

这时传媒集团内网发布了最新节目编排单,主持人看了之后不由地感叹:"你们中心能说服这么多机构的领导同意改动编排,能力和耐心真是不一般。"

"领导沟通能力是一方面,估计采访内容影响也很重要,"程鹏看着手机上的电视新闻回放,"若涛同学今天采访新发的片子,网上点击量巨大,留言也很多。"

"你们组现场采访能力确实有口皆碑,"主持人对方若涛说,"一会儿现身说法,一定会更加生动。"

"您不知道,其实这个事件前前后后主要是程鹏采访的,"方若涛向程鹏一笑,"上趟电视不容易,咱得好好说,尤其是你得多说点。"接着,她给涉事王女士所在的公司人力部门负责人发信息告知了播出平台的安排,请他们方便时关注节目并参加互动。

彩排时间到了,主持人请方若涛、程鹏到播出区落座,以调试机位,并告诉他俩刚刚导播间通过耳机通知:本次直播是两个中心联合制作,后台的调度导演由安少瞳担任,导播切换岗位则由新闻中心安排。彩排的各环节都需要模拟直播流程,遇到不顺畅的情况,安少瞳随时向主持人耳机喊停、调整,彩排了两趟之后,各岗位人员熟悉了流程。

开播倒计时十分钟,现场导演要求演播室所有岗位人员做好准备,并再次检查所携带的手机等电子设备处于静音状态。程鹏拿出手机确认状态,看到安少瞳刚给他发的信息：彩排时表现总体不错，一会儿直播过程中不要去想节目效果，只考虑需要表达的具体细节，你掌握的内容是独家的，能做到对细节的充分表达，效果一定不会差。

程鹏收起手机，看了看旁边的方若涛，她正在平静地阅读纸版节目流程单。直播即将开始，演播室安静下来，程鹏轻轻地做了几次深呼吸。

群发的节目变更信息送达了所有员工，还在办公室的小刘和海风将电视调到都市生活频道，又用手机点开"省城网事"账号的直播窗口。

"节目预告还是有作用，"小刘看着手机页面，"直播没开始，就有网友留言了。"

"这个话题挺受关注的，每个人都能说几句，"海风刷着网友留言，"而且我们采制的内容是独家的，估计大家愿意到咱们节目里面聊聊。"

说话间"省城夜话"特别节目直播开始，主持人指出这几天"公交车让座"事件风波引发了省城各界关注，传媒集团进行了深入采访报道，还原了基本事实，特别制作本期节目就是为了和观众一起探讨，然后介绍了节目嘉宾为两位采访记者，欢迎观众和网友通过留言、热线电话与节目组进行互动。

节目中主持人先请方若涛和程鹏介绍整个报道的策划和设计，通过短片和访谈对重点环节的采访进行了回顾。其中关于程鹏凌晨去公交公司实地调查调取视频、乘车沿途走访、下车地点拍摄等环节，主持人引导他谈出了更多的采访细节。由于这是自己的亲身经历，程鹏谈起这些内容时就松弛了下来。

"程鹏说得挺生动的，"小刘看着电视，"没想到程鹏起那么个大早，还有那么多波折。"

"为了在同一班车上采访，只能早到。"海风刷着手机页面，"现在留言增多了，果然观众都有好奇心。"

直播中主持人通过耳机反送及时收到导演告知的观众反馈，他告诉程鹏有观众留言向他提问：当天那么早跟踪125路早班车采访，最深刻的感受是什么？

程鹏回答主持人：

"125路公交车起点站设在传统居民区，线路远、行驶时间长，纵贯两头的居民区和中间的金融街、商业区、医院、小商品市场，早高峰时乘坐的人络绎不绝。采访时我们发现，首班车开动前就有人排队，如果这趟坐满了，有些体弱的乘客就不再上去站着乘车，而是会继续排队等待下一班公交，也就是想上车时能有个座，节省一点体力。通过采访能看到，早上乘坐这趟公交的不会是达官显贵，都是为了工作和生活奔忙的人，在乘车过程中大多能够相互关照，但路途远、车厢拥挤，实际上每位乘客都需要调整休息，所以大家最需要的是相互理解和帮助，而不是指责。这可以说是我在这次采访中最深刻的感受。"

程鹏说完，主持人没有马上说话，以片刻沉默延续了情绪，之后他问起方若涛在采访过程中是否有同感。方若涛肯定地回答：

"不仅有同感，而且感触还特别强烈。在此前的报道中，我们已经交代了这位王女士是在第九站下的车，今天我们通过继续采访了解到，实际上她本来是在第十一站下车，要去省妇幼保健院做孕检，就是因为在公交车上被误解和指责，所以不得不提前下车，又因为是早高峰，在原地等了很久但打不到出租车，后来是乘坐下一班公交，一路挤到了保健院。正因为如此，王女士身体受到了影响，加上之后的网络暴力冲击，甚至有人通过"人肉"搜索的手机号直接打电话对她谩骂，导致她已经怀孕的身体无法承担，当天下午只能再去医院。"

这时演播室大屏幕呈现了妇幼保健院为王女士开具的诊断书。主持人介绍说，这是记者采访获得的病历材料，为了保护个人隐私隐去了名字和社保号码等信息，但仍然可以看到病历上显示的下午的检查情况比上午更为严重，医生认为是疲劳、紧张或压力过大导致的，要求患者必须卧床休养保胎。

主持人转述了节目进行中网友的即时反馈，大多数认可方若涛、程鹏的深入调查和所做的分析，主持人强调任何评论必须建立在尊重完整的事实的基础上。程鹏表示，对此有深刻的感受：

"当天我们采访了很多人、调阅了监控视频，从公交第九站下车后又进行了现场拍摄，当时我们都认为王女士应该是在这附近金融街工作的白领，但后来经过进一步的采访调查，才知道她既不是在那里工作，又不是应该在那里下车，而是出于被动的原因提前下车。所以只有在全面了解事实的基础上，才能真正接近真相，做出公允的评判，否则的话，一定会伤及无辜。"

主持人强调程鹏采访中的切身感受很有说服力，同时提出网上也有人留言说自己之前只是直率地表达本人的意见而已，方若涛马上表达了不同的意见：

"很多时候每个人都不会认为自己的表达方式是暴力的，但我们的语言确实常常引发自己和他人的痛苦。进行极端言论攻击的人，也许主观上并不一定是以给王女士带来伤害为目的，但在客观上确实对她形成了这样的明显伤害。最关键的是，面对我们调查还原的事实真相，这些指责是站不住脚的，这也证明了我们进行采访调查的价值和意义。"

主持人表示记者们对事实必须保持严谨与敬畏的态度，接着又选读了几位观众的留言，他们称赞"省城网事"的务实精神和不畏艰难的扎实采访，有观众则关心并希望能了解王女士的近况。方若涛说报道组一直在关注王女士的情况，目前有必要的信息都是由公司通过邮件联系，毕竟王女士身体状态不佳，按医嘱不能打扰。

"目前王女士已经遭受了身体上的伤害，本身就令人伤感。如果有的网民能够对事实多了解一点，就不会产生偏激的情绪，如果能够多一点耐心和包容，也就不会形成极端的攻击性评论。这一事件本身是悲剧，最令人痛心的是这一悲剧本来是可以避免的，这就进一步加剧了悲剧的色彩，所以我们由衷地希望王女士能够保胎顺利、身体健康，否则的话，我想所有人的内心都不会安宁，包括我们这些采访者。"

办公室里，海风、小刘一直观看着直播，访谈的深入吸引了两人的注意力，也将他们的情绪带入其中，两人之间反而很长时间没再说话。

节目中，主持人突然打断方若涛和程鹏，说现在导播告知，此前一直没有接受采访的新闻当事人王女士刚刚给栏目组打来电话，为尊重她的意愿，没有进行直播连线采访，但她在电话中表达的内容可以通过音频呈现，所以临时增加一个环节播出了王女士刚才的电话录音：

"感谢大家的关注和关心。事发之后，我本人遭受了太多的指责、攻击和谩骂，对此我不想评论，只是本人受到的影响是巨大的，所以才落了个卧床保胎的结局。这几天心情一直很压抑，基本上关闭了所有的对外联系的通道，也从没想过要接受媒体的采访，因为不想对此事做任何澄清，我深知在汹涌而极端的情绪面前，任何辩解都是徒劳的。作为一个微不足道的社会个体，是否能被公正地，或者仅仅被基本客观地对待，我觉得不会有谁在意。

今天偶然看到邮件，才知道居然有记者为了还原事实在奔波，还在锲而不舍地在追索真相。特别是记者早上五点多就去公交站实地调查，125 路车早高峰一直很拥挤，你们要带着机器上车一路采访拍摄；一个画面一个画面地查看监控视频，完整地还原事件过程；一趟趟地联系我所在的公司做采访，深挖每一个细节；还专门制作了这期访谈节目，讨论对事件的看法，而实际上电视台、'省城网事'就以自己的行动说明了怎样尊重事实。我给节目组打电话，并不想就事件本身多说任何一句话，只是要向栏目组和记者们表示敬意，感谢为我这样微不足道的市民、为这样一起微不足道的小事，付出了这么多，也为给大家添了这么多麻烦表示歉意。"

播放完王女士的电话音频，演播室两位记者陷入了沉默，主持人没有说话，此时短暂的缄默并没有造成冷场，反而增强了情绪的感染力。办公室电视机前，海风、小刘静静地看着荧屏，导播间里各个岗位也出现了难得一见的安静，所有的人好像都还在回味，或者是还在等着聆听音频内容。

片刻之后，导演席上的安少瞳意识到节目留白时间可能过长，正要通过耳机提醒主持人，主持人适时地向两位记者嘉宾提问：

"刚才王女士一直比较克制，但显然作为听众，我们都有所触动。她说这是微不足道的个体和事件，而咱们为此付出那么多，两位觉得值吗？"

方若涛和程鹏没有丝毫犹豫，异口同声地说：

"值！"

方若涛接着说：

"这不是小事，更不是微不足道的小事。这一事件对王女士本人已经造成这样的影响，对个人来说显然是大事。最为关键的是，如果每一个个体都不能被客观地对待，外界都不再依据事实去评论，而是只按照主观判断去抨击，那么个体事件也会逐渐酝酿成社会层面上的公众事件，而且这种遭遇有可能我们每个人都会遇到，这种伤害我们每个人都不能幸免。面对社会不公平现象，没有人能置身事外，所以为他人发声，就是为自己发声。"

方若涛说完，演播室里安静了片刻，主持人轻轻地鼓了几下掌，表示方若涛说出了媒体人的心声，也说明了我们采访报道以及举行延伸性访谈节目的意义。导播间里各个岗位的员工都盯着信号墙，聆听演播室的访谈内容。方若涛说完、主持人鼓掌时，画面仍然留在方若涛的个人特写上，经安少瞳提醒，导播回过神，赶紧将画面切换为主持人的特写。

演播室里，主持人及时转述了观众和网友的大量热情的反馈，他们表示通过节目对记者的采访经历有了更深的了解，也感受到了探索真相的艰辛，有人称赞这期访谈节目制作得及时，增强大家对事实的尊重和敬畏之心，更有人认为应当以客观公允的态度，包容自己和他人。

访谈节目的第一段落结束了，在播放宣传片的当口进行了嘉宾更换，方若涛、程鹏快速离开直播现场，来到了导播间，一直在监看节目的陈主任主动向他俩打了招呼，让他俩先休息。此时节目直播继续，主持人和三位专家型嘉宾从政策、法律，以及社会治理层面对这一事件进行了深入讨论，引发了很多观众和网友的关注，让整期节目的影响力和专业性进一步得到了持续和延展。

节目结束，陈主任、安少瞳、"省城夜话"栏目制片人一起来到演播室，向三位专家嘉宾表示了感谢，将他们送出了传媒大厦。随后，所有工作人员回到导播间，陈主任首先表示今天的节目，包括为此进行的前期报道很成功，刚刚集团领导也打电话来表示了祝贺，认为本次节目前期采访充分、嘉宾人选得当、内容设计合理、传播效果出色，向所有参加节目的工作人员提出表扬。说完，陈主任鼓掌致意，大家也都鼓了鼓掌。

陈主任又让各岗位同事分享自己的心得。电视栏目制片人感谢领导安排了播出频道和充分的时段，又感谢"省城网事"栏目组的采访储备和节目设计。安少瞳感谢领导的支持、台网同事们在采访和制作中的扎实投入。几位不同岗位的同事说了一些工作感受，包括过程中的困难和节目中的瑕疵。大家进行了简短的讨论并提出了完善流程的建议。

陈主任总结说，各级领导珍视大家的劳动成果，所以在播出时间和平台上给予支持，其中同意记者走进演播室更是打破常规、拓展了节目的样态，当然事实也证明大家不负期望，记者参与的访谈有特色，评论也很到位，引导了正确的舆论方向，有些语句已经被网友以及部分自媒体做二次传播，体现了我们的记者顺应融媒体时代要求的能力。

最后，陈主任问大家对领导的工作安排和管理还有什么要求和建议，在场的各位同事没有吭声，陈主任看了看大家，点名方若涛："直播访谈中，你说得很好，领导和同事都有同感。不过从开会到现在，你一直没有发言，不是因为做节目太辛苦吧？"

"不是，做节目谈不上辛苦，要感谢领导做了大量的协调工作，我们才获得在节目上发声的机会。"方若涛回答陈主任，"如果一定要给领导提出建议，那就顺着本期节目呼吁的包容的主题来谈一点，因为极少数网友是偏激的，制造的所谓舆情可能是很局部的，所以当我们一线员工在工作中万一带来舆情时，希望领导能有所甄别，用包容之心为我们扛住一部分压力。"

现场安静了几秒，之后各位员工同时鼓起了掌，陈主任稍一迟疑，也跟随大家一起鼓掌，掌声热烈而持久。

22

"关爱老年人，你我在行动"活动开展之后，全省上下尊老、惠老氛围深厚，媒体关于老年人的报道也明显增多。

"最近咱们做的关爱老年人报道挺多的，"小刘刷着网页对程鹏说，"不过要说有影响的，还是你主创的'公交车让座事件'，采访、评论、访谈三连击，好评如潮，功劳卓著。"

"刘哥你就别拿我开心了，"程鹏一脸苦笑，"这事我充其量也就是跑跑腿，哪里谈得上功劳？"

"那么早出去采访，连续出报道节目，怎么没有功劳？就算没有功劳，那也有苦劳。"

"也谈不上苦劳，顶多最后有点疲劳。"

小刘笑着一伸大拇指，对程鹏说："不要总是那么谦逊，节目点击、留言和转发量都创历史新高，不是吹的。把老年题材的民生选题，硬是做成了社会新闻。"

"这可是举全组之力的报道，还有电视台支持。我哪里是谦逊？刘哥你可千万别这样说，不然非把我搁进去不可。"

"程鹏确实太过谦逊，"这时安少瞳走了过来，"刚才陈主任传达了今天上午集团总裁办公会议的精神，对'公交车让座事件'报道提出表扬，特别认可了访谈节目记者出镜的效果，指出今后适当时机可考虑延续这种报道形式。"

"哇，你火了！"小刘对程鹏说，"延续这种形式，你要争取再上节目。"

"火啥呀？访谈节目中方若涛说得好，我也就是敲敲边鼓。"

"方若涛说得确实不错，你谈的也是有事实、有观点，生动！"安少瞳接着对小刘和程鹏说，"大领导还要求，现阶段要再接再厉，继续深入报道有关老年人的民生选题。你们看看，医疗系统、交通系统是不是还可以再深挖一下？"

小刘和程鹏谈了目前相关选题的推进情况。这时，方若涛走进办公室，过来向安少瞳他们三人打招呼，安少瞳请她坐下："你不是去文化厅联系采访吗？怎么这么快就回来了？"

"上午去省厅了解的是在省城试点推广社区便民阅览室的工程，这一工程主要惠及的目标人群是老年人，不过省厅方面比较客气，虽然一直表示可以配合报道，中午还留我吃了工作餐，但他们说主要工作还是县区文化局和社区在做，让我们更多地去采访基层。"

"省厅态度倒是对的，不过也需要了解他们的政策制定、款项拨付情况，决策层与执行层相结合进行报道吧。"

"这方面的材料和数据已经拿到了，后续结合社区等基层采访，就可以形成节目。"方若涛接着转向程鹏，"离开文化厅时，我去七楼的省作协看望了老师，就是上次为咱们采访严老师帮过忙的作家，他们对咱们那次的转播报道都还有印象。"

"就是那次给咱做内线，最后帮咱采访到严老师的那位作家老师？"程鹏插话说，"上次帮忙可太重要了。"

"确实应该好好谢谢他，当然也是若涛老师的人情和关系。"安少瞳说，"我向陈主任汇报过，他说会在适当时候和集团领导一起去省作协登门拜访。这位作家老师挺好吧？"

"挺好的，六十多岁的人了，退而不休，笔耕不辍，还经常去基层采风，"方若涛说，"昨天下午他们去乔安街道走访，为省作协配合关爱老年人的活动、挖掘素材搞创作。他说和咱们采访相似，出去了就有收获，当时就发现老年办事不方便的问题，当时就向街道呼吁改善。"

"是吗？发现了什么问题？"安少瞳赶忙问。

"好像有子女去街道为老母亲激活社保卡，工作人员说必须本人来现场，而且进行人脸识别才能实现。反复沟通之后，街道工作人员都说没法变通，子女只好回家把老奶奶抬到街道办公区，然后把老人家抱到视频监视器前进行识别，折腾了半天才弄完。"

"这也太为难老奶奶了吧？"程鹏苦着脸，"就不能变通一下，上门服务啥的？"

"好像街道办事处最近正赶上社保卡更新激活的高峰期，办事人员有些忙，但工作态度和方式也确有问题。老奶奶子女开始不愿意，上上下下问了几个部门，都没有积极的回应，只能回家把老奶奶抬过来完成了手续。老人的子女走的时候很不愉快，说要把这个遭遇写下来告知大家，作家老师当时留下了联系方式，表示愿意帮着转发、呼吁。"

"老师真热心！"程鹏夸赞，"后来居民遭遇发文了吗？作协那边转了没？"

"我也问了，老师说一直在关注、联系，有消息了会转给我。"方若涛问，"怎么？你对这个选题有兴趣？"

"兴趣倒是有，不过能不能成为选题得看安组长决定。再说，如果需要采访，也是你去更合适，毕竟作家老师那边你熟悉。"

"我觉得这事可以成为报道选题，"安少瞳说，"咱们近期做了很多关爱老年人的选题，呈现的多是积极方面，反映欠缺与不足的内容较少，其实客观地讲，这方面存在的问题一定很多，只是报道不足。"

"可以报道的话，程鹏你去采访吧，我会告知一下作家老师，你和他直接联系就行，上次采访严老师，你也请教过他，相互都认识。"方若涛站起身，"我这边文化厅的选题还要推进，一会儿就要联系社区图书馆的采访。"

方若涛离开后，程鹏和安少瞳协商了采访方案，一致认为这个选题相对敏感，不能等网上出现批评或者评论文章后再去采访，那时街道办事处方面一定会警觉，并对采访设置障碍。两人协商后决定，程鹏一个人去乔安街道办事处，不和工作人员联系，也不采访前来办事的居民，只悄悄地用微型摄像机客观、完整地拍摄工作环境，对其中的便民措施以及需要改善的设施和不足之处都做拍摄与记录，录制到素材之后回来再做分析。沟通之后，程鹏去摄像组领了一台微型摄像机就赶往乔安街道办事处。

办公室里，安少瞳和同事们又一一沟通了其他线索的报道情况，有些已经成片，在审看修改之后即予以播发，近期集中选题采制较多，沟通、梳理一遍费了不少时间。刚刚处理完，安少瞳接到了方若涛发来的信息，说中午提到的街道办事处发生的事，当事人已委托亲戚在自媒体公众号发文上网了，作协老师也做了转发。

安少瞳点开链接，看到文章标题是"科技进步 人性退步"，文中当事人详细记录了昨天下午在乔安街道办事处的遭遇，过程和中午方若涛转述的基本一致，其中详细叙述了老人子女在办事处连续找工作人员、行政负责人和分管副主任沟通以避免老人奔波的经历，也强调了最终被拒绝后无奈的应对和沮丧的情绪：

> "面对镜头完成人脸识别，距离很近，但让一位年近九旬的老人被抬到镜头前，距离何其遥远？科技的发展是为人服务的，人脸识别是为了通过技术提升办事效率和安全性，以方便群众，而此时银发老人被抱起，瘦弱而困窘的身影刺痛了我们，也刺痛了省城。只有人心有温度，服务才能零距离。"

文字下方配有当时老人被子女抱着面对人脸识别镜头的照片，显然是拍摄于现场。安少瞳看到文章下面的评论区已经有很多留言，多是对老人的遭遇的同情、对办事处生硬作风的不满，特别是对于老人子女找办事处的各级领导求情被拒，很多网友通过留言表示了气愤。

这时，程鹏快步走进办公室，向安少瞳打了声招呼，从饮水机接了杯水连喝了几口，说："没有白跑，收获不少。"

安少瞳赶忙让程鹏坐下，问了他去乔安街道办事处的情况。程鹏到达时，正是下午办事的高峰期，他进入大厅没有被更多人注意，所以比较从容地拍摄了工作全貌和重点岗位的情况，特别抓拍了工作人员和办事居民交流的过程和一些细节，证明办事处的服务态度和便民程度都有待提高。

"态度上，有些工作人员比较有耐心，有些则容易不耐烦，办事的居民多问几句，就有可能不认真回答，或者嚷嚷起来；方法上，对制度的贯彻有时比较生硬，缺少变通，就会出现让居民来回跑的情况。"

"这么短时间能有这样的收获，很不错！"安少瞳把方若涛转来的文章链接发给程鹏，"昨天作协老师在办事处遇到的事已经上网了，而且有舆情发酵的趋势，你考虑一下，看看能不能联系当事人形成完整的报道。"

"写得很详实，有图有真相，评论也犀利，"程鹏快速将文章看完，"我觉得可以深挖。"

"咱有你刚刚拍摄的基础素材，如果再有这一事件作为案例，报道应该能深入、生动。"安少瞳停了一下，又说，"不过这件事比较敏感，必须做得扎实，不能只看这篇文章里的内容，至少要采访到当事人本人，才能形成报道。"

"没问题，我马上和作家老师联系，同时关注这篇公众号文章的作者，尽快要到当事人的电话。"

安少瞳给陈主任发信息汇报了目前选题进展，考虑了一下，没有提及办事处人脸识别这件事，之后他又审看播发了几条同事编辑的报道短视频。

程鹏过来告诉安少瞳，已经和当事老人的儿子取得了联系，电话里谈了昨天的遭遇，对方确认自媒体公众号里所写全部属实，再次表达了对办事处行事方式的不满，同时答应了采访要求，表示可以今晚八点在社区阅览室见面。

"不错，还挺顺利的，我马上联系安排一下摄像。"安少量瞳给摄像组组长发了信息，又问程鹏，"等会和摄像老师也应该是从这里出发，你打算几点走？"

"咱们这儿离乔安社区不远，我打算七点多出发，二十分钟肯定能到，先考察一下地形，看看阅览室什么位置拍摄采访合适。"

"好。那还有两小时，可以先吃了饭再去采访。"安少瞳问，"一起去负一楼餐厅？"

"中午刚去餐厅吃过，再说我还要做做功课，"程鹏说，"我叫外卖吧。"

"好主意。正好小刘今天值晚班，可以一起吃。"安少瞳又问办公室其他同事，"还有谁暂时不走的吗？我一并下单。"

外卖送餐很快，安少瞳、程鹏、小刘和一会儿同去采访的摄像老师，围坐在会议桌前边吃边聊。摄像老师提出晚间拍摄光线条件难以把握，而且阅览室内估计台灯较多，但为了保证阅读氛围总体亮度不会很高，所以要带一盏采访灯以备补充面光。程鹏称赞摄像老师考虑得周到，安少瞳也是相同的感受，他告诉程鹏："拍摄之前检查、准备太重要了，有备无患。前几年我也出任过拍摄，出过多次问题，比如没带机头灯把人脸拍黑了，电池没提前充电只拍了一半，真耽误事，现在想想还很惭愧。"小刘说这些问题基本上他都遇到过，摄像老师说遇到问题是难免的，主要还是要提前梳理清楚各个环节。

"受教、受教。"程鹏向摄像老师一拱手，"以前主要做视频剪辑，拍摄做得少，今后请大咖多指点。"

吃完饭一收拾，程鹏看了一下时间，说差不多可以走了。安少瞳站起身向他俩说了声辛苦，摄像老师拎起机器和采访灯，程鹏提上拍摄脚架，一起向办公室外走去。这时程鹏手机响了一下，他看了一眼，又把手中的脚架放下，仔细看着手机。

"怎么了？"少瞳问。

程鹏盯着手机看了几秒钟，抬头向少瞳和摄像老师说："对方说不愿接受采访了。"

"啊？怎么回事？""什么原因？"少瞳和摄像老师几乎同时问。

"就发了条短信，只说是觉得不太方便，不想接受采访了。"

"那你赶紧给他打个电话确认一下。"少瞳提议。

程鹏拨起了对方的电话号码，听了片刻，说："对方关机了。"

三人又回到办公室，程鹏提议是不是还去乔安社区看看，安少瞳考虑了一会儿，觉得现在过去没有意义，对方电话关机了，即便到了社区也没法联系采访。摄像老师表示可以再等等，安少瞳认为对方关机就说明暂时不会再联系了，建议摄像老师先回去休息，机器设备暂时留下来，如果需要可以请他再过来，或者本组同事客串拍摄。

安少瞳送摄像老师出了办公室，回来看到程鹏坐着发愣，问他有什么想法。程鹏说本来说好的事没想到会被"放鸽子"，自己倒是没什么，但累及摄像老师，会让人家觉得咱们办事不靠谱。安少瞳安慰说，被采访者临时改变主意的事例并不少见，摄像老师经历丰富，肯定能够理解，这也不是咱们能控制的，不必有太大的心理负担。

"主要想不明白为什么突然变卦，"程鹏感到不解，"咱们要是采访了对方，会进一步揭露办事处的问题，这对他是有利的，也符合他在公众号里所发文章反映的诉求。"

"这一点确实不正常，"安少瞳也有些疑问，"照说公众号里的文章已经公开了他的经历和态度，不应该在答应之后又拒绝咱们的采访。"

"刚才我看了公众号文章的评论区留言，都是同情老人、批评办事处，"程鹏又点了一下手机上的公众号页面，"估计现在评论更多了……"

程鹏突然发现公众号里这篇文章点不开了，又刷新了一下，还是点不开，他看向安少瞳："怎么文章点不开了？"

"不会吧？我试试。"安少瞳赶紧打开手机页面，连续点击，"文章是没有了……按照标注，说是作者自己删了。"

文章删除了，后面的评论自然也没有了，原来的页面变成一片空白，只留下"该内容已被发布者删除"几个字。

安少瞳和程鹏对视了很久，没有说话，都在考虑作者删除文章的原因，但一时都想不出有说服力的理由。

这时，安少瞳和程鹏的手机先后各响了一声，他俩拿起一看，是方若涛发来的链接，内容是省城日报客户端刚刚发表的报道文章《推动科技化进程 坚持人性化服务》。该文说的就是子女抬着老人去乔安街道办事处进行人脸识别一事，对时间、地点以及子女抱着老人通过机器人脸识别等主要事实阐述，与被删公众号文章一致，但是对于事件起因和过程则做了如下描述：家人来到办事处为老人代办社保激活业务，工作人员"详细而耐心地介绍"了目前人脸识别技术的升级与使用要求，行政负责人和分管副主任"高度重视""亲自""主动""从多个角度"向当事人解释了人脸识别技术的操作方式，以及这一技术对用户账号安全、使用便捷性提高、个人隐私保护方面的重要作用，当事人听了解释之后对技术升级和使用表示"充分理解和欢迎"，并"欣然"回家将老人"请"到办事处，最后在工作人员的"悉心帮助"下，抱着老人"顺利"完成了人脸识别，"成功"激活了社保卡。

该文说在采访当中，当事人说老人虽然被请去了现场，但这是一劳永逸的事，所以老人和所有家人都充分理解，同时指出网上有人抨击办事处，说老人很受折腾，既不是事实，也不是老人及其家人的心声，家人都认为办事处的工作人员办事耐心、细致，特别是对国家的科技进步能够惠及普通百姓感到欣慰和鼓舞。该文说办事处工作人员在采访中表示，他们没有想到老人年纪那么大还能亲临现场，对老人和所有居民对自己工作的理解与支持表示感谢，同时对网上的有些评论感到遗憾、但并不委屈，因为作为服务工作者就应该不断地努力工作，进一步提人性化服务。该文最后评论：

"科技的进步、人脸识别技术的运用，拉近了空间的距离；人性化服务、相互之间的理解与支持，拉近了人心的距离。科技的发展是为了给人更好的服务，人脸识别技术的运用就是证明，但科技进步永远不会有顶点，只有人性化才是服务的最高标准。乔安街道办事处里温馨的一幕温暖了我们、温暖了省城。服务零距离，是因为人心有温度。"

读完省城日报客户端的这篇文章，安少瞳和程鹏又对视了很久，没有说话。

安静了好一会儿，程鹏说："新闻报道还有这样的写法，我今天算是大开眼界了。"

"这篇文章里的时间、地点、人物和主要事件，还真没有虚假的成分，"安少瞳淡淡地说，"仅仅改变了一下叙事方式，画风就全变了。"

"这篇文章真是宏大叙事，"程鹏看着手机页面上的文章，"老人和家人完成了这一系列人脸识别的神操作之后，能马上产生对科技进步惠民的感慨？这家国情怀也是没谁了。"

"不管怎么说，老人是被家人抬到办事处的，是被抱着完成人脸识别的，这一事实是没法否认的。"

程鹏想了一会儿，又问："你看，当事人突然推掉了今晚的采访，而且关了机，是不是和这篇报道有关？"

"具体原因哪知道呢？不过肯定是有人给当事人做了工作。"

"那你看，我下午去办事处拍的内容，还能播发吗？"

"因为自媒体公众号和省城日报客户端的这两篇文章一删一发，现在气氛已经改变了，"安少瞳没有犹豫，"咱只是拍了办事处的一些工作状态，又没法对当事人进行采访，不可能形成完整的报道。没法发了。"

"唉，可惜了。"

23

"那位老人做人脸识别的事，昨天没有发报道，是吧？"方若涛问。

"别提了，被放了鸽子，折腾我们、折腾摄像老师。"程鹏取下双肩背包，坐到工位中，向方若涛说了昨晚被拒绝采访的过程，"没有当事人采访，咱的报道也立不住了，后来看了你转的省城日报客户端文章，和少瞳组长一商量，算了！于是在省城夜色中，灰溜溜地回去了。"

"好在有夜色掩护，没有显得太灰溜溜。"若涛一笑，"今天上午你就过来了，也不休息一下？"

"昨天没去采访，也没编片，回家倒不晚，就是折腾。"程鹏说，"把你转发的那篇文章拜读了好几遍，真是长了见识。你说，这位记者是不是报道高手？"

"绝对是高手！不过不是报道高手，而是写作高手。主要事实无偏差、无编造，却仅仅凭借对主观情绪的重新描写，就成功反制了网上的愤慨气氛，确实厉害。"

"特别是最后一段的评论，和当事人在公众号文章所写的直接一一对应地唱对台戏，真是妙笔生花、扭转乾坤。"

方若涛放下手机，说："虽然想把丧事喜办，不过网友不会买账。我看客户端关闭了评论功能，不然的话，留言区里一定是骂声一片。"

"丧事喜办，春秋笔法，算是学到了一招。"程鹏一拍自己的脑袋，"比如一个月拿几千块钱的工资，今后要是碰到外人问我，我就说，咱收入不高，月薪不到十万。"

"好！既有面子又不说谎。"若涛努力绷住笑。

"谁月薪十万呢？"

方若涛和程鹏扭头一看，是徐姐走进了办公室。程鹏笑着打招呼说："徐姐好！我们在讲段子呢。真谈到月薪，别说十万，能有一万就烧高香了。"

"今天是十号，应该发工资，到时候看看数额吧。"

"对，是今天发工资。"程鹏说，"赶上这个月要交房租，还指着工资呢。不过也不用看，数额就那么多。"

"这个月交房租？交多长时间的？"方若涛问。

"半年一交，这个月赶上了。"

"一次交半年的房租？那确实是一大笔。"

"房租都白白交给房东了，不如争取自己买一套。"徐姐说。

"徐姐说的是，不过省城房价高，买房一时半会儿不太现实。"程鹏说，"上次和刘哥聊，他刚买房不久，还是摇到的公租房，价格比商品房便宜，但就是这样，在首付之后，加上月供，基本上就'月光'了。"

"咱们还是工资低。"徐姐问程鹏，"平时也不做个兼职啥的？你也是有手艺的。"

"徐姐，您这是在考验我。"程鹏憨憨一笑，"上班第一天主任就敲打过，说集团规定不得在其他单位兼职，即便是集团内部其他部门征调，那也得由上而下地委派，不准私自接活。"

"集团肯定得这样规定，不过具体到各节目组、具体到个人，都是睁一眼闭一眼，大家都得养家糊口嘛。"徐姐放低声音，"只要一不影响组里工作安排，二不被大领导抓现行，就没事。"

"您的意思是，员工在外面兼职挺普遍的？"

"不说人人兼职，但每个组里都有人兼职，这是跑不了的，只是程度和方式不同，也没有听说谁因为兼职被处理。"徐姐叹了一口气，"还不是因为咱们的收入低。"

"我怎么听说，咱们组就有因为兼职被开的？好像就是春节后不久。"方若涛问。

"你消息挺灵呀。"徐姐向方若涛一笑，"不过不是开，是事发后辞职"。

"事发？刚才不是说一般不会有事吗？"

"要说的话，只能怪当事人做得太嚣张。"

原来"省城网事"跑娱乐线的田记者私下在一家网站的娱乐频道兼职，开始还注意影响，只在幕后帮忙。年前组长辞职，安少瞳还没有被正式任命为负责人，那个阶段田记者每周六都去那家网站帮他们做娱乐直播节目，有时还出镜给他们担任评委，这种情况持续了两个多月，组里安排的工作，只要和兼职有冲突的，他总是借故请假。

"出镜直播？"程鹏有点惊讶，"那不是所有人都知道了吗？大领导没有过问？"

"我们都知道了，所以大家意见很大，"徐姐说，"大领导一直没有动静，也许是真不知道，也许是装不知道。"

"总请假？那采访的活交给谁干？"方若涛问徐姐。

"开始一两次，安少瞳协调其他记者去采访，后来大家知道他在兼职，他去挣外快，让别人填他的坑，谁愿意？有一次采访已经安排给小田了，他就说自己身体不适，还从医院开出了假条，但当天他就活跃在网站的直播上。那次采访最后只能取消了。"

"这可有点过分了。"程鹏说。

"谁说不是呢，自己干私活挣钱，让同事顶雷，态度还这么横，大家意见都很大。"

"那组里就不管管？"

"当时组长辞职，组里算是处于管理的真空期，小田也是钻这个空子。"徐姐说，"要不怎么说安少瞳太软呢，虽然当时没有任命他担任组长，不过小田弄得这么乌烟瘴气，他居然一直没有动静，也没向主任去反映。"

"安组长知道这事吗？"程鹏问。

"他当然知道，而且我还当面向他说过。我说你现在虽然职权是有限的，开不了人也动不了他的工资，但你总能向主任反映吧？向小安表达了对田记者不满的，组里可不止我一个人。"

"田记者这么弄，确实是把安组长放到了矛盾中心，"方若涛说，"大家不满，可以议论，但要处理这件事，必须由组长发起。"

"是呀，你说咱总不能向主任私下告状吧，再说我们组也没这种背后打小报告的风气。但你安少瞳在这个位置上，不论是不是临时负责，对于这种伤害到全组利益的事，总得想办法处理。"

"后来安少瞳向主任反映了吗？"方若涛问。

"一直没有向主任说田记者的事，不过小安自己终于有反应了。"

那一次采访取消之后不久，又有一次在工作群里安排田记者周六去采访一项娱乐活动，田记者因为当天有兼职私活，就回应说这一采访价值不大，拒绝前往。安少瞳强调这是组里开会大家讨论决定的报道选题。田记者再回应，说他签的劳务派遣合同当中明确规定周末是法定休息日，所以自己不去采访理所当然。

"合同真是这么签的吗？"方若涛问。

"你听他瞎说！咱们是新闻单位，随时有新闻随时上，总不至于让新闻周末也休息吧。"徐姐说，"田大记者也就是以此为借口，给自己躲工作、干私活找借口。"

"田记者口气很强硬呀，那怎么收场？"程鹏问。

"安少瞳当时就没在群里继续发声，不过转身就找我协商，说他一直在考虑这件事的处理方式，现在小田没有心思工作，不能让他白占着这条业务线，所以想暂停他的娱乐新闻采访工作，另外换人去接这一摊子活，问我是不是可以接。我开始说咱老胳膊老腿了，外出采访不如年轻人利索。小安说只是名义上要安排人接这条线，目的是暂停小田的工作，同时又保证娱乐报道有专项记者，具体新闻事项的采访报道可以再变通，甚至他自己去都可以。我想那就支持一下吧，于是答应名义上去接娱乐线，毕竟这也是顺应大家的呼声。"

"徐姐还是有正义感！"程鹏赞了一句。

"那安组长怎么和田记者说暂停他的采访工作？如果直说也很尴尬呀。"若涛问。

"小安是在群里说的，第二天他先发了一条信息，说今后娱乐新闻采访报道由我承接。小田果然反应激烈，马上在群里问："凭什么取消我的娱乐线采访资格？是会议讨论的，还是大领导安排的？'"

"田记者很敏感呀，自己干不干活好商量，但这摊活交给别人干就没得商量。"若涛淡淡地一笑。

"可不是嘛，这就是可恨之处。"徐姐轻蔑地说，"对他来说，业务线就是资源，自己不干活也得占着，不愿意让别人去干。"

"那安组长怎么回应？"程鹏问。

"小安估计对田记者的反应有所准备，他很快回了一条信息：'干嘛还要讨论或者请示领导？这完全是尊重和满足你的要求。前几天你在群里说根据劳动合同，周末是你法定的休息日——因为以前我不知道你的合同签署情况，安排了一些周末的工作给你，很抱歉！现在正认真整改，考虑到娱乐活动绝大多数都是在周末举行，而徐姐签署的劳动合同是弹性工作制，可以周末工作，所以请徐姐负责这条线的采访报道'。"

"安组长这样回应？就没有提他干私活的事？"程鹏问。

"确实只字未提干私活的事，只以小田自己说的劳动合同规定周末必须休息为依据，以尊重他合同规定和诉求为理由，宣布停了他娱乐线的采访。"

"现在明白安组长为什么要请您接这条线的报道工作了，"若涛对徐姐说，"首先是您德高望重，您接了不会让其他同事产生这是同事之间争夺利益的错觉，另外您是组里唯一事业编人员，劳动合同和其他同事都不一样，说您的合同规定的是弹性工作制，别人也没法确认，或者反驳。"

"安组长还这么会借力打力、以子之矛攻子之盾，还真没想到！"程鹏想了想，"嗯，好像也很难设计出比这更好的处理方式。"

"就事论事、不提及干私活的事，安组长这样回应倒是有理有节，确实谁也挑不出什么毛病。"若涛说。

"是呀，当时我在群里看到这样的问答，就觉得小田没法再接话了，果然他在群里就没再吭声。"

"束手就擒？"

"肯定没那么简单，后来他在小安出差采访、不在单位的当口直接去找陈主任了。"

"这么处理，安组长是提前征求过主任的意见吧？"若涛问，"否则万一主任推翻了这一处理决定，那安组长岂不是威风扫地？"

"本来我也以为小安已经通过了主任，后来才知道小安在陈主任面前对小田的事从来只字未提。"

"如此看来，安组长做出这样的处理决定，还是有些胆量的，"方若涛想了想说，"不仅不怕田记者报复，而且不怕自己的决定被上级否决。"

"现在看，小安对这件事的处理是经过深思熟虑的，他应该估算过针对小田的问题性质，如果一旦公开，他所做的暂停其采访工作的处罚，主任也没有理由否决。"徐姐说，"当然了，小安一直不向主任反映小田的问题，有他担当的一面，一定也有不给领导添堵的考虑。"

"安组长应该还是自己担待得比较多，"程鹏问徐姐，"那主任是什么时候知道这事的？是在田记者找他之前？"

"没有，因为小安一直没有向上反映，所以在田记者找他之前，主任根本不知道此事。"徐姐说，"当时小田找陈主任投诉，说小安停了他的采访工作。陈主任当时有些惊讶，一是主任自己此前没听说过这事，二是大家都知道小安性格比较软，所以根本想不到他还没有被任命，只是临时代管就能停员工的工作。不过主任思路清楚，当时就问小田：'安少瞳为什么要停你的职？'这时小田有点尴尬了，因为他既不能说小安无缘无故地迫害他，因为工作安排、争论对话都写在群里，没法涂抹掉；但也不能理直气壮地说自己劳动合同规定周末应当休息，如果这样说了，既然你要休息，那么停了你采访不是正合你的要求吗？所以小田只能说自己有些私人安排，但强调安少瞳就此停他娱乐线的采访工作不合适。"

"那后面怎么说？"

"后面具体如何问答我不清楚，不过可以想象在那种场合，两三个回合下来，不可能一点不露马脚，主任肯定也多少察觉到了背后的原因，于是就让小田先离开，他说会了解清楚情况再做回复。因为小安出差，主任就先打电话向我问起此事，所以我才知道小田去找他了。"

"主任问您，您怎么说？"

"还能怎么说？如实说呗。我说我从来不打小报告，但既然小田主动要说这事，又涉及小安和组里其他同事，需要主任评判是非曲直，那就不能藏着掖着了。于是我就将事情的来龙去脉都说了一遍，强调组里所有沟通内容，群里都有对话记录，而小田干私活一事，众所皆知，网上都能搜到他给其他单位工作的视频。"

"主任什么反应？"

"陈主任听了有些吃惊。我估计小田找他投诉时，问答之间陈主任对小田干私活影响工作的情况会有一点隐约的觉察，但不可能了解得很清楚，因为小田当场不可能细说，更不可能坦白，他是去告状的，可不是去承认错误的。当主任从我这里听到这些，可能是没有想到小田干私活这么明目张胆，而且被小安停止工作了，居然还理直气壮地找他投诉，所以能够感觉到他还是很惊讶的。"

"是呀，这肯定出乎意料。"

"主任接着问我，安少瞳在群里宣布停小田娱乐线采访时，有没有提到他干私活一事？我说他一直没提，我还把当时群里对话的截屏发给了主任。主任又问安少瞳是不是还不知道小田干私活的情况？我说此事组内尽人皆知，而且我还当面向小安说过田记者明目张胆地在外面干私活的事，让他加大管理力度，同时建议他应该及时向主任汇报。"

"看来之前主任确实不知道田记者的问题，安组长也没有向主任反映过。"若涛说。

"此前小安确实没有向主任提过小田的事，更没有反映干私活的问题。"徐姐说，"所以主任听了我说的实际情况后，第一反应是：看来安少瞳为人还是不错的，他从来没有在我这里反映过田记者的任何问题。"

"陈主任思路还是很清晰啊！"程鹏笑着说，"我以为了他知道了实情之后会勃然大怒：田记者明目张胆干私活，安少瞳长期知情不报，你们眼中还有法纪法规吗？你们眼中还有我这个主任吗？"

方若涛也是一笑："领导都是深谋远虑、运筹帷幄，哪像咱们一点就跳。"

"确实确实，要不怎么说咱肯定是做不了领导呢。"程鹏说，"不过陈主任的第一反应不是批评，而是先表扬安组长，这种处事方式还真是别具一格。"

"我当时就对主任说，小安为人不错，就是太软，小田的事就该早向您汇报。"徐姐说，"主任当时没接话，反而强调小安在群里停田记者的工作不提他干私活的事，就事论事、有理有节。"

"主任对安组长的处理方式评价很高呀，"若涛说，"想想也确实如此。"

程鹏问："那主任最后怎么处理这件事？"

"陈主任等小安出差回来让他汇报了一次，又再次向小田确认了基本事实。

之后他就通知小田暂时停职反省，学习集团的相关纪律规定，考虑好了私人安排与工作关系之后再上岗。"

"等于说对安组长之前宣布的停止田记者采访的处理方案，陈主任是采取了支持的态度。"若涛说。

"对!"徐姐说，"不过主任只将这一决定通知了小安和小田，既没有上报，也没有在组里公开宣布，不过我们还是隐约知道了。"

"估计主任也是不想事情的影响扩大，毕竟这对谁来说都不是好事。"若涛说。

程鹏问："那田记者有什么反应?"

"小田对主任的处理决定不满，又去找了一趟，说能不能先恢复他在娱乐线的采访工作。主任对小田说，此前几个月私自兼职已经影响了工作，本来集团制度上对此是有明确的处理要求的，但并没有追究你的责任，现在暂时停职是让你在私活和工作之间做一个取舍，不能两边都占着。"

"那田记者怎么选择?"

"小田回来想了两天，估计也是和那家网站沟通了，最后决定辞职。"

"田记者挺有魄力呀。"程鹏说。

"近两年新媒体娱乐节目投资大，市场化程度高，"若涛说，"从业人员收入也高。"

"应该是，"徐姐放低了声音，"据我所知，此前小田给那个网站搞策划、做评委，每期节目拿到的劳务费就超过三千，只要他每周干一趟私活，一个月外快就超过咱们这里的工资。"

"那现在田记者就在那家网站工作吗?"

"好像干了两个月又跳槽了，前一段时间有同事说最近在其他网站节目中看到过他。"徐姐说，"就不知道收入情况怎么样，有没有咱们这里自在?"

"我在网站干过，不同的网站管理要求差异大，"程鹏说了自己直接的体会，"有些管得特别严，只要在外面给其他机构干活，发现了一律勒令辞职，没有变通的余地。"

"你看看，这一比较，国企还是宽松。你想，小田出了这种事，已经造成这么大的影响了，从组里到主任，还要做思想工作，还要协商，还要让他考虑，还要让他取舍……要是赶上你说的网站，哪里会这么惯着?"徐姐又问程鹏，"照你这么说，小田去了网站只能拿那里的死工资，没有私活可干，那他的收入和在咱们这里比高不了多少吧？"

"不知道那家网站是什么要求，如果不让干私活，收入应该不会太高。"

"其实小田没想明白，咱们这儿虽然有明文规定，但各组都有人在外干私活，这也是公开的秘密，只要不太过分影响工作，从上到下都是睁一眼闭一眼，没有谁会真正追究。但小田公开出镜干私活，然后自己的坑让别人填，影响过好几位同事，真要把他的工作停了让其他同事干，他又不让，几头都要占着，态度还这么蛮横，而且组里没有谁能入他的法眼，他对谁也不尊重，那出事是迟早的。"

"田记者辞职，包括安组长对此的处理方式，主任后来有什么说法吗？"方若涛问徐姐。

"小田辞职，上面没有再提，毕竟不是什么光彩的事，大领导的想法肯定是尽量减少影响，所以就当一起平常的主动辞职申请，平静地完成了手续。"徐姐说，"小安的做法，主任也没有向组里做什么通报，不过据我所知，领导挺满意，主要是此前小安没有告状，不给领导添堵和增加麻烦，这个难题是他自己基本解决了，而且总的来说处理得当，保证了组里工作正常运转，也基本符合大家的意愿。还有一点，客观地讲，不提干私活的事，给小田留了很大的余地，也让领导处理起来更从容。"

"隐恶扬善，安组长拿捏得相当准呀！"程鹏点赞。

"小安性子软，不过用在这件事上，反而歪打正着，低调完成，符合大领导的思路。"徐姐说，"你们想想，如果把小田干私活的事公开，那大领导必须对照集团的纪律条款对他进行处分，这样各方面子上都下不来。"

程鹏问徐姐："您刚才说其他组也有类似情况，没有被处理的案例吧？"

"没有不透风的墙，只要注意到你，你干私活是不可能掩盖得住的，只是大家都挺忙的，不会刻意去盯着谁，也没有必要无缘无故地去揭发谁。咱们工资低，遇到私活的机会，谁都保不齐会去争取点收入。其他组也有干私活的，但都会更加小心谨慎，对同事会更加客气，尽量不与本职工作发生冲突。所以，到现在为止，直接因为干私活而被处理和离职的，只有咱们'省城网事'的这位田大记者。"

24

办公室里各位同事的手机几乎都同时响了一下，大家不约而同地拿起手机查看信息。徐姐打开手机信息页面，果然是工资信息到了，看到的工资数额和上个月的相比下降明显，她不太相信，又通过手机银行软件查看了一遍，确实明显少于上个月。徐姐马上发信息给财务处的朋友，询问是不是本月公积金调整，或者人均工资额度下调，朋友很快回信息说最近几个月事业编制人员月工资和奖金幅度是一致的，没有调整或变动。

方若涛看到徐姐脸色好像不太好，完全没有了刚才说田记者事迹时眉飞色舞的表情，就过去问她有什么事，是不是不舒服，徐姐说了声没事，又问若涛是不是收到工资了，若涛说收到了，徐姐又问数额比上个月有无增减，方若涛说应该有一些增加。徐姐听了没再说话，停了一会儿，说要去打个电话，就拿起手机起身离开。

方若涛有些疑惑地看着徐姐出了办公室，回头看到程鹏正安静地坐在工位中，叫了他一声，程鹏好像没有听见，方若涛稍稍提高嗓音又叫了一声，程鹏这才反应过来，赶紧向若涛抱歉地笑了笑，方若涛问他怎么了，程鹏说没什么事，就是在看刚收到的短信，工资好像降了。方若涛听说了，很不解："这不对呀，你最近一个多月奔波最多，工作量肯定是位居全组前列，怎么工资会降？"

"我也不明白，本来指着今天的工资付半年的房租，现在不够了，还得想辙。"程鹏嘿嘿一笑，笑容有些勉强。

"安组长好像去主任那里了，等他回来问一问。"

"这种事问安组长，合适吗？"程鹏感到有些把握不准。

"这有什么，工资奖金评定，组长就是第一级负责人，有问题开诚布公地谈反而更好。"

这时安少瞳走进办公室，向同事打着招呼来到自己的工位。方若涛向程鹏示意了一下，程鹏点点头，走到安少瞳工位："安组长……"

"安少瞳，你想干什么?!"

一声响亮的质问惊动了办公室里所有人，安少瞳惊讶地抬头循声看了过去，程鹏的那一声"安组长"显然已被这声质问完全淹没，安少瞳似乎对已经来到旁边的程鹏没有丝毫觉察，起身看向快步朝他走来的徐姐。

"安少瞳，你什么意思?!"徐姐怒气冲冲地走到安少瞳面前，"你凭什么降我的工资?"

办公室里的同事都看向安少瞳和徐姐，不过因为都还不明就里，一时间没有人上前劝解。

"徐姐，怎么了?"安少瞳显然也有些惊讶，不过仍然保持语气平静，"工资怎么了?"

"你别给我装糊涂，想跟我玩社会经验?"徐姐怒气更盛，"我的工资是不是你降的?"

安少瞳和徐姐面对面地争执，旁边的程鹏就显得很尴尬了，他轻轻地往一旁挪开几步，接着悄悄回到自己的工位。

徐姐接着质问："你权大了是吧? 本事大了，学会克扣工资了?"

"徐姐您误会了，哪敢克扣工资?"

两人一说到工资，引发了同事们的小声议论。方若涛看程鹏坐回工位，轻声问："怎么了?"程鹏一捂脸："刚才徐姐的吐沫星子差点喷我一脸。"

只听徐姐还在质问安少瞳："还没阔脸就变了，你当我好欺负?"

安少瞳接着劝解："徐姐您别生气，有什么事咱慢慢说。"

"慢慢说? 降到工资怎么不慢慢降? 你不是挺雷厉风行的吗?"

"这事一句话两句话说不清楚，要不咱们出去，我详细向您解释。"

"有话直说，都是一个组的，干嘛藏着掖着?"

这边程鹏小声问若涛："之前听刘哥说，咱们劳务派遣人员每月绩效工资和奖金由安组长根据工作情况核定，徐姐还有你是事业编制，也由安组长定吗?"

"我也不知道在这里自己的工资由谁定，反正每个月看到数额过得去就行。"

徐姐坚持要求安少瞳当面解释，安少瞳说这样会影响同事们工作，徐姐则质疑安少瞳在找借口。眼见两人争执动静越来越大，小刘和另一位同事上前劝解，方若涛见状也走过去劝徐姐先出去消消气，徐姐仍不依不饶，一定要安少瞳当大家面说个清楚。

工资问题很敏感，而且人人关心，安少瞳本来不想当众去说，现在看着同事们都围拢了过来，徐姐又一直在质问，他迅速考虑了一下，事已至此，无法回避，只有抛弃顾虑，向大家说明情况。于是，安少瞳将领导的安排和工资奖金统计上报方式详细解释了一遍，特别强调财务要求绩效和奖金的核定以工作量为依据。

"财务规定，组里面只上报绩效奖金系数，人均为1，如果有人的系数为1.1，就得有人为0.9。根据领导安排，我负责核定咱们组同事的绩效奖金系数。具体发给每个人的数额，是财务人员自行计算，由系数乘以人均额度得出。"安少瞳接着解释，"今天拿到的工资确实是第一次通过这种方式核定的，以上个月每位同事的工作量为依据，可能有些不准确，如果觉得有出入可以随时提出，咱们沟通完善。"

"就这么轻描淡写？那你说，核定系数的依据是什么？"徐姐继续质问。

"依据只有工作量，量大的肯定要比量小的系数高。"

徐姐和安少瞳争执过程中，同事们除了劝解之外都没有参与其中，但此时听安少瞳说明绩效奖金系数按照工作量核定，大家似乎都有了触动，有人相互对视了一下，有人小声议论了两句，显然"按工作量核定"引发了每一个人的关注。

"按工作量核定？"徐姐又问，"咱们有的跑采访，有的做编辑，有的忙行政，工作量你怎么核定？"

显然，徐姐的质疑一定程度上引发了同事们的共鸣，有几位同事就此小声议论起来。"省城网事"报道组业务综合、工种多元，繁忙时有的同事采访、编辑、摄像都做，如果想用统一的量化指标来核定每位同事的工作量，显然是不可能的。有同事就议论，最后有可能只是由组长凭感觉来核定。

在同事们的议论声中，徐姐提高了嗓音："大家都有同感吧，这么多工种，怎么去按工作量核定？"接着又面向安少瞳，"咱们都是干这一行的，你可别想糊弄谁！"

"没有，哪敢糊弄人？"少瞳说，"领导明确要求根据工作量应有所浮动，只能执行。咱们的工种确实差异大，也是考虑再三，又学习了其他业务相近的报道组的工作经验，最后主要以工作时间为标准，来核定工作量。"

"工作时间？那是不是要统计每个人每天都干什么？"

"有人是行政岗，可能每天都来单位，这样是不是工作时间就长？"

"咱们采编岗不是每天来单位，但随时有可能出动、加班，这怎么算时间？"

议论的声音多了起来，徐姐等了一会，继续问安少瞳："你看看，不是我一个人事多，这可是大家的呼声！"

等徐姐说完，安少瞳回应："这件事涉及每位同事的收入，肯定要认真细致。这个月我对工作情况做了记录，月底进行汇总，作为核定工资的基本标准。"

徐姐马上问："你是怎么记录的？我们都不知道，准确吗？"

"对这件事，我不敢怠慢，当然是力求准确，当然出现疏漏也是有可能的。"安少瞳说，"徐姐您刚才提到的问题，对我是一种警示，也是一个提醒，我应该把工作量统计第一版发给大家征求意见，修改之后就更准确了。"说完，安少瞳把存在手机里的当月工作量统计发到了工作群里。

同事们点开手机页面，看到上面统计了当月每个人的出勤日期、工作内容、形成的播发视频等工作业绩，包括每次值班推送的节目数量、拍摄的素材时长、撰写文稿的字数等，都一一做了细致的记录和统计。

"记录细致，真是下了功夫。"方若涛轻声说。

"还真是，这上面记录了我给中心写过的一份工作简报，不说我都忘了。"程鹏看着页面，"没有详细的记录，统计不出来。"

其他同事看了工作量统计，与自己一个月来的工作情况暗暗进行了比对，没有发现有遗漏。过了一会儿，有同事议论说工作量统计准确，落实到工作日期和天数也没有异议，但即便是相等的工作时间，工作方式不同，工作强度和实际贡献也必然不同，如果只通过工作时间长度来计算，那还是不合理。

"有的同事是上午在网上下载视频素材、下午编片子，有的是上午出去拍摄采访、下午回来编片，"徐姐直接举例问，"用的时间都是一天，工作量能相等？"

"您说得对，表面上时间长度一样，但工作强度肯定不同，何况采访之前一定要做功课，有些工作没法进行量化统计。"安少瞳回应，"所以我刚才就说工作量统计有很多地方不完善，要请同事们批评指正。"

"这样最后落实到绩效奖金额度，还不是凭借你的主观判断？"

"统计工作量是为了追求客观，但目前来看，确实难以完全做到。比如有很多次采访，咱们记者下班回家后还在联系对方、完善方案、沟通采访提纲，这些工作的时间和内容不可能统计清楚，但在核定绩效奖金额度时不能不考虑。"

"一会儿说以工作时间为客观标准，一会儿又说要通过主观判断，似是而非，有没有一个准谱?"

安少瞳回答徐姐："老实说，目前还没有一个完备的方案，好在只是第一个月按照这种方式核定奖金绩效，今后如何改进，大家多提意见，咱们一起讨论完善吧。"接着又说，"还要向大家解释一下，领导为了保证奖金绩效核定的公允性，从这个月开始，就把我的工资拿到组外核算了。"

"你是干这个事的，就得把工作做得公正、服众，不能把责任甩锅给同事。我们要是没给建议，不能说你这件事没做好就理所当然吧?"

"这是当然，工作责无旁贷。"安少瞳表态，"主要是现在统计方法、评定标准没有最终明确，所以需要群策群力、完善方案。"

"你也承认评定标准不完善，既然知道，为什么这个月就有这个标准?现在大家都有意见了，才说让大家一起去想辙。"

"这事确实是我处理欠妥，"安少瞳解释，"因为这个月刚接手这项工作，中心秘书就下发了核定绩效奖金的任务，而且是当天上午通知，下班前就要完成，实在是没有时间和大家一起讨论研究。"

徐姐接着问："那现在弄成了这样的局面，你说怎么收场吧!"

"评定的原则是多劳多得，这是上面的要求，咱们也不会有异议。这个月的评定肯定不违反原则，具体数额上要是觉得有差异，咱们都可以沟通，确实欠妥的部分，可以由我来弥补。"

听安少瞳这样表态，同事们停止了议论。徐姐看到大家都不说话了，停了一会儿又说："这其实不是钱的问题，一是不能有点权就仗势欺人，二是要公平、公正，别藏着掖着。"说完，徐姐拿起自己的手提包走出了办公室。

看着徐姐离开，同事们又都回到工位各忙各的。安少瞳稍微松了口气，突然他好像想起了什么，起身走到程鹏面前轻声问："刚才是不是找我有事?"

程鹏迟疑了一下，说："也没什么事。"

安少瞳看程鹏表情好像有些不自然，于是说："咱们出去聊吧。"说完，先走出了办公室。

程鹏站起身，看到旁边工位的方若涛正向他笑，程鹏也笑了笑，方若涛问："去直抒胸臆?"

"工资的事，刚才安组长说了那么多，再问这事不合适了吧?"程鹏还是有些犹豫。

"徐姐追问的是评估标准，明确的是多劳多得，你是工作量大反而收入少，这是两回事，怎么不能问？"

"好，我向安组长说。"程鹏向方若涛笑了笑，走了出去。

程鹏走出办公室，看到安少瞳就站在门外，于是赶紧上前两步。两人来到九楼的回廊休息区，落地窗外就是高大的传媒中心大厦。

"刚才你过去找我说话，正好赶上徐姐过来，她性子急，只好先和她聊。"少瞳抱歉地笑了笑，"有什么事吗？"

"也没什么事。"程鹏也笑了笑。

"有什么事就直说，吞吞吐吐不是你的风格。"

"确实没什么大事。"程鹏轻轻地做了一下深呼吸，"我来'省城网事'两个多月了，工作方面您指导很多，我也有很大收获，不过感觉差距还是比较大。"

"你的工作态度和热情大家都有目共睹，此前你虽然没有做过新闻报道，但做过视频编辑，基础扎实，所以上手很快，效果方面也是提升很明显。"安少瞳强调，"采访严老师、公交车让座事件，几项报道都很出色，大领导能让你上电视访谈，就说明了他们对你的认可。"

"感谢您的关照、领导的认可，我会继续加强学习。"

安少瞳看着程鹏一直有些拘谨，不像以往谈笑风生的说话风格，感觉到他肯定有什么想说又不太好意思开口的事，一定不只是为了谈工作，于是又强调："包括工作在内，咱们之间有什么事向来都是畅聊，从来没有藏着掖着的，"安少瞳停了一会，看着程鹏，"就像徐姐刚才说绩效奖金一事，直奔主题，反而不容易产生误会，哪怕大声嚷嚷也没事。"

听到安少瞳主动提到绩效奖金，程鹏感到就此延展不会显得太突兀，于是说："是呀，有问题就直接请教。刚才您和徐姐聊的我们都听到了，多劳多得的原则，没有人不赞成。"程鹏又想了一下措辞，"就我这两个月的工作情况，这个月明显比上个月忙，出的节目也更多，但收入少于上个月，也不知道是什么原因。"

今天是发工资日，又是第一次明确按照自己核定的绩效奖金标准发放工资，安少瞳已经预感到肯定会有同事找自己沟通此事，也会有一些不满的情绪，果然一来办公室就花了不少时间应对徐姐的质问，之后还通过信息回应了同事的询问，现在程鹏又提到了此事，虽然他说得比较委婉、客气，但显然是对收入数量有异议。好在之前安少瞳对此有所准备，充分了解了有关信息，所以还能比较从容地去解释。

"刚才在群里发了工作情况统计，这次确实有些仓促，没有在事前征求意见。"安少瞳问程鹏，"你看统计有什么出入吗？"

"没有没有，刚才我和若涛同学还说，统计确实很细致。"

"好的，今后会提前征求意见。根据这样的统计，工作数量还是比较明确的，质量方面就得看效果和口碑了，靠统计反映不出来。所以如何根据工作情况统计，形成绩效奖金的评定，还需要摸索、完善，但有一点是肯定的，就是工作量大的同事收入一定更高。"

"要形成完善的评估标准很不容易，不过现在工作情况统计已经很详细，这是扎实的基础。"程鹏说，"您看，这个月我的工作数量、效果怎么样？"

安少瞳明白程鹏的意思，马上回答："刚才咱们聊了，这个月无论是工作数量还是效果，在全组你都名列前茅，所以绩效奖金评定也是给你最高的系数，可以告诉你，是1.3。"

"1.3？"程鹏有点惊讶，"也就是说，我拿了组里人均绩效奖金的百分之一百三十？"

"是这样的。"安少瞳确认。

"我拿1.3，那也就是说有同事只能拿到0.7？"程鹏还是觉得难以置信。

"要保证人均为1，你拿1.3，可能就有一位同事拿0.7，或者有三位同事都拿0.9。"安少瞳解释，"不过对此你不用多想，更不用有什么思想负担，因为评定工作由我来做，责任在我。当然我也是以工作量为依据，努力保证相对公平、合理。"

程鹏理解了一些，也平静了一些，不过他想到收到的工资数额又觉得更加诧异："感谢组长关照！不过您可能不知道，我今天收到的工资数额比上个月少。您刚才说，这个月给我的绩效奖金比例这么高，怎么会总数反而少呢？"

"前面我去主任那里开会，秘书传达了财务处的一项通知，说是传媒公司因为经营问题，连续几个月收益下降，应该给咱们所在劳务派遣公司的签约经费没有足额支付，所以从这个月开始，人均绩效奖金额度下调，影响了工资数额。"

"是这样啊，传媒公司经营这么不稳定？"程鹏刚刚平静一些的情绪又被惊讶所替代。

安少瞳觉察到程鹏情绪的变化，实际上他有预料也完全能体会，此前在主任那里接到账务通知时，他就有相同感受，也料想到所有劳务派遣员工都会有相似的感受，不过他必须马上考虑如何去对同事进行安慰和解释。

"咱们的工资构成估计你也有所了解，目前和事业编员工相比确实差距明显，而且因为经营的问题，稳定性也有变数，所以此前有好几位同事都离开了。不过你也知道，集团明确提出了这件事，也在调研具体的解决方案。"

"咱们劳务派遣人员工资本来就很低，现在又要下降。"程鹏表示难以理解，"与咱们一样的员工不在少数，都要受影响？"

安少瞳说："目前这一拨降薪是面对集团里所有劳务派遣人员的，包括我的工资本月也有所减少，"

"你也降薪？刚才不是说你的工资交由中心领导核定了吗？"

"这个月开始是交给中心领导定了，刚看了一下工资构成，应该是我拿本组劳务派遣人员的平均数，再加上中心给的组长津贴，但由于平均数下降，我加上津贴之后，还是少于上个月。"

听说安少瞳工资也低于上个月，程鹏沉默了片刻，然后说："大领导一直说咱们要有职业理想，要有新闻情怀，不过也不能只有情怀吧。这么普遍地降薪，集团怎么也应该给大家一个说法，降薪的原因是什么？是临时措施还是以后就这样了？是不是有解决的可能？有没有期限？"

听了程鹏的疑问，安少瞳也沉默了，程鹏提出的正是他心中的疑问，他也希望找到这些问题的答案，但至少今天从主任那里没有得到准确的答复，只得到了笼统的安慰，此刻他也只能把这种笼统的安慰转达给程鹏。安少瞳向程鹏做了显然是很有限的解释和安慰，自己也感到这一说法没有太多的说服力，想了一下又强调说："当然集团领导也在想办法稳定和恢复工资水准，现在是在沟通争取'五险一金'额度不受这次降薪的影响。"

程鹏没再说什么，安少瞳想对他再说点什么，又感到没有什么可说的。

这时，两杯咖啡被递到了他俩的面前，是方若涛递过来的。安少瞳和程鹏同时站起身接过咖啡，连声称谢。

方若涛问："在谈什么？"

程鹏笑了笑，说："我们在谈情怀。"

安少瞳笑了笑，说："没有，我们在谈钱。"

方若涛也笑了笑，说："只谈情怀的那是忽悠人，能谈钱的才是好领导。"

程鹏说："说得对，那下次继续和安组长谈钱。"

安少瞳说："好的，谈钱没问题，没钱谈才是问题。"

25

周一早上是例行的卫生清扫时间，清洁人员按时到岗打扫九楼的办公室。

一位清洁人员做完了办公室的地面清洁，继续拖擦外面走廊的地面。另一位清洁人员负责办公桌和设备清洁，似乎速度慢一些，或者做得更仔细，一张桌子接着一张桌子擦拭，最后来到程鹏的工位。

程鹏赶忙起身，说了声"谢谢"并拖开了座椅，保洁员回应了一声"不用谢"，开始仔细擦拭办公桌。程鹏站在一边，注意到这是一位五十岁左右的阿姨，皮肤已经明显粗糙，看上去应该不是城里人，两鬓不太整齐的白发似乎在强调和证明这一点。

阿姨擦拭完毕，站到一边，程鹏又道了声谢，拖回椅子坐到办公桌前准备用电脑，这时他发现阿姨仍然在一旁站着，于是转向她，问："您是不是有什么事？"

阿姨嗫嚅了一下，右手放在上衣兜里，一直没吭声。程鹏站了起来，问："阿姨，您有什么事吗？"

阿姨又迟疑了一下，好像自己鼓起了勇气："老师，想麻烦你。"她的口音较重，显然是外地人。

"没问题，您说吧。"

"俺家政公司要俺身份证复印件，想麻烦您帮忙复印一张纸，"阿姨问，"您这里能复印吧？"

程鹏想起隔壁办公室有一台复印机，平时有需要同事们都去那里复印，但现在这么早还没有开门，于是告诉阿姨："本来没有问题，不过您看咱这间办公室没有复印机，隔壁有，但怎么也要九点之后才有人来，您可以等吗？"阿姨听程鹏这么一说，带着失望和焦急说："俺打扫完这一层，就要回家政公司，还有其他活计。"

程鹏看阿姨很着急，很想帮助她，但现在没有复印机可用。程鹏有些为难，正想无奈地拒绝，突然想到现在办公室有打印机，可以拍照排版后打印出来，于是说："想到一个办法了，您把身份证给我。"

阿姨的右手从上衣兜里抽出来伸向程鹏，松开紧攥的手心，露出了身份证。程鹏拿了过来，感觉到上面已经沾染了汗水。

程鹏用手机拍了身份证的正反两面的照片，再导入电脑，排版之后形成可打印的文件。他一边忙一边问阿姨要复印件做什么，阿姨说是家政公司要求有这个才给开工钱。

程鹏将打印件和身份证交给阿姨，让她看一看是否可以，阿姨看了看说和其他人交的一样，连声向程鹏说谢谢。程鹏向阿姨笑了笑，说只是小事，不用谢，又问家政公司一个月能开多少工钱。阿姨说要看活计多少，活多时一个月能发两千多元。

"才两千多元吗？"程鹏停了一会，又问，"那'五险一金'有多少钱？"

阿姨愣住了，过了一会儿，问："啥？啥是'五险一金'？"

程鹏沉默了，阿姨看他没再说话，就把复印件折叠好，和身份证一起放进衣兜，用手在外压了压，退开两步，拿着毛巾和水桶轻轻地离开了办公室。

程鹏好像没有注意到阿姨离去，一直静静地站在自己的办公桌前。

周一上午，中心例会由主任召集各栏目、报道组和机构负责人，一方面传达集团总裁扩大会议精神，另一方面讨论并分派一周的重点选题和宣传报道任务。陈主任向与会人员提出目前高校毕业季即将到来，高校毕业生就业问题为全社会所关注的焦点，因此成为这一段时间的重点选题。陈主任要求时政报道组和电视台加强合作，对省教委、省发改委以及省城教育局相关政策要进行及时报道、清晰解读、专业分析，要求"省城网事"报道组以民生为导向，下沉高校，对老师、学生、家长多做调查性采访，努力挖掘真事、发现真相、抒发真情，积极弘扬优点和成功经验。陈主任同时强调报道过程中不要回避问题，如实调查和记录，只是发现重要问题时，需要与上级沟通以把握报道口径，按照黄总要求，所有批评性报道都要向他提前汇报。

例会结束，安少瞳离开了传媒大厦，路上他渐渐地放慢了脚步，默算了一下许松现在应该没有课，于是拨通了电话。

"老安，好久没见，怎么想我了？想约再一起打篮球？"

"一直想去找你打球，就是最近总是加班，没空。"

电话里许松笑了起来："哈哈，当了领导果然忙！"

"别开玩笑，你事情多，我也还要开会，给你打电话是有正事。"

安少瞳简单介绍了即将开始的大学毕业生就业报道安排，问许松所在的文学院毕业生就业形势怎样。许松说他们学院有注重应用性教育的传统，专业适应面相对广泛，毕业生就业率在整个省城大学各学院中属于中上等水平，现在上面将就业率作为学科评估的量化指标，不达标有可能影响学科乃至学院的前景，所以各院系对此都很重视，甚至让所有老师齐上阵，每位老师分摊承包几个学生的就业任务。

"客观地讲，各方对毕业生就业工作的付出还是很大的，都在想办法、找门路促进就业。"许松在电话里说，"不过有些领导与其说重视毕业生就业，不如说重视毕业生的就业率。考评就业率的依据就是签署的三方用工协议，难免就会出现弄虚作假的现象。"

"你刚才说你们学院就业情况总体不错，难道里面也有水分？"

"水分哪个学院都有，只是程度不同，有的院系要求学生只有先提交三方协议才能拿到毕业证书，这让学生和老师很有意见，有的学生只好做假协议。我们学院还算好的，但不可能完全杜绝。"

"上次听你说，你们院长对交际和外宣很感兴趣，如果对你们学院进行采访，院长肯定会高兴地配合吧？"

"那当然，只要是正面宣传，我们院长肯定会积极支持。"许松说，"我明白你的意思，目前是今年评职称的关键时刻，你是想通过报道在院长面前帮我一把。好意心领，咱们之间感谢的话就不说了。"

"说谢见外，不过我是有这个意思。"安少瞳笑了笑，"从选题角度，还是会以正面报道为主，目的是反映真实情况，呼吁关注、促进高校毕业生就业。你看一下，如果采访你们学院，新闻价值够典型吧？"

"这个选题，如果采访我们学院，能展现就业的基本状态，而且还是比较积极的状态，"许松说，"不过要反映真实情况，特别是其中的问题，靠面上的采访是看不出来的，领导更是不会说的。你们会暗访吗？"

"因为是集中报道，会涉及多所高校，我想，对你们学院就以正常采访为主，这样不让你在领导面前为难。你和我讲的问题，可以安排在对别的高校采访时深挖。"

"你考虑得周到，谢谢老安！那我先去向院长说一下。"许松又问，"是你过来采访吧？"

"我直接去你们学院采访的可能性小，不过我会尽量安排合适的记者人选。"

回到办公室，安少瞳向同事们传达了领导关于毕业生就业选题的要求，请大家讨论具体报道方案。议论了一番之后，同事们都觉得深入高校调查采访可以实现，形成报道内容、甚至较为丰富的报道内容也没有问题，难度在于能不能、要不要全面揭示真相。

"现在大学毕业生就业形势不乐观，而学校又追求就业率数据好看，所以中间肯定有灰色地带，"小刘说，"我表弟去年大学毕业，暂时没找到合适的工作，学校又逼得紧，最后还是我为他找到一家公司签了份假的就业合同，才算交差，拿到毕业证书。"

"如果咱采访到了真相，特别是内幕问题，敢不敢播发？"方若涛问，"内幕真相采访就不容易，甚至还会有风险，如果咱采到了而领导不让发，损失可就大了。"

"情况我也了解了一些，各高校对于毕业生就业还是高度重视、积极推进的，所以刚才小刘说的灰色地带层面是真相，但工作成绩层面也是真相，我觉得应当全面采访、全面报道，"安少瞳回答，"主任也特别提到了内幕问题，看来这是公开的秘密，他的要求是不回避、全面采制，所以咱们不应该有什么顾虑。"

这时安少瞳收到许松发来的信息："已和院长说好，很高兴，愿意接受采访并支持报道。"看完信息，同时觉得大家讨论也接近尾声了，安少瞳直接说："基本上思路一致了，先去各个学校进行调查采访，不管是积极还是消极的内容，都可以先采到。大家看，是不是分一下工，分别去不同的学校？"

大家表示认同，于是议论哪些学校比较典型，"省城有多所高校，咱们在时间、精力许可的范围内，尽量多覆盖，保证调查样本的全面。"安少瞳问程鹏，"观众对省城大学一直比较关注，你能不能过去采访？"

程鹏回答："可以去，不过我此前和省城大学没有接触，需要看看是通过单位发采访函，还是从内部找联系人进行采访。"

"咱们调查采访还是希望能最大限度地减少人为影响，如果发公函给校方，学校当然是报喜不报忧，他们会安排好采访对象，甚至会干预采访对象说什么内容，所以建议还是先从内部找人联系。"

程鹏说："好的，不过我对省师范大学比较熟悉，在省城大学没有熟人，不知道您这边，或者哪位同事可以帮助一下？"

安少瞳说："省城大学我倒是认识人……"

安少瞳还没有说完，方若涛接过话头："省城大学我比较熟悉，上次节目嘉宾就是从那里请的法学专家，我可以去。"

"那好呀，"程鹏接着向安少瞳建议，"要不若涛同学去省城大学，我就去师范大学？"

听了方若涛、程鹏之间的对话和建议，安少瞳感到有些难办。自从有了通过这次报道推进许松和学院领导之间关系的想法，安少瞳就打算安排程鹏去省城大学采访，主要是考虑程鹏在省城大学此前没有关系，让他通过许松联系采访比较容易促成。现在方若涛说要去省城大学，以她的人脉能够从容地找人采访，完全可以不通过许松。不过此时程鹏也支持若涛，这让少瞳觉得不便生硬地当众反对。

迅速思考了一下，安少瞳觉得应该先答应下来，于是说："可以，那若涛老师去省城大学，程鹏去师范大学，"接着又补充说，"大家再看看其他院校，尽快明确采访对象和方案。"

同事们协商了一会儿，确定海风去财经政法大学，小刘去医科大学，其他记者也各司其职，明确任务之后，同事们回到各自的工位联系准备。方若涛发信息向省城大学的朋友简单说明了采访意图，朋友很快回信息说可以电话详聊，于是方若涛拿起手机走出办公室来到走廊，正准备拨通电话，安少瞳走到她的面前："若涛老师，打扰一下，方便吧？"

"方便，准备联系采访。有什么新的安排吗？"

"没什么，就是想沟通一下省城大学的采访，看看怎么推进。"

"我刚才联系了学生工作处的一位老师，也是我的朋友，学工处是管理学生入学和就业的对口单位，他们最了解情况，我朋友回信了，说可以电话沟通。"

"对，学工处对于整体就业形势，特别是数据方面肯定有最全面的统计，能拿到的话能提升咱们报道的权威性，"安少瞳说，"不过这些数据属于内部材料，查找是不是有难度？"

"难度肯定存在，所以想先通过电话详细问一问，看看需要什么渠道和手续。"

"好的，若涛老师确实人脉丰富。"安少瞳赞了一句，"学工处方面的资料一般比较宏观，具体就业案例、典型人物要下沉到院系才能找到，这方面有考虑吗？"

"也有考虑，最后形成的报道当然要点面结合，需要有具体事例。我想在学工处了解情况之后，明确就业形势最好和最差的两个院系，再分别进行采访，以保证典型性。"

"挺好的，考虑得周到。"安少瞳又赞了一句，"此前我也了解了一下，文学院学生由于对口面比较广，就业形势在整个学校当中属于比较好的，是不是可以作为一个典型采访院系？"

"文学院我知道，如果情况合适，又有人物配合，当然也是很好的采访对象，但我对文学院不是很熟悉，"方若涛想了一下，又问，"对了，上次在校外名城烧烤见到的许老师，好像是文学院的吧？"

"记性真好！他就是文学院的。"安少瞳接着说，"上次没有留电话吧，那我让他联系你。"

方若涛向安少瞳一笑，说："好的，或者把许老师电话号码给我，我打给他也行。"

安少瞳将许松的电话号码发给了方若涛，但还是说会让许松联系她，最后又对若涛说"你多费心"，然后回到了办公室，立即给许松发去了信息，让他联系方若涛过去采访，并叮嘱了有关细节。

这时海风过来找安少瞳，说已经向财经政法大学有关负责老师初步了解了学生就业的情况，财经政法大学一直全力推进毕业生就业，想了很多办法，他们表示总体效果较好。

"介绍具体的数据和做法了吗？"

"数据没有给，不过他们有记录，我已经向他们要了，他们整理一下就可以提供，"海风说，"推进就业的措施确实想了不少，比如引入招聘会，支持考研，还有给双学士增加一年学时而且都给予应届生身份等，总之是给学生更多的机会，也给学校更多的消化毕业生就业的时间。"

"好的，学校对学生就业肯定是持促进态度，不过对外公布的数据，是可能有水分的。"

"是不是有水分，要深入调查后才有可能了解，去学校采访时会注意这个问题。"

"水分肯定有，就业难度不小。"程鹏走过来说。

安少瞳问："你和师范大学联系了？有什么内幕消息吗？"

"刚和一位任课老师聊了，他反映总体来说毕业生就业压力不小。现在招聘门槛在提高，有些单位非'211'、'985'或者'双一流'大学学生不要，师范大学还不是这类学校，所以难度就加大了。"

"上面好像明确要求，各单位招聘时不得有学校级别的区分和歧视。"海风说。

"上面是有这个规定，招聘单位也不会明目张胆地说不要'211''985'以外院校的毕业生，但这些院校的毕业生填报了应聘申请往往没有回音，也就是说第一轮笔试的机会都不会有，但你也没办法以此为由，去指责招聘单位是在搞学校歧视。"

"学校方面有什么对策吗？"安少瞳问。

"校方主观上肯定是支持毕业生就业，具体对策、办法估计每个学校都差不多。不过，那位老师私下说，校方公布的就业数据多多少少有水分。"

"有没有具体事例，或者有没有人能接受采访证实这方面的问题？"

"老师只是笼统地说有这一现象，没有提供具体的证据，而且叮嘱我不要对外提他的名字。"程鹏说，"应该也没有人愿意接受这方面的采访。"

"直接接受采访说本校的负面现象，谁都得掂量掂量，特别是和自己有直接关系的时候，"这时方若涛回到办公室，参加进来说，"所以要了解到这方面的实情，必须去问没有找到工作的应届毕业生，或者是因为弄虚作假受到影响的老师。"

安少瞳赶紧问方若涛："和学校联系了？采访约了吗？"

"刚才和许松老师通了电话，许老师介绍得很详细，特别是文学院的情况，总体就业形势算是好的。"

"采访安排了吗？"

"已经安排了，下午四点到学院办公室。"

"采访对象明确了吗？"

"许老师知道详情，我提出采访他，不过被他拒了，"若涛看着少瞳，"许老师确实很低调，他说很希望我去采访他们的院长。"

"你答应了吗？"少瞳又问。

"当然得答应，冲着许老师也得答应。"若涛向少瞳微微一笑。

安少瞳觉得方若涛的微笑好像另有意味，但是当着几位同事的面也不便深问，于是说："那辛苦了，"稍停了一下又说，"刚才你说只有问学生和老师才能了解内幕，很有道理，你下午去省城大学有这方面的安排吗？"

"刚电话当中也捎带问了一句就业数据的真实性，许老师只说他们文学院情况应该是比较真实的，并说对其他学院不了解。我感觉许老师不太愿意说这方面的问题，就没再追问。"方若涛说，"我提出了要采访学生，许老师说会安排人选。"

"学院安排的学生，要不就是就业比较顺利的，要不就是能和官方保持口径一致的，"程鹏说，"至于数据水分之类的问题，估计从这些学生口中很难了解到。"

"我也是这样想的，不过这些学生的采访也是全部情况的组成部分，肯定要采访，也能用，就是不能只听他们的，"方若涛说，"既然去了，会采访多类人选，保证信息来源全面。"

几位同事与对应学校的联系都比较顺利，于是大家商定先集中前往各校采访，第二天下午带回拍摄的素材，再协商统一编辑播发。

26

多位记者外出采访，办公室里很安静，不过这一环境似乎并没有给安少瞳带来更多平静的情绪。记者们已经前往各所高校，从反馈的信息来看，采访推进都还算顺利，这本应该让安少瞳更为踏实，但他一直有些纠结和忐忑。

昨晚许松来电话说方若涛已经来校采访了院长和安排的两位应届毕业生，之后根据方若涛的要求，安排拍摄了学院办公室工作情况，采访了管应届毕业生工作的老师。许松说在学院采访拍摄工作结束后，院长邀请方若涛一起吃晚饭，方若涛婉拒了，说是与学工处的负责人已经联系，还要在下班前对他们进行采访，了解全校的整体情况，之后就离开了文学院。

许松说，看院长的意思，对于学院这边的老师、学生在采访中的表达都感到满意，所以希望播发时能够充分使用，至于学工处方面的采访，因为一般会说全校的应届毕业生就业情况，只请安少瞳注意一下，不要出现针对文学院的负面评论就行。

听说方若涛已经采访了院长，安少瞳感觉踏实了一些，答应许松会把控播发内容，不会把好事变成坏事。

想了一下，安少瞳给方若涛发了一条信息，问她当天下午的采访是否顺利。方若涛很快回信息说工作总体还算理想，文学院的采访比较充分，反映的是就业形势向好的一面，后来去学工处采访、了解全校应届毕业生就业整体情况，拿到了一些数据，客观地说是喜忧参半。方若涛说根据学工处提供的全校应届毕业生就业数据来看，文学院的形势在整个学校当中确属中上等的状态，但也不属于特别突出的院系。方若涛说正在联系个别老师和学生，第二天上午还要去省城大学找他们再采访一次，争取获得更加深入和全面的信息与素材，自己会带微型摄像机过去，就不用摄像老师再跑了，这样也更加机动灵活，不会过于引发校方的关注。

对于方若涛的信息，安少瞳本来想再回信息，但考虑之后觉得这时也没什么好说的。

今天一早，安少瞳给各路记者群发了信息，提醒大家今天下午两点来办公室一起讨论采访内容和播发安排。

记者们还没有回来，安少瞳一时没有具体的工作，反而觉得有些坐立不安，考虑了一会儿，给陈主任发了一条信息，简要汇报了安排记者去各高校推进选题的情况。主任很快回信息，对选题推进情况表示认可，同时提出为把握省城高校应届毕业生就业的总体情况，传媒集团已行文向省教育厅提出申请，希望采访相关负责人以展现全省高校应届毕业生就业全景，省厅反馈婉拒了采访，但表示可以提供相关数据。陈主任让安少瞳联系电视台和时政组，协商拟订索要数据的目录，并尽快提交给省厅。安少瞳随即与电视台和时政组沟通，然后与省教育厅联系，省厅还算配合，效率也比较高，很快提供了相应的资料。安少瞳拿到这些内容就进行了整理和提炼，再与美工一起对需要呈现的数据进行视频化处理。

视频还没有做完，外出采访的同事陆续回来了，见到安少曈简单聊了聊进展情况。安少曈让各位同事先去吃午餐，下午两点一起开会讨论。

安少曈找美工处理完反映省厅提供的数据的视频，也赶到餐厅，刚取完餐，还没坐下，突然手机电话响了，是许松打来的。

"老安，你好呀。问一下，你们的方记者今天上午是不是又来我们学校采访了？"之前许松说话从来都是不徐不疾的样子，而现在电话里他的语速有点快。

"是呀，怎么了？"安少曈感觉到了许松语速的变化，又追问，"她找你们学院了？"

"要是找我们学院就没事了，"许松语气还是有些急促，"刚才院长找我说，方记者又来咱们学校了，说是有人看到她拿着小摄像机采访我们学院的学生，院长又问了学工处，确认方记者今天没有通过学校和校属机构，所以院长让我马上了解今天来采访什么内容，我赶紧给方记者打电话，没接，所以只好来问你了。"

"我知道方记者今天去你们学校，不过具体采访什么内容还不清楚，我马上问一下，有消息及时告诉你。"

"好的，我倒不觉得这是多大的事，不过院长好像有点紧张，只能让你费心。"

挂了许松的电话，安少曈编了一条短信息，问方若涛上午采访情况怎样，两点钟能不能按时回来开会，刚编辑完文字，还没有发出，安少曈先接到了方若涛发来的信息，赶紧点开一看，先是一张信息聊天截屏，内容是两句问话和一句回答，提出问话的看似学生口气，询问是否可以制作一份有用人公司盖章的就业合同，回答说可以做，具体来店面谈。安少曈刚将截屏内容看完，又接到方若涛新发来的信息，这是对上一条信息的解释：上午在省城大学通过学生了解到各个学院都有不同程度的就业数据造假问题，有一位同学提供了这张截屏，说的是校门口一家打印店可以私下为学生制作虚假的三方就业合同，还能盖上章，方若涛说她现在正要去打印店暗访，可能下午两点赶不回来。

看完信息，安少曈盯着手机屏幕出了一会儿神，突然想起许松还在等消息，赶紧给他发信息，说方若涛上午确实去学校采访了学生，因为她还没有回来，没有了解到具体采访内容，不过肯定不是针对他们学院的，可以转告院长不必担心。

快到开会时间了，安少曈匆匆吃完饭，几乎没有尝出饭菜的味道。赶回办公室时，各位记者已经坐到了会议桌前，安少瞳过去招呼了一下，说方若涛还在采访，会晚一点到，请大家先谈谈在各校的采访情况。各路记者在学校都有不同的收获，总体来看，学校承受的应届毕业生就业压力都比较大，因为上面已经将就业率列为评估学校工作业绩的一项重要指标，所以学校想方设法、付出很大努力推进就业率提升，这也是目前高校应届毕业生就业工作的最主要部分，记者们对此的采访也很充分。

"学校和学生都不容易，成绩和努力应该充分呈现。"安少瞳又问，"采访中发现的突出问题有哪些？"

"问题很明显，其实也都是公开的秘密，"海风回应，"为了应对就业率的考评，有一些弄虚作假的现象，这一问题估计每所学校都有，只是程度和方式有所不同。"

小刘赞同海风的意见，他说："医学院校就业形势相对稳定一些，专业和工作一般能对口，不过在就业数据上造假现象也不能完全杜绝。"

"师范院校情况差不多，也有造假问题，但从数量来看，估计还是综合性大学比专业性院校更多一些。"程鹏说。

"这样来看，应届毕业生就业数据造假普遍存在于各所高校。"少瞳又问，"对于这个问题产生的原因，大家有了解吗？"

"问了几位老师和同学，他们抱怨上面设计的业绩评估体系苛刻，"海风说，"如果应届毕业生就业率持续走低，就有可能导致对应的学科专业被警告，甚至被取消，这就关系到学院和老师的饭碗，所以压力可想而知。"

"师范大学也有这样的情况，"程鹏接着说，"另外，还有老师表示少数院系领导迎合上意，不给下面扛压，有时候反而层层加码，把班和年级就业率与任课老师的评选、奖金挂钩，弄得越是基层压力越大，所以有个别造假也是无奈之下采取的下策。"

"基层老师是干活的，院校领导应该是扛压的，"小刘叹了口气，"上面不扛压，下面怎么干活？"

程鹏笑着压低了声音，对小刘说："刘哥，说人家学校，其实咱们也一样，比如对于报道舆情，咱们大领导不也是没有任何抗压能力吗？"

听程鹏这么一说，小刘、海风和在座的其他同事都轻轻地笑了。

等同事们安静下来，安少瞳问："关于有可能造假的问题，有没有拿到采访？"

大家反映的情况基本一致，采访时都询问了，被采访者私下里愿意透露部分信息，但无一例外都拒绝在采访中回答，同时都不忘叮嘱记者一定不要对外说是自己说出了校方的问题。

"咱们肯定得保护老师和同学的隐私，免得让他们领导知道。"安少瞳说，"他们私下反映的问题可以汇总参考，共性的问题要在报道中有所涉及，不过咱们需要讨论一下表述方式。"

小刘说："如果没有采访或者其他可以当依据的素材，那报道中对问题的表述，就只能泛泛一说了。"

"如果是电视报道，可以让主持人在演播室笼统地说说在采访中我们还发现了什么问题，不针对具体的学校"海风说，"咱们新媒体报道都是以短视频形式呈现，没有主持人串联，那就只能用解说词说问题，用一组校园空镜的画面去贴。"

"而且校园空镜画面还不能让人看出是哪所学校的，"程鹏补充，"否则那所学校的领导肯定不高兴，他会嚷嚷：'凭什么说作假问题的时候就用本校画面？'一不留神，没准又变成咱们报道引发的舆情。"

"对舆情真敏感！"海风、小刘不约而同地笑着向程鹏竖起大拇指。

"多承谬赞！"程鹏一捂脸，"我也是饱受舆情折磨之后，久病成良医。"

"在报道中说负面问题本身就很敏感，必须有扎实的采访材料，"安少瞳表示，"程鹏说的不是没有道理，应届毕业生就业率作假的问题是共性的，但咱们目前报道只能相对粗线条地说一下，不能出现针对任何一所学校的痕迹，因为咱们没有具体的采访证据。"

"我拿到了具体的采访证据。"

正在开会的同事扭头一看，方若涛出现在办公室

"不好意思，打断大家了，"方若涛问安少瞳，"我汇报一下采访情况？"

"正好！大家正讨论对应届毕业生就业率作假的报道方式，卡在没有采访材料上了，那就请若涛老师说一下。"

方若涛说她今天上午再次前往省城大学，了解到应届毕业生就业数据作假的具体方式，其中主要的方式就是制作虚假的三方就业合同，以此提升就业率数据。经过追踪了解，发现学校附近一家打印店私下里向学生提供这种假合同，同

时向学生收费，于是跟随一位愿意做内线的学生来到了打印店，以毕业生的名义与店员和正在店里的学生交流，侧面收集了打印店与学生交易出售虚假三方就业合同的流程的材料。

"目前获得的视频和图片材料，我觉得证据链可以说已经完整，"方若涛说，"一会儿请大家看看拍到的内容，提提意见。"

"微服私访，厉害厉害！"程鹏称赞方若涛，"能拿到线索很难得呀，你怎么知道打印店里买卖就业合同？"

"昨天过去采访，对被采访的老师和同学都问了有没有就业数据造假的问题，几乎每个人都是欲言又止，结束采访之后关了摄像机我又追问，基本上没有人正面回答，最后有一位老师说可以介绍给我一位同学，也许他更了解情况。我当然明白了，这位老师知道一些作假的情况，也愿意对咱们有所透露，但可能不便直接说，就辗转为我联系了知情人。于是我就问那位同学的联系方式，老师比较谨慎，当时没有给电话号码，说这位同学当天没在校，等他回来需要先征求一下他的意见。暂时先约第二天，也就是今天上午见面聊，最后约定今天上午大课间时间，大概十点二十分在四号教学楼大门口见。"

"所以你今天上午再去省城大学，就是为这？"小刘问。

"是呀，赶上大课间在教学楼外见到了老师和约的同学，我向这位同学说明了调查采访的目的，几经沟通，这位同学对我们的采访表示了认可和信任，提供了一张手机网络聊天截屏，是学生向打印店老板询问买卖合同的对话，基本上可以坐实这一问题的存在。"

"那位同学向你提供这个截屏，还是有胆量的。"程鹏赞叹。

"是呀，我当时就表示了感谢，并且保证对外不会透露关于他的任何信息。这位同学接着把我带到那家打印店门口，向我介绍了店内情况和此前与店员商谈这一事件的方式，交代得比较详细，我觉得心里有数了，就准备进店。这位同学说可以带我进去，被我谢绝了，我想咱们的报道是要公开播发的，如果打印店排查出是他带人进行的暗访，肯定对这位同学不利。"

"若涛老师考虑得周到，"安少曈称赞，"哪怕报道做不成，也不能损害线人的利益。"

"是呀，我当时就是这么想的。等这位同学离开了，我就把摄像机装进双肩背包，开了启手机的录像功能，进了打印店。"

程鹏将大拇指一竖，说："若涛同学单刀赴会，佩服佩服！"

"佩服啥呀，又没什么危险，而且当时也不知道能采访到什么内容。"

"我也佩服！"小刘接着说："一个人进去暗访，还是很需要勇气的。"

"刘哥过奖了。当时没有想其他的东西，就是考虑进店如何谈、怎么拍才能拿到想要的素材。因为那位同学介绍了很多细节，在进店之前我和他讨论了一版进店洽谈的模拟方案，之后进店就比较心中有数，考虑到自己年纪大，我对店员说自己是省城大学即将毕业的研究生，以免穿帮。"

"若涛同学真细致！"程鹏又赞叹，"不过也太谦虚了，你年纪哪里大了？就说自己是应届本科毕业生咋了？颜值、身材绝对秒杀一干本科生。"

小刘说："若涛同学说怕穿帮也是有道理的，研究生的气质、谈吐和本科生还是有区别的。"

"对对对！"程鹏一拍脑袋，"刘哥这么一说让我恍然大悟，若涛同学学识渊博、思想深邃，从这个角度来看，说自己是本科生是会穿帮的。"

小刘和其他同事都说程鹏说得好，方若涛赶紧对程鹏和小刘说，"行了行了，别合着伙来挤兑我。"

安少瞳问："咱们先说拍摄，那进店之后推进顺利吗？"

"开始不顺利。"若涛接着说，"按照模拟方案，我含蓄地说明来意，我感觉老板马上就心领神会了，但他还在装，问我一些细节问题，比如哪个学院的、什么专业、导师是谁、怎么研究生还不好找工作，如此等等，我一一小心应付，挺烦的。"

"这么复杂？"程鹏惊叹，"那你能回答得出来吗？"

"好在此前做过功课，特别是和那位带我来暗访的同学聊得很深入，对信息的掌握比较充分，不过应对的过程一直也是心惊胆战，关键是脸上还要保持合适的表情，幸运的是最后总算没有穿帮。"方若涛说，"毕竟我是第一次到店里，估计老板看我面生，还是很警惕。"

"不仅要把所有可能的细节和突发情况，在暗访之前都准备和模拟到，还要有强大的心理素质，表情也不能露馅，"小刘感慨，"这难度真是太大了。"

"老板应该没有觉察出什么破绽。"方若涛说，"另外，根据观察和同学的介绍，应该是因为来店买三方就业协议书的不在少数，时间长了，又相安无事，店老板估计也放松了，我甚至感觉到店老板好像把这当成正常买卖，注意力都放在赚钱上了。"

方若涛说店老板解除戒备心理后就比较直接地问需求，方若涛提出想办一份三方就业协议以应付学校的要求。店老板把她带到里间，问她是文科生还是理科生、工作方向倾向写什么工作岗。回答完了之后，店老板调出一份空白的定式合同电子版文件，甲方用人单位的资料已经基本填好，只有工作岗位一项是空缺的，店老板让方若涛自己填写，并将乙方学校院系、丙方本人所涉条款的空白栏指给她填写。填完之后，店老板让方若涛把钱一付，就把这份协议打印出来交给她，因为是彩色打印，协议书上用人单位的红章清清楚楚。

方若涛说着，从背包里取出文件夹，打开中间的三方就业协议书，递给安少瞳，少瞳看完后又交给其他同事传阅。

"听店老板的口气，这家打印店应该准备了不少于两版协议书，一版应对理科生，一版给文科生用，分别盖不同单位的章。"方若涛说，"卖给我的这一份协议，甲方居然是传媒公司，我当时就觉得挺搞笑，特意把岗位填作'采编'。"

"真不怕暴露身份，"小刘看完协议书，笑着问，"是不是差点写成'记者'岗？"

"当时我还真考虑该怎么写这个岗位，摄像不合适女生，小的传媒公司也不会设记者岗，后来就笼统地写成'采编'，好在店老板也没仔细看。"

"若涛同学太厉害了！"程鹏看着协议书，大赞道，"如赵子龙单枪匹马深入敌营取上将首级。"

"行了，就数你最会贫嘴。"

"真不是贫嘴，能拿到协议书就不容易，我就没能有拿到类似的采访材料。"程鹏认真地说，"更难得的是，这需要勇气，你报道了这些东西，店老板肯定利益受损，你断了人家财路，人家没准就要设法对你打击报复。若涛同学，我确实由衷地钦佩你的勇气。"

"当时没考虑那么多，已经有这个机会了，只想着先拍回来再说，谈不上有多大勇气。"

27

　　方若涛介绍在省城大学暗访打印店的过程，安少瞳一直在听，基本上没有插话。方若涛能采访到这些独家的内容，不仅需要花时间和精力深挖，还需要一定的机智和勇气，否则不可能实现。对此安少瞳自然有清晰的认识，不过他暂时没有表态，一方面是在仔细倾听方若涛采访的过程和细节，另一方面在考虑报道播发安排。

　　暗访所得素材独家，来之不易，虽然还没看到视频，按照目前介绍，已经可以判定所采制的内容丰富、生动，如果充分播发能够针砭时弊，有效地揭露就业率造假问题和做法，势必会在受众当中和业界引发热烈反响。不过，上面对批评性报道有明确的要求，必须通过黄总审阅之后才可以执行，这事如果上报，十有八九会被摁住，不让播发，方若涛的暗访采制就算是白干了，但如果不汇报，那就是明显违反领导的要求。另外，昨天方若涛采访省城大学文学院和学工处之后，许松反馈学院领导很满意，希望能给予正面的报道，安少瞳也希望通过这次报道帮助许松增进与领导的关系，乃至为今年他的职称评定帮点忙，如果暗访的报道内容播发，不仅起不到帮忙的作用，还一定会恶化许松与领导的关系。

　　对于方若涛介绍的打印店暗访情况，在座的同事一直在热议，安少瞳正在想怎么发言，突然手机又接到了信息，是许松发来的，说他们院长一直在问昨天的采访报道情况，能不能再电话沟通一下。安少瞳快速回了信息，说稍后会和他联系。

　　同事们都称赞方若涛暗访成功，安少瞳表示同意大家的意见："大家有目共睹，若涛老师的采访，从线索摸排到落实采制，确实很出色。"他稍停了一会，又说，"上级对这一选题比较重视，要求形成及时报道。现在我们正、反两方面的素材都有了，当然积极方面的内容更多，大家看看怎么呈现。"

　　对于在各校采访的内容，大家思路基本统一，认为现有素材反映各校在促进毕业生就业方面的态度积极，举措相近，如果每个学校单独成片，内容会雷同，所以可以合并统筹编辑制作，各校共性的内容综述即可，其中某个学校有特色的举措可以点状呈现，以示突出。安少瞳同意，当即就请各位记者将素材上载到编辑线，又问程鹏是不是可以统筹素材，编辑这一视频节目，程鹏当即答应。

"消极方面，通过咱们这两天的采访，了解到各校在应届毕业生就业率方面或多或少涉及作假的问题，当然素材收集难度很大。刚才大家介绍，采访时都问了，校方大多持回避态度，或者笼统地回答以应付一下，只有若涛老师暗访到了有针对性的素材。"安少瞳问，"大家看看，这方面报道怎么呈现？"

大家一时都没有说话，安少瞳等了一会儿，还是没人发言，就请方若涛谈谈看法。方若涛看了看各位同事，然后说："我也没有想好具体怎么呈现，不过记得安组长传达过主任的意见，就是可以不回避发现的问题，现在各位同事都有一些相关采访，我觉得可以综合起来编辑，反映出应届毕业生就业率造假的现象。"

"同意，领导不设置障碍，咱们更没必要回避。"程鹏说，"不过目前只有若涛同学拍到了作假的手段和过程，我这边只有一位学院领导在采访中泛泛而谈，避实就虚，也无实际可用的内容，刚才听其他同事说的采访情况好像和我的差不多，如果只播发打印店暗访内容，会不会单薄？至少显得咱们采访的素材不够全面。"

"采访消极方面确实困难，素材不可能很充分，"安少瞳说，"所以咱们从实际出发，能够形成报道的就播发，如果不能发也不勉强。"

方若涛马上说："从调查来看，应届毕业生就业率真造假的问题真实存在，而且我们已经采访到部分素材，如果不披露，不仅报道不完整，而且浪费了咱们同事的工作成果。"

"浪费肯定是要避免的，现在咱们讨论就是要确定报道能不能呈现，怎样呈现？"

方若涛说："我认为能呈现，咱们同事采访时都问了造假的问题，对方回答虽然模糊，却都没法否认，所以整合这方面的采访，就可以证实问题的存在。至于具体的造假方式，现有的采访确实不太全面，但我觉得咱们不可能也没有必要采访到所有的造假方式，有一两项作为样本呈现就可以成为例证。受众也不会因为造假方式展示得不多，而质疑我们的报道。"

海风、小刘也表示同意："咱们报道没必要变成造假大全大揭秘。"

"同意。"程鹏又笑了笑，"当然我更爱看造假方法，估计观众也爱看。"

在座的同事热议了对各方面的看法，最后基本达成一致，认为可以予以报道。显然大家都愿意看到自己采访的内容能够充分展示，同时希望能够触及一些深层次的问题，而且方若涛提出的编辑思路能够在现有的条件下实现这一设想。安少瞳看到大家已经从能不能报道，讨论到如何呈现报道，又想到许松刚才发的信息，于是考虑让谁来编辑这部分报道内容，安少瞳想到小刘，如果让他来编辑可能更好沟通，而且小刘也参加了采访……正在这时，方若涛主动请缨："安组长，这部分如果需要统一编辑的话，我可以。"

"中午刚采访回来，马上再编辑是不是太辛苦了?"少瞳转向小刘，"小刘老师，你来操刀如何?"

"我没有问题，可以编。"小刘说，"不过要仰仗若涛同学辛苦提供素材和智慧。"

"辛苦倒谈不上。"方若涛说，"刘哥来编辑当然经验更老到，不过打印店采访的素材我更了解，而且当时是隐蔽拍摄，镜头方面确实不规范，看似不好用的片段，但有可能就是关键的同期声，所以是不是我先编，再请刘哥把关?"

"若涛同学太客气了，我哪有能力把关? 还是你亲自编吧，然后请安组长把关。"

"既然这样……"安少瞳稍稍迟疑了一下，"那就请若涛同学继续辛苦一下，小刘帮忙收集一下各位记者这方面的素材和信息。"

讨论会结束，各位同事开始动手推进，安少瞳到了办公室外，拨通了许松的电话。安少瞳还没打招呼，许松抢先说："老安，安排得咋样了? 院长追着问。"

"现在正在编辑中，你那边是不是有点紧张? 院长有什么具体要求吗?"

"院长现在确实有点紧张。其实一直到今天上午都还好，院长认为采访表达不错，只和我联系了一次，让确认了播发时间告知他。"许松在电话里说，"不过中午院长突然联系我，说是有人反映记者又来学校采访了，但没有通过校方，所以让我尽快确认，是采访了什么内容? 会不会对学院不利?"

"上午是去采访了一些问题方面的事，我正在考虑怎么处理。不过应该没有提到你们学院，也没有涉及你们学院的内容。这样也会和你们院长产生关联?"

"我们院长说昨天采访后，校领导也知道了，联系他和学工处的负责人，询问了采访情况，要求不能出现不利于学校的内容。所以院长中午听到记者又来采访的消息后，让我和几位老师、学生去查找记者，但是不可能很容易就找到。所以院长就让我向你打听，我知道这种打听会让你很烦，其实我也很烦，但院长交代了，又不能不问。"

"咱们之间不用客气，我尽量处理，你就和院长说没有涉及省城大学的负面内容。"少曈稍停了一下，又说，"你放心，不会把好事变成坏事。咱随时联系。"

挂了电话，安少曈回到办公室，程鹏和方若涛正戴着耳机，在紧张地编辑。少曈想了一想，先来到程鹏旁边坐下，程鹏看到他后马上摘下耳机，问有什么安排，少曈说只是来看看编辑是否顺利："其他同事的拍摄素材都齐了吧，好用吗？"

"大家拍得都挺好的，被采访者也很配合，既解读总体形势，又提供具体数据，所以内容能够点面结合，我觉得能保证丰富和全面，"程鹏说，"让对方说成绩嘛，谁都会很积极。"

"点面结合很关键，"安少曈说，"面，当然是各所学校的情况综述；点，有哪些有特点的学校或者事例吗？"

"采访中各所学校都谈了自己的特色方法，不过大多数方法每所学校都会采用，所以也谈不上真有特色。这也可以理解，各校对应届毕业生就业全力以赴，能用的招都会用。"

"你看了各校的采访素材，有没有什么招法让你印象深刻的？"

"确实不多。"程鹏想了一想，"我去采访的师范大学，他们发挥教育系统的资源优势，通过提前支教的方法，每年让一批大学生毕业前就进入某些学校见习任教，这可以算是一种特色。"

"师范特色，可以展开说一下。只有一个点可能不够支撑，其他学校呢，比如省城大学？"

"省城大学应该是方若涛采的，具体两个部门，学工处和文学院，学工处主要谈了就业总体安排、形势和数据，文学院说了一些促进就业的具体措施。"

"文学院有没有哪一项具体措施比较突出？"

"他们院长和老师确实说了很多，但感觉不是太突出。如果说相对有特色，就是利用移动互联网传播的方式，让学生参加到一些企事业单位的文案创作中，提早让用人机构和学生形成联系、加深了解，也提升学生的从业能力。"

"这个方式还不错，有特色，值得推广。"安少曈说，"那么这次报道至少可以展开这两个特点。"

"好的，先使用这两个，其他的我再仔细看看。"

"辛苦。"安少瞳又强调了一下，"在说省城大学文学院的举措时，他们院长的采访能用就多用点。"

"没问题，您放心！"程鹏满口答应。

安少瞳回到自己的工位，发信息和时政组沟通了选题采制情况，时政组对这些采制素材很感兴趣，安少瞳答应播发时同步转给他们一版。刚沟通完毕，方若涛过来说专题片已编成，请安少瞳过去看一下。

专题片第一段落综述了各校负责人采访，主要表示就业造假的现象存在，但都是个别现象，官方均持坚决反对的态度；第二段落以解说词配合校园空镜的形式，指出就业造假的现象有多种；第三段落则是打印店暗访的内容，经过细致的编辑，完整呈现了这种造假方式的流程，几乎没用解说词，有序剪接的画面和现场同期声就已将过程和细节实现了清晰的呈现，特别是将买到的虚假就业协议书照片编进了片中，用人单位的红章赫然成为特写，让观者触目惊心。

专题片时长有限，但信息充分、节奏紧凑，加上自拍的案例独家、典型，整个片子线索突出，而且表现生动。安少瞳看到暗访段落，所用的画面很清楚地展示打印店就在省城大学校门外，同期声中店内顾客说自己是省城大学的学生，而方若涛也是以省城大学文化传播专业研究生的名义与店老板洽谈购买虚假就业协议一事，很明显这一造假案例指向的就是省城大学及其文学院。

"片子编辑很出色！"安少瞳说，"不过有一点要协商，就是暗访段落，从片中能清楚地看到，这一造假事件就是在省城大学发生的，我觉得要回避一下，不能这么直接地播出去。"

"这有什么关系？"若涛持不同意见，"这些都是现场拍摄的场景，每一句话、每一个画面都是真实发生的，我几乎没有用解说词，就是为了最大限度地保证客观，为什么不能真实地呈现给观众？"

"我觉得咱们报道是对事不对人，现在片中能清楚地看出是哪所学校，也能看清讨价还价买虚假协议过程中的那位学生和店老板，还有你的声音，虽然对于片子完整性、表现力来说，这些元素很有效，但会把学校、那位学生、店老板，还有你，都置于风口浪尖上。"

"我怕什么？现场报道本身就是就事论事，没有一丝虚假或者夸大，我可以负责任地说，学校、店老板没法对报道产生任何质疑。"若涛接着说，"这次暗访的难度我就不说了，现在拍回来了，如果这都不用，那么采访还有什么意义呢？"

"暗访内容当然很珍贵，我的意思，只是使用和表现方式上要斟酌。"

"说内容珍贵，又不使用，怎么体现珍贵？"

"不是不使用，而是考虑一下使用方法，不然到主任那里肯定通过不了。"

"这个片子还要通过主任？"

"上面强调过批评性报道必须通过黄总，这你也是知道的。"

"此前好像是说过……"若涛沉默一会儿，"这个片子要是报黄总审，我敢肯定，百分之一百他不会让播。"

"所以我在考虑，呈现的方式是不是改变一下，否则确实很难通过。"

"就算是改变，只要让他审，基本没戏。"若涛想了想，看着少瞳，"能不能不报领导审？"

"不报领导？此前黄总三令五申，陈主任对这个选题是说了不用回避问题，可以多角度地去采访，但也明确要求有批评性内容，在播发前是一定要和他沟通的。"

"只要领导看到了，这次采访、这个片子就完了。"

"确实有这个可能性。"

"不是可能，而是一定！所以不能上报领导。"若涛态度明确，"咱们'省城网事'必须靠报道内容赢得尊重，采到了独家内容如果发不了，损失会有多大？"

"这个……"

话还没说完，手机响了，安少瞳一看，对方若涛说是陈主任来电，拿起手机离开了办公室。

电话里陈主任说已知道了安少瞳对时政组在选题采访素材方面的支持，这说明"省城网事"采制应该比较顺利和充分。少瞳汇报了同事们所采访学校的数量和名称，强调了官方对学生就业的支持态度以及对采访的支持。陈主任认可目前的采访方式和效果，鼓励"省城网事"栏目立足民生角度组织报道，体现对学生的人文关怀。最后，陈主任问安少瞳还有什么问题或者困难，安少瞳迟疑了一下、说暂时没有问题。

安少瞳向主任表示了感谢，之后挂了电话。刚才他迟疑的是要不要把采访当中了解到的就业率作假问题、打印店暗访情况向陈主任汇报，快速考虑之后决定还是先不说，因为现在一汇报，主任必须按流程上报黄总，那么这一报道肯定会被摁住不让播发。对于这一点，他的判断实际上是和方若涛一致的，所以他决定再和方若涛沟通一下，看看有没有可能找到变通的方法。

安少瞳正准备回办公室，手机铃声又响了，许松打来了电话。

"老安，不好意思，又打扰你。"电话里能听得出许松有些无奈，又有些愧疚，"还是我们院长，他听说你这边的记者去咱们校门口的打印店采访了。"

"你们消息真灵！不瞒你说，确实如此，而且拍到了店里卖假就业协议。"

"院长就是担心出现负面报道，也不知道记者是否真的去了打印店，或者去打印店是不是去采访、采访了什么，就让我再向你打听。我也不能不问，你看，我怎么回复他呢？"

安少瞳想了想，在电话里对许松说："这样吧，你就对院长说，我们'省城网事'这边目前没有采制针对省城大学，或者文学院的任何负面材料，校方可以放心。"

挂了电话，安少瞳放下手机，站在原地一时没动。

许松和院长的关系不能不考虑，此前就希望通过这次报道促进两者的关系，而且为此已经做了大量的工作，并起到了一定的效果，现在到了最后阶段，如果处理不当，不仅前功尽弃，甚至会适得其反。安少瞳想，如果向陈主任汇报一下——反正领导明确要求批评性报道必须上报请示，汇报之后等上面给出不得播发的指令，此事就了结了，同事们对领导的决定也不会公开说什么，许松那边也能够圆满地交代。不过考虑再三，安少瞳还是觉得不能这样做，就业率造假的采访，特别是打印店暗访的内容来之不易，如果不播发，不仅"省城网事"损失太大，更会极大地打击方若涛乃至全体同事的工作积极性。

如何平衡各方诉求？能不能找到变通的办法？安少瞳感到很头疼。

28

安少瞳离开办公室去接陈主任的电话，方若涛有些坐立不安。刚才谈到批评性报道需要提前上报，这确实是领导的明确要求，但是这次关于应届毕业生就业率造假的报道，一旦提交黄总审阅，估计要么石沉大海，要么会被明确告知不得播发。现在陈主任给安少瞳打电话，难道是主任知道了"省城网事"在做这一批评性报道的采访而主动询问？如果是这样的话，那就说明陈主任乃至黄总等领导已经掌握了采制动态，最终必然难以播发。即便陈主任目前还没掌握动态，没有主动询问此事，安少瞳会不会在电话中向陈主任汇报？刚才她提出了不要向领导汇报的建议，安少瞳显得有些为难，并没有答应。按照方若涛对安少瞳性格的了解，他一向稳字当头，对领导的要求一直顺从，很难让他不向领导汇报此事，而一旦汇报给陈主任，这就进入到领导之间沟通的工作流程，陈主任必然会向黄总汇报，那么这次报道一定难见天日。

这时安少瞳走了过来，方若涛站起来问："陈主任是过问这次报道吗？他有没有说什么？"

"陈主任打电话询问这次报道，我汇报了一下目前的进展情况，他总体上表示认可。"

"他还问了些什么？"

"没再问什么，就是说有什么困难和问题，可以随时联系他。"

"那你没有提出问题？"

"没有啊，咱目前报道也没有什么问题。"

"刚才不是说这个片子要让主任审吗？你没向他说？"

"刚刚咱们才谈到这个批评报道的选题，主任电话就进来了，我想咱们还是先协商协商，再看怎么向主任汇报。"

"怎么汇报都是汇报，那就不需要协商了。"若涛淡淡地说。

方若涛语气平淡，不过安少瞳听出了其中的意思。此前一提到批评性报道需要提交领导审看，方若涛就坚定地认为一旦送审，必然前功尽弃，所以她态度鲜明地反对将片子上交。安少瞳虽然没有明确表态，但他实际上认同方若涛的判断：无论以什么方式汇报，只要上交审片，领导肯定会将片子拿下，所以只要决定汇报，那么此时协商向领导汇报的方式就不再有意义。

"我说协商怎么向领导汇报，包括汇报的方式，也包括汇报的决定。"安少瞳保持语气平静。

"汇报的决定？"若涛感到意外，安少瞳说协商包括汇报的决定，难道对于是否向领导汇报还可以协商？言下之意是还有不上报的可能？这显然不符合安少瞳的性格和一贯的行事风格，而且如果不上报就这么播发了，领导事后肯定要追责，到时如何交代？

"你刚才提到领导交代过批评性报道必须先汇报，我回想了一下，确实有这一规定。"方若涛说，"怎么现在又说要协商汇报的决定？"

"如果是批评性报道，按领导要求必须提前汇报，这必须严格执行；但是，如果不属于批评性报道，则不见得要请领导审看，免得给领导增加额外的工作负担。"安少瞳语气平缓，"所以咱们还是有必要协商、判断，这个报道属于什么类型"

"这个报道肯定是批……"方若涛正想说这个报道肯定是批评性报道，但说了一半来了个急刹车，将后半句话咽了下去。她突然意识到，安少瞳言下之意是重新判断目前报道的属性，或者说是重新定义报道的概念，而"定义"则会带有很强的主观性，同一项报道内容，不同的人可能会有不同的属性定义。

"批评性报道，必然要以存在批评对象为前提，"好像没有听到方若涛的那半句话，安少瞳继续说，"你目前编的片子内容，各校负责人采访中承认有个别作假现象，但强调校方对此持反对和打击态度，所以报道中校方显然不属于批评对象；片中可以明确的是个别学生向打印店老板买虚假就业协议，那么这一报道最多是在批评学生和店老板。"

方若涛没有说话，一直听着少瞳说："当然，批评学生和店老板也是批评报道，但只要没有明确和具体的批评对象，那就不成为批评性报道。"

"安组长越说越高深了，好像在逻辑推演一个哲学问题。"

"若涛老师取笑了。"安少瞳笑了笑说，"我只是想讨论一下，看能不能做成反映现实情况的报道，而不是批评性报道"

"你的意思是，对于这种造假方式，目前主要是揭示问题的存在，先不用批评？"

"揭示是批评的前提，其实如果能有力地揭示，自然也就能起到批评的效果。"

方若涛明白了安少瞳的意思：通过这一报道的播发可以向观众揭示就业数据造假的现象，自然能够引发有关方面对这一类问题的关注乃至处理，同时如果通过合适的编辑手法，使得片子所揭示的问题看似没有针对任何具体的人员或者机构，那就可以说并不是批评性报道，这样组内直接播发，就不违背领导的审片要求。

安少瞳这一思路是在规避领导审片要求，当然更是为了能够顺利播发暗访成果，方若涛既有感于他考虑问题全面，又暗笑他过于谨慎，于是微微一笑："不知道我的理解对不对，你的意思是遮盖片中暗访的具体人物，这样就可以屏蔽掉批评对象，于是批评性报道就无从谈起，那么似乎播发时也就不用向领导汇报了。"

方若涛的表述简洁、清晰，特别是马上就想到了遮盖片中人物的措施，安少瞳暗暗称赞她思路清楚、反应快，不过他在表情和语调上没有表现出任何变化，继续平缓地表达观点："我个人感觉你这个片子目前来看是在批评买卖假协议的学生和店老板，而且打印店的位置和名号、老板长相、学生也有露出，所以这一批评性报道的批评对象很明确。不过这种事不是'省城大学'所特有，也不是这家打印店所特有，这种造假虽然数量不会多，但估计在不同学校、不同学生当中都零星存在。"

"你的意思我明白，我也同意报道不针对具体的人或单位。"

"你刚才提到遮盖片中暗访的具体人物，我觉得是合适的处理办法。画面里涉及的人物，面部都应该做模糊处理，而且嗓音也得变异。店面、与学校位置关系的画面也要替换或者遮盖，不能让观众看出是哪家店、哪所学校的学生。同时协议书的校名、用人单位公章，在画面中也要涂抹掉关键字，不能让人看出双方单位的名称。"

"这样处理涉及面太大，我觉得会影响片子的真实性。"方若涛说，"素材是在打印店现场拍摄的，适当遮盖以避免曝光画面所涉及人员，这我同意，但这样大面积地虚化处理，有可能给观众错觉，好像是我们生造的现场，或者是摆拍的画面。"

"通过精细编辑，可以保证现场声音连续，即便画面部分地方做了虚化，只要内容和逻辑关系完整，观众不会因此对真实性产生怀疑，最重要的是，就像你说的，素材都是在打印店暗访时真实拍摄的，真的不会变成假的。"

"一方面是担心观众对报道真实性的评判，另一方面担心报道呈现之后的效果。如果画面虚化过多，很显然会削弱表现力及对问题的揭示力度，最终影响的是咱们报道的效果。"

"画面处理之后的片子表现力会下降，这一损失是客观存在的，咱们都不愿意辛苦采制的内容因为后期制作的原因削弱效果。不过，咱们刚才已经达成一致，就是让报道揭示这种普遍存在的问题、而不是批评具体机构和人员，所以通过虚化屏蔽掉一些线索和痕迹，是必要的，也是不得已的一种平衡。"

"平衡，确实是一项重要的领导艺术。"若涛又是一笑，"好吧，我就试一试平衡能力，争取能用最小面积的虚化达到需要的屏蔽要求。"

方若涛开始重新编辑并用特效处理画面。这时，程鹏过来说片子已经完成了，请安少瞳审看。程鹏编辑的片子中规中矩，详略安排得当，安少瞳特别注意了省城大学文学院院长的采访使用也比较充分，于是表示可以播发，请程鹏将成片上线，并同步发给时政组和电视台，等沟通好播发时间点，会点击终审。

在程鹏合成推送的同时，安少瞳和时政组、电视新闻负责人分别进行了沟通，对方确认收到了片子，并对内容质量表示认可，他们将结合自己采制的内容再进行组合编辑，三方协商同意在新媒体视频不早于电视晚间新闻播发时间上线，以保持节奏统一，形成集中传播效果。之后，安少瞳又写了一条编后语，传给电视新闻负责人，请他酌情使用。

方若涛完成了专题片的修改，将所涉及人脸进行了虚化，嗓音也做了变声，处理之后已看不出学校和打印店的位置，画面中的盖章部分也遮盖了关键字，但因为编辑细致，内容的完整性并没有受到太大影响，整个视频比较清晰地展现了买卖虚假就业协议的过程。

等安少瞳看完，方若涛问："怎么样？安组长对编辑还满意吗？"

"不错不错！"少瞳接连称赞，"确实做到了有效的平衡，若涛老师编辑手法精到。"

"编辑手法谈不上，不过平衡能力还是有的，因为我经常练瑜伽。"

"怪不得方大美女身材这么曼妙，原来是瑜伽养成，厉害！"程鹏插话说。

"行了，别逗。你片子推送完了是吧，我还得继续编。"若涛一边戴上耳机，一边问少瞳，"这个片子怎么播发？"

"那就直接推送上线吧，我来点击播发。"

安少瞳语气平缓却显得胸有成竹，这倒是让方若涛有些意外。这一视频的画面、声音虽然做了处理，乍一看是没有具体的批评对象了，但整个片子对于就业协议造假的问题是持明显的揭露和批评的态度，真细究当然应该属于批评性报道，安少瞳就这样自己播发了？不用事先向领导汇报一下？

方若涛虽然有些疑问，不过也没再多问，编辑完成后合成送审。

安少瞳问程鹏："忙了一天，同事们都下班了，你今晚又没排值班，怎么不回去？"

"反正晚了，正在想去哪里蹭了晚饭再回去。"程鹏笑着说，"懒得回家再做了。"

"话都说得这份上了，看来我不想接都不行，只能安排你蹭饭。"

"安组长义薄云天！"程鹏立即点赞，"不过我知道您今天晚上亲自值班，就不拖您后腿了，下次再向您蹭吧。"

"欢迎来蹭。只是今晚值班离不开，如果只请你去食堂吃，就显得太没有诚意了，"安少瞳向程鹏一笑，"就是虚伪，也不能这么虚伪。"

"安组长还这么勇于自嘲？"方若涛已经摘下了耳机，"怎么说起自己虚伪了？"

安少瞳正要回应，程鹏抢着说："安组长是仗义，我正琢磨着蹭饭，他马上就说要亲自请。"

"今晚值班，走不开，我最多只能去食堂吃，或者点外卖，所以如果今天说请客，那就显得太假了。"

"安组长总是严于律己，太客气了。"程鹏说，"请吃饭都是客随主便，您怎么请我怎么吃，绝不挑肥拣瘦。"

"既然这么好打发，那就简单了，要不就点外卖？选择余地大一点。"少瞳又问若涛，"片子送审了吧，挺晚的了，一起吃了饭再回家？"

"好呀，正准备等片子审看播发了再回，那就让安组长破费了。"

在等外卖的工夫，电视台的晚间新闻开始了，第一部分是省城领导的工作和活动新闻，接着就是高校毕业生就业情况报道，这一节目板块用较大篇幅对毕业生就业现状、宏观政策、各高校举措等进行了分项报道，其中报道各校促进就业举措专题片中，大部分内容来自程鹏编辑并推送给他们的视频。

"电视新闻把咱们片中的主要内容都用了，"安少瞳对程鹏说，"看来咱们采访得比较细致，你编得也很到位。"

"过奖过奖，主要还是采访好，特别是若涛同学采制的省城大学的内容，刚才电视上用得最多，那角度、那精度、那厚度、那力度……"

安少瞳接着说："主要依靠的是若涛老师信息的浓度、学识的广度、认知的深度。"

"对对对！"程鹏一伸大拇指，"还是安组长点评到位。"

"两位又合起伙来挤兑人。"方若涛看着电视，"虽然今天晚餐是程鹏攒局、安组长请客，不过也不能因此就产生这么大的优越感吧？"

"岂敢岂敢，我是真心地叫好。"安少瞳赶紧回应。

"没有没有，我是由衷地称赞。"程鹏也赶紧回应。

看到电视新闻已经播出了专题片，安少瞳将程鹏推到审看线上的视频完整版本点击终审播发。此时电视新闻中这一板块的报道结束，回到演播室环节，主持人播报了编后语：

> "给高校毕业学生实现青春梦想更广阔的天地，需要做好就业工作，这已成为各方的共识。通过报道可以看到，各厅局、各高校通过开放未就业毕业生求职登记、完善实名帮扶、推动公共部门岗位加快落地等措施，积极助力高校毕业生就业，可以说投入巨大、工作艰辛、成绩斐然。同时也要看到，出于各种原因，目前仍存在个别机构和个人在就业数据上造假的现象，这毫无疑问会削减各方积极努力的成果，对此我们应高度警惕、持续关注。"

方若涛和程鹏对望了一眼，好像都有些意外和疑惑。稍停了一会儿，程鹏问安少瞳："主持人最后提到了就业数据造假，是不是要在电视端播出若涛同学的暗访片？"

"这个估计很难，电视端审看严格，这种题材不会轻易播发。"

方若涛问："这条编后语是谁写的？不像电视台新闻栏目的人自己写的。"

"这是我和电视台新闻负责人沟通之后，写了几句，他们基本采用了，"安少瞳说，"估计对于就业率数据造假，他们也有所耳闻，这样定性地说一下，能体现出更全面的视角。"

"那咱们的暗访片什么时间播发？"方若涛问。

"稍等，过一会儿就发。"

说话间，外卖送到了，三人赶紧收拾，准备一起开动。这时，安少瞳接到陈主任的信息，对电视端和新媒体端播发的内容表示满意，并转达了黄总的认可，安少瞳回信息表示了感谢。回完信息放下手机，少瞳看到若涛和程鹏还在等他，于是赶紧招呼一起吃，同时详细转述了领导刚发的信息内容，强调表扬了采编人员。

"其实我编的这个视频没有什么难度，说成绩的片子总是好编也好发，领导也容易过审，基本上皆大欢喜。"程鹏嚼着肉串，"若涛同学的暗访和批评，要想通过领导审看，挑战可就大了。"

"你总是那么谦逊，"安少瞳说，"你看咱们账号，你的视频下面评论就很多。"

程鹏和方若涛看了看网上评论，对这条视频的点赞和评论不断涌现，若涛刷着页面："关注度很高嘛！"

"见笑了！"程鹏看着手机，"关注度是不低，不过留言的争议就很大。你们看，好像给好评的都是官方的账号，个人账号吐槽的多，说没有触及真正的问题。"

"没必要让人人满意，有争议就说明有关注，有关注就是报道的效果。"

"好多留言说这条视频只唱赞歌，没有反映学生就业困难，有人说看了电视新闻的编后语就想继续看'打假'的报道。"程鹏一捂脸，"若涛同学的报道，看来已经是万众期待。"

安少瞳一笑，正想说话，突然接到许松发来的信息：院长已经看了电视新闻和网上的视频，对报道表示很满意，也表示感谢，但也看到了电视新闻编后语提到就业率数据造假行为，所以又有点担心，让问一下是否会涉及文学院。安少瞳回信息让许松放心，可以告知院长不会涉及他们。

回了信息，安少瞳拿着手机，一时间没动。

"安组长，你怎么停了？"程鹏问。

安少瞳回过神，才发现自己左手拿着烤鸡翅已好久没变姿势，于是向程鹏和若涛抱歉一笑，咬了一口鸡翅，右手点开手机中的审片页面，将若涛推送上线的暗访打印店造假视频终审播发。

吃得差不多了，三人都起身收拾。

"咦！怎么风向转了？有留言说咱们'省城网事'的报道切中时弊。"程鹏停了下来，看着手机一脸疑惑。

"那就是说你的片子做得好。"若涛擦着桌子。

"我这个片子做得再好，那也和切中时弊没啥关系。"

"我看看，"若涛擦擦手，拿起手机点击页面，"话风是有点偏了……不对，这条留言是评论另一个视频的……"

"暗访的视频我已经播发。"少瞳一边收餐盒一边说。

方若涛、程鹏不约而同地看了少瞳一眼，又马上翻看了手机，发现暗访视频已被众多网友关注、留言，而且被很多人转发。

"厉害厉害，已经上热搜了！"程鹏连连赞叹，"呀，网友好兴奋，说好久没有看到暗访的报道了，还有这条，说这才是就业率的真相。"

"这样说也有点偏激，积极面和消极面都是存在的，都是真相。"安少瞳说，"不过纯从业务探讨，无论采还是编，若涛老师的片子都很扎实。"

"和采编没什么关系，犯罪行为具有天然的新闻价值，自带流量。"

"若涛老师过谦了，其实……"安少瞳一句话还没说完，手机铃声响了，是陈主任办公室打来的电话。安少瞳向方若涛和程鹏示意了一下，接听电话：

"陈主任，您还没有下班？您说的是什么视频？打印店？您说的是去打印店暗访买卖就业协议的视频吧，是我们采制的……您说引发了舆情，还是……黄总严厉批评……"

方若涛和程鹏对视一下，看到彼此的表情都已经开始变得凝重，因为很明显，电话里领导已经开始追究暗访报道的责任。他俩看向安少瞳，只见他在接听着手机，没有说话，显然陈主任在传达黄总的指示，虽然听不清说的是什么，但从听筒里隐约传出的声音，可以判断出主任的情绪，不过此时安少瞳的表情仍然比较平静。

"知道知道，主任，纪律我们都清楚。"安少瞳回话说，"黄总让我们删除视频？……"

方若涛和程鹏又对视一眼，看到对方的表情都紧张了起来。

"主任，您听我解释，"安少瞳说，"集团要求批评性报道必须先提交领导审看，我们不会违背。这次暗访的素材，我们进行了仔细的查看，反映的是高校应届毕业生就业过程中有造假现象，所以编成的视频也只是揭示这种买卖协议的造假方式，我们特意把能判断出具体学校、人物的画面和声音都处理了，所以这确实谈不上是批评性报道，也没有批评任何学校和个人。"

说完这段话，安少瞳停住了，电话那边暂时也没了声音，显然电话另一头陈主任正在考虑。过了一会儿，话筒又传出了声音，安少瞳仔细听着，不时地点头答应。

"陈主任说了什么？"安少瞳一挂了电话，程鹏赶紧问。

没等少瞳回答，若涛问："是不是领导认为这是批评性报道，责怪咱们没有事先汇报?"

"陈主任接到了黄总的质问,说咱们违反了集团纪律。"

程鹏赶忙又问:"黄总祭出了严厉的惩罚措施了吗?"

"黄总要求先删了这条暗访视频,然后写检查,等候处理。"

"一剑封喉,雷霆万钧!"程鹏用手捂住脸。

方若涛问:"听你在电话里说了咱们只是反映情况,没有批评任何人,这条意见主任听进去了吗?"

"我这样解释了半天,开始主任没有表态,后来说他再和黄总沟通一下,就先挂了电话。"

"我估计黄总不会轻易饶了咱们。"程鹏表情落寞。

"还要看主任的沟通情况,咱们等等吧,"安少瞳对方若涛说,"不过要是又删片子,又做检查,那就太对不起若涛老师了。"

"谈不上对得起、对不起,"方若涛说,"不过咱也不能坐以待毙,与其这么等着,不如做点什么。"

"有什么具体的想法吗?"

"我看这条视频播发到现在,点赞无数,评论明显和此前的不一样,"方若涛说,"我觉得至少可以汇总起来,发给主任。"

"对呀,我可以做个统计,有多少点赞、多少评论、多少转发,主要内容是什么。然后请安组长发给主任,这样多少能增加点依据和说服力。"程鹏立即用电脑开始整理。

"好!那就有劳程鹏统计,我给主任发信息说明我们在做这件事。"说着,安少瞳用手机编辑信息。

方若涛和程鹏一起进行了统计,很快整理出了各项数据,并将评论的类型进行了归纳,很明显好评如潮,特别汇总了几条带有民生观点的评论,截屏之后打包发给了安少瞳。安少瞳看了连声说好,整理之后发给了陈主任。

连续发了两条信息,但陈主任一直没有回复。

"主任不回信,是不是动了雷霆之怒?"程鹏问。

"即便生气也不会采取这种沉默不语的方式,这不是陈主任的行事风格,他一向喜怒不形于色。"

"有可能在和黄总沟通,如果没下班的话,有可能是当面汇报。"方若涛说,

"领导考虑问题必须周到、全面，所以得细致讨论。"

"领导详细讨论，咱们提心吊胆，到底怎么处置那个视频？会不会删？"程鹏有点焦虑。

"等领导决定吧，"少瞳安慰程鹏，"也许结果没那么坏。"

"但愿领导看在若涛同学舍身暗访的义举上，能网开一面。"

"我对领导倒是没什么指望，他们对舆情容忍度是零。"若涛说，"不过视频已经发出去了，哪怕领导最后说必须删，那也算和网友见了一面，总比不发、悄无声息地烂在资料库里强。"

"若涛同学豁达！"程鹏点赞，"不过如果我们自己删了，确实有点打脸，怎么跟人家解释？是说咱们编的是假新闻？"

"领导如果让删，删了就完了，不用对外解释。"若涛说。

"这么久没有回信息，我倒是觉得反而有可能保住视频，"少瞳说，"这说明领导还在讨论，或者有不同的意见，或者在考虑怎么权衡。"

"当官的磨叽，当兵的煎熬。"程鹏双手合十，"领导们都快点，行吗？"

"当官的和当兵的，不是一种思维方式和角度……"

这时安少瞳手机响了一下，立即吸引了大家的注意力，方若涛和程鹏马上不说话了。

安少瞳拿起手机点击页面查看，方若涛和程鹏的视线不约而同地从安少瞳的手机，转移到他拿起手机的过程，再转移到他盯着手机时的面部。安少瞳拿起手机时面部表情略有些紧张，盯着手机看了约半分钟，应该是需要阅读的信息内容比较多，渐渐地他的表情有所放松，而方若涛、程鹏的心情显然随之而有所变化。

"是主任的信息吗？"程鹏盯着少瞳问，"不会勒令立即删除吧？"

"没事了。"少瞳看着程鹏、若涛，笑着说，"好消息，不用删了！主任是这样写的：

"刚和集团领导讨论决定，你们发的暗访视频节目暂时不用删除，但也不得再行编辑转发、评论或二次传播。另外，上级确认这一节目属于批评性报道，事先没有向领导申报是违反集团规定的，应按违纪处理，考虑到视频画面都进行了处理，没有明确的指向性，所以决定对'省城网事'报道组提出批评，同时取消对你们高校毕业生就业系列报道的表扬，责成报道组做出检讨，保证杜绝此类问题再次发生。"

方若涛、程鹏静静地看着安少瞳，直到他读完陈主任的信息，几乎都没有眨眼。

"怎么了？"少瞳看到两人这么安静，很奇怪，"有什么问题吗？"

"哪！"程鹏突然跳了起来，"不用删视频，就是胜利！"

"没错！不删视频就是胜利！"若涛连续鼓掌。

"可惜取消了表扬。"程鹏说，"其实若涛同学的暗访报道完全够得上表扬。"

"有没有表扬算不了什么，"若涛说，"视频没删比表扬可强多了。"

"可是，还得做检讨。"安少瞳说。

方若涛一笑，说："至于检讨，那是由安组长去考虑的事了。"

"伤脑筋，"安少瞳直挠头，"检讨怎么措辞呢？"

"安组长您放宽心措辞，在检讨中你怎么骂我都行。"若涛继续笑着。

"用石油换食品、用土地换和平、用检讨换视频。"程鹏说，"视频在，若涛同学怎么着都开心。"

"回过头看，付出点代价也是值得的，"少瞳向若涛说，"幸亏若涛老师坚持播发，不然一汇报肯定完。"

"终审之后还是你点击播发的，"方若涛向安少瞳说，"幸亏安组长坚持处理画面，不然视频活不过一小时。"

29

"怎么？安组长去向领导做检讨了？"小刘问。

"估计是，昨天晚上领导通知了。"程鹏说。

"是因为打印店暗访的报道吗？"

"只能是因为这事呀，其他的挑不出毛病。"

"昨天咱们节目里播发了暗访的视频，我当时很兴奋，特别是看见那么多人点赞、转载，不过马上就捏了一把汗，就担心视频会下架，好在一直活到现在，难得难得！"

"我昨晚也看到了，网友好评如潮，"海风说，"不过很多网友在点赞之后留言：如果不把画面虚化，就完美了。"

"完美？网友真是看热闹不嫌事大！"程鹏说，"他们哪知道，要是不处理画面，不要说完美，影子都看不到，而且咱们当中谁被开了都有可能。"

小刘和海风问是什么意思，程鹏将昨天如何协商制作处理视频、如何安排播发顺序和节奏，以及如何与领导斗智斗勇，详细介绍了一遍："你们说，视频最后能播发，是不是很悬？"

"真没想到有这么多波折。"小刘问："昨天折腾到几点？"

"时间倒是没太晚，不过度秒如年。你想想，领导先说让删，然后又让等消息。你知道那是一种怎样的煎熬吗？"

"傻傻的鹏，痴痴地等。"

"是不是就像对女友表白？对方先告诉你要分手，然后又说让你再等等。"海风笑着说。

"要是这么浪漫，再煎熬都认了。"程鹏一捂脸，"那是像上了断头台，刽子手已经准备挥刀，突然说：'你再趴这里歇会儿，我去抽根烟，一会儿再来砍你的头。'"

小刘、海风都笑了。

"现在可以轻松地笑，昨天那个时候连哭的心都有了。"程鹏说。

"方若涛是不是特别紧张？"

"她还算好吧，开始听说领导要删确实有点着急，之后等领导的生死令，当然也是像热锅上的蚂蚁。不过，主任很长时间没有回信息，也就疲了，不然还能怎样？"

海风叹了一口气："也是，该做的都做了，急也起不了任何作用，剩下的只有听天由命了。"

"倒也谈不上完全地听天由命，咱还是在奋力求生。"程鹏说，"后来把网友的评论整理发给了主任，现在看还是起到了作用。毕竟视频播发后反响积极、热烈，如果一删了之，那么这些成绩也就烟消云散。"

"看来和领导斗智斗勇一定要讲策略，关键是要先下手为强。"海风说。

"是谁要对领导下手呢？"

一句质问让正在聊天的几位同事吃了一惊，大家回头一看，是徐姐和方若涛走进了办公室。

"哎哟，吓死我了。"海风舒了一口气，白了徐姐一眼，"徐姐，您真不能一惊一乍的，我胆小。"

徐姐向海风笑了一笑，又问程鹏："说什么呢？是不是谁又被领导欺负了？"

"倒没有被谁欺负，我们在说昨天若涛同学的暗访视频，领导本来要删，咱们想方设法争取，后来领导网开一面，视频保留下来了。"

"咱都不用给领导脸上贴金，领导都是胆小怕事。"徐姐声音挺大，"刚我和若涛也说到这个视频，采访那么不容易，当时怎么就让删了？幸亏保留了下来，不然我肯定要找领导吵去。"

"徐姐说的是，咱们在现场摸爬滚打，好不容易采回来一手的素材，不能说删就删。"

"特别是这次打印店暗访，先不说质量和效果，那也是若涛同学冒着风险去拍的，"程鹏说，"你们知道风险有多大吗？店老板要是知道在暗访造假，估计动手砸你的手机都有可能。"

"好了好了，别这么危言耸听，"方若涛向程鹏说，"不至于那么危险。"

"领导有领导的想法，咱没法猜测。不过江湖上有句话：'你断人家财路，人家要断你生路。'暗访要是让打印店关张，店老板能干出什么事还真不好说。"

"小程说得有道理，若涛你今后采访可得小心，没必要太玩命。"徐姐说，"话又说回来，冒这么大风险采来的暗访，领导要是不让播，下次谁还会再为工作卖命？"

"谢谢徐姐。"方若涛说，"领导有领导考虑的角度，咱们有咱们干活的态度，好在视频最终还是保留了，如果领导一定要删，那也没辙。"

小刘问方若涛："刚才程鹏说当时领导要求删，你开始也特紧张？"

"当然紧张，谁能不紧张？特别是领导先要求删，后来又说等一会再定，那就像在等死刑判决书。"方若涛说，"所以说真正的恐惧，就是对未知的恐惧。"

"刚才你和徐姐进来时，咱们正聊，暗访视频到现在还能活着，关键在于没有先请示领导，而是提前发了。"

方若涛还没有说话，徐姐抢先说："这是一条规律：越是敏感的选题，越不能提前汇报，一汇报肯定被领导摁住，报道就没戏了。你只有先发了，而且内容扎实，让领导想批评又无从下手，这才是本事。"

"徐姐总结到位。"小刘问，"此前报道也是这样吗？"

"现在是新媒体时代，播发的平台多，难控制，以前电视报道最强势的时期，没有什么互联网端口，上面管控目标就是电视台和几家官方报纸，简单直接。"

"那下面的报道是不是尽在领导掌握中，不会有漏网之鱼？"

"什么时候领导都是日理万机，不可能事事都能提前介入，所以还是看记者和报道组的反应速度。十年前救助站暗访报道，就是经典操作。"

前些年救助站刚成立，各方管理和服务还比较到位，但此后多渠道反映一些救助站粗暴对待被救助者，甚至有暴力行为。为此包括省城电视台在内的几家媒体都去现场采访过，但在对方有准备的情况下，拍摄、采访不可能有太多真实的收获，但有细心的记者发现了蛛丝马迹。

"咱们电视台城市报道组去临水县救助站，能拍到的环节都规范有序，能采访到的声音也是整齐划一，表面上看大爱无疆，这也是事先能预判到的。不过，记者老张心细，他注意到站里有两位年纪较大的被救助者脸上有伤痕，而且受伤位置相近，当时他就怀疑是外力打击致伤，但他没动声色，自己拍了照片，暗示摄像师拍了伤痕的特写。"

"那张老师回来是把拍摄内容上报领导，还是怎么处理？"若涛问。

"回来之后，报道组先小范围研讨，大家一致认为站内肯定存在殴打被救助者的现象，但对于下一步怎么推进和处理这一问题，组内意见不一致。有同事认为就将拍摄的材料上报台领导再转给民政局，应该能促进整改；也有同事认为仅凭现有的几处伤痕的画面与照片，很难说明问题，此时上报领导不会换来任何实质性整改举措。最后，大家统一了认识：还是要进一步采访调查，争取获得实质性内容、完善证据链。"

"城市报道组勇气可嘉！"程鹏点赞。

"这事再想推进采访调查谈何容易！"若涛说，"如果第二次找救助站采访，对方肯定更加警觉，如果有问题当然要加倍掩饰。"

"当时我就在报道组参加了讨论会，大家和你一样都有这个担心，可能费了好大劲最后没有任何进展。"徐姐向若涛说。

"对呀，你找碴，对方不可能配合。"小刘说。

"大家讨论了很久，设计了多个采访方案，但都不太可行，没有采访到实质性内容的把握。"

"难度好大，"程鹏说，"那怎么办？"

徐姐说，"最后记者老张提出，他潜入救助站用偷拍的形式进行暗访。"

"潜入？"

"偷拍？"

"暗访？"

"怎么做？"

显然，潜入偷拍暗访的提法让在座的年轻同事们都有些吃惊。

"偷拍暗访现在用得少了，但在以前，可没少做。"徐姐面带微笑，"而且也是有法可依：对于涉及公共安全的问题，是可以采用秘密拍摄和暗访方式的。"

"即便是想偷拍，那一个外人去救助站，站里的人也会提防呀？"程鹏有些疑惑。

"难道是张老师要化装进入救助站？"若涛问。

"若涛你反应真快！"徐姐称赞，"确实如此，老张当时提出自己想化装采访。"

"张老师想化装成什么角色？不会是求助者吧？"

"老张就是要化装成被救助者，当时会上大家觉得这个提议很大胆，但有很大风险，因为此前传言救助站里有暴力行为，大家觉得不会是空穴来风，如果我们的同事化装进入，那就要先做最坏情况的预案。"

"张老师真有胆量！"

"老张别看年纪大，还是很有冲劲。当时他提出自己化装成有一定智力问题的流浪汉，找两个人把他送到救助站请求救助，然后他在装着破烂的编织袋里放上微型录像机，暗地拍摄救助站里的问题。"

"这有可能涉及记者人身安全，"若涛问，"这么大的事，不需要先请示一下领导？"

"当时会上就有人提出得先请示，否则不出事则罢，出事了谁也承担不了责任，特别是没法向张记者家人交代。"徐姐说，"不过也有同事认为如果先汇报，领导百分之百不会同意化装暗访，等领导一表态，报道组只能服从，不可能和领导对着干，所以建议此事无论做与不做，最终组内决定就行，不要上报领导。"

"这说得对。"程鹏说，"报道组如果决定不做，当然就没有必要向领导汇报；如果组里决定做，那就不能先汇报，因为一汇报马上会被领导叫停。"

"实际上最为难的是城市报道组组长，类似这种事，从组织程序上说，他应该向领导汇报，不然的话出了事，他罪责难逃；但他也知道一旦汇报，潜入暗访方案就会泡汤，肯定会挫伤老张和组里同事的工作热情，组里也失去一次很好的报道机会。"

"那咋办？"

"老张还是有担当，他说此事他提议的，也由他负责推进。老张说从第二天开始休年假一周，请组里准假就行，别的事请组里不要多过问。"

"张老师的意思是在休假期间，以个人的名义进行暗访，即便上面知道了，也与报道组和工作安排无关，是这个意思吧？"

"老张就是这个意思，在座的同事都明白，但在那种情况下，心照不宣是最好的选择，不说破还可以归类为个人行为，如果说破了，那就是组里的工作决定，却没有向上级领导汇报，性质可就不同了。所以，组长听老张这么一说，当即宣布散会。"

"但估计一散会，组长一定会找张老师私聊。"

"对，会后大家表面上就不提此事了，但私下在积极推进，排查线索、安排设备，当然最重要一点是老张自己暗访的决心很坚定。最终，老张还是按照预设的方案，装扮成一个轻微智障的流浪汉，被安排的两个人送进了救助站。"

"那张老师的行头、设备可要好好设计，不然不像真流浪汉。"

"老张当晚就换了装，到过街天桥底下，和几个流浪汉在人行道上睡了一夜，正好他那段时间胡须没剪，弄脏之后就更像那么回事了。这样准备了两天，第三天老张花了一百块钱，买了一名流浪汉的破烂被子、衣服之类，藏好拍摄设备，带着一身臭气，蓬头垢面、表情呆滞地进站了。"

"偷拍设备能带进去吗？救助站里的人会检查吧？"

"进去之前了解了流程，也做了演练。开始时设备是藏在送老张去救助站的朋友身上，进站进行了登记，所有物品和人身都被站里的工作人员进行了检查，有些物品不得带进站。检查结束、可携带的东西装回编织袋时，送行的人利用帮忙装袋的机会，把设备放进了那一堆破烂里，总算是有惊无险地带了进去。"

"设备带进去，既要拍摄还要不被发现，难度很大。"

"老张功课准备得充分，包括之前对线报信息进行了细致的整理，当然全组同事也一起研究、出谋划策，所以对站内的地形结构，以及可能出现的问题，都做了有针对性的准备。"

"那张老师能暗访拍摄到东西吗？"

"当时谁都捏着一把汗，最主要的不是担心拍不到东西，而是怕老张受到暴力伤害。而且他是以流浪汉的身份进站的，不可能主动向外打电话，所以连续几天没法联系，大家都不知道他在里面的情况，所以大家很焦虑，特别是组长，压力很大，就是担心出意外。"

"那进救助站之前，组长有没有向张老师交代好，万一有危险怎么应对？"

"后来我们才知道，进站之前组长和老张说了，如有危险马上打电话给组里，万一里面打不了电话，就公开记者身份，甚至可以强调和救助站的上级领导有过直接联系等，总之一定要避免遭到任何暴力伤害。"

"张老师后来采取这些紧急避险的措施了吗？"

"当时老张就和组长说了，除非生命受到重大威胁，否则他不会采用这些措施。因为能进站暗访，已经付出了巨大代价，如果在里面亮明身份，不说别的，偷拍到的内容肯定会被销毁，那显然会前功尽弃。"

"张老师真是顽强！"程鹏赞叹。

"张老师太厉害了！"若涛也是由衷地感叹，接着又问徐姐，"暗访完了总要出站，有没有约定是什么方式？"

"约定由送张老师进站的朋友，第五天下午去救助站找他，因为他们手里有送他进站的相关手续。"

徐姐说当天那两位朋友准时到站里出示了手续，要求见张老师，开始站里工作人员不太愿意，但在两位朋友的据理力争之下，还是让张老师出来了。一见之下，明显看到张老师更加地蓬头垢面，也明显消瘦，表情还是保持原样的呆滞。朋友上去握住张老师的手，马上感觉到手中有一个小硬块，朋友意识到这一定是此前约定的、见面的第一项任务——交接摄像机的拍摄卡，于是赶紧悄悄地接过来藏好。之后两位朋友向救助站提出要带张老师离开，工作人员百般不允许，后来在坚持之下，交给了站里几百块钱保证金，才把张老师领了出来，好在随身携带的编织袋，包括微型摄像机也有惊无险地带回来了。

"张老师没受到暴力对待吧？"方若涛问。

"回来之后，我们问老张，因为他已经做了充分的准备，目的就是悄悄地拍摄和记录，所以进去之后他保持木讷的状态，服从一切指令，不与工作人员发生任何冲突，所以被恶语相向是存在的，但幸好没有遭受暴力。"

"那救助站里有没有暴力行为？"

"要说还是老张厉害，他不动声色地拍到了救助站里的一系列问题。"

"张老师是怎么拍到的？"

"老张回来后，组长召集上次开会的同事一起观看了采制的暗访素材，老张现场讲解了拍摄过程。"

张老师潜入到救助站后，先是观察了内部的运行流程，很快就发现了一些工作人员行为失范，甚至出手粗暴，特别是对待一些没有登记家属的流浪人员、部分失能人员，他们的态度和行为很过分。张老师了解了站内的行事规律，悄悄地确定了微型摄像机安放位置，适时录制了站内多个场景的实况。

"老张拍到的一个场景很完整：有一位老人，应该是流浪汉，被好心人送到救助站，一进工作区，有四五个工作人员连打带踢地把流浪汉放倒，一人用膝盖顶住他的头部，一人从后方把他的双手捆住，不时地恶语相向。流浪汉当时非常害怕，一再说自己不想接受救助了，要求离开，可是捆他的人大声喝道：'想走？晚了！'流浪汉一直嚷嚷手被捆得痛，并说出了自己亲属的名字和电话号码，救助站里的人才拿出一纸文书，要求流浪汉写上'自愿放弃救助'几个字，并让他签字按手印才放其离开，整个过程折腾了半个多小时。"

"暗访真是玩命！"程鹏又问，"那拍回来的东西都播发了吗？"

"暗访确实玩命，播发暗访到的东西也得玩命。"徐姐说，"当时为了保证在播发之前不将信息外露，特别是不能让领导知道，所以组里一直没有开会讨论，主要是组长和老张商议，之后又单独征求了几位同事意见，主要考虑怎么发、发多少，要不要先向领导汇报。"

方若涛说："暗访前没有汇报，如果播发时汇报，估计领导更不爽。"

"当时也是这样考虑，讨论之后决定先不向领导汇报，但同时做两个电视片。"徐姐说，"一个片子是先综述救助站运行情况，认可其总体履职情况正常、规范，同时播出小部分暗访内容，证实存在违规违法的暴力事实，这个片子直接在电视频道专题栏目播出；另一个片子汇总编辑了暗访拍摄到的所有违法暴力行为，清楚标记时间、地点和机构与人员，然后把这个片子提交领导审看，建议以内参的形式呈报上级机关和领导。"

"那么这两个片子处理时间怎么安排?"若涛问。

"基本上同时处理:那天中午在电视栏目中排播了第一个片子,同时告知领导有一个内参片需要提请审看,当时领导回应让下午上班时送过来,而中午电视频道已经播出了第一个片子。虽然播出的片子只透露了一小部分救助站内幕,但已经触目惊心,下午网上已经有转载和大量评论。"

"舆情发酵了,领导没有表达,或者问责?"

"领导一般中午要休息,下午一上班,时政组已将内参电视片送到了领导手上。领导看了之后,惊讶的同时发现网上转载评论时政节目,再对比一看,明白了和内参片相比,播出节目已经做了很大的压缩和控制,于是一边口头批评时政组没有事先汇报,一面将内参片赶紧呈送上级机关。"

"领导为啥一边骂一边送?"

"都说领导怕舆情,你说领导怕什么?就是怕上级机关追责呗。"徐姐说,"节目已经播出了,无法更改,所以当务之急是以最快速度将内参片送到上级机关,让上级知道救助站违规违法的暴力行为是真实的和众多的,节目只是点到为止,一方面体现了电视台既关注社会法治进程又维护稳定大局的态度,另一方面又表明电视台没将更多严重问题播出,而是通过内参汇报,是符合上级机关的纪律要求的。"

"没有汇报就播发了一部分暗访内容,同时又通过制作内参给领导创造了应对上级机关的方式,报道组确实聪明。"若涛称赞。

海风、小刘不约而同地拍了一下手:"这分寸的拿捏,真像是在刀尖上跳舞。"

"领导算是过关了,那对报道组就只是口头批评了事吗?"程鹏问。

"上级机关看了内参片之后好像没有明确的反馈,既没有称赞所送的内参片,也没有批评此前播出的暗访节目。后来我们估计,救助站的领导看到播出的电视节目肯定不爽,不过内参片中披露的多项没有公开的违规违法事实,已经足以敦促他们赶紧向上级机关做自我批评、内部整改。"

"那么在这种情况下,时政组还受口头批评?张老师就没有受表彰?"若涛问。

"当时播发之前就有预估,只被口头批评已经是大家都能接受的结果。老张此前就说,自己快退休了,只要能把暗访的内容播出去,被批评无所谓。"徐姐说，"据此后了解，不久全省救助站都进行了专项整治，暴力行为肯定是减少了，所以老张、咱们城市报道组确实是做了一件好事。"

"真是咱们后辈学习的楷模！"程鹏说。

"所以报道一定要尽早动手，不能向领导汇报，而且报道播出之后，还要让领导没法吭声。"

"记者眼疾手快，报道淋漓畅快，观众拍手称快，领导只能掩饰不快。"

"说得好！我们先拍手称快。"同事们都鼓起了掌。

30

到了这个季节，省城说热就热，不过今天还算舒适，不时有习习凉风，对抗着越来越难抵挡的暑气。

走出传媒大厦，迎着微风，安少瞳轻轻舒了一口气。刚才部门组长例会上，陈主任传达了黄总对"省城网事"的批评，并要求安少瞳代表报道组做出检讨，安少瞳宣读了准备好的检讨书。当着其他科组负责人的面被批评、做检讨，在以往怎么也是一件难堪的事，不过今天气氛好像有些不同，整个过程其他在会的各组负责人不仅没有吭声，还在安少瞳做完检讨后都轻轻鼓了鼓掌，而陈主任也没有制止大家的掌声，反而还让安少瞳谈了打印店暗访的过程，这引发了与会负责人的积极的业务交流。整个会议分成两个部分，好像批评与检讨成为单独的、次要的环节，暗访的业务讨论反而成为主要内容，组长例会似乎变成了"暗访业务交流会"。

正要进办公楼，安少瞳的手机电话响了，是许松打来的，说是他们院长注意到了"省城网事"账号发的暗访打印店视频，网友反响强烈，虽然画面做了处理，但主任觉得很像他们学校旁边的打印店，所以担心是否会和本学院有联系。安少瞳向许松直接说明了采制、播发的来龙去脉，建议许松可以对院长强调视频只是揭示现象，对事不对人。

"视频上线到现在，网上是有人猜测，但不可能确认到具体哪个学校，或者哪个学院，请你们院长尽管放心。"

"其实我是丝毫不在意，主要是我们院长敏感，当然也可以理解，毕竟对他们来说，仕途上必须万无一失。"许松在电话里说。

"理解，干活的和当官的思路永远不会相同。"安少瞳说，"不过，这次报道在你们院长那里还有点效果吧？"

"对于你这边安排的报道，院长还是很满意，让我转达感谢，并请你方便时来学院开讲座，一起吃饭。感谢我就不说了，你也不缺饭吃，讲座看你的时间安排，不过最近有空还是来学校一趟，南校区薰衣草花海已经很茂盛了，可以去逛逛。"

"是呀，南校区号称大学恋爱胜地、省城普罗旺斯，可惜当学生的时候你我都没用上。"安少瞳在电话里笑着说，"好的，我争取最近去学校找你，不过咱俩大老爷们去花海没意思，你还是尽快找个美女同学陪你一起去逛吧。"

"现在六神无主，哪有心思？马上这一学年就要结束了，职称评定在即，准备那些材料已经是焦头烂额了。"

"评职称是大事，你硬件绰绰有余，又等了两三年，这次得找找院长，该争取就得争取。"

"好呀，通过你安排的这次采访报道，我和院长好像也容易沟通了一些。但愿我能顺利，也不负你一番苦心操作。"

挂了电话，在微风吹拂中，安少瞳走进了办公楼。

报道组编前会上，安少瞳向各位同事传达了刚才例会上领导对"省城网事"的批评意见，强调按照上级要求，在全组重申工作纪律：批评性报道无论是策划采访还是编辑播发都必须事先请示。

程鹏打了个哈欠，问安少瞳："那就是说，只要一有想法，就得向领导汇报，是吧？"

"至少在动手采访时得汇报。"

"釜底抽薪，把思想扼杀在萌芽状态，领导控制起来确实方便多了。"若涛接着问，"不过，什么是批评性报道？标准明确吗？咱们这次播发暗访内容，并没有针对性地批评谁。"

"领导特意强调，不能以没有针对性批评对象为理由，来回避批评性报道必须向上级汇报这一要求。"

"你看，领导何其英明！"程鹏对若涛笑着说，"若涛同学，你是孙悟空跳不出如来佛的手掌心。"

"我只在领导的手下，从不在领导的手心。"若涛说。

感觉到方若涛好像有点不高兴了，安少瞳马上接着说："会上我按要求做了检讨，陈主任没说其他的，还是让我们放下包袱，做好报道，他还表态即使真出事了，他会来兜底。所以我想，领导有明确要求的，咱也没什么好说的，就遵照执行，上面没有禁止的，咱没有必要顾忌太多、自我设限。今天领导传达了专项报道任务，要求传媒集团各报道组、各栏目统筹推进。"

为配合在省城召开的全国环保工作会议，在全省贯彻"绿水青山就是金山银山"这一绿色发展理念，上级要求各新闻单位和媒体都要进行主题报道，传达会议精神、展示环保成绩、宣传有效经验。传媒集团会议要求"省城网事"从民生角度，体现省城近年来环境改善情况，表达老百姓在这方面的获得感，同时强调这一选题难免会涉及污染排放和治理问题，一定要以正面报道为主，如必须揭示某方面的问题，无论是采访还是播发，都需要一事一议，提前向集团领导汇报。

"以前环保选题报道做过一些，往往吃力不讨好。"小刘说，"说成绩，老百姓不感兴趣，没人看；说问题，领导不会支持，没法报。"

"是呀，咱们刚被批评，算是被领导盯上了，"海风说，"现在要报道什么难度更大。"

安少瞳感到"打印店暗访"报道被领导批评，对每位同事或多或少地产生了影响，实际上从刚才的部门组长例会来看，气氛并不压抑，反而从主任到各组负责人都积极交流了暗访业务。安少瞳的感觉是陈主任对此没有太多批评的意思，但他必须传达上级领导的意见，并按要求让安少瞳做了检讨，不过会上不阻止与会同事和安少瞳讨论暗访心得，其实就是表达了在业务层面的支持态度。现在面对组里的同事，安少瞳当然不便把刚才会议上主任等人的状态详细地告知各位，不过他需要稳定大家的情绪，好在陈主任的态度让他增加了一些底气。

"困难肯定有，领导对环保的敏感性比我们强得多，所以一定会盯着各个栏目的报道。"安少瞳说，"不过，这个活是上面派下来的，也就说领导需要我们的采访内容、报道业绩，所以咱们有必要也会有条件去采制。"

安少瞳通报了集团的一项临时安排：考虑到全国环保工作会议期间报道量和节目量大、每天报道时间长，传媒餐厅在会议期间每天延长工作时间，保证满足工作人员不定时用餐的需求，同时要求各报道组摸排实际工作情况，必要时可以使用业务经费，支付给餐厅以充抵报道人员的工作餐费用。

"上面给这一政策也是为报道创造条件，"安少瞳说，"徐姐已经做了安排，把咱们组的人员名单递交给了餐厅，这段时间咱们同事只须自报是'省城网事'栏目组的，就可以直接用餐。组里已经通过财务处在安排划拨费用。"

听到这一消息，同事们小声议论起来，显然大家都认为这是为一线业务部门做了一项实事。

等大家议论声音小了一些，安少瞳说："上级领导，特别是陈主任还是认可'省城网事'的报道思路和业务能力，鼓励咱们积极推进各项采访。当然，上面也强调了纪律，特别强调在全国环保工作会议期间不涉及批评性报道，任何拿不准的都要提前汇报。"

"刚才说领导的要求是遇到批评性报道，在动手采访时就得汇报，这就比较难把握，"方若涛说，"谁能预知会采访到什么东西？即便你奔着歌功颂德去，如果采访过程中发现弄虚作假，怎么办？是取消选题，还是中止采访回来先向领导汇报？"

"如果明知是批评性报道，那么按照领导的要求必须提前汇报，"安少瞳表达自己的看法，"如果是采访过程中突然发现有问题，我觉得还是应该遵循新闻采访规律，先不间断地、完整地把有效内容采到，回来之后再向领导汇报。否则中断之后再想采访，有可能就采不到了。"

看大家不再说什么了，安少瞳就介绍了上级一些初步建议，请各位同事考虑选题方向。大家都认为具体的选题还要深入做功课才能明确，但可以讨论一下方向性分工。方若涛说此前在电视台做过工业污染的选题，当时还促进了企业防污设施的改造，这一次还可以在这方面继续推进。程鹏了解到县乡接合部石矿开采的噪声和震动，曾造成附近住户墙体开裂等建筑损伤，目前可以跟进这方面的报道。海风表示愿意关注人们意识不够的噪光污染。小刘说可以报道城镇居民生活污染的防治改进情况。其他记者也都确认了选题方向，然后各自去查找资料，挖掘采访线索。

方若涛过来找安少瞳，介绍了一项报道选题线索：一年多前在电视台时接到过沿河乡居民举报，反映河流被污染，当时配合省环保厅巡视组进行了采访，曝光了沿河化工厂排污不达标情况，最终促成该厂认错、整改。最近省监委又收到举报，说是沿河水质在短期改善后，近期污染又死灰复燃。

"我刚才和一位在省监委工作的同学联系，了解到这一举报情况。省监委也在配合这项全省统一的环保行动，巡视重点项目，也会关注沿河乡这一举报问题，但毕竟不是全省重点项目，所以巡视时间会往后放。同学私下告知我有关信息，我觉得这事在全省虽然挂不上号，但与省城用水安全直接相关，应该进行调查报道。"

听了方若涛的介绍，安少瞳马上说："从新闻价值和民生意义来说，确实值得去采访调查。不过，今天领导明确说了，这次环保专项选题要以正面报道为主，每一项具体选题采访前都要报备。这一选题直接冲着沿河二次污染去，如果汇报上去领导不见得会批准。"

"可是，这一选题价值明显，而且从省监委那里已经获得了部分内部线索，如果就这样试都不试就放弃，是不是太可惜了？"

安少瞳思考了片刻，问若涛："刚才你说一年前有过巡视和新闻采访，而且污染有所控制，是吧？"

"是呀，当时电视台采访，我也参加了，化工厂承诺整改的表达也播出了。"

"既然这样，你把当年的报道、厂方整改措施等情况简单编写成一条信息发给我，我看看怎么向领导汇报，这个选题你继续关注和推进，具体采访方案咱再协商。"

安少瞳又了解了其他几位同事的选题具体方向，包括若涛发来的信息，整理成拟采访的选题方向简况，一并发给陈主任做了汇报。对于方若涛即将采访的选题，安少瞳在简况当中表述为：一年多前，传媒集团对沿河水体污染问题进行过报道并促成整改，本次拟对整改效果和污染治理改善情况进行回访和报道。陈主任很快回复信息，同意这几项选题的采访计划。

由于环保主题报道是由上而下推进的，各方面配合度很高，媒体开始阶段主要任务是了解情况，重点报道环保工作取得的成绩，被采访者对此都说得比较充分，提供的资料也很丰富，"省城网事"连续几天播发了多条视频。

"噪光污染，这个概念比较新颖，"安少瞳看完编辑机里的视频，对海风说，"领导认为这类选题对提升受众的环保意识很有帮助，同时也很认可你前一条报道。"

"谢谢领导肯定，也感谢您的支持。"海风向少瞳说，"那您看，这一条视频报道怎样?"

"这一条报道能从居民角度体现出对噪光污染的直接感受,"少曈回看视频画面,"你看这一段,从居民家中的窗户看斜对面旅行社和眼科医院亮度很强的LED灯箱,通宵亮着,居民接受采访时说像是'人工白昼',这个给人印象比较深。还有这一段,拍到了多辆电动自行车后安装的远光灯照得行人睁不开眼,揭示了这种噪光增加了污染,提高了交通风险,这一看就是蹲守之后才能拍到,效果不错。"

"对,主要是摄像老师比较辛苦,在那个三岔路口蹲守了很长时间,终于拍到了车灯改装过的电动自行车以及对行人的影响。"

"摄像老师辛苦是一方面,不过咱也不用客气,这个采访角度能想得到,而且拍得到,肯定是你提前做了功课。"

"谢谢!"海风笑着说,"那您看,这条视频还有哪些地方需要修改?"

"报道本身完整、生动,后面也说了各区的综合行政执法队已经开展了对违规电子屏幕广告牌整治工作,努力消除扰民的'光污染',体现了环保工作的积极动态。"少曈又说,"不过对于'光污染'的整治,有没有法律依据,好像整个报道中没有提及。"

"在上一次采访时收集过关于环保、防污的相关法律政策,记忆当中对'光污染'这一块好像没有印象,"海风想了想,"确实,我问过环保厅法规处,对于'光污染'目前还未形成专门的法律,应该是社会治理共识还不足。"

"那区里的综合行政执法队依据什么整治电子屏幕广告?"

"关于执法依据的问题,我在采访时确实有所忽略,"海风停了一下,说,"不过我问了执法队在什么情况下出动,他们说主要是根据区政府政民直通车上的投诉情况,反映意见集中、激烈的,他们就出动了解情况、动手整治。"

"这条视频内容已经不错了,现在播发没有问题,基本上不用做大的修改。之后建议你再去采访环保厅、执法队和被要求整改的门店,专门谈整治'光污染'的法律法规问题,甚至可以展示因为法律依据不充分、执法标准不统一,一些被整改的门店对此的意见。然后再采访这方面的法律专家,为完善法律法规提出建议。也算咱们为整治'光污染'提出了政策呼吁,这样你这条线的报道就更完整了。你看如何?"

海风欣然同意,将本条视频推送给安少曈审发,之后就开始做"光污染"

法律法规的功课。

安少瞳刚审发了海风推送的视频，程鹏过来告知他这几天关于采矿噪声污染的采访已经编成了一版，其中难免存在对矿山企业的批评，所以把握不准，需要请安少瞳看一下并确定是否提交领导审看。

"整体挺好的，元素丰富，结构也完整。"看完一遍，安少瞳对程鹏说，"特别是这一段：你用双视窗的形式，将矿企放炮炸山的瞬间和当时住户房屋墙壁震动开裂的瞬间同时呈现，给我很强烈的印象，也将噪声污染的危害和因果关系明确地体现出来了。这是两台机器同时拍摄的吗？"

"是呀，当时先对矿山旁边的居民做了预采，了解到放炮炸山的时间规律，就和摄像王老师商量，我也带了一台机器去了现场。在预计快放炮的时间提前开机拍摄，谁知道对方磨磨叽叽推迟了很长时间才点炮，浪费了我们五十多分钟的拍摄卡容量，当时都想关机了，不过好在最后还是拍到了。"

"像这种错过就不可重复的现场瞬间，只能坚持不停机拍摄。你和摄像老师还是有职业素养。"

"没有没有，关键还是摄像王老师专业和坚持。当时我们一看位置和地形，决定让我用机器在住户家拍摄墙壁震动受损的情况，一来是因为我的机器倍率小，拍不远，适合在院子里就近拍摄；二来拍放炮炸山，需要去很远的距离找合适的位置，而且估计炸山的企业肯定会反对拍摄，从安全角度考虑，还要找一个隐蔽的地方，所以王老师勇挑重担，先出去踩点，然后一个人拿着摄像机和三脚架'单机赴会'。"

"厉害厉害！得找机会好好感谢王老师。"安少瞳说，"从成片的素材使用和内容结构来看，这个片子质量很不错。不过，就像你说的，确实存在对矿山企业的批评，虽然你用了他们的一些采访，对放炮炸山的行为做了些解释，不过从整个片子的立意来看，还是能感受到对矿企的批评及对受害住户的同情。当然，批评和同情的理由都很充分，但按照上级的要求，还是要提交领导审看一下。"

"我担心一提交领导审看，片子有可能不让播，那损失就太大了。我倒还好说，王老师既受辛苦又担风险地拍摄到这么珍贵的素材，要是播不出去，就没有办法向人家交代。"

"你说的当然是对的，而且还涉及如何面对王老师、如何和摄像组合作的问题。但领导刚刚明确交代了要审看，咱也不能公然对着干。"安少瞳看着程鹏，又追加一句，"否则于公于私、对节目对你，都不利。"

"上次打印店暗访的视频就是直接播发的，这次能不能参照上次的情况，不用让领导审看？"程鹏还是担心一旦让领导审看，这条视频会石沉大海。

"现在情况不一样，上次画面声音处理之后，观众看不出指向哪个学校或者打印店，所以我们辩解说因为没有明确的批评指向，所以不认为是批评性报道，领导虽然不同意我们的判断，但至少我们说的还有些理由，最后只能批评我们对'批评性报道'认识水平不够，没有认定咱们有意违规。这次不同了，给村民住房造成损害的就是那个矿山企业，而且有这家企业负责人的辩解式采访，批评指向很明确。如果这个片子不提交领导审看，确实找不到理由。"

"我主要是考虑一旦汇报，这个片子被领导毙了，没法向各方交代。"

"这次我倒觉得不至于，一是因为你在片中的批评意思的表达比较含蓄，也给了那家矿山企业发声的机会，并不是独立的批评；二是因为这次环保主题报道是由上而下发起的，各级领导对各种污染问题的存在实际上都有所了解，对报道中涉及部分批评内容应该也有一定的思想准备，所以他们对批评性报道的容忍度会高一些。"

31

"沿河水体污染明显，但目前没找到具体污染源，所以对报道的逻辑完整性，还不是很有把握。"

方若涛已将这两天跟踪沿河拍摄的素材汇总编辑成片，内容包括沿河水体让人感官上不适、沿岸用水居民出现皮肤病、将水体样本送交环保局化验并证明遭受工业污染、多位居民指认沿河化工厂有大量排污现象、沿河化工厂负责人否认违规排污等，若涛和摄像老师对沿河化工厂外围进行蹲守拍摄，但没有发现排污情况。

"确认沿河水体污染，肯定是化工厂的排污导致的吗？"少瞳看完片子问。

"有两点可以交叉印证：一是环保局的化验报告认定沿河水体中含有苯、氨氮、醇类、氰类、酚类、硫化物和重金属等污染物；二是沿河化工厂的主营产品按照生产工艺流程一定会产生这些污染物，"若涛说。

"一定会产生，并不等于一定已排放。"少瞳想了想，"目前还不能说因果关系链已完整。如果这样报道出去，沿河化工厂到时反咬一口，说他们已经进行了污水处理，沿河水体当中的有害物质与化工厂无关，那咱们就被动了。"

"虽然明眼人一看就知道肯定是化工厂排放造成的沿河水体污染，但关键是没有拿到他们违规排污的证据，所以我心里没有底。"

"对于沿河化工厂排污情况，我看你们已经在周边悄悄拍摄了几天，应该有收获吧？"

"我们连续三天在化工厂周边转，为了防止被厂方发觉，没有带摄像机，我和摄像王老师用手机拍了不少照片和短视频。"若涛将手机中的几张照片和几段视频发给少瞳，"特别是在临河位置，对可能的排污管口进行了重点拍摄。"

方若涛指着手机拍摄的照片和视频，说："我和摄像老师仔细分析了拍到的画面，结合现场观察的情况，发现第一天管口边的泥土比较潮湿，第二天、第三天泥土越来越干燥，显然近三天没有排放污水。"

"这次环保专项报道是上面推动的，沿河化工厂之前就知道，有可能这几天停止排污以避风头。"安少瞳又看了看方若涛发过来的照片，"从管口边土壤的干湿变化可以看出，三天前可能有污水排放，但化工厂一直在生产，只要生产就会产生污水，无论他们做不做净化处理，所存的废水必然需要排放，不可能积攒太长时间。"

方若涛沉思了一会，突然抬起头，对安少瞳说："我去找环保局，争取调出沿河化工厂的报备材料，看看他们污水处理的工艺设计和废水存储容量。"说完，起身给去给环保局打电话。

安少瞳看着方若涛离开办公室，正在想如何推进这项报道，突然接到了陈主任的电话。陈主任对"省城网事"在环保专项报道中采制的相关报道表示充分认可，认为相关报道体现了专业性、超前性，得到了各级领导的赞赏以及报道所涉单位的重视。陈主任又表示已经审看了矿企放炮炸山引发灾害性噪声污染的报道视频，认为总体客观、平衡、克制，同时给出几处具体的修改意见，要求按此修改，之后可以播发。最后，陈主任对全组倾力报道表示慰问，特别对按要求提前汇报可能的批评性报道提出表扬，希望报道组能遵循报道纪律，再接再厉继续推进环保专项报道。

安少瞳表示记下了陈主任提出的具体要求，并会立即传达、落实，同时对领导的认可表示感谢。挂了电话后，少瞳将具体修改意见转给程鹏，让他按此修改后尽快播发，特别强调炸山时两处现场双视窗可以完全保留。程鹏看了修改意见，认为可以接受，因为修改之后对自己的原意没有太大改变，并且认为少瞳之前坚持向领导汇报的决定，现在看是经过深思熟虑和评估的，结果是没有违反纪律，又基本保住了节目中的批评监督的价值。少瞳对程鹏说，还是前期采访充分、后期制作扎实，内容和事实没法反驳，表达方面能保持平衡和建设性，领导也是能看得到的。

处理完程鹏的视频节目，安少瞳正准备询问方若涛在环保局的推进情况，突然听到有人说："沿河化工厂今天开始在省城电视台'直播省城'和'省城夜话'两个节目投放广告，听说支付费用不低。"原来是徐姐走进了办公室。

"沿河化工厂？好像之前在经济频道投放过产品广告，这次在这两个节目投广告，还是宣传产品？"小刘问徐姐。

"这次没有宣传产品，投放的是环保广告，"徐姐说，"广告语好像是'沿河日化，环保到家'。"

"咱们这儿正在开全国环保会议，他们就来投放环保广告，挺会蹭热度啊。"海风说。

"沿河化工厂好像环保做得挺差，一年多前还被省城电视台曝光过，之后被要求整改。"小刘问徐姐，"怎么？现在弃恶从善了？"

"商人唯利是图，弃恶从善不可能。估计这是利用全国环保会议的机会，做做姿态，另外，现在正处于环保专项报道活动中，给电视台投了广告，传媒集团也就不好意思再曝光它了。"

徐姐把沿河化工厂此时做环保广告的意图分析了个八九不离十，办公室里的同事听完了都呵呵一笑，而安少瞳却不免心头一紧。不管沿河化工厂的真实意图是什么，此举必然会拉近其与传媒集团广告部乃至高层的关系，如果采访证实他们违规排污，最终报道的播发肯定会遭遇更大的阻力和障碍，那对于方若涛、对于他，乃至对于全组同事，又是一次折磨和考验。

安少瞳的沉思被手机铃声打断，是方若涛打来的电话。方若涛告知少瞳已经向环保局了解了沿河化工厂防污处理设施和工艺流程的相关情况："请教了环保局技术处的老师，他认为以沿河化工厂目前的废水池的容积，同时考虑该厂产能和申报的污水处理设备的工艺效能，最长的废水存储时间为四天。"

"四天？无论是污水还是做了清洁处理的废水，极限储存时间是四天，那么四天之后沿河化工厂必须排放，对吧？"

"是，技术处的老师是这样判断的。"若涛在电话里说，"如果这一判断准确，那么最迟今晚，沿河化工厂必将排放污水。"

"今晚就要排放污水？你确定？"

"此前三天我们一直蹲守、暗访拍摄，确认没有排污现象，管口泥土干湿情况的变化也能证明。如果化工厂废水存储时间只有四天，而今天就是第四天，所以今天必然要排出污水。"

安少瞳想了想，说："如果是这样，那今晚必须行动，要拿到排污的证据。"

"我也是这样想的，此前采访到的内容已经算比较完整了，唯独欠缺污染的源头，所以今天必须去现场抓住现行。"若涛又说，"不过，此前领导特意强调过，此次环保专题报道，无论是前期采访还是后期播发，涉及批评性、调查性内容的，都要提前汇报，审批后才能执行。那今晚的采访，还需要提请领导审批吗？"

安少瞳马上想到陈主任刚刚在电话中要求报道组遵循报道纪律，而方若涛现在提醒的就是领导强调的，这样针对性的调查采访，显然是必须向领导提前汇报。

"汇报了大概率会被叫停，不汇报则违反纪律，"听到少瞳一时没有说话，若涛在电话里说："这样吧，你就当我没有汇报过，后续你也不用管了，下午我就不回办公室了，就算我请半天假。"

安少瞳明白若涛的意思，她一定是想自己去暗访今晚化工厂排污，事先没有明说，即便是事后追责，也不会涉及安少瞳。安少瞳暗暗感激她的好意、也暗暗称赞她的勇气，但他显然不能同意这种做法，因为应付上面的追查是第二位的，首要的问题是必须保证采访人员的安全，这次暗访一定是有风险的，他不可能让方若涛一个人去涉险。

"倒不见得要向领导单独请示今天晚上的采访，因为此前关于沿河化工厂防污回访的选题已经征得了领导的同意，今晚采访只是推进选题的一个组成部分，重复汇报没有必要。"电话里少瞳告知若涛，"当务之急是确定采访方案，你根据现有的材料和信息先考虑一下，我在这边也先做准备、征调人员，等你回来一起协商。"

挂了电话不久，方若涛收到安少瞳的短信，通知下午一点在办公楼八楼会议室开会，讨论今晚的采访方案。方若涛看到这个安排感到有些意外，因为除非是几个报道组的联席会议，一般情况下本组讨论节目都是在自己的办公室进行。时近中午，方若涛也没有时间细想，在环保局抓紧处理完相关事宜，回到传媒餐厅匆匆吃了午饭，就赶到了八楼会议室。

会议室里除了安少瞳和摄像组的王老师之外，还有一位三十多岁的男士。安少瞳起身向方若涛介绍这位男士是《省城日报》的张诚记者，也是新闻部副主任，又向张诚介绍了方若涛。张诚热情地说去年就在电视里看过方若涛的报道，算是早已认识了。方若涛寒暄了几句后坐了下来，心中有些不解，因为今晚的暗访本来就没有向领导汇报，对外更应该保密，同时采访线索很独家，不知道安少瞳为什么把其他媒体的记者也请了过来。

可能看到若涛有些迟疑，安少瞳强调说张诚是《省城日报》社会新闻部副主任，同时也是环保线的专项记者，此前和传媒集团有过多次合作，今晚将一起联合采访化工厂排污情况，现在开会就是详细讨论、推演采访拍摄方案，以便届时分工进行，咱们也一起建了群，有什么信息都可以随时共享。

方若涛没再犹豫，直接介绍了自己了解的详细情况和采访设想。方若涛认为虽然全国环保工作会议已于昨天结束，但各媒体专项报道还在持续，环保防污热度未减，因此估计沿河化工厂会尽可能地隐蔽排放，结合厂方废水存储容量，预计今晚九点左右排污的可能性很大，需要提前到达指定位置进行拍摄。

"从位置上看，化工厂污水从南墙根的管口排出后，就会进入一条角度很陡的明渠，直接倾注到沿河河道里。最近的拍摄位置当然是南墙根的排污管口，其次是明渠与沿河的衔接处，这个位置距离工厂排污口较远，在那里只能看到明渠里的水流进沿河，看不到明渠里的污水与排污口的关系，所以需要合适机位，以保证能够拍摄全景。"方若涛说，"当然这是我的想法，还要请教王老师的意见。"

王老师表示同意方若涛的看法，需要多点拍摄以确保固定排污的完整过程的视频证据。

安少瞳向王老师表示了感谢，接着又问："要拍清楚明渠里的污水与排污口的关系，得选择一个远处的高点去拍摄污水流动的全景，这样的位置有吗？"

"此前我和王老师踩过点，在距离化工厂大约一公里外有一处高点，从那里拍摄可以先将污水从排污口流到明渠再流到沿河的过程完整地记录下来，然后再去明渠与沿河的衔接处拍摄、取证。"

说着，方若涛将此前踩点时拍到的地形位置照片发到安少曈建的群里。照片来自每个位置多角度的拍摄，清晰地说明了各拍摄点的视野和可能的效果。

"这样就很清楚了，就按方老师和王老师所说的，由远及近，拿到全部排污过程和污水证据。"仔细看了照片后，张诚盛赞方若涛和王老师前期踩点功劳卓著。

安少曈又问："如果咱们完成了水体取样，怎么去让环保局鉴定？"

"环保局下属检测中心能保证权威性，同时他们也向社会面提供有偿检测。上午我已经在那里提交了水样检测申请，而且办的是最快加急项，只要把样本送去，检测中心可以即时检测并快速给出化验结果，一个小时内就行。"

方若涛从包里取出三只灭菌广口瓶，介绍说这是检测中心的标准样本瓶，瓶盖单独配置，一旦拧上盖和瓶体条形码重合，广口瓶就无法打开，检测时只有击碎瓶体才能取出水样，这样可以确保水体不会被调包，保证检测的权威性。

"检测中心出具的检测报告中，会注明承装水体样本的广口瓶条形码编号，这样咱们报道的证据链就能保证完整。"

王老师看着瓶体上的条形码说："那咱们一会儿先把瓶体、瓶盖拍摄一遍，特别是条形码，得拍清楚。"

张诚连连称赞方涛、王老师各个环节都准备得细致，他接着说："不过还有一个可能的问题，化工厂承受的环保压力大，对环保呼声很恐惧，那么他们在排污的时候，有没有可能安排人员在排污口巡逻，不让任何其他人靠近？"

"这个问题很重要，"安少曈说，"不仅决定采访拍摄的效果，而且涉及采访人员的安全，此前有过暗访环境污染的记者遭遇殴打、拘禁，咱们一定要提前做好预案。"

"对于这个问题，也有过考虑和准备，沿河化工厂南侧墙根下的排污口非常明显，一定是他们的防护重点，排污时他们有可能在那里安排人巡逻，阻止他人靠近。明渠与沿河的衔接处，距离工厂排污口较远，按常理厂方不会派人在这里巡逻，根据此前向河边居民了解到的情况，厂方也没有在这里巡逻的先例，当然现在处于敏感时期，厂方如果心虚，也有可能派人看守。"方若涛说，"至于一公里以外的高点，那是我们踩点寻找到的位置，是镇属林场的一部分，与化工厂没有关联。"

"好的，按照刚才说的由远及近的拍摄方案，先去镇属林场高点拍摄，不会有障碍；再去明渠与沿河的衔接处，在这里可以近距离拍摄，同时取到第一份水样；最后去南墙排污管口，能拍到排污的直接画面，取到第二份水样。"

"用标准广口瓶取水、拧盖封口的过程要用一个长镜头完整拍摄，条形码也要拍清楚。"王老师说。

"对，王老师考虑得周到。"安少瞳又问张诚，"你看，还有什么问题？"

"方老师、王老师前期准备细致，你们这边思路清楚，考虑已经很完备，'省城网事'采访能力确实名不虚传。"张诚想了想，"还有一个问题，如果没有意外当然最好，万一出现状况，比如被化工厂的安保扣住了，咱们现场拍摄的素材怎样才能保得住？"

"应该说如果出现意外，就会出现两个问题：一是咱们人身的安全；二是拍摄素材的安全。"少瞳又问若涛，"你的看法是什么？"

"我想在林场高点、明渠与沿河的衔接处两个位置拍摄结束，并取了第一份水样之后，就安排一个人离开现场，把已经拍摄的素材送回办公室，把水样送到检测中心检验，在这两个位置一般情况下拍摄和处理素材没问题。"若涛说，"至于南墙排污口，能接近最好，如果不能靠近拍摄，虽然报道效果会稍差，不过有以上的素材和水样，证据链也可以成立了。"

"好的，这个思路可行。"安少瞳说，"我在想，如果能通过视频会议的形式，一边拍摄一边就传回来，我们安排人在家里收录一版，这样就更踏实了。不知道化工厂周边的网络信号怎么样？"

"这两天我和王老师去踩点时注意了手机信号，林场高点基本上没有信号，明渠与沿河的衔接处信号也很微弱，我在这两个地方试了一下，发一张照片都需要很长时间，肯定支撑不了视频会议。"

"如果这样的话，就采用你说的方案，在前两个地点拍摄完并取到第一份水样后，一人先撤离现场，其他人伺机靠近南墙排水口拍摄取样。"安少瞳看着方若涛，"那到时候就由你带着拍摄卡和水样先行返回，你看合适吗？"

"我吗？我还是坚持到最后吧，毕竟这个选题是我发起的，最好还是善始善终。"

"理解，应该善始善终。"安少瞳说，"我是这样想的：如果拿到前两个点的拍摄和水样，实际上这个选题的前期部分已经基本完成了，能进一步拍摄、取样更好，即便不能进一步拍摄取样，报道和证据链也能成立，所以保护素材、尽快化验水样最重要，可以马上投入到后期编辑。你看呢？"

"从选题角度倒是基本完成了，"若涛笑了笑，"不过后面去南墙排水口拍摄可能风险较大，我这样先走了，是不是有些不仗义？"

"怎么能这么说呢？"安少瞳郑重地说，"如果害怕风险，你就不会认领这个选题，也不会和王老师暗访踩点这么多天，而且今晚咱们一起去现场本身就是有风险的。"

"安组长说得对，若涛同学干活有狠劲。"王老师说，"去南墙排水口拍摄只能伺机而动，如果厂方有人看守，我也不会去拍，所以那个时间点保护好素材并带回来才是最重要的。"

看到方若涛没再说话，安少瞳说就按照讨论的方案推进，让方若涛把检测中心的化验申请单放在办公室，下午请各位做好准备并抓紧休息，晚上七点在办公楼下见，一起出发。

大家答应了，起身离开，方若涛又问了一句："如果出现意外，先保什么？"

安少瞳回答："当然先保人身安全。"

32

月亮升起来了，远处的山峦边界显得朦胧，路边水塘倒映的月光则清晰、明亮。曲曲折折的村镇公路在水田、河塘和林地的间隙中延伸，在直射的月光、山崖的阴影交替覆盖之下，平滑的公路变成了绵延的、明暗相间的钢琴琴键。

"出了城就凉快一截，"张诚开着车，面对着从车窗吹来的风，"觉得热吗？"

安少瞳坐在副驾驶席上，从右边车窗看着外面的风景："乡村夜行，挺舒服的。"

"我记得你之前不戴眼镜吧，"张诚问，"怎么今天戴上了眼镜？是最近读书太多近视了吗？"张诚这么一说，后排的方若涛、王老师注意到安少瞳戴上了一副眼镜，镜腿、边框很宽，看上去像老式的近视镜。

"一直读书太少，惭愧惭愧。"安少瞳说，"视力本来一般，又是晚上拍摄，不戴眼镜怕看不清楚。"

"行，武装到了牙齿。"张诚微微向后排转了一下头，"都很少在乡村夜行吧，今天感觉怎么样？"

"天气不错，温度也合适，我确实是第一次晚上去沿河村，看看周边的风景也挺清爽的，"坐在后排的方若涛捋了捋被风稍稍吹乱了的头发，"要不是有采访任务，而且是特别煞风景的暗访污染的任务，这趟出行真的像是去乡村游。"

王老师表示和若涛有同感，安少瞳说等这一次采访报道完成之后，一定组织一次乡村游，在座的同事都参加。

"那得先保证这次报道顺利完成。"若涛说。

"还得保证这次报道人员安全。"张诚笑着说。

"中午咱们做了那么多功课，顺利、安全一定能保证。"少瞳说。

"下午我刚听说沿河化工厂在省城各大媒体新投放了广告，广告语说什么'沿河日化，环保到家'，"张诚说，"这个时候给媒体送钱，意图是什么不好猜测，但要保证咱们这次报道顺利和人员安全，显然不确定因素会更大。"

"沿河化工新投广告了？"若涛问，"给传媒集团投了吗？"

"投了，广告片应该是今天开始在综合频道两档节目中播放。"少瞳语气平静。

"这个时候投广告，肯定是为了拉拢和媒体的关系。"若涛说，"沿河化工有过排污受罚的前科，现在正在推进环保专项报道，集团广告审查怎么也不注意一点？"

"他们这次投放的不是产品广告，而是以环保公益为由投放的形象广告，面子上挑不出毛病。"少瞳说，"广告部业绩压力也很大，只要没有原则问题，对企业的广告投放一般都会过审。"

"不管他们的主观目的是什么，至少可以看出沿河化工对于目前正在进行的环保专项报道是敏感的，"张诚说，"所以我觉得考虑这次报道人员安全并不过分，咱们得有所准备"

"所以请你出山，"安少瞳说对张诚说，"你也算是沿河村的半个主人，有你就更踏实了。"

中午准备会结束后，方若涛发信息给安少瞳，询问今天邀请张诚参加采访的原因，毕竟这一选题的确立、前期采访都是"省城网事"独家推进的。安少瞳回信息解释，是想扩大报道的影响力，同时也要保证视频报道的独家性，所以邀请了张诚这位《省城日报》的文字记者，同时透露张诚去年曾在沿河村做过多项新闻报道，对那里的环境很熟悉，这也是请他今天一起前往的原因之一。

出城后约半小时，张诚将车拐进了一条小路，方若涛觉得方向和此前踩点时的路线不同，正要询问。张诚说向这边走可以到达一个相对隐蔽的停车平台，而且距离此前所说林场高点拍摄位置更近。

张诚果然熟悉地形，又行驶了十来分钟，车在山坡的一处平地上停了下来。张诚说车开不上去了，得步行过去，好在再走几分钟就能到拍摄点。

四人下了车，带上各种摄影、摄像设备，向高处走去。张诚带路，在树林间行走，虽然没走几分钟，但因为带着设备，而且是上坡，自然并不轻松。张诚说大家辛苦了，穿过前面那片花丛就到了。

一阵细细的花香飘来，隐隐地似有一片浅色的花丛呈现在眼前。越走近花香越清晰，只见一片片、一丛丛蔷薇花布满了树林之下的整片灌木。月光之下花的颜色难以分辨得特别真切，但仍然能够看见金黄色的花蕊点缀着粉白色的花瓣，展示出来的淡然超脱与清新的花香一起融进微风之中。

侧身看着这一片蔷薇花，安少瞳不由得放慢了脚步，这时他发现自己已经落后张诚和王老师十多米，于是赶紧快走两步追了上去，偶然回头，看到方若涛站在蔷薇花丛之前，此时微风停了，蔷薇花与方若涛静静伫立、遥遥相对。

安少瞳看到张诚和王老师已经停了下来等待，于是马上轻轻叫了一声方若涛，方若涛回过神来，赶紧向上跑了几步赶了上来，向三人抱歉一笑："在城里根本看不到这么茂盛的成片蔷薇花，一时有些不舍，真不好意思，别影响了大家，耽误了工作。"

"月夜赏花，确实是少有的机会。"安少瞳说。

"是呀，还是在月夜采访途中，偶遇蔷薇，这机会就更少有了。"

张诚说："若涛同学干活给力，没想到情感还这么细腻。"

"心有猛虎，细嗅蔷薇。"

一瞬间张诚、方若涛、王老师同时没再说话，都是在理解，或者品味安少瞳所说的这句话。

"'心有猛虎，细嗅蔷薇'，这句话形容若涛同学真是到位！"张诚说，"胸怀强劲而远大的雄心，又感服于当下的细微美丽，这是若涛同学的真实写照。"

　　"同意！若涛同学言行到位，安组长形容到位，张诚老师评论到位。"王老师说。

　　张诚又说："是呀，安组长，你真是若涛同学的知己。"

　　安少瞳赶紧说："张大主任，你就别开玩笑了。"

　　"真没开玩笑。若涛同学的报道一直保持力度和锋芒，但哪怕是采访中短暂的间歇也能安然感受现实的美好。"张诚说，"安大组长，你的这八字评语，绝对不只是妙手偶得，一定是基于对若涛同学长期的关注、凝视、理解……"

　　三位同事边走边议论，方若涛一直没有说话，也许是同事议论密集，插不上话，也许她是在品味少瞳所说的"心有猛虎，细嗅蔷薇"，也许她是面对张诚半真半假的玩笑话产生了不同的感受。

　　直到张诚带大家到了坡顶停了下来，方若涛才说："多承各位老师的谬赞。不管是开玩笑还是表扬，都不敢当。刚才就是感受很有落差：这边花团锦簇，下面污水横流，这么好的环境被利欲熏心的厂家破坏了，不仅大煞风景，而且让人气愤。"

　　"所以说，安组长给出的这八个字评价对你是再合适不过了，若涛同学不必过谦。"张诚接着往下方一指，"蔷薇嗅完了，下面就得拿出老虎的劲头去拼污水了。"

　　大家顺着张诚指的方向看去，月光之下，沿河化工厂南墙以及下方的明渠已尽收眼底，虽然在夜晚，但还是能够看到下面的全貌，原来这里就是此前商定的拍摄高点。

　　王老师迅速在树丛中设定了机位，调试好镜头，张诚用相机，安少瞳和方若涛用手机拍摄了几张不同角度和构图的照片。虽然距离较远，不过专业的摄像机和照相机还是能够清晰地拍摄到化工厂南墙排水口、明渠和沿河河段之间的位置关系。此时似乎一切都很宁静祥和，除了隐隐地听到厂内机器的运转声外，厂房周边看不到人，排水口也没有任何动静。

　　四个人在坡上紧盯着下面，不时地有飞虫在眼前掠过，等了很久仍然没有动静，周边看不到一个人，化工厂亮着的灯光也显得很昏暗，一切似乎都在夜色中睡去。

"你们说，今天化工厂有没有可能不排污水？"张诚看着照相机镜头问。

"不会。"方若涛说，"从环保局拿到的资料确认了它的存储容量，而且我们踩点和旁边居民反馈都证明连续四天没有排污，管口泥土也是干的，所以今晚肯定得排放。"

"环保局技术资料测算的数据应该是权威的，咱们再等等。"安少瞳又问王老师，"以现在的光线，能拍清楚排水管和明渠吗？"

王老师看着录像器说："夜里的光线下要拍清楚有点吃力，特别是镜头推上去拍特写比较暗，幸好今天月光明亮，全景画面还是能交代清楚排放的位置关系。"

四个人继续盯着下面的动静，但似乎一切如常，远处居民家里偶尔传出的犬吠声也渐渐地停止了，耳边只有昆虫的鸣叫声，以及驱赶叮咬自己蚊虫时的拍打声。远远望去，坡下的厂房反倒是越发安静。

"九点多了，一直没有动静。"王老师盯着摄像机的寻像器，"我今天特地换了一只高倍率镜头，画面能推到厂房的窗户的特写，不过现在看不到有人活动。"

"环保局给的厂区平面图上标记的循环蓄水池，是在厂院靠南墙的露天位置，您从镜头能够看得到吗？"方若涛问。

"镜头能推上去，不过黑黢黢的，看不太清楚，但应该没有人活动。"王老师说。

"我看您已经拍摄了不少空镜，"方若涛问王老师，"时间也挺长了，是不是休息一会？"

"不用不用，这才哪到哪呀？此前采访过一些所谓的明星，一迟到就让你等两三个小时，还有被放鸽子的。"王老师说，"今天咱们有思想准备，偷排污水嘛，哪能和咱们约好时间？"

方若涛还想劝慰，王老师紧盯着镜头，小声而急促地向大家预警："注意！好像有人出现了。"

安少瞳、方若涛和张诚赶紧注意看向坡下厂房方向，一时间并没有看到什么动静，方若涛瞅了一眼王老师在摄像机侧面打开的寻像器，看到镜头已经推成特写，果然看到在厂房西面围墙的侧影里，好像有三个人影。

过了几分钟，那三个人慢慢走到南墙面向月光的位置，一直在东张西望，好像在寻找什么东西。接着他们又顺着南墙走向东侧围墙，消失在各位记者的视野和镜头中。过了一会儿，这三个人又从西侧围墙的阴影里出现，一边东张西望一边又慢慢走过南边的围墙。

"他们是不是在望风？"张诚一边拍照一边问。

安少曈扶了一下眼镜，盯着坡下，说："看样子是，他们出来围着厂房围墙转圈，不停地左顾右盼，肯定是在查看有没有外人在厂房旁边。"

"那估计很快就会排放污水了。"方若涛用手机连续拍摄。

王老师推拉着镜头说："等的时间不算长，运气还不算差"。

只见这三个人围着厂房围墙转了三圈之后，没有再出现，四围又恢复了安静。正当安少曈他们等得有些心急时，张诚盯着照相机镜头说："南墙排水管好像开始排污水了。"

王老师赶紧将镜头推到排水管特写，确认说："是有污水排出了。"

由于手机镜头的倍率有限，安少曈、方若涛看不清远处排水管的情况，于是索性来看王老师摄像机侧面的寻像器。随着王老师操控的摄像机镜头的移动，在并不明亮的光线条件下，依然能够清楚地拍到污水从南墙排水管流出，经过明渠最后排放进沿河的过程。

看到王老师连续拍摄了多组污水排放画面，张诚也连续拍了很多照片，安少曈问两位在这个位置是否已经拍摄充分了。得到肯定的回答后，安少曈建议按原计划尽快去第二个点位，也就是明渠和沿河的交接处，在那里进行拍摄，并且提取水样是今天暗访最关键的环节。

四个人快速收拾了设备，张诚带路下坡前往第二个拍摄点位。为了防止被厂方的人发现，张诚特意绕了一大段路，避开直接面对南墙的路段，经过厂房侧面向预定位置靠近。张诚走在最前面，王老师和方若涛居中，安少曈断后，时刻注意着前后左右的动静。四个人一直没有说话，都不约而同地将脚步放缓，都在有意识地尽量减少可能发出的声音。在静谧的夜里，好像已经万籁俱寂，而彼此的呼吸和心跳声似乎又清晰可辨，直到流水的汩汩声逐渐变大，掩盖了其他所有的声音，大家已经到了明渠和沿河的交接处那棵标志性的大树旁边。

张诚打了个手势让大家蹲下来，自己弯着腰绕过大树靠近灌木丛，慢慢抬头往上看去，测算上方南墙排水管位置如果有人观望可能的视野，之后小声告诉大家为了防止上方有人看见，最好是蹲着作业，不能站起身来，否则南墙根下如果有人就会看到。

按照张诚的提示，大家弯腰轻手轻脚地靠近灌木丛，迅速查清了明渠这一段落污水的流向和位置。王老师和张诚分别用摄像机和照相机抓紧拍摄整个环境、位置结构，安少瞳用手机拍照，方若涛取出两只环保局的样本瓶，从明渠与沿河的交汇处中灌取水样，王老师跟踪拍摄取样的过程。

"气味刺鼻，这污水真臭。"正在取水的方若涛下意识地用另一只手捂住口鼻，"制造污染真是伤天害理。"

一只样本瓶水样取满，若涛换另一只瓶子，这时安少瞳微微站起身来，好像是在察看明渠上端水流，若涛赶紧小声提醒少瞳蹲下，少瞳轻轻挥了一下手表示听到了，继续从上往下移动，一直挪到方若涛取样的明渠与沿河的交接处，应该是把这一段明渠的流水情况完整地察看了一遍。

方若涛觉得有点奇怪，小声问安少瞳："干嘛这么近距离地盯着看？有什么发现吗？"

安少瞳扶了一下眼镜，说："没有看到什么特别情况，就是一路闻着刺鼻的臭味。"

张诚小声嘲笑少瞳："若涛同学是细嗅蔷薇，你是细嗅污水，你说你煞不煞风景？"方若涛、王老师禁不住笑了出来，又怕笑出了声，赶紧忍住。

"是有点煞风景，抱歉抱歉。"少瞳说。

"主要是这里没有风景，"若涛说，"安组长能强忍恶心细嗅污水，才真是心有猛虎。"

张诚和王老师对若涛的评论连声称赞，少瞳则是连声说惭愧。

第二只样本瓶水样也已取满，方若涛取出瓶盖，要将样本瓶封口，王老师靠近准备拍摄封口的过程，但调试了镜头觉得不理想，因为夜晚光线暗，全景还能基本拍摄清楚，但特写、特别是封口处的条形码实在是看不见。但是为了保证水样提取的真实性和证据的完整，必须就在现场拍摄记录。

安少瞳观察了一下，提出打开手机上的手电装置为拍摄补光，王老师说手电补光肯定能满足光线要求，张诚提醒动作要快，因为有了光亮就容易引起他人的注意。事不宜迟，安少瞳打开手机的手电筒照着方若涛所持的样本瓶，方若涛调整了瓶体角度，将封口位置展现在镜头前，王老师、张诚拍摄了完整的两只样本瓶封瓶过程。

安少瞳盯着整个过程，确认拍摄无误后关闭了手电，从口袋里取出消毒纸巾递给方若涛。方若涛愣了一下，但马上领会了安少瞳的意思，接过纸巾擦拭了手上沾染的污水，然后将两只样本瓶也擦拭干净，随后她正要将瓶子放进挎包里，少瞳说："把一只瓶子给我。"

"怎么了？"若涛问。

"咱一人拿一只瓶子，这样可以分散风险。"

方若涛觉得有道理，将其中一只瓶子交给安少瞳。

按照此前的计划，方若涛马上带着现有的拍摄素材和样本瓶离开现场，沿着原路开车回城，先去环保检测中心去鉴定水样，再回办公区上载素材、编辑。

王老师将拍摄卡从摄像机里取了出来，装进卡盒之后交给方若涛，张诚递上车钥匙，安少瞳对她说："没问题吧，我送你去停车的位置。"

"不用，你们还要找机会去上面的排水口拍摄、取样，我记得路，返回找车就行。"说完，若涛又检查了一下包里的拍摄卡和样本瓶，弯着腰挪过一段距离，直到确认已经脱离了上方厂房南墙位置可能的视野范围，才慢慢直起身，回头向三位同事挥了一下手，转身准备快速离开。

正在这时，几道刺目的手电光直射在方若涛的脸上，同时杂乱的脚步声和粗俗的喝骂声一并传了过来。

33

"什么鸟人？"

"深更半夜来我们厂干什么？偷东西吗？"

"前后堵住，别让他们跑了！"

在刺目的手电光束直射之下，方若涛几乎睁不开眼，伸手遮挡着自己的脸，下意识地向后退了几步，张诚、王老师抢先挡在方若涛身前。逆光之下，只能隐约地判断对面来了好几个人，还有人挥舞着棍棒，粗鲁的谩骂声夹杂着棍棒拖地时与石头的磕碰声，刺激着在场所有人的耳膜。

张诚和王老师正想开口询问，只见对方几个人上前将手中的棍棒指向他俩，棍头几乎碰到了张诚的脸："你们是什么人？来我们厂搞事吗？"对方后面几个人随之嚷嚷起来，谩骂声再起，有的还用木棒敲击着地面。

"没有谁搞事，这里是河边，也不是厂区。"张诚辩解着，但在对方众人虎视眈眈之下，他们也不自觉地向后退了两步。方若涛定了定神，仔细辨别出对方少说也有七八个人，个个手中都操着家伙，这伙人肯定是来自沿河化工厂，应该是发现了自己这边在暗访，于是聚众而来。看这架势，对方不会善罢甘休，方若涛一时没了主意，捏了捏挎包里的水样密封瓶，偶一回头，看见安少瞳背靠着那棵大树，没有站直，虽然在夜色里看不清他的表情，但从站姿可以判断他已经有些狼狈。

"没搞事？"责问的人看来是对方的头头，"深更半夜鬼鬼祟祟地跑到这里来干什么？"

"我们只是路过这里，准备去前面的沿河镇。"张诚继续辩解。

"别他妈的再编瞎话，你们还带着相机，想糊弄谁呢？"

"队长，咱不用跟他们客气，不砸相机就砸人。"

"谁敢打电话？下了他们的手机！"

对方的人又嚷嚷了起来，一边嚷嚷一边拥过来，把张诚他们围在中间。

面对对方咄咄逼人的架势，张诚说："你们想干什么？我们只是路过这里。"

"还在编瞎话！"领头的人质问，旁边的人右手持着木棒拍击着自己左手手掌，"不给个交代，谁也别想离开这里。"领头的人昂了一下头，做了个示意，这七八个人，各自上前，缩小了包围圈。

张诚盯着对方领头的人："你们想干什么？"方若涛感觉到张诚是鼓足勇气质问对方，在这样的形势下，她感受到了包括自己在内的每个人的压力和紧张，匆忙中看了一眼安少瞳，只见他一言不发，低着头站在他们三人的身后。

"干什么？就干这个！"领头的人旁边两个打手同时向前，一个要揪张诚的上衣，一个想去抢夺他的相机。张诚往旁边一闪，躲开两人的这一击，喝道："你们想动手吗？"

"动手咋啦？我还要动家伙！"那个打手一举木棒，上前一步，作势就要往张诚挎着的相机砸去，张诚眼疾手快，一把抓住打手的棍头，两人形成僵持状态，对方一看，另外两个打手上前一步，同时要对张诚动手。

"各位老板，慢着，慢着。"

只见安少瞳从后面走上前，向对方的领头人连连躬身点头："有事咱们好商量，何必要把事儿闹大呢？"

领头的人好像发出了信号，打手们暂时停止了攻击，不过三个打手一直紧盯着张诚，安少瞳赶紧说："我们确实是路过的，随身带着相机是拍了些照片，但无意冒犯贵厂，应该是误会、误会。"

对方一时没说话，安少瞳又说："您有疑问咱们可以解释，在误会之下就这样动起手来，不明不白的，万一出了事儿，都不好收拾。"

领头的人看了一下四周，然后向安少瞳说："那行，都回厂里，听你们解释。"说着转身就走。四周的打手们嚷嚷要带安少瞳、张诚他们去厂里。

"凭什么要我们去厂里？"

"是想绑架，还是想非法拘禁？"

张诚和方若涛站着没动，一起向对方质问。显然进了厂里，会比目前的处境更加危险，毕竟这里是户外，如果动静闹大了，有可能会引起周边居民的注意，他们也许还有转机，但是进了厂里那就是完全由对方控制，别说拍摄素材和设备，就是人身安全也难以保证。

"怎么？还敢废话？"

"别给脸不要脸！"

"再不动，老子让你们动动！"

打手们挤了上来，有的谩骂，有的用棍棒敲击着地面，刚刚稍有缓和的气氛又紧张了起来。

眼见着打手们就要动手，安少瞳说了声："好的、好的，咱们进去说。"然后在黑暗中向方若涛和王老师点了点头，算是做了个示意，然后拉着张诚转向厂子方向，方若涛、王老师看这形势，也没有别的办法，缓缓地向前挪步，路过排水管，方若涛看了一眼，发现污水排放已经停止。

四个人被打手围堵着走进了化工厂，对方将四人带到一间简陋的厂房里，迅速关上了房门。

"既然你们说是误会，那咱们就解决这个误会。"领头的人坐了下来，对安少瞳、张诚他们说，"刚才你们说随意拍了点照片，那没关系，只要你们把和沿河化工厂有关的照片、视频删了，把从我们厂拿到的所有东西留下来，咱们就没有误会了，甚至可以成为朋友。怎么样，这个要求不过分吧？"

领头的人语气和缓，听上去似乎还颇为客气，但透露出一种一切尽在掌握中的自得之意。安少瞳、张诚虽然没动声色，但显然体会到了这一点。方若涛注意到对方提到了"从我们厂拿到的所有东西"，马上明白肯定有所指，不由得捏了捏装着水样密封瓶的挎包。

"队长，别跟他们客气！"

"说！你们来我们厂想干什么？"一旁的人又是一阵嚷嚷。

看到安少瞳这边没有人说话，领头的人说，"你们来这里的目的可能不便透露，我其实也没有兴趣了解，我只想拿回我们厂的东西，其他的与我们无关，我们都可以不动。"接着他又说，"但如果我们自己的东西都拿不回来，我没法交代，那你们几个恐怕也不能全身而退。"

"我们在外面拍了几张照片，与你们厂没有关系。"张诚说。

"我们都没有进你们厂，能拿你们什么东西？"方若涛问。

"你们刚才在明渠旁边一系列动作，连拍带拿，不要以为没有人看到，"领头的人显露出微笑，"也不要以为谁是傻子，咱们就不要在这上面浪费时间了。"

"对呀，别给脸不要脸！"

"赶紧把东西交出来！"

"敬酒不吃吃罚酒，就不信你们的破照相机砸不烂！"

领头的人基本已经挑明，他们已经看到了记者四人拍摄、取水的过程。张诚和方若涛对视了一眼，相互都察觉到了彼此的焦虑，此时安少瞳扶了扶眼镜，面部表情显得有些木讷，王老师紧攥着摄像机提手，盯着对方领头的人。

"没听懂是吧？你们要是不配合，那我们做个示范。"领头的人沉下脸，做了个挥手动作，旁边有三四个人骂骂咧咧地上前，逼近安少瞳他们，有两个人伸手就要去抓张诚挎着的相机和王老师手里的摄像机。张诚和王老师一边护着机器，一边伸手抵挡对方的攻击。

"各位、各位，别动手。"安少瞳赶紧上前挡住张诚，"我们配合、配合。"

"你说了算吗？"领头的人问，上前的那三四个人也暂时停止了攻击。

"都好商量，咱们配合。"说着安少瞳向张诚连连使眼色，又向方若涛和王老师看了一眼，虽然没有说话，但意思显然是让各位暂且忍让，避免冲突。

"那行，先在这里把照片和视频删了。"领头的人说，"咱们厂也有电子产品专家，对拍摄设备的精通程度不比你们差，所以还是直率一点，别想着藏着掖着了。"

"不会、不会，既然配合，那就不打折扣。"安少瞳向领头的人说，"不过机器是我们自己的，不劳您这边动手，我们自己删除，如何？"

"可以，你们自己动手也行，不过别想着耍花样。"

安少瞳向张诚说："那咱们把照片都删了吧。"

张诚挎着相机，凝视着安少瞳没有吭声，安少瞳又说："把各个角度拍摄的照片一次性都删了。"他对"各个角度"四个字稍稍加重了语气。

安静了好一会儿，张诚慢慢地端起相机、打开图片库，看了一眼安少瞳，但在他的脸上没有看出明显的情绪。缓慢的动作又引发了对方一阵夹杂着漫骂的催促，张诚瞪了对方一眼，还是调出格式化页面，停顿了一会，张诚扭头将视线从相机上移开，但同时手指用力一点格式化页面的"OK"键，今晚拍的一百多张照片瞬间被删除。

"很好！误会看来可以解除。"看到在旁边监看删除过程的人的点头确认之后，领头的人露出一丝的微笑，然后看向王老师的摄像机，"视频当然也会让人产生误会，所以咱们还是轻松地再来一次吧。"

王老师再次攥紧了摄像机的提手，看向安少瞳，安少瞳上前一步，小声说："王老师，就按照他们的要求，格了吧。"

"你这……"王老师瞬间脸色涨红，只是当着对方这些人的面，好像一时之间对安少瞳也没法措辞，不过他马上强行平静下来，盯着安少瞳看了几秒钟，突然拿起摄像机猛地塞到安少瞳的怀里，"这是你是机器，你爱怎么弄就怎么弄。"

王老师推送机器的动作幅度大，显然是带着某种情绪，不过安少瞳似乎没有觉察，或者是觉察了但装作不知道，他将摄像机放到桌上，在对方监视之下，调出程序按键删除了拍摄的素材。

"看来误会正在逐步消除，"领头的人语调中透露着得意，"手机照片视频、包里的东西，也一并消除误会。咱们快一点，都能早点下班回家。"

"听到没有？把手机拿出来！""包里的东西都拿出来！"一旁的人七嘴八舌地又是一阵叫嚷。

张诚、方若涛和王老师相互看了一眼，彼此能看到焦急甚至有些悲愤的表情，看来在明渠旁边大家一系列拍摄、取样的举动，都被对方窥视到了。在这样被对方控制和围攻的环境里，想保留任何照片、视频以及已经提取的水样并带出去，现在都已经很难实现了。

"手机是私人物品，凭什么给你们？"张诚和方若涛几乎同时反击。

没等对方回应，安少瞳接着说："手机都随身携带，偶尔拍张照片，既不是有意为之，也不会对谁造成什么影响，而且手机里主要是个人照片，这让删了有点强人所难。"

"是不是有意为之，你们最清楚，但是只要造成影响一定是针对我们的，"领头的人说，"大家都是明白人，既然都已经在消除误会，咱就将误会快速、彻底地消除。"

安少瞳向领头的人盯了一会，转身看向张诚、方若涛和王老师，说："咱们把今天在这里拍的手机里的照片、视频给删了吧。"

"凭什么？我拍几张风景照片怎么了？"方若涛对安少瞳提高了嗓音，"你要是害怕，要删就删你自己的，我什么也不怕！"

"咱不是为了消除误会嘛，"安少瞳解释，"厂方担心受到影响，咱就相互支持一下。"

"相互支持？好，你已经删了照相机和摄像机里的素材，是对他们支持了吧？现在凭什么还让我们删手机照片、视频？"

"小丫头挺横呀！"

"想怎么着？信不信把你手机给砸了？"

正在这时传来一阵轻微的嗡嗡声，似乎是手机进来电话时的震动声。片刻之后，张诚从衣兜里取出正在震动的手机，正要接通电话，旁边一直盯着他的打手一把将手机夺了过去。

"你想干什么？"张诚脸色一变，伸手要去抢回手机，旁边同时上来三个壮汉，一人抱腰，两人摁住胳膊将张诚控制住。

张诚瞬间涨红了脸，一直在挣扎，但都没法摆脱那几个壮汉的控制。

"大家都不要动怒，也不着急接电话，"领头的人看着被控制的张诚，面带微笑，"你的手机我们也不会动，不过咱们得尽快把误会消除，"

打手将抢来的手机放到领头的人面前的桌子上，震动的手机触到桌面，嗡嗡声变得更加响亮。

"对、对，尽快消除误会。"安少瞳转向张诚，"咱都不是针对化工厂，只是误打误撞，辗转多地到了这里，照片是随意拍的，咱们自己都删了吧，免得再误会。"

安少瞳向张诚说话时语气稳定，只是有意无意地将"辗转多地"四个字略加重了语气。听安少瞳这么一说，张诚似乎意识到了什么，激动的表情渐渐平静了下来。看张诚不再挣扎了，摁着他的几个壮汉也稍稍放松了控制。

当着对方的面，安少瞳取出手机调出照片栏，一键选择了今天"沿河镇"地址之下的所有照片和视频，直接点击删除，接着又点进"相册"，并将手机递到一旁监视的人的面前，点击了"永久删除"键。

旁边的人监视了安少瞳整个操作过程，然后向领头的人说："队长，没事了，他都永久删除了。"

"好！"领头的人笑着说："还有你们三位老师，加油呀！"

在场的人都听出了这句话里所含的讥讽和挑衅，厂方的人爆发一阵夸张的大笑，方若涛涨红了脸，王老师咬住了牙，张诚则是面无表情。

僵持了一会，张诚摆脱几个人的束缚，慢慢走上前拿起手机，当着众人的面删除了今晚拍摄的照片和视频，然后在监视的人的笑声中，走回到安少瞳他们中间。

整个过程，方若涛的视线没有离开过张诚，直到他删完照片从她面前走回，仍然盯着他没有表情的脸。看到安少瞳删除手机照片，方若涛感到鄙夷，面对对方的哄笑和讥讽，她感到悲愤，而张诚也去删除了手机照片，让她感到的则是不解，怎么态度和言行一直坚决的张诚，现在一下子变得这么软弱？

一旁的人又在叫嚷，敦促方若涛、王老师赶紧删除手机照片。方若涛没搭理，站着没动，王老师同样没有动静。安少瞳上前一步小声对他俩说："先删了，回去再说。"

王老师点开手机照片栏，展示给安少瞳，提高了嗓音："我是用摄像机的，不用手机拍照。"显然，这句话也是说给旁边的人听的。

方若涛仍然站着没动，气氛又开始变得紧张。

领头的人说："别磨叽了，都爽快点，大家都挺忙的，你们的时间也挺宝贵。"

方若涛仍然站着没动，

领头的人正要说话，厂房门开了，进来一个人，快步跑到领头人身边，耳语起来。方若涛听不见这两人的说话内容，但能看到领头的人表情由刚才的轻松渐渐变得有些急躁。

交流完之后，耳语者应该是领受了指令，快步离开了厂房。厂房门刚一关上，领头的人站起身对着方若涛说："赶紧的！手机、包里的东西全给留下，你们就可以走，不然的话，别怪我们不客气！"说话声音明显变得高亢和急促，一旁的人又是一阵嚷嚷和恐吓，有几个人用棍棒敲击起地面。

安少瞳对方若涛小声说："东西拿出来算了，回去再说。"

方若涛一眼都没有看安少瞳，好像是没有听到他在说话，在一片谩骂和叫嚷的杂音中，表情严肃地一动不动。

这时张诚上前一步对方若涛说："耗着不是个事，得先离开。"

方若涛瞪了少瞳和张诚一眼，突然摘下自己的挎包，抢上一步到桌前，"哗啦"一声，将包里的物品一股脑地都倒了出来，手机、拍摄卡、车钥匙，还有装着水样的密封瓶，散落在桌面上。

方若涛一把拿起手机、点开照片栏，将今天的照片、视频全部删除，然后举着手机冲着安少瞳的脸："照片都没有了，看到没有？你满意了吧？"又将手机冲着领头的人，"你们都满意了吧？"说完将手机和车钥匙装进挎包里，剩下拍摄卡和密封瓶还留在桌面上。

安少瞳将拍摄卡装进摄像机，当着众人的面将卡里的素材进行格式化，全部素材瞬间不可恢复地被删除。

王老师扭过头，应该是难以直面自己的劳动成果就这样轻易地化为乌有。

领头的人表情稍稍轻松下来，拿起装着水样的密封瓶，自言自语地说："这是什么东西？挺精致呀。"突然一松手，密封瓶掉落下来，"砰"的一声，砸到地面的瓶子成为玻璃碎片，里面装的水样液体迅速被厂房地砖吸收，一会儿就无影无踪。

"呀，不好意思，失手了，打碎了你们的瓶子，我赔。"领头的人做出抱歉的表情，"赔你们一只沿河化工厂的礼品水杯，环保材料制造，工艺流程讲究，请笑纳。"

方若涛头也不回地向厂房门口走去，旁边的人本想阻拦，领头的人抬头示意了一下，一旁的人闪到一边，方若涛拉开房门，走了出去。

安少瞳、张诚和王老师也是一言不发地向外走去，只听领头的人在身后说："一定要把这几位客人送上车、送上大路，千万不能怠慢。"

34

厂房外边已经站了很多人，一直延伸到化工厂大门，几乎形成了夹道欢送的态势，显然厂方已经准备好，不让这四位不速之客有去厂里其他位置的可能。

方若涛快步向前，很快来到大门前，伸手要拉开厂门，被一旁边的人拦住了，等安少瞳、张诚和王老师跟了上来，门才被拉开，一旁的人在身后簇拥着他们四位出了门，厂门随即又被关上。

两辆车打着双闪，停在厂门口不远处，方若涛在逆光之下能模糊地看到车边站着一些人，一个身材强壮的身影迎了上来，走近才看清，居然是程鹏。

"安组长、若涛同学，哦，还有王老师，"程鹏上去抓安少瞳的手，急切地说，"怎么样？没事吧？"

"你怎么来了？"看到程鹏，方若涛又喜又惊，"你怎么知道我们在这里？"

"回去再说，先上车。"程鹏没有回答，先招呼着大家。

厂门停着的是两辆商务车，第一辆车后排和驾驶席已经坐了人，方若涛没有再说话，径直坐上了中排座位。外边安少瞳叮嘱了几句，程鹏坐到了方若涛的旁边，王老师将机器放到后备厢之后，坐到了副驾驶席，司机随即启动车子。

路边依然站着一些人，大多身穿化工厂的工装，他们监视着方若涛、程鹏所乘坐的商务车驶过，直到开到省道上。

等到路边不再有人，方若涛问程鹏："你怎么到这里来了？"

程鹏笑了笑，没有回答，反问："你怎么样？刚才在厂里没什么事吧？"

"不怎么样，"方若涛脸上没有表情，"有事，事大了！"

程鹏有些惊讶："真有事？厂里的人动手了？"

"人家倒没有动手，而是我们自己动手的。"

"这是什么意思？"

"好不容易拍到的素材，我们自己动手给删了干净。"

程鹏好像明白了一些、松了口气，也许是因为车里还有其他人，他没有再追问，方若涛也没有再多解释。

夜间行车很畅快。司机将车先到开了省城大学，停下之后和后排的乘客下了车，程鹏下来向他们道了谢，方若涛这才看清楚后排下来的三位乘客很年轻，看上去就是大学生模样，司机好像年纪也不大。

程鹏和他们告别之后直接坐上了驾驶席，说他来开车先顺路将王老师送回家。方若涛问刚才四个人是不是省城大学的。程鹏说他们都是省城大学的研究生和老师，今晚请他们过去壮声威的。

"壮声威？什么意思？"若涛不太明白。

"听说沿河化工厂黑白两道通吃，咱们去捞人，势单力薄肯定没人买账，没准还有危险，所以从省城大学借了八位男生，开了两辆商务车，浩浩荡荡地过去，人多了果然气势不同。"

"刚才问你，你还没回答，你是怎么知道要去厂里捞我们的？"若涛问。

"什么事能瞒得了我？我有监听。"程鹏开着车，面向挡风玻璃的脸上露出一丝神秘的笑意。

"监听？监听谁？"

程鹏刹住车，打开手机语音备忘录，点开一段音频文件，又开动了汽车。方若涛和王老师听到手机里传出了一片嘈杂声，隐约听到有人谩骂和嚷嚷，好像有人说了"堵住他们""别让他们跑了"之类的话。

"这是什么声音？"王老师又问方若涛，"是在厂外咱们被围堵的时候吗？"

"好像是，"方若涛边听边说，"声音录得太远了，听不清，但听到有人叫骂，和在我们厂外的时候有点像。"

听完了这一分来钟的音频，方若涛仍感到难以辨别清楚，于是向程鹏说："别卖关子了，这段音频是哪里来的？"

"王老师、若涛同学，听力出色！"程鹏边开车边说，"就是来自你们被围堵的现场，不过具体在哪里录的，我可不清楚。"

"什么意思？你不是说是监听来的吗？"王老师问。

"王老师，这是一段电话录音。"程鹏说，"是安少瞳给我打电话时的录音。"

"安组长给你打电话？什么时候打的？他给你打电话你都录音吗？"

"下午你们出发采访前，安组长悄悄向我交代了此行的计划，说是有可能遭遇风险。咱俩就商量了一下，决定如果你们在现场万一被厂里人围堵，或者发生冲突，他就给我打电话，如果电话通了但他不说话，就说明情况危险，让我一定要带车带人去化工厂捞你们。我一直没离开办公室，九点多果然接到了他不吭声的电话，通了一分钟就挂了，我知道大事不好，录了电话后就叫车叫人赶去化工厂了。"

"幸亏安组长电话及时打通了，不然的话，你就没法知道咱们的位置，没准咱就没法得到解救了。"王老师说。

"这个此前也有备份，我和安组长商定，晚上十一点电话联系一次，如果咱们的人全关机，或者都接不通，那仍然要出动，到化工厂捞人。"

"凡事留一手，"王老师说，"不错，考虑得周到。"

方若涛问："那调用两辆商务车，还带上七八个学生，也是安组长安排的？"

"学生是安组长提前向省城大学他的一个同学借的，商务车是我向汽车公司租的，"程鹏说，"集合之后赶紧开车到化工厂捞你们。"

"你是怎么捞人的？找当地派出所？"

"没有，下午和安组长商量，觉得先没必要把事情弄复杂，所以直接去叫门，里面的人出来之后，我就说我们的人被他们扣在里面了，让他们放人，开始他们还装糊涂，说从来没扣过人，然后我再出示工作证，并虚张声势地说已经拍摄了四个人被扣押的过程，他们当时就愣了，于是就跑了进去，估计是找他们的头汇报。之后过了二十分钟左右，你们就出来了。"程鹏说，"所以捞人顺利，毫发无损。"

"捞人算是顺利，不过不仅不是毫发无损，而且是损失巨大。"若涛说，"王老师冒着危险拍的素材全给厂里的人删了，咱们手机还被他们查看，不仅损失大，还倍受羞辱，唉！"

"有这回事？这大半宿是白干了？"程鹏问。

"可不是嘛，这么多人，忙了这一夜，却最终一键归零。"看着车窗外快速倒行着的模糊街景，若涛说，"你们都在厂外进行交涉了，当时只要担当再多一点，多坚持一二十分钟，素材就能保留下来。现在倒好，全白忙活。"

程鹏忙问："是不是厂里人要动手打你们？是逼你们删除的吧？"

"厂里的人是威胁了咱们，不过面对威胁就能服软吗？这点勇气都没有，还当什么记者？"

虽然方若涛没有点名，但程鹏已经听出话里有话，于是没有再接话，他向前挪了一下身体，握紧了方向盘。旁边的王老师说："对于现场删素材，当时我也有些情绪，不过现在想想，人身安全还是要保证，这次没采访成功，下次还有机会。"

车里安静了。很快到了王老师住的小区，王老师下车后向程鹏道谢，并说后备厢里的机器是"省城网事"组的，请程鹏辛苦带回去。

王老师离开了，程鹏问若涛："刚才你说删了素材，是什么原因？"

"当时厂里的人逼着咱们删除拍摄的素材，咱们肯定不能答应，我是直接拒绝。"若涛叹了一口气，"可是最后安大组长妥协了，他不仅同意还率先动手删除了素材，咱们堡垒就这么从内部坍塌了。"

"安组长应该也是为人身安全考虑。"

"能有什么不安全？咱就不删又能怎样？我就不信他们真敢动手打人。"

程鹏没再说话，停了几秒钟，说："那现在我送你回家。"

"你去哪里？"

"我还要去办公室，此前和安组长说好了，回来之后要见面再碰一下，商谈后续工作。"

"那我先不回家，也去办公室。"

"你还去办公室干吗？"

"今晚的事，我得和安大组长说道说道，不能就这样把我们的工作成果视同儿戏。"

"今天都这么晚了，你还是回去休息吧。明天再说也行吧？"

"不行，今天不说明白，我不可能睡得着。现在就回办公室。"

看到方若涛态度坚决，程鹏也没有再说什么，直接把车开到了办公楼。

深夜时分，整个办公楼显得很安静，不过到了九层，方若涛和程鹏远远地就能看到自己的办公室大门敞开，灯光明亮。办公室里安少瞳和一位戴着耳机的陌生小伙坐在编辑机前正盯着屏幕，今晚他一直戴着的眼镜放在一边。安少瞳看到方若涛和程鹏进来了，迎了上去："回来了，路上还顺利吧？"又问方若涛，"若涛老师怎么还来办公室，没有回去休息呀？"

方若涛没有回答，到自己工位拿起水杯，从饮水机接了半杯水连喝几口。程鹏感觉气氛有些尴尬，于是赶紧向安少瞳说已经把学生送回省城大学，又把王老师送回了家，回来挺顺利的。

安少瞳向程鹏道了辛苦，又问方若涛："怎么还不回去休息？忙了一夜，太辛苦了。"

"不是辛苦，是命苦。"方若涛喝了一口水。

"怎么了？"

"怎么了？你还不清楚吗……"

方若涛正要往下说，编辑机前的小伙摘下耳机站了起来，对安少瞳说："安组长，素材都倒进来了，声画没问题，您看一下。"

安少瞳向方若涛笑了一下以示抱歉，说了一声"这是请来帮忙的技术处老师"，然后绕到编辑机前，戴上耳机查看素材。

程鹏走近一步向若涛小声说："要不你回去休息？车在下面，你可以开回去。"

方若涛坐了下来，面无表情地说："不急，事情还没有说清楚。"

安少瞳摘下耳机，起身说素材转制良好，向技术老师连声道谢，技术老师表示不用客气，安少瞳抱歉地说都深夜了还让他来加班很过意不去，技术老师说不算加班，反正还要去集团主控室值班。

安少瞳将技术老师送出门，转身回来向方若涛说了抱歉："一直和技术老师转制素材，打断你说话了。你刚才是说什么没说清楚？"

"咱们这么多人忙活一晚上，辛苦就不说了，还冒着风险，最后拍到了素材，你凭什么没和大家商量就擅自做主让所有人删除照片和视频？"

"言重了，哪敢擅自作主。"安少瞳解释，"那种情况下，咱们一起被对方控制，没有办法协商。"

"就算不方便协商，那在我们三人都没有表态的情况下，为什么你主动去删素材？"

"当时现场形势你也知道，我们也已经拖延、争取了很久，当时再不删除素材，可能咱们的人身安全就要出问题。"

"不要说'咱们的安全'，说你个人的安全就行，我安全得很。"方若涛说，"你担心个人安全是你自己的事，凭什么拉上我们？我和张诚、王老师可都没有害怕，更没有同意删素材。"

"咱们是一体的，只要有一个人没有删，咱们四个人都不可能出得去，最终素材也不可能保留得下来。"

"既然咱们是一体的，如果我们都不删，厂里的人能把咱们怎样？他们也就是虚张声势，还真能动手不成？"

程鹏看到两人争执渐起，赶紧说："这么晚了，要不先休息吧，有什么事明天再说。"

没等安少瞳回应，方若涛接着说："你主动删除了王老师摄像机里的素材，逼着我们把自己手机里的照片、视频也都删了，先不说个人尊严，我们的劳动成果你尊重吗？"

"若涛老师，要说逼大家删素材，确实是言重了。"少瞳说，"当时现场处于紧张状态，删素材是我做的决定，责任全部在我，和在场的同事没有关系。"

程鹏赶忙又说："既然情况紧张，那不吃眼前亏是对的，为这事伤了人不值当。"

"哪有那么紧张？"若涛看着安少瞳，"程鹏说了，从他们叫开厂门要人到我们出来，总共才二十分钟时间。咱们只要多扛这二十分钟，素材就保住了！只要二十分钟！"

"忙了一晚上，素材全部没了，我肯定也不愿意，"少瞳对若涛说，"但在那种情况下，谁也不知道还能咱扛多长时间，在他们的厂房内，万一那帮打手上来砸我们的机器、手机，谁都挡不住，谁都不能保证不受伤。"

"能扛多长时间就应该扛多长时间，总不能不战就投降！"

"这怎么能称得上是投降？"也许是听到了"投降"两字感到过于刺耳，安少瞳罕见地使用了反问句："我的处理方式和时机可能都存在问题，完全可以批评，但一定谈不上是投降。"

程鹏听出了话语间的火药味，赶紧说："全身而退最重要，万一有人受伤那事情就大了。"

"你不用在这和稀泥。"方若涛对程鹏说，"素材，还有水样全部毁了，报道没法做了，环评标本没了，你没有去现场，你不知道损失有多大！"

程鹏正准备解释，突然听到有人敲门，回头一看，只见一位拿着文件袋的快递小哥站在办公室门口。深夜出现快递，方若涛很惊讶，程鹏则快步上前，向小哥道了辛苦，签收了快递文件。

"关于报道素材，我不知道现场情况，"程鹏举了一下快递，"不过环评标本安然无恙，应该已经有鉴定结果了。"

"检测结果？什么检测结果？"方若涛没有明白程鹏所说的意思。

"就是你们今晚取的水样的检测结果，用你白天预约的单子，晚上送检，现在结果出来了。"

"是我上午从环保检测中心预约的水样检测单？"

"是呀，不然谁还能有那个面子预约到加急检测？"程鹏笑着说。

方若涛思路有些乱了，愣了一会，问程鹏："下午我离开办公室，是把预约单锁到文件柜里的，后来是你拿出来用的？"

安少瞳向方若涛解释说："是我让程鹏先拿着检测单，我们去沿河村采访，检测单不能随身携带，但要等拿到水样再回办公室取又会耽误时间，所以就让程鹏拿着单子，等到水样就去送检。"安少瞳问程鹏，"快看看，检测是什么结果？"

这时安少瞳的手机铃声响了，他向方若涛和程鹏示意了一下，边往办公室外走边接通电话："老张，估计你也得忙完了才能去睡……"

办公室里若涛问程鹏："刚才说你拿着环保检测单？"

"是呀，快下班时安组长交给我的，另外就是商议了带车捞人的准备。"程鹏边说边拆开了快递，取出文件一看，一挥拳，"检测结论：水体样本污染物严重超标！"

方若涛接过文件，还没有翻看里面内容，只看封面，她已经感到一阵莫名的激动。这是一本印制的环境监测报告，封面上样品名称栏标注的是"密封水液"，检验类别为"委托检验"，而下端注明了签发单位——省城环保局环境检测中心，居中是单位公章，文件旁边则加盖了骑缝章。

方若涛先翻到文件中的结论页，其注明了检测的各项指标，其中病原微生物、重金属等多达十几项元素含量严重超标，最终的结论是不符合可排入河流的国家设定标准。方若涛又仔细翻看了第二页，上面标注了送检的水样样本来源，标明了密封瓶的编号。看到检测书上标注的密封瓶的编号，方若涛马上意识到这就是上午从环保局环境检测中心申领的三只密封瓶之一，显然报告上所说的检测样本，就是来自申领的密封瓶中的水样。

方若涛在惊喜之后感到的是疑惑，因为今晚自己将三只瓶子都带到了现场，其中两只在明渠入河处提取水样之后，她和安少瞳各拿了一只，另一只空瓶也给了安少瞳，准备去排水口提取水样，但还没有实施，即被厂里人围堵，为什么水样密封瓶能提交到环保局环境检测中心？

"这上面检测的样本，就是沿河化工厂排放的污水水样？"

程鹏说："那当然了，咱忙到现在不就是为这个事嘛！"

方若涛自己拿的那只水样密封瓶已经被砸碎在厂房的地砖上，另一只水样密封瓶，以及那只空瓶是由安少瞳拿着的，但在厂里与对方对峙过程中，这两只瓶子一直没有出现。当时方若涛曾有一瞬间想到这个问题，但很快把注意力全部用在与厂方对抗上，现在回想起来，一定是安少瞳没有将密封瓶带到厂内，否则肯定会被对方逼着拿出来。

想了一会，方若涛问程鹏："那你是从哪里拿的水样？"

"就是你们和我说好的那棵大树下面。"

"大树？哪棵大树？"

"不是说你踩点时确认的位置吗？"程鹏点开手机界面当中的一张照片，指着其中的位置给方若涛看，"就是化工厂下面的这棵树，安组长说这是你拍的照片，以这棵树为参照，位置很明显。"

方若涛一看，就是和王老师踩点时拍的化工厂的明渠与沿河交汇处的照片，那棵树在照片中清晰可见，也是下午在八楼开会时，大家研究拍摄位置过程中明确的参照物。

"你是将在这棵大树下拿到的水样送检？"

"是呀，下班前安组长和我预设了几种情况，你们能自己顺利返回当然最好，如果接到他不说话的电话，或者很晚也打不通你们的电话，就说明你们已经有了危险，那就要带车捞人，但到达时第一件事是去这棵树下找一只密封瓶，然后安排人带着单子一起送到环保局环境检测中心检测，之后再去厂门口要人。"程鹏说，"所以我们快到化工厂时就去了那棵树附近，先远远观察了一下，好在当时那周围没有厂里的人，估计他们已将污水排完了，没再安排人在那边盯着。我们很快在树下找到了装着水样的密封瓶，赶紧让一个人拿着，连同那份检测申请单，开车返到环保局送检。幸亏你订的是加急件，不然不可能这么快出结果。"

"你在树下拿到的是几只密封瓶？"

"两只，一只装着水、另一只是空的，我们就将装水的瓶子送检了。"

"当时瓶子就放在大树旁边？"

"对，我们围着树查看了一圈，找到了这两只瓶子，都是插在树根旁边的泥土里。"

方若涛突然回想起，刚被厂里的人围堵时，她和张诚、王老师与对方争辩，而安少瞳则是躲在他们三人身后，躬身靠在那棵树上。当时方若涛觉得安少瞳应该是被吓得不轻，现在明白了，他那时是在树根旁边放置密封瓶。

35

安少瞳打完电话回到办公室，程鹏把环保局环境检测中心的检测报告交给他，并指出报告上检测结果的位置，安少瞳看着报告连声说好，看完后请程鹏把报告书拍成照片和视频。

叮嘱完程鹏，安少瞳看到方若涛在注视着他们，于是一笑以示抱歉："不好意思，今天一天头绪太杂，有些事没有来得及和你沟通，好在水样检测顺利完成了，也算保住了一个重要的报道环节。"

看了检测报告结果，又和程鹏确认了拿到水样并送检的过程，方若涛明白了整个事情的来龙去脉，不禁为安少瞳的周密安排点赞，同时也意识到在现场时，自己对安少瞳是有一些误解。不过尽管检测结果出来了，那也只能证明密封瓶里的水样是污水，当时拍摄的所有视频素材和照片都被删除了，现在没法证明密封瓶里的污水是沿河化工厂排放的。

"水样检测能够完成很不容易，安组长对这个问题的考虑很周到。"方若涛接着说，"不过，现在拍摄的视频和照片没有了，检测结果与化工厂排污之间，缺少证据环节。"

听到方若涛的说法，正在拍摄报告书的程鹏问："你的意思是报告书只能证明是污水，但不能证明污水来自化工厂的排放？"

"是呀，晚上拍摄了沿河化工厂排放污水的现场，同时拍摄了我们用密封瓶从排放的污水中提取水样的过程，包括密封瓶的编号，保证送检的、同时在报告书上认定的就是这一编号的密封瓶，这样就可以形成完整的证据链。"方若涛说，"但现在中间环节没有了，证据链就断了。"

"呀，我刚才挺高兴的，以为有了环保局环境检测中心的检测报告，就坐实了化工厂的排污行为。"程鹏皱了皱眉，"照你这么说，证据确实还不完整。不过咱都努力推进到这个程度了，如果前功尽弃就太可惜了。你看，还有挽救，或者变通的可能吗？"

方若涛也是锁眉凝神，说："现在还真想不出好的办法，即便是下次还能拍到化工厂再次排污，但密封瓶是不可复原的，用密封瓶取水样的过程、瓶上的编号等素材已经没法重拍了。"

"我这里有点素材。"

方若涛、程鹏同时看向安少瞳，一时不明白他说的意思。

安少瞳站在编辑机前，对两人说："我有一些现场的素材，没有专业拍摄的效果好，不过有些段落可以用。"

"你有现场素材？"方若涛很惊讶，径直走到编辑机前，程鹏也走了过来。

安少瞳点击了播放键，显示器里呈现出晃晃悠悠的画面，过了十几秒镜头才稳定，勉强可以看出现场的样貌。

"这就是化工厂的外景！"方若涛惊讶地看着画面，几乎是喊了出来。

程鹏看到这段画面是高点拍摄的一个全景，囊括了化工厂的围墙外侧和沿河水流，而他熟悉的那棵大树也在画面当中，镜头光线偏暗，但隐隐地能看到有污水通过排水渠流向沿河。

安少瞳又回放了这段镜头，同时调高了监视器的亮度，这样围墙下端排水管口流出污水、通过明渠流入沿河的过程，就基本上能够辨别清楚了。

方若涛紧盯着屏幕，紧张地问安少瞳："这段视频素材你是从哪里拿到的？"安少瞳没有回答，继续播放视频素材。

方若涛不由自主地坐到编辑机前的椅子上，视线一直没有离开显示器，看着屏幕上出现的一时晃动模糊一时清晰稳定的镜头，她的呼吸变得有些急促，努力辨别着画面所反映的场景。

画面拍摄总体质量并不理想，一是光线偏暗，画质不够清晰，二是多处镜头晃动得厉害，看不清所拍的内容。也许正是这个原因，方若涛变换着视频播放速度，时而慢放，时而回看，唯恐漏过一帧有价值的画面。

好在虽然拍摄画面总体质量不佳，但几个关键节点镜头还是保证了稳定和基本清晰，特别是明渠流淌着厂里排放的污水、用密封瓶在明渠里提取水样的过程能够辨别清楚，镜头也靠近拍摄了密封瓶上的条码，但因为光线太暗，实在难以看清条码上的编号。

"条码编号的字太小了，在画面上很难看得清楚，"方若涛对这一段画面做了慢放处理，但效果都不理想，"要是把画面放大，画质就更模糊了。"

方若涛反复调试了几种方式，画面上的条码编号仍然难以看清。看到方若涛盯得有些疲劳，程鹏说自己来试试，方若涛揉揉眼睛站起身，把座位让给程鹏。程鹏将大体能看清的画面细致地剪辑到一起，和安少瞳、方若涛一起完整地看了一遍，基本上能够还原厂内排放污水、水流通过明渠进入沿河、记者用密封瓶提取水样的过程，只是几经选取的密封瓶条码画面仍然不够清晰。

程鹏盯着屏幕："反复看了这段画面，每一帧都不是很清楚。"

"因为现场光线暗了，确实每一帧画面都不太清楚。"方若涛又看了一会，对程鹏说，"我看其中一帧，对，就是这一帧，相对清楚，基本上能看到编号数字。我建议把这一帧做成静帧，然后把每个数字写上字幕，和画面上不太清楚的数字可以形成一一对应。你们看怎么样？"

"我觉得可以，数字写上去观众看起来就清楚了。"程鹏说，"不过这些条码数字是编导后期写的，不是拍摄画面中呈现的，会不会让观众觉得虚假，或者至少感觉咱们不专业？"

"我觉得若涛老师提出的办法没有太大问题，"安少瞳说，"因为数字是真实的，画面上可以模糊看到，只是看不清晰，编导在对应位置写上数字字幕是帮助观众辨认，肉眼可见就不是造假。另外，可以在解说词中明确告知这是暗访中拍摄的画面，和正常采访拍摄相比，条件是有很大差距的，我想观众能够理解。"

程鹏按照这种方式制作了画面，又加上了拍摄的环保局环境检测中心检测报告的内容，形成了一个完整的采访专题片。三个人又看了一遍，感觉已经将化工厂排污过程，以及污水检测过程和结果叙述完整。方若涛主动要求给这个片子配音，还没等安少瞳、程鹏表态，她就走进了配音间。

程鹏看着方若涛关上配音间的门，赶紧对安少瞳说："怎么配音呀？这段视频刚编完，我还没写稿呢。"

"这个你就不用操心了，整个暗访过程若涛最清楚，精力、时间也是她投入最多，文稿也让她自主创作吧，你没感觉到她现在创作意愿很强烈吗？"

"能感觉得到，若涛同学看到这些素材之后，精神为之一振，与刚进办公室的状态相比，可以说是判若两人。"

"咱们记者都是这样，觉不睡、饭不吃都是其次，采访回来发不了稿那才大事。幸亏还能挽救一些素材，基本可以制作成片，不然的话，谁能接受得了？事先付出越多的，越是难以接受。"少曈又向程鹏介绍了方若涛对这一专题的前期预采、与环保局的联系，以及刚才晚间采访的过程。

程鹏听了连连称赞："若涛同学果真是极其负责、不辞辛苦，而且动用的人脉资源也不简单，都推进到这个程度了，如果没有素材成不了片，那真是接受不了。"接着他又问少曈，"不是说素材在厂里全部被删除了吗？这些素材是怎么挽救回来的？"

安少曈正要解释，配音间的门呼的一声打开了，方若涛从里面跳了出来："好了！完美！"

方若涛几步来到编辑机前，打开节目线，播放了刚刚配完音的成片。专题片完整讲述了沿河水体出现污染现象、河岸居民深受其害、公开采访时厂方假话连篇掩盖真相、记者暗访排污提取水样、环保检测等完整过程，通过针对性很强的配音解读，信息展现准确，增强了情绪感染力，而且让整个新闻专题片具有了一定的故事性。

"哇，若涛同学的天籁之音。"看完完整的视频，程鹏率先鼓掌："有了配音，这个新闻专题片更加不同凡响，堪比电影！"

"确实精彩！自己采制、自己创作配音，效果果然不可替代。"少曈紧跟点赞，"除了个别几句配音情绪稍稍有点激动外，堪称完美。"

"刚才我是有些激动，配音还是有点瑕疵，抱歉抱歉！"若涛笑着双手合十，"主要是居然又有素材完成这个选题，实在是太激动了。"

"有一点建议，"少曈说，"片子中间部分说公开采访时厂方假话连篇掩盖真相，这一段可以不要。"

"为啥？"若涛问，"这段内容一方面可以揭露化工厂的虚假嘴脸，另一方面与后面暗访获得的真相可以形成反差和戏剧冲突，为啥要删除？"

"我也觉得这一段与后面的反差和呼应，看上去挺刺激、过瘾的。"程鹏支持方若涛的观点。

"我是这样想的，这一段只是展示厂方说谎，并不是违规排污的证据组成部分，所以不用也不影响专题片的报道结构。"安少曈解释，"而咱们的专题片揭示厂方排污过程已经充分、完整，并且有官方鉴定，不用在乎厂方虚伪的态度，也不必向受众揭短。"

"这并不是刻意揭短，只是在采访时他们自己的表达，现在片子当中只是客观地反映，并没有断章取义，或者刻意贬低。"

程鹏说："是呀，是化工厂自己的行为，与咱们报道无关，而且他们这次还围堵，甚至想殴打咱们，不仅虚伪，还暴力。"

"你们说得对，只是我觉得咱们重点是揭露违规排污的事实，通过这个专题片报道已经能达到这一目的，"安少瞳说，"对于厂方，虽然他们做得很过分，不过他们的态度不是咱们报道的重点，而且他们的态度从偷排污水这一报道事实上已经能够充分地体现出来。"

方若涛没有再说什么，直接在编辑线上剪切掉了这一段落。

程鹏感到方若涛这样安静地删减专题片似乎流露出一丝不快，于是对她说："刚才安组长给我讲了你的前期采访和准备，真是太给力、太精彩了，佩服、佩服！"

"前期只是储备，关键还是暗访拿到素材。"若涛转向少瞳，"对了，安组长，刚才一直想问，但做片子、配音，注意力被牵扯，没来得及问，就是这些素材是从哪里来的？"

"对，我也一直疑惑，刚也问了安组长，被删了的素材怎么又出现了？"程鹏问。

"这部分素材没有被删。"

"没删？"若涛问，"当时在厂里，每个人的摄像机、照相机，还有手机里拍摄的东西都被删除了。"

"当时确实是从安全考虑，没有必要被打伤，他们那么多人，都动了家伙，即便是我们付出了受伤的代价，也不可能保护着素材。"安少瞳说。

"那么，这些素材是藏在哪里的？"

安少瞳拿起编辑机旁边的那副宽边眼镜："素材在这里。"

这副眼镜就是现场暗访时安少瞳戴的，路上张诚先注意到还询问过。方若涛当时以为只是一副宽框宽腿的老式眼镜，现在拿到手上仔细看，也看不出特别的异样，只觉得重量大一些，镜腿比较宽厚，但看不出和拍摄素材的关系。

"明白了！"一旁的程鹏突然说，"这是江湖中盛传摄像眼镜？"

"对，就是摄像眼镜。"安少瞳说

"摄像眼镜？"若涛又仔细端详这副眼镜的各个部位，"听说过，没有玩过。"

"此前我也没用过，最近听说技术处引进了几款这种眼镜，因为有这次暗访，下午就向他们借了一副，临时求教了一番。当时只是想做一种备份，没想到还真发挥了大作用。"说着，安少瞳向方若涛和程鹏演示了使用方法。

"操作不复杂，录制有一定的隐蔽性，镜腿前端装有存储卡，拍摄的素材就存在里面。"安少瞳说，"不过和专业摄像机相比，画质还是要差很多，适合在暗访之类的情况下应急使用。"

方若涛问："那咱们在厂里被那些打手围堵、威胁的情况，有没有通过眼镜拍下来？"

"没有。当时是想过拍一段，也能留作证据，后来没开机。因为这款眼镜在拍摄时，镜腿内侧有一个很小的绿灯会亮，万一被厂方发现，那损失就不可挽回了。"

"怪不得安组长现场不跟那帮人磨叽，"程鹏说，"有眼镜拍摄的素材保底，不如把表面上的素材删了，能早点脱身回来编片子。"

"其实也想保住摄像机里拍的素材，因为虽然有眼镜拍摄，但第一次用，能拍成什么样心里没有底。"安少瞳对程鹏笑了笑，"不过，还是胆子有点小，担心真打起来，挨打受伤，还打不过那帮人。"

刚才看到已经永远消失的素材又出现在面前，方若涛心情确实很激动，甚至是将激动的情绪带进了视频配音当中，不过当知道这些素材的来源，情绪则慢慢平静了下来。此时方若涛快速梳理整个事件，一方面暗自为安少瞳周密的安排叫好，另一方面又在考虑他一直不公开前期安排的原因，而此时听见安少瞳自嘲胆小，方若涛又稍稍觉得有些惭愧，因为在与厂方对峙的现场，她曾当众讥讽安少瞳胆小。

"安组长太自谦了，您能有序安排各个环节，保证素材存留，又避免冲突受伤，怎么能说'胆小'呢？"程鹏说，"要是我在现场，不是胆小秒怂就是被打成胆囊破裂。"少瞳和若涛都笑了起来。

停了一会儿，方若涛对安少瞳说："这事我得道歉，当时在化工厂里我的情绪有些激动，以为你是害怕而去删的素材，是我考虑不周。"

"没有没有，若涛老师太客气了，哪里谈得上要道歉呢？"少瞳赶紧说，"不过我也确实是胆小，当时真的害怕出事，要讲打，先不说你们，我肯定是受伤的那份，所以能躲就躲。"

"我没客气，是你客气了。"若涛向少瞳笑了笑，"不过，到现场之前张诚老师提到过你戴的这副眼镜，当时记得你说是为了晚上看得更清楚，没有说有摄像功能，怎么没有和咱们交个底？"

"当时有犹豫过是不是先说一下，后来考虑这只是个备份，不出现意外情况用不上，所以事前就没说。不过，事发后想了想，可能事先交底会更合适，至少大家不用那么担心。"

"听了若涛同学对现场的描述，我倒是觉得不知情的情况下咱们的反应更加真实，"程鹏说，"要是厂里的人一要求删素材，咱们每个人都开开心心地服从，估计对方也会很奇怪，难免会节外生枝。"

"对，这次大家全身而退，素材也基本完整保留，还是说明整体安排得当。"若涛表示同意。

"应该说目前能推进到这个程度，有运气成分，万一咱们被打受伤，对谁都没法交代，"安少瞳说，"要是眼镜拍摄效果不佳，或者也被厂方发现，那也是全白干。"

程鹏连连点头，说："运气不差，不过更是勇敢和努力的结果，总之能完成真是太不容易了！"

"主要还是若涛老师的策划和推进，否则不可能完成。"少瞳说。

"片子能完成就行，不用相互吹捧了。"若涛问少瞳，"现在我把这个专题片推送了，你点击审片播发吧。"

"现在还不能发，早上等主任上班，得先提交给他审片。"

"什么？这个片子还要让主任审？"方若涛有些惊讶，"此前你明确说过，沿河化工厂防污回访的选题已经征得了领导的同意，重复汇报没有必要。"

"这个选题领导是同意的，不过现在我们采制的内容有了明确的批评对象，所以在播发前要通过主任的审看，这是领导最近反复强调的。"

方若涛说："既然这个选题此前领导认可了，不必重复汇报，所以这一次晚间暗访咱们也没有提前报备，暗访的结果领导也不知道，我觉得没有必要特意再汇报吧。"

"主任又打招呼了。"安少瞳说。

"什么？主任知道咱们暗访了？"方若涛有点惊讶，"咱们不是才从化工厂回来吗？"

"刚才我在办公室外面先是和张诚通了电话，同时又接到了中心办公室秘书发的信息，强调了主任的意思：关于目前环保选题涉及批评报道或者揭露问题的内容，在采访前，特别是播发前一定要先汇报。"

程鹏问："中心秘书怎么深更半夜地发信息？没下班吗？"

方若涛问："是上面下发的紧急通知，还是领导知道了咱们的暗访情况？"

"我看信息编写的格式，应该是群发给各个报道组的要求，估计不是针对咱们这次暗访的警告。另外，内容只是强调要加强汇报，也不是对某一事件的紧急通知。"安少曈说，"夜很深了，而且感觉是群发信息，我也就没有再回信息追问中心秘书。"

"又没有紧急事件，干吗半夜发这种不咸不淡的信息？"方若涛问，"这好像不是陈主任的行事风格。"

"是呀，陈主任一般没事不打扰下属。"程鹏也有同样的感受。

安少曈接着说："陈主任可能也是传达上级的要求吧。"

"您的意思，这是黄总或者是集团领导的要求？"程鹏问。

安少曈没有回应。这时办公室壁挂电视机正播出综合频道夜间编排的时段广告，虽然电视机音量调得很小，不过在安静的夜里，"沿河日化，环保到家"的广告语仍然清晰可闻。

36

"忙了大半夜，赶紧回去休息，明天不用来了。"安少曈对方若涛、程鹏说。

"那暗访专题片怎么发？"方若涛问。

"片子通过程鹏的号推送到审片环节，我已经看到了，"安少曈通过手机软件确认节目审发流程，"上午请主任审看之后，如果没有问题，我就点通过、播发。"

"你真的要先给领导审？"

"当然要先送审，之前领导已经强调过多次，这次没法再躲了。"安少曈说。

"我觉得这个专题片如果提交领导审，肯定播发不了。"方若涛说。

"为什么?"程鹏问,"咱们冒险获得的暗访材料,独家、生动,证据确凿、扎实,反映的问题明确,怎么会不让发?"

"咱们领导对批评性报道一向谨慎,现在更加严苛。"

"领导胆小是传统,不过这次环保专项报道是从上面发起的,而且沿河化工厂防污回访的选题,事先是过了领导的审的。"程鹏还是认为播发问题不大。

"防污回访选题是被领导通过了,如果报道化工厂污染防治的成绩,播发当然没问题,"方若涛观点很坚定,"但是现在揭露的是他们掩盖的违规排污的问题,播发出去肯定得罪化工厂,领导不会做这种事。"

"那也不一定吧,你此前好像说过,一年多前你就报道过沿河化工厂违规排污的问题,而且是在电视栏目播发的。"

"那次是省环保督导组先行调查,已经发现了问题并给出了官方结论,然后在宣传部的统一安排下进行的报道。这次可不一样,这次是咱们主动进行的新闻监督调查。"

"这么说,你认为只要向领导汇报,肯定不让播?"

"是,我肯定。"

"要是这样,这趟白干了损失可就大了。"程鹏挠挠头,又问安少瞳,"安组长,您觉得呢?这个片子也会被领导毙掉?"

"咱还没有向领导汇报,不知道他们的态度。"安少瞳说,"等明天汇报了再说吧。"

"汇报了可就晚了。"方若涛语气有些着急,"如果现在不发,汇报之后必然再也没有机会了。"

程鹏问方若涛:"你的意思是,现在咱就把这个专题片给播发了?"

"对,如果现在不发,就一定不见天日。"

"你怎么这样肯定?"

"凭借对领导的了解,"方若涛又指了指壁挂的电视机,"还有化工厂在集团电视频道新投放的广告。没有忘吧?黄总不仅分管咱们新媒体中心,还分管集团广告部。"

程鹏没再说话,他看向安少瞳。

"咱们这次的报道还是得先向领导汇报,此前主任专门叮嘱过,而且刚刚又发了信息做了强调,"安少瞳对程鹏说,"咱没有理由装作不知道这项规定。"

"安组长，"方若涛紧接着问，"咱们自己播发这个片子，是不是还有变通的余地？"

"环保专项报道启动至今，各级领导三令五申，涉及批评性、揭露性内容一定要提前汇报，"安少瞳说，"很难再有变通的余地了。"

"上次咱们暗访打印店制作假就业协议，播发时也有顾虑，后来在做了一定的画面处理之后，咱们直接将片子播发了。"方若涛说，"最后领导也没有把咱们怎么样。"

"当时是以只是反映现状，而不是具体批评为理由，算是给应付过去了。即便是这样，也是写了书面检查，又在会上公开检讨，才算过关。"少瞳说。

方若涛马上问："这次咱们也以书面检查、公开检讨为代价，换得这个片子的播发，如何？"

"这两次性质不一样，上次是打的擦边球，这次暗访报道针对性特别明确，没有变通的余地，"安少瞳说，"而且领导反复强调要提前送审，要是违背这一要求，那显然就是'顶风作案'，肯定交代不过去。"

"安组长，这次报道的价值，可比揭露打印店制作假就业协议要大得多。"方若涛说，"如果报道能播发出去，就能揭露化工厂违规排污的真相，即便是付出咱们受领导处罚的代价，我想也是值得的，你觉得呢？"

"你说得有道理，冒着危险去暗访的目的也就是揭露排污真相，不过咱们也要考虑集团和中心的要求，所以我建议还是不要自作主张地先播发。"

"您不愿意直接播发，主要担心什么？"

"我觉得没有必要对着干，我想还是先汇报一下，"安少瞳说，"因为领导要求很明确，如果不汇报就发，咱们可承担不起这个责任。"

"你可以装作不知道，一切操作和责任都由我来承担。"

"既然咱们一起协商过这件事，我就不能装作不知道，也不可能不承担责任。"

"这也不行，那也不行，你到底想怎样？"

"我觉得还是一早向主任汇报，争取尽快播发。"

"如果领导不让发呢？"

"咱们可以充分表达自己的意见，要求领导批准播发，我想领导是会考虑我们的意见的。"

"如果领导还是不让发呢?"

"咱还没有汇报,不能就这么武断地下结论。"

"武断?难道领导的性格和作风你不了解吗?"方若涛的语速变快,嗓音也明显增高,"只要是批评性报道,领导哪一次痛快过?连打印店就业协议造假这样的小事,大领导都揪着不放,现在这项报道,领导会轻易同意播发?你不要忘了,化工厂是集团的广告客户,在有些领导眼里他们就是金主!"

"咱们都是做具体报道工作的,我觉得没有必要去推测领导的主观想法,只是不便违背明确的工作要求。"安少瞳说。

"如果稍稍违背了这项要求,会有什么你不能接受的后果吗?"

"谈不上有什么结果不能接受,不过既然领导这样要求,没有特殊情况,还是执行为好。"

"咱们所遇到的情况是如果汇报就不能播发,这还不算特殊情况吗?"

"我理解的特殊情况应该是领导要求不明确,或者咱们理解不到位,偶然发生的情况。现在领导要求明确,咱们此前也做了保证,所以咱们找不到理由不去汇报。"

"安组长,一晚上你提到最多的就是领导,而且对领导的意图揣摩得那么透彻,这也许是你们当官的必修课,对这种能力我很钦佩,但我做不到。"

"若涛老师,这样说可能言重了,咱们都是干活的,我只是知道领导有要求,咱们直接对着干毕竟不太合适。"

"你可以顺从领导的要求,但你有没有考虑被采访者的感受?"方若涛的语调变得缓慢而沉重,"你知不知道沿河两岸有多少村民饱受污染的戕害?有多少村民长年累月喝不到一口干净水?有多少孩子因为水污染而生病?你没有实地采访过沿河边上的村民,也许你不能感同身受,但你已经看过了片子当中我用的几段对于他们的采访,面对他们无助的眼神、面对他们痛苦的表情、面对他们卑微的诉求,你居然还能这么无动于衷?"

说到这里,方若涛停了下来,办公室陷入一片安静。

看方若涛、安少瞳一时都在沉默,程鹏说:"咱们都不用生气吧,想想有没有办法,既能把片子发出去,又不让领导抓到把柄。"

"这两项本来就是冲突的,只能保一个,就看是保领导还是保片子?"方若涛说。

"不见得就只能二选一吧，"程鹏说，"就像安组长说的，也许向领导汇报之后，也能播发，我也觉得陈主任一直是比较重视业务的。"

"都这个时候了，还心存侥幸？"方若涛问程鹏，"先是沿河化工厂在电视台投放广告，接着上级深夜发信息强调要确保提前审片，其中的关系已经明摆着了。"

程鹏没再说话，他看向少瞳。安少瞳显然注意到程鹏的目光，于是也看着他说："你说的既发片子又不让领导抓，是最理想的结果，咱们忙了这么长时间，付出这么大代价，当然是希望把片子发出去。至于领导方面，谁也不指望获得什么表扬，但也没有必要因此被批评，甚至被处分，最重要的是，就像你说的，向陈主任汇报，并不必然等于片子禁播。"

安少瞳一直看着程鹏说，但显然主要目的还是希望向方若涛解释自己的看法。方若涛也感受到了这一意图，等安少瞳一说完，她马上说："现状刚才我已说过，不想重复，汇报就等于片子被毙！这是常识，不要再有幻想。"

两人态度和情绪对立，一时间办公室里的气氛变得紧张，程鹏感受到这一气氛，于是说："有没有可能先把这个专题片给播发了？"

"现在播发不合适，还是等一早向主任汇报后再定吧。"安少瞳补充说，"我想咱们还是有信心的。"

"您确定汇报之后，领导会让播发？"程鹏问。

"现在说确定领导的态度还有点早，不过一直在想办法，所以说是有信心的。"

程鹏没有再说话，安少瞳让大家赶紧回去休息，自己则坐到编辑机前，程鹏问少瞳是否需要协助编辑，少瞳说只是把这个专题片拷贝出来，早上交给主任审看，拷贝完了就离开。方若涛一言不发地收拾完东西，径直向办公室门外走去。安少瞳向程鹏使了个眼色，程鹏赶紧拿上背包跟着方若涛出了门。

乘坐电梯下到一楼大厅，方若涛一直没有说话，程鹏说夜太深了要送她回家，方若涛也没有回应，走出大厅大门时，程鹏又提出送她回家，方若涛突然停下脚步，对程鹏说："你看，安少瞳这次怎么这样？"

"你指的是他坚持要向领导汇报？"

"此前他一直能考虑业务方面的需求，就像上次打印店暗访的报道，能够有担当、有变通，这次怎么来来回回就只强调领导的要求？"

"可能这次环保选题影响面太大，上面的领导一直盯着，安组长也没有办法绕过去。"

"领导的要求是要尊重，个人的乌纱帽也要保，不过总要有点担当吧？而且是这么多人费了这么大劲暗访来的，不想着播发出去，只考虑向领导汇报，是不是太过分了？"

程鹏一时没有接话，过了一会儿说："安组长不是说有信心能播发吗？但愿早上汇报后还有余地。"

"我也不知道他说的信心是从哪里来的，汇报之后他是不会挨批评，但片子一定是没救了。"

这时，安少瞳背着包从大厅里出来，看到他俩，招呼了一声让他们早点回家，明天白天可以在家休息了。程鹏正要回话，安少瞳没有停留直接离开了。

程鹏看着安少瞳的背影答应了一声，过了一会对方若涛说："安组长好像是去传媒大厦，他怎么不回去休息？"

"谁知道呢，也许是领导就在那里，他急着去汇报。"

"领导真够勤奋的，通宵工作。"程鹏接着对方若涛说，"片子播发的事再想办法吧，现在赶紧回家，我约车了。"

方若涛没有说话，程鹏看她愣愣地在出神，于是又说了一声，方若涛回过神来："不好意思，你刚才说什么？"

"我说播发的事再想办法，赶紧回去休息。"

"对，播发的事是要想办法，总不能就这么认了。"

程鹏不解地问若涛："你说什么？什么意思？"

方若涛向程鹏："我的意思是咱不能什么都不干，等着上面把片子给毙了。"

"可是，安组长已经决定向领导汇报，咱们还能怎么办？"

"咱们自己把片子给播发了。"

"咱们自己？"程鹏更蒙了，"咱们自己怎么发？"

"刚才你说，已经将成片推送到审发环节了，对不对？"

"是呀，用我的工号进行推送的，安组长刚才说已经看到了，他要等向领导汇报后再审发。"

"我们用他的号登录，然后点击审发。"

"这不行吧？"程鹏吃了一惊，"集团规定的至少是报道组组长级别的领导才有审片播发权，不通过安组长咱们就直接审发，这是违规越权行为，出了事可是大问题。"

"这个专题片安少瞳已经看了好几次，还按照他的要求删了展示厂方撒谎的段落，最后成片他已经表示很满意了，"方若涛说，"对于片子，他是已经审看通过了的。"

"安组长是看了片子，不过按规定必须由他登录内网的审片界面，点击通过才能播发，你的意思是，咱们登录然后直接点通过？安组长也没有授权，这可不是闹着玩的。"程鹏很担心。

"现在情况紧急，安少瞳有可能已经去传媒大厦向主任汇报了，如果等领导明确要求这个片子不得播发，而且传达到包括你我在内的每一位员工，那就一点回旋的余地也没有了。"方若涛说，"现在播发还能打个时间差，要抢在领导明确要求之前行动。"

看到程鹏还在紧张和犹豫，方若涛又说："你不知道沿河两岸的居民是怎样深受其苦，在论坛上他们虽然只有一小部分人发言，反映问题的严重性已经是触目惊心了，咱们早一刻把报道发出去，问题就有可能早一刻被公开、被关注、被解决。这个时候咱们冒一点风险，甚至付出一些代价，难道不值得吗？"

程鹏深吸了一口气，停了几秒钟，向方若涛说："那咱们就冒险赌一把，你看怎么干？"

"这件事不用让你冒险，我来审发，你只要告诉我一项信息就行，你刚才提交送审的这条专题片生成的编码序号是多少？"

"你是想进入界面后，通过搜索编码序号找到这条专题片吗？这个容易，手机上就能查到。"程鹏拿出手机点击页面查找片子的编码，"不过，据我所知，审发需要在内网用安组长的工号和密码登录进去，找到提交的那条片子，然后点击终审播发。安组长的工号大家都知道，但他用的密码好像没有公开，咱们怎么操作？"

"确实必须有密码才能点击进去，我刚才也想过了，安少瞳的登录密码从来没有公开，除了他本人谁也不知道。不过事有凑巧，他不是事业编制人员，使用的审片工号是我提供给他的，就是说实际上这个工号还是在我的名下。"

"我想起来了，那次开会时你义薄云天地把自己的工号提供给安组长用，"程鹏连连点头，"不过他应该重新设置了登录密码吧，你也知道他的新密码？"

"当时他客气，说要沿用我之前的密码，我当时从工作角度考虑，让他自己换了密码，早知如此，当时就不跟他客气了，那今天就能直接登录点击。"方若涛又想了想，"不过现在也不是一点办法没有，我想试试'找回密码'的方式。"

"你的意思是通过'找回密码'的操作程序，找到安组长日常登录时用的密码。"

"对，我马上回办公室，就这么试试。"若涛说，"你告诉我片子的编码序号就行，你就不用再上楼了，我一个人播发，出了事也与你无关。"

"这事我已经知道，而且已提供了片子的编码序号，那就是一条藤上的蚂蚱了，怎么也与播发片子脱不了干系。"程鹏说，"再说了，我能那么不仗义吗？"

方若涛笑了笑，以示对程鹏的感谢。两人随即上电梯返回办公室，重新打开电脑登录集团内网，方若涛按照"找回密码"的提示，依次输入了自己的工号、手机号和身份证号，经过一系列操作，再按提示输入自己手机收到的验证码，最终在自己的注册邮箱里收到了现用的密码。

程鹏感叹："真是不容易，也幸亏是你聪明，不然不会想到通过这种方式找到密码。"

方若涛没有回应程鹏的称赞，她将收到的密码一个字母一个字母地输到页面上，校对无误之后，找到键盘上的回车键，停了两秒钟之后她的食指用力一敲，只见电脑屏幕一闪，审片页面立即呈现在眼前。

"审片页面就长这样啊！"程鹏在旁边盯着屏幕，"之前还真没见过，跟着若涛同学就是开眼界。"

"之前没在新媒体端审过片，我也是第一次看到。"

说着，方若涛输入程鹏提供的编码序号，立即搜出了已经合成送审的那条专题片。她打开预览，又将片子在电脑浏览器上播放了一遍，和程鹏一起查看确认内容无误，接着关闭预览，将鼠标移向终审播发按钮。

程鹏看着电脑屏幕上移动的鼠标，问方若涛："确定就这么播发了？"

方若涛停了下来，转过脸问程鹏："现在还要做什么吗？"

程鹏盯着电脑屏幕，没再说话，方若涛默默地看着屏幕，深吸了一口气，深夜里的办公室在此时显得更加安静，安静得好像让人能听到自己的心跳声。过了好一会儿，随着"滴答"一声点击鼠标的轻响，"省城网事"调查揭露沿河化工厂违法违规排污的专题片上线播发。

37

已经凌晨四点多了，方若涛靠在床上一遍遍地刷着手机，虽然感到极度疲惫，却没有一丝睡意。

播发专题片之后，方若涛和程鹏迅速下楼，分别打车回家。方若涛觉得时间太晚了，都要赶着回去休息，没有让程鹏送，不过一上出租车就接到了程鹏的信息，说"省城网事"节目账号评论区针对这条片子已有人留言，都在称赞和惊叹。实际上，方若涛一刻未停地关注着片子的动态，尽管已是深夜，这条片子的播发在网上仍迅速聚集留言，等回到家洗浴完再一看手机，留言数量没有增加很多，但评论尺度已明显增大。

"沿河化工厂真 TMD 坏事做绝，干这种污染河流、断子绝孙的事，早晚会有报应！不，报应现在就要来了！"

"还'沿河日化，环保到家'？满嘴仁义道德，满腹男盗女娼！"

"要不是'省城网事'曝光，咱都还蒙在鼓里。职能部门都是干什么吃的？他们是不是沿河化工厂这帮黑社会的保护伞？"

…………

显然，在观看了专题片之后，网友第一次对沿河化工厂排污行为、环境危害有了全面了解和直观认识，他们评论留言的措辞越来越激烈，同时也对"省城网事"的职业操守、报道勇气和调查能力给予了高度评价。

看到这些网友留言，并且能够预计天亮之后留言与反响必然更加热烈，方若涛首先感到的是兴奋，毕竟竭尽全力采访到的内容能够充分地播出，而且得到了预期的反应，自己的付出没有白费，新闻监督的效果已经实现，自然感到开心和欣慰。不过，她同时又感到了一丝忐忑，但具体纠结什么好像一时还梳理不清楚，是因为私自终审播发了片子而担心未知的后果，还是因为网上评论言辞激烈而担心可能引发不可控的舆情？

方若涛不停地刷着手机，对增加的每一条留言都仔细阅读、反复考量，判断可能产生的影响。

不知道过了多长时间，方若涛才迷迷糊糊地睡去，然而头脑中一直浮现着或者是现场暗访，或者是编辑审片的画面，也不清楚是睡着之后梦境还是清醒状态下的联想。

"砰砰砰！"

敲门声将方若涛惊醒，她感到脑袋很沉，一片晕眩，勉强反应过来自己是在房间，不过困得难以睁开眼。又是一阵敲门声，方若涛撑起身体，问了声："谁呀？咋了？"

"涛涛，醒了没？"房门外是妈妈的声音，"你们单位徐姐找你，电话打到我这儿来了。"

"几点了？怎么不打我的电话？"方若涛睁开眼，拿起床头的手机一看，没电了，夜里也忘了充电。她赶紧跳下床跑过去打开房门，抱住妈妈笑了一下，接过手机说："不好意思，徐姐，手机没电了。"

"难怪，打了半天电话接不通，"电话里徐姐声音有些急促，"领导让所有人马上去大厦二十二楼会议室开会，要求电话通知到每一个人，除了现在在外地出差的，必须全员到会。"

方若涛有些惊讶，看了一下手机上显示的时间，又对徐姐说："才七点半，怎么这么早领导就通知开会？什么事这么急？"

"不知道，中心秘书发信息，小安打电话，两次强调让我一一通知，很严肃的样子，但具体是什么事，都没说。我还要通知其他人，你快点吧。"徐姐又叮嘱了一句就挂了电话。

尽管只睡了不到两小时，方若涛此时已经没有了任何困意，一丝不祥的预感在她的心头弥漫开来，她估计这么早通知全员开会一定不是什么好事，而且很可能就是自己播发的这条片子出事了。

方若涛赶紧洗漱完，也不理妈妈招呼她吃早饭，匆匆出门打了辆出租车赶往传媒大厦。上车后方若涛给安少曈打去电话，反馈是忙音，她想了一下，发信息联系程鹏，程鹏很快回信说刚接到徐姐的开会要求，正睡眼惺忪地往单位赶。过了一会儿，方若涛又给安少曈的手机打去电话，但还然是忙音，等待之中又刷了一遍夜里播发的那条专题片，看到点赞的人越来越多，评论区的留言不断更新，网友们强烈谴责沿河化工厂违法排污的恶劣行径，同时几乎都为"省城网事"的报道叫好。

出租车很快开到了传媒大厦，方若涛又拨了一遍安少瞳的手机电话，仍然是忙音。车停住了，方若涛一边拨着电话一边下车，突然司机叫住了她，方若涛突然意识到车费还没有付，赶紧道歉，用手机线上支付。

这时手机接到了一条语音信息，方若涛点开一听，是安少瞳发来的：

> 领导一直在训话。到22楼先来楼梯间，碰一下，再去会议室。

此前安少瞳发信息从来都是用完整的文字表述，这次不仅用语音发送，而且内容没头没尾，语速匆忙。方若涛接听之后就能感觉到说话时状态急促、情绪紧张。她快步赶到传媒大厦一层大厅的电梯间，上行电梯人比较多，几乎层层停，方若涛既着急又无奈，拿出手机把安少瞳发来的那条语音信息转成文字版又看了一遍，注意到"楼梯间，碰一下"的叮嘱，突然想到这样表达的意思一定是要去楼梯间相对隐蔽地、单独地聊一下。方若涛抬头看了一下电梯按钮，20楼到了，她赶紧出了电梯。

方若涛转到旁边的楼梯通道，快速向上攀登了两层，到达22层楼梯间，没看到有人，赶紧给安少瞳发信息说已到22楼楼梯间。等了几分钟手机没有接到回信，却能隐隐地听到楼梯间外面脚步声、说话声增多，显然是越来越多的人来到22楼，方若涛站在狭小的楼梯间里，不时地查看手机，但一直没有等到信息，正当她准备打电话询问时，楼梯间的门被推开了一半，安少瞳侧身走了进来。

掩上楼梯间的门，安少瞳转身对方若涛说："不好意思，久等。主任一直在训话，先是电话训问，刚才又把我叫到办公室训问，我现在是借故查看同事是否到齐，跑过来的。"

安少瞳说话微微有些气喘，同时表情凝重，方若涛感觉他应该是从领导办公室跑过来的，而且显然正承受着很大的压力，于是赶紧说："我也是刚到，没等几分钟。你让我过来要单独碰一下，是出什么事了吧？"

"马上开会，别的不多说了，化工厂排污的视频已经播发了，领导震怒，一早就在训问这件事，我认了：是我没有汇报，直接播发的。开会时，我们必须统一口径，所以找你确认，是不是你发的？"

"是我发的，你夜里离开办公室后，我回去开机进入内网把片子发了。"

"上次你将工号交给我使用，当时咱们沟通之后我重置了密码。那你播发时，是怎么输入密码的？"

"当时我考虑如果不发，给领导汇报之后可能就没有希望了，所以……"

"不好意思，打断一下。"安少瞳说，"时间紧迫，马上要开会，其他的咱不用说，就说一下审发过程。"

"好的，我是通过内网'找回密码'流程拿到的密码，进入到内网审片界面通过终审的。"

"也就是说，进入内网审片输入的密码，就是我日常用的密码，对吧？"

"是，找回的密码，我没有重新设置。"

"好的，没有用其他密码就好说了，因为输入密码的情况，在后台是能调查出来的，输入密码没变，这样我向领导承认是我自己播发的说法，就不会有出入了。"

"你说领导对发片子震怒，对吧？"方若涛平静地说，"此事是我一人所为，与别人无关，你不用说是自己发的，开会我直接向领导说明，认领责罚。"

"刚才领导单独找我训问，我已经说了是自己发的。找你在这里碰一下，就是为了沟通清楚、统一口径。"

"你的意思我明白，也感谢你想着为我担责的好意，但事实如此，我一人做事一人当。"

"现在不是谁担责的问题，咱们沟通是怎么向领导解释更为合适。"

"既然是沟通那就要协商，你都已经提前确定这样的说法，而且不听我的意见，那就不是沟通，而是命令我执行。"

"现在时间紧迫，不要多说了，这次就听我的，我已经叮嘱了程鹏，会上你们不要说话就行。"

安少瞳语速急促，不时地回看楼梯间的门，好像是担心有人进来。方若涛轻声说："这次是我造成的麻烦，但我在编制内，即便拿这件事上纲上线，我也不会被开除，而你现在是转编制的关键时期，出了事对你个人影响太大，所以还是由我来担。"

安少瞳的脸瞬间涨红，似乎是激动，又好像是委屈，不过这样的状态只持续了片刻，看得出他在努力地克制住情绪，保持语气的平静："现在不是说这个的时候，事已至此，即便你公开承认是自己发的，不会仅仅问责你一个人，而且我也要负管理责任，对我来说结果是一样的，没有必要做双重牺牲。"

方若涛看着安少瞳情绪没有平复的脸，还想说些什么，安少瞳直接说："来不及了，我马上得去会场，咱们一定要保持这样的口径，这是为了全组的安全，开会时间到审片播发，你千万不要再说话了，拜托。"说完，他向方若涛凝视了两秒钟，点了一下头，转身拉开门离开了楼梯间。

楼梯间的门晃了两下，关上了，方若涛静静地站了一会，出了楼梯间。

方若涛来到会议室，看到全组的同事已经在座，整个会场鸦雀无声，每个人都在低头看手机，安少瞳用笔在本子上写着什么，好像没有人注意到她进入会场，坐在安少瞳后排的徐姐也没有说话，只是用眼神和她打了个招呼，方若涛到徐姐旁边找了个空座，刚刚坐定，只听一阵沉重的脚步声传来，传媒集团黄副总裁、新媒体中心陈主任以及集团秘书走进了会议室。

"集团三令五申，批评报道必须先审再播，此前犯过错、吃过亏，信誓旦旦地说会吸取教训、不再重犯，现在看根本就是把纪律当耳旁风，甚至可以说是对抗领导。"

还没有坐下来，黄总就严厉地表态，会场更加安静了。

过了一会儿，陈主任说："黄总指的是今天凌晨'省城网事'账号播发了一条关于沿河化工厂排污的专题片视频，估计大家也看到了，播发之前没有提请任何一级领导审片，违反了集团规定，现在召集大家开会公开调查。"

"调查追责，严肃处理。"黄总表情激动，"真是无法无天、胆大包天。"

会场内的人或者看着主席台，或者低头凝神，安少瞳一直用笔在本子上做着记录。

陈主任说："对于这件事的调查，每一位同事都要严肃对待、实事求是。这条专题片视频，是谁编辑和推送的？"

会场沉默了片刻，方若涛和程鹏几乎同时说："是我。"

"一个一个说！"黄总大声要求。

方若涛说："采访拍摄回来之后是我编的，也是我配的音。"

程鹏说："成片之后是我合成送审的。"

陈主任接着问："这条专题片完成后，有没有审看？"

安少瞳停下手中的笔，对陈主任说："编辑成片，我按流程审看了。"

陈主任问："审看后有没有修改？"

安少瞳说："修改了，原来的成片中编辑了厂方故意撒谎、掩盖违法行为的采访段落，当时协商删除了，从民生新闻角度，只呈现了最终排污的过程。"

方若涛接着说："我当时不同意删除这一段落，因为这是厂方对我们的镜头主动说谎，结果被事实打脸。"

程鹏说："当时安组长坚持要删厂方撒谎采访，他说没有必要激化厂方和被污染伤害的村民之间的矛盾。"

黄总带着讽刺的口气说："看来你们还很顾全大局呀！"接着脸一板，"无关紧要的事不要啰嗦，就说播发的事。终审播发有没有提请领导审看？"

安少瞳说："合成送审之后，我看了一遍，就直接点击通过播发了，没有提请主任审看。"

黄总责问安少瞳："你凭什么不审就发？"

安少瞳一时没有说话。

黄总面向与场内会人员，大声说："批评性报道必须由集团领导审看，这一项纪律集团已经三令五申、全员传达，"他又看向旁边座位的陈主任，"陈主任，你分管的部门是不是都已经全员传达了？"

陈主任点了一下头，仍然保持面向会场内的姿势。

黄总又问安少瞳："这项纪律'省城网事'报道组有没有传达？"

安少瞳说："传达了。"

"传达了为什么不执行？你作为临时负责人为什么带头违抗？"

安少瞳正想回答，黄总继续追问："此前报道高校毕业生就业情况你们就犯过错，集团研究之后决定从宽处理，这是对大家的爱护，不是领导软弱，你是不是把领导的客气当作自己的福气？"

安少瞳说："是我考虑不周。"

"考虑不周？只是考虑不周？"黄总语调更高了，"上次你的检查就承诺杜绝此类错误再次发生，这一次为什么还明知故犯？"

"此前这个选题采制是汇报过的，记者们连续奋战了好几天，已经拿到了关于化工厂排污的结果和影响的素材，但缺少原因环节的采访，所以一直在推进。昨天晚上拍到了排污过程，形成了完整的证据关系，当时就觉得专题片已经经得起推敲了，而且被采访的沿河村民对治理污染也特别急切……"

"你以为你是谁？你是沿河村民的救世主？"黄总责问，"不要岔开话题，我就问你为什么不送审就发？"

安少瞳一时想不到合适的回答。

黄总又面向场内与会人员，大声问："既然这一纪律传达到每位员工了，那么安少瞳不送审就播发这件事，大家有没有人制止？有没有人事先知道？"

会场里大家都望着主席台，没人吭声。

黄总又问了一遍："事先有没有人知道？"

有的同事继续沉默，有的同事摇摇头，徐姐小声说了句"没有"。程鹏注视了一下方若涛，而方若涛此时正看向安少瞳。

安少瞳说："在报道组里审片播发是我的工作，而且又是深夜，大家确实不知道情况，是我的责任。"

黄总对安少瞳大声斥责："就是因为你！"接着又问陈主任，"安少瞳不是在编人员吧？"

陈主任沉默着，对黄总的提问似乎没有反应、似乎又微微地点了一下头。

"果然是这样，无组织、无纪律！"黄总又提高了嗓音，"必须全面调查，特别是当事人不审就发的企图，是为了个人私利还是其他目的？调查清楚之后向集团做深刻检查，至于节目，该关停整顿的关停整顿，责任人该处分的处分，该开除的开除！"

黄总话音一落，一直安静的会场隐隐出现了一阵骚动，虽然没有人说话，但有人深深地吸了一口气，有人挪了一下椅子。

过往也有过在大会上领导点名批评犯错误同事的情形，但一般都就事论事，很少当场就公开提出具体的处分意见，特别是从来没有说过"开除"这样严厉的措辞。方若涛、程鹏等多位同事的目光都集中到安少瞳身上，安少瞳此时看着主席台，虽然没有表现出太激烈的情绪，但他的表情已经显得非常凝重。

黄总威严地看着会场内大家的反应，停顿了一段时间，然后接着说："媒体队伍，必须政治挂帅、纪律先行……"

黄总一句话还没说完，旁边的秘书拿着手机起身靠了过来并向黄总耳语了一句，黄总看了秘书一眼，接过手机就向会议室外走去，秘书紧跟着出了会议室并掩上了门。

会场重新陷入安静，有几位同事相互对视了一下，但没有人说话，安少瞳专注地看着笔记本上的会议记录，陈主任面无表情地看着会议桌上的手机。一瞬间，会议室里的一切好像都停滞了，只有墙壁上的挂钟隐隐地传来秒针的走动声。

也不知道过了多长时间，会议室的门被推开了，秘书走到陈主任面前小声说黄总有事请你到外面协商，陈主任站起身，跟随秘书出了门。

"这当口黄总和陈主任都出去了，会讨论什么？"程鹏小声问徐姐。此时会议室里的人都是"省城网事"的同事，显然气氛稍稍松动了一些。

"先是秘书请黄总出去接电话，正在开这么重要的会议也要打断，估计电话至少是集团领导打来的，有可能是一把手的电话，然后又找陈主任出去，肯定是集团领导商量得差不多了，征求一下陈主任意见。"徐姐分析，"这样看来，估计是对咱们的处分就要出台了。"

"这么快就处理咱们？"海风紧张地问，"不是说今天会议只是调查情况吗？"

"领导的作风就是该雷厉风行的时候，必须雷厉风行。"小刘说，"你没有看到今天黄总的状态吗？平时他是出了名的老谋深算、喜怒不形于色，你再看刚刚在会上，真没想到因为片子没送审，他会发这么大火。"

"发火恐怕不仅仅是因为片子没送审吧，还要想想黄总和沿河化工厂的关系。"徐姐提示。

"对了，黄总不仅分管新媒体中心，还分管集团广告部。"小刘想起来了，"沿河化工厂可是传媒集团的广告客户。"

海风问："就是那个'沿河日化，环保到家'的广告？"

"沿河化工厂此前好像在咱们这里播过广告，这条是最近几天新投放的，应该是针对全国环保大会的应景之作，这可是黄总分管工作的业绩。"程鹏说。

"是呀，全国环保大会期间投放环保形象广告，不仅有经济效益，还有社会效益，这一工作业绩可不能破坏，"小刘说，"难怪对播发沿河化工厂排污的专题片，黄总反应这么激烈。"

"除了经济效益、社会效益，还有个人效益。"徐姐淡淡地说。

小刘问："您说的个人效益，就是指分管工作的业绩吧？"

"个人工作业绩当然是一部分，不过还有更多深层次的利益关系。"徐姐说，"不多说了，时间长了你们就会知道，总之这次是撞枪口上了，咱们等着处分吧，估计不开除一两个，大领导不会善罢甘休，也不好向有些方面交代。"

同事们都在集中议论，只有安少瞳没有出声，在一旁用看着笔记本。方若涛向前挪了一下椅子，小声说："黄总态度这么严厉，处分估计是难免了，要不我们分担一点？"

安少瞳身体向椅背后靠了过去，小声说："咱们说好了的，刚才会上也是这样的口径，就不能再反复了，否则只会更糟糕，还会增加一个集体欺骗领导的罪名。"

"可是你要是被开除，那就再也没有机会了。"

"你看黄总的态度，播发了那个片子是触动了他的底线，必然要处理，不可能轻易放过咱们。以现在的情况，即使开除现在也只能开除我一个人，如果你说出去，不仅你和程鹏要受处分，我的管理问题再加上组织大家欺骗领导，我还是要被开除。"

"估计现在黄总在外面正和主任交底，一会儿回来得宣布开人，"方若涛沉默了片刻，"这事实际上是我引起的，要是牵连你被开了，我……"

方若涛一时之间觉得难以措辞，安少瞳侧过身向她笑了一笑，想表示宽慰，但笑容显然有些勉强。

安少瞳这么一侧身，将桌上的钢笔带到了地上，滚到自己的椅子后面。方若涛俯身将钢笔捡起，递给安少瞳，安少瞳接过，说了声谢谢。

交接钢笔时，两人的手指碰了一下，方若涛一惊，问："你的手怎么这么凉？"

38

会议室的门被推开，黄总、陈主任走了进来，会场立即恢复了安静。

黄总坐定之后，拿起桌上的茶杯喝了一口，又咳嗽了一声，然后说："中央要求一切事业要以人民为中心，新闻传播事业必须坚决、有力地践行这一要求。传媒集团一向重视民生报道，我在不同场合反复强调过，'省城网事'作为民生报道的重要栏目，一定要打造成关注民生、促进民生事业的头部阵地……"

会场内的各位同事此前一直低头挨训，这时不约而同地抬头看向发言中的黄总，几位同事相互对望了一眼，都看到了彼此相似的疑惑。

"一段时间以来，'省城网事'在民生报道方面作出了努力，目前取得的成绩来之不易，是从上到下共同努力的结果，所以必须从上到下共同维护……"

黄总进一步阐述了民生报道的重要性，强调只有协同作战才能做好电视视频报道，特别是重大题材的组合性报道。会场内的同事都感到了黄总腔调的变化，又都觉得不明所以。

"怎么话风转了？"小刘小声说。

程鹏看着台上的黄总，小声地说："好像西北风转东南风了。"

徐姐小声说："估计欲抑先扬，关键看后面怎么处分。"

黄总喝了口茶，总结说："不讲纪律的团队，不可能成为有战斗力的团队。报道团队必须做到令行禁止，片子不审就发违反规定，就是削弱了共同维护的流程和效果，受损失的是咱们自己。对此，'省城网事'要深刻检查。"他又向陈主任说，"我还有个集团的会，陈主任，你带领大家继续开会，全面排查、揭摆问题、完善制度、改进工作，该处理还是要处理，当然处理只是惩前毖后的手段，目的是推动团队建设和报道工作的进步。"

说完，黄总起身离开，陈主任准备相送，黄总做了个阻拦的手势，带着秘书出了会议室。

等会议室门重新关上，陈主任向大家说："刚才黄总指出的问题、提出的要求，大家要充分重视、切实履行，既然制定了先审再发的制度，就要严格执行，任何团队没有执行力就没有竞争力。这次发生的问题是个重大教训，少曈你作为负责人要率先检讨，并和同事们深刻反思。当然，大家也不要有包袱，深入排查问题、广泛讨论，然后写出书面的检查报告提交集团。但报道工作不仅不能停止，而且要加强。"

陈主任说自己就先离开了，让全组先自行检查和自我批评，安少曈起身将主任送了出去。

从黄总进来到陈主任离开，会场内同事的表情像过山车一样快速变化，等领导一走，大家相互看了一眼，顿时议论开来。

"前面一阵暴风骤雨。"

"弄得咱们凄风苦雨。"

"没想到后面和风细雨。"

"管理艺术就是听风是雨。"

"大领导必须能呼风唤雨。"

大家一阵苦笑。

"领导手段、管理艺术，翻脸比翻书都快。"小刘说。

徐姐打个哈欠："一大早被叫过来挨训，真没劲。"

"昨天晚上又是采访又是编辑，忙了一夜，最后居然落到这个境地，能不开除已经是万幸了。"程鹏捂着脸。

这时安少瞳回到会议室，还是坐回场下的座位，侧身面向同事们说："主要是我处理不当，带着大家受累，一早被领导批评，非常抱歉！"

"领导怎么说的？"海风问，"咱们栏目不会关停整顿吧？"

"应该不会，陈主任在会上也说了报道不能停，刚才在门外又强调了，让大家放下包袱，轻装工作。"

"黄总接了电话回来语气缓和了，不再只说处分、开除的事了，是不是有可能对大家网开一面？"海风又问。

安少瞳说："估计应该是，毕竟犯错的只是我一个人，和组里的各位同事无关，和报道无关。"

"是呀，领导主要是责怪没有提交审片，但对于报道质量谁也说不出任何不是，"小刘刷着手机，"你们也看到了吧，这个视频点击量已经百万加了，而且没有一句消极的评论。"

"就是，老百姓都拍手称快，而且注意到没有，直到目前，沿河化工厂方面没敢说一个不字，"程鹏说，"要是咱们的报道有一丝不扎实，他们早就跳出来兴师问罪了。"

"业务是业务，关系是关系，利益是利益，"徐姐揉着太阳穴，"报道扎实又能怎么样？没听黄总临走时撂下的话？该处理的还得处理。"

海风问安少瞳："刚才主任说了怎么处理咱们了吗？"

"主任让咱们自查、讨论，先写出详细扎实的书面检查，处理的决定等上级下达。"安少瞳说。

"还讨论啥呀，你写写得了，咱也不知道情况，"徐姐又打了个哈欠，"困死了，得回去补觉，散了吧？"

"好的，今天让大家受累了，实在抱歉！"安少瞳说，"都回去休息吧，等事情处理完了，只要不开除，我请大家吃饭。"

徐姐站起身说："开除了也得请，正好大家一起吃散伙饭。"

同事们一边议论着可能受到的处分，一边陆陆续续离开了会议室。

刚才同事们热议会议上领导的表现时，方若涛几乎没有插话，一直在回忆黄总暴怒的态度和严厉的指责，也一直在考虑可能的处分，特别是黄总提出关停节目、开除责任人，方若涛当时就感到心跳加快、嗓子发干，因为此前没有想到这次自己播发片子会引起领导这么激烈的反应，如果真的因此把安少瞳开除、把节目关停，那就等于一次性把报道组所有人的饭碗都砸了，这个责任如何能承担得起？这种自责如何能负担得起？所以她在会议中间向安少瞳提出要分担责任，以减轻安少瞳的处分，至少换得报道组的平安，哪怕自己付出被严厉处罚的代价，那也是完全值得的和应该的，甚至自己还能因此得到一定的心理解脱。当时安少瞳没有同意，而且他的考虑也确有道理，在当时紧张的状态下，一时也没有更好办法，方若涛就暂时按照少安瞳的要求保持了沉默。好在后来黄总语气出现变化，让方若涛能在紧张自责的情绪之下有心思去考虑后续的对策。

此时，方若涛仍然倍感忐忑，毕竟现在看来这件事影响面大，而且触怒了上层领导，最终个人和报道组会被如何处置，目前谁也说不清楚，不过很显然，这件事对于安少瞳来说消极影响最大。目前处于人事制度改革的关键期，本来安少瞳各方面成绩突出，他的机会和优势最为明显，一旦因此事受牵连，不要说开除，就是受一处分，那就一定会失去转变编制的机会。毫无疑问，安少瞳自己对于这一点更为看重，也更为敏感，会前在楼梯间时提到了编制问题，安少瞳瞬间的表情变化非常强烈，尽管他在几秒钟的时间内努力克制住了情绪，但已经给方若涛留下了深刻的印象，同时也给了她更大的心理压力。

同事们都离开了会议室，方若涛站在会议室门口等安少瞳走过来，上前直接道歉："安组长，不好意思，没想到会是这个局面，抱歉！"

"抱歉就不必了，可是你夜里播发片子，怎么也应该给我说一声。"安少瞳说，"一早主任打电话责问，我承认是我发的，但实际上当时是蒙的，因为不知原委，不知道应该怎么回应，领导追问播发的细节，我当时不知道你们是用什么账号进内网终审，只能坚持说是我直接播发，其他的含糊其词，后来和你确认还是用原密码进入内网发送，才算踏实了一点，至少撒的这个谎还能圆得起来。"

"是、是，是我考虑不周，"方若涛继续道歉，"当时就是对化工厂违法排污、残害村民气不过，现在想想，是我太冲动了，给你和组里都带来了很大麻烦，对不起。"

"也没什么，事已至此，就等上面的处理决定。"安少瞳对方若涛说，"昨天你忙了一夜，赶紧回去休息吧。"

"现在倒是不困了。你现在去哪里？能休息了吧？"

"我得回办公室，主任催着要我们写检查。"

"那我也去办公室。"方若涛和安少瞳一起往回走，"那你打算怎么写这份检查呢？"

"先说一下前期采制的内容，想弥补缺少的证据链中的上游环节，就去拍摄了化工厂的排污现场，采访完整之后编辑成片，当时考虑不周就给发了，最后做自我批评，承认违反集团审片规定的错误。"

"这样写可能难以通过。你看刚才黄总那架势，恨不得把咱们吃了，他揪着问发片子的个人目的和真实原因。"方若涛很担心。

"大领导经验丰富、眼光敏锐，强调追查私自播发专题片的主观原因，是抓住了咱们这次违规行为的要害。"安少瞳说，"咱们此前讨论过播发问题，不提交送审的目的自己很清楚，但是不可能真实地写给领导。"

方若涛理解安少瞳所指的目的，当然就是因为担心送审之后领导不让发，从而让这次调查报道石沉大海，所以私发专题片是出于对领导的不信任，但这一真实想法肯定不能公开。

"或者就说我和采编人员为了时效性和回应民生关切，都要求尽快播发，"方若涛想了想，"就说你被逼无奈，加上深夜不好请示，就没有提交送审。"

"意思我明白，你是想尽量分担一些责任。不过我感觉这样说也不是太有说服力，毕竟这事不是十万火急，等白天上班请示了再播发，也影响不了时效性。"

"确实有点麻烦，那该怎么说才说得过去呢？"

"领导经验丰富，而且对人情世故比咱们参悟得透彻，我估计其实他们也大体能感觉到咱们的主观原因，但还是看破不说破。所以，我想检查里就说当时觉得报道内容扎实、关注度高，早发能早点引爆舆情，一时冲动就忘记了送审一事，然后检讨自己的组织性、纪律性欠缺。"

"这样说，领导也许好接受一点。"方若涛又想了想，"不过这就把所有的责任归咎到你个人身上，那后续处罚也会集中对你。"

"既然已经播发了，事情已成定局，处罚是免不了的。"安少瞳看方若涛脸色凝重，想了想，又说，"不过也好吧，就像你之前说的，如果先送审，大概率是发不了，那咱们那么多人那么多天都白干了。而现在已经播发，全网皆知，反响强烈，领导虽然对我们私自播发非常恼火，但谁也不敢把这个专题片轻易下架，这算是给村民，也是给咱们有了一个交代。"

"万一你受到严厉的处分，甚至被开除，那我……"方若涛看着安少瞳，一时说不下去了。

很少能看到方若涛说话时出现像这样难以言表的状态，也许一时之间，她很难准确地表达出此时复杂的情绪和感受。

"若涛老师，你不要有太大负担，"安少瞳轻声说，"刚才陈主任离开的时候还是宽慰我，说我们的检查一定要从严，但他会尽量争取处理从宽。看目前各位领导的语气，肯定会处罚，但不至于开除。"

办公室里同事们几乎都在，安少瞳问程鹏、小刘怎么不回去，他俩回答说不困，而且上面处理决定不下来心里也不踏实。海风说安少瞳脸色不好，看上去很疲劳，建议他回去休息，安少瞳表示感谢，说还要尽快写检查提交给领导。

"《省城日报》好像刊登了化工厂排污的调查报道。"程鹏一声惊呼，惊动了办公室里的同事。

小刘问："刊登了什么报道？就是咱们专题片的内容吗？"

"今天《省城日报》出刊了，报道了沿河化工厂违法排污的问题，"程鹏看着手机，"刘哥，我把截图发到咱们工作群里了。"

同事们都拿起手机点开了群里的图片，这是《省城日报》专栏特稿截图，虽然图片上的文字很小，但根据标题能辨别出报道的正是沿河化工厂排污的情况，特别是刊发的几张照片，呈现的是化工厂排污的现场，以及环保局环境检测中心出具的水体污染鉴定页，证明送检的水样污染物严重超标。

"基本上能看清，日报用了一个版面报道这件事，看来很重视。"小刘看着手机上群里的截图，"不过，内容好像和我们账号发的视频内容差不多。"

"我也有同感，说的内容相近，"海风说，"特别是这两张排污现场的照片，感觉像素很低，好像是从咱们的视频里截取了一帧做成的图片。"

"有没有可能日报没有现场采访，只是根据咱们视频专题片的解说词、采访，再加上抓图，形成的这版报道内容？"

"不是这样，大家不用猜了。"安少瞳看完报道截图，对小刘和海风说，"日报之前就在关注化工厂的排污情况，昨天晚上他们的记者是和我们一起去现场采访的。"

"难怪！看来化工厂排污确实影响太坏，让很多人关注。"小刘又问程鹏：

"你这是从报纸电子版上截下来的，还是转发的？"

"是我刚在网上不经意看到的。"程鹏接着问，"刘哥，你说的两种方式，截图和转发，有差别吗？"

"当然有差别，如果是你订了电子报纸，自己截图，那只是你个人关注，如果是在网上捞到别人转发的，就说明日报读者的关注度已经上来了。"

"我捞的是别人转发的，"程鹏说，"很明显，这事被报纸一登出来，关注度不会低，只要看咱们视频的点击量和转载量就知道了。"

"安组长，"海风问安少瞳，"既然现在日报也报道了这事，那集团给咱们的处分会不会轻一点？"

"我觉得应该会，"程鹏抢着说，"主流媒体都同步报道了，咱总不能反而因此受处分吧？"

"估计对咱们报道组的处分有可能从轻发落，"安少瞳说，"不过领导批评指向的是不审片就播发，所以对违反纪律的责任人不会轻饶。"

大家虽然对继续追责感到有些不公平，也很无奈，但都觉得安少瞳说得有道理，毕竟这件事客观上是违反了纪律，领导肯定要处理，好在按现在的形势判断，整个报道组应该不会受太大冲击，大家也就放心了一些。

又议论了一会，各位同事开始忙自己的工作。方若涛走过来，问安少瞳："程鹏在群里发的《省城日报》的报道，我看了落款，标注的是'本报综合报道组'，不过看整个内容，是不是张诚老师写的？"

"报道我也看了，我刚才已发信息问了张诚，他回复说报道是他写的，报社领导能这么快签发也出乎他的意料。署名的事我没注意，不直接署他本人的名字，估计是对个人的一种保护，免得遭受打击报复。"

"其中刊登了几张图片，虽然基本上能起到证据的作用，但是除了环保局环境检测中心的检测鉴定书的照片外，其他图片很不清晰。我记得当时张诚老师相机、手机里的照片在现场被全部删了，你估计已刊登的照片是从哪里来的？"

"我明白你想问什么。"安少瞳说，"咱们发的专题片视频，我剪辑了一部分提供给张诚，刊登的这两张图片，估计是从咱们视频中抓帧做出来的。"

方若涛看着手机，沉默了一会儿："你凌晨离开办公室，就是去找的张诚？"

"是，我直接过去把剪辑的现场排污视频片段交给他了。"

方若涛又沉默了一会儿，接着说："咱一码归一码：我没有通过你就播发了专题片，带来了这么大的损失，包括还有可能的处分，我应该道歉、反省，你在领导那里为我挡责任，我也很感谢。不过，你把一些素材拷贝给张诚，是怎么想的？如果我没有先播发了专题片，那关于沿河化工厂违法排污的调查报道，首发的媒体就是《省城日报》，而不是咱们'省城网事'。虽然我对张诚老师的工作态度和能力很钦佩，他在暗访中也做了大量工作，而且面对危险很有勇气，不过这次报道是我们启动在前，由他们首发不公平，至少我们两家媒体同步播发才合理。"

"你说得有道理，确实是同步播发才合理。"安少瞳说，"暗访前我和张诚讨论过，如果一切顺利，两家同步播发。不过，我们两边相同的规定是上级领导对这类报道都要先审看，而我俩对各自领导最终能否同意、什么时间同意签发这篇报道都没把握，所以就约定采访回来先共享素材，再拿着这些材料分别去争取说服领导，最终发稿只能看领导的态度。"

"看来日报签发很快。"方若涛看着手机上的报纸截图。

"和咱们的审稿制度不一样，报纸的采访与编辑这两个部门分开，没有领导在清样上签字，记者采写的报道文章不可能会被编辑刊发。估计张诚是回去之后就说服了领导，才赶上今天这一版报纸刊登。"

"这说明日报的领导还比较开明，没有因为涉及负面报道，就人为设置障碍。"

"领导的态度是一方面，另外，张诚毕竟是采访部副主任，对于他的意见，大领导会更重视一些。"

方若涛了解了事情原委，一时间觉得难以措辞："唉，咱们领导……一早开会时，黄总出去接了电话之后，回来态度缓和，有没有可能与日报刊发这篇报道有关？"

"不知道黄总出去接的是什么电话，不好揣测。"安少瞳说，"不过传媒集团的领导，肯定会关注像《省城日报》这样的兄弟媒体的动态，而且领导们的信息来源更快捷。"

"现在日报刊登了这篇报道，也许会对咱们组有利，那借此机会，我想去向领导说明真实情况，毕竟是我播发的片子，这样你最多承担的只是管理责任，最后对你个人的处理，应该会轻一点。"

"感谢你替我着想，不过，我的建议还是保持原状。"安少瞳声音很低，但语气坚定，"一直说是我审发的片子，操作细节也能对得上，不会牵扯更多的人。如果现在去说是你发的，除了不送审的违纪问题之外，又加上合伙欺骗领导的罪名，还有可能拉上在场的程鹏，三人成众，那全组都有可能受到处理。"

39

最大的恐惧莫过于对未知的恐惧。两天过去了，上面的处分通知还没下来，安少瞳、方若涛，以及组里的其他同事，都处于忐忑之中。

"领导也真能沉得住气，几天了，没声音没图像，到底会怎么处置咱们？"小刘一边感叹，一边提出疑问。

"有时我在想，是不是领导把这事忘了？"海风说。

程鹏看着电脑，说："领导会忘记对你的表扬，绝不会忘记对你的批评。"

"即便忘不了批评，哪怕批评来晚一点也好。"海风说。

程鹏放下鼠标，对海风笑了笑，说："我倒觉得该来的早点来，反正伸头是一刀，缩头是一刀，早死早托生。"

"要死要活的，有那么严重吗？"海风白了程鹏一眼。

程鹏说："还真不是危言耸听，老话说得好：'在家不要跟老婆对着干，在单位不要跟领导对着干。'"

一旁的小刘哈哈一笑："你有老婆吗？就这么有经验？"

"还没有老婆，不过没吃猪肉，也看过……"程鹏突然一捂嘴，"不对不对，抱歉抱歉！不能这样说，否则可能变成了对女士以及对有老婆的男士都大不敬。"

小刘向程鹏说："现在办公室只有海风一位女士，还不赶紧跪地求饶。"

"是、是，在下言语不周，海风同学大人大量，有领导风范，会饶了咱。"

"谁说领导饶了咱们？"海风还没有说话，徐姐边说边走了过来，"你们知道领导的决定了？"

"没有，我在向海风老师请教。"程鹏向徐姐说，"领导那么高高在上，我等小民哪能够得着？徐姐，是不是您带来了什么最新指示？"

"没有指示，只有消息。"徐姐压低声音，"沿河化工厂负责人，好像被省督导组叫去配合调查了。"

"配合调查？调查什么？"程鹏问，"是排污的事吗？"

"只能是排污的事，这个阶段配合全国环保工作会议，这方面是工作重点。"

小刘问："督导组又是怎么想起来找化工厂的？是不是看了咱们的调查专题片？"

"估计是，或者是他们看了《省城日报》的报道。"徐姐说。

小刘又问："按照现在这个状态，沿河化工厂的广告，在咱们电视台是不是要撤下？"

"那要看配合调查的结果，如果问题严重，传媒集团肯定得和厂方切割。"徐姐说。

海风说："但愿化工厂问题严重点，集团一切割，领导就不会因为对化工厂的调查报道再处罚咱们了。"

"我看倒不见得，"程鹏说，"即便化工厂问题严重，集团和他们划清界限，也不影响领导对咱们违反纪律的批评和处罚。"

"你太天真了！"徐姐对海风说，"要是划清界限、广告撤下，化工厂就会停止支付广告费，那你说，谁的工作成绩和分管业绩受影响？大领导是否会不开心？如果不开心会怎么着？"

海风想了想，叹了口气，又摇了摇头。

小刘竖起大拇指："徐姐真是见多识广、洞悉人性。"

"所以，最好是督导组向化工厂问责，但责任又不太大，不至于闹到停业整顿导致广告下架，这样领导分管业绩不受影响，没准咱们也能因为报道给督导组提供了线索而被从轻处罚。"程鹏挠挠头，"不过这个分寸把握……真的是钢丝上行走、刀尖上跳舞。"

徐姐说："领导艺术就是平衡艺术，包括督导组的领导也会考虑平衡，平衡经济发展与环境保护的要求。咱们就等着领导平衡各方关系吧。"

这时方若涛走进办公室，和同事们打了招呼，徐姐向她说了沿河化工厂配合督导组调查的消息。方若涛精神一振，认为这是排污调查报道促成的督查，徐姐、程鹏等同事也这样认为，不过对报道人员能否因此被减轻处罚仍然感到没底，方若涛说她也觉得不乐观。

"不过，报道提供的线索导致督导组介入，那至少报道组本身有功无过，"

方若涛说，"黄总那天开会提到的节目关停整顿，看来应该是不至于了。"

"这一点领导估计会平衡，没必要棒打一片，"徐姐说，"但是对于责任人，领导不会轻易放过。"

正议论间，每位同事同时收到中心秘书群发的短信，说是下午陈主任来报道组部署工作，要求全体参会。大家一议，估计下午的会议是与排污报道、违纪播发，甚至督导组介入有关。上午安少瞳没在办公室，去参加中心的组长例会，在例会当中应该会讨论这方面的问题。

下午陈主任在安少瞳的陪同下按时来到办公室，向大家传达了报道要求并部署了后续工作：一是上级领导肯定传媒集团环保专项报道工作总体深入扎实，既突出了环保成绩，也不回避前进中的问题，希望集团和各部门再接再厉；二是集团要求"省城网事"在保证正面效果的原则下继续加强环保报道，力争实现预期的阶段性传播效果；三是强化采访和报道纪律，专项报道工作中所有外采和播出均实行一事一报制度，由不低于中心主任层级领导审批。

最后，陈主任强调，从集团到中心一直以来对"省城网事"报道组的工作都是认可和支持的，有什么问题都可以提出来，共同协商解决，并鼓励大家积极发言、交流。

徐姐率先发言："可能年轻的同事不好意思说，其实咱们和陈主任都不见外，有话就直说了。那天一早开会，黄总对我们进行了严厉批评，并提出要实施处罚，这几天大家都有点人心惶惶，都在猜测会遭受怎样的处理，这样难免会影响工作状态，所以想请主任给一个明确的说法。"

徐姐的提问让会场更加安静了，每个人都没吭声，都盯着陈主任。陈主任显然对这一问有所准备，他马上对徐姐说："感谢徐姐提出这个问题，有话直说就是一种信任。"他又看着大家，"前几天黄总召集大家开会，批评的是违反集团播发纪律的行为，丝毫没有否定全组，包括每位同事的工作成绩。现在情况更为明确，上级领导认可传媒集团的环保专项报道工作，这包括了'省城网事'的内容呈现，甚至可以说'省城网事'的报道内容提升了整个集团的报道业绩，因此，对于咱们整个报道组，我刚才也说了，集团一直是支持和认可的，现在也是这样，只有表扬和认可，不存在批评和处罚。"

听陈主任这么一说，几位同事互相看了一眼，小刘、海风暗暗舒了一口气。

方若涛举了一下手，向陈主任说："领导，我有一个问题。关于黄总批评的没有送审就播发片子的问题，那条专题片我是参与采访制作的。您刚才说不会处罚报道组，那么对于这条专题片的采制和播发，是不是会处罚具体的工作人员？"

"关于这条专题片，首先是采访流程，虽然暗访环节没有提前汇报，但考虑到整个选题是报备过的，那么从业务角度考虑是可以理解的。其次是制作内容，整体来看，专题片内容扎实、证据链完整、报道态度客观平实，播发后反响积极。"陈主任向方若涛说，"所以包括你在内的采制人员，应该给予肯定，当然谈不上处罚。"

方若涛停了一下，接着又问："那违纪播发环节会怎么处理？"

同事们都看向了安少瞳，大家知道违纪播发的责任目前集中在他一个人身上。今天的会议，安少瞳除了开场之外，其余时间一直没有说话，特别是同事向主任询问上级的处罚安排时，他显得更加沉默。陈主任面对大家的询问，重点强调的是全组报道有功，不会涉及处罚，可以看出他是想在今天的会议上给大家减压，他在努力回避具体处罚一事，应该是避免对个人、对全组产生不必要的压力。现在方若涛明确提出了这一问题，让会议室的气氛有些凝重，大家一方面明白这是对安少瞳，也是对全组处境的焦虑和担心，另一方面也觉得现在追问具体的处罚似乎有些不合时宜，但具体哪里不合适，好像也说不清楚。

"我知道大家对这一问题很关心，"陈主任扫视了一遍参会的同事，"不送审就播发肯定是违纪行为，这必须先明确，纪律是事先规定的，违纪者应当受到相应处理，我想大家对于这一点能理解，同时也会支持。如何处理一定要坚持两条原则：首先是处理不是目的，通过处理让大家提高认识以防止违纪行为再次出现才是目的；其次是会严格依照纪律规定，就事论事地适当处理。具体如何处罚，目前还没有确定，但我可以负责任地告诉大家，不会有人被开除，'省城网事'的报道工作只能加强，不能削弱，中心和集团对报道组的支持只会加强，不会动摇。"

方若涛率先鼓起了掌，接着徐姐、海风、程鹏、小刘等与会同事也鼓起了掌，最后安少瞳也参与其中。

结束会议之后送陈主任离开，安少瞳回到办公室。徐姐迎面就说："安大组长，该你兑现承诺请大家吃饭了！"

"吃饭承诺？什么承诺？"安少瞳一时没想明白。

"黄总那天早上大发雷霆之后，你答应只要不开除就请大家吃饭。"徐姐说。

小刘接着说："对呀，刚才陈主任说了，不会有人被开除，而且岗位也不动。安组长不请大餐可说不过去了。"办公室里的同事都大声附和。

"应该请吃饭，大餐也没问题。"安少瞳说，"不过，现在还不合适吧，陈主任是说不会开除，但也说处罚还会有，是不是等处罚下来，大家都踏实了，再一起去吃饭？"

"呀，那不变成大家举杯庆祝处罚了吗？不吉利！"徐姐说，"选日子不如撞日子，压抑了好几天，难得今天算是心里有了点数。正好还早，楼下餐厅估计能订上包间。"

大家一致叫好，安少瞳说听从大家的意见，和欢呼着的同事们下了楼。

开席时大家首先一起举了一下杯。

"真是不容易，要不是今天陈主任来给大家下了一颗定心丸，哪有心情在这里吃饭？"徐姐说。

"别人一般是摆庆功宴，咱们摆庆祝减轻处罚宴，"程鹏说，"安组长就是这么任性。"

"陈主任是有数的，不然不会这样说，"方若涛说，"估计处罚不会太严重。"

"陈主任风格是比较稳健，"安少瞳说，"不过最终的处罚肯定是由黄总拍板。"

"死罪可免，活罪难逃，"程鹏说，"黄总在会上说了，咱们不是集团的人，无组织、无纪律。对于黄总来说，咱从来就不是他的自己人。"

海风对程鹏说："看来你一直想成为黄总的人，黄总好像在咱们'省网'还没有心腹，你很有潜力。"

"不敢当、不敢当，我哪能成为大领导的心腹？你千万别这么说，不然一不留神只能成为领导的心腹大患。"

"那你太高估自己了，"若涛一笑，"对于高官来说，只有势均力敌的对手才能成为心腹大患，你差得远。不如想办法成为高官的心腹之人，反而靠谱一些。"

"这辈子高官是攀不上了，"程鹏挠挠头，对少瞳说，"安组长，那从今天起，我就是你的人了，您能笑纳吗？"

安少瞳还没回话，方若涛接着对程鹏说："你言下之意，就是说我们组长的官比较小呗，赶紧自罚一杯！"

程鹏赶紧说："岂敢岂敢，在我心中，安组长最高大，我敬安组长一杯。"

说着，举杯喝了一大口，又说，"不过按照大领导的说法，这里大部分同事都是无组织的人，都不是大领导的自己人。"

程鹏的意思当然是黄总轻视劳务派遣人员，这让若涛一时不好接话，少瞳觉察到这一丝尴尬，马上对程鹏说："别扯远了，说起高大，那非你莫属。你这么高大、俊朗，我怎么敢说你是我的人，可别得罪了一众女生。"

"对，同意小安的意见。"徐姐向程鹏哈哈一笑："趁着今天大家死而复生，心情不错，赶紧表白，你是谁的人？"

"徐姐，您怎么上升到这么高的高度？我可不是这个意思。"程鹏一脸无辜。

"程大帅哥，你就招了吧，"小刘笑着对程鹏说，"如果你表情真诚、言语恳切，没准咱们办公室里的美女就会把你收为自己人。"

"这个太难了，"程鹏挠挠头，"这里未婚女生有两位，说是其中一位的人吧，得罪另一位，说两位都是吧，又显得轻浮，即使说的言语再恳切，表情也不会显得真诚。"

方若涛忍住没笑，说："不用担心，反正你轻浮不轻浮大家已经有目共睹。"

海风说："对，我们也不怕你得罪。"

"你看，两大美女都给你松绑了，"安少瞳说，"你赶紧坦白吧。"

"行，那我就坦白了，"程鹏做咬牙状，"方若涛、海风，从今往后，我就是你俩的人了！"

同事们笑着给程鹏一片嘘声，徐姐说："想独占两家，没看出来呀，你小子胆子这么肥？"

"岂敢岂敢，我对两大美女一直极为敬仰，平时只能远远地表示敬意，哪敢有独占的想法？"

"不是想独占，那也是想蒙混过关。"小刘说。

徐姐赞成："对，今天就得说清楚，别想蒙混过关。"

程鹏表情更加无辜，安少瞳说："这样吧，如果不好说，也不好二选一，那就减轻难度，你将两大美女排个前后顺序，如何？"

同事们一起叫好，让程鹏赶紧排序，说出在心目中谁优先。

"这么得罪人的事，还说是减轻难度？"程鹏挠挠头，"真是看热闹不嫌事大。"

"安组长的话你敢不听？刚才还说是安组长的人。"小刘说。

"刘哥，我一直觉得你很仗义，没想到关键时候不仅不拉兄弟一把，还落井下石。"程鹏说，"刘哥，要不你先排序，给小弟打个样。"

"你刘哥已经有主了，哪能一只脚跨两只船？"徐姐说，"你赶紧的！"

"那咱们安组长还没主，领导干部应该率先垂范，先请安组长排序如何？"程鹏问。

这次轮到安少瞳有些尴尬，他正在想怎么回答，方若涛先说："黄总最终处罚还没下来，估计安组长现在没有心情排序，你现在确定没有事了，也没有借口了。"

同事们又一起嚷嚷："对！程鹏别磨叽了，赶紧排序。"

喧闹声中，程鹏说："难得大家兴致这么高，看来我必须舍命助兴了，"程鹏看了若涛和海风一会儿，"这个，海风排序在前。"

同事们又是一阵哄笑："哇，谜底终于揭晓了，原来海风同学是程鹏的梦中情人！"

徐姐一边笑一边警告程鹏："你得小心了，竟敢在公开场合这样得罪方若涛同学！"

"徐姐，您可不能这么说呀，我哪敢得罪若涛同学？"程鹏苦着脸。

"那你怎么把海风排在方若涛的前面？"徐姐又对若涛说，"我真不是个爱挑事的人，但程鹏这样做是不是得罪了你？你能忍吗？换我忍不了。"

方若涛出声一笑，说："没想到徐姐也会拱火。"然后板着脸对程鹏说，"确实忍不了，必须给个交代，你这样排序的依据是什么？"

"面对两大美女，我哪敢造次？我说过是你们的人，没想到大家上纲上线，先说不能独占，又说必须排序，我说不行，你们偏不依不饶，我只能往火坑里跳。"

小刘笑着插话："就是按先后顺序跳火坑，那也得有个依据，再说了，谁是火坑？"他又对海风说，"海风同学，我和徐姐一样，也不是爱挑事的人，不过在大家眼中，你明明如海风拂面、如皓月当空，程鹏却说你是火坑，这搁谁都忍不了。"

"唉、唉，刘哥，可不带这样玩的，"程鹏急着叫停小刘的玩笑，"你偏要让海风同学一巴掌打得我满地找牙，你才开心是吧？"

海风一笑，对程鹏说："这一点你请放心，不管刘哥怎么拱火，我都不会动手，当然你自罚三杯是没跑了。"

"海风同学宽宏大量，"小刘对程鹏说，"那你更应该知恩图报，赶紧招了，你凭借什么排序的？"

"看来是躲不过去了，"程鹏一脸痛苦，"一定要说排序依据？"

大家异口同声："一定要说！"

"那我只能招了。"

"快招，你凭什么把海风排在若涛前面？"

程鹏深吸一口气，做鼓起勇气状："我是按姓名字数排的序。"

"噫！"同事们一阵嘘声，接着又是一阵笑声。

40

"前一段时间集中进行环保专项报道，弄得人困马乏、身心俱疲，而且咱们发了专题片还被领导痛骂，人人自危，到现在最终的处罚也没有下来。"程鹏说。

方若涛说："好在专项报道算是结束了，好像政府和宣传部今天就要召开总结大会，应该算是划上个句号。"

"对，想起来了，今天是有总结会议，集团闭路电视还直播。"程鹏说，"是不是还要求大家观看？"

"好像上面提到过，但也没有强制吧，具体要求得问徐姐"。

一旁的徐姐听方若涛提到自己的名字，就问什么事，了解之后介绍说今天总结大会就在传媒大厦大审看间举行，要求组长以上的干部去现场开会，其他同事收看闭路电视直播。

"徐姐，那咱们环保专项报道是不是就告一段落了？"程鹏问。

"今天就算正式结束了，前天我就把小安写的专项报道总结，还有一些纸质材料——包括那份沿河水样环境检测中心鉴定书，一并送交了中心，好像其他单位也都提交了材料，都是为开大会做准备。"徐姐说，"包括专项报道期间食堂免费用餐优惠，也是实施到昨天，今天就停了。"

"是吗？没有吧？"程鹏觉得不对，"我今天去传媒餐厅吃饭，自报了家门，服务员核对了之后，还是让我进去了。"

"嘘!"徐姐做了个低声的手势，"这事对外别说，上面刚启动这个优惠政策时，小安私下找我商量，看能不能多划拨一部分经费给食堂，让咱们同事免费用餐的时间更长一点，后来和其他报道组同时提交结转费用报告时，就以本组参加专项报道人多为由，向食堂增加了餐费支出，这样咱们组同事至少还能免费用餐一个月。"

"难怪，"程鹏向徐姐一抱拳，"谢谢徐姐关照!"

"我关照有限，是小安先提出来的，别看小安能力、性格方面有不足，想事情倒是比较细致。"徐姐说，"咱们同事当然欢迎这个安排，就像小刘现在一日三餐都在食堂吃了，有时候休息日也过来。"

"休息日也过来? 跑来跑去够累的，刘哥不用陪女友吗?"方若涛问。

"听刘哥说，最近他的女友出差了。"程鹏说。

"小刘年轻，跑一跑累不着，省钱更重要。"徐姐说，"他最近好像买房了，虽然是公租房，价格便宜一些，不过压力也挺大的，最麻烦的是房子要到明年下半年才能入住，但月供现在就交，同时现在还要租房住，两头费用同时出，以咱们的收入水平，肯定够呛。"

"刘哥太不容易了! 劳务派遣人员就是这么悲摧。"程鹏说，"说了好久的人事制度改革，也不知道有没有进展，最近好像又没声音、没图像了。"

方若涛说："听说集团人事处已经提交了一版方案，不过集团总裁办公会议没通过。"

"唉，这事无关领导的切身利益，他们当然不会着急，"程鹏说，"可这么拖下去，咱们这一大拨劳务派遣人员就难有奔头了。"

"这事虽然与领导个人收入无关，不过和各位领导的利益可关系密切，"徐姐说，"领导也需要手段来激励手下的人积极地干活，而且在这么多劳务派遣人员中，保不齐就有自己七大姑八大姨的孩子，平衡这方面的利益对领导来说可不是小事。"

说话间，几位同事来到了办公室。程鹏打开壁挂电视机，调到闭路电视频道，省城媒体环保专项报道总结会议开始了，首先是省市各位领导发言。

"听说了吧，省督导组好像给沿河化工厂的排污行为定性了。"海风说。

"省督导组确认沿河化工厂违法违规排污，污染了沿河水体，处罚决定一是罚款，二是限期整改。"徐姐说，"昨天下发的处罚整改通知。"

小刘说："估计是等上面把出现的问题都定性处理了，今天才好开这个总结会议。"

"省督导组处罚了沿河化工厂，这不就证明咱们报道的价值和作用了吗？"方若涛说，"而且说明报道内容被省级领导机构采纳了。"

海风说："采纳估计是采纳了，不过对咱们的处理还悬而未决，一直吊着咱的胃口。"

"有污染问题的都处理了，咱们报道污染问题的倒是还没处理，是不是会让今天的总结会议不够圆满？"程鹏问。

"处理结果，对咱们来说是大事，对领导来说可不值一提。"方若涛说，"你们听，各位领导的总结都是高屋建瓴。"

闭路电视转播的总结会议，主要议程是各家媒体选派代表依次发言，对本次环保专项报道进行总结报告，轮到传媒集团时，黄总走上了发言席。

"你们看，黄总发言了，"海风看着电视说，"其他媒体好像都是中层干部汇报，传媒集团怎么副总裁亲自上？"

"重视呗。"程鹏看着电视。

小刘提出问题："其实这次环保报道工作涉及部门很多，比如省城电视台，集团层面的分管领导不止一个，不过好像只由黄总发言，这是为什么？"

"大领导站位高、视野宽，让谁发言当然得全面考虑。"徐姐说，"你们想想，沿河化工厂因为我们的报道被处理了，但它们的广告在我们这里又没有撤，这些都是谁分管的？"

"原来如此！"小刘一伸大拇指，"徐姐真是洞悉一切，让我长见识了。"

"我也是！"程鹏说，"徐姐一席话让我恍然大悟、幡然猛醒、豁然开朗……"

"行了行了，赶紧听黄总发言吧。"

闭路电视里黄总已经介绍完了传媒集团在本次环保专项报道中的具体工作要点，接下来对工作进行了评价：

"传媒集团多项报道不仅针砭时弊，而且能成为行政机构完善制度的依据和重要推动力。我们关于市区夜晚'噪光'的报道播发之后，《省城户外广告和招牌设施技术规范》得以修订，明确规定商业区及周边设置的户外电子显示屏夜间亮度值，且禁止在晚上 22：00 至早晨 8：00 期间开启，这成为一项重要的惠民政策……"

小刘说："优秀！海风报道出色。"

海风说："岂敢！领导管理有方。"

会场上黄总继续说：

"传媒集团一向重视民生报道，新媒体领域成为新的增长点，专项报道过程中，集团层面积极为一线采访编辑团队纾解压力、创造条件……"

程鹏说："创造条件，还是设置障碍？"

若涛说："纾解压力，还是制造压力？"

会场上黄总又说：

"特别是对于沿河化工厂违法排污事件，集团层面提前部署、下沉指挥，选调精兵强将主动出击，不惧压力和威胁，深入采访，甚至冒着危险，采用暗访的形式，取得了第一手材料，形成了完整的证据链……"

海风问："是谁部署这个报道的？"

小刘问："是谁冒着危险暗访的？"

会场上黄总继续说：

"采访完成后即时成片，我们顶住了压力，打破时间界限和播发常规，当天凌晨即在'省城网事'投放，比其他媒体快了六个小时以上。充分发挥了集团媒体人的新闻素养优势，以及不畏艰险、一心为民的新闻精神……"

若涛说："是谁顶住了压力？"

程鹏说："是谁有新闻素养？"

电视里黄总又说：

"这一视频报道一经发出，引发了网民，特别是沿河两岸村民的强烈反响，受到了省领导的充分肯定，并成为省督导组敦促沿河化工厂整改的重要线索和依据。这一报道成绩的取得，是上级领导的科学、正确决策所带来的……"

小刘说："成绩都是正确领导的结果。"

海风说："各级领导的人才是自己人。"

电视里黄总继续说：

"传媒集团和下派报道团队都深刻领会、坚决践行'绿水青山就是金山银山‘的理念，坚决贯彻上级领导为我们制定的‘民生至上’的报道原则！"

黄总语调铿锵，会场有了一些掌声，接着黄总又从舆论导向层面继续总结。

徐姐打了个哈欠："黄总发言怎么还不结束？"

程鹏说："可能是掌声不够热烈吧。"

海风说："主要是咱们没在现场鼓掌。"

小刘说："咱又不是领导的自己人，要鼓掌也只能隔着电视屏幕。"

总结会议结束后，陈主任让安少曈来到自己的办公室，传达了集团总裁会议对本次环保专项报道的总结意见，认为"省城网事"以民生为导向的报道总体效果出色，通过账务处安排了一笔奖金来奖励整个报道组，但走账只能发到事业编人员工资卡，所以需要明确向哪位同事发放。

安少曈感谢领导的奖励，说自己回到组里尽快沟通明确发放方式，接着又提起一直没有落地的处罚："此前沿河化工厂排污的片子，没有送审就播发，确实是我违反规定，黄总在会上给予了批评，您后来给全组同事做工作、卸包袱，目前来看，大家工作状态已经正常了。不过，因为处罚决定没有下达，同事们难免会提到这件事，现在专项报道总结会也开了，您看，对我们的处理也快确定了吧？"

"近期集团和中心主要工作是环保专项报道的收尾和总结，对于违规播发问题，上面没有再提。"陈主任说，"上次我也说了，报道排污有功，违规播发有过，功不抵过，有功的要奖，这笔奖金主要就是褒奖暗访排污并形成有效的报道，有过也要罚，但处罚不是目的，所以处罚方式是应该也是可以讨论的。现在黄总那边一直再没说，我当然就更没有必要主动提出此事。"

"您的意思我明白，您一直对员工都很关照。"少曈说，"不过我以及组内同事都希望能尽快有个了结，这样也方便后面工作的开展。"

"理解。虽然目前处罚决定还没有做出，不过按我的思路，包括对上级领导思路的领会，应该以批评教育为主，应该不落到文件，更不至于落到个人档案当中，所以对此你和各位同事不必有负担，我这边会全力支持大家的工作。"陈主任放低嗓音，"这次违规播放，违反纪律是明显的，之所以预期处罚不会太重，和报道后续产生的效果有关，但这不能成为常态，更不能因此产生侥幸心理，今后还是一定要杜绝违纪现象发生。"

"主任您批评得对，任何情况下违纪都是不应该的，不管处理结果如何，我都虚心接受，并会吸取教训。"安少瞳停了一会，又说，"此前集团一直在推进人事制度改革，劳务派遣人员转事业编的改制方案，有推进吗？"

"一直在推进，不过进度不快。上周人事处向集团总裁办公会议提交了一版方案，当时没有通过，领导要求方案必须形成可持续的设计，而不是一次性遴选部分人员转换身份，所以应该还要进行新一轮调研、设计。"陈主任问少瞳，"你的意思我明白，是不是担心如果这次受到处罚，会对自己的身份转型造成影响？"

"老实说，我确实有这方面的顾虑，如果受到罚，对个人来说总会产生负作用。当然也不知道人事制度转型方案最终会怎么设计，我还是以当下的工作为重。"

"你还是要放下包袱，不要考虑太多。我这边也会尽力推进，如果能实现以批评教育为主、处罚不落到纸上，对个人参加人事制度转型的影响就微乎其微。你现在要做的是向前看，在后续的报道工作中做出成绩，不能再出现瑕疵。"

安少瞳感谢陈主任的关照和提醒，接着就告辞，返回"省城网事"办公室。同事们还在热议刚结束的总结会议，看安少瞳回来了，就问他领导有什么指示，特别是处罚有无定论。安少瞳说了陈主任的意思，强调虽然处罚还没有下来，但基调确定是从轻，让各位同事放下包袱、轻装上阵，领导会支持大家心无旁骛地去做好下一项报道工作。

大家听了安少瞳传达的内容，互相看了看，一时没有人说话。

过了一会儿，方若涛说："让咱们心无旁骛，可是现在的'旁骛'就是处罚，处罚不落地，老是吊着胃口，是杀是剐，能不能来个痛快？"

"是呀，领导说会全力支持，怎么个支持法？"海风说。

程鹏接着说："好像最近我胃不太好。"

"怎么又扯到了胃的事？"方若涛问。

小刘也问："你这么年轻力壮，每次都最能吃，胃咋就不好了？"

"可我就是消化不了领导画的饼。"

几位同事想笑，可又都没笑出来，也许是当着安少瞳的面不太好意思。

安少瞳感到有些尴尬，他能理解同事们的感受，就像刚才在主任办公室时自己的感受一样，上级只要没给出明确的结论，下面的人就不会踏实，特别是他自己更不会踏实，不过领导的态度他要传达到，而且要安抚同事们的情绪，争取不影响后续的工作。

"这次倒是给了真饼，而不是画饼。"安少瞳笑了笑说，"为了奖励环保报道的成绩，陈主任说上面正在安排给咱下发奖金。"

"真的吗？发奖金倒是少见，要真能发，领导算是干了件实事。"徐姐说，"当然以我对领导风格的了解，应该只是意思意思，点到为止。"

"意思意思也是个意思，有意思总比没意思强。"程鹏说。

小刘说："是呀，点到为止也挺好，关键看能不能点到。"

奖金的说法引起了同事们兴趣，纷纷议论了一会儿。方若涛问程鹏："如果真饼投喂，能治好你的胃病吧？"

程鹏哈哈一笑："那得看饼有多少，咱们的病都是饿出来的，只要能吃饱，胃就不闹事。"

同事们有的说能发奖金就说明对报道组工作的肯定，也许处罚就此不提了。也有的说报道效果和违纪播发是两回事，估计还是难逃此劫。还有的同事说等奖金发下来再说，领导一向思路多变，就像这次对沿河化工厂排污报道，前儿天痛骂这是咱们擅自行事，今天总结会又说是领导主动部署。安少瞳少不了参与大家的议论，不时宽慰同事们几句。

到了下班时间，同事们陆续离开了办公室。安少瞳看到方若涛还在工位，走过去问她怎么不回家，方若涛说还在整理此前的报道资料。安少瞳提起刚才所说的上级要下发奖金一事，因为财务部门只能汇到事业编制人员工资卡上，所以需要在组里协商发放方式。

"明白，"方若涛说，"咱们组只有我和徐姐两位事业编员工，看看先发到谁的工资卡上，再拿出来分给大家。"

"是这个意思，也只有采取这种方式，就是得让你受累了。"

"谈不上受累，上有政策，下有对策，何况上面政策不合理，只有想办法应对。"

"好的好的，因为奖金打在你的卡上，会涉及所得税的问题，我会向账务处，还有这方面操作经验丰富的其他报道组请教，计算出税额，在你卡里预留出来。"

"考虑周到，谢谢。"若涛说，"奖金收发好说，就是担心处罚一事，领导那边有什么最新说法吗?"

"总结会议之后我也问了陈主任,他说黄总一直没有发话,他也不好主动提,不过当时话已经说到那个程度了,估计怎么也得有个处罚结果。"

"这是一边发奖金,一边是给处罚,还这么拖着,非得把人弄得精神分裂不可。"方若涛苦笑了一下,又问,"现在正在进行人事制度改革,这次你主动承担这么多,会不会影响你转编制?"

"老实说,如果有处罚,多多少少会成为减分项。"安少瞳说,"不过事已至此,想太多也没用,陈主任也在考虑这个问题,对咱们报道组和我本人都是持关照的态度,他的意思是尽量不把处罚落到纸上,这样就可能把影响控制到最小。"

"不把处罚落到纸上,意思就是不下发正式的处罚决定,而是口头批评?"

"陈主任没有具体说,我理解应该是这种想法,当然还要看他和黄总的沟通情况。"

"这件事因我而起,却让你全盘承担……"方涛说,"但愿不要影响你编制转换。"

"应该不至于,"安少瞳笑了一笑:"老实说,前几天想得挺多的,不过处罚这事久拖不决,虽然心理上挺受煎熬,但好像产生了'耐药性',反而想得少了。"

"不仅处罚拖着,人事制度改革也在拖着,好像人事处的改制方案集团领导没有通过。"

"我也听陈主任说了,上面要求继续调研、完善方案。"安少瞳说,"所以,等制度成熟、真正得到落实,估计还有很长时间,到那时,咱们这次事件的影响应该也就淡化了。"

41

在渐渐强劲的东南风的吹送下,细密的雨丝鞭打在落地窗上,形成了无数条细小的河流,在窗玻璃上由上而下地不停流淌,让窗外的街景变得模糊不清,对面原本高大鲜亮的传媒大厦也因此显得有些暗淡、变形。

雨不停地下，打湿了摄像机的镜头，也打湿了心情。

前几天关于沿河化工厂排污报道违规播发的处罚终于下来了，对安少瞳，在全中心通报批评，扣罚一个季度的绩效奖，并责令他在中心全体成员会议上做出检查；同时，对"省城网事"报道组，口头批评，要求深刻反省，提高纪律意识和管理水平，杜绝违纪现象再次发生。

对于这一处罚决定，大家觉得基本能够接受，毕竟不算严厉，除了对安少瞳扣的钱有点多之外，对团队和个人的影响看似不太大。同事们刚稍稍松了口气，就接到了新的报道任务。梅雨季节到来了，今年汛期来势凶猛，上级要求各业务单位近期以此为重点报道任务，全面、客观、及时地反映汛情，展示防汛救灾的动态和成绩。

雨势渐强，整个省城，包括周边城市甚至邻省的防汛压力持续增大。传媒集团统筹报道力量，"省城网事"栏目组采访人员被投放到不同位置，与其他业务机构的同事协同作战、共同报道。

这两天"省城网事"报道组所有的记者都奔波在采访现场和编辑制作区之间，记者们带回来的不仅是现场采制的视频节目，还有雨具和衣服上附着的雨水，这让整个办公室总是弥漫着风雨的气味，以及类似抗洪现场的紧张感。

安少瞳一早前往省城防汛抗旱指挥部采访，回来后正在编辑视频节目，突然接到陈主任的电话，说临水县汛情日趋严重，需要加大报道力度，中心已协调摄像组王老师支援，另需要"省城网事"抽调三位有拍摄、采编能力的记者，组成两路采访组，要求尽快抵达当地进行报道。实际上，近两天组内所有记者已经全民皆兵，一直奔波在采访中。接到这个任务时，安少瞳已经没有办法召集大家回办公室开会讨论，而且很明确没有更多的闲散人手，不过他还是在群里发出了通知，大多数同事都在现场忙碌，且今天难以完成已有的采访任务。方若涛、程鹏相继回应说采访刚告一段落，回来编辑完节目推送播发后，可以前往临水县参加报道。安少瞳回应说临水县汛情比较凶险，不建议女生前往现场，但方若涛坚持自己可以参加，之后她又直接给安少瞳打来电话，强调自己业务、体力和心理准备上都没有问题，而且以前在临水县生活过，对那里有感情。安少瞳看若涛意愿很强烈，就同意了，并与她、程鹏和王老师明确了初步行程，之后把相关安排向陈主任进行了报备。

一个半小时后，四位同事在办公楼下见面、集合。因为考虑到铁路可能停运，大家上了王老师自己的越野吉普车，带上采编和传输设备，以及相关防汛用品，向临水县进发。

"本来请您亲自驰援就屈尊了，"安少瞳开着车，对王老师说，"还直接征用您的大吉普，实在是有些过意不去。"

"咱都是一个中心的，此前合作也多，都很熟悉了，还客气啥！"王老师坐在副驾驶位上，调试着摄像机。

"上次沿河化工厂暗访，不仅让您受累，辛苦拍摄的素材没保住，还受到惊吓，实在是抱歉。一直也没时间向您赔罪。"

"谈不上，都是为了工作。老实说，当时在现场还有些误解，等报道出来之后，才真正理解你们安排得周到。"王老师说，"前段时间中心会上你做的检查，其实大多数人听了都鸣不平，都觉得要不是你们有胆量先播放出来，只要按流程先请示领导，这一污染问题一定会石沉大海。"

"王老师过奖，实际上还是方若涛、程鹏编辑播发给力。"安少瞳将话题转向今天的报道，"您以前报道过多次防汛，咱们在这方面经历有限，这次去临水县采访，您得多指导。"

"咱们一起的工作，指导谈不上。"王老师说，"不过，有一点怎么强调都不过分，就是在防汛现场一定要注意安全，前几年就有记者在抗洪报道中殉职。特别是临水县我们去得少，对地形、环境都不熟悉，更要小心。"

"临水县地势偏低，河道多、水网密，平时真是个好地方，"坐在后排的方若涛说，"不过每年梅雨季节就有点难受，特别是东溪江容易发洪水。"

"若涛同学，你怎么对临水县这么了解？"王老师问。

"我外婆以前住在临水县，小学时一放假就去那里玩，还在东溪江陪外婆洗过衣服。"

"原来如此！"一旁的程鹏对方若涛说，"太好了，有你在，我们这趟就安全多了。"

"还是不能掉以轻心，"王老师说，"若涛同学虽然了解方位，但汛情变化莫测。"

"是呀，"方若涛望着车窗外，"这场雨不知道要下到什么时候。"

绵延的雨幕笼罩着眼前的一切，好像变成了一间巨大的、能够随着车辆和行人同行的水帘牢笼，无论你是想加快速度以冲破雨幕的束缚，还是试图通过减缓速度躲避雨幕的侵扰，这间牢笼始终或快或慢地高悬在你的头顶，纷飞的雨丝就像牢笼的栏杆，三百六十度无死角地控制着你，让你无处遁形。

按中心要求，先要赶上下午两点临水县防汛办的新闻发布会，安少瞳尽量加快行驶速度，连续阴雨让省道上能见度变差，好在路上车辆不多，没有对行驶造成太大的影响。王老师始终开着车窗，不时地拍摄窗外的空镜以及和汛情相关的画面。

"咱们走了一个多小时了，快到了吧？"程鹏问方若涛。

"快了，"方若涛看着路边的风景和标志物，"现在爬坡了，转过前面那个山头就能看到县城，之后一路往下，估计再有二十分钟就能到。"

"今天挺顺利的，路上的车也不多。"程鹏说。

王老师一边向窗外拍摄一边说，"估计大家都听说了临水县的汛情通报，所有没有急事的都不往这里跑了。"

"对，我们算是逆行，所以道路反而松快。"方若涛说。

"我们是逆行者，"程鹏对方若涛说，"你是最美逆行者。"

方若涛马上回应："别瞎说，让王老师笑话。"

"怎么可能笑话，我坚决同意程鹏的判断！"王老师回过头向后排的程鹏、方若涛一笑，"这也是我们的共识，安组长，你说呢？"

"对，同意，是我们的共识！"少瞳手扶方向盘，看着前方回答。

"你看，王老师、安组长都承认了，我是说出了大家的心声。"程鹏冲若涛又是一笑，"能幸运地和若涛同学同行，特别是这次，若涛同学对这里轻车熟路，更是幸运……"

一句话没说完，突然的刹车让程鹏身体往前一冲，额头几乎撞到了前面的座椅，他一惊之后，才明白车已经停了，原来车刚转过弯道，就被路上一堆乱石逼停。

"老哥，这里怎么回事？"王老师从车窗探头出去，大声问在路上清障的施工人员。

"山坡塌方了，正在清理，"一位施工人员回答，"现在车子开不过去。"

安少瞳将车熄了火，说了声"我去看一下"，就撑着雨伞下车，快步走向施工位置。

车里方若涛对程鹏说："你刚说幸运，咱就被拦下了，还不知道啥时能走。"

"哪能想到这么寸！"程鹏向前看着路上的山石，一脸无奈。

说话间，安少瞳又回到车里，说刚向施工人员仔细了解了，目前崩塌的土石堆满了路面，人可以绕过去，但车辆无法通过，按照现在的清理进度，至少一个小时才有可能通车，而且如果再有山石下落，施工时间就更没谱了。

"现在距离县防汛办发布会开始时间不多了，这里一时半会通不了车，咱们应该怎么办？"安少瞳稍停了一会，又说，"我建议带上设备，步行过去，大家看看，是否可行？"

"从这里步行到县城，估计要三十分钟左右，我觉得可以先走，还可以边走边网约车。"若涛说。

"在这里等确实不是个办法，摄像机和行李可以背走。"王老师也同意。

"步行绕过去没问题，"程鹏说，"不过，咱们这辆车停到哪里？"

"刚才问了，说坡上面有一个变电所，可以停车，而且位置高，不会受到洪水威胁。"安少瞳说，"既然决定步行，咱们把设备行李拿下来，我把车开到上面去，然后一起走。"

卸下设备行李，安少瞳将车调头再左转上坡开到变电所，出示了记者证并说明缘由，所里的工作人员很支持，敞开了大门。

停好车，安少瞳跑回坡下，远远地就看到王老师已在雨中拍摄山体状态和路障清理施工，方若涛取出话筒，接上了王老师的摄像机，找到施工负责人提出采访，由于工程紧张，负责人简要地回答了塌方情况、清理工程安排和工作量等几个问题，对于方若涛追问的山坡塌方的原因，负责人说是植被遭到损坏，遇上较强降雨冲刷，导致土石松动。

安少瞳在一旁听完采访，当即建议方若涛出镜播报，以不时有泥块掉落的山坡为背景，现场解读土石松动的情况，强调施工人员正一边清理路障一边加固坡体。

拍摄完出镜播报，四人背上设备行李，绕过山石路障，冒雨向临水县进发。

"王老师，上次去沿河化工厂暗访，就让您走山路、受惊吓，"少瞳向王老师说，"这次又让您负重跋涉，而且后面几天可能更辛苦。"

"安组长又客气了，出来就是干活的，而且抗洪报道我也不是第一次，知道其中的困难。"

"王老师，上次暗访咱们也是四个人，不过就是过程太折腾，还险些遭到意外，"若涛说，"这次又是四人出行，但愿能顺利。"

"上次我没在的时候，你们饱受折磨，我一出现立马化险为夷，"程鹏说，"这次我全程都在，就放心吧。"

"对，上次幸亏程老弟去营救，"王老师说，"这次有你在，一定能顺利。"

"必须顺利，"程鹏接着说，"论我作为吉祥物的重要性。"

"别嘚瑟行吗?"方若涛说，"刚才你一句幸运没说完，咱们马上就得下车步行。"

"这个……"程鹏用手抹了一把脸上的雨水。

"为了挽回你的吉祥物形象，后面一定要表现好，"安少瞳对程鹏一笑，"来，赶紧帮若涛老师背上包。"

"这不用了，我的笔记本电脑你已经帮我挎上了，"若涛对少瞳说，"我现在就一个背包、一个拉杆箱，没问题。"

风雨中的路途比平时困难，尽管路上并没有太多积水，但接近城区已经步行了近半个小时。一路上方若涛、程鹏不断使用手机软件约车，但直到进了城区才叫到一辆出租车。他们将设备和行李塞满后备厢仍装不下，只能把最后一部分物品放进车内，但这样车里只能勉强再挤进三个人，第四个人根本进不去。

程鹏说："安组长，发布会估计就要开始了，您和王老师、若涛同学赶紧乘车去现场吧，我尽快过去和你们会合。"

"还下着雨，要不你先上车吧。"王老师说。

"不用客气，我空着手走路，又有导航，也会尽量再约车，不会耽搁太久，"程鹏笑着说，"请大家给我体现吉祥物价值的机会。"

于是大家没再谦让，安少瞳、方若涛和王老师上车，很快赶到了县政府招待所，按照门卫的指引直接来到举行汛情新闻发布会的会议室。当得知他们是从传媒集团来报道汛情的，现场的工作人员都热情地上来帮忙从车上搬运设备行李。虽然一路走来安少瞳他们已将雨具穿戴齐全，但此时脱下雨衣发现，每个人的衣服都被打湿了几片。

安少瞳为迟到向现场负责人道歉，问是否错过了发布会。负责人说因为下雨和道路阻断等原因，除了本县媒体外，其他媒体记者都没法按时抵达，所以发布会将推迟，大概半小时后举行，请安少瞳他们在此稍做休整，用一下简餐，并为条件有限、招待不周表示歉意。安少瞳他们都说在这么困难的情况能有这样的安排，已经很感谢了。

此时程鹏也赶到了现场，安少瞳让大家先去用餐。方若涛取了个肉夹馍，就回来打开笔记本电脑，导入刚刚拍摄的素材，开始编辑采访山坡塌方的视频。安少瞳发信息告知陈主任已抵达临河县，准备编辑这一视频节目并将报道即将开始的新闻发布会。陈主任很快回信息道了辛苦，明确关于山坡塌方的视频可以编辑播发，要求只陈述新闻事实，不延展、不评论、不批评，并要求争取网络直播新闻发布会，已安排直播组进行后方对接。

方若涛将视频快速编辑完成，安少瞳看了一遍，觉得整体内容充分、紧凑，只让方若涛删了"植被的破坏导致水土流失，各有关部门需要反思"这一句出镜播报内容，方若涛对这一删减安排有不同意见。

"采访当中施工负责人说了这个问题，植被损坏显然是山体塌方的主要原因，而且这问题是长期造成的，咱们为什么不能强调？"方若涛问。

"不是不能强调，而是现在时机不太合适。"安少瞳解释，"现在咱们报道任务主要是披露险情、抗洪、救人，反思的事，等到汛情结束之后再统一做为好。"

方若涛虽然保留自己的意见，不过并没有和安少瞳争执，删减修改之后，合成送审。

此时安少瞳和现场负责人已经确认直播发布会，和王老师、程鹏架设好摄像机对准主席台，接通网络线路后，电话联系直播组的导播测试了信号，保证声画对位，又把出席本次发布会主要人员的名单提交给后方，以提前准备人名字幕条。

新闻发布会开始前三分钟直播开通，程鹏以主席台为背景出镜播报了临水县汛情简况、本次发布会的主要议程和出席人员，直到参会的负责人进场，王老师将镜头摇向主席台。安少瞳通过手机查看，直播页面的信号呈现稳定。

发布会上首先由县防汛抗旱指挥部负责人介绍本轮汛情的情况，目前临水县洪涝形势总体严峻，主要体现在险情多点暴发，东溪江本县段已全面超过警戒水位，城区低洼区域内涝积水、部分居民受困，周边村镇正遭洪水压力，特别是双河镇险情最为严重。

接着县应急管理局负责人介绍了目前全县防汛抗洪动员和实施情况，现在储备的冲锋舟、编织袋等防汛物资数量虽暂能保持运转、但已趋紧张，正向省城请求增援，在执行方面贯彻"建重于防、防重于抢、抢重于救"的原则，坚持

"抗防"并重方针，以人员安全为底线。

两位负责人情况介绍完毕，发布会进入到现场记者提问环节。发布会负责人为保证直播效果和流畅性，事先已与现场的记者沟通了提问的问题内容，一家媒体一个问题，尽量将问题均衡地给到台上的每位领导，能让他们事先有所准备，负责人同时要求记者不要追问。显然负责人担心万一台上领导对于追问没有准备而回答不上来，或者回答不妥，会让气氛尴尬，甚至会引发负面舆情。

按事先约定的顺序，在座记者一一提问，台上的负责人从容对答，其中不乏具体措施等干货。安少瞳看到直播评论区留言积极，多在为临水县抗洪加油。轮到方若涛代表传媒集团提问，她按事先约定，提请出席发布会的县政府办公室主任介绍在总体协调和统筹安排方面的措施。该主任拿出一沓材料，从理论、政策、动员等方面详细进行了阐述：

"防汛事关人民生命财产安全，事关社会稳定和经济发展，任务重于泰山。我县始终坚持'人民至上、生命至上'，牢固树立'宁可十防九空，不可一日不防'的思想，扎实开展防汛抗旱各项准备工作，我县高度重视防汛工作，及时调整了县防指组成人员及县领导防汛责任分工……"

该主任按稿报告，滔滔不绝，座下记者都有些不耐烦。在座位后排拍摄席上，程鹏轻声地抱怨："都什么时候了，怎么还在说理论和政策？你看直播评论区，都在骂这个主任不知轻重、官僚主义。"安少瞳做了个手势，让程鹏不要出声，先做好转播。

"……县政府责成县防指、县水利局分别印发了《关于开展本年度防汛抗旱准备工作的通知》和《关于全面做好本年度水旱灾害防御准备工作的通知》，要求全县各乡镇及各部门立足防大汛、抢大险、抗大灾，从思想上要高度重视防汛抗旱工作，同时，落实水利工程属地管理责任制，明确各河道堤防防汛责任人……"

又说了好一会儿，该主任终于说出了谢谢，迎来一阵零零落落的掌声。主持人正要宣布发布会结束，突然看到方若涛举行示意提问。主持人显然有些意外，因为按流程在座媒体记者分别都给予了一次提问的机会，而且说好不追问，不过主持人显然还是有直播的概念，没有强行宣布结束，而是示意方若涛继续提问。安少瞳对方若涛此时再次提问有些担心，并不是担心提问的专业性，而是担心回答者的应对能力。

方若涛起身提问："我是传媒集团'省城网事'的记者，谢谢主持人给我这一机会，想请问主任，您刚才从宏观层面说了很多县政府统筹协调的安排，比如指导思想、会议、文件等，请问能不能介绍有哪些针对目前汛情的具体措施？"

方若涛的问题一提出，在座的记者不约而同地鼓起了掌，刚才大家都意识到该主任所准备的内容可能是一两个月前预排的方案，与现在的实际情况没有直接联系，所以这一问题正是他们想问的。拍摄席上，程鹏指着手机页面告诉安少瞳，这一提问马上就引发了网友留言称赞。

台上的主任没有想到会面对这样的追问，此前显然也没有准备，一时表情尴尬地侧面看向台上的另外两位负责人，显出求援的神情，就这样安静了几秒钟，应急管理局负责人说："县政府方面更注重宏观与统筹，针对本次汛情，我局在操作层面执行县政府的部署，关于具体协同作战，我可以谈两点……"

于是，方若涛提的这个问题被接了过去，尴尬算是被化解了，发布会直播也算是没有冷场。

42

防汛新闻发布会结束了，安少瞳四个人刚收拾完直播设备，现场负责人走了过来，对他们冒雨过来采访、直播表示感谢，又称赞方若涛新闻敏感性强、提问能力突出，并说后续有做得不到之处，请方若涛及时给予批评指正，如能私下批评则最好。方若涛马上明白了言外之意，马上说不客气，导向方面会按照上面统一要求执行，业务方面需要向防汛部门多请教。

负责人又感谢了几句，提出全县处于困难时期，希望各位记者能在报道内容和口径上给予支持。安少瞳表态说目前抗洪救人是第一位的，所有报道一定是以展现实际汛情，以及全县上下抗洪抢险和解决困难为重点，刚才发布会上说双河镇汛情压力最大，就希望去那里采访。负责人对安少瞳这种不畏艰险的工作作风表示钦佩，承诺全力提供条件支持采访，另外希望在采访过程中发回一些抗洪一线的照片，供县里宣传部门使用并留档。安少瞳说这方面上级也有所交代，这次过来除了按传媒集团的要求做好报道外，县里如有需要，采访内容在可能范围内可以共享。

负责人又向各位记者道了辛苦，随即安排大家入住。因为汛情当前，为了便于集中协调工作和沟通信息，县各相关单位在县政府招待所联合现场办公，外地来的与防汛相关的工作人员也都安排入住招待所。由于人员较多，只能两人一间，落单的也只好拼房入住，好在来到这里的人工作目标一致，不会因为单位不同而产生交流的障碍。

上楼入住和安置行李时，安少瞳问王老师、方若涛是不是要休息一下，两人都说不需要，马上就去现场采访，于是就约定立即分两组出发。根据县防汛办提供的信息，目前城区宛溪路一带内涝严重、人员密集，救援工作复杂。大家一协商，考虑到这与民生相关性最强，就决定先去宛溪路采访。

安少瞳和程鹏、方若涛和王老师穿好向应急办借的消防雨衣，将摄像机披上雨罩、拿上录音话筒，再次冲进雨幕之中。

县政府招待所所在地地势较高，向宛溪路方向是一路下坡，靠近宛溪路的位置积水渐深，已经没法通车。四个人深一脚、浅一脚地往里走，迎面而来的是络绎不绝的撤离人员，有消防队员背着老人往外转移，有抢救人员同时抱着两个哭泣的幼儿蹚水出来，有居民抬着家电往外运送。安少瞳和王老师一边往里移动，一边拍摄着沿途的场景，程鹏和方若涛将话筒接到摄像机上，一旦看到撤离人员有空隙就及时递上话筒询问式地采访一两个问题，安少瞳和王老师都会及时地拍摄，既了解到救灾细节、又抓取了现场元素。

"你们还要进去吗？里面水深危险。"对面一位正在指挥人员撤离的中年人，隔着巷口对方若涛大声说。

方若涛回答："我们是记者，刚听说里面撤离任务重，想进去采访。"

"这里面是一片老旧小区，地形复杂，现在进水又严重，本来工作压力就很大，你们再进去会增加撤离负担。"

"我们会注意安全，不会添乱。"方若涛举了一下带有省城传媒标记的话筒，"现在整个省城老百姓最关注的就是这里，不到最前线，采不到第一手的素材，咱们没法交代。"

中年人好像被说动了，没有再阻止，但是说进了巷口已经没法蹚水行走，只能乘坐简易的木筏进去拍摄救援情况。他招呼四个人挪到巷口里面，等了几分钟，两只木筏载满了撤离人员和物品慢慢划了过来。在人员和物品撤下之后，中年人和两只木筏上的救生员说了一下，又叮嘱大家注意安全，就让四个人穿上救生衣，分别登上了两只木筏。

救生员用手中的竹篙一撑巷口的墙壁，木筏缓缓地向小区里面划去。木筏几乎已经被积水浸透，再加上雨水不断地冲刷，表面非常湿滑。大家登上木筏之后一时无法把握平衡，只能蹲下身以降低重心，眼前是斑驳而潮湿的民居墙壁，耳边是雨点击打在水面上噼里啪啦的声响。

渐渐适应了水上移动，安少瞳和程鹏、方若涛和王老师慢慢站了起来，同时用手机、摄像机拍摄着周边的环境以及沿途救援的情况。靠近巷口的居民已经转移得差不多了，救生员撑动着木筏直接往小区里面移动，到了一个岔口，两只木筏分别向左右两侧划去，救生员说两片住宅都有人员需要转移。

安少瞳和程鹏所乘的木筏沿左侧向里摸索，沿途看到两位居民被困在阳台上，于是救生员小心地把两位居民接上了木筏。安少瞳用摄像机连续记录，程鹏则协助救生员引导转移的居民，同时在方便时及时采访几句，需要转移的物品渐多，仓促之间堆积得不够整齐、稳定，程鹏不时还要扶一扶物品，以保证安全。

木筏继续向前行进，小区深处隐隐有孩子的哭声传来，随着木筏向里移动，孩子的哭声越来越清晰，哭声从前方移到前上方，又从前上方位移到正上方。木筏停在一间二层小楼的墙边，安少瞳和程鹏循声音向上望去，孩子的哭声正从上方的二楼窗户里传出。

"大爷、大爷，"救生员对着窗户喊道，"我回来接您了，您和孩子收拾好了吧？"看来上一趟救生员没有将屋里的老人和孩子接出来。

一位老者从二楼窗户探出身，连声称谢，说已经收拾好了，物品不重要，只要能把小孙子安全送出去就行。说完老者将一个五六岁的小男孩抱到窗口，孩子已经穿上雨衣，还在抽泣。救生员试图去接孩子，但又不能离开竹篙，否则没法保证木筏平稳，安少瞳见状伸手接过竹篙，有力地抵在对面一座房子的墙壁上，努力将木筏稳定住。

木筏停稳了，救生员挪了一步接近二楼窗户，向上伸出双手，说："小朋友不要害怕，叔叔来接你出去。"

老者托着孩子的两腋，小心地把孩子送出窗口，再慢慢地往下放，试图交到救生员的手上，然而孩子的双脚和救生员双手之间差着一段距离，不论怎么调试姿势和角度，始终无法直接够得上，而在这样的情况下，显然老者不敢冒险松手让孩子自己落到救生员手中。也许是被吊着有些不舒服，也许是被雨水淋到了，孩子的哭声又大了起来，还不停地扭动着身体，老者也被折腾得有点支撑不住。

安少瞳见状对救生员大声说："你来撑竹篙，我来接孩子。"

救生员已经注意到安少瞳个子比较高，于是往回挪了一步接过竹篙抵紧墙壁，叮嘱一定要小心。安少瞳将摄像机摘下交给程鹏，自己小心地向前挪动。他脚一动就引来木筏一阵晃动，程鹏一边挎上摄像机，一边连声说小心。

安少瞳连续挪了几小步，靠近墙壁努力站稳之后，向上举起双臂："来吧，孩子，勇敢一点！"

这时方若涛和王老师乘坐的那只木筏也转到这里，上面已经载满需要转移的居民和物品，方若涛看到这一情形，隔着木筏问程鹏是怎么回事，程鹏简单说了一下缘由，两只木筏上的人都看向安少瞳和孩子。

此时孩子的哭声小了，老者努力将孩子送出窗口放低，安少瞳的手抓到了孩子的两只脚踝，对孩子说："真棒！来，用双手抱住叔叔的头。"

也许是有些害怕，也许是两腋被爷爷托着行动不便，孩子的双手迟迟没有动作。

安少瞳抬起头，看着孩子的脸，继续鼓励："不要害怕，双手抱住叔叔的头，你是最勇敢的。"

孩子终于伸出两只小手，按向安少瞳的额头，安少瞳这时大声说："大爷，没问题了，放手吧。"

老者看着孩子小小的脊背、安少瞳布满了雨水的温和笑脸，一点一点松开手。孩子往下一扑，安少瞳顺势一接，将孩子紧紧地抱住，木筏随之一阵晃动，救生员用力一撑竹篙，稳定住了木筏。

两只木筏上的人一齐叫好，王老师用摄像机拍摄这一场景，方若涛也用手机拍摄了整个过程。

安少瞳扭过身，将孩子送给程鹏扶好，接着向窗口的老者说："大爷，您下来吧。"

老者看了看下面的高度，好像觉得下到木筏上有些困难。安少瞳看着他说："您先跨过窗户，坐到窗台上，再看看距离。"

老者又迟疑了一会儿，小心翼翼地扶着窗框，迈过右腿，坐到窗台上，再迈过左腿，两只脚悬在空中。安少瞳的双手已经能接触到老者的双脚，但显然他不能像刚才接孩子那样接住一位成人。

安少瞳对老者说："大爷，您用手撑着窗台，往下滑动一截，只要两只脚踩住我的肩膀，就能下来。"

安少瞳一只手撑住房屋的墙壁，努力站稳，老者依言慢慢地向下滑动，安少瞳盯着上方老者的两只脚，伸出一只手扶着他的双脚踩上自己的肩膀，感觉踩实了之后，就说："大爷，你觉得可以就离开窗台，双手向后扶住墙，我慢慢蹲下来。"

老者试了试脚下的力量，感觉使上了力，于是双手放开了原来紧抓着的窗台边缘。老者双手一空之时，瞬间失去平衡，身体一晃，安少瞳的身体随之一晃，导致木筏边缘一沉，一股积水"哗"的一声漫了上来。

两只木筏上的人看着这一场景不约而同地发出一阵惊呼，只有被程鹏扶着的老者的孙子张着小嘴、瞪着眼睛没有声音。好在安少瞳双手向上扶着老者的脚，老者的后背靠到了墙壁上，两人算是稳住了重心，接着安少瞳慢慢地降低重心，老者的后背也顺着墙壁缓缓向下滑动。最终安少瞳完全蹲到底，老者已经是坐到了他的脊背上，双脚也完全踩到了木筏上，然后老者用手一按他的肩膀，双脚一用力站了起来。

安少瞳站起转过身扶住老者，一起向木筏中间挪了两步，老者的孙子离开程鹏的臂弯，一下子抱住了爷爷的腿。

两只木筏上的居民一阵叫好，同时鼓起了掌。

救生员叮嘱大家站好，再将木筏缓缓划向巷口。虽然雨还在下，虽然木筏在行进中不时地出现晃动，不过木筏上的人都保持着平稳。

木筏划到了巷口，被转移的居民和记者们都安全地登上了岸。王老师对安少瞳说："刚才你接老人那一下晃得厉害，当时心都跳到嗓子眼了，就怕摔倒。"

"那一瞬间我也很紧张，老人要是从那么高的位置摔下来可能会重伤，那责任可就大了。"少瞳此时仍然心有余悸。

"老年人不容易把握平衡，下面木筏又不稳，要不是情况紧急，咱真是不能承担这个责任。"若涛说，"你最终能控制住不容易。"

安少瞳说："你说得对，当时确实没有想得太周全。现在回想一下，只要有可能，还是应该由专业救援团队来对老人施救。"

在巷口指挥救援的中年人与木筏上的救生员沟通了几句，过来对安少瞳等几位记者道了辛苦，安少瞳说都是分内的工作，并对救援人员艰辛而又危险的工作表示敬意。中年人说这片社区人员转移已结束，但旁边小区排水沟出现异常，消防员已经来增援，他马上要赶过去，另外东溪江洪峰过境，出现险情。

安少瞳考虑到江边比较偏远而且危险，而社区相对安全且距离驻地近，于是提议方若涛和王老师去旁边社区采访，自己和程鹏去江边。方若涛和王老师都说自己也愿意去江边，安少瞳说江边和社区都要去采访，目前形势紧张，就不争议了，就这样分头采访，结束后回招待所碰头。

两组记者在巷口告别，方若涛和王老师跟随着中年人拐进了另外一条小巷，同行的还有两名前去参加抢修工作的人员。由于内涝严重，部分道路被淹，一行人七弯八扭，时而蹚水，时而走竹排和石块垫高的通道，大家深一脚、浅一脚，好不容易才到达目的地。

这里是小区边门位置，洪水已经漫过了围墙外的路面，几位身穿制服的消防员正在用沙袋加高边门的隔离带以阻止洪水进入小区。由于水位上涨很快，隔离带压力增大，新来的抢修人员迅速投入到隔离带加固工作当中，方若涛和王老师就地进行拍摄和采访。

"这里怎么往外喷水？"方若涛采访完一位抢修负责人，突然看到院内一处下水道口往外喷水，而且势头很猛，于是赶紧叫回抢修负责人。

负责人和一位抢修人员掀开下水道口的井盖，洪水向外喷涌的力道更足了，一时没法察看外溢的原因。负责人又叫来消防员和工程人员，察看情形之后初步判断，又使用仪器探测，花了很长时间才查明原因。

"是管涌！"抢修负责人对方若涛说，"现在墙外水位高，导致洪水通过管涌往小区下水道倒灌，必须及时处理，否则不仅会造成小区院内内涝，还有可能影响院墙安全。"

方若涛举着话筒问负责人："打算怎么解决？现在倒灌水量不少，估计需要花多长时间才能遏止？"

"按照小区设施的建造结构，目前处理的关键是必须马上关闭院墙外侧的涵闸。"负责人抹了一把脸上的雨水，"但墙外闸口早已被洪水淹没，考虑再三，只能靠人工潜入水下操作。"

此时一位消防员已经换上了湿式救援服，翻过隔离沙袋、跳入院外的洪水中。王老师端着摄像机站在沙袋上，跟拍这位消防员在水中游动、摸索，方若涛站在隔离带后面，焦急又仔细地观察着现场的动态。

按照此前了解的涵闸建造的位置，消防员沿着院墙向外侧移动了十来米远，好像是找到了涵闸门槽，他伸手在水下摸索了好一会儿，没有进一步的动作，好像是遇到了什么麻烦。又过了一会，消防员停止了摸索，抬头深吸了一口气，突然一个猛子扎进水里。

方若涛以及岸上其他救援人员心为之一紧，目不转睛地盯着水面，看见不停地有层层浪涛翻滚上来，只能估计这个消防员正在水下作业，但洪水浑浊，根本不知道他在水下的情况，也不知道他能坚持多久。

"哗"的一声，消防员的脑袋冲出水面，大口地喘了几口气，将右手伸出水面，手里攥着一把沾满泥沙的水草，他气喘吁吁地向站在隔离带附近的救援负责人大声说："地势摸清楚了，就是涵闸门槽被冲过来的水草卡住了，现在怎么使劲都关不上闸，必须先清理水草。"

"是不是水草清理作业量太大？"负责人大声问，"需要增援吗？"

"至少需要一个人站在旁边，我扯出一把草就能马上接走，不然就算把水草拉出来，一松手又会被水流吸回到门槽里。"

很快一名救生员穿上救援服跳入水中，挪到消防员所在位置的下水口。于是消防员再次潜水摸进涵闸门槽里，扯出一把水草后，浮出水面交给救生员处理，自己喘息一下再潜水去清理水草。

方若涛一直观察着现场，这样清理水草几个来回之后，消防员动作慢了下来，回到水面上休整的时间更长了。乘着消防员浮出水面喘息的机会，方若涛向消防员的方向伸着话筒，大声问："小心呀！你还好吗？能不能坚持？"

消防员转过脸看向方若涛，轻轻挥了一下右手，努力地笑着说："再下去清理一次就差不多了，能坚持做完。"

这时王老师一边看着摄像机的寻像器，一边轻声对方若涛说："我一直在拍，镜头推到消防员的特写，看到他手上好像有红色的东西，问问是怎么回事。"

方若涛听说之后仔细看过去，但距离太远，肉眼看不清楚，于是直接问："你的手是不是磨破出血了？"

消防员听说后看了一下自己的右手，没有再回答方若涛的提问，甩了一下手，再次潜入水中，这次下潜时间较长，等他再浮出水面时，双手捧着一大卷水草和藤蔓，交给救生员抛向远处。接着两人交流了几句，之后同时潜入了水中。

正当方若涛等人焦急地等待消防员和救生员重回水面时，身后大院里有居民欢呼："下水道不再喷水了！"方若涛回头一看，果然，一直在往外喷水的那个下水道口完全平静了。

"涵闸关上了！辛苦了、辛苦了！"救援负责人说。

消防员和救生员慢慢地挪了回来，湿淋淋地翻过隔离带，消防员顺势靠着沙袋坐在地上。等消防员喘息稍定，方若涛拿着话筒上前问："刚才你在水下是不是很危险？"

"主要是水下环境复杂，河水浑浊，水草蔓布，单凭肉眼很难分辨清方位，只能用手摸索着找涵闸的具体位置。"消防员喘了喘又说，"好在最后总算关上闸了。"

"你的手套破了，手出血了吧？"若涛关切地问。

消防员对方若涛笑了笑："参加抗洪抢险，哪有人手上不掉几层皮的？没关系！"

"有关系！"救援负责人说，"马上处理伤口！"说着上前一把抓住消防员的双手，脱掉了手指部位已经磨烂了的手套。

消防员的双手从手掌到手背伤口密布，特别是十指皮肉苍白、泥血模糊，鲜血从指甲盖中渗出，让人看上去心里发怵。

王老师用摄像机仔细地拍摄着这双伤痕累累的手。

"已经去叫卫生员拿医药箱过来包扎了，现在先冲洗掉伤口里的泥沙。"负责人扭头问，"谁有矿泉水？"

"用我的吧，"方若涛从背包里取出保温杯，"这是温开水，用它冲洗伤口会暖和一点。"

43

采访完宛溪路社区救援，天已经全黑了。方若涛和王老师带着设备冒雨赶回招待所，脱下雨衣，才觉察到衣服都淋湿了几大片。商议之后，王老师去餐厅找吃的，方若涛把采编设备拿到会议室，处理素材。

下午现场拍摄的素材充分，特别是木筏上救援爷孙、消防员抢修涵闸两个场景，视频记录详实、现场感强，被采访者的情绪和表达也很饱满。方若涛正将摄像机里的拍摄素材转入编辑电脑，王老师捧着四份盒饭走了进来。

"盒饭不多了，要是等安组长他们回来，估计就被拿完了。"王老师将盒饭放在会议桌上，"我也没有客气，就拿回了四份。"

"哇，还是热的！王老师贴心！"

"早就凉了。餐厅服务员说在这里住的绝大部分工作人员都领过了，只剩下几盒，说再不来就要下班了，我让他们用微波炉给加了热。"

"谢谢王老师。"方若涛拿起手机，"我问问他俩什么时间能回来。"

给安少瞳打去电话，没人接，又拨了程鹏手机号码，也是无人接听状态，过了两分钟，方若涛又尝试了一次，仍然没接通，她放下手机，正在想安少瞳他俩现在处于什么状态，突然注意到王老师正看着她，于是赶紧抱歉一笑，说："估计他俩在忙，不方便接电话，咱们先吃吧，反正有两份盒饭留给他们。"

汛情当前，各方面条件都比较简陋，中午就没怎么吃，再加上劳累，方若涛和王老师都感到有些体力不支。晚上的盒饭自然也很简单，不过方若涛没有工夫辨别食物的味道，她匆匆吃完饭，请王老师回房间休息，说自己在这里编辑视频，同时等安少瞳、程鹏回来。

梳理和拆分素材之后，方若涛开始编辑三个专题片：一个是宛溪路社区灾情总体情况和救援动态，另两个分别是救援爷孙、抢修涵闸的新闻特写。救援爷孙的场景，王老师因为在另外一条木筏上，没法选择更多的拍摄角度，不过这一过程中爷孙两人的动作和表情抓拍得很完整，无论是孩子恐惧和哭闹，还是爷爷的忐忑与晃动，都在画面里有生动的体现。由于所处位置的限制，王老师对安少瞳拍到的主要是他的背影，虽然看不到他的正面和表情，但是能够完整地展现救援的过程，包括一度让人揪心的现场细节。

在画面中，安少瞳先是站立扛住老者的双脚，之后让老者背靠着墙自己缓缓下蹲以降低高度，最后一只手撑住木筏表面，前倾的脊背几乎成为老者的坐凳，最终帮助老者顺利地站立在木筏上。当时在现场目睹这一场景，方若涛感受更多的是紧张，担心一旦重心不稳两人都要摔倒受伤，现在从拍摄画面中重新回看这一过程，仍然感到有些紧张，但更多的是一种难以言说的复杂感受。

与安少瞳共事已有很长时间，方若涛觉得对他的行事风格算是比较了解，总体感觉他谨慎有余、冲劲不足。这一次，安少瞳在现场连续救助爷孙两人，是难得一见的在应急之下的非常之举，这让方若涛对他有了新的认识。不过，记者毕竟不是专职救援人员，救援不是其工作职责，如果安少瞳这一次出现闪失，特别是万一爷孙有人受伤，就有可能要被当事人追责。事后回想这一幕，难免会让人感到后怕，而安少瞳应该也意识到了这一点，所以当时在现场他就主动说起在出手时自己没有想得太周全。

编完这条救援爷孙的视频，方若涛反复回看、修改了几遍，还精选了自己手机拍摄的几个画面补充进去。方若涛对最后的成片已经感到满意，但由于片中没有能呈现安少瞳在救援过程中任何表情的画面，方若涛还是觉得有些遗憾。

方若涛将三个专题片编辑完成并合成送审，下一步就是安少瞳审片播发。不过等了很久，安少瞳、程鹏还没有回来，连续几次给他们打电话，之前是没人接听，最后一次竟然关机了，只能给他俩留言。

窗外雨势有所减弱，但仍能听到淅淅沥沥的雨声，风声似乎没有了，但黑黢黢的树叶的影子仍然不时地晃动。方若涛将视线从窗外转回到室内，床头时钟的指针一下一下地向零点奔去。

今天从早到晚可以说是一分钟都没停，就是刚才吃盒饭时都在查看素材，不过一直没有觉察到疲劳，现在停了下来，又处于没有预期的等待中，方若涛突然感到自己像散了架似的，坐在办公椅上身体都不自觉地往下瘫。

正当感觉到自己快睁不开眼时，一阵沉重而杂乱的脚步声传来，同时一股夹杂着雨水气味的、带着凉意的微风吹进会议室，逼着方若涛瞬间清醒。

安少瞳、程鹏手里拿着水淋淋的雨衣走进会议室，两人所穿的衣服已经湿了大半，多处沾染了泥浆，特别是安少瞳上衣几乎湿到了胸口，程鹏也好不了多少。方若涛赶紧上着招呼他俩坐下，又从暖水瓶里倒了两杯热水端了过去。

"快喝点热水，留了饭。"方若涛一边递给他俩毛巾一边问，"怎么这么晚？电话也打不通。"

"别提了，都是给水浇的。"程鹏接过毛巾擦着头上和脸上的雨水，"连雨水带江水。"

安少瞳喝了一大口热水，对方若涛说："不好意思，手机都没电了。"

方若涛拿上盒饭，说去餐厅找微波炉加热，很快又回来了。因为餐厅已经下班锁门了，前台服务员说厨师已下班，要请他们回来开门得打电话，估计要等一段时间，方若涛只好先把盒饭带回来了。

"谢谢贴心的若涛同学！"程鹏拿过盒饭，"有吃的就行，都已经饿得差点就要在江堤上啃砖了，哪里还等得及加热？"

"谢谢给我们留饭，"安少瞳也说，"有热开水就行，泡一下就能加热。"

说着两人用开水泡上饭菜，开始猛吃，都没有工夫去品尝滋味了。

程鹏瞬间用完了半盒，停了一会，向若涛说了去东溪江采访的过程。

和方若涛、王老师在宛溪路分手之后，安少瞳、程鹏跟随救援队奔赴东溪江防洪大堤。由于已超警戒水位，加上风大浪急，固守江堤的压力很大，救援队抵达后立即投入到堤坝加固施工当中。安少瞳和程鹏针对施工过程跟踪拍摄采访，包括坝上撤离居民、冲锋舟沿堤巡逻，本来险情平稳之后准备回来发稿，突然发现了一处管涌，一下子形势紧张起来。救援队集中力量抢修，花了一个多小时终于排除了险情，安少瞳和程鹏采访完抢修管涌过程，才赶了回来。

"上面下雨，下面溅水，就是金刚不坏之身也得浇透了。"程鹏说，"特别是安组长，正俯拍抢修管涌，冲锋舟正好驶过，掀起的水浪把安组长从头淋到脚。"

"我还好，毕竟穿了雨衣，当时就担心摄像机进水不能工作就麻烦了。"少瞳说，"不过拍的那个长镜头挺有气氛的：几个救援队员正喊着号子抬沙袋填坑，一片白色浪花瞬间把他们淹没，而浪花退去他们还在作业。"

"真不容易！"方若涛对安少瞳和程鹏说，"你们也够遭罪的，吃完了赶紧去换衣服吧，我来转素材。"

方若涛将安少瞳摄像机里拍摄的素材导入程鹏的电脑中，还没有弄完，安少瞳和程鹏前后脚又回到会议室，显然都只是匆匆收拾一下就回来了。

程鹏接过电脑，继续转换素材并进行编辑。方若涛告诉安少瞳下午在宛溪路拍摄采访的内容已经编辑成片了，需要他审看播发。

安少瞳还没有全部看完片子，就对方若涛说："这三个专题片都很出色，我当时在现场，现在再看一遍片子，仍然还有感动和感触。"

"现场真实生动，而且感人，对于片子的整体效果，我有把握。"方若涛说，"不过这条救援爷孙的现场新闻特写，过程拍摄是完整的，但因为在另一只木筏上，没有拍摄到你当时的表情，有点缺憾，所以这一块用解说词交代你救援的过程。"

安少瞳想了想，说："救援爷孙的新闻特写情绪饱满、细节丰富，已经很出色了，我个人以为，不必强调我去窗口接爷孙的环节。倒不是我谦虚，主要是如果说了是现场记者参加救援，那就要交代原因，说清楚篇幅就会拉长，说不清楚可能产生误解，难免会有网友说记者逞能，或者攻击社区救援工作不到位。"

"说得有道理，现在网络上有些言论确实比较极端。"方若涛说，"不过，现在人所共知抗洪是省城的紧急任务，说全民皆兵也不夸张，所以展现记者直接参加抗洪救援，能够提升齐心协力的情绪和氛围。"

"当下报道重点还是灾情和救灾措施、效果，以灾民和救援人员的核心，不用强调记者参与，当然也不用刻意回避，我觉得现场拍摄的画面使用了就可以了，我就在画面当中。"安少瞳指着手机当中播放的视频说，"至于激发气氛和情绪，现场画面的拍摄和使用很到位，你看，救援过程中孩子有些害怕的表情与动作，和木筏上目睹这一过程的居民焦急的表情特写，相互分切对剪，充分地展示了当时紧张和不确定的状态；再看这几个画面，孩子平安落地抱住了程鹏的手臂，马上对接木筏上的人一起鼓掌叫好的充满兴奋感的画面，细节展示到位，情绪很有感染力，即便不用解说词，也能让观众产生齐心协力的共鸣感。"

方若涛没再说什么，就请安少瞳将这条救援爷孙的专题片退回，删除了片中对安少瞳的介绍，解说词改成在场的人共同参与救援。

这时程鹏也完成了关于东溪江救援专题片的编辑，直接用电脑播放编成版，请安少瞳审看，同时请方若涛提意见。专题片先展现了救援的全景场面，又突出了人员转移、抢修管涌两个重点环节，点面结合，充分生动，其中选用的画面很有表现力，特别是此前提到的冲锋舟掀起的水浪淹没施工人员的镜头，由于是就近迎着水浪拍摄，所以现场感和冲击力很强。

"很震撼！"方若涛还没看完片子就说，"社区救援直接针对人，需要的是细致、温暖，沿江抢修面对堤坝险情，需要的是英勇、力量，确实是两种不同的风格。我觉得程鹏的片子对这一特点的展示很突出。"

"片子都很好，一是救人，一是抢险，确实风格不同，但有共性一致，"安少瞳让程鹏把专题片合成送审，"我觉得从专题片呈现角度来说，无论是对救援者还是对求助者的展示，都能传递感动。"

"这在采访和编辑过程中都有体会，"程鹏提交了片子，又说，"当时在江堤上，有一位救援队员脚崴了，脱下鞋来验伤，当时鞋子里面倒出来的是水和泥沙，而那只脚更是没法直视。我当时拍了照片。"

说着，程鹏在电脑里点开了照片。

照片里出现的是一双可以说是很难看的脚，因为长时间的污水浸泡，已经完全肿胀发白，严重起皱，而且应该是受鞋里泥沙的摩擦，皮肤上呈现出一道道细小的伤痕。

大家凝视照片好一会儿，程鹏说看到这一幕后本来是想拍摄采访当事人的，但当时安少瞳端着摄像机正在远处拍摄管涌抢修，而且这位救援队员稍做处理之后又投入到抢险作业中，事后在救援人群中已经找不到他了，所以连姓名也没来得及问。

"当时向这位救援人员问了一句，他说在泥水中作业已经超过十个小时了，"程鹏说，"如果当时能拍到这只脚的画面，采访到他，那么这一定能成为片子当中很好的细节，但后来实在是追踪不到了。"

"确实有点遗憾，当时没有两台摄像机。"安少瞳说，"咱们想想，这张照片还有没有使用的可能。"

"我这边也遇到了相似的情况，当时倒是拍摄采访了，也用到了刚才抢修涵闸的特写专题片中，不过我觉得还可以强调和放大。"方若涛说着，群发了手机拍的照片。

方若涛发的是现场消防员的照片，其中几张是他手部的特写，双手的手掌和手背伤口密布，皮肉苍白，鲜血从指甲盖中渗出，而且泥血模糊。

"抢修涵闸的新闻特写专题片已经审发了，"方若涛说明了视频和照片拍摄的过程，"这就是片中那位潜水作业、抢修涵闸的消防员，此前他已经在雨水中工作了很长时间，又加上突击潜水抢修，从涵洞里出来之后，手已经是这个样子了。"

安少瞳看着照片说："这双手单独用照片拍出来，比视频画面更清晰，也更有视觉冲击力。"

"消防员的这双手，和我拍的那位救援队员的脚状态相同，都是由长时间浸泡和多处擦伤导致的。"程鹏看了照片说，"我看到抢修涵闸片子当中对这位消防员有现场采访，也拿到了姓名，内容充分得多。"

"当时王老师一直跟拍，我就有时间用手机拍照，还问到了他的姓名，"若涛说，"主要是社区救援任务比较明确，空间范围也小，相对好跟踪。"

"现在我比较纠结，因为没有拍摄到画面和采访，在专题片中没法展现，"

程鹏说，"但这一幕其实挺感人的，不呈现出来真有些不甘心。"

"脚的照片很震撼！我现在看到了，可以说很难忘得掉。"方若涛看着照片说："这么感人的细节应该展现出来。"

"确实，我在现场感受更强烈。"程鹏说，"可惜只有两张脚部的照片，即便用到片子里，也没法说清楚事情的来龙去脉。"

方若涛想了想，对程鹏说："咱们考虑的是短视频的播出方式，呈现这两张照片确实不容易说清。但如果有演播室，可以让主持人讲解这张照片，这样就能播出去了。"

"若涛老师提醒得对，可以在演播室设计表达。"安少瞳说，"现在整个传媒集团的全部传播矩阵都是联合报道抗洪救灾的选题内容，咱们策划细致，只要能说服电视台，可以在新闻直播节目的演播室环节把照片的故事讲出去。"

程鹏眼睛一亮，对安少瞳说："好呀，那您和电视台联系，我写一段演播室的解说词，把事说清楚，随同照片一起给他们发过去，如何？"

"行，我马上就给他们打电话。"安少瞳拿起手机，又想了想，问方若涛，"要不这双手的照片也发给电视新闻栏目的人看看，也许能一并使用。"

方若涛也认为如果都能通过主持人在演播室强调，传播效果当然更理想，并表示自己也马上写一段有针对性的演播室解说词。于是，安少瞳将两张照片通过邮件发给新闻栏目制片人，又打电话向其说明播出意图，接着又将程鹏、方若涛撰写的两段演播室解说词发了过去。

程鹏等安少瞳打完电话，马上问："怎么样？好像聊的时间不短，电视新闻能播吗？"

"基本已经说服了他们，电视新闻会结合我们的视频专题片，让美工处理这两张照片，可以在演播室由主持人解读、播出。"安少瞳说，"不过，制片人说两段解说词说明了过程，但还需要一段，或者是一句总结性的编后语。另外，他们建议把两张照片拼合在一起，形成一张图播出，以便集中发力，要求我们给合成图起一个名字，也就是这一环节的报道标题。"

安少瞳和程鹏、方若涛一协商，都认可电视台新闻组将两张照片合并播发的创意。至于报道标题，一起想了几个，开始不太满意，最后集中在两个选项。

"'最美手脚'，如何？"程鹏说，"照片上的手和脚都泡白、发皱，伤痕累累，视觉上当然难看，但受伤是救灾导致的，所以说是'最美'，同时与直观上的难看形成反差。"

"我觉得'手足情'比较合适，"方若涛说，"手和脚是因为救灾而浸泡、受伤，体现了救援人员的付出、对受灾民众的情感，同时'手足情'本意就是指兄弟姐妹之间的亲情。"

三人讨论了多时，觉得这两个标题都很不错，一时难以取舍。安少瞳建议和编后语一并考虑，三人各自写了一版，一起讨论、协商之后，决定标题用"手足情"三个字，以强调情感元素，而编后语则延续情绪，并突出视觉反差：

"……多年以后，说起今年的水灾，也许我们难以一一记住这些抗洪勇士的名字，但一定能够想起现在照片上并不美观的手和脚，它们已经成为长存于我们记忆中的最美手脚。"

44

床头柜上的电话机铃声响了。

方若涛瞬间被吵醒，但她完全睁不开眼，好像刚刚睡下，连梦都没来得及做一个。

不过，方若涛意识到现在是在县招待所的房间，同屋还有其他单位的一位女记者，于是她摸索着取下电话听筒，眼睛也没睁开就直接问是谁，对方回答是前台，找方若涛女士，方若涛说自己就是，但并没订叫早服务，前台表示抱歉，说是约半个小时前一位姓安的客人要求这个点给她打电话，请她马上去餐厅集合。

方若涛平静了一会儿，对前台说了声谢谢，放下电话挣扎着坐起来，一看手机，时间是六点十分，也就是说满打满算也没有睡到四个小时。方若涛定了定神，再仔细一看，发现十几分钟前安少瞳发了最新信息："早上好！请来餐厅，带好所有东西，早饭后就要外出采访。"

虽然字数寥寥，方若涛却感觉到这条信息所透露出来的匆忙感，于是赶紧梳洗收拾，清点了采编器材和随身用品，下楼直奔餐厅。

程鹏和王老师已经到了，正在收拾机器设备。方若涛向王老师打了招呼，问程鹏是不是马上就要出发采访。程鹏说应该是要准备采访洪峰过境。

"怎么没见安少瞳？"方若涛问程鹏。

"他现在应该去那边的指挥部联系采访，他是出房门的时候叫我起床的。"

"夜里是几点休息的？"

"两点多咱们传完片子、照片和编后语，我和安组长就回屋了，收拾了刚躺下，安组长又接了个电话，说让我先睡，他去外面接听。"程鹏说，"当时我困得不行，倒下就睡着了，也不知道他什么时间回来，直到早上他把我叫醒。"

正说着，程鹏手机响了，他查看了一下，就请王老师和方若涛先坐，他去找安少瞳取早餐，说着他快步走向后院。不一会儿，程鹏和安少瞳端了两只餐盘回到餐厅。

"不好意思，这么早就打扰您起床。"安少瞳向王老师说。

王老师和方若涛接过餐盘，笑着说："哪谈得上打扰，昨晚我睡得早，你们回来编片子更辛苦。"

餐盘里是粥、馒头和咸菜，另外还有四盒方便面。

"现在还没有到开餐时间，是和招待所领导说了之后，直接从后厨拿过来的。"安少瞳说，"抗洪救灾投入大，现在人手和食材都很紧张，早餐简单，我又拿了方便面，愿意吃就用开水泡吧。建议多吃点，一会儿咱们要去圩区，下一顿什么时候能吃到热的，就很难说了。"

用餐过程中，安少瞳介绍说凌晨中心领导来电话预警今天洪峰会经过东溪江临水县段，并沟通了报道预案，另外叮嘱外出采访注意安全。

"领导对报道有什么具体指示？"方若涛问。

"先是问了我们的想法，听说我们计划去灾情最严峻的双河镇，就提出在保证安全的情况下，可以多做现场直播。"安少瞳说。

"刚才你是去指挥部了吧，行程方面有什么安排？"王老师问。

"目前去双河镇的公路已经被淹了，只有乘船才能到，指挥部说从安全角度考虑，建议咱们减少人数。"安少瞳对王老师和方若涛说，"咱们协商一下，今天是不是我和程鹏去双河镇采访，您这一组还是留在县城报道？"

"那不行，如果要去双河镇，就都去。"方若涛马上说，"目前县城情况基本稳定了，今天洪峰过境的关键位置就在双河镇，可以预想那里新闻点多，一组记者根本覆盖不了，而且领导要直播，那就更需要分工协作。"

"不过指挥部说双河镇今天真的很危险，洪峰过境，有可能破圩或漫坝。"

安少瞳说。

"危险对谁都是一样的，咱们多注意就行。"王老师说，"主要是从你和领导提出的报道任务考虑，确实需要咱们都过去，分头拍摄。"

看到方若涛和王老师态度坚决，安少瞳也就没有再说什么，只是向王老师道了辛苦。

简单的早餐很快用完，程鹏起身要收拾餐具，少瞳看王老师正去拿设备，就示意程鹏去帮忙。方若涛见状，就背上背包，和少瞳一起将餐具送回后厨。

安少瞳将餐具放下后，问方若涛："凌晨才休息，这么早又出发，没休息好吧？"

"我还行，听程鹏说你夜里又接领导的电话，早上又去指挥部，估计你状态够呛。"

"睡的时间有限，不过抗洪救灾报道就是这样，我有心理准备。"少瞳说，"一早是我让前台给你打电话的，因为现在就要出发，必须当面沟通，所以没经你同意就直接叫醒了，不好意思。"

"安大组长说话这么客气，是不是太见外了？"若涛看着少瞳，"报道抗洪救灾，随时有突发事件，这一点谁都明白。"

"没有没有，不见外。"少瞳抱歉地笑了笑，"主要是指挥部这边发车时间一早就确定了，实在是来不及提前沟通。"

"我比较了几个时间点：你先是通知前台半小时后打电话叫我，过了十几分钟之后给我发信息，又过了十几分钟前台到点了就给我打了电话。你是这样安排的吧？"

安少瞳笑了笑，说："你计算得太细致了，时间就是这样安排的。"

"理解了。如果我接到信息时就起床，那个时间点比较从容，但又要防止我手机静音，或者听到了信息但并没有起床，所以你让前台到了最后的时间点再直接打电话叫醒。你是这个意思吧？"

"你说得没错，我是这样想的，"安少瞳又笑了笑，不过笑得似乎有些不自然，"可能是我多虑，整得太复杂了。"

"没多虑，也不复杂。"方若涛报以一笑，"就是以后有什么事直接安排就行，不必客气，更不必见外。"

风雨之中，一辆中巴驶出了招待所，车显然已是超载，在处处积水的街道上只能减速行驶。车厢里有像安少曈这样拿着采制设备的记者，也有手持消防器材的救援人员，他们将车厢挤得满满当当。由于人员拥挤，加上车窗紧闭，湿气在车厢里蒸腾开来，车里的人好像都闻到了雨地里的土腥味。

好在车辆行驶时间不长，约二十分钟后车停了下来。车门一开，大家争先恐后地跳了下来，不约而同地深吸着风雨中潮湿的空气。

中巴的前轮已经停到了水里，看来去双河镇的公路至此已被洪水淹没。石块支起竹排形成了一座临时的吊桥延伸到洪水中，连接着停在不远处的几只冲锋舟。

现场负责人根据登记的名册核对前来的人员，并发放了救生衣，然后安排一个一个地通过吊桥登舟，同时对每个人反复强调坐姿和安全要点。安少曈和王老师开机拍摄着登舟的过程，包括每个人落坐、冲锋舟开动。

冲锋舟从浸泡在水里的建筑物缝隙中驶离县城，穿过宛溪江大桥的桥洞，大家眼前已经是一片汪洋，安少曈又拍摄了几个水景的画面，放下摄像机，努力向前方眺望。

"你是在找双河镇吗？"坐在后排的方若涛问。

"是呀，本来就没去过，现在给水一淹，更不知道方位了。"安少曈回身问方若涛，"你是不是去过那里？"

"小时候去过两次，还去镇上的小学逛过，只是现在印象也不深了。"若涛说，"双河镇地势低洼，我记得从县城一出去就是大下坡，直到靠近镇上地势才抬高，这次估计被淹成孤岛了。"

"是不是镇的外侧还有圩坝？早上听指挥部说，那里对抗洪峰压力很大。"

"对，双河镇就是因为处在两条河的交汇处而得名，除了东溪江，另一条是宛河，也是与邻省的界河，估计就是这条河的洪峰过境，拦河圩坝所受冲击应该是最厉害的。"

"没想到这次洪灾压力这么大，"少曈说，"早上听指挥部负责人说，因为是多点受灾、四面出击，双河镇救援人手吃紧。"

"我看昨天参加救援爷爷和孙子之后，你有些纠结，就是咱们作为记者，该不该直接参加抢险。估计一会到双河镇，如果形势一紧张，有可能还会遇到这样的问题。"

"确实纠结，实际上对于咱们媒体人来说，这是一个世纪难题：面对公共危险，是先抢险还是先抢拍？"少曈说，"应该说，这个难题没有标准答案。"

"你们谈的这个难题，我觉得只能临时判断做出决定，"旁边一直用手机拍照的程鹏加入讨论，"需要根据危险程度，做了必须做的，再拿起摄像机。"

"我同意程鹏的观点，要根据现场状态和自己的价值判断做出决定。"若涛说，"如果是千钧一发，比如有孩子掉水里了，正在挣扎求生，周边没有救援人员，那么记者当然应该放下摄像机，跳到水中去救人。如果只是形势吃紧，比如已经有人跳进水里游向孩子施救，那么记者就没有必要再加入救援行列，而应该固守本职，坚持采访报道。"

"看来咱们讨论一下就清楚多了，而且能达成一致，就是坚持'救急不救穷'的原则。"少曈说，"按照这个标准，现在反思昨天直接参加救援爷孙，当时确实没有合适的救援人员，咱们冲上去直接施救是必要的，但是当时他们在二楼，虽然孩子在哭闹，但并没有遭遇像房子马上要垮塌这样紧急的危险，是可以等一等专业的消防人员来救助的，所以从这个角度看，我当时上去有些草率了。"

"虽然说应该'救急不救穷'，但有时'急'和'穷'之间没那么泾渭分明，只能取决于个人瞬间的判断。"若涛说。

"有时确实难以把握，"少曈说，"紧急危机的瞬间当然救人第一，但形势的危急和现场的惨相，不应该成为记者变化工种的理由。"

雨暂时停了，但乌云密布。远远望去，圩坝上正在穿梭忙碌的人们显得格外渺小，好像被乌云直接摁压在洪水的边缘。

冲锋舟靠岸，大家攀上圩埂，只见并不宽阔的圩埂已经从中线被纵向剖成两条，靠内一侧已被大小不一的帐篷填满，显然已成为很多人的临时住所，临水一侧则是施工作业面和防汛材料堆放区，救援人员不停地在这里穿梭忙碌。

安少曈上了圩埂后一路询问，找到了正忙着填埋沙袋的现场防汛负责人了解情况。目前全镇同时面对内涝与洪水双重灾情，镇内居民转移出去了一部分，还有一些被临时安置在圩埂和其他高处的建筑和帐篷里。今天比较凶险的是境内两条河都遭遇洪峰过境的压力，这一压力已经蔓延到东溪江对面的邻省，特别是双河镇东侧两河交汇处，因洪峰叠加，水位高、浪涛冲击力大，这让整个防汛工作面临很大的考验，其中圩埂加固是难点、也是重点，一定要防止垮塌，或是漫坝。

安少曈和大家一协商，决定分头出击，方若涛和王老师从民生角度采访临时安置居民的生活安排，程鹏和安少曈主要采访固堤防洪的进程。两组立即投入采制，只要完成了一项选题采访，就立即沟通编辑播发，以确保时效性，同时了解全镇总体防汛情况，中午到镇防汛指挥部碰头，确定合适的时间和场景，争取下午能形成直播报道。

确定选题方向后，方若涛先去圩埂上走了一圈，了解帐篷里居民的生活情况，接着又向指挥部询问了目前救灾方与受灾方生活方面存在的问题，她将两方面的信息进行了比对，发现目前共性的问题是用水出现困难。于是，以"水"为切入点，方若涛和王老师一起对居民人员的饮用水、使用水分别进行了采访和拍摄，先梳理了各方用水的整体情况，又深入采访了具体的事例和细节，特别是做饭、饮水的操作方式。

采访拍摄一圈之后，方若涛觉得素材已经足以制作一条视频新闻，用来反映洪灾之下目前双河镇各方用水现状、具体困难和应急措施，而且能够点面结合，生动地把主题讲述清楚。她用笔记本电脑迅速地将这条视频新闻编辑了出来并合成送审，然后发信息请安少瞳审看。很快，安少瞳回信息说这条视频新闻选题独到、内容充实，他已经推送到后方，请直播组负责人上线播发。

很快方若涛就在手机"省城网事"账号看到这条已经播发的新闻，并迅速引起了网友的关注。方若涛收起手机，又和王老师投入到现场采访和拍摄当中，一路发现了很多问题、故事和细节，不间断地拍摄和采访，直到王老师提醒已是正午时分，方若涛才意识到要赶紧回指挥部开碰头会。

由于洪水侵扰，双河小学已停课，这里地势较高，不会有水淹或者内涝的危险，因此这里不仅成为镇防汛指挥部临时办公点，而且成为人员转移的安置点。所有校舍里或是有人工作和活动，或是堆放了救灾物资，方若涛和王老师找了几个房间，终于在一间人来人往的教室一角，看到正在忙着编辑的程鹏。

"我们也刚回来，"程鹏一边接过王老师手里的三脚架一边问方若涛，"怎么样？又采访到什么大片？"

"哪有大片，不过视频新闻倒是拍了一些。"方若涛问，"你在编上午采访的新闻吧，有什么重要发现？"

"刚才主要拍了救援人员堵管涌，场面还是比较震撼的。"程鹏说，"不过，这还不算是重要发现，真正的重要发现在手机里。"

"手机里？你指的是什么？"

"你没看到吗？今天早间电视新闻的演播室段落，已经切出来放在咱们的账号里，都快成网红了！"

方若涛拿出手机点开，看到上午推送的一条视频，是早间新闻主持人在演播室里讲解和评论昨天采制的"最美手脚"的新闻，此前发给他们的受伤的"手"与"脚"照片，经美工制作成演播室的大屏背景图，使用了"手足情"的字幕作为新闻标题。

"新闻标题、编后语，新闻主播好像完全用了咱们的方案。"方若涛看着手机说，"主播说得也不错，声情并茂，很有感染力。"

"说明咱们一线采访的感受真实、直接，"王老师也看了视频，对程鹏和方若涛说，"当然更说明'省城网事'的文案设计水平了得。"

"谢谢王老师。"方若涛说，"不敢当。"

"谢谢王老师。"程鹏说，"王老师这夸奖人的水平真高！我虽然倍感惭愧，不敢接受，却又不敢谦虚。"

"你们的方案水平就是厉害，怎么不敢接受？"王老师问。

"你咋谦虚得连谦虚都不敢了？"若涛问。

"王老师说的'省城网事'文案水平高是事实，但以我的水平肯定是拖了大家的后腿，所以我不敢接受，"程鹏说，"但是，如果我对此谦虚，万一王老师说称赞的是'省城网事'报道组，又没有说你，你自作多情啥？那我这张老脸往哪儿搁？"

"没看出来你考虑问题这么周到，"王老师笑着说，"真是少年老成，未来可期！"

"王老师您见笑了，再这么说我的脸真没地方搁了。"

"程鹏又在说什么笑话了？"这时安少瞳捧着几份盒饭走了过来。

程鹏上前一步接过盒饭，对安少瞳说，"正在向王老师沟通学习报道业务。"

"王老师拍了一上午了，得喘口气。"安少瞳将竹筷分发给大家，"指挥部说这是县城里用冲锋舟运来的，已经凉了，不过总好过干粮，赶紧吃吧。"

大家一边吃盒饭一边谈起刚才说的短视频，安少瞳说上午主任来电话询问了工作情况并表示慰问，同时对昨天的报道表示认可，特别表扬"手足情"的图片和文案创意，已切成短视频通过多个报道组的账号进行网络传播，监测数据表明点赞量、转播量增速迅猛。

"我刚才又刷了一遍，传播效果确实不错，都看到有网友把这张题图照片截下来做成'表情包'了。"程鹏说。

"能把抗洪救灾的新闻，用表情包来传播，算是网友对我们报道的褒奖吗?"方若涛问。

王老师说："这肯定体现了网友对你们'省城网事'报道的认可。"

"谢谢王老师。"安少瞳说，"不过，不应该说'你们'，而应该是我们'省城网事'，昨天播发的报道大部分是您亲自拍的。"

"对，是我们。"王老师笑着说，"本来就是一个中心的，咱们干活配合一直很愉快。"

"一上午王老师一刻没歇，此前已经发了一条视频新闻了，"方若涛说，"之后继续拍摄，一直到现在。"

"既然说'我们'了，也就不跟王老师客气了，"安少瞳说，"不过，只要有王老师拍摄，节目质量就有保证，这已是大家公认的。"

"对，王老师此前做过记者，能用采访和编辑的思路拍摄，不仅采制的素材出色，还给我很多直接的帮助。"方若涛说，"就在刚才采访时，我们路过圩埂旁边的几户住宅，当时我走到前面去了，回头一看，王老师蹲在地上正低机位拍摄，我当时有点奇怪，走回去一看，你们猜正在拍什么?"

程鹏问："哪能猜得出来，在拍什么?"

"王老师正在拍一口大水缸，我看了一下，尺寸很大，花纹古朴，估计怎么也有几十年、上百年的历史了，正用来储集雨水。"方若涛说，"王老师的观察和拍摄提醒了我，拍完之后，我找水缸的主人一问，原来储水的老物件，自从镇里通了自来水后，至少闲置了二十年，这两天洪灾导致用水困难，才把它翻出来集雨水以供使用，实际上全镇的人都是在想方设法地解决用水问题。这样一拍摄一采访，用这个细节来讲述居民用水现状，就生动多了。"

"厉害厉害!"程鹏说，"要是我看见了，估计也就看看而已，想不到将它当作一个新闻要素去采访。"

安少瞳说："王老师的新闻敏感性，确实值得我们学习。"

"说了咱们不用客气，怎么又这么客气了?"王老师一笑，"一起工作，就是共同去找新闻点。"

"您拍摄的素材会充分使用，编辑节目不会浪费。"方若涛说。

45

虽然盒饭品种简单，而且已经基本凉透了，不过大家很快用了个干净。

"现在能吃上盒饭，估计在这里已经算是优待了吧？"若涛边收拾饭盒边问。

"还真是这样。"少瞳说，"刚才拿饭时问了指挥部负责人，现在镇上有居民和待转移群众，还有救援官兵，餐食供应有压力，只能县里运一部分食物，镇上自己想办法做一部分，盒饭都是从县里运来的，成本高、数量少，质量比镇上自己组织做的肯定要好，负责人说先支持咱们。"

"咱也没给镇上作什么贡献，就受此错爱，惭愧惭愧。"程鹏一阵感叹。

"就不用感慨了，咱多做点报道，也算是一点小贡献。"接着安少瞳说已联系进行抗洪现场的直播，现在要协商一下分工和流程。

正说着，手机响了，安少瞳说是主任来电，马上接听："主任，您好，我们还好，有饭吃，有干净水喝，谢谢关心……视频报道有反响？那是我们应该做的咱们上午报道出现舆情？……"

安少瞳说出来的"舆情"，以及他语气的变化，引起了方若涛、程鹏和王老师格外的注意。三个人目光一时都集中到安少瞳的身上。

安少瞳听着手机，一时没有说话，显然主任在说明"舆情"的原委，过了一会，他接着说："好的，主任，我明白了，马上排查清楚。不过，据我判断，我们的报道应该没有问题，而是'舆情'制造者有问题，因为咱们的报道都是基于现场调查、拍摄和采访，不可能是道听途说对，谢谢您的信任，我们再排查确认一下……好的，再做一次深入采访，保证拍摄完整、信息全面，一定避免偏颇或者遗漏……好的，我们马上动手，再见。"

安少瞳一结束通话，若涛马上问："咱们报道有舆情？怎么回事？"

"咱们都是现场采访报道，怎么会出事？"程鹏问。

"主任说有一家网络媒体质疑咱们报道的真实性，"安少瞳点击着手机的页面，"陈主任把那篇文章的链接发给我了。"

这是一篇门户网站在防汛专栏里刚刚发布的文章，准确地说不能算是报道，而是评论，题目是《救灾部队：浑水泡面不属实 勿轻信伤害前方士气》，指名道姓地质疑"省城网事"关于双河镇消防官兵做饭用水的视频报道。这条视频报道就是方若涛上午采制播发的，内容是介绍双河镇各方用水现状、具体困难和应急措施，其中提到双河镇目前食品供应紧张，一些参加救援的消防官兵连续几餐只能吃外面输送进来的泡面，同时由于地下水和自来水因洪灾而水质下降，近两餐只能用浑水泡面、做饭。该门户网站这篇评论文章配发了视频报道的几帧截图，直接指出这部分内容是"假新闻"，并且声称有前方救灾部队负责人向网站编辑部确认没有发现出现浑水做餐的情况，最后这篇网站文章说：

> "洪灾当前，理应众志成城、共克时艰，新闻媒体更要客观公正，避免信息虚假，以引领舆论、鼓舞斗志为己任。这一视频报道中'救灾官兵用浑水泡面充饥'的说法格外令人揪心，却明显不符合常理，不管谁煮开水也会尽量选澄清的水源，这是基本常识。本网站采访证实前方救灾部队携带有净水设备，不会胡乱饮用不卫生的水。前方部队正在忘我地全力救灾，敬告媒体工作者恪守职业道德，也提醒网友不要误信这种别有用心的报道，以免伤害前线救灾部队的士气。"

大家看完，互相对视了一番，从眼神可以看出来都觉得不可思议。

"这么言辞凿凿、居高临下？"程鹏说，"还直接说咱是假新闻，他们有调查采访吗？"

"这篇评论如此语气，确实过分。"安少瞳说，"且不说咱们没有发假新闻，即使真有信息出入，也不能态度这么尖锐地对待同行。"

"这条新闻的画面都是我拍的，信息不可能失真。"王老师说。

"当然，我刚才在电话里就对主任说，咱们是基于现场采访、拍摄，不会出现假新闻。"少瞳看到若涛一直没有说话，于是问她，"若涛老师，你看呢？"

方若涛刚才好像有些走神，这时听少瞳询问，抬头看着大家说："看了网站这篇文章，我刚才把采访编辑过程捋了一遍，认为报道信息方面没有漏洞，'浑水泡面'是真实的事，因为当时是早餐时间，我和王老师拍到了有些士兵煮泡面的过程，目睹了用水的情况，王老师各个环节拍摄得都很细致。"

"自来水取水、放到大锅里煮、再用来泡面，都拍了，"王老师说，"自来水放出来就能看出是浑浊的。"

"拍摄素材是完整的，当时我考虑一方面要呈现灾区用水的实际困难，另一方面要以鼓舞士气为目的，不必过于突出困难，"若涛说，"所以对这一段落的篇幅做了控制，没有用太多的细节和采访进行展示，只是客观描述了用水情况。"

"审片播发时就仔细看了片子，刚又看了一遍，这一段落实际上环节完整，用的是解说词结合画面的形式表述，只是说没有详细解读，也没有用采访强化。"安少瞳说，"我觉得若涛老师把握的分寸是合适的，目前处于抗洪攻坚阶段，艰辛和困难要展示，但确实不应该成为报道重点。"

"我觉得这个门户网站就是为了刷存在感、蹭热度，"程鹏说，"在最艰苦的抗洪一线，他们的记者来了吗？没有实地采访，只会在空调房里拿咱们的现场报道评头论足，还自以为是。"

"现在的媒体环境就是这样，以前讲究'采写编评'并重，采访是前提，"王老师说，"现在有多少媒体坚持跑一线？记者都快没有了，评论家倒是层出不穷。"

"刚才主任也说了，各级领导都相信我们一线记者的业务素养，所以面对这一舆情，并没有着急给出处理意见，原则上要求我们自查，如果确实没有任何疏漏，就充实内容，再发一条视频报道，确认和强化咱上一条视频的信息和观点。"少瞳对若涛和王老师说，"实际上取水煮面各个环节都详细拍了，那咱们找一位消防官兵的代表补充采访，让他讲述整个过程，之后做一条新闻特写，这样就能完整、全面地还原全部真相，你看如何？"

王老师说："没问题，现在就可以动手。"

"采访可以马上联系消防部队，"若涛说，"他们太忙，轮流吃饭，估计早上拍摄的就餐点现在还在忙着做餐工作，应该能找到合适的采访对象。"随即，她和王老师拿起摄像机器出了门。

安少瞳和程鹏一起去隔壁的指挥部办公室找值班负责人询问下午洪峰过境以及抗洪增量措施，回应是两条河的洪峰下午抵达双河镇，按目前水流速度计算，虽然抵达时间略有先后，但仍然会出现洪峰叠加，预计下午四点左右险情会达到峰值。安少瞳又提出现场直播抢险过程，经沟通，负责人表示在保证个人安全且不影响抢险作业的前提下，给予场地布置、机位设置和采访人选的支持。

安少瞳又与指挥部明确了相关细节，并跟随负责人去现场察看了场地。由于目前处于洪峰抵达前短暂的平静期，现场的工作重点是居民转移和防汛物资的转运，如果洪峰冲击开始，最危险的位置将成为集中抢险作业的攻坚点，当然也会成为现场直播的焦点。

将这一过程同步拍摄之后，少瞳和程鹏一协商，认为录制的素材已经可以制作一条"洪峰将至、严阵以待"的视频报道，于是两人赶回指挥部。此时方若涛正在教室一角编辑视频，看到安少瞳回来了，向他介绍说刚才去就餐点找到了早上介绍情况的负责人，请他面对镜头详细讲解了"浑水泡面"的原委，现在已将新的视频节目编辑完成，可以审看，

"咱们是分环节提问，对方讲解细致，加上之前王老师拍摄的画面充分，所以用采访加上画面就能把前因后果交代得很清楚，不用解说词。"若涛说，"王老师现在还在现场拍摄。"

"王老师真敬业！"程鹏说，"连续工作的强度，我们年轻人都跟不上。"

安少瞳看到在方若涛编辑的成片视频中，被采访的后勤负责人表示由于洪水倒灌和内涝等原因，目前镇里地下水和自来水有些浑浊，救援人员只能用这一水源泡面做饭，从健康和安全考虑，餐饮用水都放了消毒药片，并要求用餐者只吃面不喝汤，但当下自来水浑浊是无法抗拒的客观困难，现有的净水设备也难以满足人数较多的救援人员的需求，因此浑水泡面在近两天难以避免。

"这个片子已经说得很清楚了，而且画面和采访内容声画完全对位，成片播发没有问题，"安少瞳将成片点击通过后说，"我马上联系后方争取多端口转发，也请张诚看看，能不能在他们日报的客户端同步进行推送。"

下午的工作重点是抗洪现场直播，由于时间长、场景复杂，对于前方人员来说是个考验。

"已经与后方直播组对接，技术方面通过咱们带的移动通信背包传输，应该比较稳定。"安少瞳说，"内容方面，需要我们设计，原则上根据洪峰的过境阶段确定直播时段，需要重点展示的一是洪灾的真实情况，二是抗洪的现场作业。除了以适当、有意的留白去展示现场感之外，直播过程不能冷场，要么出镜记者讲述，要么由记者采访当事人，总之要不停地有人说话。当然，大家也很有经验，特别是若涛老师，应对电视节目严丝合缝的直播都没有问题，只是今天这个现场特殊，要有针对性的准备。"

"知道今天下午有直播任务之后，我也考虑了，第一层级是准备了哪些信息。公共的、宏观的信息储备是基础，可能没有针对性，但适时地讲述这些内容，有助于观众对整体情况的把握，而且现场如果在某一瞬间相对平静而直播还

在继续，播报准备的信息可以避免冷场。"方若涛说，"第二层级是如何观察和分析现场。洪峰奔涌、现场抢险救灾，本身的现场感就很强，要适时地充分呈现，同时记者的解读要及时、专业。第三层级是要落实到在直播过程中说什么。展示现场感的阶段要充分留白，记者解说段落要保证分析到位，最大的挑战是可能出现突发的、意外的状况。"

"突发和意外状况，确实对记者现场直播报道挑战最大，要在瞬间组织语言，不仅要讲述清楚，还要注意情绪引导。"程鹏说。

"记者直播的时候要稳得住，一是要训练有素，二是要对突发事件有心理准备。"安少瞳说，"漫坝、决堤、垮塌，这些属于意外事件，万一出现，在直播中怎么即时描述，要提前有所准备。"

三人对可能的险情和突发情况做了预测和讨论，并推演了直播的相关准备。

"在这方面，若涛同学经验丰富，是电视直播的高手，面对突发情况肯定没问题。"程鹏说。

"你也得准备好，随时要上。"安少瞳说。

"我也要上？有若涛同学足够了吧，而且就一台直播设备。"

"确实只有一路直播信号，不过直播时间长，而且天气状况不确定，若涛老师应对直播虽然有明显的优势，但是要面对镜头不停地说话，万一出现不适合出镜的情况，需要有人能顶上。"

"是指风吹雨淋影响了观众观感？"

"个人形象保持是一方面，最重要还是播出质量，比如抗洪现场一定声音嘈杂，如果记者一直大声直播，万一嗓子哑了，那只能换人了。"

"这让我压力好大，没有想到在抗洪报道现场，还要准备当备胎。"程鹏直挠头。

"你当主胎也行，"方若涛笑着说，"你先来上直播。"

"别、别，于公于私，应该你来直播，"程鹏说，"我要是上直播，效果比你差一大截。"

"也不用谦虚，"安少瞳说，"你最近出镜报道进步很大，继续努力就行。"

"对，同事都说你在镜头前是越来越能说了。"方若涛说。

"谢谢鼓励！必须继续努力。"程鹏一拱手，"领导和同事都这么夸我，惭愧之余也深受鼓舞。正应了那句老话：'你必须足够努力，万一成了备胎了呢？'"

"怎么？对于成为直播报道的备胎，颇有不满？"安少瞳笑着问。

"岂敢岂敢，能成为若涛大美女的备胎，只有荣幸。"

"用词不当，"少瞳说，"你最多可以说是直播记者岗位的备胎，可不能说是若涛老师的备胎，太容易引起歧义了。"

程鹏赶紧敲了一下自己脑袋，说："呀，疏忽了，疏忽了，向若涛同学道歉！幸亏领导提醒，否则我当备胎倒没什么，影响了若涛老师的形象和定位，罪过可就大了。"

"我没啥形象定位，谈不上影响。"若涛一笑，"不过，看起来你当备胎倒是很从容。"

"说起来全是眼泪，"程鹏说，"备胎不是想当就能当的，也要去争取机会。"

"就不用谦虚了，你幽默气质了得，"少瞳说，"这么会说笑话，在你身边女生们肯定开心。"

"不怕见笑，大学的时候还真碰到一个喜欢的女生。"程鹏流露出害羞的表情。

"怎么会见笑？为你开心着呢。"方若涛笑着说，"你有没有讲笑话给你那位喜欢的女生听？"

"讲了，当然得讲，而且我加强内容储备，每次见到她都讲新笑话。"

"那女生开心吗？"方若涛问。

"开心啊，当然开心。"

"那后来呢？"少瞳问。

"后来？后来我发现我们宿舍一哥们开心多了。"

"怎么了？这哥们追到那位女生了？"

"那倒没有，一个宿舍的同学，哪能那么不仗义地去挖我的墙角。"

"那他为啥开心？"

"我也奇怪，"程鹏说，"于是问我哥们是咋回事，哥们说他最近听隔壁班一位帅哥会讲笑话，听了很开心，我哥们就把听来的笑话讲给我听，我一听，大惊失色！"

看到程鹏表情惊悚，若涛忙问："怎么了？什么事让你吓成这样？"

"我这哥们讲给我听的笑话，居然就是我讲给那位女生的。"

"啊？这是什么传播链？"若涛和少瞳同时一惊。

"这灵异事件把我吓得不轻，于是向我的那位哥们求证，哥们倒是很仗义，说马上帮我排查。"

"查出什么结果了吗？"

"原来是我编了笑话讲给那位女生，女生听了很开心，讲给她喜欢的那位帅哥，"程鹏表情显得极其痛苦，"帅哥听了很开心，讲给我哥们，我哥们听了很开心，又讲给我。于是一圈下来，我的笑话让所有人开心，只有我不开心。"

方若涛和安少瞳听了都想笑，但看到程鹏表情痛苦，只好努力忍着，假装同情地看着他。

程鹏面部表情突然放松下来，对他俩说："刚才我是再现当年的情绪，现在早没事了，你们也别绷着了，笑出来吧。"

方若涛、安少瞳同时笑出声来。

"什么事这么开心？"王老师拿着摄像机走了进来。

三人赶忙站起来让座，安少瞳说："王老师辛苦，程鹏在给我们讲笑话。"

程鹏上前接过王老师的机器，连声说："惭愧惭愧，我们在讲笑话，您还在现场拍摄。"

"咱不用说客气话，你们在这里也是编片子，"王老师坐了下来，"再说了，现在的采访连轴转，而且吃不好睡不好，会休息、会放松太重要了。"

"现在干活强度大倒是其次，还要应对舆情压力，"若涛用开水壶给王老师的水杯加热水，"一不留神就会被网络喷子上纲上线。"

"现在网络舆论环境实在是太尖刻、太极端，"少瞳说，"上午采访的'浑水泡面'的专题，门户网站居然也不调查就乱喷。幸亏拍摄的素材扎实，咱们能迅速成片回应。"

"你们还是手快，"王老师说，"刚才看了一眼手机，看到咱们新发的那条专题片，点赞、留言激增，很多评论提到了门户网站，说他们不到现场采访，还无端质疑'省城网事'的前线报道。"

"不仅是自媒体，我看《省城日报》官微同步发了，还有其他省市主流媒体也做了转发，"方若涛看着手机，"看来咱们补发的这条递进报道专题片，效果明显。"

"当然，坐在家里评论，想当然地质疑现场报道，肯定得摔跟头。"程鹏说，"看这家网站怎么收场吧。"

"这个咱就不管了，事情澄清了就行，"安少瞳说，"正好王老师也回来了，咱们看看一会儿直播怎么分工。"

安少瞳向王老师简要介绍了刚才讨论的思路，王老师听了之后表示思路清楚、可操作性强，同意两位记者做好准备替换进行现场播报，目前报道环境风险大，一定要有备份方案。王老师说现场条件有限，直播过程中记者前面没有节目返送的屏幕，看不到正在拍摄和直播的画面，建议记者在面对镜头说完开场白后，镜头摇向抗洪作业的现场，这时记者在不停止播报的情况下，悄悄走到王老师的身边，通过摄像机的外接寻像器看到正在拍摄并直播的画面，这样记者可以对拍摄的现场画面进播报和解读，就能确保准确性和针对性。

大家听了都觉得这种直播方式效果能得到最大限度的保证，于是一致同意。

"王老师还是经验丰富，那咱们就这样执行，"安少瞳说，"也没有时间休息，咱们收拾·下设备就差不多了。"

"有的累了！"程鹏站起来打了个哈欠，"但愿一会儿直播别下雨。"

"天气预报说了还有雨，能不下大雨就不错了。"王老师查看着充电器。

"哎，你们看！"方若涛看着手机突然说。

"看什么？"安少瞳、程鹏同时问方若涛。

"快看那家门户网站官微，他们新闻频道主编好像发文说'浑水泡面'的事了。"

安少瞳、程鹏点开手机页面，搜到门户网站官微，果然看到以主编的名义发了一篇文章：

"看了'省城网事'的视频，部队战士确实吃了浑水泡面，后勤人员很多是当地组织的，不是部队做的饭，浑水是自来水，放了消毒药片。部队告诉我们不会让战士吃不干净的水，但他们没有负责给自己做饭，所以从常识上和事实上部队讲的都没错；烧水煮面的当地工作人员也没错，其他单位负责救灾，他们负责保障后勤，浑自来水是他们无法抗拒的客观条件；现场要求战士别多话、吃泡面的军官也没错，向受灾群众出让自己的生活物资，面对任何情况不讲条件是他们的传统；现场报道的记者更加没错，他们报道的是事实。错的是我，向在前方报道的记者道歉，我取的标题轻易地否定了一切……"

读完这些文字，大家相互看了一眼。

"这家网站道歉了，"王老师说，"好像从没有过的事，难得。"

"我就说坐在家里想当然地评论，肯定得摔跟头。"程鹏说。

"咱就是受苦受累的命，只能活在现场，也就落个心里踏实。"若涛说。

"好在这件事算是翻篇了，咱们的报道经得起事实的检验。"少曈说，"现在去直播现场吧，洪峰就快要来了。"

46

远远望去，洪峰滚滚而来。

与此同时，方若涛以东溪江面为背景手持话筒、面对镜头，听到耳机里后方直播负责人倒计时后的直播开始口令，以目前洪峰过境状态为切入点，播报双河镇的洪涝现场和抗洪动态。

王老师先将镜头对准正奔涌而来的浪涛，之后拉开画面，将镜头摇向播报中的方若涛，再根据她播报的内容，将镜头给向圩埂、给向在上面紧张作业的抗洪人员。

安少曈与后方直播组连通着电话，盯着手机页面"省城网事"的直播窗口，看到方若涛的播报有条不紊、详略得当，王老师的画面配合相得益彰。等现场情况交代清楚，镜头推向现场抗洪作业人员，王老师扬手示意，方若涛轻轻地走到摄像机后面，看着寻像器里的拍摄画面，播报和讲解现场动态和细节。

为保证直播时镜头能覆盖较大的场面，同时保证直播环境的清静和安全，直播机位设置在距抗洪作业重点区域较远的高点位置。与此同时，为近距离捕捉更具现场感的素材，程鹏正扛着摄像机，在圩埂上的抗洪人丛中拍摄。看到方若涛和王老师的直播运行已经稳定，安少曈离开直播机位，跑向圩埂与程鹏会合。

"拍到的内容效果怎么样？"安少曈从程鹏手里接过摄像机。

"这里所有的场景都很感人，现场感很强，"程鹏说，"只是我拍摄能力有限，不知道构图、特写以及抓拍的瞬间是不是有足够的表现力。"

安少曈向程鹏鼓励了几句，抗洪现场氛围热烈而紧张，已经没有时间更多地去交流和回看刚刚拍摄的素材，立即投入现场的采访当中。

洪峰的到来果然不同凡响，高水位、大风浪不断地冲击着圩埂，抗洪官兵一个接一个扛着沙袋不停地跑向圩埂的前沿。安少瞳将镜头对准了扛着沙袋的官兵，他们每个人被雨水、汗水和沙袋上渗出的泥水所浸染，一个个都变成了"雨衣泥人"。

一袋袋沙石垫高了圩埂，暂时摆脱了不断增高的水位的压力。不过一时之间风力渐强，浪涛力度加大，肆意撕扯着圩埂的基座，渐渐地圩埂外侧部分泥沙被冲击脱落，存在溃口的危险。

"赶紧填埋麻石，卡车上！"

现场指挥员大声发出指令，几辆载满麻石的卡车轰隆隆地驶向圩埂。安少瞳端着摄像机站在车队的侧前方，这样的构图是让卡车冲着镜头行驶过来，增强了画面的冲击力。由于地面湿滑松软，两辆车驶过后靠近安少瞳站立的位置形成了凹坑，第三辆车经过时前轮一歪，将凹坑里的泥水溅了出来，结结实实洒到了安少瞳的身上和机器上。

一旁的程鹏赶紧从包里掏出纸巾，上前要帮忙擦拭泥水，安少瞳将摄像机对着程鹏，让他立即清洁镜头，而自己穿着雨衣，溅上泥水问题也不大。

将镜头擦拭干净，安少瞳立即将摄像机对准麻石填埋的现场及浪花飞溅的洪流，同时又捕捉作业士兵的动作特写和表情。每一个人都表情严峻，竭尽全力地搬运沙袋、麻石填压圩埂。然而洪水流速湍急，麻石投入水中被水流冲击没法聚集，也就没法加固圩埂。

眼看着情况越来越紧急，十多个战士手臂相挽跳入水中，将岸上传递下来的沙袋和麻石围拢起来。他们在圩埂外侧齐腰深的水中作业，虽然洪水奔涌、浪涛拍岸，他们的脸上有污水，但没有恐惧。

现场的气氛和情绪冲击着镜头后面的安少瞳，他无法停止拍摄，不想错过任何一个画面。

突然身后传来汽车发动机低沉的轰鸣，安少瞳回身一看，只见一辆红色卡车慢慢启动驶向圩埂下端，旁边一位身着迷彩服的人正挥手指挥卡车的行进路线，安少瞳跑近两步将摄像机镜头转向卡车继续续拍摄。只见卡车已经接近圩埂的前沿，却丝毫没有减速的意思，一旁程鹏下意识地喊了声："卡车小心！要掉洪水里了！"

一旁身着迷彩服的指挥员语气从容地说："本来就是要让车掉到水里。"话音刚落，驾驶室门猛然被打开，驾驶员跳了下来，一个滚翻落在泥地上，而卡车丝毫没有减速，带着一车麻石冲进洪水当中，溅起的巨大水花一瞬间淹没了岸上的人和安少瞳端着的摄像机。

水花退去，安少瞳和程鹏没来得及抖落身上的泥水，快步跑到岸边蹲下来察看，只见卡车横亘在圩埂被冲刷出来的缺口处，减缓了水流的冲击力。

围拢到岸边的抗洪士兵看到现场场景和卡车护堤效果，不约而同地鼓起掌，浑身泥水的卡车司机的掌声尤其热烈。

安少瞳扭头抬起摄像机，仰拍士兵们鼓掌的双手和欣慰中又带有一丝悲愤的表情，记录下这一小小的庆祝仪式。

东溪江的这一轮洪峰总算是过去了，宛河虽然已超警戒水位，不过目前表面上看还算平静。

"指挥部说宛河的新一轮洪峰半小时后就到，"安少瞳说，"好在没有两江洪峰叠加，否则镇上压力可就大了，咱也忙不过来。"

"直播结束了？后面还有安排吗？"程鹏垫着雨衣坐在沙袋上，用放在腿上的笔记本电脑编辑视频。

"现在抗洪作业的人员分批轮流就地休整吃干粮，咱们的直播暂停，后方演播室还在直播，主持人会连线其他抗洪现场。"安少瞳说，"一会儿宛河洪峰会到，这里的抗洪人员已经在准备届时集中抢险作业，咱们还要做一段直播。"

"唉，这波洪峰此起彼伏，压力好大。"程鹏对若涛说，"上一段直播抢险，若涛同学就连续说了一个多小时，一会儿再直播，真够累的。"

直播结束到现在，方若涛坐在一旁的沙袋上，偶尔喝两口水，但一直没有说话，这时听程鹏提到下一段直播，她慢慢地说："累倒没什么，不过嗓子可能顶不住了。"

显然，若涛的嗓音已经有些沙哑，虽然她没有提及，不过明显的疲惫还是能让人感觉到。

过了一会儿，少瞳说："下一段直播，程鹏上吧。"

"我上？不合适吧？"程鹏认为有些缺乏准备，"刚才圩埂上采访给雨淋了，泥浆还溅到了身上，也没衣服可换。最重要的是，直播能力有限，到时候说得肯定没有若涛同学好。"

"现在顾不到这么多了，刚和后方联系，第一段直播效果很好，网友点击量很大，评论也非常积极，目前咱们这里是唯一一个抢险现场的直播点，必须保证不间断地产出。"

"第一段直播效果好，那也是若涛同学说得好，下一段要是我上，反差有可能很大。"

"你是怕被若涛老师比下去吗？"少瞳笑着问。

"被比下去倒没什么，再说也不用比，这方面和若涛同学比不了。"程鹏说，"我就是担心说不好，把咱们节目直播的牌子给砸了，那责任就担当不起了，所以还是若涛同学上有保证。"

"我嗓子哑了，再上直播才是直接砸牌子。"若涛声音很低。

"充满自信，程鹏同学，"少瞳说，"你也是久经考验，而且和若涛老师一起上过电视做直播访谈，新媒体直播更应该没问题。"

"和若涛同学一起上直播反而压力小，因为不行我就少说点，请若涛多说点。"程鹏挠挠头，"可现在是一个人上出镜直播，得一刻不停地说，一点不能磕巴。"

"刚才你一直在现场采访，掌握的都是一手信息，这是观众，包括其他媒体的记者都不知道的，你就说这些也会很生动。"少瞳说，"咱们做好功课，你肯定没问题。"

"对，程鹏同学，我们看好你哦。"若涛鼓励地一笑。

这时王老师也过来了，大家一起讨论了接下来直播的内容安排，最终确定程鹏刚才编成的关于战士跳入水中作业、卡车填埋的现场片传回后方，直播开始时程鹏先总结刚才东溪江抗击洪峰的过程，引出后方播出这个现场片，播完后回到程鹏，介绍宛河洪峰抵达状态，然后根据抗洪现场的场景进行讲解。直播中如果现场僵持时间较长，可以介绍抗洪人员区域部署、物资安排、洪灾发展动态等幕后信息，同时争取邀请现场负责人来直播点接受采访，以保证直播内容的丰富和连续。

宛河没有东溪江宽阔，本次洪峰的水量大、流速快，加上在双河镇境内河道拐弯，水流更加汹涌，不断形成了波浪，对圩坝产生持续的冲击。

第二段直播与洪峰抵达同步开始，程鹏面对镜头先是总结了两个小时前抵抗东溪江洪峰的过程，强调了其中的重点环节，讲述了几个印象深刻的感人场景，引出了战士跳水作业和卡车填埋的现场特写片。片子播完后直播场景回到程鹏，他延续了片中的情绪，表达了自己在现场记录过程中的感受，并强调激烈而感人的抗洪救灾作业还在继续，特别是宛河洪峰已经抵达，对于在现场忙碌中的所有人都是考验。

洪水越来越急，救援现场更加紧张。王老师将镜头锁定在圩埂上繁忙作业的士兵，捕捉最有表现力的画面，程鹏讲述和评论镜头中的每一个细节，适时地表达自己的感受。显然，紧张可感的现场感染着直播制作者的情绪，而直播中突出的现场感又让观看中的网友沉浸其中，在"省城网事"账号的评论区，网友的评论热烈，更新迅速，每一条评论在屏幕上都几乎没有停留的时间，会立即被后面网友发的评论顶出评论区。

安少瞳端着摄像机与方若涛在圩埂上穿梭，零距离地拍摄和采访抗洪现场。面对现场激烈紧张的气氛、士兵忘我地抢险作业，安少瞳几乎一刻不停地拍摄，方若涛也一直接在观察，并择机询问和采访作业人员。

"现在素材已经拍摄很多了，细节、场景都没问题。"找了一个采访间隙，安少瞳对方若涛说，"现场可以一直拍下去，不过这样会内容相似，后期编辑可能重点不突出。"

"我也在想这个问题，场面很感人，全部记录都有价值，不过就像你说的，这样没法突出重点，而且拍摄卡容量也有限。"若涛说，"还是要考虑找一个典型环节，或者故事，这样成片也能有点有面、点面结合。"

"东头圩埂被浪涛冲击，有危险，二队队员每人扛上沙袋，一起过去填埋加固。"

指挥员一声令下，一列纵队立即组织起来，队中的士兵整齐划一地将沙袋扛到肩上，向圩埂东侧快步走去，任凭沙袋中渗出的泥水顺着所穿的雨衣淋漓而下。

安少瞳快跑几步，抢到队列的前面，调转摄像机让扛着沙袋的士兵冲着镜头走过，构图捕捉了一个个士兵重负之下目光向前、沾满乌泥但坚毅果敢的面容。方若涛向着士兵举着话筒，近距离地收录下他们沉重的喘息声和踩踏着泥泞的圩埂路时的脚步声。等全队士兵走过，安少瞳又适时地拍摄了前行中队列的背影，包括士兵们脚步的特写。

东头正是河道拐弯处，奔涌的洪水在这里形成浪涛，不断地冲击着圩埂。虽然防汛官兵事先对这里已经有所加固，但浪涛连续地冲刷已经使埂上沙土出现松动，此前垒加在上面的沙袋有的已经被浪涛卷走。士兵们一趟趟地搬运沙袋，又一件件地用沙袋加固圩埂，协同作业的士兵则是一边对抗着风浪，一边合力固定越垒越多的沙袋。

越靠近河沿沙袋越多，也就更加高低不平、湿滑泥泞，加上不时有浪涛袭来，人员行走很困难。当然这里也是抗击宛河洪峰的关键位置，士兵在这一区域集中作业，他们有的步行运送物资，有的站立或蹲在固定位置垒放沙袋，有的几乎是匍匐在圩埂的边缘进行加固作业。

为了抢到最近距离的素材，安少曈和方若涛深一脚、浅一脚地在圩埂边缘行走，不时因为地面泥浆湿滑而控制不住重心，方若涛虽然穿着防水脚，但已有几次趔趄。

“你们不要去圩埂边缘拍了，那里危险!”现场指挥员看到安少曈、方若涛越来越靠近河沿位置，赶紧向他俩大声提醒。

“你不要过去了，”安少曈听到指挥员的警告，停下来对若涛说，“这里不好走，风浪也急，要是滑倒就危险了。”

“咱们已经采访了运送和垒放沙袋，只有固定作业环节还没有拍，”方若涛看着前面的士兵正在拉网固堤，“能不能稳固圩埂是抗击宛河这波洪峰的关键，现在看，这是整个报道当中可以突出的重点，还是要争取近距离地采访一下。”

“抗击洪峰固守圩埂确实是关键，不过太难走了，指挥员也警告了，咱也不能不当回事。”安少曈说，“要不你就在这里等一会，我慢慢过去靠近拍摄一部分素材就回来。”

“既然这部分是关键，只有你一个人拿着摄像机过去拍摄，那内容就过于简单了。”方若涛说，“关键的现场，必须随时收录当事人的同期声，只要有可能，就要随机向他们提问。”

“主要是上面全堆着防汛沙袋，基本上没法正常走路，”安少曈说，“现在风浪大，你身材又高挑，一不留神真有风险。”

方若涛笑了一笑，说：“行了，那我猫着腰，留神一点呗，”接着又说，“再说你其实比我风险更大，端着摄像机拍摄，眼睛得看着寻像器，肯定注意不到地面状况，所以更需要我们一起过去，互相能有个提醒。”

几经劝说，方若涛还是坚持一起过去，特别强调安少曈一个人过去拍摄更加危险。两人争执不下之时，圩埂加固环节更加吃紧，现场的官兵都聚集过去参与抢险，少曈和若涛见状互相叮嘱一声小心，就一起往圩埂东头河沿走去，两人都想走快一点，但越想加快步伐，脚下就越打滑。

浪涛一个接一个地扑打过来，浪头有时越过垒加的沙袋袭击圩埂上的人。抗洪士兵有的已经全身匍匐在沙袋堆上，用力拉扯着固定网绳。浪头袭来，士兵们不由自主地闭上眼睛、屏住呼吸，迎候着被浪涛吞没。浪头退去，他们有的大口喘气，有的不停地咳嗽，以此清理灌入口鼻中的泥水。

安少瞳左脚踩在下一层沙袋上，右膝抵住上一层沙袋，侧着镜头拍摄面向宛河浪涛的士兵的动作和表情。方若涛站在下一层沙袋上，将话筒伸向士兵，希望能最清晰地录下浪涛拍击和他们真实的声音。

遭遇多个浪头侵袭之后，士兵们体力消耗很大，方若涛看到他们的表情紧张、严峻，但没有一丝恐惧和退缩。若涛向少瞳说了声要对近旁的士兵做一下简短的现场采访，少瞳显然也被现场的情绪所感染，他马上调整机位，努力让被采访士兵的面庞进入构图的中心位置。

看安少瞳稳定住了摄像机，趁着连续两波浪头之后的片刻宁静，方若涛向上迈了一步，右脚踩到上一层的沙袋，将话筒递到士兵的面前，大声说："我们是'省城网事'的记者，请问一下，浪涛很大，连续被泥水呛着，现在身体情况怎么样？"

现场风声很大，不过这位战士还是听到了方若涛的问题，左手抹了一把脸上的泥水，右手仍牢牢地攥着防护网绳，笑了笑说："咱们直接跟洪水较劲，喝口泥水难免，我的战友都是一样，身体能扛得住。"

这位战士边说边用力收紧网绳，若涛接着问："我看你已经在这里连续坚持了半个多小时了，体力怎样？有换岗休整的安排吗？"

可能是现场风声太大，而若涛处于下风口，距离这位战士又有一段距离，战士示意没有听清问题，若涛又逆风大声问了一遍，战士仍然没听清。方若涛看了一下地形，右脚一用力，蹲到了上一层的沙袋之上，左手扶着沙袋，身体向前挪了约一米距离，右手举着话筒，又将问题大声问了一遍。战士这回听清了，回答说："体力消耗很大，这是实际情况，但必须坚持，这也是现状，至于换岗……"

一句话没有说完，一个巨大的浪头顺着风向冲着方若涛直扑过来。此时方若涛正全神贯注地盯着被采访的战士，毫无防备之下迎面被浪涛掀翻在沙袋上，她正勉力翻身爬起，又一个浪头袭来，方若涛瞬间支持不住，顺着沙袋垒起的陡峭的坡面向河面滑落。好在此时方若涛意识到手里还拿着连在摄像机上的录音话筒，她忙将话筒抛向沙袋顶端，然后双手全力试图去抓可以延缓下落的物体，然而一个个沙袋的表面都很光滑，无处可以借力。瞬间方若涛双腿已经滑落到河水之中，就在此时，她抓住了伸出坡面的一只沙袋的袋角，勉强止住了身体滑落的趋势。

安少瞳在拍摄的镜头中看到浪头掀翻了方若涛，还没有等他反应过来，方若涛已经从圩埂上消失，沙袋顶端只留下那只录音话筒。安少瞳顿时意识到出事了，他冲上一步扑倒在沙袋上，往下一看，只见方若涛双手攥着那只沙袋的袋角，双脚在河水中奋力划动，对抗身体下落的力量。

"你怎么样!"安少瞳向下大声问。

"没什么，暂时掉不下去……"方若涛虽然这样说，但语调不连续，显然已经很吃力。

安少瞳大声说："你不要说话了，坚持一下!"此时几名抗洪士兵带着几样消防器材围拢了过来，安少瞳抢过一位士兵手中的消防绳向下抛给方若涛。消防绳前端的绳结落在方若涛的面前，方若涛深吸一口气，双手在沙袋角上一用力，尽力让身体向上抬起，与此同时她松开右手去抓绳结。

方若涛的右手已经触及消防绳，她正要抓住绳结，一个浪头打来，将消防绳远远地荡开，同时吞没了方若涛的整个身体。方若涛被浪头一冲，身体继续下沉，全部体重靠她紧紧抓着沙袋袋角的左手支撑。片刻之间她已经难以坚持，左手不停地颤抖，手指从紧攥的袋角尼龙布上一点一点地往下滑动。

这时又一个浪头袭来，瞬间又将方若涛吞没。安少瞳猛地脱下双肩背包，和摄像机一并塞给身旁一名抗洪士兵，说了一句"'省城网事'的"，接着抄起旁边的一只救生圈，跳向宛河、跳向在河水中挣扎的方若涛。

又是连续两个浪头打来，等浪涛退去，圩埂下面已经没有了人影，只有那只沾满了泥水的沙袋袋角，孤独地支楞在沙袋墙的外面。

47

河道转向位置，水流湍急，安少瞳和方若涛瞬间被冲出了双河镇。

万幸的是安少瞳跳入河水中时将救生圈套在方若涛的身上，而他自己两只手紧紧地抓着救生圈外侧的绳套，总算没有被水流冲开，尽管他已经被浪头拍得一时辨认不清南北。

方若涛显然也处于懵然状态。前一刻实在无力坚持，手指离开沙袋袋角，方若涛绝望地被洪水吞没，后一刻一只救生圈从天而降，她本能地用双臂攀住，奋力浮出水面，眼睛一时睁不开，她连连咳出灌进口鼻的污泥浊水。

"你怎么样？没事吧?!"安少瞳紧抓着绳套，身体漂浮在救生圈后面，随着水流上下颠簸。

这一声喊叫让方若涛清醒了不少，她定定神，随着喊声回头，看到安少瞳拉着绳套在救生圈后面勉力游动，她基本明白了原委，对安少瞳说："没事，救生圈是你送的吧？"

"还有风浪，不要说话了，小心呛水。"安少瞳没有回答，只是叮嘱了一句。

洪水势大，不过离开了双河镇河段，宛河河面宽阔了一些，浪涛不再凶猛，只是水流仍然很急，混浊的河面上流淌着植物茎叶、生活垃圾，不时地在方若涛和安少瞳身边掠过。方若涛看到这些漂浮物、想到自己刚才呛着的水，不禁犯起恶心，前面一望无际的茫茫波涛又增添了惊慌的情绪，而刚刚被浪头冲击、被沙袋撞击，以及单手抓着沙袋悬吊导致身体多处的疼痛此时清晰地袭来，这让浸泡在洪水中的方若涛产生了一种混杂着疲劳、烦恶和恐惧等等难以言说的感受。

此时安少瞳的状态显然也好不到哪里去，在激流中翻滚到这里，双手疼痛，只是凭借意志保证不放脱绳套。安少瞳喘了口气，马上意识到自己和方若涛此时已经远离了双河镇，现在水流仍急，凭借两人的力量绝无可能逆流游回去，但就这样随着洪水飘走，必然有危险，甚至有生命危险，当务之急是尽快脱离洪流。

"你体力还能支撑吧？"安少瞳对前面的方若涛说，"咱要想办法上岸。"

方若涛小声"嗯"了一下，没有说话。安少瞳判断方若涛已经体力消耗过大，需要马上想办法摆脱洪水的浸泡。他奋力抬头观察了一眼水面，水面茫茫，很难看到明确的目标。又在水中漂流了一会儿，终于看到前方出现了一棵浸泡在水中的大树，树干在水下无法辨别，能看出树冠比较粗壮、繁茂，他赶紧大声说："看到左前方那棵大树吗？得争取爬到树上去。咱们都右手划水、右脚蹬水，一起往那个方向游动，你可以吗？"

方若涛双臂攀着救生圈，视野比安少瞳开阔，此时她看到了那棵大树，于是说了声好，右手右脚同时发力划动。身后的安少瞳看到她的动作，稍稍松了一口气，自己也加大划动的力度。

由于是侧逆流游动，阻力大，加上波浪不停侵袭，两人费了很大力气才靠近那棵大树。树冠枝杈延伸，安少瞳左手抓着救生圈的绳套，右手抓住一根树枝，希望能够攀登上去，但这一侧树枝杂乱、细小，方若涛套在救生圈里，难以接近树的主干。无奈之下，两人又拉扯着伸出来的一根根树枝，围绕着树冠游动，终于在另一侧找到一根可以攀爬的粗大树杈。

安少瞳左手先抓住树杈，右手把救生圈拉近，但方若涛因为有救生圈的隔离，再加上背后双肩背包的卡顿，一时抓不到树枝。于是少瞳先攀上树杈，再伸出右脚套入绳圈，以防止救生圈漂走，然后伸手够着一根弯曲的树枝并用力拉了下来，将枝头递向若涛。方若涛抓住树枝，两手交替向上用力，企图脱离救生圈爬到树上，但由于全身衣服浸泡在水中，变得很沉重，而且双肩背包已经被水浸泡变形，自己的身体难以从圈中抽离，几经挣扎仍然无济于事。

"你抓紧树枝不要松手，我下来。"安少瞳说着，又从树杈上滑进水中，左手套着绳圈，右手摸索着从救生圈的下面抓住双肩背包的下端，问方若涛，"已经抓住包了，你能脱肩吗？"

方若涛答应了一声，腾出左手，将左肩上的背带脱下，然后左手伸过去抓住树枝，腾出右手再脱下右侧肩带。虽然动作看似并不复杂，但方若涛已经有些气喘。

双肩背包立即滑落，安少瞳用力往回一拉，将背包带出水面，他右手套进背包的背带，再攀住救生圈，双手用力把救生圈往下压。

"你现在试试，"安少瞳对方若涛说，"用力拉着树枝向上攀，看看能不能脱离救生圈。"

方若涛右手撑住救生圈的前侧、左手用力拉扯树枝，抬起左膝，抵住救生圈的上沿，

几经折腾，方若涛终于爬上树杈，两只脚一前一后踩在仅能容得下脚掌的一根横枝上，左手往后撑住另一根斜枝，总算保持住了身体的稳定。这时安少瞳在水中把救生圈的绳套挂在一根凸起的树枝上，以防救生圈随洪流漂走，然后挽着那只双肩背包、攀着若涛站立的横枝的另一端，用力翻身上去，双手向前撑，骑到树枝上，但距离水面的高度有限，脚踝以下还浸泡在水里。安少瞳向四周看了看，没找到容脚和支撑的位置。

看到安少瞳骑在横枝上难以站立，方若涛赶紧问："你能站起来吗？"

"要想站起来估计可以，不过没有抓手，很难保持平衡，"安少瞳对方若涛笑了一笑，"这根树枝还是比较细，站上去肯定晃。"

方若涛往四周看了一下，确实看不到可以着手借力的树枝。她想了一下，又说："我的背包里有一根尼龙绳，你把它取出来，将一头扔给我，我把它挂在这边的树杈上，你用力拉住，就有可能站起来。"

安少瞳左手扶着树枝，右手将被水浸泡多时的背包挂在胸前拉开拉链，先挤出包里的一部分污水，再按照方若涛指出的位置取出尼龙绳，然后将一头打出一个结环，再抛给若涛。若涛接住绳头，挂到自己支撑的斜枝上方的一个树杈上，束紧结环。两人都只能腾出一只手完成这些动作，显然不太容易。

安少瞳拉紧尼龙绳试了试力度，然后将两只脚抬起踩到横枝上，手脚同时用力，总算是站了起来，虽然有些颤颤巍巍。

"终于摆脱了洪水，感谢感谢。"少瞳稳住身形，腾出左手抹了一下脸上的污水，面对着若涛，"你真是未雨绸缪，怎么能想到带尼龙绳过来？"

"我哪能想得到？这是听电视台的一位同事建议，说按过往经验，带上可以防万一，我当时听这么一说，觉得带上会不会不吉利，还有点犹豫。没想到还真用上了。"

"这根尼龙绳是给我用上的，是我不吉利，抱歉抱歉！"

"安大组长就不要这么自嘲了，你要不是跳河救我，也不会在这里用上尼龙绳。"

"不是自嘲，也不是客气，没有这根绳子，我想站起来都困难。"少瞳拉了拉绳头，"给水泡了这么长时间，手脚都软了。你体力怎么样？"

"刚在水里扑腾只注意挣扎了，现在一停下来，才感到浑身酸痛，刚才落水时可能被撞了，右膝有点疼。"方若涛左手用力撑了一下斜枝，"不过，现在总算没在洪水里漂着了。"

"是呀，要是被洪水继续冲着走，确实不知道会怎样。好在咱现在还能站在这里喘口气，得感谢你的绳子，还得感谢这棵树。"

"先喘口气吧，"方若涛换了右手撑住斜枝，左手揉着右臂，"也不知道后面的洪水还有多大，咱们能不能获救，要是再被冲进洪水，沉入水底、葬身鱼腹都有可能。"

"咱一定能上岸。虽然被水冲了这么远的距离，但能遇到这棵树暂时获救，就预示着咱们会否极泰来。"

"真是难以想象，上一秒在岸上采访，下一秒就被洪水冲走，"方若涛想挪一挪双脚，但站在仅能容下脚掌的横枝上，显然没有活动的余地，"现在被困在树上，想动弹一下都困难。"

"咱们能被树救下不容易，而且咱们上树是好的预兆，万物有灵。"

"怎么说在树上就是好的预兆？"

"'我已在佛前求了五百年，求它让我们结一段尘缘，佛于是把我化作一棵树，长在你必经的路边。'"安少瞳笑了笑，"你看，这棵树就是在你必经之地等你、拉你上岸的，不是好的预兆吗？"

"这好像是席慕蓉的诗，对吗？"

"对，《一棵开花的树》，你很渊博。"

"还是你渊博，能马上想起来引用。"方若涛说，"要是按这种说法，树确实是有灵性，只不过这不是开花的树，而是带雨的树。"说完，方若涛也笑了一笑。

看到方若涛露出了笑容，安少瞳知道她的情绪暂时稳定了，稍稍放了心，于是又说："不论是开花的树还是带雨的树，对于我这样的吃货来说，都不如有果子的树。折腾了半天，都饿了，要是遇到果树，还能摘个果子吃，那才算是真有灵性。"

"说到吃的，我想起来了，包里有饼干，看看有没有被水泡了。"

按方若涛的指点，安少瞳从包里找到了装着饼干的食品袋，虽然饼干早已被撞成碎末，好在袋子封口严密，污水没有渗透进去。

"想得真周到，提前的准备，关键的时候是能续命的。"安少瞳用力拉住尼龙绳，身体前倾，将食品袋递了过去，"就是碎成沫了，吃起来不太方便。"

"能有的吃就不错了，还管它方便不方便。"方若涛接过食品袋打开封口看了一眼，左手再把它举过头顶，"怎么样？你看着它，估计更饿了吧？"

安少瞳微笑地看着方若涛高举的饼干，正要回应，突然脸色一变，小声但严厉地说："不要动！"

方若涛一愣，不明白安少瞳是什么意思，下意识准备回头察看，安少瞳厉声警告："你不要回头！不要动！"

从来没有见过安少瞳表现出这样严厉的表情，若涛感到诧异、甚至有点发蒙，但她马上意识到一定发生了严重的事情，于是保持住站姿，连举着饼干袋的手也没有缩回。

这时安少瞳紧紧地盯着方若涛的身后上方，脸色涨红，面部肌肉紧绷到几乎要抽搐。看到少瞳如临大敌，方若涛立即紧张起来，她不敢说话，也不敢动弹，只是眼睛一眨不眨地盯着安少瞳，急切地想从他的表情里看到什么。

安少瞳紧盯着方若涛身后，缓缓地蹲下身，右手摸索到脚踩的横枝外侧的一根树枝，用力掰动，希望折断它，但树杈显然很坚固，安少瞳只能加大力度，用上全身的力量掰扯树枝，身体因此摇晃并带动近旁的树枝晃动。

安少瞳一惊，赶紧停止了动作，稳定了一会，接着继续既小心又用力地掰扯树枝。他一直仰着的脸上满是水珠，只是分不清是汗水，是雨水，还是溅上的河水。

突然，安少瞳身体一晃，停止了动作，几秒钟后缓缓地站起身，左手紧拉着尼龙绳，右手攥着一根水淋淋的树枝，就是那根刚刚被掰断的树枝。安少瞳的视线没有离开过方若涛的身后上方，也许是持续用力，也许是紧张，他瞪着眼睛，额角的青筋隐隐地暴突起来，他左手将尼龙绳一圈一圈往手腕上缠套，两脚努力向前挪动，缓慢地、又是坚定地拉近与方若涛的距离。

方若涛依然不敢动，也不敢回头，这时安少瞳渐渐地靠近，她甚至能听到他急促的呼吸声，正觉得有些尴尬，突然感到脖子后面被什么冰凉而柔软的东西划了一下，顿时感到一阵毛骨悚然，瞬间起了一身鸡皮疙瘩。

方若涛下意识地要扭头往后看，安少瞳大喝一声："别动！"同时他右手挥起紧攥的树枝向方若涛身后上方猛然击去！

方若涛突然感到左肩一沉，一个沉重的黑色物体落在肩上，她定睛往左侧一看，居然是一条吐着信子的蟒蛇！

方若涛一声大叫，身体不由自主地往右侧倒去。在这电光石火的瞬间，安少瞳伸出缠套着尼龙绳的左臂揽住几乎要摔倒的方若涛，右手再次挥动树枝猛击蟒蛇的腹部。

蟒蛇应声落水，随着洪水漂走，一同漂走的还有那只装着饼干的食品袋。

横枝剧烈地晃动，安少瞳左手用力拉住尼龙绳，兜住方若涛，方若涛双手紧紧抓着少瞳左肩部位的衣服，斜倒在他的臂弯和绳子上。尼龙绳承受着两个人的体重，绳形绷紧到了极限，缠绕的绳头已经一圈圈地深陷进安少瞳的手腕，在那里刻出了一道道血印。

惊魂稍定，安少瞳才感觉到左臂和手腕剧烈疼痛，而且几乎脱力，他吸了一口气，忍痛拉紧尼龙绳，左臂和双脚同时用力，让自己并推着方若涛在横枝上站直。

方若涛脸色煞白，呼吸急促，刚才被蟒蛇直接接触，恶心的同时一阵强烈的晕眩让她难以站立。现在虽然被安少瞳推送站到横枝上，不过她仍然双腿颤抖，身体瘫软，没法自主保持平衡。安少瞳用左臂抵住若涛的后背。在狭窄的横枝上自己站立都不容易，他努力保持着两人重心的稳定。

方若涛缓过神来，突然意识到安少瞳的左臂正抵着自己的后背，而自己双手还揪着少瞳左肩部位的衣服，感觉有些不好意思，想赶紧撒手并挪开远离安少瞳一点，但因为长时间保持紧张的状态和紧攥的姿势，两手的手指已经僵硬，一时之间难以松开揪着的衣服，而双脚有些麻木，在横枝这样有限的空间，没有活动腿脚的余地。

雨还在下，好在风小了，树枝也渐渐停止了摇摆，两人支撑着站在横枝上。

方若涛终于能挪开了双手，她重新扶住了原来支撑重心的那根斜枝，离开了少瞳手臂的扶持，又将双脚往回拖动了一小段距离，算是恢复了独自站立的状势。

看到方若涛离开了自己的臂弯，能自主活动了，安少瞳稍稍放了心，同时好像又有点失落，不过这种感觉并不清晰，无从分辨造成失落感的原因，当然更是无暇去品味和探究，因为紧张情绪稍一缓解，饥饿和焦虑马上袭来，吞没了其他感觉。

看到方若涛脸色仍然显得苍白，安少瞳对她说："现在好点了吧？"

"没事了，我还好。"方若涛回答时一直环顾着四周的树枝，应该是在观察旁边还有没有蛇虫，显然她还是心有余悸。

"不用担心，咱们目前的位置估计距离双河镇并不太远。"安少瞳说，"虽然现在没法联系到镇里，不过肯定会出动巡逻艇来找咱们。"

听这么一说，方若涛好像想起来什么，她告知安少瞳估计背包里的手机已经进水失效了，但前面夹层有一只备用的防水手机，取出来看看能不能用。

安少瞳在背包里摸到了那只手机，递给若涛，笑着说："你这背包真是百宝箱，你的备份也真齐全。"

方若涛接过手机有力甩了甩，再按住开关键，抬头对安少瞳说："能开机。"

这时方若涛仍然苍白的脸上露出一丝笑意，她又看向手机，渐渐地笑容收敛起来，摇了摇手机，说："怎么一点信号都没有？"

"咱们这里水面开阔，估计接收信号很困难，而且洪灾发了好几天，基站没准也受损了。"安少瞳说，"要不过一会再试试看。"

天渐渐黑了下来，慢慢地面对面也看不清对方的表情，只有在方若涛偶尔低头查看手机信号时，在屏幕的微光的映照下，才能看到她焦急又期待的眼神。

"好像偶尔有信号，但特别微弱，"方若涛多次尝试，"短信也发不了。"她又试了试，最后表情沮丧地说："不对，手机泡了水，打不了电话了。"

听到方若涛说话声音沙哑，而且明显有些中气不足，估计是颠簸疲劳，再加上饥渴惊吓导致，想到这一点，安少瞳觉察自己已经饥肠辘辘，他摸了一下挂在胸前的背包，感觉到侧袋里的保温杯还在，于是拿了出来，递向方若涛，说："你的保温杯，应该有水，还能喝吧？"

方若涛接过水杯摁开杯盖，感受了一下，说："保温效果不错，还有点热。"虽然气温比较高，但长时间的浸泡已经让人感到身体发冷，此时的热水显然是雪中送炭。若涛连喝几口，突然想到了什么，于是将水杯递向少瞳，"你喝几口吧，暖暖胃。"

"我没事，也不渴。"少瞳没有接。

"不用客气了，非常时刻，命都顾不了了，就别穷讲究了。"若涛仍向他递着水杯。

安少瞳道了声谢，一手接过水杯，昂起头，将水杯悬在上方，缓缓地向口中倾注一口温水，整个过程口唇没有碰到水杯。

虽然光线已不明亮，不过方若涛还是看清了安少瞳整个喝水的方式。这时安少瞳将水杯递还给方若涛，又说了感谢："这个时候有热水喝，真是难得，你准备得细致。"

"只喝一口就够了吗？"

"够了，谢谢！"

方若涛没再说什么，只是说自己不用喝了，让安少瞳将保温杯放回背包的侧袋。此时风又吹起，方若涛不禁打了个寒战。安少瞳也感觉到一阵阵冷意，他知道现在虽然暂时摆脱了洪水的浸泡，但浑身湿淋淋地站在风雨里，即便暂时没有危险，也会很快出现身体不适，特别是方若涛，她现在基本不说话了，显然是身体不舒服，而且精神疲惫，很难保证还能支撑多久。

"天一下雨，就会影响心情，也会让人迷糊。"

安少瞳停了一会，看到方若涛没有回应，继续说："我老家有一哥们，多年前在一家电子厂上班，宿舍离厂房有几百多米。同车间的一位小姐姐也住在这栋宿舍楼，两人常常一起上下班。有一天上班的时候风雨交加，小姐姐的伞被大风一吹、坏掉了，她在雨中楚楚可怜地对我那位还打着伞的哥们说：'你就忍心让我一个人淋雨吗？'我哥们是有担当的汉子，马上回应了小姐姐的质疑。你猜，他是怎么回应的？"

安少瞳的讲述吸引了方若涛的注意力，她低声问："怎么回应？"

"那哥们当时就对小姐姐说：'我堂堂一男子汉，怎么能让你一个人淋雨？'于是他毅然决然地把自己的伞丢掉，说要与小姐姐有难同当。"

因为光线幽暗，少瞳看不清若涛的表情，也没听到她说话，不过还是明确地感觉到她笑了一下。

这一刻转移了若涛的注意力，少瞳稍稍松了口气。不过夜色越来越浓郁，风雨越来越清冷，片刻之后，少瞳又开始犯愁如何才能脱身。

48

雨水绵绵，虽已不是狂风暴雨，但雨脚如麻，在夜色中鞭打下来，力度不大，却让人感觉到清晰的刺痛。

安少瞳几次挑起话头想转移若涛的注意力，开始时若涛还应了几句，后来说话越来越少，只是低声地回应"是"或者"好"，少瞳知道这已经是若涛勉力的回应了。在这样疲惫和饥饿的情况下，两个人都没有力气说话，能够回应一声，实际上是若涛对少瞳好意的一种积极的、感谢性的反馈，显然她理解少瞳努力找话说，甚至是找笑话说的目的，不过她目前有能力做到的，能对少瞳所做的表示感谢的，也只有努力地去回应一声。

安少瞳努力地保持说话状态，一方面是想疏导若涛的情绪，另一方面也是想让自己保持清醒。在这样的环境中，极度的乏力让人几乎失去了支撑身体的能量，安瞳在困顿中不时地感觉到晕眩，他知道如果不能保持清醒，就有可能摔进洪水之中，所以即便若涛已经不能更多地回应，他仍然要不断地说话，是鼓励方若涛，也是鼓励自己。

夜色更加深沉，在风雨声中，少瞳的讲话声越来越小，若涛的回应声越来越弱。

突然，远处隐隐传来发动机的声音，安少瞳的精神为之一振，凝神辨别了几秒钟，提高嗓音对方若涛说："你听，是不是有人来了？"

显然远处发动机的声音顿时让方若涛清醒起来，她说："好像是有声音，是不是有船开过来了？"

"你赶紧把手机的手电筒打开，挥起来，我来喊！"接着，安少瞳对着声音的方向连续大声喊："有人吗？有人吗？我们在这里。"方若涛挥动着亮着手电筒的手机，也一起喊话。

很快，发动机的声音渐渐接近了，黑暗中一束光亮随之进入到安少瞳和方若涛的视野，他俩更大声地向着光亮喊话，方若涛更有力地挥动着手机，她的喊声显得更为高亢。少瞳看向若涛，虽然是在夜色里，仍然能隐约地看到她的眼中泛起的泪光。

发动机的声音越来越大，光亮越来越清晰，一盏应急灯出现在安少瞳和方若涛的视野里，接着应急灯后面身着迷彩服和救生衣的提灯人及行驶中的救生艇渐渐地清晰起来。

"我们是应急救援队的，你们怎么样？没受伤吧？"身着迷彩服的提灯人大声问。

"我们是记者，被洪水冲到这里了，不过没怎么受伤。"安少瞳回应。

救生艇环绕着安少瞳和方若涛站立的大树运行了一圈，才慢慢停靠了过来。两位救生员先靠近了方若涛，救生艇在洪水中不停地晃动，方若涛的双脚因为长时间地站在树枝上麻木得几乎僵硬，幸好救生员拥有专业的操作技能和器材，虽然费了好大劲，终于还是将方若涛接到了舱里。

在方若涛穿上救生衣并在舱里坐稳之后，救生员又花了很大力气把安少瞳接了下来。安少瞳伸直两脚，依靠着艇舷坐了下来，忽然看见一旁方若涛用手掩面，双肩微微抖动，虽然听不到声音，但能感觉到好像在默默地流泪。

"怎么了？你还好吧？"安少曈轻声地问。

方若涛没有回应，依然以手掩面，过了一会儿，肩膀不再抖动，她将双手拿开，平缓地说："我没事"。方若涛并没有看向安少曈，在救生员应急灯的照耀下，安少曈从侧面能看到她的表情已经恢复了平静。

救生员热情地递上姜汤，此刻这对于安少曈和方若涛来说真是雪中送炭，他俩连声道谢。安少曈看到他们服饰上的标记显示的是邻省的应急救援队，一问，果真是这样。

救生艇开动了，方若涛拿起手机举向驾驶中的救生员，过了一会儿又举向周边难以辨别的洪水与夜色。

"方记者，你用手机在拍摄视频吗？"一位救生员问。

"是呀，留存一些素材。"方若涛说。

"你们记者太敬业了，刚刚摆脱洪水围困，也不休息，就马上开始工作。"

"过奖了。你们冒着危险救人，才最敬业。"方若涛说，"主要是经历难得，做一点记录。"

救生员告知现在前往的目的地是邻省最近的安置点，也是一处防汛指挥所，这是他们的搜救工作要求流程。至于安少曈和方若涛提到的双河镇，由于距离较远且属于跨省范畴，大家对地理环境不熟悉，在洪水泛滥的情况下又没有信号进行导航，所以难以直接前往，建议先到了安置点再联系。

雨停了，偶尔一阵风过，吹在水淋淋的身上，持续泛起寒意，不过风力不再强劲。虽然已经入夜，但还是能够感觉到天空中的乌云在流淌、在减薄，甚至似乎能感受到一两点朦胧的星光。渐渐地，远处几处灯光进入到视野当中，开始并不明亮也不清晰，当救生艇驶近，原本模糊的灯光边界从无边的夜色当中跳脱出来，伴随着现场施工的声音一同传了过来。

越来越明亮的灯光吸引了艇上所有人的注视，安少曈看向一旁的方若涛，只见她的眼睛在灯光映照下显得格外明亮，但一瞬间泪水涌了出来，让原本聚焦的明亮分散开来。好像明月在一泓清泉中的宁静倒影，因为突然荡起的波澜而飘动，让水面上的一轮月光变成了涟漪中荡漾的波光。

也许是激动，也许是伤感，也许是庆幸，总之泪光折射出的是方若涛内心的点点波澜。不过方若涛显然是在努力控制着自己的情绪，泪水并没有滑落下来，她努力集中注意力凝视着越来越近的河岸。

安少瞳在一旁看着方若涛眼神的变化，一直没有说话，也没有主动表示什么。也许对于方若涛来说，没有人打断，让自己能从容地消化这一切，就是最好的情绪调节方式。

"到岸了，你们上去吧。"

救生员的招呼打断了安少瞳和方若涛的思绪，他俩赶紧连声称谢，登上通向堤岸的跳板。安少瞳回身问艇上的救生员是否上岸，他们说还要去巡视险情，并指出了岸上指挥部的方位。方若涛问："能不能告知联系方式？"

"咋了？"救生员在艇上问。

"要是没有你们的救援，我们现在还在洪水里困着，没准还有生命危险。"方若涛说，"虽说大恩不言谢，不过还是应该感谢。"

"言重了，在洪水中巡视、救援是我们的工作，就像你们在洪水中的采访工作一样。"救生员一笑，启动了艇上的发动机，"你们快上去吧，有机会下次再见。"说话声中，救生艇驶离了堤岸。

方若涛静静地站在跳板上，看着救生艇消失在夜色当中，直到小艇荡起的波纹在岸上并不明亮的灯光的照耀下渐渐平缓。

安少瞳提醒了两次，方若涛才转过身来，一起走上堤坝。

已是夜晚，堤坝上施工、巡堤、运送材料的人员仍然在奔忙着，同时很多帐篷沿着堤坝内侧摆放，应该是有抗洪人员在里面就地休息，还有些消防士兵背靠背席地而坐，显然是在作业间歇短暂休整，这让并不宽阔的堤坝变得更加拥挤和繁忙。

指挥所的位置并不偏僻，不过安少瞳和方若涛需要一边向人打听路线，一边深一脚、浅一脚地走过去，还是花了不少时间。指挥所堆满了防汛和救援物资，不断地有人进出，都在忙着现场抗洪的工作，只是从外面看过去分不清谁是指挥员、谁是办事员，因为里面虽然有办公桌椅，但上面都放置着物料，没有人坐着，所有的人都是站着交流，而且每个人都语调急促、行色匆匆。

指挥所里几乎无处下脚，里面的人又都在忙碌中，安少瞳和方若涛相互看了一眼，一时都觉得不便进去打扰。两人站在门口往里面看了几分钟，里面的人似乎也没有注意到他们，直到观察到一位工作人员一直在屋里，而且接待了几拨人，估计他应该是负责人，才找了一个时机，进屋向他询问。

果然这位工作人员就是指挥所夜间值班的负责人，听说了安少瞳和方若涛的来历，很热情地慰问了一番，表示到了这里就安全了，还说此前参加过跨省防汛协调工作会议，对邻省人员也一样会尽力提供帮助，只是条件有限，请两位多包涵。安少瞳和方若涛还没有来得及回应，这位负责人又被人拉去沟通其他工作。几分钟后，负责人转身向他俩表示歉意，喊来旁边一位女同事让她提供后勤帮助，同时请安少瞳和方若涛有任何困难都直接说，千万不必客气。接着，他又向女同事交代了几句，然后说自己要去堤坝现场，让安少瞳和方若涛尽量安顿好。

这位女同事看到安少瞳和方若涛衣装尽湿，说要赶紧更换，避免生病。她对方若涛说自己还有一两件干净的内衣，如果不嫌弃可以提供，至于外衣，这里是临时的工作现场，物资有限，只可能找到防汛迷彩服。

方若涛感谢她的细致考虑和关照，表示已经给这边增加了很多麻烦，一切听安排，只是落水之后手机被浸泡，到现在也没法和单位联系，需要尽快给家里打电话报平安。这位女同事马上拿出自己的手机给方若涛，让他俩马上打电话联系。

方若涛问安少瞳是不是先向领导汇报一下情况，安少瞳让方若涛先向家里报平安。方若涛没再推辞，电话拨通，虽然安少瞳无意了解通话内容，而且屋里不断有人来往所以并不安静，但还是隐约地听到那头接电话的父母亲情绪激动，而且不停地追问，方若涛显然也是有些激动，但很快控制住了情绪，并没有说自己落水的事，只说现在在邻省区域继续采访，手机因为被雨淋湿暂时没法使用，并表示这是工作电话不便长谈，自己一切都好而且明天就可以回家。挂了电话，方若涛将手机交给安少瞳，之后她就被那位女同事带了出去。

安少瞳先拨了陈主任的电话，陈主任听到了安少瞳的声音很惊喜，说已经听程鹏说他俩落水之事，正在联系防汛部门搜救，目前知道了两人无恙是再好不过了。问了安少瞳所处的位置后，主任叮嘱少安瞳和方若涛尽量休息好，马上会通过联省防灾机制进行联系，明天早上会亲自来接他们。

安少瞳谢了主任，之后又拨通了程鹏的电话。也许因为电话号码陌生，也许因为繁忙或者已经休息，第一次电话拨过去程鹏没有接，安少瞳又拨了一次，铃声持续响了好久，才被接通："你好，谁呀？"是程鹏的声音，能听出来状态疲惫，好像在瞌睡中。

"听不出来吗？"

"你是？"显然程鹏还没有完全清醒。

"程鹏，是我呀。"

"你是……"程鹏突然明白了，顿时清醒了，大声问，"安组长！你好吗？安全吗？在哪里？"

"我这边都还好。你现在在哪里？"

"我还在双河镇。"

"没有回县招待所休息吗？"

"没有回县里，你和若涛落水后，我们赶紧与镇防汛指挥部联系，又向陈主任汇报了，一直在想办法搜救。"程鹏急着问，"你们是怎么获救的？现在在哪里？"

安少瞳简单介绍了落水和获救的过程，并说了现在在邻省的位置。程鹏说："那我马上想办法联系冲锋舟或者救生艇，去接你和方若涛回来？"

"不用了，太晚了，还在工作的一定是有抢险任务，没任务的现在是难得的休整时间，打扰谁都不合适，而且陈主任明天早上会安排来接。"少瞳说，"你和王老师怎么不回县城休息？"

"主要是你们出事之后，手机自然是没法联系，音信全无，我们和镇上消防负责人，包括和陈主任，一直在协商寻找和搜救的事，已经出去了几趟冲锋舟，但都没找到。我要随时和几方汇集信息，自然走不开，我让王老师回去休息，他说出了这种事心里发慌，回去也不踏实，还是留在镇上拍点新闻。"

"这太对不住王老师了，"少瞳说，"不过，现在没事了，你赶紧告知消防负责人，让大家不用再找我们了，你也尽快和王老师休息吧。"

安少瞳又叮嘱了两句，然后挂了电话。这时方若涛和那位女同事走了进来，安少瞳上前将手机交还并表示感谢，这位女同事回应说没什么，并表示已经和方若涛老师做了交代，就担心条件有限，安排不周。她又客气了几句，请两位尽快休息，说自己还有些工作，就离开了指挥所。

方若涛已经换了一身迷彩服，自然是现场分发的防汛物资，估计没有合身的尺码，服装明显偏大，不过能看得出来在短暂的时间里还是拾掇了一下，脸已洗过，头发也梳理了一番，虽然不如之前，但一改刚从水里捞出来时萎顿的状态，面貌和精神已经好了很多。

"他们还是比较热情，也给你拿了一套工作服，尽快换一下吧。"方若涛将一套迷彩服递给安少瞳，自己一件件地清理出背包里湿漉漉的物品，"这里有无线局域网，她告知了密码，就不知道笔记本电脑是不是被水泡坏了，里面还有一部分刚拍摄转进来的素材，没来得及编辑传送。"

"你不休息吗？要不明天再清理吧。"安少瞳说。

"刚才确实有些困，现在倒清醒了。"方若涛擦拭着笔记本电脑，"刚才他们说了，这边暂时没有能睡觉的地方，只能在屋子里找个地方坐一会。我索性看看能不能编辑素材。"

指挥所里人来人往，随处都是堆放着的物资，不用说睡觉的场地，就是坐的位置都很难腾开，安少瞳于是说："那你先收拾，我出去看看能不能找点吃的。"

乌云已经渐渐散去，几颗星星出现在夜空中，不过星光仍有些黯淡，反倒是堤坝施工现场的灯光在机器轰鸣声、施工人员的呐喊声的映衬下，显得更加明亮。

安少瞳找了个隐蔽的位置脱下湿衣，换上迷彩服就出了指挥所，路上问了一位现场的工作人员，了解到目前镇上多处被水淹没，以前有几个售卖食品的小店，应该是关门或者转移了，不过小镇北边有一个超市，那边地势高，安全肯定没有问题，就是不知道现在还是不是在营业。

问了超市位置，安少瞳按照工作人员说的方向走了过去。暴雨冲刷之后道路泥泞，安少瞳摸索着往前走，光线越来越昏暗，感觉是到了工作人员所说的位置，但因为看不清楚，加上环境陌生，安少瞳难以辨认。夜已深，在这一偏僻的位置难见一人，只能隐隐听到远处堤坝上的施工声和近处偶尔的蟋蟀叫声，安少瞳减慢速度，来回走了两趟，摸着黑一家一家门面地仔细查看，终于找到了那家传说的超市的门店，但里面黑灯瞎火，显然没有营业，或者已经打烊。安少瞳不死心，冲着门缝向店内叫了几声，没有人回应，只能隐隐听到自己喊话的回音。

安少瞳看着黑暗中的超市，想象里面的食品应该是琳琅满目，这时越发感觉到饥饿难耐，甚至想起了在洪水中漂走的那袋饼干。他在超市门口站了一会儿，无奈地转身向指挥所方向返回。

虽然已是深夜，虽然前一波洪峰已经过境，不过堤坝上施工、巡堤的人员仍然络绎不绝，汛情紧张阶段，通宵作业已是常态。看到堤坝上很多工作人员汗流浃背的状态，安少瞳想起没有摄像机和手机可以拍摄，错过记录这一场景觉得有些遗憾。

这时两位工作人员推着一辆放着铝桶和纸箱的平板车来到堤上，向施工人员喊道："第二分队、第三分队，来领夜宵了。"听到喊声，几十位施工人员立即围拢了上来，由于人多，自然不会井然有序，有的领餐人几乎将手伸进了装着食物的铝桶。一位工作人员一面让大家不要急，一面问着领用者的名字并在记录单上做标记，另一位工作人员则向领用者一一发放夜宵。

夜宵很简单，每人两个馒头、一小袋榨菜，看得出领餐人对夜宵已经等待了很久，有人上一刻还在码放石料，下一刻就拍拍手上的灰土接过馒头往嘴里送。看着他们吃着夜宵，安少瞳感觉到更加饥饿，他迎上一位一手抓着馒头一手拿着榨菜正在大嚼的施工人员，询问之下才知道这里没有条件做饭，这些食物是用冲锋舟从外面运过来的，所以数量可丁可卯，登记在册的施工人员一人一份。

安少瞳靠近发放食物的平板车，看着铝桶里的馒头一个一个地减少，他按了按自己的肚子，又想起现在也是饥肠辘辘的方若涛，又看着领餐人一只只伸向铝桶的手，瞬间突然产生一种冲动：趁乱伸手在铝桶里抓走一个馒头……不过这一瞬间产生的冲动，一瞬间也就平息了，安少瞳深吸了一口气，静静地站在平板车旁边。

很快夜宵发完了，领用人也都散去，两位工作人员收拾着空桶和空盒，这时他俩注意到安少瞳还站在一旁，有些诧异地问是不是施工分队的，有没有领到夜宵。安少瞳上前勉强笑了一笑，解释说自己是采访记者，不属于领餐人员，因为从中午到现在没有进食，而这里又买不到任何干粮，所以想从他们这里买两个馒头。两位工作人员有些为难地表示如果有多的送一份都行，但现在夜宵发完了，没有多余的馒头，即便是买，也没有卖的。安少瞳又问能不能和做饭方面的人联系，工作人员说需要先和这边的领导汇报，估计领导肯定会同意，等他们乘船返回驻地和做餐方面的人协调增加送餐数量，不过下一次是送早餐，大约还要等六小时左右。

安少瞳向他们报了自己和方若涛的姓名，表示马上就去找这边的负责人和做餐方面的人联系。沟通完后，安少瞳请他们多关照，并表示了感谢，两位工作人员也说只要领导同意，他们这边肯定没问题。

等两位工作人员拉着平板车离开，安少瞳转身向指挥所走去。他正在想先得去现场找到那位指挥所的负责人，联系登记加餐，突然听到背后传来脚步声。

"老师，您等一下。"

安少瞳转过身，只见刚才发餐的一位工作人员快步走向他，递上一个纸包，说："这是这趟送餐剩下的最后一个馒头，本来是我们充饥的，不过我们马上返回驻地，回去再说吧，这个就给你。"

安少瞳愣了一下才明白过来，马上说："这怎么行？我不能占用你们的夜宵，你们都忙了一夜了。"

"没事，我们乘快艇返回驻地，回去找吃的方便。"说完，这位工作人员将纸包塞到安少瞳的手里，然后挥了一下手，转身快步离开。

安少瞳看着他走下堤坝，身影消失在夜色里，低头看着手里包着馒头的纸包，在深夜的凉意中，清晰地感受到纸包传递到手心的温暖。

49

也许是因为夜已深，也许是因为汛情暂时平稳，指挥所虽然灯光明亮，不过已经明显安静，走动的人减少了。

返回指挥所，安少瞳在刚才待的位置没有看到方若涛，来回找了一阵，才发现她坐在物资储藏室一只工具箱的后面。安少瞳上前一步正要叫她，突然又停住了。

此时方若涛坐在一只小马扎之上，背靠着工具箱已经睡着了，她的面前摆放着一只纸箱，笔记本电脑架在纸箱上面，电脑的界面是视频编辑窗口，窗口停留在双河镇抢险现场消防战士跳入水中作业的那一帧画面上，而电脑的电源线拖出去很长距离，插在墙角的插座上。显然，方若涛是在找到电源接口之后，就近搭建了一个简易的视频编辑工作站。

空间狭小，坐姿局促，不过这些显然没法对抗疲劳和困顿，方若涛靠着工具箱安静地睡着。在屋顶灯光的照射下，长长的睫毛在她的面颊上留下纤长的影子，完全遮挡了下眼睑，一绺长发散落到脸颊，发梢随着呼吸微微起伏，不过这反而让她的面容更加恬静，让本已安静的储藏室显得更加宁静。

一时之间，宁静的气氛让安少瞳沉浸其中，他静静地站着，好像想了很多，又好像什么也没有想。

一阵轻微的"嗡嗡"声打破了这一宁静的氛围，安少瞳定了定神，看到有蚊子在周边飞动，他挥手想赶走，不过江南梅雨时节蚊子具有持久的攻击力，它们暂时离开了安少瞳能够干涉的范围，重新寻找攻击目标，渐渐盘旋方若涛身前。

安少瞳见状准备伸手再去驱赶蚊子，不过迟疑了一下，他将包装馒头的纸包放到笔记本电脑旁边，拿出鼠标垫，站到方若涛的侧面轻轻地用鼠标垫由下而上扇了几下，蚊子果然被赶走了，不过扇风一停下来，蚊子又飞了回来。

看了看四周，安少瞳轻轻地将不远处的一只小木箱挪近，左肩斜靠着工具箱坐了下来，右手拿着鼠标垫在方若涛面前扇起了风。阴雨潮湿状态下，蚊虫活跃，好在方若涛穿着迷彩服，此时只有面部和手部可能被叮咬，安少瞳从侧面上上下下扇着风，阻挡着蚊子对她的侵扰。

轻轻地扇着风，储藏室和之前一样安静，安少瞳斜靠着工具箱，一时难以抗拒困意来袭，不过他仍然一直伸着右手轻轻地为若涛扇着风，

感觉到不时地有风吹来，在闷热潮湿中带来一阵阵难得的凉意，这让若涛一直想多睡一会儿，只是在狭小空间里别扭的状态实在难以支持，方若涛不情愿地醒了过来。只是在一阵阵微微的拂面凉风之中，她不愿意马上睁开眼睛，同时，没有明显减轻的疲劳感也让她一时睁不开眼。

蒙眬之间，在明晃晃的灯光里，方若涛感觉到不时地有一片影子从自己面前掠过，而伴随着这片影子而来的就是一阵微微的凉风。若涛睁开眼向上盯了一会儿，才看清是一片鼠标垫不停地在自己面前扇动，诧异之下方若涛清醒了许多，她看向右侧，只见安少瞳闭着眼睛靠在工具箱的另一角，右手拿着鼠标垫伸到自己的面前一上一下地在扇着风。

储藏室里灯光明亮，寂静无声，只有难以辨别的轻微扇风的声音，偶尔能看到不远处有蚊虫飞动。

看到了这些，方若涛明白了。

方若涛想让安少瞳扇风的手停下来，可是只要一动就会惊醒他。方若涛又想挪开位置，可是不管从哪个方向移动都会碰到他扇风的手。方若涛只好保持原有的姿势坐在马扎上，看着屋顶的灯和在灯光照射下不时掠过的扇风的影子。在局促的空间里保持僵硬的姿态睡了一段时间，刚睁眼时方若涛明显感到难受，想马上起身活动一番，而现在在已经清醒的状态下还得这样一动不动，本来应该会感到更加不舒服，但此时若涛却更加安静地坐着，好像在品味着这一刻的安静。

"不好意思，是吵醒你了吗？"

安少瞳不知什么时候已经站在自己的右前方，方若涛想赶紧站起来，也许是保持一个姿势太久了，身体有些僵硬，一时之间没能起身。安少瞳见状想伸手扶一把，不过好像又想到了什么，右手微微一抬又放下了。方若涛并没有觉察到安少瞳的动作，她调整了几秒钟，两手撑着面前的纸箱慢慢地站了起来。

"脚有点麻了。"方若涛抱歉地一笑，"刚才让你受累了，是不是帮我扇风扇了很久？"

"刚刚我也是打了个盹。"安少瞳没有直接回答。

"那你拿着鼠标垫干吗？"方若涛的笑意从抱歉变成了调侃。

"我也是刚从工地回来，"安少瞳将鼠标垫放回纸箱，"给咱们发了馒头，这个是给你的，赶紧吃吧，应该还没有凉。"

方若涛这才注意到鼠标垫旁边的纸包，伸手拿过，果然感觉到温热，她快速打开纸包咬了一口，来不及细品就咽了下去。

方若涛准备继续，突然停下来问安少瞳，"你吃了吗？"

"我吃过了，这个馒头是你的。"

方若涛盯着安少瞳看了两秒钟，慢慢地说："你好像在说谎，是不是还没吃？"

"我真的吃过了。"

"你可以说谎，但细节不会说谎，看你的眼神和动作就知道了。"方若涛就着包装纸把馒头的下端一半撕了下来，递给安少瞳，"一人一半，见者有份。"

"我有什么眼神和动作？"安少瞳一时没有接，笑了一笑，"很猥琐吗？"

"猥琐当然谈不上，饿了是真的。"方若涛又伸了一下手，"拿着。"

看着方若涛态度坚决，安少瞳迟疑了片刻，还是接过了那半个馒头。

虽然距离吃饱还差得远，不过有半个馒头垫底，安少瞳和方若涛都增加了底气，说话的声音也稍稍响亮了一些。方若涛说刚才已经把电脑里存储的素材编辑成片，这里的局域网能够连接，请安少瞳审看一下就可以发回总部。

"你的笔记本电脑居然还能使用？"安少瞳有些惊讶。

"特意准备了一只防水袋装电脑，看来密封性能还不错，可惜放在外面的鼠标被水完全泡坏了。"方若涛说，"先看一下片子吧。"

成片主题是宛河洪峰抵达时抗洪士兵抢险作业的特写，对双河镇圩埂现场激烈紧张的气氛及抗洪人员忘我的精神展现得很充分。安少瞳虽然经历过这一过程，而且素材都是自己拍摄的，但看完这条片子，仍有一种激动和感动。

"编辑得确实不错，辛苦了。"少瞳又问若涛，"这好像是咱们落水前的素材，是你转到电脑里的？"

"对呀，这些就是咱们爬圩埂东头河沿沙袋堆之前，从拍摄卡当中转到电脑里的。"方若涛说，"可惜没有在沙袋堆上拍摄和采访的那部分内容，不然场景会更加震撼。"

"编辑效果已经相当出色了。"少瞳说，"最后那部分素材在摄像机的卡里，刚才我和程鹏在电话里确认了，那台摄像机他已经收好，素材肯定会充分使用，相信他的眼光。"

审看确认无误，方若涛连上局域网将视频和文稿发给"省城网事"公共邮箱，同步抄送给直播组，标注了后台播发的提示。由于信号比较弱，视频网络传送的进度很慢。

"网速太不理想了，目前看至少要一个小时才能传到邮箱。"看着电脑上视频传送的进度，方若涛坐在马扎没有起身，连续用手背揉着眼睛，"是不是在这里借谁手机给直播组打个电话？提醒他们及时播发。"

方若涛明显已经困顿难耐，安少瞳于是赶紧说："不用操心了，歇一会儿吧，刚才的电话里陈主任特意强调，包括直播组在内，后台二十四小时都有人值班，随时接收邮件发稿。"

方若涛靠着工具箱又合上了眼睛，不过还不时下意识地睁眼看一下电脑上视频传送的进度。实际上此刻安少瞳自己也是一样，因为他站着都快睁不开眼了，甚至觉得马上躺到地上都能睡过去，不过他在想怎么才能安顿下来，总不能让方若涛在这只小马扎上坐到天亮。

这时一阵脚步声传来，安少瞳回身一看，只见刚才给他俩送迷彩服的女同事背着背包、提着一只尼龙袋走了进来。安少瞳上前一步接过尼龙袋，这时方若涛也站起身迎了上去。女同事将背包放在方若涛面前的箱子上，向他们道了辛苦，说刚才跨省防汛机制办公室来电话了，询问了方若涛和安少瞳的情况，应该是他们省城传媒集团的领导传达了慰问。

女同事从背包里取出两只饭盒，说："知道你们肯定是又饿又累，指挥所领导想办法匀了一份馒头和榨菜，实在是条件有限，只能暂时充饥。"至于休息，女同事说，"这里也已经淹成孤岛，需要安顿的人很多，后勤保障的资源已经使用到了极限，确实没有更好的休息环境，后来动员了很多人想办法，总算是找出了最后一只帐篷，只能请两位将就一夜了。"

看到饭盒里的馒头，安少瞳、方若涛已经精神一振，困意瞬间消解了一大半，又听了女同事后续的安排，赶紧表示感谢。女同事说不用客气，让他们趁热吃，另外建议把帐篷搭到屋后的空地上，那里地面较平，很多消防官兵都在那里搭帐篷休息。这位女同事又对条件简陋抱歉了几句，就离开了。

将女同事送出门，安少瞳和方若涛回来没再说话，就着榨菜迅速处理饭盒里的馒头。安少瞳很快吃完，请方若涛慢慢吃，自己拿起尼龙袋出了门。

方若涛收拾完餐具，又找水洗了脸，走出了指挥所。洪水的浪涛声不再喧嚣，圩埂上现场施工发出来的声音也已减弱，天空中乌云在加快流动，给了星光更多的闪烁的机会。

沿河圩埂小路内侧空地已被帐篷填满，大小不一，显然作用也各有不同，尺寸小的应该是救灾人员的临时休息场所，方若涛从这些帐篷旁边走过，隐隐能听到鼾声。正在寻找安少瞳在哪里搭建帐篷，方若涛听到有人在喊她的名字，向侧面一看，安少瞳正站在不远处。

"帐篷太多，空地不好找，只能安装在这里了。"安少瞳对走来的方若涛说，"好在地面还比较平，里面配有防潮垫，可以躺平休息。"

方若涛走近一看，帐篷已经安装完成，下面还垫了几层编织袋，这样可以避免帐篷底部直接接触潮湿的泥地。

"手法很专业呀。"方若涛伸手试了试，感觉帐篷扎得比较结实，"从哪里找来的编织袋？"

"编织袋在坡下有很多，估计是用来运送麻石的。"安少瞳说，"安装很简单，正好以前扎过，可以试试看，应该能休息了。"

在这一片空地上安装了很多这种类型的单人帐篷，估计是因为物资紧张，刚才方若涛走过来时，已经感觉到单人帐篷里大多睡了两个人。此时看着已经铺设好的帐篷内置，她静静地站在外面，一时并没有动作。

"要不你先进去休息吧，"方若涛说，"我先回去盯一下视频传送进度。"此时星光并不明亮，即便是面对面也不见得能看清对方的面容，不过此时安少瞳还是明确地看到了，或者说感受到了方若涛犹豫的表情。

"还是你试试试用一下帐篷，看看效果怎么样吧，我回指挥所看一下电脑视频传送，也收拾一下东西。"安少瞳又补充了一句，"你先休息，睡醒了再换我过来也行。"说完，没等方若涛回应，便转身离开。

看着安少瞳的背影很快消失在夜色里，方若涛还是在帐篷外静静地站了一会儿。

帐篷里面陈设简单，不过干净整洁，对任何已经快二十四小时没能躺平休息的人都有足够的诱惑力。方若涛一边开着手机电筒检查内置，一边想着只有一顶单人帐篷怎么使用才方便，刚才安少瞳说让她先睡，醒了再轮换，显然是为了让她能宽心地先休息，但此时方若涛在想是不是等安少瞳回来协商一下如何轮流休息。纠结中，她感觉到自己睁不开眼，不自觉地将身体躺平下来，没来得及想清楚这个问题，瞬间就已经昏睡过去。

天空中原本厚重的乌云已经流淌而去，点点星光隐隐地映照在一顶顶帐篷上。

也不知道过了多长时间，光亮通过软窗的缝隙透进帐篷，方若涛醒了过来，但她仍然睁不开眼，或者说不愿真正醒过来。连续折腾了那么长时间，她在这样只有一个狭小的空间里总算得到了暂时安稳和平静，显然本能地希望这种安稳和平静能够久一点。

虽然身体舒展了很多，但疲劳和困顿仍然缠绕着她，方若涛翻了个身下意识地准备继续休息，这时一阵脚步声由远及近地传来，一直来到的耳边，距离如此之近，感觉好像几只脚就要踩到自己。方若涛微微一惊，才清楚地意识到自己是躺在地面上的帐篷里，伴随着这一串脚步声，又听到有人在说着察看管涌的事，很明显这是防汛巡逻队已经在现场开始工作了。

方若涛一时没了睡意，她掀开软窗看到外面的光亮，她突然想到安少瞳，他说回指挥所之后一直没有来找她，现在得赶紧让他来这里睡一会儿。

方若涛挪出帐篷，在门帘的边沿坐了起来，看着前方圩埂之外江水荡漾，晨曦的光亮中，江面上升腾着朦胧的水雾，也许这是连续多日的降雨留下来的印迹。

方若涛站起身，整了整所穿的迷彩服，又用手指梳理了一下头发，向指挥所走去。

指挥所里已经有人在忙碌，方若涛来到储备间，看到工具箱旁边已经被收拾干净，那只用来放置编辑电脑的纸箱也不见了，小马扎则靠在了墙角。方若涛在指挥所里走了一圈，没见到安少瞳，问了两位在所里的工作人员，也都说不知道。

方若涛走出指挥所，向上坡方向走了一段，没有看到安少瞳，又往回走了一阵，已经快到圩埂施工区了，仍然不见人影。方若涛有些茫然，现在都没法通过电话联系，她又想了想，决定还是先回帐篷，因为安少瞳如果来找她肯定会直接过来。

江面上的水雾还没有消散，尽管水位依然很高，不过流速已经明显舒缓了一些，江水看上去也没有昨天那么混浊了。方若涛没有按原路返回，而是沿着江沿圩埂慢慢往回走，看着此时的江景，心情轻松下来，疲倦和困顿似乎也消解了很多。

圩埂外侧江水奔涌，内侧则堆积着备用的防洪沙袋，白色的编织袋有的铺设在地上，有的堆成倾斜的坡面。方若涛远远地注意到有些编织袋形状特异，体积奇大，走近仔细一看才发现这些不是沙袋，而是很多人躺在沙袋上休息，从服饰能够判断，在这里休息的都是参加现场抗洪抢险的士兵。他们有的将空的编织袋盖在身上用来保温，有的将帽子盖在脸上以遮挡光亮，或者是躲避蚊虫，他们所穿的迷彩服露在外面的部分无一例外都沾满了泥浆，也许是因为过长时间的浸泡，有的雨靴已经掉底、破损。

显然参加抗洪的士兵轮休时间有限，也许几个小时后又要投入到抢险现场，他们没法撤回到后方休息，而这里不可能获得足够的休息场所，甚至帐篷也不能满足需求，所以很多士兵只能躺在沙袋上露天休息。看到这样的场景，方若涛担心惊扰到他们，不由地减慢了速度，放轻了脚步。

不经意间，一星深红的颜色映入方若涛的眼帘，虽然只有一星，但在满眼的灰白色的编织袋、墨绿色的迷彩服的映衬下显得尤其突出，更重要的是方若涛对这一颜色非常熟悉，因为她的双肩背包上的卡通挂件，就是这种颜色。方若涛有些意外，上前一步靠近察看，居然真的是自己背包，特别醒目的是背包上的那枚深红色的卡通挂件。

只见这枚卡通挂件串在背包的拉锁上，背包则被一个全身裹着编织袋的人枕在自己的头部下面。这个人头部和躯干部位被一只编织袋由上而下地套着，而从脚到腰又被另一只编织袋由下而上地套着，只有下臂伸在编织袋外面，不过两只手已经缩进了迷彩服的袖中，所以整个身体没有一点外露，在他身前嗡嗡乱飞的蚊虫也只能为无从下嘴叮咬而徒生懊恼。

对自己的挂件和背包出现在这里，而且被人当作枕头，方若涛开始有些惊讶，不过很快她就辨认出来，这个全身裹着编织袋的人就是安少瞳。

此时方若涛明白了，夜里安少瞳离开帐篷回到指挥所盯着网速，将她编成的视频传到直播组邮箱，收拾完设备带着双肩背包出来后并没有回帐篷，而是来到这里和消防士兵一起在沙袋上休息，为了避免蚊虫叮咬，就把自己装进了编织袋。

方若涛看着正在沙袋堆上休息的安少瞳，静静地站着。

不远处，江水轻轻地拍击着圩埝。

天光更亮了，久违的太阳似乎有露面的迹象。方若涛本想叫醒安少瞳，让他去帐篷里休息，不过犹豫片刻又放弃这一想法。她取出那只防水手机，调到摄像模式，走向圩埝、走向已经开始忙碌的防汛作业现场。

50

阳光从编织袋的缝隙里照射进来，即便是闭着眼睛，也能感受到那种夺目的光亮。特别是在多日阴雨之后，此刻的阳光足以让人产生一种恍如隔世的晕眩感。

周边渐渐升腾的现场施工声响并没有让安少瞳惊醒，但此时明晃晃的光亮让他没法遮挡或者回避，他使劲皱了一下眉想闭上眼，才发现眼睛已是闭着的，他用力转了一下头想躲避光亮的来源，才感觉到阳光已在无死角地照射，他试图伸手去捂住脸，才意识到双臂正套在编织袋里没法活动。

安少瞳清醒了过来，他将双手从衣袖中伸出来，撑住下面的沙袋慢慢坐起，然后交叉双手将套在头部和上身的编织袋褪了出去。瞬间阳光照射到脸上，安少瞳虽然还没有睁开眼，但已经感受到刺目，不由地侧过身以躲避阳光的直射，直到对光线环境适应了才缓缓地睁开眼。

昨天夜里抵达这里，虽然来来去去在这里走了几个来回，但当时是在黑夜当中，又是在困顿和疲乏的状态下，安少瞳自然对这里的环境没有什么印象。此时放眼看去，只见江面宽阔，水流趋缓，好多天以来湍急的洪水所带来的压迫感，在这里似乎得以减弱，圩埝上仍然有人来回巡逻，不过现场施工作业已处于暂停状态，是风雨的远去、洪峰的消退带来了难得的舒缓。

褪去套在腿上的编织袋，安少瞳站起身来，面向江面舒展了一下身体。多日没有见到过的阳光此时照耀下来，在晨曦的微风中没有显得炎热，反而增添了温暖的氛围。

安少瞳拿起刚才当作枕头的背包，向东侧的指挥所方向走去。本来安少瞳是打算去帐篷那里看一看方若涛怎么样了，是不是还需要什么，不过很快就改变了主意，估计方若涛应该还在帐篷里休息，现在去了就是打扰。夜里搭建好那顶单人帐篷时，面对只能一人容身的狭小空间，安少瞳决定让方若涛一个人进去休息，当时一直考虑怎么劝说才能让她接受，因为以方若涛的性格，她是不会一个人占用帐篷的，果然方若涛当时就先提出让安少瞳先休息，当时安少瞳觉得不能再争执了，就说了一句可以轮换休息，然后直接离开，目的就是把她稳住。

此后方若涛暂时没有再过来找他，安少瞳估计她应该是在帐篷睡下了，不禁稍稍松了一口气。不过，安少瞳仍然担心方若涛睡不了一会就过来让他过去轮换休息，于是等视频传送完毕，他马上整理完背包和现场的纸箱、马扎就离开了指挥所。当时漫无目的，不知去哪里，不经意地看到有很多抗洪士兵睡在在沙袋堆上，于是赶紧收拾出一块空地，又学习士兵的经验套上编织袋隔挡蚊虫，躺了下来，一时还在想方若涛在帐篷里能不能睡得踏实，不过无法抵挡的疲劳和困意让他很快失去了知觉。

此时迎着朝阳向指挥所走去，一路上安少瞳在想方若涛休息得怎么样。昨天一天从岸上到水里又从水里到岸上地折腾，而夜里又没法真正休息，即便是在帐篷里也只是环境稍好一点，方若涛肯定也是难以完全纾解困顿，不过如果现在她还能在帐篷里休息，也就算是物尽其用了。

一阵马达的声响打断了安少瞳的思路，他循声看去，只见一只冲锋舟从远处驶来，平缓的江面被劈成两半，冲锋舟两边掀起了层层浪涛，将原本平铺在水面上的一轮朝阳捻成了条条波光。

突然，一幅少女的剪影进入到视线当中，她手持手机，好像是在拍摄画面，长发在微风中飘散开来，略显宽大的上衣在下摆处被紧束之后扎在了腰间，从而让剪影展现出曲线的变化。于是在这一瞬间，红色的阳光与粼粼波光形成背景，而她颀长窈窕的身姿成为深暗色的前景，逆光之下，前景与背景的边界似乎变得不再那么清晰，两者融合成一幅风景画。

这是一幅稍纵即逝的图景，却似乎立即在安少瞳的眼前印刻成一张油画，让他驻足于此。

"你来了？"

轻声的招呼没有引起安少瞳的注意，他似乎还沉浸在油画的意境中。

"你傻了?!"

这一声招呼让安少瞳回过神来，这时他才意识到眼前的图景只剩下朝阳之下波光粼粼的江面，而画中人已经不在其中。

方若涛出现在安少瞳面前，笑着问他："怎么了？是在发什么呆吗？"

在这里看到了方若涛的笑容，安少瞳瞬间感到有些恍惚，好像还在回味那幅油画的意境，不过他马上清醒过了。

对着方若涛，他笑了笑，说："刚才看到了一幅风景画。"

"风景画？在哪儿？我能看看吗？"

"这里就是。"

方若涛看向江面，只见朝阳照耀之下，水波不兴，远处偶尔有冲锋舟驶过，将一轮完整的太阳的倒影，揉碎成点点波光。

"能从平凡的风景中感受到绘画的意境，"方若涛看着江水和阳光，"安组长果然有审美品位。"

"取笑了。不过刚才的风景比现在更有意境。"

"是吗？刚才的风景有什么不同？"

"风景没有不同，只是从有人之境变成了无人之境。"

"有人？无人？是谁？"

面对直接的提问，安少瞳一时不知道怎么回答为好，方若涛看到他欲言又止，接着追问："说呀，意境中的是什么人？"

此时方若涛流露出一个似笑非笑的表情，好像是对安少瞳迟疑态度的好奇，又好像是已经知道了答案但故意为难他。这让安少瞳不免有些尴尬，正在想如何措辞，突然轰鸣的马达声传来，吸引了两人的注意，不约而同地向江边看去，只见一只救生艇轰隆隆地行驶到岸边，因为逆光，只能看到艇上有好几个人，但看不清样貌。

这几天抗洪现场这种往来运载人员和物资的船艇很多，两人对这只救生艇的到来并没有太在意，但突然之间听到有一个熟悉的声音："少瞳！若涛！"

惊讶之下，两人看向岸边，远远地只见救生艇上的人已经上岸，快步向他们走来。

是陈主任和程鹏！

安少瞳、方若涛一时之间有些不敢相信自己的眼睛，但真的是他们来了！

安少瞳、方若涛奔向陈主任和程鹏，四个人虽然还有一段距离，但彼此能够看到笑容一样地热烈，而且已经能够感受到情绪在相互感染。安少瞳不由自主地跑了起来，边跑边伸出双手，终于他紧紧地握住了陈主任的手，用力地摇了好几下，接着他又伸手拉住了程鹏，两人紧紧地拥抱在一起。方若涛走近了陈主任和程鹏，还没有来得及握手致意，看着仍然拥抱着的安少瞳和程鹏，她的笑容渐渐地凝固了，双手掩住了自己的脸颊，眼睛在眨动中漾起了泪光。

朝阳已经升到了半空，阳光更加耀眼。

情绪稍稍平静了一些，安少瞳问陈主任："怎么这么早您就过来了？"

"比这更早！"陈主任还没有开口，一旁的程鹏说，"早上我在县招待所刚起来，陈主任就出现了，原来他已经从省城赶到这里，而且已经和防汛指挥部联系好了跨省的救生艇，叫上我之后出发，经过双河镇直接赶到这里来找你们。"

"呀，夜里向您电话报平安后，估计您就没休息，一直在联系这些事吧。"安少瞳连连称谢，"让您受累了。"

"不必客气，你们辛苦了，还遭受了危险。"陈主任问方若涛，"昨天下午你落到了江中，身体没大碍吧？休息过来了吗？"

"谢谢主任关心。"方若涛说，"没有受什么伤，到了这边后也受到关照，昨天夜里这边的工作人员还专门送了吃的，说是跨省防汛机制办公室交代的，估计是您联系他们关照的吧？"

陈主任笑了笑没有回答，问安少瞳："昨天失联了几个小时，确实紧张，后来晚上来了电话，才算踏实了。你们是怎么流落到这里的？"

安少瞳介绍了从落水到获救的过程，主要强调了方若涛遭受的波折和冲击，以及这边的救助与支持。方若涛补充说这一过程安少瞳的坚持起到了关键作用，强调了他受累更多。

"确实太危险了，你们的表现甚至可以说很英勇，这也受到了各级领导和咱们节目观众的一致称赞。"陈主任对安少瞳说，"事故发生后你处置得当，但是咱们私下得说，应当反思是不是可以避免事故，如果是因为报道出现了生命危险，绝对是不应该的。真要出了事，对谁都没法交代。"

"您说得对，防止事故比事故发生后挽救更重要。"安少瞳说，"对此我会深刻反思。"

"出事不怪安组长，"方若涛马上说，"主要是我忽视了风险，站到了沙袋堆上面采访，安组长当时已经提醒了，还是我意识没跟上。"

"大家都是为报道作出了很大牺牲，这是主要的，也是必须大力弘扬的。我们反思只是为了尽量减少损失和风险，倒不必有什么思想负担。"陈主任说，"出事之后，遭受痛苦和煎熬的远不止你们俩，程鹏就被折磨得够呛。"

程鹏向安少瞳和方若涛介绍了他在双河镇这一夜的经历。在他俩落水之时，现场的防汛士兵都惊呼了起来，正在直播的程鹏和王老师在镜头中也捕捉到了这一场景，但因为机位与圩埂之间有一段距离，程鹏仅仅通过目测没法明确具体发生了什么，但远远地没有辨别到安少瞳和方若涛身影，当时就产生了不祥的感觉，只是直播还在进行中，没法中断，程鹏只能继续播报现场情况。几分钟后，一位防汛士兵表情紧张地提着背包和摄像机过来，询问他们是不是"省城网事"的工作人员，程鹏认出是安少瞳的背包，心里咯噔一下，感觉问题严重了。不过，他知道目前直播当中不能有磕巴，于是直接将这位防汛士兵拉到镜头前作为采访对象，先请他讲述了这台摄像机交付的来龙去脉，这位士兵的讲述让程鹏听得越来越紧张，不过他还是保持直播记者的状态，通过追问还原了两位记者落水事故的细节。

"我插一句，"陈主任对安少瞳和方若涛说，"程鹏是通过采访这位士兵才知道发生了这一事故，当时他的紧张和焦急从他提问声音的变化能够听得出来，当然是为你们担心而导致的，不过程鹏还是一直保持直播意识，能够努力对抗情绪的冲击，迅速提炼追问话题，整个直播采访逻辑严密、层层递进，最后的结语既表达了关切又展示了信心，评论得体，体现了咱们记者的素养。"

"谢谢主任的认可和表扬，当时在直播中，只是单纯地提醒自己一定保证不能出现冷场或者断片。"

"谈不上表扬，从实际效果来看确实如此。当时直播报道了这一事故，立即引起了广泛关注和各界反响，门户网站、自媒体转载不断。"陈主任又对安少瞳和方若涛说，"咱们后台接到了不少网友邮件和电话，关心你们两人的下落和安危，还有民间救援队联系我们，表示愿意参与搜救工作。当然，咱们同事的事故不应该发生，咱们也不愿意出现事故，更没有必要渲染，但在事故发生之后，又产生了这样的直播机会，使用士兵前来送摄像机的机会进行直播，最终这样的有效处置恰如其分，从业务角度来说是出色的。"

安少瞳说："谢谢主任的关心，也谢谢程鹏的报道，看来程鹏的直播能力是练出来了。"

"没有、没有，哪有什么能力？您就别挤兑我了。"程鹏赶紧说，"当时从士兵那里知道你们落水，而且不知去向，差点没有把我吓晕过去，脑子一片空白，提问的声音都颤抖了。要是回看那段直播视频，估计谁都听不下去。"

"当时声音颤抖，是刚刚听到这个消息之后的真实反应，"方若涛说，"直播出去能体现真实性和现场感。"

"若涛说得对，"陈主任说，"字正腔圆在播音环节是必须的，但现场直播一定要把真实性放在第一位。"

"主任、若涛也是过奖了，当时哪能想到真实性、现场感？都听到事故消息后下意识的反应。"程鹏说，"采访完这位士兵，老实说我已经很难再集中注意力去做现场其他抗洪内容的报道，所以就把后续工作甩给了后方演播室，赶紧向主任汇报事故情况。"

下了直播，程鹏马上给陈主任打电话，因为已经通过直播了解了事故原委，陈主任已有思想准备，他先是安慰了程鹏，要求注意安全，坚决杜绝类似事故再次发生，建议程鹏和王老师工作告一段落后尽快回县政府招待所休息，同时表示会和上级以及各级职能部门联系，尽快搜救安少瞳和方若涛。不过程鹏和王老师沟通之后，都觉得心神不宁，即便回去也没法休息，反而是在抗洪抢险的现场继续拍摄采访工作，注意力还能有些转移，而且如果有搜救的消息也能第一时间得到，于是两人一直在双河镇忙到深夜，直到安少瞳跨省打来电话报了平安，才能安心考虑休息的事。

"实在对不住，"安少瞳向程鹏连连拱手，"受累、受累！"

"我倒没什么，还是你们受苦了。"程鹏说

这时陈主任手机响了，接听之后，他告知大家要去现场见一下负责人以表达感谢，让大家抓紧收拾东西，一会儿就乘坐救生艇返回临水县，目前洪峰已过境，按集团安排，统一回去休整。

"怎么样？"陈主任一走，程鹏就迫不及待地问，"听陈主任说，当时很凶险。"

"别提了，几次被水冲走，还差点被蛇咬，"若涛说，"好在还算命大。"

"被蛇咬？不至于吧？"程鹏很惊讶，"那多危险！"

"没有咬着，不过挺危险的。"少瞳说，"真要是咬了，也不知道怎么办，洪水之中，伤口也没法处理。"

"别说了，想想都起鸡皮疙瘩。"若涛显然还是心有余悸。

程鹏赶紧说："吉人天相，若涛同学必然逢凶化吉。"

说话间，三人走到帐篷的位置，少瞳上前拆卸帐篷，程鹏上来帮忙，若涛也要一起动手，少瞳说收帐篷很简单，不用若涛亲自动手。很快帐篷被收了起来，少瞳和程鹏将零部件都卷好，装进尼龙袋里。

"这顶帐篷真小，收进袋子只有这么一小把。"程鹏一只手捏了捏尼龙袋，"这么小的空间，一个人睡都不够吧？"

"这就是单人帐篷，而且只发了这一顶了。"方若涛说。

"怎么不多发一顶？"

"防洪物资紧张，就这一顶还是这里的指挥所匀出来的。"安少瞳告诉程鹏，"还有好多人只能露天休息。"

"这样呀，"程鹏作思考状，"我掐指一算，认定安组长一定是把帐篷让给了若涛同学，自己露天休息。"

"程大师真乃神人也！"方若涛哈哈一笑，又向安少瞳说，"很惭愧，让安组长受累了。"

安少瞳笑了笑，正要回应，程鹏抢着说："安组长一定会说这是应该的，安组长这么绅士，总不能自己用帐篷，让若涛同学露天休息。"

"程大师确是神人也。"安少瞳说，"绅士谈不上，不过，这事我也只能按照程大师的说法来解释了。"

多日的阴雨刚刚结束，湿度很大，经烈日的照射，暑气蒸人，不过在轻快的救生艇上，带着回家的心情，所以注意到的只是快艇飞驶时掀起的层层浪花。

"这一季的防汛抗洪报道，你很辛苦。"陈主任对同坐在艇前排的安少瞳说，"当然报道组所有同事报道量都很大，'省城网事'在整个传媒集团中都是很突出的。"

"还是同事们辛苦。我主要是沟通协调，能不辜负您的期待就行。"

"咱们之间不用客气，你除了沟通协调，业务工作强度也不低。"停了一下，陈主任说，"关于人事制度改革，集团下一个阶段应该会有具体措施出台了。"

安少曈情绪一振，不自觉地提高了嗓音说："是吗？那太好了。"一时之间感到自己大声说话的状态有些不妥，于是压低声音问："具体有什么标准？"

"详细方案还没有形成，不过最近总裁专项办公会提出不仅要考察'德、能、勤、绩'，还要综合考虑学历、资历、年龄等方面。"陈主任说，"我想，就你而言，考察的指标越全面，你的优势应该就越突出。"

"谢谢主任的认可，得靠您多关照。"

茫茫水面的前方隐隐地出现了一群建筑物，虽然距离还远，难以看清具体形状，但在阳光之下显然能够感觉到，临水县就在眼前了。

51

"省城防汛抗洪总结表彰大会阵仗不小啊，"小刘看着墙上的电视，"直接在省城电视台综合频道向观众直播了。"

电视转播当中，主席台上的一位领导在做抗洪救灾工作的总结报告。"官方说这次省城洪灾损失是近几十年最严重的一次，抗洪抢险投入也是最大的，"海风看着屏幕说："会场应该是在省城剧院，估计大会邀请了各方面的代表，人来得不少，好多穿制服的。"

程鹏说："集团好多天前就通知今天有这个会，说是要宣布这次防汛抗洪先进集体的评选结果。"

"各单位都申报评选材料了，"徐姐说，"要是评上了，除了精神鼓励，还有物质奖励。"

"那太好了，难得能有物质奖励。"小刘说，"也不知道咱们能不能评上。"

方若涛说："估计差不多吧，一线现场报道咱做得挺多的。"

"要说辛苦付出和报道效果，我觉得在新闻媒体里面，咱们肯定是突出的，不过这种评选不会只看你的付出，而且各级领导都要考虑平衡。"徐姐说，

徐姐接着讲了几个领导"平衡"的故事，包括常态化的年度评优工作，名额按比例基本上都分配到各报道组，由组内自评。各组有的是组内商定，有的是组员民主选举产生，不管通过怎样的方式形成和提报的评优人选，领导基本上都

不会反对，不过领导会事先预留少量的机动名额，给予在组内没有评上，但领导觉得付出和成绩较大的员工以"年度优秀员工"称号，当然这其中个别人选的确定难免会带有领导的主观倾向性。

"平衡这种常态化的评奖，领导早已驾轻就熟，毕竟年度评优可达全体员工的百分之十五，掌控一些机动名额不成问题。"徐姐说，"不过名额很少的一次性评选，就考验领导的'平衡'功夫了。这像这次抗洪报道先进评选，由上级发起并支付奖励，信息公开，从上到下都盯着，传媒集团主要是执行，没法决定谁中奖，所以在提报候选名单的阶段，集团领导就要提前平衡了。"

"咱们组是候选单位吗？被集团提报上去了吧？"海风问。

"咱们是被列为候选单位提报了，不过集团提报的不止咱们组一个。像这种评选，一个申报单位会有三四个候选名额，但最终评定的上榜名额一般只有一个。比如这次集团就向省城提报了三个报道组参评，除了咱们还有省城电视台新闻采访组，也都有竞争实力，但最终我估计只会有一个中奖。"徐姐说，

"这次评奖是省城主导，那咱们组参加评选，选上的难度是不是就更大了？"小刘问。

"拿到集团外和其他单位的候选人比拼，竞争性更强，不过最终还是要看大领导的平衡。"徐姐想了想，"我预计省城重点机构都会有单位入选，但某一个机构不会有太多单位入选，就像传媒集团内部评优，每个中心都会有，但也不会一枝独大，不可能让某个中心评上的人很多而另一个中心先进太少，这就是平衡。"

"我倒是觉得咱们组评选不会更难，"方若涛说："咱们已经成为候选单位了，上级会考虑大面上的平衡，估计不会细致到还要平衡传媒集团申报的几个候选单位之间的关系。"

"有道理。"程鹏说，"大领导评定也许就看材料，还有就是对报道内容的印象和反应。"

"我也觉得有道理，候选名单提报上去了，集团的领导估计也不会为这事找省城大领导去建议评谁、不评谁。"小刘也表示同意。

"报上去之后，集团领导当然不会为此事再去向上找大领导建议，因为对于集团领导来说，只要他们上报的候选单位有人最终入选就行，至于谁入选并不影响集团的政绩。"徐姐说，"不过，这并不降低集团领导的影响作用，他们会将

平衡前置。"

"平衡前置?"程鹏有些不解,"是什么意思?"

小刘、海风也都看着徐姐。

徐姐一笑,端起茶杯吹了吹杯口漂浮的茶叶,喝了一口,再轻轻放下茶杯,看着程鹏说:"你以为省城的大领导会详细比对咱们集团提报的各个候选单位的材料,再讨论、辩论甚至现场答辩、无记名投票,然后评出一、二、三等奖?"

"估计不会这么复杂,因为大领导都很忙。"程鹏说,"不过,总要有个比对、评选的过程吧?"

"评选过程会有,但一定比你想象的简单、快捷。"徐姐看着小刘、海风,"除了个别事迹特别突出的单位,其他单位申报的候选名单,在大领导眼里基本上是大差不差,不管谁上,区别都不是很大,所以他们会觉得没有必要花时间和精力细加比对。"

"那最后怎么评定?"海风问。

"所以这就要将平衡前置,也就是下级报候选名单时就要先有排序。"徐姐又喝了一口茶,"比如这一次,集团在向省城报这几个候选单位时,一定会有前后顺序,以体现优先级,这种顺序的排列体现了集团领导的意愿,省城大领导在最终评选时,会心照不宣地考虑这种排序,如果只给传媒集团一个名额,那一般是排序第一的单位入选。这算是大领导对传媒集团意见的尊重,也实现了传媒集团领导平衡前置的效果。"

"哇,真是处处机关、事事讲究。"小刘感叹。

程鹏问:"那么这次咱们组候选排序靠前吗?"

"这么机密敏感的事肯定严加保密,"徐姐说,"但愿咱们组能排名靠前,最终能评上。不过,有利益的地方就有争夺,有争夺就要有平衡,特别是利益大的时候,更是如此。"

电视正转播各参会机构的代表分别发言,总结各自在本次抗洪救灾工作中的业绩。省城消防救援支队的负责人汇报了官兵在一线抗洪抢险的事迹,在会场引发了阵阵掌声,特别是一位年轻的消防战士牺牲在江堤前线的事迹,让与会人员为之动容。

"这么年轻的消防战士就这么被洪水冲走了,"海风叹了一口气,"确实太可惜了。"

"省城消防救援支队抗洪付出多，还有人员牺牲，这次评选他们必然入选。"徐姐说。

"壮烈！"方若涛看着电视屏幕，"他们入选是应该的。"

总结大会继续进行，在其他两个机构负责人完成汇报之后，黄总代表传媒集团就宣传报道方面进行报告，他列举的工作业绩较多，总结得细致。

"黄总每次讲话的风格都是一贯地详尽。"小刘说。

"全面细致、点面结合、面面俱到。"方若涛说。

"从黄总的报告中，既能感受到政策温度，又能体会到执行力度，还能品味到理论深度"。程鹏说。

大家都脸露笑容，但能看得出都在克制着自己的表情，徐姐则哈哈一笑，说："行了行了行了，虽然黄总长篇大论是出了名的，不过这一次没准能给咱们带来福利。这些讲话稿都是要事先提交的，而且是评选申报材料的组成部分，所以他阐述越详细，表功越充分，对咱们评选应该越有利。"

黄总的报告内容详实，不乏生动的事例以及对新闻报道人员感人的工作瞬间的强化，特别是对双河镇记者的采访过程以及危险遭遇进行了详细的讲述、着力的渲染，会场不时爆发出掌声。

"黄总说记者报道中的落水遇险事迹，就是指你吧？"徐姐问方若涛。

方若涛还没有说话，程鹏就回应说："这种危险的事只能是咱们组遇到，去抗洪一线采访的记者没有几个。"

小刘、海风说此前已经知道了双河镇遇险一事，但一直没机会了解具体情况，让方若涛详细讲讲整个过程。方若涛笑了笑说就是落水后得救，其他也没有什么好说的。大家于是转头问程鹏当时的情况，程鹏本来想大大描述一番当时的场景，不过看到方若涛不太愿意多说，觉得自己说太多不合适，于是就简单地介绍若涛和少瞳在双河镇落水，之后被邻省消防人员营救。

"后来再见面已经是第二天早上了，状态都已经恢复。"程鹏说，"真正惊心动魄的过程我也没有经历，还是若涛同学和安组长有直接的感受。"

大家说这一番险情现在想想都后怕，都称赞若涛勇敢。若涛说："真不是要去逞能，说实话，要是知道会落水，我当时也不会去那个位置采访。"

徐姐说："确实没必要那么拼，要是为报道把命给搭上了，那真犯不着。"

程鹏对徐姐说，"若涛同学、安组长为了抗洪报道落水遇险，虽说吉人天相，自然不会有事，不过吃的这番苦、这么大的付出，怎么也得在评选当中有所体现。"

"在媒体当中，咱们付出也应该是最多的。"徐姐说，"这一次总结表彰面对的范围广，得同时考虑抢险的、保障的，还有咱们宣传报道的，总之是各个与防汛抗洪直接相关的单位。一共才那几个先进的名额，一线抢险的机构肯定要被多考虑。最终还是看大领导怎么平衡名额了。"

黄总报告转播过程中，镜头不时给到场下与会人员，传媒集团参会代表坐在一起，安少瞳也在其中。

"安组长是去现场开会了吧，估计他已经知道评奖最后结果了。"小刘看着电视画面。

"不一定，这次传媒集团只是参评单位之一，最终谁获奖集团领导的话语权都不大。"徐姐说。

"听黄总报告说，传媒集团积极配合省城的防汛抗洪部署，同时积极参加总结评选工作。"海风复述着报告内容、

"听说这次要能评上，奖金不菲。"徐姐说，"而且传媒集团领导好像已经形成决议，说是集团内谁评上，获得省城的奖励之后，集团还会等额、配套发放奖金。所以集团内部被提报候选的机构，都盯着这份重奖"。

"重奖？能重到什么程度？"程鹏闭上眼睛，作冥想状，"我得发挥一下想象力。"

"得了，你想也是白想。"若涛一笑，"领导的思路哪能由你轻易揣摩？"

程鹏一捂脸，说："对、对，一贯的贫穷会限制了我的想象力。"片刻，他又双手合十，"索性不想了，改祈祷，总可以吧？"

"祈祷什么？"若涛、徐姐都问。

"还能祈祷什么？当然是祈祷咱们评上先进，个个能拿重奖！"

"赶紧祈祷，就靠你作法了。"小刘看着电视屏幕，"黄总报告已经进入到总结和感谢阶段，估计就快要结束了。"

会场上黄总结束了报告，离开了发言席，主持人宣布会议进入到最后一项议程，由与会领导公布本次抗洪救灾先进集体并进行表彰。

"关键时刻到了！"程鹏合十双手不断上下晃动，"天灵灵，地灵灵，太上老君显神灵！"

小刘说："程大师的祈祷不仅虔诚，还很专业啊！"

大家都笑着说就凭程鹏这一祷告手法，怎么也得评上。

会场上领导开始宣读本次省城抗洪救灾先进集体名单，第一个果然是省城消防救援支队，一经宣布，会场内掌声一片。

程鹏看着屏幕说："果然不出所料，消防队名列榜首。"

"他们牺牲最大，当选是众望所归。"方若涛说。

"一方面功劳大，另一方面名义上地方管着消防救援支队，实际上他们是垂直管辖，"徐姐说，"可以说他们完全就是援助省城的外来力量，所以更要表彰。"

接着省城应急管理局防汛抗旱救援处、市辖区武装部等当时的一线抢险的单位，被宣布成为先进集体，之后省城联勤保障中心等支持单位，也被宣布入选。

"几个了？"程鹏看着屏幕，"咱还有戏吗？"

"应该有戏。"

"新闻媒体怎么也得有代表吧。"大家都一眼不眨地盯着电视。

"已经宣布八个了，紧张！"海风看着转播。

会场上领导宣布了第九个先进集体，是临水县供电公司。

"九个了，唉！"

"没有了吗？"

"不知道呀？还有吧？"

"领导还没有离开，还有！"方若涛盯着转播。

同事们的视线都盯着屏幕。

电视转播中，会场发言席的领导将讲话稿翻了一页，说：

"第十个抗洪救灾先进集体是：不惧危险，始终深入一线，全程、全天候报道汛情和抢险资讯的省城传媒集团'省城网事'报道组。"

会场上爆发出热烈的掌声，而在办公室里各位同事也不约而同地鼓起了掌，虽然隔着电视屏幕，但两处掌声在此时此刻形成了共振。

离开会场，陈主任向安少瞳表示祝贺，同时强调"省城网事"能获评先进集体，是全组同事努力的结果，新媒体中心和集团都对大家的付出表示感谢。安少瞳当即向主任表示，如果没有各级领导的全力推荐，报道组不可能获奖，要感谢各级领导的认可和关怀，本人和全组同事都会再接再厉。

安少瞳赶到办公室，还没进门，远远地就听到程鹏兴奋的声音："你们说，我的祷告是不是奇功一件?"

"必须的! 本组获优, 程大师已经晋级为程半仙。" 说话的应该是小刘。

"估计安组长要回来了, 看看上面有能什么重奖。" 海风的声音。

听着热议, 安少瞳走进办公室, 在这里就听徐姐说: "领导要重奖, 小安得请客。"

安少瞳接着说: "徐姐说得对, 必须请客。"

看到安少瞳回来了, 又听他这么一说, 大家都笑着打招呼。

徐姐问: "会开得咋样? 先说说领导承诺重奖的事呗。"

海风接着说: "对, 咱们都盼着重奖。"

小刘说: "刚才咱们还讨论, 重奖不知道能有多重?"

"最好能重到以我这大身板都扛不动。" 程鹏说着, 露出吃力的表情。

安少瞳笑着说: "具体数额真不知道, 不过我问了主任, 他说首先是每人都有份, 第二是省城下发、集团配套, 所以肯定超过以往历次的数额。"

徐姐说: "不说具体数字, 那估计又是在画饼。"

"徐姐说得有道理, 以前这样画饼不少," 程鹏拍了拍肚子, "这次饼画得大, 得好好消化消化。"

"这次发奖肯定没问题, 主任说就等省城的奖金下发了," 安少瞳说, "集团账务处理这边已经在做预算。"

"好吧, 但愿画饼能成为大饼。" 徐姐接着说: "领导重奖能不能兑现很难说, 请客倒是面前的事。"

"对、对," 少瞳说, "请客是必须的, 我来安排。"

程鹏说 "也该自我犒劳一下, 抗洪报道弄得咱们人困马乏。" 大家也是一片赞同声。

"好呀, 咱们可以一起吃饭, 大家时间什么方便?"

"感谢安组长, 我听了都垂涎欲滴了。" 程鹏说, "要不明天晚上?"

小刘、海风都说同意。

安少瞳进办公室后, 方若涛一直没说话, 这时她接着说: "选日子不如撞日子, 今天人都在, 建议现在就请安组长组织。"

大家愣了一下, 热闹的办公室安静了几秒钟。徐姐先开口说: "好呀, 难得今天没有外出采访, 人齐。"

程鹏跟着说好，其他同事也表示同意，少瞳于是说："对，选日子不如撞日子，那咱们一会儿就去，我请各位吃大餐。"

大家都说能聚一下就行，不必破费，若涛说："安组长请客，我付钱。"

"既然我请客，怎么能让你付钱？"少瞳说，"说不过去。"

"这次必须我来。"

安少瞳还要坚持，若涛说："这次就不要争了，劫后余生，应该由我来安排。"

大家听若涛这样说有些不解，若涛说一会儿吃饭再聊。少瞳听出来若涛指的是在双河镇遇险一事，此时见她不愿意多说，于是另起话题，提出几个餐厅的名字，果然大家被吸引，马上热议起餐厅的选择。好在大家的意见很快统一了，于是就一起拥出了门。

安少瞳关上办公室的门，一转身看到若涛在前面等他，于是赶快上前一步，说："走吧，估计大家进电梯了。"

"刚才说的，今天我买单，到时不要再争了。"

"你刚才提到的意思，我也明白。"少瞳说，"不过，这次请大家是我发起的，让你买单实在不合适。"

"没有什么不合适的，"若涛面带微笑，但语气却很坚决，"当时要是洪水冲走了，现在想买单都没机会，今天还要宴请同事，是重新体会生命意义与美好的机会。"

52

"前一段时间抗洪抢险报道，咱们都辛苦了！"安少瞳端起啤酒杯，"我敬大家一杯，感谢大家，也感谢自己。"

大家都一齐举了杯，各位同事兴致很高，聊得最多的是各自抗洪报道中的经历，在抢险现场每位记者都经历过困难的时刻和大大小小的危险，此时互相敬酒，感谢彼此的关照。

同事们说起集中报道的那个阶段，连续很多天奋战在一线，不能回家。实际上只要有重要新闻事件，连续奔波采访，没法和家人联系，对于新闻人来说已经是常态。

"咱们新闻人亏欠家里最多。"安少瞳这一说法马上引起了大家的共鸣。

"老婆觉得你不管家。"

"父母觉得你不孝。"

"亲戚觉得你不亲。"

"哥们觉得你很装。"

"未婚的觉得你有问题。"

"已婚的觉得你有外遇。"

"离婚的觉得你有目的。"

"所以，不结婚成了定律。"

徐姐哈哈一笑，说："婚还是要结的，小安得听听大家的呼声，不要只安排工作，还要给大家留时间，不然把大家都耽误了。"

"惭愧惭愧，谢谢徐姐指正。"少瞳说，"但愿咱们今后工作没那么忙，收入能有所提高。"

大家一起举杯，畅饮了一番。各位同事都轮流敬安少瞳，他没有拒绝，都是一一对饮，渐渐地有些酒意。

方若涛这时端起杯子，向大家说："我敬大家一杯，感谢各位的关心和帮助，感谢、感谢，谢天谢地。"

大家都端酒起身喝了一杯，海风说："若涛同学气场强大，一向是我命由我不由天，第一次听你说谢天谢地，好像不是你的风格呀。"

方若涛端杯喝了一口，笑了笑，没有回答。

程鹏说："若涛同学吉人天相，自然能逢凶化吉，不过总是心怀感恩，所以谢天谢地。"

小刘说："哟，一时之间你就成了若涛同学的代言人，有授权吗？"

"惭愧惭愧！"程鹏一捂脸，"个人观点，不代表他人立场，若涛同学不要见怪啊。"

"没关系，"若涛说，"欢迎表达观点，补充授权，或者不用授权都可以。"

"说的是在双河镇落水遇险吧，一直没机会说，"徐姐问若涛，"当时具体是什么情况？怎么遭受那么大的危险？"

"刚才也说了，就是意外，自己没小心。"若涛说。

"当天我看了直播，程鹏追问那位消防士兵，知道安组长和若涛落水了，"海风说，"当时我们都吓得不轻。"

"是呀，海风还打电话问我，我没看直播，听了电话知道出事了，"徐姐对若涛说，"给你和小安打电话，当然是已关机，估计就是手机被洪水冲走了，我马上给陈主任打电话，他只匆匆告诉我正在动员一切力量搜救，让我带话安慰同事不要紧张，但听他讲电话就能感觉他也是焦头烂额。"

"实在抱歉，让大家担心了。"方若涛说。

"还是我在现场没安排好，让若涛老师吃这么大一亏。"安少瞳说。

"这倒是实话，"徐姐说，"不管谁有个三长两短，谁能负得起这个责任？"

"当时程鹏采访消防员，说落水遇险关注度爆表，直播时收视率多高没有统计，不过一直播完，这段采访视频就被各类媒体争相转发，"小刘说，"程鹏火了，一战成名。"

"惭愧惭愧，发了'国难财'。"程鹏向安少瞳连连作揖，"当时真没想那么多，就感觉大事不好，所以直播中追问那位送回摄像机的消防员，就是想知道到底怎么是回事。"

"没事，"安少瞳笑着说，"摄像机保管得很好，托你的福，没让它成为我的遗物。"

"怎么可能会成为遗物？安组长洪福齐天，我是沾了您的福气。"程鹏又对方若涛说，"若涛同学也是吉人天相，必有后福。"

"有没有后福不好说，没有后遗症就不错了。"方若涛说。

"那不能够，必须有后福。"程鹏端起酒杯，"这次咱们组获评先进集体，真是拿命换来的，敬安组长、若涛一杯，先干了，您随意。"说完一饮而尽，其他同事也端杯相陪，安少瞳将杯中啤酒喝干，方若涛也喝了一口，并表示感谢。

"后来，我才知道过了很久才有联系，不过不了解详情。"徐姐放下酒杯，问若涛，"当时是不是特别凶险？"

"落水时比较惊慌，幸亏安组长及时施救。"

"我当时就在若涛旁边，距离落水位置很近。"安少瞳接着说。

大家都问当时的情况，显然方若涛和安少瞳都不太愿意过多描述。徐姐又问程鹏，当时直播之后有没有了解具体险情、参与救援。

"直播时虽然觉得自己问得已经比较多了，那位消防士兵回答也比较细，不过他可能也不是专注地观察了现场全部过程，所以我觉得并不是特别明白，"程鹏说，"直播一完，我马上就跑到出事的堤坝边沿，又问了好几个人，才知道当时是多么惊心动魄。"

"哪有什么惊心动魄？"方若涛、安少瞳都说。

"有多么惊心动魄？"大家不理方若涛、安少瞳，都问程鹏。

"当时若涛同学在沙袋堆上采访，安组长在仰拍消防士兵打桩作业，不时有浪涛袭来……"

小刘这时说："我想起来了，我们新媒体中心有一张现场照片，不，应该是视频截图……"

"对、对，刘哥博闻强记。"程鹏说，"就是咱们后来看到的那张浪涛飞溅为虚化的后景、打桩士兵动作和面部表情为前景的那张网红照片，实际上就是从安组长拍摄的那段素材当中截出的一帧。"

"这张网红截图传播很广，当时事故就是在那里发生的？"小刘问。

"就是那里！就在若涛同学举着话筒采访，安组长专注拍摄时，突然一个浪头打来，岸堤本已浸泡松动，瞬时被打塌一大块泥土，若涛同学一脚落空，跌入巨浪之中……"

"妈呀！这么恐怖？"徐姐表情惊悚。

"你别听他说！"方若涛笑了，又对程鹏说，"别在那里渲染紧张情绪，行吗？"

"没有渲染，只是还原现场。"程鹏滔滔不绝，"若涛同学落入洪水之中，此时浪涛奔涌，瞬间就要被冲走……"

在座的同事们看着程鹏，表情既紧张又专注，只有方若涛和安少瞳面露微笑。

"说时迟，那时快，咱们安组长抓起岸边的一只救生圈，跳进湍急的洪水之中，将救生圈交给了若涛……"

"这么说安组长不是落水，而是自己跳下去的？"海风很惊讶。

"那当然，安组长义薄云天！"程鹏说。

小刘问安少瞳："当时把救生圈扔给水中的若涛同学不行吗？为什么必须自己跳下去？"

不等安少瞳说话，程鹏抢着回答："安组长当然不仅是义薄云天，还会审时度势，我想当时那一瞬间肯定也考虑把救生圈扔给水中的若涛同学，但当时风急浪大，救生圈又轻，不可能直接把它递到若涛老师的手中，而且当时千钧一发，于是安组长毅然决然地抓起救生圈，面对汹涌的洪水，义无反顾地跳了下去……"

"行了、行了，"少瞳笑了起来，"别刻意制造紧张气氛。"

同事们的专注并没有被少瞳的插话打断，他们仍然盯着程鹏问："有了救生圈，获救了吗？"

"哪有那么简单的事？洪水之中，安组长、若涛同学虽然都攀住了救生圈，但抵挡不住洪水的汹涌，连续几个大浪，硬生生地把安组长、若涛同学冲离了圩坝，冲向了茫茫的洪涛之中。"

程鹏暂停了讲述，大家一时没有回过神。过了几秒钟，小刘说："真是惊心动魄，你这么一说，我现在想想都害怕。"

"是呀，我听着都有点恍惚了。"海风显然有相同的感受，"要不是现在安组长、若涛同学好端端地和咱们在一起，我估计害怕得听不下去了。"

程鹏说："当时确实惊险，安组长临危不惧……"

"好了，"少瞳打断程鹏，对大家说，"别听程鹏刻意演绎、渲染，哪有那么离奇？"

"没想到是这么意外，真是挺吓人的。"徐姐问方若涛，"你当时怎么样？没吓坏吧？"

"一开始确实很懵，然后就想着怎么脱身，反而没有工夫去感受特别的害怕。"方若涛说，"虽然在气氛描述上程鹏有渲染，不过实际情况没有大的出入，要不是安组长跳下水把救生圈送给我，那后果真不好说，没准就被洪水冲走了。"

说完，方若涛端起杯子站起身，对安少瞳说："安组长，我敬你一杯。虽说大恩不言谢，不过就此机会，必须表示一下。"

"不敢当，不敢当，"少瞳赶紧站起身，举起酒杯，"当时在现场这么做是应该的，这样的小事不必称谢。"

"性命攸关，在你可能是小事，对我来说可是大事。"

方若涛语调平缓，静静地看着安少瞳。

安少瞳感觉方若涛语气郑重，一时之间有些不知所措，停顿了一会儿，赶紧说："别误会，我不是这个意思，这个……"

这一刻的气氛似乎有些凝重，大家一时不好往下接话。

绷了几秒钟，方若涛微微一笑，说："开个玩笑嘛，看安组长急的，真不经逗。"又一伸手中的酒杯，"感谢！"

安少瞳赶紧举杯和方若涛手中的酒杯碰了一下，略带尴尬地笑着说："是我会错意了，又不会说话，抱歉！"说完将杯中的啤酒一口喝完。

大家瞬间放松了下来，小刘说："我们安大组长工作从来没有紧张过，和领导说话也是张弛有度，今天终于看到你紧张一回了。"

海风说："紧张不紧张，那要看安组长面对的是谁。"

方若涛依然面带微笑，安少瞳低头给自己杯子里慢慢倒上啤酒。

徐姐说："安大组长是不是紧张咱不管，不过这罚酒三杯该是跑不了的。"

"这处罚太严厉了，这么多喝不下去。"安少瞳赶紧对徐姐说，"能不能减轻处罚？"

"怎么罚你说了不算。"徐姐哈哈一笑。

大家也跟着呼应："对、对，安大组长居然说若涛的同学的命是小事，必须处罚。"

"领导这么草菅人命，绝不能轻饶。"

"你看，犯了众怒了吧？"徐姐又是一笑，"开罪了若涛，怎么处罚，就由若涛来定。"

大家都说好，让方若涛来开罚单。

方若涛微笑地看着安少瞳说："民意不可违，看来罚酒是躲不过去了。"

"抱歉抱歉，我认罚，不过请手下留情。"安少瞳连连作揖。

"那你说怎么罚？"方若涛仍然带着似笑非笑的表情。

"啤酒量太大，刚才已经喝了不少了，再罚喝不下去。"安少瞳说，"要不我自罚肉串三根？"

大家一致否定："那哪能行？肉串我们还不够呢！"

"避重就轻，肉串三根哪是自罚？明明是自奖！"

"对呀，得处罚，还想奖励？"

"你看，民意不可违。"方若涛仍然带着似笑非笑的表情。

"认罚认罚，"安少瞳赶紧说，"那就罚我买单，怎么样？"

"那不行！"没等方若涛回答，徐姐抢着说，"这次若涛说好她来安排，所以买单不能作为处罚，不要偷换概念。"

大家又是一片轰然叫好声："徐姐说得对！"

"能用钱解决的，都不是事。"

"对呀，不能罚款，只能罚酒。"

"这样吧，给你两个选择，"方若涛说，"你说啤酒量太大，那就换白酒，自罚三杯本地醇白酒。"

"好主意！"徐姐说，"就用那种一两半的小杯，三杯还不到半斤。"

"徐姐都点赞了，这么温和的方式，你一定会欣然接受，对吧？"方若涛微笑着说。

"这可要了我命，我哪能喝白酒？"安少瞳表情紧张，"这要是三杯下去，直接倒下，明天也不用上班了。"

"没事没事，"徐姐哈哈一笑，"上不了班就请假，忙了一个汛期，休息一天没问题。"

"后路给徐姐断了，看来只能自罚白酒三杯了。"若涛说。

"实在不行，求饶求饶！"少瞳说，"刚才不是说给我两个选择吗？那下一种自罚选择是什么？"

"下一种选择不见得容易，你得想好。"若涛说，"先确定，是真要放弃罚酒三杯？"

"关键是没得选，对白酒实在是有心无力，只能放弃。"少瞳说，"不过，下一种处罚，还请手下留情。"

听安少瞳好像要求饶，大家立即跟进："那不行，若涛同学决不能心慈手软，必须从重发落。"

"安组长，避重就轻不是您的风格呀。"

"安组长必须率先垂范，迎难而上。"

"看来被架上去就下不来了，"徐姐哈哈一笑，"现在就考验若涛的出题水平了，再看看我们安大组长怎么接。"

"看来众望所归，安组长又主动请战，"若涛看着少瞳说，"那就出第二题了。"

"虽然充满恐惧，但已别无选择，只好伸头挨一刀。"

"那好，"若涛面带微笑，"你还记得落水之后，攀上的那棵树吗?"

"当然，那是咱们的救命恩人，不，应该说救命恩树。"

"救命恩树?"徐姐问，"什么意思?"

其他同事也很好奇。

程鹏解释说："安组长和若涛同学落水之后，是先攀上了一棵树摆脱了洪水，然后在树上被邻省救援队找到了。"

"对，"若涛问少瞳，"在那棵树上你读了一首诗，你还记得吗?"

"记得。"

"哇，落水之后还有心情读诗?"

"真够浪漫的!"同事们更好奇了，"读的什么诗?"

"好的，"若涛对少瞳说，"那你现在再读一遍。"

"可以，"少瞳问，"这就是第二题?"

"先读一遍再说。"方若涛又是一笑。

"这让人好紧张，那题目是什么?"

"安组长不要紧张，我们看好你哟!"

"对呀，不然就直接自罚三杯白酒。"安少瞳的紧张引来大家一片喧闹。

"安组长加油，我们都想听你的诗朗诵。"

"好吧，只能勉为其难地试一试。"少瞳停了几秒钟，朗诵说:

"'我已在佛前求了五百年，求它让我们结一段尘缘，佛于是把我化作一棵树，长在你必经的路边。'"

虽然只有几句诗，但安少瞳朗诵完之后，大家都看着他，一时没有出声。

安静了一会儿，徐姐说："好诗! 虽然我不太懂，不过能感觉到应景。"徐姐问若涛，"现在出这么一道题倒是别致，不过，当时在洪水中的一棵树上，怎么还有心思读诗?"这显然是大家都好奇的地方，其他同事也这么问方若涛。

"当时命都快送掉了，哪有什么闲情逸致?"方若涛简单说了说当时的情景和过程，"虽然在树上暂时脱离了洪水浸泡，不过全身酸软、精神疲惫，一阵阵地头晕，心情也很绝望。后来回想起来才回过味来，当时说了说这首诗，分散了注意力，情绪才稳定了一点，不然也许撑不到救援，甚至脚一软再落水也说不定。"

听了方若涛的讲述，大家沉默了片刻，又一起感慨危险无常，获救不易。

"还是要多保重，为了采访搭上自己的命确实没必要。"徐姐说。

"还是安组长有想法，"程鹏点赞，"那个状态下还有意识通过读诗来分散注意力、调节情绪，真厉害！"

"情急之下，下意识的做法，"安少瞳赶紧说，"哪谈得上厉害？"

"不用过谦，确实厉害。"海风说，"不过，安组长这么做体现的不仅是诗情，还有感情吧。"

"对、对，安组长想法与做法同行，诗情与感情并重。"几位同事一起笑了起来。这时若涛端起杯来喝了一口饮料。

"还真是提醒我了，"徐姐一拍手，问安少瞳，"'结一段尘缘'，你想要什么尘缘？就直说了吧。"

大家对徐姐的说法又是一片叫好："对、对，徐姐阅人无数，果然目光老到。"

"尘缘难结，不能错过。"

"安组长有什么想法就认了吧！"

"别误会，诗可不是我写的，那天洪水中爬上树之后，只是随口一读。"安少瞳赶紧解释。

"安组长不用往回找补，当心越描越黑。"大家接着又是一片热议，"虽然只是随口，那说的也是心声吧？"

"对了，若涛不是说要出题吗？"海风想起来了，"要给安组长出什么题？"

"怎么还要出题？"安少瞳说，"刚才不是已经让我背诗了吗？"

"背诗不算是出题目吧？"

"对，最多只是题目的背景材料。"同事们异口同声，"若涛同学别心慈手软，赶紧给安组长出题。"

"本来背诗可以抵罚酒三杯，但同事们不答应，"方若涛微笑着说，"只好让安组长再展现一番才艺了。"

大家轰然叫好，嚷嚷着让方若涛赶紧出题："安组长才华横溢，必须再露一手。"

"露一手不够，得多露几手。"

"安组长，那就不好意思了。"等大家安静了一点，方若涛说，"我知道刚才你诵读的时候是把原来诗句中的'路旁'改成了'路边'，这样更押韵。那下个题目就请你用这个韵，也就是用'年''缘''树''边'，再读四句诗。"

"出这么难的题？"安少瞳表情惊讶，"这没法接呀！"

"是你放弃的三杯酒，所以换你几句诗。"方若涛继续微笑着。

听方若涛这么一说，大家的议论又热闹了起来："对，是安组长主动以诗换酒。"

"安组长作为文青，应该不在话下。"

"还是若涛同学了解安组长，提供了展现才华的机会。"

"安组长出口成章，再诵读一首。"

"出口成章，刚才出口读的是别人的'章'，"安少瞳说，"现在再读一首，还要押原来的韵，去哪里找这样的诗？"

同事们一时没接上话，方若涛回应说："这样的诗，你不是有现成的吗？"

"现成的？"安少瞳一时没有明白，"在哪里？"

"看来安组长贵人多忘事，"方若涛说，"你自己好像写过吧？"

安少瞳想起来了什么，表情显得有些尴尬，但努力迅速平复了情绪，稍有些不自然地笑了笑，说："此前和同学聊天，随便写了几句，难登大雅之堂。"

"过谦了，安组长出手肯定不凡。"方若涛说。

"安组长还自己创作？"

"厉害厉害！"同事们一起叫好，"要不是若涛同学知道，咱就没机会拜听了。"

"安组长，赶紧的！"

"大家这么有兴致，看来不得不助兴，那就献丑了。"安少瞳站起来，看着点开的手机页面，朗诵：

> "尚未感时光似水流年，
>
> 又直面瞬间生死随缘，
>
> 茫茫中幸得江心一树，
>
> 凝眸时看她还在身边。"

朗诵完，所有人一时没有说话。

过了片刻，方若涛轻轻鼓了几下掌，这时，大家都报以热烈的掌声。

"真不错！有才！"徐姐点赞，接着又问，"不过最后一句当中的'她还在身边'，这个'她'是男'他'，还是女'她'，'她'是谁？"

"还是徐姐眼光狠辣。"大家一起称赞,"安组长,谁是她?她是谁?"

"安组长,招了吧!"

安少瞳坐了下来没有说话,端起水杯来喝了一口。大家嚷嚷着让少瞳回答,又让若涛表态。

"安组长确实有才,诗写得好,这四句诗足以抵三杯酒。"若涛边说边轻轻地鼓了几下掌,同事们又跟着鼓起掌,少瞳赶紧说感谢认可。

"写的内容一定是有感而发,看来生死对你来说也不是小事。"若涛笑着看着少瞳,"刚才大家都问了,我也想问:'她'是谁?"

可能没想到若涛会直接这样问,少瞳一时没想好怎么回应,又端起水杯来喝了一口。

等了几秒钟,方若涛接着说:"总不至于是宝盖头的'它',指的是摄像机还在身边吧?"同事们一听都笑了,嚷嚷着让安少瞳真诚告白。

"抱歉,一时之间没有写清楚。"安少瞳说,"这样吧,我自罚一杯。"说着,安少瞳斟满一杯酒端了起来。

"自罚一杯,态度不错,不过,不能就此回避问题,'她'是谁?"方若涛笑着问安少瞳,"回答不出来?要不我们再鼓掌给你加加油?"

大家轰然叫好,又是一阵热烈的掌声充盈了整个餐厅。

53

"省城网事"报道组成为省城抗洪救灾先进集体,同时方若涛也被评为省城抗洪救灾先进个人。在传媒集团评选的抗洪救灾报道先进个人当中,安少瞳、程鹏等同事入选。不过没有时间休息和庆祝,各位同事又投入到新的新闻报道任务当中。

徐姐从集团账务处报销回来,在电梯上碰到方若涛,她刚刚完成一次现场采访,赶回组里准备上载素材。徐姐轻声告诉方若涛,集团人事改革快要推出具体方案了。

"具体方案?"出了电梯,若涛停下来问徐姐,"有多具体?针对所有劳务派遣人员吗?"

"方案已经比较清晰了,面向所有在集团内工作的劳务派遣人员,采用积分制评选。入选者和集团总裁签署劳动合同,虽然不是事业编制,但收入待遇,包括晋升通道,和事业编人员相同。"

"这是好事,能激励劳务派遣人员。"

"对他们当然是好事,不过,对事业编人员来说,不知道咱们现有的待遇会不会被瓜分。"徐姐有些担忧。

"集团推出这个方案,肯定是权衡了的,测量了需要投入的资源数量,应该不会影响事业编人员的待遇。"方若涛想了想,"关键是转换人员的数量和节奏,是一次性转很多人,还是每年陆续转一些?"

"听说是按照积分分值,每年转换排名靠前的多少名劳务派遣人员。"

"如果每年转的人数有限,集团的负担不重,而且能一直给劳务派遣人员以希望。"方若涛又问,"那每年转换人数、积分指标和换算公式出台了吗?"

"这两项属于核心信息,肯定没有公开。不过,听说加分项有在集团工作年头、学历、业务奖项、评优情况,具体如何测算增加分值目前还不知道。同时也有减分项,好像四十五周岁以上,每增加一岁减多少分值。"

"如果按这个公式计算,咱们组劳务派遣的同事业务获奖情况、年龄水平都占据优势。"若涛说,"看来集团领导确实是平衡高手,既要褒奖员工为集团工作的年头,又要保证转换人员的年轻化。"

"当然,大领导考虑问题就是全面。"徐姐看了看四周,看到没什么人,压低嗓音告诉若涛,"好像还有一个减分项:犯过错受到批评、处分的,要根据严重程度酌情减分。"

"有这样的规定?"若涛微微一惊,停下脚步看着徐姐:"减分项包括犯的哪些错?业务方面出的错都要减分吗?"

"这只是听人说,具体我也不知道。减分比加分更敏感,估计得细致推敲推敲。"

两人走进了办公室,没见到其他同事,徐姐说:"门开着,怎么没有人?我刚去账务处,离开的时候小安还在。"

这时程鹏走了进来,向徐姐和方若涛打招呼,徐姐问安少瞳是不是离开了,程鹏说他刚回来时安少瞳在办公室,后来接了个电话就说要去传媒大厦一趟,估计是领导见召。

正说话间，三位的手机同时响了一声，收到的是安少瞳群发的信息，让全体同事除外地出差的，下午三点回办公室开会，通报传媒集团人事制度改革的最新政策。

下午报道组的会议准时开始，同事们都到齐了。显然大家已经知道了关于人事制度改革的部分信息，所以开会前就开始热议，只是安少瞳一直没有出现。直到预定的会议时间过去了快十分钟，大家都着急起来，有人提出是不是给他发信息催一催，安少瞳才拿着一沓材料快步走进了办公室。

安少瞳说了声抱歉，解释说本来通知两点半各组到中心领取人力资源中心的文件材料，但到了那里又通知三点才能领取，私下里了解，是集团总裁扩大会议一直在研究，直到下午才最终公布这一版文件。

"关于人事制度改革，颁发了系列文件，其中和我们密切相关的是这一份《省城传媒集团采编制播岗位招聘启事》，大领导很重视，也很慎重，我也是刚听了人事处的讲解，目前公布的是征求意见稿，而且领导说了这是第一版征求意见稿，收集意见、完善条款之后，还有可能再次征求大家意见，请每位同事认真对待。"安少瞳说，"请大家传看、讨论，然后意见集中起来，一并向人事处提出。"说着，他将几份文件分发给大家。

大家仔细阅读文件，逐条对照自己的条件或是默默计算，或是和同事议论分析，不时地也向少瞳询问。

征求意见稿中明确本次招聘范围就是在集团内部工作的劳务派遣人员，提出将以分值排序确定招聘人员，其中加分项主要是在集团工龄、学历、所获业务奖项等，而减分项指向超过四十五周岁以及受到纪律与行政处罚等事项。

"我看这个积分设计还比较科学，"徐姐问若涛，"你看呢？"

"我们置身事外去看，感觉分值设计是下了功夫研究的，考虑得算是比较全面，其中业务奖项分值较高，这也是一种明确的向业务倾斜的引导信号。"若涛仔细翻看文件，"不过，里面没有给出分值换算公式，也没有说招聘人数，不知道是出于什么考虑，咱们组能中几个？"

"不管招多少人，小安估计能第一批上岸。"

方若涛没有回应，她看向安少瞳，安少瞳正在和程鹏、小刘就文件进行着讨论。

研读、评论了很久，大家的议论声才渐渐地小了一些。安少瞳让同事们一个个地提意见，并进行了详细记录。不同的人观察角度、关注的重点有所不同，意见的指向也有差异。有同事指出没有明确招聘人数，安少瞳说这一点人事处之前有解释，一是征求意见稿里不便提出明确人数，二是未来几年会每年组织积分招聘，采取形成常态化的招聘方式，所以本年度首次招聘人数还要根据参加招聘人员的数量以及得分情况再行确定。

"人事处说了，每位参加招聘人员的积分来源和分值都要公示。"安少瞳说。

"每年都进行这样的积分招聘，每年都给点希望，算是常态性地画了张饼，慢慢消化呗。"程鹏说。

"报道作品获奖给的分值很高，就是引着大家玩命干活，大领导还是有手段。"小刘说。

"不管最后计分公式怎么设计，好在积分来源做不了假，公平算是基本保证。"海风说。

"不公平、不公开的有的是，不过真正上面有关系的人事安排也不会走这个渠道。"徐姐说。

"估计最后会以每个中心为单位招聘前多少名，或者占多少比例的人员，以保证平衡。"若涛说。

"徐姐、若涛说得有道理，不管最终怎么选拔，都希望我们组的同事能更多地上岸。"少瞳说。

完成了意见提报，同事们陆续离开办公室，奔赴新闻报道现场。

安少瞳将会议上各方意见做了汇总，整理成文字材料并发送给人事处的指定邮箱，同时给陈主任邮箱也抄送了一份。

安少瞳刚起身，这时方若涛走了过来，说刚上载了采访素材，还约了一位采访对象，马上过去洽谈。安少瞳说他正好要去一趟传媒大厦，于是一起下楼。

这一趟电梯没有其他人，安少瞳问方若涛："上次组里聚会，你让我现场朗诵，你是从哪里知道我写了那四句？"

"诗意盎然，自然会被广为传唱，尽人皆知。"方若涛一笑。

"别挖苦人了。"安少瞳说，"估计你是从许松那里知道的吧？"

"猜中了。我也是无意中看许教授在自媒体当中抄录了这几句诗，说是来自他的记者同学，虽然没有说姓名，不过我估计应该是你写的。"方若涛说，"许教授好像很感慨，说自己和记者同学一样，历尽波折，终于暂时上岸。"

"许松也是很不容易，几经周折，刚刚职称评上了副教授，算是上岸了。"

"不容易。"方若涛对安少瞳说，"不过，更要提前祝贺你，也马上可以上岸了。"

"你是说集团人事招聘的事吧，感谢。不过计算公式还没有最后明确，特别是其中还提出受过中心范围通报批评以上处分的，要扣分，所以一切很难说，不见得就能上岸。"

"咱们之间就不用说客套话。虽然目前是征求意见稿，但是计算公式不会有大的改变。"方若涛说，"我测算了你的加分项——学历、报道作品获奖档次和数量、担任报道组负责人，这些都会提高积分，至于扣分项，我觉得对你来说不值一提。"

"但愿是这样，谢谢你的关注和认可。"

"又来了。"若涛看着少瞳，"我好像对你说过不止一次，包括那次在临水县招待所，我就说过你总是太客气，凡事不能太过。太客气了就是见外，和同事们，包括和我，没有必要见外吧？"

说话时若涛语气郑重，似乎透露出责怪的意味，少瞳一时有些尴尬地看向若涛，方若涛的眼神清澈宁静，仿佛一泓没有一丝涟漪的清泉，但就在这一瞬间，他却突然从中感受到一种难以抵挡的温度和热情。

"怎么了？"看着凝视着自己的少瞳，若涛仍然语气郑重，"我说得不对吗？"

这一句问话让少瞳收敛了心神，他又想了想，对若涛说："你说得对，我确实有这个问题，说好听点是待人客气，说得直接点就是和同事还是有距离。"

"安大组长难得这么直白地解剖自己，"若涛原本表情郑重的脸上露出了清晰的笑容，"那你老实说，对我，是不是用保持距离来刻意回避着什么？"

"这个……"少瞳一时语塞，感觉到气氛又尴尬起来。

这时电梯门开了，已经到了一楼大厅。

安少瞳好像还在想着什么心事，一时没有挪步，方若涛向他笑了一下，说了声："到了，走吧。"说着用肩膀轻轻撞了一下安少瞳，自己快步走出了电梯。

安少瞳回过神来，向在门口等着进电梯的几人匆匆说了声抱歉，赶紧跑了出去，追向快要走出办公楼的方若涛。

省城的傍晚，彩霞满天。